TESS GERRITSEN

BLUTMALE

Roman

Aus dem Amerikanischen
von Andreas Jäger

Weltbild

Die amerikanische Originalausgabe erschien 2006 unter dem Titel
The Mephisto Club
bei Ballantine Books, a division of Random House Inc., New York.

Besuchen Sie uns im Internet:
www.weltbild.de

Genehmigte Lizenzausgabe für Verlagsgruppe Weltbild GmbH,
Steinerne Furt, 86167 Augsburg

Übersetzung: Andreas Jäger
Umschlaggestaltung: Jarzina Kommunikations-Design, Holzkirchen
Umschlagmotiv: Hand: akg images, Berlin (© Nimatallah);
Illustration: Thomas Jarzina, Holzkirchen
Gesamtherstellung: Bagel Roto-Offset GmbH & Co. KG, Schleinitz
Printed in the EU
ISBN 978-3-8289-9198-9

2011 2010 2009 2008
Die letzte Jahreszahl gibt die aktuelle Lizenzausgabe an.

Für Neil und Mary

»Vertilge alle Seelen, welche der Torheit ergeben sind, und die Nachkommen der Wächter; denn sie haben die Kinder der Menschen unterdrückt.«

Das Buch Henoch, X:18 (2. Jahrhundert v. Chr.)
Übersetzt von A. G. Hoffmann

1

Sie sahen aus wie die perfekte Familie.

Der Gedanke drängte sich dem Jungen auf, als er am offenen Grab seines Vaters stand, als er dem Priester zuhörte, wie er Plattitüden aus der Bibel vorlas. Nur eine kleine Gruppe hat sich an diesem warmen, drückenden Junitag versammelt, um Montague Saul die letzte Ehre zu erweisen – nicht mehr als ein Dutzend Menschen. Viele von ihnen hatte der Junge gerade erst kennengelernt. Die letzten sechs Monate hatte er im Internat verbracht, und manche dieser Leute sah er heute zum ersten Mal. Die meisten interessierten ihn nicht im Geringsten.

Nur die Familie seines Onkels – die interessierte ihn sehr wohl. Sie war es wert, dass er sich näher mit ihr beschäftigte.

Dr. Peter Saul hatte große Ähnlichkeit mit seinem verstorbenen Bruder Montague. Er war schlank, ein intellektueller Typ mit einer Brille, die ihm ein eulenhaftes Aussehen verlieh, und schütterem braunem Haar, das irgendwann unweigerlich einer Glatze weichen würde. Seine Frau Amy hatte ein rundes, freundliches Gesicht, und sie warf ihrem fünfzehnjährigen Neffen unentwegt besorgte Blicke zu, als müsse sie sich beherrschen, um ihn nicht auf der Stelle an ihre Brust zu drücken. Teddy, der Sohn der beiden, war zehn Jahre alt, ein Knabe mit streichholzdünnen Armen und Beinen. Ein kleiner Klon von Peter Saul, bis hin zu der runden Gelehrtenbrille.

Und dann war da noch ihre Tochter Lily. Sechzehn Jahre alt.

Ein paar Strähnen hatten sich aus ihrem Pferdeschwanz gelöst und klebten in der schwülen Hitze an ihren Wangen. Sie schien sich unbehaglich zu fühlen in ihrem schwarzen Kleid, und wie ein nervöses Fohlen trat sie immer wieder von einem Fuß auf den anderen, als wollte sie jeden Augenblick davonrennen. Als wäre sie in diesem Moment überall lieber als auf diesem Friedhof, umschwirrt von lästigen Fliegen.

Sie sehen so normal aus, so gewöhnlich, dachte der Junge. *So anders als ich.* Da fing Lily plötzlich seinen Blick auf, und ein Schauer der Verwunderung überlief ihn. Des gegenseitigen Erkennens. In diesem Augenblick konnte er geradezu spüren, wie ihr Blick die dunkelsten Windungen seines Gehirns durchdrang und all die geheimen Orte erforschte, die niemand sonst je zu sehen bekam. Die er nie einem Menschen offenbart hatte.

Beunruhigt wandte er den Blick ab, richtete ihn auf die anderen Menschen, die um das Grab herumstanden. Die Haushälterin seines Vaters. Den Anwalt. Die beiden Nachbarn. Flüchtige Bekannte, die nur gekommen waren, weil es sich so gehörte, nicht aus wirklicher Zuneigung. Sie hatten Montague Saul nur als den stillen Wissenschaftler gekannt, der vor Kurzem aus Zypern zurückgekehrt war, der sich tagaus, tagein nur mit seinen alten Büchern und Karten und irgendwelchen Tonscherben befasst hatte. In Wirklichkeit hatten sie den Mann gar nicht gekannt. So wenig wie seinen Sohn.

Endlich war die Zeremonie beendet, und die Trauergäste nahmen den Jungen in die Mitte, eine Amöbe aus Mitgefühl, bereit, ihn zu verschlingen. Sie versicherten ihm, wie furchtbar leid es ihnen tue, dass er seinen Vater verloren habe. Und das so bald nach ihrer Rückkehr in die Staaten.

»Immerhin hast du noch deine Familie hier, die dir hilft«, sagte der Geistliche.

Familie? Ja, diese Leute sind wohl meine Familie, dachte der Junge, als der kleine Teddy schüchtern auf ihn zutrat, gedrängt von seiner Mutter.

»Du bist jetzt mein Bruder«, sagte Teddy.

»Tatsächlich?«

»Mom hat dein Zimmer schon fertig vorbereitet. Es ist gleich neben meinem.«

»Aber ich bleibe hier. Im Haus meines Vaters.«

Verwirrt sah Teddy seine Mutter an. »Kommt er denn nicht mit zu uns?«

»Du kannst doch nicht ganz allein wohnen, Schatz«, beeilte sich Amy Saul zu sagen. »Vielleicht gefällt es dir ja in Purity so gut, dass du ganz bei uns bleiben willst.«

»Meine Schule ist in Connecticut.«

»Ja, aber das Schuljahr ist jetzt um. Im September kannst du natürlich wieder auf dein Internat gehen, wenn du das möchtest. Aber den Sommer über wirst du bei uns wohnen.«

»Ich werde hier nicht allein sein. Meine Mutter holt mich zu sich.«

Es war lange Zeit still. Amy und Peter wechselten Blicke, und der Junge konnte erraten, was sie dachten. *Seine Mutter hat ihn doch schon vor langer Zeit im Stich gelassen.*

»Sie *wird* mich zu sich holen«, beharrte er.

»Darüber reden wir später, mein Sohn«, sagte Onkel Peter mit sanfter Stimme.

In der Nacht lag der Junge wach in seinem Bett im Reihenhaus seines Vaters und lauschte dem Gemurmel der Stimmen seiner Tante und seines Onkels, die aus dem Arbeitszimmer im Erdgeschoss heraufdrangen. Es war dasselbe Zimmer, in dem Montague Saul sich in den vergangenen Monaten mit der Übersetzung seiner brüchigen alten Papyrusfetzen abgemüht hatte. Dasselbe Zimmer, in dem er vor fünf Tagen einen Schlaganfall erlitten hatte und an seinem Schreibtisch zusammengebrochen war. Diese Leute hatten dort nichts verloren, inmitten der kostbaren Schätze seines Vaters. Sie waren Eindringlinge in seinem Haus.

»Er ist doch noch ein Junge, Peter. Er braucht eine Familie.«

»Wir können ihn ja wohl kaum mit Gewalt nach Purity mitschleifen, wenn er es nicht will.«

»Mit fünfzehn Jahren hat man in diesen Dingen keine Wahl. Die Erwachsenen müssen für einen entscheiden.«

Der Junge stand auf und schlüpfte zur Tür hinaus. Lautlos stieg er bis zur Mitte der Treppe hinunter, um ihre Unterhaltung zu belauschen.

»Und sei mal ehrlich, wie viele Erwachsene hat er denn in seinem Leben kennengelernt? Dein Bruder zählt ja wohl kaum. Er war doch immer viel zu sehr in seine Mumien vertieft, um überhaupt wahrzunehmen, dass da noch ein Kind im Haus war.«

»Das ist nicht fair, Amy. Mein Bruder war ein guter Mensch.«

»Ein guter Mensch, aber weltfremd. Was muss das für eine Frau gewesen sein, die auch nur auf die Idee kommen konnte, ein Kind mit ihm zu haben? Und dann macht sie sich aus dem Staub und lässt Monty den Jungen allein großziehen? Ich begreife nicht, wie eine Frau so etwas tun kann.«

»Monty hat seine Sache ja wohl nicht so schlecht gemacht. Der Junge kriegt in der Schule glänzende Noten.«

»Das ist dein Kriterium für einen guten Vater? Die Tatsache, dass der Junge glänzende Noten bekommt?«

»Und außerdem ist er ein sehr beherrschter junger Mann. Du hast doch gesehen, wie gefasst er bei der Beerdigung war.«

»Er ist starr vor Schock, Peter. Hast du heute auch nur eine einzige Gefühlsregung in seinem Gesicht erkennen können?«

»Monty war ganz genauso.«

»Kaltblütig, meinst du?«

»Nein, ein Intellektueller. Ein Kopfmensch.«

»Aber tief drinnen *muss* der Junge doch den Schmerz fühlen, das weißt du genau. Ich könnte heulen, wenn ich daran denke, wie sehr ihm seine Mutter in diesem Moment fehlt. Wie er immer wieder steif und fest behauptet, dass sie ihn zu sich nehmen wird, wo wir doch genau wissen, dass sie es nicht tun wird.«

»Das wissen wir doch gar nicht.«

»Wir haben die Frau ja nie kennengelernt! Da schreibt Monty uns eines Tages aus Kairo, dass er jetzt einen kleinen

Sohn hat. Nach allem, was wir wissen, könnte er ihn auch aus dem Schilf gefischt haben – wie den kleinen Moses.«

Der Junge hörte die Dielen über sich knarren und blickte sich zum oberen Treppenabsatz um. Zu seinem Erstaunen sah er seine Cousine Lily über das Geländer auf ihn herabstarren. Sie beobachtete ihn, studierte ihn wie eine exotische Kreatur, die sie noch nie zuvor gesehen hatte, als wollte sie herausfinden, ob er gefährlich war.

»Oh«, rief Tante Amy. »Du bist ja auf!«

Seine Tante und sein Onkel waren gerade aus dem Arbeitszimmer gekommen und blickten vom Fuß der Treppe zu ihm auf. Und sie schienen auch ein wenig bestürzt angesichts der Tatsache, dass er wahrscheinlich ihr ganzes Gespräch mitgehört hatte.

»Geht es dir gut, Schatz?«, fragte Amy.

»Ja, Tante.«

»Es ist schon so spät. Solltest du nicht lieber wieder ins Bett gehen?«

Aber er machte keine Anstalten, nach oben zu gehen. Er blieb auf der Treppe stehen und dachte darüber nach, wie es wäre, bei diesen Leuten zu wohnen. Was er von ihnen lernen könnte. Es würde den Sommer interessant machen, bis seine Mutter ihn holen käme.

Er sagte: »Tante Amy, ich habe meinen Entschluss gefasst.«

»Welchen Entschluss?«

»Wo ich den Sommer verbringen will.«

Sie nahm sofort das Schlimmste an. »Bitte überstürze nichts! Wir haben ein wirklich schönes Haus, direkt am See, und du hättest dein eigenes Zimmer. Komm uns doch wenigstens einmal besuchen, ehe du dich endgültig entscheidest.«

»Aber ich habe mich schon entschieden, mit euch zu kommen.«

Seiner Tante verschlug es für einen Augenblick die Sprache. Dann ließ ein Lächeln ihr Gesicht erstrahlen, und sie eilte die Treppe hinauf, um ihn in die Arme zu schließen. Sie roch nach Dove-Seife und Breck-Shampoo. So gewöhnlich, so durchschnittlich. Dann bekam er von seinem grinsenden Onkel Peter einen Klaps auf die Schulter – seine Art, seinen neuen Sohn willkommen zu heißen. Ihr Glück war wie ein Netz aus Zuckerwatte, das ihn in ihre Welt hineinzog, wo alles eitel Sonnenschein, Liebe und Lachen war.

»Die Kinder werden so froh sein, dass du mit uns kommst!«, sagte Amy.

Er warf einen Blick zum oberen Treppenabsatz, aber Lily war verschwunden. Sie hatte sich unbemerkt davongeschlichen. *Ich muss ein Auge auf sie haben,* dachte er. *Denn sie hat schon jetzt ein Auge auf mich.*

»Du gehörst jetzt zu unserer Familie«, sagte Amy.

Während sie zusammen die Treppe hinaufstiegen, erzählte sie ihm bereits von ihren Plänen für den Sommer. All die Orte, die sie ihm zeigen würde, all die besonderen Gerichte, die sie für ihn kochen würde, wenn sie wieder zu Hause wären. Sie schien glücklich, ja geradezu freudetrunken, wie eine Mutter mit ihrem neugeborenen Baby.

Amy Saul ahnte nicht, was sie sich da ins Haus zu holen planten.

2

Zwölf Jahre später.

Vielleicht war es ja ein Fehler.

Dr. Maura Isles blieb vor dem Eingang der Kirche Unserer lieben Frau vom Himmlischen Licht stehen, unschlüssig, ob sie eintreten sollte oder nicht. Die Gottesdienstbesucher waren schon hineingegangen, und sie stand allein in der nächtlichen Dunkelheit, wo Schneeflocken lautlos auf ihren unbedeckten Kopf herabrieselten. Durch die geschlossenen Kirchentüren hörte sie die Organistin »Nun freut euch, ihr Christen« anstimmen, und sie wusste, dass inzwischen alle ihre Plätze eingenommen haben mussten. Wenn sie vorhatte, sich ihnen anzuschließen, sollte sie allmählich hineingehen.

Sie zögerte, weil sie nicht wirklich zu den Gläubigen gehörte, die sich dort drinnen zur Messe versammelt hatten. Doch die Musik lockte sie, wie auch die Aussicht auf die Wärme und auf den Trost vertrauter Rituale. Hier draußen auf der dunklen Straße stand sie allein. Allein an Heiligabend.

Sie stieg die Stufen hinauf und betrat das Gebäude.

Trotz der späten Stunde waren die Bänke voll besetzt mit Familien, die Kinder schlaftrunken, aus den Betten geholt, um an der Mitternachtsmesse teilzunehmen. Mit ihrem verspäteten Eintreffen zog Maura mehrere Blicke auf sich, und als die Klänge von »Nun freut euch, ihr Christen« verhallten, schlüpfte sie rasch auf den ersten freien Platz, den sie finden konnte, in einer der hinteren Reihen. Gleich darauf musste sie sich mit der ganzen Gemeinde wieder erheben, als der Einzugsgesang einsetzte. Pater Daniel Brophy trat an den Altar und bekreuzigte sich.

»Die Gnade und der Friede unseres Vaters im Himmel und unseres Herrn Jesus Christus sei allezeit mit euch«, sagte er.

»Und mit deinem Geiste«, murmelte Maura im Chor mit der Gemeinde. Selbst nach all den Jahren, die sie der Kirche ferngeblieben war, kamen ihr die Antworten immer noch ganz natürlich über die Lippen, durch all die Sonntage ihrer Kindheit tief in ihr Gedächtnis eingeprägt. »Herr, erbarme dich. Christus, erbarme dich. Herr, erbarme dich.«

Daniel hatte ihr Kommen nicht bemerkt, doch Maura war nur auf ihn fixiert. Auf sein dunkles Haar, seine anmutigen Gesten, seine wohlklingende Baritonstimme. Heute Nacht konnte sie ihn ohne Scham ansehen, ohne Verlegenheit. Heute Nacht konnte sie ihn gefahrlos anstarren.

»Gib uns die ewige Seligkeit im Himmelreich, wo er mit dir und dem Heiligen Geist lebt und herrscht in Ewigkeit, amen.«

Maura ließ sich auf die Bank niedersinken, hörte ringsum gedämpftes Husten, das Wimmern müder Kinder. Auf dem Altar flackerten Kerzen, ein Symbol für Licht und Hoffnung in dieser Winternacht.

Daniel begann zu lesen: »Und der Engel sprach zu ihnen: ›Fürchtet euch nicht! Siehe, ich verkünde euch große Freude, die allem Volk widerfahren wird …‹«

Das Lukasevangelium, dachte Maura, die den Text sogleich erkannte. Lukas, der Arzt.

»›Und das habt zum Zeichen: Ihr werdet finden das Kind in Windeln …‹« Er hielt inne, als sein Blick plötzlich Maura streifte. Und sie dachte: *Bist du so überrascht, mich heute Nacht hier zu sehen, Daniel?*

Er räusperte sich, blickte auf seinen Text hinunter und las weiter: »›Ihr werdet finden das Kind in Windeln gewickelt und in einer Krippe liegen.‹«

Obwohl er nun wusste, dass sie inmitten seiner Schäflein saß, mied er jeden weiteren Blickkontakt mit ihr. Weder während des »Cantate Domino« und des »Dies Sanctificatus« noch während der Kollekte oder der Eucharistiefeier. Während die anderen Gottesdienstbesucher um sie herum sich erhoben und sich im Mittelgang anstellten, um die

Kommunion zu empfangen, blieb Maura auf ihrem Platz sitzen. Wenn man nicht an Gott glaubte, war es Heuchelei, die Hostie zu sich zu nehmen und vom Messwein zu trinken.

Was tue ich dann eigentlich hier?

Dennoch blieb sie bis zum Ende auf ihrem Platz sitzen, wartete den Schlusssegen und die Entlassung ab.

»Gehet hin in Frieden!«

»Dank sei Gott dem Herrn!«, antwortete die Gemeinde.

Die Messe war beendet, und die Menschen begannen, zum Ausgang zu schlurfen, während sie ihre Mäntel zuknöpften und die Handschuhe anzogen. Auch Maura erhob sich und trat gerade in den Mittelgang, als sie aus dem Augenwinkel sah, wie Daniel sie auf sich aufmerksam zu machen versuchte, wie er sie mit stummen Gesten anflehte, nicht zu gehen. Sie setzte sich wieder, spürte die neugierigen Blicke der Leute, die an ihrer Bank vorbeikamen. Sie wusste, was sie sahen, oder was sie zu sehen glaubten: eine einsame Frau, begierig nach den tröstenden Worten eines Geistlichen am Heiligen Abend.

Oder sahen sie etwa mehr?

Sie erwiderte die Blicke nicht. Während die Kirche sich leerte, blickte sie starr geradeaus, fixierte mit unbewegter Miene den Altar. Und dachte dabei: *Es ist spät, und ich sollte nach Hause gehen. Ich weiß nicht, was es bringen soll, noch länger hierzubleiben.*

»Hallo, Maura.«

Sie blickte auf und sah Daniel in die Augen. Die Kirche war noch immer nicht ganz leer. Die Organistin packte ihre Noten zusammen, und einige der Chorsänger zogen sich noch die Mäntel an, doch in diesem Moment war Daniels Aufmerksamkeit so auf Maura konzentriert, dass sie ebenso gut der einzige Mensch weit und breit hätte sein können.

»Es ist lange her, dass Sie zuletzt hier waren«, sagte er.

»Das stimmt wohl.«

»Das letzte Mal war im August, nicht wahr?«

Du hast es dir also auch gemerkt.

Er setzte sich zu ihr auf die Bank. »Ich bin überrascht, Sie hier zu sehen.«

»Es ist schließlich Heiligabend.«

»Aber Sie sind doch nicht gläubig.«

»Trotzdem habe ich meine Freude an den Riten. An den Liedern.«

»Das ist der einzige Grund, weshalb Sie gekommen sind? Um ein paar Weihnachtslieder zu singen? Um ein paar Mal *Amen* und *Dank sei Gott dem Herrn* zu sagen?«

»Ich wollte ein wenig Musik hören. Und unter Menschen sein.«

»Erzählen Sie mir nicht, dass Sie heute Abend ganz allein sind.«

Sie zuckte mit den Schultern und lachte. »Sie kennen mich doch, Daniel. Ich bin nicht gerade der gesellige Typ.«

»Ich dachte nur ... Ich meine, ich hatte angenommen ...«

»Was?«

»Dass Sie mit jemandem zusammen sein würden. Gerade heute Nacht.«

Das bin ich auch. Ich bin mit dir zusammen.

Sie verstummten beide, als die Organistin mit ihrer prall gefüllten Notentasche den Mittelgang herunterkam. »Gute Nacht, Pater Brophy.«

»Gute Nacht, Mrs. Easton. Und vielen Dank, Sie haben wieder mal wunderbar gespielt!«

»Es war mir ein Vergnügen.« Die Organistin warf Maura noch einen letzten prüfenden Blick zu und ging dann weiter in Richtung Ausgang. Sie hörten, wie die Tür zufiel, und dann waren sie endlich allein.

»Also, warum hat es so lange gedauert?«, fragte er.

»Nun ja, Sie wissen ja, wie das ist in unserer Branche – gestorben wird immer. Einer unserer Rechtsmediziner musste vor ein paar Wochen wegen einer Rückenoperation ins Krankenhaus, und wir mussten für ihn einspringen. Ich hatte alle Hände voll zu tun, das ist alles.«

»Sie hätten trotzdem mal zum Hörer greifen und einfach anrufen können.«

»Ja, ich weiß.« Das galt auch für ihn, aber getan hatte er es nie. Daniel Brophy würde nie auch nur einen Schritt vom rechten Pfad abweichen, und das war vielleicht auch ganz gut so – es genügte, dass sie selbst ständig gegen die Versuchung ankämpfen musste.

»Und was hat sich bei Ihnen so getan?«, fragte sie.

»Sie wissen, dass Pater Roy letzten Monat einen Schlaganfall hatte? Ich habe seine Aufgaben als Polizeigeistlicher übernommen.«

»Detective Rizzoli hat es mir erzählt.«

»Ich war vor einigen Wochen an diesem Tatort in Dorchester. Sie wissen schon – der Polizeibeamte, der erschossen wurde. Ich habe Sie dort gesehen.«

»Ich habe *Sie* aber nicht gesehen. Sie hätten doch hallo sagen können.«

»Na ja, Sie waren so beschäftigt. Voll konzentriert, wie üblich.« Er lächelte. »Sie können ganz schön grimmig dreinschauen, Maura. Wussten Sie das?«

Sie lachte. »Vielleicht ist das mein Problem.«

»Ihr Problem?«

»Dass ich die Männer abschrecke.«

»Mich haben Sie nicht abgeschreckt.«

Wie könnte ich auch!, dachte sie. *Dein Herz kann niemand brechen, weil du es nicht herschenken darfst.* Sie sah demonstrativ auf ihre Uhr und stand auf. »Es ist sehr spät, und ich habe schon viel zu viel von Ihrer Zeit in Anspruch genommen.«

»Es ist ja nicht so, als hätte ich irgendetwas Dringendes zu erledigen«, sagte er, als er sie zum Ausgang begleitete.

»Sie sind Seelsorger für eine ganze Gemeinde. Und es ist schließlich Heiligabend.«

»Wie Sie sicherlich bemerkt haben, habe auch ich heute Nacht nichts Besseres vor.«

Sie blieb stehen und drehte sich zu ihm um. Da standen sie

nun allein in der Kirche, atmeten den Duft von Kerzenwachs und Weihrauch ein, vertraute Gerüche, die ihr die Weihnachtsfeste, die Mitternachtsmessen ihrer Kindheit in Erinnerung riefen. Die Tage, als der Besuch einer Kirche noch nicht dieses Gefühlschaos auslösen konnte, das sie jetzt empfand. »Gute Nacht, Daniel«, sagte sie und wandte sich zur Tür.

»Wird es erneut vier Monate dauern, bis wir uns wiedersehen?«, rief er ihr nach.

»Ich weiß es nicht.«

»Unsere Gespräche haben mir gefehlt, Maura.«

Wieder zögerte sie, die Hand schon erhoben, um die Tür aufzudrücken. »Mir haben sie auch gefehlt. Vielleicht sollten wir gerade deswegen in Zukunft darauf verzichten.«

»Es gibt nichts, wofür wir uns schämen müssten.«

»Noch nicht«, sagte sie leise, den Blick nicht auf ihn gerichtet, sondern auf die schwere, geschnitzte Tür, die zwischen ihr und dem Entrinnen stand.

»Maura, lassen Sie uns nicht so auseinandergehen. Es gibt keinen Grund, weshalb wir nicht weiterhin ...«

Ihr Handy klingelte.

Sie angelte es aus ihrer Handtasche. Um diese nächtliche Stunde konnte ein läutendes Telefon nichts Gutes bedeuten. Während sie den Anruf annahm, spürte sie, wie Daniel sie ansah, und sie war sich ihrer eigenen nervösen Reaktion auf seinen Blick vollauf bewusst.

»Dr. Isles«, meldete sie sich. Ihre Stimme klang unnatürlich kühl.

»Frohe Weihnachten«, sagte Detective Jane Rizzoli. »Wundert mich, dass du um diese Zeit nicht zu Hause bist. Da hab ich's nämlich zuerst versucht.«

»Ich bin in die Mitternachtsmesse gegangen.«

»Echt? Aber es ist doch schon eins! Ist die Messe denn noch nicht aus?«

»Doch, Jane. Die Messe ist aus, und ich wollte gerade gehen«, antwortete Maura in einem Ton, der alle weiteren Fragen unterband. »Was liegt an?«, fragte sie, denn ihr war längst klar, dass Jane ihr nicht bloß frohe Weihnachten wünschen wollte, sondern einen dienstlichen Grund für ihren Anruf haben musste.

»Die Adresse ist Prescott Street 210, East Boston. Ein Wohnhaus. Frost und ich sind vor etwa einer halben Stunde hier eingetroffen.«

»Einzelheiten?«

»Ein Todesopfer – eine junge Frau.«

»Ein Mord?«

»Allerdings.«

»Du scheinst dir sehr sicher zu sein.«

»Das wirst du verstehen, wenn du erst mal hier bist.«

Maura beendete das Gespräch und bemerkte, dass Daniel sie immer noch ansah. Aber der Augenblick für Wagnisse, für Worte, die sie beide vielleicht hinterher bereuen würden, war vorbei. Der Tod war ihnen dazwischengekommen.

»Sie müssen zu einem Einsatz?«

»Ich habe heute Nacht Bereitschaft.« Sie verstaute das Handy wieder in ihrer Tasche. »Ich habe hier in der Stadt keine Familie, deswegen habe ich mich freiwillig gemeldet.«

»Ausgerechnet in dieser Nacht?«

»Die Tatsache, dass heute Weihnachten ist, macht für mich keinen Unterschied.«

Sie knöpfte ihren Mantelkragen zu und trat aus der Kirche hinaus in die Nacht. Er folgte ihr nach draußen und sah ihr von der Treppe aus nach, als sie durch den Neuschnee zu ihrem Wagen ging. Sein weißes Messgewand flatterte im Wind, und als sie sich umdrehte, sah sie, wie er die Hand hob, um ihr zum Abschied zuzuwinken.

Er winkte immer noch, als sie davonfuhr.

3

Die pulsierenden blauen Lichter dreier Streifenwagen durchbrachen das filigrane Muster des fallenden Schnees und ließen alle, die sich diesem Ort näherten, wissen, dass hier etwas passiert war. Etwas Schreckliches. Maura merkte, wie die vordere Stoßstange ihres Lexus über Eis schrammte, als sie ihn möglichst dicht an dem aufgeschichteten Schneewall parkte, um Platz für andere Fahrzeuge zu lassen. Um diese Stunde, am frühen Weihnachtsmorgen, würden die einzigen Fahrzeuge, die sich durch diese schmale Straße zwängten, wie ihres zum Gefolge des Todes gehören. Sie nahm sich einen Moment Zeit, um sich für die anstrengenden Stunden zu wappnen, die ihr bevorstanden. Ihre müden Augen waren wie hypnotisiert von all den flackernden Lichtern, ihre Arme und Beine fühlten sich taub an, und das Blut in ihren Adern schien wie träger Schlamm zu fließen. *Wach auf!*, dachte sie. *Die Arbeit ruft.*

Sie stieg aus, und der Schwall eisiger Luft, der sie erfasste, riss sie aus ihrer Schläfrigkeit. Sie stapfte durch den frischen Pulverschnee, der wie weiße Federn vor ihren Stiefeln aufstob. Obwohl es schon halb zwei war, brannte in einigen der bescheidenen Einfamilienhäuser in der Nachbarschaft noch Licht, und durch ein Fenster, das mit Schablonenbildern von fliegenden Rentieren und Weihnachtssternen geschmückt war, sah sie die Silhouette eines neugierigen Anwohners, der aus seinem warmen Haus in die Nacht hinausstarrte – eine Nacht, die nun nicht mehr still, nicht mehr heilig war.

»Hallo, Dr. Isles?«, rief ein Streifenpolizist, ein älterer Cop, der ihr irgendwie bekannt vorkam. Er selbst wusste offenbar ganz genau, wer sie war. Sie wussten alle, wer sie war. »Wie kommt's, dass es ausgerechnet Sie heute Nacht erwischt hat?«

»Dasselbe könnte ich Sie fragen, Officer.«

»Tja, wir haben wohl beide den Kürzeren gezogen.« Er lachte auf. »Na, dann fröhliche Weihnachten.«

»Ist Detective Rizzoli drin?«

»Ja, sie und Frost haben den Tatort gefilmt.« Er deutete auf ein Haus, in dem alle Lichter brannten, einen kastenförmigen kleinen Bau, eingezwängt zwischen mehrere ältere, leicht heruntergekommene Wohnhäuser. »Inzwischen dürften sie wohl fertig sein und nur noch auf Sie warten.«

Plötzlich hörte sie jemanden heftig würgen. Sie blickte sich zur Straße um und sah eine blonde Frau, die gebückt dastand und ihren langen Mantel raffte, um den Saum nicht zu beklecken, während sie sich in den Schnee erbrach.

Der Streifenpolizist schnaubte verächtlich. »Was die da im Morddezernat verloren hat, ist mir schleierhaft«, raunte er Maura zu. »Kam angerauscht, als wäre das hier 'ne Folge von *Cagney und Lacey.* Hat uns alle rumkommandiert. Die knallharte Ermittlerin. Dann geht sie rein, wirft einen Blick auf den Tatort, und im nächsten Moment kommt sie schon wieder rausgerannt und reihert in den Schnee.« Er lachte.

»Ich habe sie noch nie gesehen. Sie ist beim Morddezernat?«

»Wie ich höre, hat sie gerade erst vom Drogen- und Sittendezernat gewechselt. Der Commissioner und seine geniale Idee, den Frauenanteil zu erhöhen. Die wird sich nicht lange halten, wenn Sie mich fragen.«

Die Kriminalbeamtin wischte sich den Mund ab und wankte mit unsicheren Schritten zur Verandatreppe, wo sie auf die Stufen niedersank.

»Hey – *Detective!*«, rief der Streifenbeamte. »Wollen Sie nicht vielleicht ein bisschen Abstand zum Tatort halten? Wenn Sie noch mal kotzen müssen, dann machen Sie's wenigstens irgendwo, wo keine Spuren gesichert werden müssen.«

Ein jüngerer Polizist, der in der Nähe stand, kicherte in sich hinein.

Die blonde Kriminalbeamtin sprang sofort wieder auf, und im grellen, pulsierenden Schein des Blaulichts war ihre beschämte Miene zu erkennen. »Ich glaube, ich setze mich mal kurz in meinen Wagen«, murmelte sie.

»Ja, tun Sie das, Ma'am.«

Maura sah zu, wie die Frau sich in den Schutz ihres Fahrzeugs zurückzog. Welche Gräuel erwarteten sie in diesem Haus?

»Doc«, rief Detective Barry Frost ihr zu. Er war gerade aus dem Haus gekommen und stand auf der Veranda, in eine Windjacke gehüllt, den Kopf eingezogen. Seine blonden Haare standen in Büscheln ab, als hätte er sich gerade erst aus dem Bett gewälzt. Er hatte schon immer einen recht fahlen Teint gehabt, aber im gelblichen Schein der Außenbeleuchtung sah er noch kränklicher aus als sonst.

»Ist wohl ziemlich übel da drin, wie?«, meinte sie.

»Nicht gerade ein Anblick, den man sich an Weihnachten freiwillig antun würde. Ich dachte mir, ich geh lieber mal kurz vor die Tür und schnappe ein bisschen frische Luft.«

Sie blieb am Fuß der Treppe stehen, als sie das Gewirr von Schuhspuren auf der schneebedeckten Veranda bemerkte. »Ist es okay, wenn ich hier durchgehe?«

»Klar. Die Abdrücke stammen alle von unseren Leuten.«

»Was ist mit Fußspuren des Täters?«

»Hier draußen haben wir nicht viel gefunden.«

»Wie denn – ist er etwa durchs Fenster reingeflogen?«

»Sieht aus, als hätte er hinter sich hergefegt. Man kann hier und da noch die Wischspuren erkennen.«

Sie runzelte die Stirn. »Offenbar ein Täter, der auf jedes Detail achtet.«

»Warten Sie ab, bis Sie sich da drin umgesehen haben.«

Sie stieg die Stufen hinauf. Auf der Veranda legte sie Schuhüberzieher und Latexhandschuhe an. Aus der Nähe betrachtet sah Frost noch übler aus; sein Gesicht wirkte eingefallen und blutleer. Doch dann holte er tief Luft. »Ich kann mit Ihnen reingehen«, erbot er sich tapfer.

»Nein, lassen Sie sich ruhig noch ein bisschen Zeit. Rizzoli kann mich herumführen.«

Er nickte, doch er sah sie dabei nicht an, sondern starrte auf die Straße hinaus, mit der verbissenen Konzentration eines Mannes, der sich alle Mühe gibt, sein Abendessen bei sich zu behalten. Sie überließ ihn seinem Kampf gegen die Übelkeit und griff nach dem Türknauf, auf das Schlimmste gefasst. Erst vor wenigen Augenblicken war sie völlig erschöpft hier angekommen, hatte sich schütteln müssen, um wach zu werden; jetzt aber spürte sie, wie ihre Nerven vor Spannung kribbelten, als stünde sie unter Strom.

Sie betrat das Haus. Drinnen blieb sie mit pochendem Herzen stehen und sah sich um. Der Anblick hatte absolut nichts Erschreckendes. Die Diele war mit Eichenparkett ausgelegt, das abgetreten aussah. Durch die Zwischentür konnte sie ins Wohnzimmer sehen, das mit billigen Möbeln eingerichtet war, die nicht zueinander passten: ein durchgesessenes Futonsofa, ein Knautschsessel, ein Bücherregal, zusammengeschustert aus Sperrholzbrettern und Hohlblocksteinen. Bis jetzt hatte sie noch nichts gesehen, was nach dem Tatort eines Gewaltverbrechens aussah. Das Schlimmste stand ihr noch bevor – sie wusste, dass es in diesem Haus auf sie wartete, denn sie hatte es in Barry Frosts Augen gespiegelt gesehen, und im aschfahlen Gesicht der Kriminalbeamtin.

Durch das Wohnzimmer gelangte sie ins Esszimmer, wo sie einen Kiefernholztisch mit vier Stühlen erblickte. Doch es waren nicht die Möbel, die ihre Aufmerksamkeit fesselten, sondern die vier Gedecke, die auf dem Tisch arrangiert waren wie für eine Familienmahlzeit. Ein Abendessen für vier Personen.

Über einen der Teller war eine Leinenserviette gebreitet. Der Stoff war mit Blut bespritzt.

Vorsichtig ergriff sie eine Ecke der Serviette mit Zeigefinger und Daumen und hob sie an. Als sie sah, was auf dem Teller lag, prallte sie entsetzt zurück und rang nach Luft.

»Wie ich sehe, hast du die linke Hand gefunden«, sagte eine Stimme.

Maura fuhr herum. »Du hast mir einen tierischen Schrecken eingejagt.«

»Willst du dich mal so richtig gruseln?«, fragte Detective Jane Rizzoli. »Dann komm mit.« Sie machte kehrt und führte Maura durch einen Flur. Genau wie Frost sah Jane aus, als wäre sie gerade erst aus dem Bett gekrochen. Ihre Hose war zerknittert, ihr dunkles Haar ein krauses Lockengewirr. Doch im Gegensatz zu Frost schritt sie furchtlos aus, mit ihren Papierüberziehern an den Schuhen, die raschelnd über den Boden schleiften. Von allen Detectives, die regelmäßig in Mauras Sektionssaal zu Gast waren, war Jane diejenige, die sich am ehesten ganz nach vorn an den Tisch drängte und den Hals reckte, um besser sehen zu können. Und auch jetzt zeigte sie keine Spur von Unschlüssigkeit, als sie den Flur entlangmarschierte. Es war Maura, die zurückblieb, den Blick auf die Blutstropfen auf dem Fußboden gerichtet.

»Bleib auf dieser Seite«, sagte Jane. »Wir haben hier ein paar undeutliche Fußabdrücke, die in beide Richtungen gehen. Eine Art Sportschuh. Sie sind inzwischen einigermaßen trocken, aber ich möchte nichts verwischen.«

»Wer hat den Vorfall gemeldet?«

»Es war ein Notruf. Kam kurz nach Mitternacht rein.«

»Von wo kam der Anruf?«

»Aus diesem Haus.«

Maura runzelte die Stirn. »Das Opfer? Hat sie noch versucht, Hilfe zu holen?«

»Es war keine Stimme zu hören. Jemand hat einfach nur den Notruf gewählt und dann den Hörer neben das Telefon gelegt. Die erste Streife war zehn Minuten nach dem Anruf hier. Der Cop fand die Tür unverschlossen, ging durch bis ins Schlafzimmer und wäre fast aus den Latschen gekippt.« Jane blieb vor einer Tür stehen und wandte sich zu Maura um. Ein warnender Blick. »Hier wird's so richtig heftig.«

Die abgetrennte Hand war schon schlimm genug.

Jane trat zur Seite, um Maura einen Blick ins Schlafzimmer werfen zu lassen. Sie konnte das Opfer nirgends entdecken; das Blut war alles, was sie sah. Der menschliche Körper enthält im Durchschnitt fünf Liter davon. Die gleiche Menge roter Farbe reicht aus, um ein kleines Zimmer bis in den letzten Winkel einzufärben. Genau dieses Bild bot sich Mauras fassungslosem Blick dar, als sie durch die offene Tür starrte. Es sah aus, als hätten übermütige Hände das ganze Zimmer mit leuchtend roten Luftschlangen übersät, die weißen Wände, die Möbel, die Bettwäsche.

»Arterielles Blut«, sagte Rizzoli.

Maura konnte nur stumm nicken, während ihr Blick den bogenförmigen Blutspritzern folgte, während sie die Horrorgeschichte las, die in Rot an diese Wände geschrieben war. Als Medizinstudentin im vierten Jahr hatte sie während ihrer Famulatur in der Notaufnahme einmal mit angesehen, wie das Opfer einer Schießerei auf dem OP-Tisch verblutet war. Als der Blutdruck des Patienten rapide gefallen war, hatte der Assistenzarzt der Chirurgie in seiner Verzweiflung eine Notfall-Laparotomie durchgeführt, in der Hoffnung, die inneren Blutungen stillen zu können. Er hatte den Bauch des Patienten aufgeschnitten, worauf eine Blutfontäne aus der zerrissenen Aorta geschossen war, die Kittel und Gesichter der Ärzte bespritzt hatte. In den letzten chaotischen Sekunden, während sie hektisch absaugten und sterile Tücher in die Bauchhöhle stopften, war das Einzige, worauf Maura sich noch konzentrieren konnte, das viele Blut. Sein glänzender Schimmer, sein fleischartiger Geruch. Sie hatte in das offene Abdomen gegriffen, um einen Retraktor zu fassen, und die warme Flüssigkeit, die die Ärmel ihres Kittels tränkte, hatte sich angefühlt wie ein handwarmes Vollbad. An diesem Tag im OP hatte Maura gesehen, welch schockierende Blutfontänen selbst ein schwacher arterieller Druck auslösen konnte.

Jetzt, als sie die Wände des Schlafzimmers betrachtete, war es wieder das Blut, das ihre Aufmerksamkeit auf sich zog, das die Geschichte der letzten Sekunden im Leben des Opfers erzählte. *Als der erste Schnitt geführt wurde, hat das Herz des Opfers noch geschlagen; es hat noch einen Blutdruck erzeugt.* Dort über dem Bett war die erste Fontäne in hohem Bogen an die Wand gespritzt, wie aus einem Maschinengewehr abgefeuert. Nach einigen wenigen kräftigen Spritzern wurden die Ausschläge schwächer. Der Organismus hatte versucht, den fallenden Druck auszugleichen; die Arterien hatten sich verengt, die Pulsfrequenz zugenommen. Doch mit jedem Herzschlag laugte der Körper sich selbst noch weiter aus, beschleunigte sein eigenes Ende. Wenn dann am Ende der Druck ganz abfiel und das Herz stillstand, spritzte das Blut nicht mehr aus den Wunden, sondern versiegte zu einem schwachen Rinnsal. Dies war der Tod, den Maura an diesen Wänden, auf diesem Bett dokumentiert sah.

Dann hielt sie inne, und ihr Blick blieb an einem Detail haften, das sie inmitten all der Blutspritzer zunächst übersehen hatte. Ein Detail, bei dessen Anblick die feinen Härchen in ihrem Nacken sich schlagartig aufrichteten. An eine Wand waren mit Blut drei Kreuze gemalt, die auf dem Kopf standen. Und darunter eine Reihe kryptischer Symbole.

»Was hat das zu bedeuten?«, fragte Maura leise.

»Wir haben keine Ahnung. Wir haben uns auch schon den Kopf darüber zerbrochen.«

Maura konnte den Blick nicht von dem Schriftzug wenden. Sie schluckte. »Verdammt, womit haben wir es hier eigentlich zu tun?«

»Wart nur ab, bis du den Rest gesehen hast.« Jane ging um das Bett herum und deutete auf den Boden. »Das Opfer liegt hier. Jedenfalls der größte Teil von ihm.«

Erst als Maura Jane auf die andere Seite des Bettes folgte, konnte sie die Frau sehen. Sie war nackt und lag auf dem Rücken. Durch das Ausbluten hatte ihre Haut die Farbe von Alabaster angenommen, und Maura fühlte sich plötzlich an ihren Besuch im British Museum erinnert, an einen Raum mit Dutzenden von Fragmenten römischer Statuen. Im Lauf der Jahrhunderte hatte der Marmor Risse bekommen, Köpfe waren abgebrochen, Arme abgefallen, bis nur noch anonyme Torsos übrig waren. Und das war es, was sie jetzt sah, als sie auf die Leiche hinabblickte. *Eine zerbrochene Venus. Ohne Kopf.*

»Sieht aus, als hätte er sie hier auf dem Bett getötet«, sagte Jane. »Das würde die Spritzer an der Wand dort erklären, und das ganze Blut auf der Matratze. Danach hat er sie auf den Boden gezerrt, vielleicht, weil er eine feste Unterlage brauchte, um sie zu zerlegen.« Jane atmete tief ein und wandte sich ab, als sei sie plötzlich an ihre Grenze gestoßen, als könne sie den Anblick der Leiche nicht länger ertragen.

»Du sagst, es hat nach dem Notruf zehn Minuten gedauert, bis die Streife hier war«, sagte Maura.

»Ja, richtig.«

»Was hier passiert ist – diese Amputationen, das Abschneiden des Kopfes –, das muss mehr als zehn Minuten in Anspruch genommen haben.«

»Das ist uns auch klar. Ich glaube nicht, dass es das Opfer war, das die Notrufnummer gewählt hat.«

Das Geräusch einer knarrenden Diele ließ sie beide herumfahren, und sie sahen Barry Frost in der Tür stehen. Er schien nicht allzu erpicht darauf, zu ihnen ins Zimmer zu kommen.

»Die Spurensicherung ist da«, sagte er.

»Sag ihnen, sie können reinkommen.« Jane machte eine Pause. »Du siehst nicht gerade aus wie das blühende Leben.«

»Ich denke, ich halte mich noch ganz gut. Unter den Umständen.«

»Wie geht's Kassowitz? Hat sie sich ausgekotzt? Wir könnten hier ein wenig Hilfe gebrauchen.«

Frost schüttelte den Kopf. »Sie sitzt noch in ihrem Wagen. Ich glaube kaum, dass ihr Magen schon für das hier bereit ist. Ich hole die Spusis.«

»Sag ihr, sie soll sich mal ein bisschen zusammenreißen!«, rief Jane ihm nach, als er schon wieder verschwunden war. »Ich hasse es, wenn eine Frau mich so enttäuscht. Damit bringt sie unser ganzes Geschlecht in Verruf.«

Mauras Blick ging zurück zu der verstümmelten Leiche auf dem Boden. »Habt ihr auch …«

»Den Rest von ihr gefunden?«, vollendete Jane den Satz. »Ja. Die linke Hand hast du ja schon gesehen. Der rechte Arm liegt in der Badewanne. Und jetzt wird's allmählich Zeit, dass ich dir die Küche zeige.«

»Was gibt es da zu sehen?«

»Noch mehr Überraschungen.« Jane setzte sich in Richtung Flur in Bewegung.

Als Maura sich umdrehte, um ihr zu folgen, erblickte sie plötzlich ihr Bild im Schlafzimmerspiegel. Es starrte sie mit müden Augen an, das schwarze Haar strähnig und feucht von geschmolzenem Schnee. Aber es war nicht der Anblick ihres eigenen Gesichts, der sie erstarren ließ. »Jane«, flüsterte sie. »Sieh dir das an.«

»Was?«

»Im Spiegel. Diese Symbole.« Maura drehte sich um und starrte die Schrift an der Wand an. »Siehst du das? Das ist Spiegelschrift! Das sind keine Symbole, das sind Buchstaben, die man nur rückwärts lesen muss.«

Janes Blick ging zuerst zur Wand und dann zum Spiegel. »Ist das ein Wort?«

»Ja. Es heißt *Peccavi*.«

Jane schüttelte den Kopf. »Vorwärts oder rückwärts, mir sagt das immer noch nichts.«

»Es ist Latein, Jane.«

»Und was heißt es?«

»*Ich habe gesündigt.*«

Einen Augenblick lang starrten die beiden Frauen einander

nur an. Dann lachte Jane unvermittelt auf. »Also, das ist ja vielleicht eine bizarre Beichte. Glaubt der Typ vielleicht, dass ein paar ›Ave Maria‹ seine ›Sünde‹ aus der Welt schaffen können?«

»Vielleicht bezieht das Wort sich ja nicht auf den Mörder. Sondern auf das Opfer.« Sie sah Jane an. *»Ich habe gesündigt.«*

»Eine Strafe«, sagte Jane. »Ein Racheakt.«

»Es ist ein denkbares Motiv. Sie hat irgendetwas getan, womit sie den Täter verärgert hat. Sie hat sich gegen ihn versündigt. Und das ist seine Vergeltung.«

Jane atmete tief durch. »Gehen wir in die Küche.« Sie führte Maura den Flur entlang. An der Küchentür blieb sie stehen und sah Maura an, die auf der Schwelle verharrte, zu geschockt von dem, was sie sah, um auch nur ein Wort hervorzubringen.

Auf den Fliesenboden war mit einer Art Kreide ein großer roter Kreis gezeichnet. Er war umringt von fünf schwarzen Klecksen – Wachs, das geschmolzen und anschließend erstarrt war. *Kerzen*, dachte Maura. In der Mitte des Kreises – so platziert, dass die Augen sie anstarrten – lag der abgetrennte Kopf einer Frau.

Ein Kreis. Fünf schwarze Kerzen. *Ein Opferritual.*

»Und jetzt soll ich also wieder nach Hause zu meinem kleinen Töchterchen gehen«, meinte Jane. »Morgen früh werden wir alle um den Weihnachtsbaum herumsitzen, unsere Geschenke auspacken und so tun, als ob Frieden auf Erden herrscht. Aber ich werde die ganze Zeit an ... dieses Ding denken müssen ... wie es mich anstarrt. Fröhliche Weihnachten – pah.«

Maura schluckte. »Wissen wir, wer sie ist?«

»Na ja, ich habe darauf verzichtet, ihre Freunde und Nachbarn ranzuschleppen, um mir ihre Identität zweifelsfrei bestätigen zu lassen. *Sagen Sie, kommt Ihnen der Kopf da auf dem Küchenboden zufällig bekannt vor?* Aber aufgrund des Führerscheinfotos neige ich zu der Annahme, dass es sich um

Lori-Ann Tucker handelt. Achtundzwanzig Jahre alt. Braunes Haar, braune Augen.« Jane lachte plötzlich auf. »Dürfte hinkommen, wenn man die ganzen Einzelteile zusammensetzt.«

»Was weißt du über sie?«

»In ihrer Handtasche haben wir den Coupon eines Gehaltsschecks gefunden. Sie hat drüben im Naturwissenschaftlichen Museum gearbeitet. Wir wissen nicht, als was, aber nach dem Haus und den Möbeln zu urteilen« – Jane warf einen Blick in Richtung Esszimmer – »hat sie nicht gerade zu den Großverdienern gehört.«

Sie hörten Stimmen, knarrende Schritte – die Kriminaltechniker waren da. Sofort richtete Jane sich kerzengerade auf, um den Neuankömmlingen wenigstens äußerlich mit ihrer gewohnten Selbstsicherheit entgegenzutreten. Die furchtlose Detective Rizzoli, die sie alle kannten.

»Hallo, Jungs«, sagte sie, als Frost mit zwei Männern der Spurensicherung die Küche betrat. »Eine schöne Bescherung, was?«

»Mein Gott«, murmelte einer der beiden. »Wo ist denn der Rest des Opfers?«

»Über mehrere Räume verteilt. Vielleicht fangt ihr am besten im …« Sie verstummte und spannte schlagartig alle Muskeln an.

Das Telefon auf dem Küchentresen klingelte.

Frost stand am nächsten dran. »Was denkst du?«, fragte er und sah Rizzoli an.

»Geh ran.«

Vorsichtig nahm Frost mit seiner behandschuhten Hand den Hörer ab. »Hallo? Hallo?« Nach einigen Sekunden hängte er ihn wieder ein. »Aufgelegt.«

»Was sagt die Anruferkennung?«

Frost drückte auf den Knopf, um sich die Liste der eingegangenen Anrufe anzeigen zu lassen. »Es ist eine Bostoner Nummer.«

Jane zog ihr Handy aus der Tasche und sah sich die Nummer auf dem Display an. »Ich versuche mal zurückzurufen«, sagte sie und wählte. Schweigend stand sie da und lauschte. »Es geht niemand ran.«

»Ich will mal nachsehen, ob diese Nummer schon einmal angerufen wurde«, sagte Frost. Er tippte sich durch die Liste der eingegangenen Anrufe und der gewählten Nummern. »Okay, hier haben wir den Notruf. Das war um 0:10 Uhr.«

»Unser Täter, der auf sein Werk aufmerksam machen wollte.«

»Und dann ist da noch ein Anruf, kurz vor dem Notruf. Eine Nummer in Cambridge.« Er blickte auf. »0:05 Uhr.«

»Hat unser Täter *zweimal* von diesem Apparat aus angerufen?«

»*Wenn* es der Täter war.«

Jane starrte das Telefon an. »Denken wir doch mal scharf nach. Er steht hier in der Küche. Er hat sie gerade umgebracht und zerstückelt. Hat ihr die Hand abgeschnitten, den Arm. Und ihren Kopf hier auf dem Boden platziert. Wieso sollte er da jemanden anrufen? Um mit seiner Tat zu prahlen? Und wen kann er angerufen haben?«

»Finde es heraus«, sagte Maura.

Wieder benutzte Jane ihr Handy; diesmal, um die Nummer in Cambridge anzurufen. »Es läutet. Okay, jetzt schaltet sich der AB ein.« Sie hielt inne, und ihr Blick schnellte zu Maura. »Du wirst nicht glauben, wem diese Nummer gehört.«

»Wem?«

Jane legte auf und wählte die Nummer erneut. Sie reichte Maura das Handy.

Maura hörte es viermal klingeln. Dann sprang der Anrufbeantworter an, und eine Bandansage lief ab. Sie erkannte die Stimme sofort, und es überlief sie eiskalt.

Sie haben den Anschluss von Dr. Joyce P. O'Donnell erreicht. Ich würde sehr gerne hören, was Sie mir zu sagen haben, also hinterlassen Sie doch bitte eine Nachricht, und ich werde Sie so bald wie möglich zurückrufen.

Maura brach die Verbindung ab und starrte Jane an, die genauso perplex schien wie sie selbst. »Wieso sollte der Täter Joyce O'Donnell anrufen?«

»Ich glaub's nicht«, sagte Frost. »Das ist *ihre* Nummer?

»Wer ist denn die Frau?«, fragte einer der Kriminaltechniker.

Jane sah ihn an. »Joyce O'Donnell«, antwortete sie, »ist ein Vampir.«

4

So hatte Jane sich den Weihnachtsmorgen nicht vorgestellt.

Sie saß mit Frost in ihrem Subaru, der auf der Brattle Street parkte, und starrte die große weiße Villa im Kolonialstil an. Bei Janes letztem Besuch war es Sommer gewesen, und ihr war aufgefallen, wie makellos gepflegt der Vorgarten war. Jetzt, als sie Haus und Garten in einer anderen Jahreszeit sah, war sie aufs Neue beeindruckt von den geschmackvollen Details – vom schiefergrauen Anstrich der Fenster- und Türrahmen bis hin zu dem imposanten Weihnachtskranz an der Haustür. Das schmiedeeiserne Gartentor war mit Kiefernzweigen und roten Bändern geschmückt, und durch das Wohnzimmerfenster erspähte sie einen mit glitzerndem Schmuck behängten Christbaum. Das war eine Überraschung – dass selbst Blutsauger Weihnachten feierten.

»Wenn du ein Problem damit hast«, sagte Frost, »kann ich auch mit ihr reden.«

»Denkst du, ich werde damit nicht fertig?«

»Ich meine ja bloß – das muss dir doch ganz schön schwerfallen.«

»Es dürfte mir höchstens schwerfallen, ihr nicht an die Gurgel zu gehen.«

»Siehst du? Genau das meine ich. Deine Einstellung zu ihr kommt dir in die Quere. Du und diese Frau, ihr habt eine Vorgeschichte, und die beeinflusst alles. Du kannst nicht neutral sein.«

»Man kann unmöglich neutral sein, wenn man weiß, wer sie ist. Und was sie tut.«

»Rizzoli, sie tut einfach nur das, wofür sie bezahlt wird.«

»Das tun Huren auch.« Nur dass Huren niemandem Schaden zufügen, dachte Jane, den Blick starr auf Joyce O'Donnells Haus gerichtet. Ein Haus, das mit dem Blut von Mordopfern bezahlt war. Huren stolzieren nicht in schicken St.-John-Kostümen im Gerichtssaal herum und sagen als Gutachter zugunsten von Schlächtern aus.

»Ich sage ja nur, dass du versuchen solltest, die Ruhe zu bewahren, okay?«, sagte Frost. »Wir müssen sie ja nicht mögen. Aber wir können es uns nicht leisten, sie zu verärgern.«

»Denkst du, das habe ich vor?«

»Schau dich doch nur an. Du hast ja schon die Krallen ausgefahren.«

»Das ist reine Selbstverteidigung.« Jane stieß die Autotür auf. »Weil ich weiß, dass diese Hexe versuchen wird, *mir* die Augen auszukratzen.« Sie stieg aus und versank bis zu den Knöcheln im Schnee, doch sie spürte die Kälte kaum, die durch ihre Socken drang. Was sie frösteln ließ, waren nicht die niedrigen Temperaturen. Ihr Blick war auf das Haus gerichtet, ihre Gedanken schon bei der bevorstehenden Begegnung mit einer Frau, die Janes geheime Ängste nur allzu gut kannte. Und die es auch verstand, diese Ängste auszunutzen.

Frost stieß das Tor auf, und sie gingen den geräumten Gartenweg entlang. Die Steinplatten waren vereist, und Jane musste sich so konzentrieren, um nicht auszurutschen, dass ihr ganz schwindlig war, als sie die Verandastufen erreichten und sie Mühe hatte, das Gleichgewicht zu halten. Nicht die besten Voraussetzungen für eine Begegnung mit Joyce O'Donnell. Und es wurde auch nicht besser, als die Haustür aufging und O'Donnell sich ihnen in ihrer gewohnten Eleganz präsentierte: das blonde Haar zu einer gepflegten Kurzhaarfrisur gestylt, die pinkfarbene Button-down-Bluse und die Khakihose maßgenau auf den athletischen Leib geschneidert. Mit ihrem abgetragenen schwarzen Hosenanzug, die Aufschläge der Hose feucht von geschmolzenem Schnee, kam Jane sich dagegen vor wie eine arme Bittstellerin an der Pforte des Herrenhauses. *Und genau dieses Gefühl will sie mir auch vermitteln.*

O'Donnell begrüßte sie mit einem kühlen Nicken. »Da sind Sie ja.« Sie trat nicht sofort zur Seite – eine Verzögerung, die demonstrieren sollte, dass sie und nur sie hier in ihrem eigenen Revier das Sagen hatte.

»Dürfen wir reinkommen?«, fragte Jane schließlich. Dabei wusste sie natürlich, dass O'Donnell nicht wirklich die Absicht hatte, ihnen den Zutritt zu verwehren. Dass das Spiel bereits begonnen hatte.

O'Donnell winkte sie herein. »Am ersten Weihnachtstag beschäftige ich mich eigentlich lieber mit anderen Dingen«, sagte sie.

»Wir auch, das können Sie mir glauben«, konterte Jane. »Und das Opfer hatte sich den Tag sicher auch anders vorgestellt.«

»Wie ich Ihnen bereits sagte, ist die Aufnahme schon gelöscht«, sagte O'Donnell, während sie ins Wohnzimmer vorranging. »Sie können sich das Band gerne anhören, aber da ist nichts zu hören.«

Seit Janes letztem Besuch hatte sich im Haus nicht viel verändert. Sie erblickte die gleichen abstrakten Gemälde an den Wänden, die gleichen Orientteppiche mit ihren satten Farben. Das einzig neue Element war der Weihnachtsbaum. Die Bäume von Janes Kindertagen waren nicht gerade Zeugnisse erlesenen Geschmacks gewesen: die Zweige behängt mit einem bunten Sammelsurium von billigem Schmuck – alles, was stabil genug war, um frühere Weihnachtsfeste im Hause Rizzoli unbeschadet überstanden zu haben. Und Lametta – Unmengen von Lametta. *Las-Vegas-Bäume*, so hatte Jane sie immer genannt.

Doch an diesem Baum hing nicht ein einziger Lamettafaden. Stattdessen zierten Kristallprismen und silberne Tränen die Zweige und warfen die Strahlen der Wintersonne wie tanzende Lichtsplitter auf die Wände. *Sogar ihr verdammter Weihnachtsbaum verursacht mir Minderwertigkeitsgefühle.*

O'Donnell ging hinüber zum Anrufbeantworter. »Das ist alles, was ich noch habe«, sagte sie und drückte die Abspieltaste. Die digitale Stimme meldete: »Sie haben keine neuen Nachrichten.« O'Donnell sah die beiden Ermittler an. »Ich fürchte, die Aufzeichnung, nach der Sie gefragt haben, existiert nicht mehr. Als ich gestern Abend nach Hause kam, habe ich alle Nachrichten abgehört und sie jeweils sofort gelöscht. Als ich zu Ihrem Anruf kam, mit Ihrer Bitte, die Aufzeichnung nicht zu löschen, war es bereits zu spät.«

»Wie viele Nachrichten waren es insgesamt?«, fragte Jane.

»Vier. Ihre war die letzte.«

»Der Anruf, für den wir uns interessieren, müsste gegen 0:10 Uhr eingegangen sein.«

»Ja, und die Nummer ist auch noch im Speicher.« O'Donnell drückte eine Taste und ging zurück zu dem Anruf von 0:10 Uhr. »Aber wer immer um diese Zeit angerufen hat, hat nichts aufs Band gesprochen.« Sie sah Jane an. »Es war keine Nachricht aufgezeichnet.«

»Was haben Sie gehört?«

»Das sagte ich doch bereits. Da war nichts zu hören.«

»Irgendwelche Hintergrundgeräusche? Ein Fernseher, Verkehr?«

»Nicht einmal schweres Atmen. Nur ein paar Sekunden Stille, und dann das Klicken, als aufgelegt wurde. Deswegen habe ich es sofort gelöscht. Es war nichts zu hören.«

»Ist Ihnen die Nummer des Anrufers bekannt?«, fragte Frost.

»Sollte ich sie kennen?«

»Das fragen wir *Sie*«, entgegnete Jane. Die Schärfe in ihrer Stimme war nicht zu überhören.

O'Donnell erwiderte ihren Blick, und Jane registrierte das verächtliche Blitzen in diesen Augen. *Als ob ich es nicht wert bin, dass sie sich mit mir abgibt.* »Nein, ich habe die Telefonnummer nicht erkannt«, sagte O'Donnell.

»Sagt Ihnen der Name Lori-Ann Tucker etwas?«

»Nein. Wer ist das?«

»Sie wurde letzte Nacht ermordet – in ihrem eigenen Haus. Dieser Anruf kam von ihrem Telefon.«

O'Donnell schwieg einen Moment und mutmaßte dann

durchaus vernünftig: »Da hat sich vielleicht jemand verwählt.«

»Das glaube ich kaum, Dr. O'Donnell. Ich glaube, dieser Anruf sollte *Sie* erreichen.«

»Warum sollte jemand mich anrufen und dann kein Wort sagen? Es war wahrscheinlich so, dass sie die Ansage auf meinem Anrufbeantworter hörte, merkte, dass sie sich verwählt hatte, und einfach auflegte.«

»Ich glaube nicht, dass es das Opfer war, das Sie angerufen hat.«

Wieder schwieg O'Donnell, diesmal ein wenig länger als zuvor. »Ich verstehe«, sagte sie schließlich. Sie ging zu einem Sessel und setzte sich, doch nicht etwa, weil sie erschüttert gewesen wäre. Im Gegenteil, sie wirkte vollkommen ruhig und gelassen, wie sie dort in ihrem Sessel saß – wie eine Monarchin auf dem Thron. »Sie denken, es war der Mörder, der mich angerufen hat.«

»Die Vorstellung scheint Sie ja nicht im Geringsten zu beunruhigen.«

»Ich weiß noch nicht genug, als dass es mich beunruhigen könnte. Ich weiß überhaupt nichts über diesen Fall. Also, warum erzählen Sie mir nicht mehr?« Sie wies auf das Sofa, eine Einladung an ihre Besucher, Platz zu nehmen. Es war das erste Mal, dass sie sich zu einer Andeutung von Gastfreundschaft hinreißen ließ.

Weil wir ihr etwas Interessantes zu bieten haben, dachte Jane. *Sie wittert Blut. Und das ist genau das, wonach diese Frau giert.*

Das Sofa war blütenweiß, und Frost zögerte, ehe er sich darauf niederließ, als hätte er Angst, den Stoff zu beschmutzen. Aber Jane würdigte das Möbelstück keines weiteren Blickes. Sie pflanzte sich mit ihrer vom Schnee feuchten Hose darauf, ohne den Blick von O'Donnell zu wenden.

»Das Opfer ist eine achtundzwanzigjährige Frau«, sagte Jane. »Sie wurde letzte Nacht gegen Mitternacht ermordet.«

»Verdächtige?«

»Wir haben noch niemanden festgenommen.«

»Sie haben also keine Ahnung, wer der Mörder ist.«

»Ich sage lediglich, dass wir noch niemanden festgenommen haben. Aber wir haben Spuren, die wir verfolgen.«

»Und ich bin eine davon.«

»Jemand hat Sie vom Haus des Opfers aus angerufen. Es ist durchaus möglich, dass es der Täter war.«

»Und warum sollte er – angenommen, es handelt sich um einen Mann – mit mir reden wollen?«

Jane beugte sich vor. »Wir wissen beide, warum, Dr. O'Donnell. Es hat mit Ihrem Beruf zu tun. Sie haben wahrscheinlich einen richtigen kleinen Fanclub da draußen – all die Mörder, die Sie als ihre Freundin betrachten. Es ist Ihnen doch sicher klar, dass Sie in Mörderkreisen einen gewissen Ruhm genießen. Sie sind die Psychotante, die mit Monstern redet.«

»Ich versuche, sie zu verstehen, das ist alles. Deshalb befasse ich mich mit ihnen.«

»Sie verteidigen sie.«

»Ich bin Neuropsychiaterin. Ich bin wesentlich qualifizierter, vor Gericht auszusagen, als die meisten anderen Gutachter. Nicht jeder, der einen Menschen getötet hat, gehört ins Gefängnis. Manche dieser Leute sind schwer geschädigt.«

»Ja, sicher, ich kenne Ihre Theorie. Hauen Sie einen jungen Kerl mit dem Kopf gegen die Wand, murksen Sie an seinen Stirnlappen herum, und schon ist er frei von jeglicher Verantwortung für alles, was er in Zukunft anstellt. Er kann eine Frau umbringen, kann sie in Stücke hacken, und Sie werden ihn immer noch vor Gericht verteidigen.«

»Ist es das, was mit diesem Opfer passiert ist?« O'Donnells Miene verriet eine beunruhigende Hellhörigkeit, und ihre Augen blitzten wie die eines wilden Tieres. »Wurde sie zerstückelt?«

»Wieso fragen Sie das?«

»Ich möchte es einfach wissen.«

»Aus beruflichem Interesse?«

O'Donnell lehnte sich in ihrem Sessel zurück. »Detective Rizzoli, ich habe schon sehr viele Mörder interviewt. Im Lauf der Jahre habe ich umfangreiches statistisches Material über Motive, Methoden und Verhaltensmuster erhoben. Ich habe also sehr wohl ein berufliches Interesse daran.« Sie schwieg einen Moment. »Das Zerstückeln des Opfers ist durchaus nichts Ungewöhnliches. Insbesondere, wenn es der Beseitigung des Opfers dient.«

»Das war in diesem Fall nicht der Grund.«

»Das wissen Sie sicher?«

»Es ist ziemlich offensichtlich.«

»Hat er die Körperteile bewusst zur Schau gestellt? War es eine Inszenierung?«

»Wieso? Ist unter Ihren perversen Freunden zufällig einer, der auf so was steht? Irgendwelche Namen, die Sie uns anvertrauen möchten? Die Typen schreiben Ihnen doch, nicht wahr? Ihr Name ist allgemein bekannt. Die Frau Doktor, die immer alle Details wissen will.«

»Wenn sie mir schreiben, dann in der Regel anonym. Sie sagen mir ihre Namen nicht.«

»Aber Sie bekommen Briefe«, warf Frost ein.

»Ich höre von allen möglichen Leuten.«

»Von Mördern.«

»Oder von Leuten, die sich als Mörder ausgeben. Ob sie die Wahrheit sagen oder nicht, kann ich unmöglich entscheiden.«

»Sie glauben, dass manche nur ihre Fantasien mit Ihnen teilen wollen?«

»Und sie vermutlich niemals ausleben. Sie brauchen nur ein Ventil für ihre gesellschaftlich geächteten Triebe. Wir alle haben solche dunklen Seiten. Auch der friedfertigste Mann hat bisweilen Tagträume über bestimmte Dinge, die er gerne einmal mit Frauen machen würde. Dinge, die so abartig sind, dass er es nicht wagt, irgendwem davon zu erzählen. Ich wette, dass selbst Sie ab und zu den einen oder anderen unangemessenen Gedanken hegen, Detective Frost.« Sie sah ihn unverwandt an – ein Blick, der darauf abzielte, ihn aus der Fassung zu bringen. Es ehrte Frost, dass er noch nicht einmal errötete.

»Hat irgendjemand Ihnen von Zerstückelungsfantasien geschrieben?«, fragte er.

»Nicht in letzter Zeit.«

»Aber es ist schon einmal vorgekommen?«

»Wie ich schon sagte, das Zerstückeln des Opfers ist nichts Ungewöhnliches.«

»Als Fantasievorstellung oder als reale Tat?«

»Beides.«

»Wer hat Ihnen von seinen Fantasien geschrieben, Dr. O'Donnell?«, fragte Jane.

Die Frau erwiderte Janes Blick. »Diese Korrespondenz ist vertraulich. Das ist genau der Grund, weshalb diese Menschen keine Bedenken haben, mir ihre geheimsten Wünsche, ihre Tagträume anzuvertrauen.«

»Rufen diese Leute Sie auch an?«

»Selten.«

»Und Sie reden mit ihnen?«

»Ich weiche ihnen nicht aus.«

»Führen Sie Buch über diese Anrufe?«

»Das würde sich kaum lohnen. Ich kann mich nicht erinnern, wann es das letzte Mal vorgekommen ist.«

»Es ist letzte Nacht vorgekommen.«

»Aber da war ich nicht zu Hause und konnte den Anruf nicht annehmen.«

»Um zwei Uhr waren Sie auch noch nicht zu Hause«, sagte Frost. »Wir haben angerufen und Ihren Anrufbeantworter dranbekommen.«

»Wo waren Sie letzte Nacht?«, fragte Jane.

O'Donnell zuckte mit den Achseln. »Außer Haus.«

»Um zwei Uhr früh an Heiligabend?«

»Ich war bei Freunden.«

»Um welche Zeit sind Sie nach Hause gekommen?«

»Das muss gegen halb drei gewesen sein.«

»Das müssen ja sehr gute Freunde sein. Würde es Ihnen etwas ausmachen, uns ihre Namen zu nennen?«

»Ja, das würde es.«

»Wieso?«

»Wieso ich nicht möchte, dass meine Privatsphäre verletzt wird? Muss ich diese Frage wirklich beantworten?«

»Wir ermitteln hier in einem Mordfall. Eine junge Frau wurde letzte Nacht regelrecht abgeschlachtet. Es ist eines der brutalsten Verbrechen, die ich je erlebt habe.«

»Und Sie wollen ein Alibi von mir.«

»Ich wüsste nur gerne, warum Sie uns nicht sagen wollen, wo Sie waren.«

»Bin ich verdächtig? Oder wollen Sie mir nur demonstrieren, wer hier am längeren Hebel sitzt?«

»Sie sind nicht verdächtig. Im Moment jedenfalls nicht.«

»Dann bin ich nicht verpflichtet, Ihnen zu antworten.« Abrupt stand O'Donnell auf und ging zur Tür. »Ich begleite Sie hinaus.«

Frost machte ebenfalls Anstalten, sich zu erheben, doch als er sah, dass Jane sich nicht von der Stelle rührte, ließ er sich wieder auf das Sofa sinken.

»Wenn Sie auch nur einen Funken Mitgefühl mit dem Opfer hätten«, sagte Jane, »wenn Sie sehen könnten, was er Lori-Ann Tucker angetan hat …«

O'Donnell drehte sich zu ihr um. »Warum sagen Sie es mir nicht? Was genau *hat* er ihr denn nun angetan?«

»Sie wollen die Details hören, nicht wahr?«

»In meinem Fachgebiet ist es wichtig, die Details zu kennen.« Sie ging auf Jane zu. »Es hilft, die Täter zu verstehen.«

Oder es macht dich an. Deswegen bist du plötzlich so interessiert. Geradezu begierig.

»Sie erwähnten, dass die Frau zerstückelt wurde«, sagte O'Donnell. »Wurde der Kopf abgetrennt?«

»Rizzoli«, sagte Frost mit warnendem Unterton.

Doch es war gar nicht nötig, dass Jane irgendetwas verriet – O'Donnell hatte bereits ihre eigenen Schlussfolgerungen gezogen. »Der Kopf ist ein derart ausdrucksstarkes Symbol. So persönlich. So individuell.« O'Donnell trat noch näher, schlich sich an wie ein Raubtier. »Hat er ihn mitgenommen, als Trophäe? Als Erinnerung an seine Beute?«

»Sagen Sie uns, wo Sie letzte Nacht waren.«

»Oder hat er den Kopf am Tatort zurückgelassen? An einer Stelle, wo er die maximale Schockwirkung entfalten würde? Wo er unmöglich übersehen werden konnte? Vielleicht auf der Anrichte in der Küche? Oder an einer exponierten Stelle auf dem Fußboden?«

»Mit wem waren Sie gestern Abend zusammen?«

»Es ist eine sehr deutliche Botschaft, dieses Zurschaustellen eines Kopfes, eines Gesichts. Der Mörder lässt Sie dadurch wissen, dass er alles voll unter Kontrolle hat. Er demonstriert Ihnen damit Ihre Ohnmacht, Detective. Und seine eigene Macht.«

»*Mit wem waren Sie zusammen?*« Kaum hatten die Worte ihren Mund verlassen, wusste Jane, dass sie einen Fehler gemacht hatte. Sie hatte sich von O'Donnell provozieren lassen, und sie hatte die Beherrschung verloren. Ein klares Zeichen von Schwäche.

»Mit wem ich befreundet bin, ist meine Privatsache«, sagte O'Donnell und fügte mit einem leisen Lächeln hinzu: »Bis auf den einen Fall, von dem Sie bereits wissen. Unser gemeinsamer Bekannter. Er fragt übrigens jedes Mal nach Ihnen. Will immer wissen, was Sie so treiben.« Sie musste seinen Namen nicht aussprechen. Jane wusste so gut wie sie, dass Warren Hoyt gemeint war.

Geh nicht darauf ein, dachte Jane. *Lass sie nicht sehen, wie tief sie dich getroffen hat.* Aber sie spürte, wie ihre Gesichtszüge sich anspannten, und sie bemerkte den besorgten Blick, den Frost ihr zuwarf. Die Narben, die Hoyt an Janes Händen hinterlassen hatte, waren nur die sichtbarsten Verletzungen; es gab noch andere, weit tiefere. Auch heute noch, nach über zwei Jahren, fuhr sie unwillkürlich zusammen, wenn sein Name fiel.

»Er ist ein Fan von Ihnen, Detective«, sagte O'Donnell. »Auch wenn er es Ihnen zu verdanken hat, dass er nie wieder wird gehen können – er trägt Ihnen absolut nichts nach.«

»Es interessiert mich nicht im Geringsten, was er denkt.«

»Ich habe ihn letzte Woche besucht. Er hat mir seine Sammlung von neuen Zeitungsausschnitten gezeigt. Seine *Janie-Akte,* wie er sie nennt. Als Sie in diese Geiselnahme im Krankenhaus verwickelt wurden, hat er die ganze Nacht den Fernseher laufen lassen. Weil er auch nicht eine Sekunde davon versäumen wollte.« O'Donnell machte eine Pause. »Er sagte mir, Sie hätten eine kleine Tochter.«

Janes Rücken wurde stocksteif. *Lass dir das von ihr nicht gefallen. Lass nicht zu, dass sie ihre Klauen noch tiefer in dein Fleisch schlägt.*

»Ihre Tochter heißt Regina, nicht wahr?«

Jane stand auf, und obwohl sie kleiner war als O'Donnell, ließ irgendetwas in ihren Augen die andere Frau abrupt zurückweichen. »Wir werden noch einmal bei Ihnen vorbeischauen«, sagte Jane.

»Schauen Sie vorbei, so oft Sie wollen«, erwiderte O'Donnell. »Ich habe Ihnen nichts weiter zu sagen.«

»Sie lügt«, sagte Jane.

Sie riss die Autotür auf und klemmte sich hinters Steuer. Dann blieb sie einen Moment sitzen und starrte schweigend in die Weihnachtskartenidylle hinaus mit den Eiszapfen, die in der Sonne glitzerten, den Häusern mit ihrem Zuckerguss aus Schnee, den geschmackvollen Kränzen und den Stechpalmenzweigen an den Türen. In dieser Straße sah man keine kitschigen Weihnachtsmänner mit Rentiergespannen, keinen extravaganten Dachschmuck wie in Revere, dem Viertel, in dem sie aufgewachsen war. Sie dachte an Johnny Silvas Haus, gleich um die Ecke von ihrem Elternhaus, und an die lange Schlange von Gaffern, die von weither kamen und eigens einen Umweg durch ihre Straße fuhren, nur um die spektakuläre Lightshow zu bestaunen, die die Silvas jedes Jahr Anfang

Dezember in ihrem Vorgarten aufbauten. Da sah man den Weihnachtsmann und die Heiligen Drei Könige, die Krippe mit Maria und dem Jesuskind sowie eine ganze Menagerie von Tieren – so viele, dass sie Noahs Arche zum Sinken gebracht hätten. Und alles grell beleuchtet wie ein Rummelplatz. Mit dem Strom, den die Silvas jedes Jahr an Weihnachten verpulverten, hätte man ein kleines afrikanisches Land versorgen können.

Doch hier in der Brattle Street gab es keine solchen knallbunten Spektakel, nur unaufdringliche Eleganz. Hier wohnten keine Johnny Silvas. Aber selbst so ein Knallkopf wie Johnny wäre ihr als Nachbar lieber gewesen als die Frau, die in diesem Haus wohnte.

»Sie weiß mehr über diesen Fall, als sie uns verrät.«

»Wie kommst du darauf?«, fragte Frost.

»Das sagt mir mein Instinkt.«

»Ich dachte, du glaubst nicht an Instinkte. Das erzählst du mir jedenfalls immer. Dass das auch nicht besser ist, als einfach auf gut Glück zu raten.«

»Aber ich kenne diese Frau. Ich weiß, wie sie tickt.« Sie sah Frost an, dessen winterliche Blässe im fahlen Sonnenlicht noch stärker auffiel. »Der Täter hat sie letzte Nacht nicht bloß angerufen und einfach aufgelegt.«

»Das ist nur deine Vermutung.«

»Wieso hat sie das Band gelöscht?«

»Wieso sollte sie das nicht tun? Wenn der Anrufer doch keine Nachricht hinterlassen hatte?«

»Das ist *ihre* Version.«

»O Mann. Sie hat deinen wunden Punkt getroffen.« Er schüttelte den Kopf. »Ich hab's ja gewusst, dass es so kommen würde.«

»Meilenweit verfehlt hat sie ihn.«

»Wirklich? Als sie anfing, von Regina zu reden, hat dich das etwa nicht auf hundertachtzig gebracht? Sie ist Psychiaterin. Sie weiß genau, wie sie dich manipulieren kann. Du solltest dich überhaupt nicht mit ihr abgeben.«

»Wer denn sonst, wenn nicht ich? Du? Oder vielleicht dieses Weichei Kassowitz?«

»Jemand, der nicht schon einmal mit ihr zu tun hatte. Jemand, an dem ihre Psychotricks abprallen.« Er sah Jane so eindringlich an, dass sie sich am liebsten abgewandt hätte. Sie waren jetzt seit zwei Jahren Partner, und auch wenn sie nicht besonders eng befreundet waren, verstanden sie einander auf eine Weise, wie es bloße Freunde oder selbst Paare nur selten taten. Denn sie hatten die gleichen Gräuel durchlebt, die gleichen Schlachten geschlagen. Frost wusste besser als irgendein Mensch, besser noch als ihr eigener Mann Gabriel, was sie mit Joyce O'Donnell verband.

Und mit dem Mörder, den sie den Chirurgen nannten.

»Sie macht dir immer noch Angst, nicht wahr?«, fragte er leise.

»Sie macht mich stinksauer, das ist alles.«

»Weil sie weiß, *was* dir Angst macht. Und sie hört nie auf, dich an ihn zu erinnern, vergisst nie, seinen Namen zu erwähnen.«

»Als ob ich Angst vor einem Typ hätte, der nicht mal in der Lage ist, mit den Zehen zu wackeln. Der nicht mal pinkeln kann, ohne dass ihm jemand einen Schlauch in den Schwanz schiebt. O ja, ich hab echt eine Scheißangst vor Warren Hoyt.«

»Hast du immer noch diese Albträume?«

Seine Frage ließ sie schlagartig verstummen. Sie konnte ihn nicht anlügen; er würde es merken. Also sagte sie gar nichts, sondern starrte nur stur geradeaus auf diese makellose Straße mit ihren makellosen Häusern.

»Ich hätte bestimmt welche«, sagte er, »wenn das mir passiert wäre.«

Aber es ist nicht dir passiert, dachte sie. *Ich bin diejenige, die Hoyts Skalpell an ihrer Kehle gespürt hat, die immer noch die Narben von seiner Klinge trägt. Ich bin diejenige, an die er immer noch denkt, über die er fantasiert.* Auch wenn er ihr nie wieder wehtun konnte – allein bei dem

Gedanken, dass sie das Objekt seiner perversen Begierden war, bekam sie eine Gänsehaut.

»Warum reden wir eigentlich über ihn?«, fragte sie. »Hier geht's doch um O'Donnell.«

»Du kannst die beiden nicht voneinander trennen.«

»Ich bin nicht diejenige, die ständig seinen Namen aufs Tapet bringt. Bleiben wir doch bitte beim Thema, okay? Joyce P. O'Donnell und die Frage, warum der Mörder gerade sie angerufen hat.«

»Wir können nicht sicher sein, dass es der Täter *war*.«

»Mit O'Donnell zu reden ist für diese Perversen doch zehnmal besser als jeder Telefonsex. Sie können ihr ihre abartigsten Fantasien erzählen, und sie lauscht ihnen begierig und bettelt um mehr, während sie sich ihre Notizen macht. Deswegen dürfte er sie angerufen haben. Um mit seiner Heldentat anzugeben. Wenn es ihm darum ging, ein offenes Ohr zu finden, musste seine Wahl zwangsläufig auf sie fallen. Auf Dr. Mord.« Mit einer ungehaltenen Handbewegung drehte sie den Schlüssel um. Kalte Luft strömte aus dem Gebläse. »Deswegen hat er sie angerufen. Um zu prahlen. Um sich in ihrer Aufmerksamkeit zu aalen.«

»Warum sollte sie uns in diesem Punkt anlügen?«

»Warum wollte sie uns nicht sagen, wo sie letzte Nacht war? Da fragt man sich doch, mit wem sie sich eigentlich getroffen hat. Und ob dieser Anruf nicht vielleicht eine Einladung war.«

Frost sah sie fragend an. »Hab ich das richtig verstanden, was du da gerade gesagt hast?«

»Irgendwann vor Mitternacht macht unser Täter sich daran, Lori-Ann Tucker fachgerecht zu zerlegen. Dann ruft er O'Donnell an. Sie behauptet, sie sei nicht zu Hause gewesen – ihr Anrufbeantworter habe den Anruf angenommen. Aber wenn sie nun *doch* zu Hause war? Wenn sie tatsächlich mit ihm gesprochen hat?«

»Wir haben sie um zwei Uhr zu Hause angerufen. Da ist sie auch nicht drangegangen.«

»Weil sie da schon nicht mehr zu Hause war. Sie sagte, sie habe sich mit *Freunden* getroffen.« Jane sah Frost an. »Was, wenn es nur *ein* Freund war? Ein ganz spezieller, funkelnagelneuer Freund?«

»Ach, hör schon auf. Glaubst du ernsthaft, dass sie diesen Täter schützen würde?«

»Der Frau traue ich alles zu.« Jane löste die Handbremse und fuhr vom Bordstein weg. »Alles.«

5

»Das ist doch keine Art, den Weihnachtstag zu verbringen«, sagte Angela Rizzoli. Sie blickte vom Herd auf und sah ihre Tochter an. Aus den vier Töpfen, die mit klappernden Deckeln auf den Kochplatten standen, stiegen Dampfkringel auf und umwaberten Angelas schweißnasses Haar. Sie hob einen der Deckel an und ließ ein Brett voll selbst gemachter Gnocchi in das kochende Wasser gleiten. Das plumpsende Geräusch, mit dem sie versanken, kündigte an, dass das Essen nun jeden Moment fertig sein würde. Jane blickte sich in der Küche um, ließ den Blick über die zahllosen Platten und Schüsseln voller Speisen schweifen. Angela Rizzolis größte Angst war, dass eines Tages irgendjemand ihr Haus hungrig verlassen könnte.

Heute würde das jedenfalls nicht passieren.

Auf der Anrichte stand eine gebratene Lammkeule, die nach Oregano und Knoblauch duftete, und daneben eine Schüssel Bratkartoffeln mit Rosmarin. Jane sah Ciabatta-Brot und einen Tomaten-Mozzarella-Salat. Ein grüner Bohnensalat war Janes und Gabriels einziger Beitrag zu dem Festmahl. Die Gerichte, die auf dem Herd vor sich hin köchelten, strömten noch andere verführerische Düfte aus, und im kochenden Wasser tanzten und kreisten die zarten Gnocchi.

»Was kann ich hier noch machen, Mom?«, fragte Jane.

»Nichts. Du hast heute gearbeitet. Setz dich da hin.«

»Soll ich den Käse reiben?«

»Nein, nein. Du bist sicher müde. Gabriel sagt, du warst die ganze Nacht auf.« Angela rührte die Gnocchi kurz mit einem Holzlöffel um. »Ich verstehe nicht, wieso du heute arbeiten musstest. Das ist doch eine Zumutung.«

»Das ist nun mal mein Job, da muss ich durch.«

»Aber es ist Weihnachten.«

»Sag das mal den Verbrechern.« Jane nahm die Käsereibe aus der Schublade und begann, ein Stück Parmesan zu raspeln. In dieser Küche konnte sie einfach nicht still sitzen. »Wieso helfen Mike und Frankie dir eigentlich nicht beim Kochen? Du bist doch sicher schon den ganzen Vormittag hier zugange.«

»Ach, du kennst doch deine Brüder.«

»Allerdings.« Sie schnaubte verächtlich. *Leider.*

Im Nebenzimmer lief wie üblich in voller Lautstärke Football im Fernsehen. Die Rufe der Männer mischten sich mit dem Gebrüll der Zuschauer im Stadion, und alle zusammen feuerten sie irgendeinen Kerl mit einem knackigen Arsch und einem Schweinslederball in den Händen an.

Angela trat an den Tisch und begutachtete neugierig den grünen Bohnensalat. »Oh, der sieht aber lecker aus! Was ist denn in dem Dressing?«

»Keine Ahnung. Den hat Gabriel gemacht.«

»Du bist ein richtiger Glückspilz, Janie. Du hast einen Mann, der kochen kann.«

»Lass Dad einfach mal ein paar Tage hungern, dann lernt er es auch.«

»Vergiss es. Der würde die ganze Zeit nur mit knurrendem Magen am Tisch sitzen und warten, dass ihm das Essen von selbst in den Mund geflogen kommt.« Angela nahm den Topf vom Herd und schüttete die Gnocchi in ein Sieb. Als der Dampf sich verzog, sah Jane Angelas schwitzendes Gesicht, umrahmt von feuchten Haarsträhnen. Draußen fegte der Wind über eisglatte Straßen, aber hier in der Küche ihrer Mutter trieb die Hitze ihnen die Röte ins Gesicht und ließ die Fensterscheiben beschlagen.

»Da ist Mommy«, sagte Gabriel, der mit einer hellwachen Regina auf dem Arm in die Küche kam. »Schaut mal, wer da schon mit ihrem Nickerchen fertig ist.«

»Sie hat aber nicht lange geschlafen«, meinte Jane.

»Mit diesem Footballspiel im Hintergrund?« Er lachte. »Unsere Tochter ist eindeutig ein Patriots-Fan. Hättest mal hören sollen, wie sie geheult hat, als die Dolphins gepunktet haben.«

»Lass mich sie nehmen.« Jane breitete die Arme aus und drückte die zappelnde Regina an ihre Brust. *Erst vier Monate alt,* dachte sie, *und schon versucht mein Baby, sich von mir loszuwinden.* Die wilde Regina hatte schon die Fäuste geschwungen, als sie zur Welt gekommen war, das Gesichtchen vom Schreien hochrot. *Kannst du es so wenig erwarten, erwachsen zu werden?*, fragte sich Jane, während sie ihre Tochter im Arm wiegte. *Willst du nicht noch eine Weile ein Baby bleiben und mir die Freude lassen, dich zu halten? Du wirst früh genug groß sein und deinen Eltern den Rücken kehren.*

Regina grabschte nach Janes Haaren und zog so kräftig daran, dass ihrer Mutter die Tränen in die Augen traten. Sie befreite sich mühsam von den hartnäckigen kleinen Fingern und starrte auf die Hand ihrer Tochter hinab. Und plötzlich musste sie an eine andere Hand denken, eine kalte, leblose Hand. An die Tochter einer anderen Frau, die jetzt zerstückelt im Leichenschauhaus lag. *Mein Gott, es ist Weihnachten. Da sollte ich vielleicht ausnahmsweise mal nicht an tote Frauen denken müssen.* Aber während sie Reginas seidiges Haar küsste, während sie den Duft von Seife und Babyshampoo einatmete, wollte es ihr nicht gelingen, die Erinnerung an eine andere Küche zu verdrängen und an das, was dort auf den Fliesen gelegen und zu ihr hinaufgestarrt hatte.

»Hey, Ma, es ist Halbzeit. Wann gibt's denn was zu essen?«

Jane blickte auf, als ihr älterer Bruder Frankie in die Küche gestapft kam. Das letzte Mal hatte Jane ihn vor einem Jahr gesehen, als er zu Weihnachten von Kalifornien nach Hause geflogen war. Seitdem waren seine Schultern noch massiger geworden. Jedes Jahr schien Frankie noch ein bisschen kräftiger zu werden, und seine Arme waren inzwischen so mit Muskeln bepackt, dass sie nicht mehr gerade herabhingen, sondern schwangen wie bei einem Gorilla. *All die Stunden im Kraftraum,* dachte sie, *und was hat er jetzt davon? Kräftiger ist er wohl, aber mit Sicherheit keinen Deut schlauer.* Mit stillem Wohlgefallen beobachtete sie Gabriel, der gerade eine Flasche Chianti öffnete. Größer und schlanker als Frank, hatte er mehr von einem Rennpferd als von einem Zugpferd. *Wenn man etwas im Kopf hat,* dachte sie, *braucht man eben keine Muskelberge.*

»In zehn Minuten steht das Essen auf dem Tisch«, sagte Angela.

»Dann sind wir aber zum dritten Viertel noch nicht fertig«, erwiderte Frankie.

»Warum schaltet ihr die Glotze nicht einfach aus?«, fragte Jane. »Es ist schließlich unser Weihnachtsessen.«

»Na klar, und wir hätten alle viel früher essen können, wenn du pünktlich hier gewesen wärst.«

»Frankie!«, sagte Angela streng. »Deine Schwester hat die ganze Nacht gearbeitet. Und wie du siehst, ist sie hier in der Küche und hilft mir. Also hack gefälligst nicht auf ihr rum.«

Es war plötzlich mucksmäuschenstill in der Küche, während Bruder und Schwester Angela nur verblüfft anstarrten. *Hat Mom tatsächlich auch einmal für mich Partei ergriffen?*

»Tolle Weihnachten, echt«, brummte Frankie und stürmte aus der Küche.

Angela schüttete die abgetropften Gnocchi aus dem Sieb in eine Schüssel und goss mit der Schöpfkelle dampfende Kalbfleischsoße darüber. »Die wissen doch überhaupt nicht zu schätzen, was wir Frauen alles leisten«, murmelte sie.

Jane lachte. »Ist dir das auch schon aufgefallen?«

»Haben wir etwa keinen Respekt verdient?« Angela griff nach einem Küchenmesser und begann, einen Bund Petersilie zu massakrieren. Die Klinge ratterte wie ein Maschinengewehr auf dem Schneidbrett. »Ich mach mir ja selber Vorwürfe. Hätte ihn besser erziehen sollen. Aber eigentlich ist euer Vater dran schuld. Er hat ihnen ein schlechtes Beispiel gegeben. Der weiß auch nicht zu schätzen, was er an mir hat.«

Jane sah Gabriel nach, der die Gelegenheit nutzte, um sich unauffällig aus der Küche zu stehlen. »Äh ... Mom? Hat Dad irgendwas angestellt, dass du so sauer auf ihn bist?«

Angela sah Jane über die Schulter an. Die Messerklinge verharrte über der zerstückelten Petersilie. »Das braucht dich nicht zu interessieren.«

»Tut es aber.«

»Ich fange gar nicht erst damit an, Janie. O nein. Ich bin der festen Meinung, dass jeder Vater den Respekt seiner Kinder verdient, ganz gleich, *was* er tut.«

»Also *hat* er etwas angestellt.«

»Ich hab dir doch gesagt, ich fange gar nicht erst damit an.« Angela raffte die gehackte Petersilie zusammen und warf sie über die Gnocchi. Dann stapfte sie zur Tür und rief so laut, dass sie den Fernseher übertönte: »Essen! *An den Tisch mit euch!*«

Trotz Angelas eindeutigen Kommandos dauerte es einige Minuten, bis Frank Rizzoli und seine beiden Söhne sich von der Mattscheibe losreißen konnten. Die Halbzeit-Show hatte begonnen, und langbeinige Mädels in Glitzerkostümen hüpften über die Bühne. Die drei Rizzoli-Männer saßen da und starrten wie in Trance auf den Bildschirm. Nur Gabriel stand auf, um Jane und Angela zu helfen, die Schüsseln und Platten ins Esszimmer zu tragen. Er sagte kein Wort, aber Jane wusste sehr wohl den Blick zu deuten, den er ihr zuwarf.

Geht's hier an Weihnachten immer zu wie auf einem Kriegsschauplatz?

Angela knallte die Schüssel mit den Bratkartoffeln auf den Tisch, marschierte ins Wohnzimmer und schnappte sich die Fernbedienung. Ein Knopfdruck, und der Fernseher war aus.

Frankie stöhnte. »Mensch, Mom – in zehn Minuten tritt Jessica Simpson auf und ...« Er sah Angelas Miene und verstummte sofort.

Mike sprang als Erster vom Sofa auf. Ohne ein Wort zu verlieren, eilte er gehorsam ins Esszimmer, gefolgt in etwas schleppenderem Tempo von seinem Bruder Frankie und Frank senior.

Der Tisch war prachtvoll gedeckt. Kerzen flackerten in Kristallständern, und Angela hatte ihr edles blau-goldenes Porzellan aus dem Schrank geholt, dazu Leinenservietten und die neuen Weingläser, die sie vor Kurzem gekauft hatte. Doch als sie sich an den Tisch setzte und die Festtafel betrachtete, verriet ihre Miene keinen Stolz, sondern vielmehr Missmut und Unzufriedenheit.

»Das sieht fantastisch aus, Mrs. Rizzoli«, sagte Gabriel.

»Oh, vielen Dank. *Sie* wissen es bestimmt zu schätzen, Gabriel, wie viel Arbeit in so einem Essen steckt. *Sie* können ja schließlich kochen.«

»Na ja, ich hatte eigentlich keine andere Wahl; ich habe schließlich einige Jahre allein gelebt.« Er drückte Janes Hand unter dem Tisch. »Ich kann von Glück sagen, dass ich eine Frau gefunden habe, die kochen kann.« *Wenn sie mal Zeit dafür hat,* hätte er noch hinzufügen können.

»Ich habe Janie alles beigebracht, was ich weiß.«

»Ma, kann ich mal das Lamm haben?«, rief Frankie.

»*Wie* bitte?«

»Das Lamm.«

»Kannst du vielleicht *bitte* sagen? Ich gebe es dir, wenn du es gesagt hast, nicht eher.«

Janes Vater seufzte. »Meine Güte, Angie. Es ist Weihnachten. Kannst du dem Jungen nicht einfach sein Essen geben?«

»Ich gebe diesem Jungen seit sechsunddreißig Jahren sein Essen. Er wird schon nicht verhungern, nur weil ich mal ein bisschen Höflichkeit von ihm verlange.«

»Äh … Mom?«, meldete sich Mike zu Wort. »Könntest du mir, äh, *bitte* die Kartoffeln reichen?« Schüchtern wiederholte er noch einmal: »Bitte?«

»Sicher, Mikey.« Angela gab ihm die Schüssel.

Eine Zeit lang sagte niemand etwas. Man hörte nur Kauen, Schlucken und das Klappern von Besteck auf Porzellan. Jane schielte zu ihrem Vater hinüber, der an einem Ende des Tisches saß, und dann zu ihrer Mutter am anderen Ende. Es gab keinen Blickkontakt zwischen den beiden. So groß war die Distanz zwischen ihnen, dass sie ebenso gut in verschiedenen Zimmern hätten essen können. Jane nahm sich nicht allzu oft die Zeit, ihre Eltern in Ruhe anzuschauen, aber heute Abend konnte sie nicht umhin, es zu tun, und was sie da sah, bedrückte sie. Wann waren die beiden so alt geworden? Wann waren Moms Augenlider so schlaff geworden, wann waren von Dads Haaren bis auf diese schütteren Strähnen alle ausgefallen?

Wann hatten sie angefangen, einander zu hassen?

»Also, Janie, jetzt erzähl uns doch mal, was dich letzte Nacht so auf Trab gehalten hat«, sagte ihr Vater. Er sah seine Tochter an und vermied es geflissentlich, Angela auch nur mit einem Blick zu streifen.

»Hm – das will hier bestimmt keiner hören, Dad.«

»Ich schon«, meinte Frankie.

»Es ist Weihnachten. Ich glaube, wir sollten ...«

»Wen hat's denn erwischt?«

Sie schoss ihrem älteren Bruder einen bösen Blick zu. »Eine junge Frau. Es war kein schöner Anblick.«

»Mir macht es überhaupt nichts aus, darüber zu reden«, sagte Frankie und schob sich ein rosiges Stück Lammfleisch in den Mund. Frankie, der Oberfeldwebel, wollte ihr offenbar demonstrieren, dass ihn so leicht nichts schocken konnte.

»*Diese* Geschichte würde dir sehr wohl was ausmachen. Mich lässt sie jedenfalls alles andere als kalt.«

»War sie attraktiv?«

»Was hat das denn damit zu tun?«

»Würde mich halt interessieren.«

»Das ist eine idiotische Frage.«

»Wieso? Wenn es eine gut aussehende Frau war, kann man besser verstehen, was den Täter dazu gebracht hat.«

»Sie zu *töten*? Herrgott noch mal, Frankie.«

»Jane«, sagte ihr Vater. »Es ist Weihnachten.«

»Aber Janie hat doch recht«, sagte Angela gereizt.

Verblüfft sah Frank seine Frau an. »Deine Tochter flucht am Esstisch, und du fährst *mich* an?«

»Ihr glaubt wohl, dass nur hübsche Frauen es wert sind, ermordet zu werden?«

»Ma, das hab ich nicht gesagt«, protestierte Frankie.

»Das hat er nicht gesagt«, sprang ihm sein Vater bei.

»Aber das ist es, was ihr denkt. Alle beide. Nur gut aussehende Frauen sind es wert, dass man sich mit ihnen abgibt. Ob man sie liebt oder sie umbringt, es ist nur dann interessant, wenn sie *hübsch* sind.«

»Oh, bitte!«

»Bitte was, Frank? Du weißt, dass das stimmt. Du bist doch selbst das beste Beispiel.«

Jane und ihre Brüder sahen ihren Vater fragend an.

»Wieso ist er das beste Beispiel, Ma?«, fragte Mike.

»Angela«, mahnte Frank. »Es ist Weihnachten.«

»Ich *weiß*, dass Weihnachten ist!« Angela sprang auf und schluchzte auf. »Ich *weiß*.« Und damit stürzte sie hinaus in die Küche.

Jane sah ihren Vater an. »Was geht hier eigentlich vor?«

Frank zuckte mit den Achseln. »Ach, Frauen in dem Alter. Das sind die Wechseljahre.«

»Das sind nicht nur die Wechseljahre. Ich gehe mal nachsehen, was sie hat.« Jane stand auf und folgte ihrer Mutter in die Küche.

»Mom?«

Angela schien sie gar nicht zu hören. Sie stand mit dem Rücken zur Tür und schlug Sahne in einer Edelstahlschüssel. Der Mixer klapperte, und weiße Sprenkel landeten auf der Arbeitsfläche.

»Mom, ist alles okay?«

»Muss mich um den Nachtisch kümmern. Hab ganz vergessen, die Sahne zu schlagen.«

»Was ist denn los?«

»Ich hätte das zuerst fertig machen sollen, ehe wir uns an den Tisch gesetzt haben. Du weißt doch, wie ungeduldig dein

Bruder Frankie wird, wenn er zu lange auf den nächsten Gang warten muss. Wenn wir ihn länger als fünf Minuten auf dem Trockenen sitzen lassen, schaltet er doch gleich wieder den Fernseher ein.« Angela griff nach der Zuckerdose und streute einen Löffel voll in die Schüssel, während der Mixer die Sahne quirlte. »Mikey gibt sich wenigstens Mühe, nett zu sein. Auch wenn er um sich herum nur schlechte Vorbilder sieht. Wohin er auch schaut, nur schlechte Vorbilder.«

»Mom, ich weiß doch, dass irgendwas nicht stimmt.«

Angela schaltete den Mixer aus und starrte mit hängenden Schultern in die Sahne, die jetzt so fest geschlagen war, dass es fast schon Butter war. »Das ist nicht dein Problem, Janie.«

»Wenn es deins ist, ist es auch meins.«

Ihre Mutter drehte sich um und sah sie an. »Verheiratet sein ist nicht so einfach, wie du denkst.«

»Was hat Dad getan?«

Angela band ihre Schürze ab und warf sie auf die Anrichte. »Kannst du den Kuchen für mich servieren? Ich habe Kopfschmerzen. Ich gehe nach oben und lege mich hin.«

»Mom, lass uns darüber reden.«

»Ich sage kein Wort mehr dazu. Ich gehöre nicht zu diesen Müttern. Ich würde meine Kinder niemals zwingen, Partei zu ergreifen.« Angela verließ die Küche und stieg mit schweren Schritten die Treppe zu ihrem Schlafzimmer hinauf.

Verwirrt ging Jane zurück ins Esszimmer. Frankie war so damit beschäftigt, seine zweite Portion Lamm zu zersäbeln, dass er nicht einmal aufblickte, aber Mikey begriff ganz offensichtlich, dass heute Abend der Haussegen ernsthaft schief hing. Sie sah ihren Vater an, der sich gerade den Rest aus der Chiantiflasche ins Glas goss.

»Dad? Willst du mir vielleicht verraten, was das alles soll?«

Sein Vater trank einen großen Schluck Wein. »Nein.«

»Sie ist wirklich fix und fertig.«

»Und das ist eine Sache zwischen ihr und mir, okay?« Er stand auf und gab Frankie einen Klaps auf die Schulter.

»Komm, ich glaube, wir kriegen noch den Rest vom dritten Viertel mit.«

»Das war das verkorksteste Weihnachten, das wir je hatten«, sagte Jane, als sie nach Hause fuhren. Regina war in ihrem Babysitz eingeschlafen, und zum ersten Mal konnten Jane und Gabriel sich ungestört unterhalten. »Normalerweise ist es nicht so schlimm. Ich meine, wir haben unsere Streitereien wie alle Familien, aber am Ende schafft meine Mutter es meistens, dass wir uns wieder zusammenraufen.« Sie schielte nach ihrem Mann, dessen Miene sie im dunklen Wageninnern nicht erkennen konnte. »Es tut mir leid.«

»Weswegen?«

»Du konntest ja nicht ahnen, dass du in ein Irrenhaus einheiratest. Jetzt fragst du dich wahrscheinlich, was du dir da eingebrockt hast.«

»Genau. Ich denke, es wird allmählich Zeit, dass ich die Frau umtausche.«

»Gib's zu, ein *bisschen* denkst du das wirklich.«

»Jane, sei doch nicht albern!«

»Mein Gott, es gibt Tage, da würde ich selbst am liebsten vor meiner Familie davonlaufen.«

»Aber ich will ganz bestimmt nicht vor *dir* davonlaufen.« Er blickte wieder nach vorn auf die Straße, wo die vom Wind umhergewirbelten Schneeflocken im Scheinwerferlicht tanzten. Sie schwiegen beide eine Weile. Dann sagte er: »Weißt du, ich habe meine Eltern nie streiten hören. Nicht ein einziges Mal in meiner ganzen Kindheit.«

»Ja, reib's mir nur unter die Nase. Ich weiß, dass meine Familie ein Haufen von Radaumachern ist.«

»Du kommst aus einer Familie, in der man seinen Gefühlen freien Lauf lässt, das ist alles. Da werden Türen geknallt, man brüllt sich an und lacht aus vollem Hals.«

»Oje, das wird ja immer besser.«

»Ich wünschte, ich wäre in so einer Familie aufgewachsen.«

»Na klar.« Sie lachte.

»Meine Eltern haben sich nicht angebrüllt, Jane, und sie haben keine Türen geknallt. Sie haben auch nicht viel gelacht. Nein, Colonel Deans Familie war viel zu diszipliniert, als dass sie sich je zu so etwas Gewöhnlichem wie Gefühlsäußerungen herabgelassen hätte. Ich kann mich nicht erinnern, aus seinem Mund jemals die Worte ›Ich liebe dich‹ gehört zu haben – weder zu mir noch zu meiner Mutter. Ich musste erst lernen, sie zu sagen. Und ich lerne immer noch.« Er sah sie an. »Du hast es mich gelehrt.«

Sie legte die Hand auf seinen Oberschenkel. Ihr unterkühlter, unzugänglicher Gabriel. Es gab immer noch das eine oder andere, was er lernen musste.

»Also entschuldige dich nie für sie«, sagte er. »Sie sind es, die dich zu dem gemacht haben, was du bist.«

»Das bezweifle ich manchmal sehr. Ich sehe mir Frankie an und denke, lieber Gott, bitte mach, dass ich das Baby bin, das sie auf der Schwelle gefunden haben.«

Er lachte. »Die Luft war wirklich zum Schneiden heute Abend. Was war denn nun eigentlich los?«

»Ich weiß es nicht.« Sie ließ sich in den Sitz zurücksinken. »Aber wir werden es noch früh genug erfahren.«

6

Jane streifte sich Papierüberzieher über die Schuhe, schlüpfte in einen OP-Kittel und verknotete die Schnüre im Rücken. Sie spähte durch die Trennscheibe in den Sektionssaal und dachte: *Ich habe nicht die geringste Lust, da reinzugehen.* Aber Frost war schon drin, in Kittel und Maske, und sie konnte gerade genug von seinem Gesicht erkennen, um zu sehen, dass auch er sich nicht sehr wohl in seiner Haut fühlte. Mauras Assistent Yoshima nahm Röntgenaufnahmen aus einem Umschlag und befestigte sie am Leuchtkasten. Mauras Rücken verdeckte Jane die Sicht auf den Sektionstisch, verhüllte den Anblick, den sie sich am liebsten ganz erspart hätte. Erst vor einer Stunde hatte sie an ihrem Küchentisch gesessen, eine zufriedene Regina auf ihrem Schoß, während Gabriel das Frühstück gemacht hatte. Jetzt lag ihr das Rührei schwer im Magen, und am liebsten hätte sie sich den Kittel vom Leib gerissen und wäre hinausgerannt in den kühlen, reinigenden Schnee.

Stattdessen stieß sie die Tür auf und betrat den Sektionssaal.

Maura blickte sich kurz um, und ihre Miene ließ keinerlei Skrupel hinsichtlich der bevorstehenden Prozedur erkennen. Für sie war es einfach nur ein Job, den sie gewissenhaft und fachmännisch erledigen würde. Obwohl sie beide in ihrem Berufsalltag ständig mit dem Tod zu tun hatten, war Maura wesentlich vertrauter mit ihm als Jane, und es machte ihr weit weniger aus, ihm ins Auge zu blicken.

»Wir wollten gerade anfangen«, sagte Maura.

»Ich bin im Stau stecken geblieben. Die Straßen sind in einem katastrophalen Zustand heute Morgen.« Jane band sich die Maske um und trat an den Tisch. Aber sie vermied es, die Leiche anzuschauen, und konzentrierte sich stattdessen auf den Leuchtkasten mit den Röntgenbildern.

Yoshima betätigte den Schalter, und hinter den zwei Reihen von Filmen flackerte das Licht auf. Die Aufnahmen zeigten den Kopf des Opfers. Doch sie waren anders als alle Schädelbilder, die Jane bisher gesehen hatte. Dort, wo die Halswirbelsäule hätte sein sollen, sah sie nur einige wenige Wirbel, und dann… nichts. Nur den ausgefransten Rand des weichen Gewebes, dort, wo der Hals durchtrennt worden war. Sie versuchte, sich vorzustellen, wie Yoshima den Kopf für die Röntgenaufnahmen zurechtgelegt hatte. War er wie ein Fußball hin und her gerollt, als Mauras Assistent ihn auf die Filmkassette gelegt und den Kollimator ausgerichtet hatte? Sie wandte sich vom Leuchtkasten ab.

Und unwillkürlich ging ihr Blick zum Sektionstisch. Zu den sterblichen Überresten des Opfers, die entsprechend ihrer anatomischen Lage auf dem Tisch angeordnet waren. Der Torso lag auf dem Rücken, die abgetrennten Teile mehr oder weniger dort, wo sie hingehörten. Ein Puzzle aus Fleisch und Knochen, dessen Teile darauf warteten, wieder zusammengesetzt zu werden. Sie hätte am liebsten nicht hingesehen, aber da lag er: der Kopf, der auf das linke Ohr gerollt war, als hätte die Tote ihn gedreht, um sie anzuschauen.

»Ich muss die Wundränder zusammenführen«, sagte Maura. »Kannst du mir helfen, den Kopf zu halten?« Eine Pause. »Jane?«

Erschrocken sah Jane Maura an. »Was?«

»Yoshima wird Fotos machen, und ich muss mir die Wunde unter der Lupe ansehen.« Maura fasste den Schädel mit ihren behandschuhten Händen und drehte ihn hin und her, bis die Wundränder zusammenpassten. »So, jetzt halte ihn in dieser Position. Zieh dir Handschuhe an und komm hierher zu mir.«

Jane sah Frost an. *Lieber du als ich,* sagten seine Augen. Sie ging zum Kopfende des Tisches, wo sie stehen blieb, um sich Handschuhe überzustreifen. Dann nahm sie den Schädel in beide Hände. Ihr Blick wurde von den Augen des Opfers angezogen. Die Hornhäute waren trüb wie Wachs, und nach anderthalb Tagen im Kühlraum fühlte die Haut sich eiskalt an. Als Jane das Gesicht der Toten zwischen den Fingern hielt, musste sie an die Fleischtheke im Supermarkt bei ihr um die Ecke denken, an die tiefgefrorenen Hähnchen in Plastikfolie. *Im Grunde sind wir doch alle nur rohes Fleisch.*

Maura beugte sich über die Wunde und betrachtete sie durch das Vergrößerungsglas. »Es scheint sich um einen einzigen glatten Schnitt quer durch die Halsvorderseite zu handeln. Sehr scharfe Klinge. Die einzigen Einkerbungen, die ich erkennen kann, sind ziemlich weit hinten unter den Ohren. Minimal ausgeprägtes Brotmessermuster.«

»Ein Brotmesser ist aber nicht besonders scharf«, meinte Frost. Seine Stimme klang, als käme sie aus weiter Ferne. Jane blickte auf und sah, dass er vom Tisch zurückgetreten war und nun fast am Waschbecken stand. Außerdem hatte er die Hände über seine Maske gelegt.

»Mit einem Brotmessermuster meine ich nicht die Art der Klinge«, erklärte Maura. »So bezeichnet man die Schneidetechnik. Wiederholte Schnitte, die immer tiefer gehen und dabei in derselben Ebene bleiben – wie wenn man eine Scheibe von einem Brotlaib abschneidet. Was wir hier sehen, ist ein sehr tiefer erster Schnitt, der den Schildknorpel glatt durchtrennt hat und bis auf die Wirbelsäule hinabreicht. Dann eine zügige Exartikulation, zwischen dem zweiten und dritten Halswirbel. Es hat vielleicht nicht ganz eine Minute gedauert, bis der Kopf vom Rumpf getrennt war.«

Yoshima trat mit der Digitalkamera an den Tisch und fotografierte die zusammengelegten Wundränder, von vorne und von der Seite. Das Grauen aus jedem erdenklichen Blickwinkel.

»Okay, Jane«, sagte Maura. »Jetzt wollen wir mal einen Blick auf die Schnittebene werfen.« Maura ergriff den Schädel und drehte ihn um, sodass der Hals oben lag. »Kannst du ihn bitte so festhalten?«

Jane warf einen flüchtigen Blick auf das durchtrennte Gewebe, die offene Luftröhre, und wandte sich abrupt ab.

Während Jane den Kopf festhielt, ohne hinzusehen, beugte sich Maura erneut über den Tisch und sah durch die Lupe, um die Schnittfläche in Augenschein zu nehmen. »Ich erkenne eine Furchung auf dem Schildknorpel. Die Klinge war vermutlich gezahnt. Machen Sie mal ein paar Bilder davon.«

Wieder hörten sie das Klacken des Verschlusses, als Yoshima sich vorbeugte, um die Stelle zu fotografieren. *Meine Hände werden auf diesen Fotos zu sehen sein*, dachte Jane. *Eine Momentaufnahme für die Akten. Ihr Kopf, meine Hände.*

»Sie sagten … Sie sagten, an den Wänden seien arterielle Spritzer zu sehen gewesen«, sagte Frost.

Maura nickte. »Im Schlafzimmer.«

»Sie hat noch gelebt.«

»Ja.«

»Und es hat nur Sekunden gedauert, sie zu … enthaupten?«

»Mit einer scharfen Klinge und etwas Geschick könnte der Täter es durchaus in dieser Zeit geschafft haben. Nur die Wirbelsäule hat ihn vielleicht ein wenig aufgehalten.«

»Dann hat sie es gewusst, oder? Sie muss es gespürt haben.«

»Das glaube ich kaum.«

»Wenn einem jemand den Kopf abschneidet, ist man wenigstens noch für einige Sekunden bei Bewusstsein. Das habe ich im Radio gehört. Da wurde ein Arzt interviewt, und der hat erzählt, wie es ist, wenn man guillotiniert wird. Er sagte, man ist wahrscheinlich noch bei Bewusstsein, wenn der Kopf in den Eimer fällt. Man kriegt es angeblich voll mit, wie man da reinfällt.«

»Das mag vielleicht sein, aber …«

»Dieser Arzt hat gesagt, Maria Stuart hätte noch versucht, etwas zu sagen, nachdem sie ihr den Kopf schon abgeschlagen hatten. Ihre Lippen hätten sich noch eine ganze Weile bewegt.«

»Mein Gott, Frost«, schimpfte Jane. »Ich finde das hier schon gruselig genug, auch ohne deine Kommentare.«

»Es ist doch möglich, oder nicht? Dass diese Frau noch gespürt hat, wie ihr der Kopf abgeschnitten wurde?«

»Das ist höchst unwahrscheinlich«, antwortete Maura. »Und das sage ich nicht nur, um Sie zu beruhigen.« Sie drehte den Kopf der Leiche auf die Seite. »Tasten Sie mal den Schädel ab. Genau hier.«

Frost starrte sie voller Entsetzen an. »Nein, ist schon okay. Das ist wirklich nicht nötig.«

»Kommen Sie schon. Ziehen Sie einen Handschuh an, und fahren Sie mit den Fingern über das Schläfenbein. Da ist eine Verletzung der Kopfhaut. Ich habe sie erst gesehen, nachdem wir das Blut abgewaschen hatten. Tasten Sie den Schädel an dieser Stelle ab, und sagen Sie mir, was Sie fühlen.«

Es war deutlich zu sehen, wie sehr es Frost widerstrebte, doch er überwand sich und zog einen Handschuh an, um dann vorsichtig die Finger an den Schädel der Toten zu legen. »Da ist eine ... eine Delle im Knochen.«

»Eine Impressionsfraktur des Schädels. Man kann sie auf der Röntgenaufnahme erkennen.« Maura ging hinüber zum Leuchtkasten und zeigte auf das Schädelbild. »In der Seitenansicht kann man die Bruchlinien erkennen, die von diesem Auftreffpunkt in alle Richtungen ausstrahlen, wie ein Spinnennetz, das sich über das ganze Schläfenbein zieht. So wird diese Art von Fraktur auch genannt – man spricht von einem Mosaik- oder Spinnennetzmuster. Diese Fraktur befindet sich an einer besonders kritischen Stelle, denn direkt darunter verläuft die mittlere Hirnhautarterie. Wenn diese verletzt wird, kommt es zu einer Blutung in die Schädelhöhle. Wenn wir den Schädel eröffnen, werden wir sehen, dass genau das passiert ist.« Sie sah Frost an. »Sie hat einen schweren Schlag auf den Kopf bekommen. Ich bin sicher, dass das Opfer schon bewusstlos war, als der Täter mit dem Zerstückeln anfing.«

»Aber noch am Leben.«

»Ja. Sie war mit Sicherheit noch am Leben.«

»Sie *wissen* nicht, ob sie wirklich bewusstlos war.«

»An Händen und Armen sind keine Abwehrverletzungen

zu erkennen. Keine sichtbaren Anzeichen dafür, dass sie sich gewehrt hat. Niemand lässt sich einfach so die Kehle durchschneiden, ohne Widerstand zu leisten. Ich glaube, dass sie durch diesen Schlag betäubt war. Ich kann mir nicht vorstellen, dass sie das Messer gespürt hat.« Maura hielt inne und fügte leise hinzu: »Das hoffe ich jedenfalls.« Sie trat an die rechte Seite des Leichnams, ergriff den abgeschnittenen Unterarm und hielt das Ende mit der offenen Wunde unter die Lupe. »Hier haben wir noch weitere Instrumentenspuren auf der Knorpelfläche, wo er das Ellbogengelenk durchtrennt hat«, sagte sie. »Sieht aus, als sei hier die gleiche Klinge benutzt worden. Sehr scharf, gezahnte Schneide.« Sie hielt den Unterarm an den Ellbogen, als ob sie eine Schaufensterpuppe zusammensetzen wollte, und begutachtete die Schnittstelle. Ihre Miene verriet kein Entsetzen, nur tiefe Konzentration. Es hätte auch ein Kugellager oder irgendeine technische Vorrichtung sein können, die sie da inspizierte, nicht eine zerstückelte Leiche. Nicht der abgetrennte Unterarm einer Frau, die diesen Arm noch vor Kurzem gehoben hatte, um sich die Haare zu kämmen, um jemandem zuzuwinken, oder vielleicht beim Tanzen. Wie machte Maura das? Wie konnte sie Morgen für Morgen dieses Gebäude betreten, obwohl sie wusste, was sie hier erwartete? Tag für Tag zum Skalpell greifen und die Tragödie eines weiteren brutal ausgelöschten Lebens sezieren? *Auch ich beschäftige mich mit solchen Tragödien*, dachte Jane. *Aber ich muss wenigstens keine Schädel aufsägen oder mit den Händen in offenen Brusthöhlen wühlen.*

Maura ging um den Tisch herum zur linken Seite des Torsos. Ohne Zaudern griff sie nach der abgeschnittenen Hand. Gekühlt und blutleer, wie sie nun war, sah sie eher aus wie ein Wachsmodell – so, wie ein Filmrequisiteur sich eine echte Totenhand vorstellen mochte. Maura schwenkte die Lupe darüber und inspizierte die offene Schnittfläche. Eine Weile sprach sie kein Wort, doch Jane fiel auf, wie sie die Stirn in Falten zog.

Maura legte die Hand ab und hob den linken Arm der Toten an, um den Handgelenkstumpf in Augenschein zu nehmen. Die Falten auf ihrer Stirn wurden tiefer. Wieder nahm sie die Hand und hielt die beiden Wunden aneinander, versuchte die Schnittflächen ineinander zu passen, Hand an Handgelenk, wächserne Haut an wächserne Haut.

Abrupt legte sie die Körperteile zurück auf den Tisch und sah Yoshima an. »Würden Sie bitte mal die Aufnahmen von Hand und Handgelenk aufhängen?«

»Sind Sie mit den Schädelaufnahmen schon fertig?«

»Auf die komme ich später noch mal zurück. Aber jetzt möchte ich erst einmal die linke Hand und das linke Handgelenk sehen.«

Yoshima nahm den ersten Satz Röntgenaufnahmen ab und hängte eine Reihe neuer Filme auf. Die Hand- und Fingerknochen schimmerten weiß im Gegenlicht des Leuchtkastens, die schlanken Säulen der Fingerglieder wie Bambusstängel. Maura streifte ihre Handschuhe ab und trat vor den Leuchtkasten, den Blick auf die Bilder geheftet. Sie sagte nichts, und es war ihr Schweigen, das Jane verriet, dass hier etwas ganz und gar nicht stimmte.

Maura wandte sich um und sah sie an. »Habt ihr das ganze Haus des Opfers durchsucht?«

»Ja, natürlich.«

»Das *ganze* Haus? Jeden Wandschrank, jede Schublade?«

»Da war nicht viel. Sie war erst vor ein paar Monaten dort eingezogen.«

»Und was ist mit dem Kühlschrank? Der Gefriertruhe?«

»Hat die Spurensicherung alles durchsucht. Warum?«

»Komm mal her und sieh dir diese Röntgenaufnahme an.«

Jane zog ihre beschmutzten Handschuhe aus und ging zum Leuchtkasten, um die Bilder zu betrachten. Doch sie konnte nichts erkennen, was Mauras auffallend erregten Tonfall gerechtfertigt hätte – nichts, was nicht zu dem gepasst hätte, was sie dort auf dem Tisch liegen sah. »Worauf soll ich denn achten?«

»Siehst du diese Abbildung der Hand? Diese kleinen Knochen hier sind die Handwurzelknochen. Sie bilden die Basis der Hand, von der weiter oben die Fingerknochen abzweigen.« Maura nahm Janes Hand, um ihr das Gesagte zu demonstrieren. Sie drehte sie mit der Handfläche nach oben, sodass die Narbe zu sehen war, die Jane immer daran erinnern würde, was ein anderer Mörder ihr angetan hatte. Eine unauslöschliche Spur der Gewalt, die Warren Hoyt in ihr Fleisch eingeritzt hatte. Aber Maura verlor kein Wort über die Narbe; stattdessen deutete sie auf den Handballen, das weiche Gewebe nahe dem Handgelenk.

»Die Handwurzelknochen befinden sich hier. Auf dem Röntgenbild sehen sie aus wie acht kleine Steinchen. Es sind nur einige kleine Knochenstücke, zusammengehalten von Sehnen, Muskeln und Bindegewebe. Sie verleihen unseren Händen ihre Beweglichkeit und machen es erst möglich, dass wir damit so erstaunliche Dinge tun können wie etwa Malen oder Klavier spielen.«

»Okay. Und weiter?«

»Dieser hier, in der ersten Reihe« – Maura deutete auf einen Knochen, der auf dem Röntgenbild direkt unter dem Handgelenk zu sehen war –, »wird Kahnbein genannt. Gleich darunter erkennst du einen Gelenkspalt, und dann ist da auf dieser Aufnahme noch ganz deutlich ein Splitter eines anderen Knochens zu erkennen. Es handelt sich um einen Teil des so genannten Griffelfortsatzes. Als der Täter diese Hand abtrennte, erwischte er auch ein kleines Stück des Armknochens.«

»Mir ist immer noch nicht klar, wieso das von Bedeutung ist.«

»Dann schau dir mal die Röntgenaufnahme des Armstumpfs an.« Maura wies auf einen anderen Film. »Du siehst hier das distale Ende der beiden Unterarmknochen. Der dünnere Knochen ist die Elle, der dickere, auf der Daumenseite, die Speiche. Und hier ist dieser Griffelfortsatz, von dem ich eben sprach. Siehst du jetzt, worauf ich hinauswill?«

Jane runzelte die Stirn. »Er ist intakt. Auf dieser Röntgenaufnahme des Arms ist der ganze Knochen zu sehen.«

»Stimmt. Er ist nicht nur intakt, es hängt sogar noch ein Stück des nächsten Knochens daran. Ein Splitter des Kahnbeins.«

In der gekühlten Luft des Sektionssaals fühlte sich Janes Gesicht plötzlich taub an. »O Mann«, sagte sie leise. »Ich ahne Übles.«

»Es ist tatsächlich übel.«

Jane wandte sich ab und ging zum Tisch zurück. Dort starrte sie auf die abgetrennte Hand. Sie lag direkt neben dem Arm, zu dem sie gehörte – das jedenfalls hatte sie, wie alle anderen auch, bis jetzt geglaubt.

»Die Schnittflächen passen nicht zusammen«, sagte Maura. »Und die Röntgenbilder auch nicht.«

»Wollen Sie uns damit sagen, dass das gar nicht ihre Hand ist?«, fragte Frost.

»Wir werden eine DNA-Analyse durchführen müssen, um es zu bestätigen. Aber ich glaube, wir haben den Beweis vor uns, hier am Leuchtkasten.« Sie drehte sich um und sah Jane an. »Es gibt noch eine zweite Leiche, die ihr bisher nicht gefunden habt. Und wir haben ihre linke Hand.«

7

Mittwoch, 15. Juli. Mondphase: Neumond.

Dies sind die Rituale der Familie Saul.

Um ein Uhr mittags kommt Onkel Peter aus der Klinik zurück, wo er halbtags arbeitet. Er zieht sich um und geht in Jeans und T-Shirt in seinen Gemüsegarten, wo das Drahtspalier sich unter einem Dschungel von Tomatenpflanzen und Gurkenranken biegt.

Um zwei kommt der kleine Teddy mit seiner Angel vom See herauf. Aber ohne Fang. Ich habe noch nicht erlebt, dass er auch nur einen einzigen Fisch gefangen hätte.

Um Viertel nach zwei schlurfen die zwei Freundinnen von Lily mit Badeanzügen und Handtüchern unterm Arm den Berg hinauf. Die Größere – ich glaube, sie heißt Sally – hat auch ein Kofferradio dabei. Die merkwürdige, stampfende Musik, die aus dem Ding dröhnt, stört die Stille des Nachmittags. Die Mädchen breiten ihre Handtücher auf dem Rasen aus und aalen sich wie träge Katzen in der Sonne. Ihre Haut glänzt vor Sonnencreme. Lily setzt sich auf und greift nach ihrem Wasser. Als sie die Flasche an die Lippen hebt, hält sie plötzlich inne, den Blick auf mein Fenster gerichtet. Sie sieht, dass ich sie beobachte.

Es ist nicht das erste Mal.

Langsam setzt sie die Wasserflasche ab und sagt etwas zu ihren beiden Freundinnen. Jetzt richten die anderen Mädchen sich auch auf und schauen in meine Richtung. Einen Moment lang starren sie mich an, so wie ich sie anstarre. Sarah schaltet ihr Radio aus. Dann stehen sie alle drei auf, schütteln ihre Handtücher aus und kommen ins Haus.

Einen Augenblick später klopft Lily an meine Tür. Sie wartet nicht auf eine Antwort, sondern platzt einfach ungebeten in mein Zimmer.

»Warum beobachtest du uns?«, fragt sie.

»Ich habe bloß aus dem Fenster geschaut.«

»Du hast *uns* angeschaut.«

»Weil ihr zufällig da wart.«

Ihr Blick fällt auf meinen Schreibtisch. Dort liegt aufgeschlagen das Buch, das meine Mutter mir geschenkt hat, als ich zehn wurde. Allgemein bekannt unter dem Namen *Das Ägyptische Totenbuch*, ist es eine Sammlung antiker Sargtexte: sämtliche Zaubersprüche und Beschwörungen, die man braucht, um sich im Jenseits zurechtzufinden. Sie tritt näher heran, zögert aber, das Buch anzufassen, als könnte sie sich an den Seiten die Finger verbrennen.

»Interessierst du dich für Totenrituale?«, frage ich.

»Das ist doch alles bloß Aberglaube.«

»Wie willst du das wissen, wenn du es nie ausprobiert hast?«

»Kannst du etwa diese Hieroglyphen entziffern?«

»Meine Mutter hat es mir beigebracht. Aber das da sind nur kleinere Zaubersprüche. Nicht die wirklich mächtigen.«

»Und was kann ein mächtiger Zauberspruch so bewirken?« Sie schaut mich an, und ihr Blick ist so direkt und unbeirrbar, dass ich mich frage, ob sie vielleicht mehr ist, als sie scheint. Ob ich sie unterschätzt habe.

»Die mächtigsten Zaubersprüche«, erkläre ich ihr, »können die Toten zum Leben erwecken.«

»Du meinst, so wie in *Die Mumie*?« Sie lacht.

Auch hinter meinem Rücken höre ich jemanden kichern, und als ich mich umdrehe, sehe ich ihre beiden Freundinnen in der offenen Tür stehen. Sie haben gelauscht, und sie mustern mich abschätzig. Ich bin sicher der seltsamste Junge, den sie je kennengelernt haben. Sie haben ja keine Ahnung, wie anders ich tatsächlich bin.

Lily schlägt das Totenbuch zu. »Gehen wir schwimmen, Mädels«, sagt sie und verlässt das Zimmer. Der süßliche Duft ihrer Sonnencreme bleibt zurück.

Durch mein Fenster beobachte ich, wie sie den Weg zum See hinuntergehen. Das Haus ist jetzt still.

Ich gehe in Lilys Zimmer. Aus ihrer Haarbürste ziehe ich zwei lange braune Haare und stecke sie in die Hosentasche. Ich schraube die Lotionen und Cremes auf ihrer Kommode auf und rieche daran, und mit jedem Duft blitzt eine Erinnerung in mir auf: Lily am Frühstückstisch. Lily neben mir im Auto. Ich öffne ihre Schubladen, ihren Schrank, ich fasse ihre Kleider an. Kleider, wie sie jeder amerikanische Teenager tragen könnte. Sie ist doch nur ein gewöhnliches Mädchen, nichts weiter. Aber ich muss sie beobachten.

Darin bin ich besonders gut.

8

Siena, August.

Lily Saul schreckte jäh aus einem tiefen Schlaf hoch und blieb schwer atmend inmitten der zerwühlten Laken liegen. Das bernsteinfarbene Licht des Spätnachmittags schimmerte durch den Spalt zwischen den nicht ganz geschlossenen Fensterläden. Im Halbdunkel über ihrem Bett kreiste summend eine Fliege, angelockt vom Geruch ihrer schweißbedeckten Haut. Ihrer Angst. Sie setzte sich auf der dünnen Matratze auf, strich sich das wirre Haar aus dem Gesicht und massierte ihre Schläfen, während ihr Puls sich langsam wieder beruhigte. Der Schweiß rann ihr von den Achseln und tränkte ihr T-Shirt. Es war ihr gelungen, die Stunden der größten Mittagshitze zu verschlafen, aber auch jetzt noch war es unangenehm stickig im Zimmer, die Luft so dick, dass sie glaubte zu ersticken. Ich kann nicht ewig so weitermachen, dachte sie, sonst werde ich noch verrückt.

Vielleicht bin ich ja schon verrückt.

Sie stand auf und trat ans Fenster. Sogar die Keramikfliesen unter ihren Füßen strahlten Hitze aus. Sie klappte die Läden auf und blickte auf die winzige Piazza hinunter, auf die Häuser, die wie Steinöfen in der Sonne glühten. Ein goldener Dunst überzog Dächer und Kuppeln mit einer schimmernden Patina. In dieser Sommerhitze blieben die Einwohner Sienas klugerweise in ihren Häusern; nur Touristen waren um diese Tageszeit auf den Beinen, streiften mit großen Augen durch die engen Gassen, erklommen keuchend und schwitzend den Weg hinauf zur Basilika oder posierten für Erinnerungsfotos auf der Piazza del Campo, wo ihre Schuhsohlen fast schmolzen und auf dem kochend heißen Ziegelsteinpflaster festklebten – das ganze obligatorische Touristenprogramm, das sie selbst absolviert hatte, als sie nach Siena gekommen war. Bevor sie sich dem Lebensrhythmus der Einheimischen angepasst hatte, bevor die Augusthitze sich auf diese mittelalterliche Stadt gelegt hatte.

Auf der Piazzetta unter ihrem Fenster war keine Menschenseele zu sehen. Doch als sie sich abwandte, registrierte sie plötzlich in einem Hauseingang eine zuckende Bewegung. Sie verharrte reglos, den Blick starr auf die Stelle gerichtet. *Ich kann ihn nicht sehen. Kann er mich sehen?* Und dann kam das Wesen, das sich vor der Hitze in diesen Hauseingang verkrochen hatte, aus seinem Versteck hervor, trabte über die Piazza und verschwand.

Nur ein Hund.

Lachend wandte sie sich vom Fenster ab. Nicht in jeder dunklen Ecke lauerte ein Monster. *Aber in manchen. Manche Schatten verfolgen dich, bedrohen dich, wohin du auch gehst.*

In dem winzigen Bad spritzte sie sich lauwarmes Wasser ins Gesicht und band ihr Haar zu einem Pferdeschwanz. Mit Schminken hielt sie sich gar nicht erst auf; im Lauf des vergangenen Jahres hatte sie sämtliche Gewohnheiten, die sie aufhielten und langsamer machten, abgelegt. Sie lebte aus einem kleinen Koffer und einem Rucksack und besaß nur zwei Paar Schuhe, ihre Sandalen und ein Paar Turnschuhe. Mit Jeans, T-Shirts und Pullovern überstand sie die Hitze des Sommers ebenso wie den winterlichen Schneeregen. Letzten Endes kam es bei der Kunst des Überlebens doch nur darauf an, sich gut genug abzuschotten, sei es mit Schichten von Kleidungsstücken oder mit emotionalen Abwehrmechanismen. Es galt, sich vor den Elementen zu schützen und Bindungen aus dem Weg zu gehen.

Sich von Gefahren fernzuhalten.

Sie nahm ihren Rucksack und trat hinaus auf den schummrigen Flur, wo sie sich wie immer die Zeit nahm, ein abgebrochenes Pappstreichholz zwischen Tür und Türpfosten zu klemmen, ehe sie ihr Zimmer abschloss. Nicht, dass das uralte Schloss geeignet gewesen wäre, Eindringlinge fernzuhalten. Wie das ganze Haus war es vermutlich Hunderte von Jahren alt.

Entschlossen trat sie hinaus in die glühende Luft der Piazzetta. Dann blieb sie stehen und ließ den Blick über den verlassenen Platz schweifen. Noch hielten die meisten Einheimischen Siesta, doch in etwa einer Stunde würden sie ihren Verdauungsschlaf beendet haben und sich auf den Weg zu ihren Läden und Büros machen. Lily blieb noch ein wenig Zeit zur freien Verfügung, ehe Giorgio sie an ihrem Arbeitsplatz zurückerwartete. Sie könnte sie für einen Spaziergang nutzen, um wieder einen klaren Kopf zu bekommen, könnte noch einmal ihre Lieblingsplätze aufsuchen, hier in ihrer Lieblingsstadt. Sie war erst drei Monate in Siena, und schon hatte sie das Gefühl, dass die Stadt ihr zu entgleiten begann. Bald würde sie sie verlassen müssen, wie bisher jeden Ort, den sie lieb gewonnen hatte.

Ich bin jetzt schon zu lange hier.

Sie überquerte die Piazzetta und ging die schmale Gasse hinauf, die zur Via di Fontebranda führte. Ihr Weg führte sie an dem alten Brunnenhaus der Stadt vorbei, an Gebäuden, die im Mittelalter Werkstätten von Handwerkern und später Schlachthöfe beherbergt hatten. Die Fontebranda war ein Wahrzeichen von Siena, das schon Dante in seinen Versen gepriesen hatte, und ihr Wasser war immer noch klar, sah immer noch einladend aus wie vor Jahrhunderten. Einmal war sie bei Vollmond hier entlanggegangen. Dies war die Zeit, da der Sage nach die Werwölfe kamen, um im Wasser der Quelle zu baden, kurz bevor sie sich wieder in ihre Menschengestalt zurückverwandelten. In jener Nacht hatte sie keine Werwölfe zu Gesicht bekommen, nur betrunkene Touristen. Aber vielleicht war das ja ein und dasselbe.

Die Sohlen ihrer festen Sandalen klatschten auf das glühend heiße Steinpflaster, als sie den Hügel erklomm, vorbei am Heiligtum und dem Haus der heiligen Katharina, der Schutzpatronin von Siena, die über lange Zeit keine andere Nahrung als die heilige Kommunion zu sich genommen hatte. Die heilige Katharina hatte lebhafte Visionen der Hölle, des Fegefeuers und des Himmels gehabt, und sie hatte nach den göttlichen Qualen eines ruhmreichen Märtyrertods gegiert. Nach langem, unerfreulichem Siechtum war ihr schließlich nur ein enttäuschend gewöhnlicher Tod vergönnt gewesen. Während Lily sich den Hang hinaufquälte, dachte sie: *Auch ich habe Visionen der Hölle gesehen. Aber ich habe keine Lust, als Märtyrerin zu enden. Ich will leben. Ich würde alles tun, um am Leben zu bleiben.*

Als sie endlich an der Basilica di San Domenico ankam, war ihr T-Shirt schweißnass. Schwer atmend stand sie auf dem höchsten Punkt des Hügels und blickte auf die Stadt hinunter, deren Ziegeldächer im Dunst des Sommertags verschwammen. Es war ein Anblick, der ihr einen Stich ins Herz gab, weil sie wusste, dass sie ihn schon bald hinter sich lassen musste. Sie hielt sich jetzt schon länger in Siena auf, als ratsam war, und nun spürte sie, wie das Böse ihr auf den Fersen war, konnte schon fast seinen üblen Gestank in der schwachen Brise wittern, die ihr entgegenwehte. Um sie herum wuselten Scharen von Touristen mit schwabbeligen weißen Schenkeln, doch sie stand da in stummer Isolation, ein Geist inmitten der Lebenden. *Ich bin bereits tot*, dachte sie. *Meine Zeit ist schon abgelaufen.*

»Entschuldigen Sie, Miss? Sprechen Sie Englisch?«

Erschrocken fuhr Lily herum und erblickte einen Mann und eine Frau in mittleren Jahren, die beide T-Shirts mit der Aufschrift »University of Pennsylvania« und weite Shorts trugen. Der Mann hielt eine kompliziert aussehende Kamera in der Hand.

»Möchten Sie, dass ich ein Foto von Ihnen mache?«, fragte Lily.

»Das wäre prima! Vielen Dank!«

Lily nahm die Kamera. »Gibt's da irgendwas, worauf ich achten muss?«

»Nein, drücken Sie einfach nur auf den Knopf.«

Das Paar hakte sich unter und posierte vor der Kulisse von

Siena, die sich wie ein mittelalterlicher Wandteppich hinter ihnen ausbreitete. Ihr Andenken an einen mühsamen Anstieg an einem heißen Sommertag.

»Sie sind Amerikanerin, nicht wahr?«, meinte die Frau, als Lily ihnen die Kamera zurückgab. »Woher kommen Sie denn?« Es war nur eine freundliche Frage, wie sie zahllose Touristen einander stellten; ein Versuch, hier im fernen Europa mit Landsleuten in Kontakt zu kommen. Aber Lily machte die Frage augenblicklich misstrauisch. *Ihre Neugier ist mit an Sicherheit grenzender Wahrscheinlichkeit absolut arglos. Aber ich kenne diese Leute nicht. Ich kann mir nicht sicher sein.*

»Aus Oregon«, log sie.

»Tatsächlich? Da wohnt unser Sohn! Welche Stadt?«

»Portland.«

»Also nein – ist die Welt nicht klein? Er wohnt in der Northwest Irving Street. Ist das bei Ihnen in der Nähe?«

»Nein.« Lily trat bereits den Rückzug an, suchte sich von diesen aufdringlichen Leuten loszueisen, die wahrscheinlich als Nächstes darauf bestehen würden, dass sie zusammen einen Kaffee trinken gingen, damit sie ihr noch mehr Fragen stellen könnten, ihr noch mehr Informationen entlocken, die sie nichts angingen. »Schönen Tag noch!«

»Sagen Sie, hätten Sie vielleicht Lust …«

»Tut mir leid, ich bin verabredet.« Sie winkte ihnen noch einmal zu und ließ sie stehen. Vor ihr ragten die Türen der Basilika auf, eine willkommene Zuflucht. Sie ging hinein, tauchte ein in die kühle Stille des Kirchenschiffs und seufzte erleichtert auf. Die Kirche war fast leer, nur wenige Touristen verloren sich in dem weiten Raum, und ihre Stimmen waren glücklicherweise gedämpft. Sie ging auf den gotischen Bogen zu, wo das Sonnenlicht durch die Buntglasfenster fiel und Juwelen aus Licht auf den Boden malte, und passierte die Grabmale der sienesischen Adligen, die das Kirchenschiff säumten. Sie trat in eine der Seitenkapellen, blieb vor dem vergoldeten Marmoraltar stehen und starrte auf den Schrein mit dem konservierten Haupt der heiligen Katharina von Siena. Ihre sterblichen Überreste waren zerstückelt und als Reliquien verteilt worden, der Körper in Rom, ein Fuß in Venedig. Hatte sie gewusst, dass dies ihr Schicksal sein würde? Dass ihr Kopf von ihrem verwesenden Rumpf abgerissen, ihr mumifiziertes Gesicht hier zur Schau gestellt würde, um von zahllosen verschwitzten Touristen und plappernden Schulkindern angegafft zu werden?

Die ledrigen Augenhöhlen der Heiligen blickten sie durch die Glasscheibe an. *So sieht der Tod aus. Aber das weißt du ja bereits, nicht wahr, Lily Saul?*

Schaudernd verließ Lily die Kapelle und eilte mit hallenden Schritten durch das Kirchenschiff zurück zum Ausgang. Als sie wieder im Freien stand, war sie beinahe dankbar für die Hitze. Aber nicht für die Touristen. So viele Fremde mit Kameras. Jeder Einzelne hätte unbemerkt ein Foto von ihr machen können.

Sie verließ den Platz vor der Basilika und stieg wieder hinunter, über die Piazza Salimbeni und vorbei am Palazzo Tolomei. In dem Gewirr enger Sträßchen verloren Touristen leicht die Orientierung, doch Lily kannte den Weg durch das Labyrinth, und mit schnellen, entschlossenen Schritten näherte sie sich ihrem Ziel. Sie war schon spät dran, weil sie sich zu lange auf dem Hügel aufgehalten hatte, und Giorgio würde sie gewiss schelten. Nicht, dass sie sich davor gefürchtet hätte – Giorgios Geschimpfe hatte noch nie irgendwelche ernsthaften Konsequenzen nach sich gezogen.

Deshalb war ihr auch nicht bange, als sie mit fünfzehnminütiger Verspätung an ihrem Arbeitsplatz eintraf. Das kleine Glöckchen an der Tür läutete, kündigte sie an, als sie den Laden betrat, und sie atmete die vertrauten Gerüche von staubigen Büchern, Kampfer und Zigarettenrauch ein. Giorgio und sein Sohn Paolo saßen hinten im Laden über einen Schreibtisch gebeugt; beide hatten sich Lupen umgebunden. Als Paolo den Kopf hob, starrte ihr ein riesiges Zyklopenauge entgegen.

»Das musst du dir anschauen!«, rief er ihr auf Italienisch zu. »Ist gerade eingetroffen. Ein Sammler hat es uns aus Israel geschickt.«

Sie waren so aufgeregt, dass sie ihre Verspätung gar nicht registrierten. Lily stellte den Rucksack hinter ihren Schreibtisch und zwängte sich an dem antiken Tisch und der Klosterbank aus Eichenholz vorbei. An dem römischen Sarkophag, der jetzt ein entwürdigendes Dasein als provisorischer Aktenschrank fristete. Sie stieg über eine offene Kiste, aus der die Holzwolle auf den Boden quoll, und musterte kritisch den Gegenstand, der auf Giorgios Schreibtisch lag. Es war ein behauener Marmorblock, vielleicht ein Teil eines Gebäudes. Sie bemerkte, dass zwei aneinanderstoßende Seitenflächen des Blocks stark verwittert waren, im Lauf der Jahrhunderte durch die Einwirkung von Wind, Regen und Sonne mit einem weichen Glanz überzogen. Es war ein Eckstein.

Der junge Paolo nahm seine Lupe ab, und seine dunklen Haare standen wirr in die Luft. Wie er sie so angrinste, mit diesen ohrähnlichen Haarbüscheln an den Seiten, sah er aus wie einer jener legendären sienesischen Werwölfe, allerdings ein vollkommen harmloser und äußerst charmanter Werwolf. Paolo war ein grundgütiger Mensch, genau wie sein Vater, und hätte Lily nicht gewusst, dass sie irgendwann unweigerlich gezwungen gewesen wäre, ihm das Herz zu brechen, hätte sie ohne Bedenken eine Affäre mit ihm angefangen.

»Ich glaube, dieses Stück wird dir gefallen«, sagte er und bot ihr sein Vergrößerungsglas an. »Das ist genau die Art von Objekt, für die du dich immer schon interessiert hast.«

Sie beugte sich über den Eckstein und studierte die menschenähnliche Gestalt, die in den Marmor gemeißelt war. Sie stand aufrecht, bekleidet mit einem Lendenschurz, geschmückt mit Arm- und Fußreifen. Doch der Kopf war nicht menschlich. Sie schob sich die Lupe über die Stirn und beugte sich noch tiefer hinab. Jetzt konnte sie die Details erkennen, und ein plötzlicher Schauer überlief sie. Sie sah vorstehende Reißzähne und Finger mit Krallen. Und Hörner.

Lily richtete sich auf. Ihre Kehle war wie ausgetrocknet, und ihre Stimme klang verfremdet. »Du hast gesagt, der Sammler sitzt in Israel?«

Giorgio nickte und nahm seine Lupe ab, worauf eine ältere, fülligere Version von Paolo zum Vorschein kam. Die gleichen dunklen Augen, jedoch umringt von Lachfältchen. »Wir kennen den Mann nicht. Deswegen sind wir uns nicht sicher, was die Echtheit betrifft. Wir wissen nicht, ob wir ihm vertrauen können.«

»Wie kommt es, dass er euch dieses Stück geschickt hat?«

Giorgio zuckte mit den Schultern. »Es ist heute in der Kiste da gekommen. Mehr weiß ich auch nicht.«

»Will er, dass ihr es für ihn verkauft?«

»Er bittet uns nur um eine Schätzung. Was meinst du?«

Sie rieb mit dem Finger über die verwitterte Fläche. Wieder spürte sie diesen Schauer, wie eine Kälte, die von dem Stein ausstrahlte und unter ihre Haut drang. »Was sagt er über die Herkunft?«

Giorgio griff nach einem Bündel Papiere. »Er schreibt, er habe ihn vor acht Jahren in Teheran erworben. Außer Landes geschmuggelt, wenn du mich fragst.« Wieder zuckte er mit den Schultern und zwinkerte ihr zu. »Aber was wissen wir denn schon, *eh*?«

»Persisch«, murmelte sie. »Das ist Ahriman.«

»Was ist denn Ahriman?«, fragte Paolo.

»Nicht was, sondern wer. Im alten Persien war Ahriman ein Dämon. Der Geist der Zerstörung.« Sie legte die Lupe auf den Tisch und atmete tief durch. »Für sie war er die Verkörperung des Bösen.«

Giorgio lachte und rieb sich triumphierend die Hände. »Siehst du, Paolo? Ich hab's dir doch gesagt, dass sie es weiß. Teufel, Dämonen, sie kennt sie alle. Sie weiß immer die richtige Antwort.«

»Aber warum?« Paolo sah sie an. »Ich habe nie verstanden, warum du dich so für alles interessierst, was mit dem Bösen zu tun hat.«

Wie konnte sie diese Frage beantworten? Wie konnte sie ihm sagen, dass sie schon einmal dem Tier ins Auge geblickt, dass es ihr ins Auge geblickt hatte? Und sie gesehen hatte? *Seitdem verfolgt es mich.*

»Also ist er echt?«, fragte Giorgio. »Dieser Eckstein?«

»Ja, ich glaube schon.«

»Dann sollte ich ihm gleich schreiben, *eh*? Unserem neuen Freund in Tel Aviv. Und ihm sagen, dass er ihn an den richtigen Händler geschickt hat – einen, der seinen Wert kennt.« Ganz vorsichtig legte er den Stein zurück in die Transportkiste. »Für so eine Rarität finden wir ganz bestimmt einen Käufer.«

Wer möchte schon so etwas Scheußliches im Haus haben?, dachte Lily. *Wer will schon in seinen eigenen vier Wänden Tag für Tag von der Verkörperung des Bösen angestarrt werden?*

»Ah, fast hätte ich es vergessen«, sagte Giorgio. »Hast du gewusst, dass du einen Verehrer hast?«

Lily sah ihn stirnrunzelnd an. »Was?«

»Ein Mann – er kam heute Mittag in den Laden und fragte, ob bei mir eine Amerikanerin arbeitet.«

Sie erstarrte. »Was hast du ihm gesagt?«

»Ich habe gerade noch verhindern können, dass Papa irgendetwas sagt«, mischte sich Paolo ein. »Wir könnten Ärger kriegen – schließlich hast du keine Arbeitserlaubnis.«

»Aber inzwischen habe ich noch ein bisschen darüber nachgedacht«, meinte Giorgio. »Und ich glaube, der Mann hat vielleicht bloß ein Auge auf dich geworfen. Und deswegen hat er nach dir gefragt.« Giorgio zwinkerte ihr zu.

Sie schluckte. »Hat er gesagt, wie er heißt?«

Giorgio boxte seinen Sohn spielerisch gegen den Arm. »Siehst du«, schalt er ihn, »du bist einfach zu langsam, Junge. Jetzt wird ein anderer kommen und sie uns wegschnappen.«

»Wie hieß der Mann?«, fragte Lily wieder, diesmal in schärferem Ton. Doch weder Vater noch Sohn schienen die Veränderung in ihrem Verhalten zu bemerken. Sie waren zu sehr damit beschäftigt, einander zu necken.

»Er hat seinen Namen nicht gesagt«, antwortete Giorgio. »Ich glaube, er will lieber inkognito bleiben, *eh*? Will dich ein bisschen auf die Folter spannen.«

»War es ein junger Mann? Wie sah er aus?«

»Oh. Du bist also interessiert.«

»War irgendetwas an ihm« – sie zögerte – »ungewöhnlich?«

»Wie meinst du das – ›ungewöhnlich‹?«

Nicht menschlich, hatte sie eigentlich sagen wollen.

»Er hatte sehr blaue Augen«, antwortete Paolo munter. »Seltsame Augen. Leuchtend, wie die eines Engels.«

Das genaue Gegenteil eines Engels.

Sie wandte sich ab und ging rasch zum Fenster, um durch die staubige Scheibe auf die Straße hinauszuspähen, wo die Passanten vorübergingen. *Er ist hier*, dachte sie. *Er hat mich in Siena aufgespürt.*

»Er wird schon wiederkommen, *cara mia*. Hab nur Geduld«, sagte Giorgio.

Und wenn er es tut, darf ich nicht hier sein.

Sie riss ihren Rucksack an sich. »Entschuldigt bitte«, sagte sie. »Ich fühle mich nicht wohl.«

»Was hast du denn?«

»Ich glaube, ich hätte gestern Abend diesen Fisch nicht essen sollen. Er bekommt mir nicht. Ich muss nach Hause.«

»Paolo wird dich begleiten.«

»Nein! Nein.« Sie riss die Tür so heftig auf, dass das Glöckchen Sturm läutete. »Ich komme schon allein klar.« Sie flüchtete aus dem Laden und drehte sich nicht mal um, aus Angst, dass Paolo ihr nacheilen könnte, dass er darauf bestehen könnte, den Gentleman zu spielen und sie nach Hause zu begleiten. Sie konnte nicht zulassen, dass er sie aufhielt. Jetzt zählte jede Minute.

Auf Umwegen ging sie zurück zu ihrer Wohnung, mied die überlaufenen Piazze und die Hauptstraßen. Stattdessen nahm sie Abkürzungen durch winzige Gässchen, hastete schmale Treppen zwischen mittelalterlichen Mauern hinauf und näherte sich so im Bogen nach und nach dem Fontebranda-Viertel. Zum Packen würde sie gerade einmal fünf Minuten brauchen. Sie hatte gelernt, mobil zu sein, jederzeit bereit, das Quartier zu wechseln, und sie musste nichts weiter tun, als ihre Kleider und ihren Waschbeutel in den Koffer zu werfen und ihren Vorrat an Euroscheinen aus dem Versteck hinter der Kommode hervorzuholen. In den letzten drei Monaten hatte Giorgio sie unter der Hand in bar bezahlt, da er ganz genau wusste, dass sie keine Arbeitserlaubnis hatte. Inzwischen hatte sie sich einen ansehnlichen Notgroschen zusammengespart, um die Zeit bis zum nächsten Job zu überbrücken. Es würde reichen, bis sie sich in einer neuen Stadt etwas gesucht hätte. Sie sollte sich einfach das Geld und den Koffer schnappen und verschwinden. Auf dem schnellsten Weg zum Busbahnhof.

Nein. Nein, das war unklug – er würde sicher damit rechnen, dass sie dorthin ging. Ein Taxi wäre besser. Kostspielig, ja, aber wenn sie es nur benutzte, um aus der Stadt hinauszukommen, vielleicht bis San Gimignano, dann könnte sie von dort den Zug nach Florenz nehmen. Dort könnte sie leicht in den Menschenmassen untertauchen.

Sie nahm nicht den Eingang von der Piazzetta; stattdessen näherte sie sich dem Haus über eine dunkle Seitengasse, schob sich vorbei an Mülltonnen und angeketteten Fahrrädern und stieg die Hintertreppe hinauf. Aus einer der anderen Wohnungen dröhnte Musik, drang durch die offene Tür ins Treppenhaus. Es war dieser mürrische Teenager von nebenan. Tito und sein verfluchtes Radio. Sie erhaschte einen Blick auf den Jungen, der wie ein Zombie auf dem Sofa herumhing. Sie ging an seiner Wohnung vorbei zu ihrer eigenen Tür. Als sie gerade ihre Schlüssel aus der Tasche zog, fiel ihr Blick auf das abgebrochene Streichholz, und sie erstarrte.

Es klemmte nicht mehr im Türspalt – es war auf den Boden gefallen.

Ihr Herz schlug wild, und sie wich von der Tür zurück. Als sie wieder an Titos Wohnung vorbeikam, blickte der Junge vom Sofa auf und winkte ihr zu. Wenn er sich überlegt hatte, dass er in Zukunft freundlicher sein wollte, dann hätte er sich wirklich keinen unpassenderen Moment aussuchen können. *Bitte sprich mich nicht an*, flehte sie stumm. *Wehe, du sagst auch nur ein Wort.*

»Musst du heute nicht arbeiten?«, fragte er auf Italienisch.

Sie machte kehrt und rannte die Treppe hinunter. Fast wäre sie über die Fahrräder gestolpert, als sie durch die dunkle Gasse flüchtete. *Verdammt, ich bin zu spät dran*, dachte sie, während sie um die Ecke lief und eine kurze Treppe hinaufhastete. Sie tauchte in einem verwilderten Garten unter, kauerte sich hinter eine bröckelnde Mauer und verharrte dort reglos, wagte kaum zu atmen. Fünf Minuten, zehn. Sie hörte keine Schritte, kein Geräusch, das einen Verfolger ankündigte.

Vielleicht ist das Streichholz von allein herausgefallen. Vielleicht kann ich doch noch meinen Koffer holen. Mein Geld.

Sie riskierte einen Blick über die Mauer, spähte die Gasse hinauf. Niemand zu sehen.

Soll ich es wagen? Kann ich es wagen?

Lautlos trat sie auf die Gasse hinaus, schlich sich durch schmale Sträßchen bis hinunter an den Rand der Piazzetta. Doch sie trat nicht hinaus auf den offenen Platz, sondern spähte hinter einer Hausecke verborgen zum Fenster ihrer Wohnung hinauf. Die Läden waren offen, so, wie sie sie zurückgelassen hatte. Im Zwielicht der Abenddämmerung sah sie, wie sich hinter dem Fenster etwas bewegte: eine Silhouette, die kurz im Fensterrahmen auftauchte und wieder verschwand.

Mit einem Ruck zog sie den Kopf hinter die Hausecke zurück. Mist. *Mist.*

Sie öffnete ihren Rucksack und kramte in ihrem Portemonnaie. Achtundvierzig Euro. Genug für ein paar Mahlzeiten und einen Busfahrschein. Vielleicht auch für eine Taxifahrt nach San Gimignano, aber nicht viel mehr. Sie hatte eine Scheckkarte, aber sie wagte es nicht, sie zu benutzen, außer in großen Städten, wo sie leicht in der Menge untertauchen konnte. Das letzte Mal hatte sie damit in Florenz Geld abgehoben, an einem Samstagabend, als es in den Straßen von Menschen gewimmelt hatte.

Nicht hier, dachte sie. *Nicht in Siena*.

Sie verließ die Piazzetta und drang tief in das Labyrinth von Sträßchen und Gassen des Fontebranda-Viertels ein. Hier kannte sie sich am besten aus; hier konnte sie jeden Verfolger abhängen. Sie gelangte zu der kleinen Espressobar, die sie vor ein paar Wochen entdeckt hatte und in die sich nur Einheimische verirrten. Es war düster wie in einer Höhle, und die Luft war von Zigarettenrauch geschwängert. Sie setzte sich an einen Ecktisch und bestellte ein Tomaten-Käse-Sandwich und einen Espresso. Und dann nach einer Weile noch einen Espresso. Und noch einen. Heute Nacht würde sie ohnehin nicht schlafen. Sie könnte zu Fuß nach Florenz gehen. Wie weit mochte das sein – dreißig, vierzig Kilometer vielleicht? Sie hatte schon einmal auf freiem Feld übernachtet. Hatte Pfirsiche gestohlen und im Schutz der Dunkelheit Trauben gepflückt. Sie könnte es wieder tun.

Sie verdrückte ihr Sandwich bis auf den allerletzten Krümel. Schließlich konnte sie nicht wissen, wann sie wieder etwas zu essen bekommen würde. Als sie endlich das Café verließ, war die Nacht hereingebrochen, und sie konnte sich durch die dunklen Gassen bewegen, ohne allzu große Angst haben zu müssen, dass sie erkannt würde. Es blieb ihr noch eine andere Möglichkeit. Es war riskant, aber es könnte ihr einen Vierzig-Kilometer-Marsch ersparen.

Und Giorgio würde es für sie tun. Er würde sie nach Florenz fahren.

Sie ging weiter und weiter, machte einen großen Bogen um die belebte Piazza del Campo, benutzte nur Seitenstraßen. Als sie endlich Giorgios Haus erreichte, schmerzten ihre

Waden. Im Schutz der Dunkelheit verharrte sie und sah zum Fenster hinüber. Giorgios Frau war schon vor Jahren gestorben, und er teilte sich die Wohnung mit seinem Sohn. Im Haus brannte Licht, aber sie sah keine Bewegung im Erdgeschoss.

Sie war nicht so töricht, zum Vordereingang zu gehen. Stattdessen lief sie ums Haus herum zu dem kleinen Garten, schlüpfte durch die Pforte und schlich zwischen duftenden Thymian- und Lavendelbeeten hindurch, um an die Küchentür zu klopfen.

Niemand öffnete.

Sie lauschte angestrengt, um zu hören, ob vielleicht der Fernseher lief und ihr Klopfen übertönt hatte. Aber außer den gedämpften Verkehrsgeräuschen von der Straße war nichts zu vernehmen.

Sie drückte die Klinke, und die Tür schwang auf.

Ein Blick genügte, um alles zu erfassen – das Blut, die verrenkten Arme, die entstellten Gesichter. Die Gesichter von Giorgio und Paolo, ihre Leiber verschlungen in einer letzten Umarmung.

Sie prallte zurück, die Hand vor den Mund geschlagen, und ein Schleier von Tränen trübte ihren Blick. *Meine Schuld. Das ist alles meine Schuld. Sie wurden meinetwegen getötet.*

Rückwärts taumelte sie durch die Lavendelbeete und stieß gegen die hölzerne Pforte. Der Ruck brachte sie wieder zur Besinnung.

Lauf weg. Schnell.

Sie stürzte aus dem Garten, ohne die Pforte hinter sich zu schließen, und flüchtete die Straße hinunter. Das klatschende Geräusch ihrer Sandalen hallte von den Pflastersteinen wider.

Erst als sie den Stadtrand von Siena erreicht hatte, verlangsamte sie ihren Schritt.

9

»Sind wir absolut sicher, dass es ein zweites Opfer *gibt?*«, fragte Lieutenant Marquette. »Die DNA-Bestätigung liegt noch nicht vor.«

»Aber was wir haben, sind zwei verschiedene Blutgruppen«, entgegnete Jane. »Die abgetrennte Hand gehört zu einer Person mit Blutgruppe 0 negativ. Lori-Ann Tucker hatte A positiv. Dr. Isles lag also hundertprozentig richtig.«

Im Besprechungsraum trat eine lange Pause ein.

Dann sagte Dr. Zucker leise: »Das wird ja allmählich höchst interessant.«

Jane sah ihn über den Tisch hinweg an. Der durchdringende Blick des forensischen Psychologen Dr. Lawrence Zucker hatte ihr schon immer Unbehagen bereitet. Auch jetzt fixierte er sie, als wäre sie und nur sie allein das Objekt seiner Neugier, und sie konnte beinahe spüren, wie sein Blick sich in ihr Gehirn bohrte. Sie hatte vor zweieinhalb Jahren bei den Ermittlungen im Fall des Chirurgen mit ihm zusammengearbeitet, und Zucker wusste genau, wie sehr die Ereignisse sie traumatisiert hatten. Er wusste von ihren Albträumen, ihren Panikattacken. Er hatte beobachtet, wie sie pausenlos an den Narben in ihren Handflächen rieb, als wollte sie die Erinnerungen wegmassieren. Inzwischen träumte sie nicht mehr so oft von Warren Hoyt. Aber wenn Zucker sie so ansah, kam sie sich aufs Neue ausgeliefert vor, weil er genau wusste, wie verletzlich sie damals gewesen war. Und das nahm sie ihm übel.

Sie brach den Blickkontakt ab und konzentrierte sich stattdessen auf die beiden anderen Detectives im Raum, Barry Frost und Eve Kassowitz. Es war ein Fehler gewesen, Kassowitz ins Team zu holen. Inzwischen hatte es sich im Dezernat herumgesprochen, dass sie am Tatort auf offener Straße in den Schnee gekotzt hatte, und Jane hatte genau gewusst, dass die Kollegen sie damit aufziehen würden. Am Tag nach Weihnachten war auf unerklärliche Weise ein riesiger Plastikeimer auf dem Empfangstresen des Dezernats aufgetaucht, beschriftet mit Kassowitz' Namen. Die Frau hätte einfach darüber lachen und die Sache vergessen sollen. Oder wenigstens einen anständigen Wutanfall bekommen. Stattdessen hatte sie mit einer Miene wie ein geprügeltes Seehundbaby an ihrem Schreibtisch gehockt, so demoralisiert, dass sie fast kein Wort herausgebracht hatte. Wenn sie nicht bald lernte zurückzuschlagen, hätte sie in diesem Männerclub nicht den Hauch einer Chance.

»Wir haben es also mit einem Mörder zu tun«, fuhr Zucker fort, »der nicht nur seine Opfer zerstückelt, sondern auch Leichenteile von einem Tatort zum nächsten transportiert. Haben Sie ein Foto von dieser Hand?«

»Wir haben jede Menge Fotos«, antwortete Jane. Sie reichte Zucker den Obduktionsbericht. »Vom Äußeren her sind wir uns ziemlich sicher, dass es sich um eine Frauenhand handelt.«

Die Bilder waren so grausig, dass es jedem normalen Menschen den Magen umgedreht hätte, aber Zuckers Miene verriet weder Schock noch Abscheu, als er in der Akte blätterte. Nur lebhafte Neugier. Oder war das gar Enthusiasmus, was Jane da in seinen Augen las? Genoss er den Anblick der Gräuel, die dem Körper einer jungen Frau angetan worden waren?

Beim Foto der Hand verweilte er länger. »Kein Nagellack, aber die Finger sehen eindeutig manikürt aus. Ja, ich bin auch der Meinung, dass es sich um die Hand einer Frau handelt.« Er sah Jane an, fixierte sie mit seinen hellen Augen über den Rand seiner Nickelbrille hinweg. »Was haben Sie über diese Fingerabdrücke herausgefunden?«

»Die Besitzerin der Hand ist nicht vorbestraft und war nicht beim Militär. Keine Treffer in der NCIC-Datei.«

»Sie ist nirgends registriert?«

»Jedenfalls nicht mit ihren Fingerabdrücken.«

»Und diese Hand ist auch kein Krankenhausabfall? Von einer Amputation beispielsweise?«

Frost antwortete: »Ich habe bei allen Kliniken im Großraum Boston nachgefragt. In den letzten zwei Wochen hat es zwei Handamputationen gegeben, eine im Massachusetts General und die andere im Pilgrim Hospital. Beide waren das Resultat von schweren Verletzungen. Zuerst ein Unfall mit einer Kettensäge, dann eine Hundeattacke. In beiden Fällen war die Hand so übel zugerichtet, dass sie nicht wieder angenäht werden konnte. Und im ersten Fall war der Betroffene ein Mann.«

»Diese Hand wurde nicht aus dem Krankenhausabfall gezogen«, sagte Jane. »Und sie war auch nicht zerfetzt. Sie wurde mit einer sehr scharfen, gezahnten Klinge abgeschnitten. Der Täter ist auch nicht mit sonderlich großem chirurgischem Geschick vorgegangen. Die Spitze des Speichenknochens wurde abgebrochen, und es wurde kein Versuch unternommen, den Blutverlust einzudämmen. Keine abgebundenen Gefäße, kein Sezieren der verschiedenen Hautschichten. Nur ein glatter Schnitt.«

»Wissen wir von irgendwelchen vermissten Personen, zu denen sie gehören könnte?«

»Nicht in Massachusetts«, antwortete Frost. »Wir weiten die Suche jetzt aus. Auf sämtliche weißen Frauen. Sie kann noch nicht sehr lange vermisst sein, denn die Hand sieht relativ frisch aus.«

»Sie könnte eingefroren gewesen sein«, bemerkte Marquette.

»Nein«, sagte Jane. »Unter dem Mikroskop sind keine geschädigten Zellen zu erkennen. Das hat uns Dr. Isles erklärt. Wenn man Gewebe einfriert, lässt die Ausdehnung des Wassers die Zellwände reißen, und das konnte sie nicht feststellen. Die Hand wurde möglicherweise gekühlt oder in Eiswasser aufbewahrt, wie es beim Transport von Spenderorganen gemacht wird. Aber eingefroren war sie nicht. Wir gehen also davon aus, dass die Besitzerin der Hand erst vor wenigen Tagen ermordet wurde.«

»*Falls* sie ermordet wurde«, sagte Zucker.

Alle starrten ihn an. Die schreckliche Vorstellung, die seine Worte heraufbeschworen, ließ sie alle in betroffenes Schweigen verfallen.

»Sie denken, sie könnte noch am Leben sein?«, fragte Frost schließlich.

»Eine Amputation ist an sich ja noch nicht lebensbedrohlich.«

»O Mann«, stöhnte Frost. »Ihr die Hand abschneiden, ohne sie zu töten …«

Zucker blätterte die restlichen Obduktionsfotos durch und verweilte bei jedem einzelnen mit der Konzentration eines Juweliers, der durch seine Lupe schaut. Schließlich legte er die Mappe weg. »Es kommen zwei Gründe in Frage, weshalb ein Täter eine Leiche zerstückeln würde. Der erste ist rein praktischer Natur. Er muss sie irgendwie loswerden. Das ist bei bewusst handelnden, zielgerichteten Tätern der Fall. Ein solcher Täter ist sich im Klaren darüber, dass er keine Spuren hinterlassen darf, wenn er nicht will, dass sein Verbrechen entdeckt wird.«

»Der organisierte Tätertyp«, sagte Frost.

»Wenn die Teile der zerstückelten Leiche anschließend weggeworfen oder versteckt werden, können wir von einer geplanten Tat ausgehen. Von einem kognitiv geprägten Täter.«

»Diese Leichenteile waren alles andere als versteckt«, warf Jane ein. »Er hat sie im Haus liegen lassen, und zwar an Stellen, wo man sie unmöglich übersehen konnte.« Sie gab Zucker einen weiteren Satz Fotos. »Die stammen vom Tatort.«

Er schlug die Mappe auf und hielt inne, starrte das erste Bild an. »Das wird ja immer interessanter«, murmelte er.

Er sieht eine abgetrennte Hand auf einem Teller, und das ist das Erste, was ihm dazu einfällt?

»Wer hat den Tisch gedeckt?« Er blickte zu Jane auf. »Wer

hat die Teller, das Besteck und die Weingläser dort platziert?«

»Wir glauben, dass es der Täter war.«

»Wieso?«

»Woher soll ich das wissen?«

»Ich meinte, wie kommen Sie darauf, dass *er* es war?«

»Weil unter einem der Teller ein Blutfleck war. Er hat ihn hinterlassen, als er den Teller anfasste.«

»Fingerabdrücke?«

»Leider Fehlanzeige. Er hat Handschuhe getragen.«

»Ein Hinweis auf eine geplante Tat. Auf Vorbedacht.« Zucker richtete den Blick wieder auf das Foto. »Der Tisch ist für vier Personen gedeckt. Hat das etwas zu bedeuten?«

»Da können wir auch nur raten. Es waren acht Teller im Schrank, also hätte er auch mehr hinstellen können. Aber er hat bewusst nur vier genommen.«

Lieutenant Marquette meldete sich zu Wort. »Was glauben Sie, womit wir es hier zu tun haben, Dr. Zucker?«

Der Psychologe antwortete nicht gleich. Er blätterte langsam die Fotos durch und verweilte bei der Aufnahme des abgetrennten Arms in der Badewanne. Dann blätterte er weiter zu dem Bild aus der Küche und hielt inne. Es war sehr lange still, während er die geschmolzenen Kerzen anstarrte, den auf den Boden gemalten Kreis. Und das, was in der Mitte des Kreises lag.

»Für uns sieht das nach irgendeinem abartigen Ritual aus«, sagte Frost. »Der Kreidekreis, die heruntergebrannten Kerzen.«

»Es hat gewiss etwas Ritualistisches.« Zucker blickte auf, und das Funkeln in seinen Augen jagte Jane einen kalten Schauer über den Rücken. »Hat der Täter diesen Kreis gezeichnet?«

Jane zögerte, verblüfft von seiner Frage. »Sie meinen – im Gegensatz zum Opfer?«

»Ich stelle hier keine Vermutungen an. Und Sie hoffentlich auch nicht. Was macht Sie so sicher, dass nicht das Opfer diesen Kreis gezeichnet hat? Dass sie nicht anfangs aus freien Stücken an dem Ritual teilnahm?«

Jane hätte am liebsten laut gelacht. *Na klar, ich würde mir bestimmt auch freiwillig den Kopf abhacken lassen.* »Es muss der Täter gewesen sein, der den Kreis gezeichnet und die Kerzen angezündet hat. Wir haben nämlich im ganzen Haus kein Stück Kreide gefunden. Er muss sie mitgenommen haben, nachdem er damit auf den Küchenboden gezeichnet hat.«

Zucker lehnte sich nachdenklich auf seinem Stuhl zurück. »Dieser Täter zerstückelt also sein Opfer, versteckt aber die Leichenteile nicht. Er entstellt nicht ihr Gesicht. Er hinterlässt kaum brauchbare Spuren, was darauf hindeutet, dass er sich mit Polizeimethoden auskennt. Und doch gibt er uns – wenn Sie so wollen – den deutlichsten Hinweis freiwillig an die Hand: einen Körperteil eines anderen Opfers.« Er schwieg einen Moment. »Wurde Sperma gefunden?«

»Im Körper des Opfers war keines festzustellen.«

»Und am Tatort?«

»Die Spurensicherung hat das ganze Haus mit UV-Licht abgesucht. Das CrimeScope hat unzählige Haare zum Vorschein gebracht, aber kein Sperma.«

»Was wiederum charakteristisch für kognitives Verhalten ist. Er hinterlässt keine Spuren sexueller Aktivität. Wenn es sich tatsächlich um einen Sexualtäter handelt, dann ist er jedenfalls beherrscht genug, um zu warten, bis er in Sicherheit ist, ehe er sich seine sexuelle Befriedigung verschafft.«

»Und wenn er kein Sexualtäter ist?«, fragte Marquette.

»Dann bin ich mir zwar immer noch nicht ganz sicher, was dies alles zu bedeuten hat«, erwiderte Zucker. »Aber wenn ich an die Zerstückelung der Leichen denke, das Zurschaustellen der Körperteile – an die Kerzen, den Kreidekreis.« Er blickte in die Runde. »Ich bin mir sicher, dass wir alle an dasselbe denken. Satanische Rituale.«

»Es war schließlich Heiligabend«, setzte Marquette hinzu. »Eine ganz besondere Nacht.«

»Und unser Mörder ist nicht gekommen, um dem Friedensfürsten zu huldigen«, sagte Zucker. »Nein, er versucht, den Fürsten der Finsternis zu beschwören.«

»Es gibt da noch ein Bild, das Sie sich anschauen sollten«, sagte Jane und deutete auf einen Packen Fotos, die Zucker noch nicht gesehen hatte. »Da war nämlich etwas an die Wand gezeichnet und geschrieben. Mit dem Blut des Opfers.«

Zucker fand das Foto. »Drei auf dem Kopf stehende Kreuze«, sagte er. »Die könnten durchaus eine satanistische Bedeutung haben. Aber was sind das für Symbole unter den Kreuzen?«

»Das ist ein Wort.«

»Ich kann es nicht entziffern.«

»Es ist Spiegelschrift. Im Schlafzimmerspiegel war das Wort deutlich zu erkennen.«

Zucker zog die Augenbrauen hoch. »Sie kennen doch die besondere Bedeutung von Spiegelschrift, oder?«

»Nein. Was bedeutet sie?«

»Wenn der Teufel einen Pakt mit einem Menschen schließt, um dessen Seele zu kaufen, dann wird der Vertrag in Spiegelschrift aufgesetzt und unterzeichnet.« Er betrachtete das Wort stirnrunzelnd. »Und was heißt das nun?«

»*Peccavi.* Das ist Latein und heißt ›Ich habe gesündigt.‹«

»Eine Beichte?«, mutmaßte Marquette.

»Oder der Täter brüstet sich mit seiner Tat«, wandte Zucker ein. »Er verkündet Satan: ›Ich habe getan, was du mir befohlen hast, Meister.‹« Er ließ den Blick über die Fotos schweifen, die vor ihm auf dem Tisch ausgebreitet waren. »Ich wäre zu gerne mit diesem Täter in einem Vernehmungsraum. Diese Bilder sind so voller Symbolik. Wieso hat er die Körperteile ausgerechnet in dieser Weise arrangiert? Was hat die Hand auf dem Teller zu bedeuten? Die vier Gedecke auf dem Esstisch?«

»Die vier apokalyptischen Reiter«, sagte Detective Kassowitz leise. Es war eine ihrer ersten Wortmeldungen in der ganzen Besprechung.

»Wie kommen Sie darauf?«, fragte Zucker.

»Wir sprechen über Satan. Über die Sünde.« Kassowitz räusperte sich, und ihre Stimme schien sicherer zu werden, während sie sich auf ihrem Stuhl aufrichtete und hinzufügte: »Das sind biblische Themen.«

»Die vier Gedecke könnten auch bedeuten, dass er drei unsichtbare Freunde hat, die sich mit ihm zu einem Mitternachtsimbiss treffen«, meinte Jane.

»Sie glauben nicht an den biblischen Aspekt?«, fragte Zucker.

»Ich weiß, dass es nach Satanismus *aussieht*«, sagte Jane. »Ich meine, es ist alles da – der Kreis und die Kerzen, die Spiegelschrift, die umgedrehten Kreuze. Es ist, als *sollten* wir zu diesem Schluss kommen.«

»Sie glauben, es war alles nur so inszeniert?«

»Vielleicht, um das wahre Motiv für den Mord an Lori-Ann Tucker zu kaschieren.«

»Welche Motive könnte es da noch geben? Hatte sie Beziehungsprobleme?«

»Sie war geschieden, aber ihr Exmann lebt in New Mexico. Anscheinend war es eine einvernehmliche Trennung. Sie ist erst vor drei Monaten nach Boston gezogen. Von Männerbekanntschaften wissen wir nichts.«

»Sie hatte einen Job?«

Eve Kassowitz antwortete: »Ich habe mit ihrer Vorgesetzten drüben im Naturwissenschaftlichen Museum gesprochen. Lori-Ann hat dort im Museumsladen gearbeitet. Niemand wusste von irgendwelchen Konflikten oder Problemen zu berichten.«

»Können wir uns da absolut sicher sein?«, fragte Zucker. Er richtete seine Frage an Jane, nicht an Kassowitz, die angesichts dieser Brüskierung errötete. Es war ein weiterer Schlag gegen ihr ohnehin schon ramponiertes Selbstbewusstsein.

»Detective Kassowitz hat Ihnen gerade alles gesagt, was wir wissen«, stärkte Jane ihrer Teamkollegin den Rücken.

»Okay«, sagte Zucker. »Und warum wurde diese Frau dann ermordet? Warum sollte der Täter einen satanistischen Hintergrund *inszenieren*, den es gar nicht gibt?«

»Um es interessanter zu machen. Um Aufmerksamkeit zu erregen.«

Zucker lachte. »Als ob die Tat selbst unsere Aufmerksamkeit nicht schon geweckt hätte.«

»Nicht unsere. Die Aufmerksamkeit einer Person, die diesem Täter sehr viel wichtiger ist.«

»Sie sprechen von Dr. O'Donnell, nicht wahr?«

»Wir wissen, dass der Täter O'Donnell angerufen hat, aber sie behauptet, sie sei nicht zu Hause gewesen.«

»Sie glauben ihr nicht?«

»Wir können es nicht nachprüfen, da sie die Nachricht auf dem Anrufbeantworter gelöscht hat. Sie sagte, der Anrufer habe einfach aufgelegt.«

»Wie kommen Sie darauf, dass das nicht die Wahrheit sein könnte?«

»Sie wissen doch, wer sie ist, oder nicht?«

Er betrachtete sie einen Moment lang. »Ich weiß, dass es zwischen Ihnen beiden Konflikte gegeben hat. Dass O'Donnells Bekanntschaft mit Warren Hoyt Ihnen ein Dorn im Auge ist.«

»Hier geht es nicht um mich und O'Donnell …«

»O doch. Sie pflegt freundschaftlichen Umgang mit dem Mann, der Sie fast umgebracht hätte; dem Mann, dessen lang gehegte Wunschvorstellung es ist, diese Tat zu vollenden.«

Jane beugte sich vor. Jeder Muskel in ihrem Körper war angespannt. »Lassen Sie das, Dr. Zucker«, sagte sie.

Er starrte sie an, und er sah etwas in ihren Augen, das ihn veranlasste, langsam zurückzuweichen. »Sie verdächtigen O'Donnell?«, fragte er.

»Ich traue ihr nicht. Sie macht sich für Schwerverbrecher stark. Wenn man ihr nur genug Geld dafür gibt, verteidigt sie vor Gericht auch den übelsten Mörder. Dann behauptet sie, er sei neurologisch geschädigt und damit nicht für seine Taten verantwortlich. Dass er in ein Krankenhaus gehört und nicht ins Gefängnis.«

Marquette fügte hinzu: »Sie ist nicht sehr beliebt in Polizeikreisen, Dr. Zucker. Und auch anderswo.«

»Hören Sie, selbst wenn wir die Frau *liebten*«, sagte Jane, »wären da immer noch all die unbeantworteten Fragen. Warum hat der Mörder sie vom Tatort aus angerufen? Warum war sie nicht zu Hause? Warum will sie uns nicht sagen, wo sie war?«

»Weil sie Ihre feindselige Einstellung kennt.«

Sie ahnt ja gar nicht, wie feindselig ich werden kann.

»Detective Rizzoli, wollen Sie andeuten, dass Dr. O'Donnell etwas mit diesem Verbrechen zu tun hat?«

»Nein. Aber ich traue ihr durchaus zu, dass sie es für ihre Zwecke ausnutzt. Dass sie davon profitiert. Ob es ihre Absicht war oder nicht, sie hat die Anregung zu dieser Tat geliefert.«

»Wie?«

»Sie wissen doch, dass Katzen manchmal Mäuse fangen und sie ›ihren‹ Menschen ins Haus bringen, als Geschenk sozusagen. Als Zeichen ihrer Zuneigung.«

»Sie glauben also, unser Mörder versucht, O'Donnell zu imponieren.«

»Deswegen hat er sie angerufen. Deswegen hat er am Tatort alles so sorgfältig inszeniert – um ihr Interesse zu wecken. Damit seine Tat auch bemerkt wird, ruft er die Notrufzentrale an. Ein paar Stunden später, als wir in der Küche stehen, ruft er von einer Telefonzelle aus im Haus des Opfers an, nur um sich zu vergewissern, dass wir da sind. Dieser Täter versucht, uns alle zu ködern. Die Polizei – und auch O'Donnell.«

»Ist ihr klar, in welcher Gefahr sie möglicherweise schwebt?«, fragte Marquette. »Dass sie im Mittelpunkt der Aufmerksamkeit eines Mörders stehen könnte?«

»Das schien sie nicht sonderlich zu beeindrucken.«

»Was muss denn noch geschehen, damit diese Frau es mit der Angst zu tun bekommt?«

»Vielleicht, dass er ihr ein kleines Zeichen seiner Verbundenheit zukommen lässt. Das Äquivalent einer toten Maus.« Jane machte eine Pause. »Vergessen wir nicht – Lori-Ann Tuckers Hand ist noch nicht wieder aufgetaucht.«

10

Jane musste unentwegt an diese Hand denken, als sie abends in ihrer Küche saß und kaltes Hähnchenfleisch für einen späten Imbiss in Scheiben schnitt. Sie trug den Teller zum Tisch, wo ihr sonst stets tadellos gepflegter Gatte mit hochgekrempelten Ärmeln und Babysabber am Kragen saß. Gab es etwas Erotischeres als einen Mann, der sein Töchterchen auf dem Arm hielt und geduldig wartete, bis es sein Bäuerchen gemacht hatte? Endlich rülpste Regina herzhaft, und Gabriel lachte. Was für ein köstlicher, vollkommener Augenblick. Alle drei vereint, gesund und geborgen.

Dann sah sie auf die Hähnchenfleischteile hinunter und dachte an das, was auf einem anderen Teller gelegen hatte, auf dem Esstisch einer anderen Frau. Sie schob den Teller von sich.

Wir sind auch nur Fleisch. Wie Huhn. Oder Rind.

»Ich dachte, du hast Hunger«, sagte Gabriel.

»Ich hab's mir anders überlegt. Es sieht plötzlich gar nicht mehr so appetitlich aus.«

»Es ist wegen des Falls, nicht wahr?«

»Ich wünschte, ich könnte aufhören, daran zu denken.«

»Ich habe die Akten gesehen, die du heute Abend mitgebracht hast. Konnte mir nicht verkneifen, einen Blick reinzuwerfen. So was würde mich auch beschäftigen.«

Jane schüttelte den Kopf. »Ich denke, du hast Urlaub. Wieso ziehst du dir da Obduktionsfotos rein?«

»Sie haben nun mal dort auf der Anrichte gelegen.« Er setzte Regina in ihre Babyschale. »Willst du darüber reden? Du kannst gerne deine Theorien an mir auslassen, wenn du denkst, dass es hilft.«

Sie warf einen Blick auf Regina, die sie und Gabriel mit hellwachen Augen beobachtete, und sie musste plötzlich lachen. »Ha, wenn sie erst mal groß genug ist, um alles zu verstehen, müssen wir wirklich aufpassen, worüber wir beim Abendessen so reden. *Na, Schatz, wie viele kopflose Leichen hast du denn heute zu sehen gekriegt?*«

»Sie kann uns aber nicht verstehen. Also, sprich dich aus.«

Jane stand auf, ging zum Kühlschrank, nahm eine Flasche Bier heraus und öffnete sie.

»Jane?«

»Willst du wirklich die Details hören?«

»Ich will wissen, was dich so sehr beschäftigt.«

»Du hast die Fotos gesehen. Du weißt, was mich beschäftigt.« Sie setzte sich wieder an den Tisch und trank einen Schluck Bier. »Manchmal«, sagte sie leise, »manchmal denke ich, man muss verrückt sein, um Kinder in die Welt zu setzen. Du liebst sie, du ziehst sie groß – und dann siehst du zu, wie sie in eine Welt hinausziehen, in der alle möglichen Gefahren auf sie lauern. Wo sie Leuten begegnen könnten wie …« *Wie Warren Hoyt*, dachte sie, doch sie sprach seinen Namen nicht aus. Das tat sie so gut wie nie. Es war, als könnte sie damit den Teufel selbst heraufbeschwören.

Das plötzliche Summen der Türklingel ließ sie vom Stuhl hochfahren. Ihr Blick ging zur Küchenuhr. »Es ist halb elf.«

»Ich höre mal, wer es ist.« Gabriel ging ins Wohnzimmer und drückte auf den Knopf der Sprechanlage. »Ja?«

Eine Stimme, mit der sie nicht gerechnet hatten, tönte aus dem Lautsprecher. »Ich bin's«, sagte Janes Mutter.

»Kommen Sie rauf, Mrs. Rizzoli«, sagte Gabriel und drückte den Türöffner, während er Jane einen überraschten Blick zuwarf.

»Es ist schon so spät. Was tut sie hier?«

»Ich traue mich fast nicht zu fragen.«

Sie hörten Angelas Schritte auf der Treppe, langsamer und schwerfälliger als sonst, begleitet von einem rhythmischen Poltern, als ob sie etwas Schweres hinter sich herschleppte. Erst als sie im ersten Stock angelangt war, konnten sie sehen, was es war.

Ein Koffer.

»Mom?«, sagte Jane. Doch wenn sie die Frau mit den wilden Haaren und dem noch wilderen Blick so anschaute, kamen ihr Zweifel, ob das wirklich ihre Mutter sein konnte. Angelas Mantel war offen, der Kragen nach innen geklappt, die Hose bis zu den Knien durchnässt, als wäre sie durch eine Schneewehe gestapft, um zu Janes Haus zu gelangen. Sie hielt den Koffer mit beiden Händen gepackt und schien drauf und dran, irgendjemandem damit eins überzuziehen. Egal wem.

Sie sah richtig gefährlich aus.

»Ich muss heute bei euch übernachten«, sagte Angela.

»Was?«

»Also, kann ich jetzt reinkommen oder nicht?«

»Sicher, Mom.«

»Warten Sie, ich helfe Ihnen, Mrs. Rizzoli«, sagte Gabriel und griff nach dem Koffer.

»Siehst du?«, sagte Angela und deutete auf Gabriel. »*So* muss ein Mann sich benehmen! Er sieht, dass eine Dame Hilfe braucht, und lässt sich nicht lange bitten. Da zeigt sich der wahre *Gentleman*.«

»Mom, was ist passiert?«

»Was passiert ist? Was *passiert* ist? Ich weiß gar nicht, wo ich anfangen soll!«

Im Hintergrund begann Regina, lautstark zu protestieren, weil sie offenbar fand, dass man sie schon zu lange ignorierte.

Sofort eilte Angela in die Küche und hob ihre Enkelin aus dem Babysitz. »Ach, mein Schatz, mein armes kleines Mädchen! Du hast ja keine Ahnung, was dich erwartet, wenn du mal groß bist.« Sie setzte sich an den Tisch und wiegte das Baby, drückte es so fest an sich, dass Regina zu zappeln begann und sich aus der Umklammerung dieser Verrückten zu befreien suchte.

»Okay, Mom«, seufzte Jane. »Was hat Dad angestellt?«

»Von mir wirst du es nicht erfahren.«

»Von wem soll ich es denn erfahren?«

»Ich werde meine Kinder nicht gegen ihren eigenen Vater aufstacheln. Es gehört sich nicht, dass Eltern übereinander herziehen.«

»Ich bin kein Kind mehr. Ich muss wissen, was da los ist.«

Doch Angela verweigerte ihr jegliche Erklärung, schaukelte nur vor und zurück und drückte das Baby an ihre Brust. Reginas Versuche, sich zu befreien, wurden immer verzweifelter.

»Äh ... was denkst du denn, wie lange du bei uns bleiben wirst, Mom?«

»Das weiß ich nicht.«

Jane blickte zu Gabriel auf, der bisher so klug gewesen war, sich aus der Diskussion herauszuhalten. Sie sah die gleiche Panik, die sie selbst empfand, in seinen Augen aufflackern.

»Ich muss mir vielleicht sogar eine neue Bleibe suchen«, sagte Angela. »Eine eigene Wohnung.«

»Moment mal, Mom. Du willst doch nicht sagen, dass du *nie* mehr zu ihm zurückgehen wirst?«

»Doch, genau das will ich sagen. Ich werde ein neues Leben anfangen, Jane.« Sie sah ihre Tochter an, das Kinn trotzig vorgeschoben. »Andere Frauen machen das auch. Sie verlassen ihre Männer, und es geht ihnen gut dabei. Wir brauchen die Kerle nicht. Wir kommen auch wunderbar allein klar.«

»Mom, du hast doch keinen Job.«

»Was meinst du denn, was ich die letzten siebenunddreißig Jahre gemacht habe? Ständig für *diesen Mann* kochen und putzen, ist das vielleicht nichts? Und meinst du, er hätte das jemals zu schätzen gewusst? Von wegen – er kommt heim und schlingt einfach runter, was ich ihm vorsetze. Und schmeckt überhaupt nicht, mit wie viel Liebe und Sorgfalt das alles zubereitet ist. Weißt du, wie viele Leute mir schon gesagt haben, ich sollte ein Restaurant eröffnen?«

Und es wäre sicher ein hervorragendes Restaurant, dachte Jane. Aber sie würde sich hüten, irgendetwas zu sagen, was dieser Schnapsidee Vorschub leisten könnte.

»Also sag nie wieder zu mir: ›Du hast doch keinen Job.‹

Mein Job war es, mich um diesen Mann zu kümmern, und was habe ich jetzt vorzuweisen? Nichts. Da kann ich doch genauso gut die gleiche Arbeit machen und dafür Geld verlangen.« Sie drückte Regina mit neuer Energie an sich, und das Baby protestierte quäkend. »Ich werde nur ein Weilchen bei euch bleiben. Ich kann im Kinderzimmer schlafen. Auf dem Boden – das ist völlig okay für mich. Und ich passe auf sie auf, während ihr in der Arbeit seid. Wozu hat man schließlich eine Oma, nicht wahr?«

»Na schön, Mom.« Jane seufzte und ging zum Telefon. »Wenn *du* mir nicht sagen willst, was los ist, sagt Dad es mir vielleicht.«

»Was hast du vor?«

»Ich rufe ihn an. Ich wette, er ist nur zu gerne bereit, sich zu entschuldigen.« *Ich wette, er ist hungrig und will seine persönliche Köchin wiederhaben.* Sie hob den Hörer ab und wählte.

»Die Mühe kannst du dir sparen«, meinte Angela.

Es läutete einmal, zweimal.

»Ich sagte doch, er wird nicht rangehen. Er ist ja gar nicht zu Hause.«

»Und wo ist er dann?«, fragte Jane.

»Er ist bei *ihr*.«

Jane erstarrte, während das Telefon im Haus ihrer Eltern läutete und läutete, ohne dass jemand abhob. Langsam legte sie den Hörer wieder auf und drehte sich zu ihrer Mutter um. »Bei wem?«

»Bei ihr. Bei dieser Schlampe.«

»Mein Gott, Ma!«

»Gott hat nichts damit zu tun.« Angela schnappte plötzlich nach Luft, und ein Schluchzer schien ihr die Kehle zusammenzuschnüren. Sie beugte den Oberkörper vor, mit Regina im Arm.

»Dad hat eine Affäre mit einer anderen Frau?«

Angela nickte stumm und hob die Hand, um sich das Gesicht abzuwischen.

»Wer? Wer ist diese Frau?« Jane setzte sich an den Tisch und sah ihrer Mutter in die Augen. »Mom, wer ist sie?«

»In der Arbeit ...«, flüsterte Angela.

»Aber seine Kollegen sind doch allesamt alte Knacker.«

»Sie ist neu. Sie ... sie ist ...« Angelas Stimme versagte plötzlich. »... *jünger.*«

Das Telefon klingelte.

Angelas Kopf schnellte in die Höhe. »Ich rede nicht mit ihm. Das kannst du ihm sagen.«

Jane warf einen Blick auf die Nummer, die auf dem Display angezeigt wurde, erkannte sie aber nicht. Vielleicht war es ja wirklich ihr Vater. Vielleicht rief er von *ihrem* Apparat aus an. Vom Haus der Schlampe.

»Rizzoli«, blaffte sie.

Eine Pause, und dann: »Schlechten Tag gehabt, wie?«

Und er wird wahrscheinlich nicht besser, dachte sie, als sie Detective Darren Crowes Stimme erkannte.

»Was gibt's?«, fragte sie.

»Ziemlich üble Geschichte. Wir sind hier auf dem Beacon Hill. Sie und Frost sollten sich besser gleich auf den Weg machen. Ich würde es mir ja gerne ersparen, Ihnen die schlechte Nachricht zu überbringen, aber ...«

»Haben *Sie* nicht heute Nacht Bereitschaft?«

»Das hier geht uns alle an, Rizzoli.« Crowe klang ernster, als sie ihn je erlebt hatte, ohne eine Spur seines gewohnten Sarkasmus. Leise fuhr er fort: »Es ist eine von uns.«

Eine von uns. Eine Polizistin.

»Wer ist es?«, fragte sie.

»Eve Kassowitz.«

Jane brachte kein Wort hervor. Ihre Finger, mit denen sie den Hörer umklammert hielt, wurden langsam taub, während es ihr durch den Kopf schoss: *Ich habe sie noch vor ein paar Stunden gesehen.*

»Rizzoli?«

Sie räusperte sich. »Geben Sie mir die Adresse.«

Als sie auflegte, stellte sie fest, dass Gabriel Regina nach nebenan gebracht hatte. Angela saß zusammengesunken und mit hängenden Schultern da, als hätte man ihr die einzige Stütze entrissen. »Es tut mir leid, Mom«, sagte Jane. »Ich muss noch mal weg.«

Angela zuckte resigniert mit den Achseln. »Natürlich. Geh nur.«

»Wir reden weiter, wenn ich zurück bin.« Sie bückte sich, um ihrer Mutter einen Kuss auf die Wange zu drücken, und sah dabei aus nächster Nähe Angelas schlaffe Haut, ihre herabhängenden Lider. *Wann ist meine Mutter so alt geworden?*

Sie schnallte ihre Waffe um und nahm die Jacke aus dem Schrank. Als sie sie zuknöpfte, hörte sie Gabriel hinter sich sagen: »Der Zeitpunkt könnte ja kaum ungünstiger sein.«

Sie drehte sich zu ihm um. *Was wird aus mir, wenn ich mal so alt bin wie meine Mutter? Wird er mich dann auch wegen einer Jüngeren verlassen?* »Könnte sein, dass es länger dauert«, sagte sie. »Geh ruhig schon schlafen.«

11

Maura stieg aus ihrem Wagen, und es knirschte unter ihren Stiefelsohlen, als die hauchdünne Eisschicht auf dem Asphalt brach. Der während der wärmeren Tagesstunden geschmolzene Schnee war in dem bitterkalten Wind, der bei Einbruch der Dunkelheit aufgekommen war, blitzartig gefroren. Im flackernden Schein des Blaulichts mehrerer Streifenwagen glänzten sämtliche Oberflächen glatt und gefährlich. Sie sah einen Polizisten über den Gehsteig schlittern und mit den Armen rudern, um das Gleichgewicht zu halten. Der Kleinbus der Spurensicherung rutschte beim Abbremsen seitwärts weg und touchierte die hintere Stoßstange eines geparkten Streifenwagens.

»Passen Sie auf, dass Sie nicht hinfallen, Doc«, rief ihr ein Streifenpolizist von der anderen Straßenseite aus zu. »Ein Kollege ist uns heute Abend schon auf dem Glatteis ausgerutscht. Hat sich wahrscheinlich das Handgelenk gebrochen.«

»Irgendjemand sollte vielleicht mal diese Straße streuen.«

»Genau.« Er schnaubte verächtlich. »*Irgendjemand* sollte es machen. Die Stadt ist damit ja offenbar überfordert heute Abend.«

»Wo ist Detective Crowe?«

Der Cop deutete auf eine Reihe eleganter Stadthäuser. »Nummer 41. Ist ein paar Häuser die Straße rauf. Ich kann mit Ihnen hingehen.«

»Nein, ich werde es schon finden, danke.« Sie hielt inne, als ein weiterer Streifenwagen um die Ecke bog und gegen den Bordstein schlitterte. Jetzt verstopften schon mindestens acht Polizeifahrzeuge die schmale Straße, wenn sie richtig gezählt hatte.

»Wir werden mehr Platz brauchen, damit der Leichenwagen durchkommt«, sagte sie. »Müssen diese Streifenwagen wirklich alle hier sein?«

»Ja, müssen sie«, erwiderte der Cop. Sein Tonfall veranlasste sie, sich umzudrehen und ihn anzusehen. Im pulsierenden Blaulicht wirkten die Schatten in seinem Gesicht wie eingemeißelt. »Wir müssen alle hier sein. Das sind wir ihr schuldig.«

Maura dachte an den Tatort von Heiligabend zurück, als Eve Kassowitz vornübergebeugt auf der Straße gestanden und sich in den Schnee erbrochen hatte. Und sie erinnerte sich daran, wie sich die Streifenbeamten über die Neue vom Morddezernat und ihren schwachen Magen amüsiert hatten. Jetzt war diese Frau tot, und das Gelächter war verstummt, war dem grimmigen Respekt gewichen, der allen ums Leben gekommenen Polizistinnen und Polizisten gebührte.

Der Cop schnaubte zornig. »Ihr Freund ist übrigens auch bei der Truppe.«

»Er ist Polizist?«

»Ja. Helfen Sie uns, diesen Kerl zu schnappen, Doc.«

Sie nickte. »Wir werden ihn schnappen.« Als sie sich auf den Weg zum Haus machte, wurde ihr plötzlich bewusst, wie viele Augen ihr auf Schritt und Tritt folgten – all die Streifenbeamten, die ihre Ankunft zweifellos mitbekommen hatten. Sie kannten ihren Wagen, sie wussten, wer sie war. Der eine oder andere nickte ihr zu, als er sie kommen sah. In kleinen Gruppen standen sie dicht gedrängt und mit dampfendem Atem in der Dunkelheit, wie Raucher, die sich auf eine heimliche Zigarette trafen. Sie kannten den makabren Grund ihres Kommens, und sie wussten genau, dass jeder Einzelne von ihnen irgendwann das bedauernswerte Objekt ihrer Aufmerksamkeit werden könnte.

Der Wind wehte urplötzlich eine Schneewolke auf, und sie kniff die Augen zusammen und senkte den Kopf, um sich vor den eisigen Nadelstichen zu schützen. Als sie ihn wieder hob, blickte sie in das Gesicht eines Mannes, mit dem sie hier nicht gerechnet hatte. Auf der anderen Straßenseite stand Pater Daniel Brophy und unterhielt sich leise mit einem jungen Polizisten, der zusammengesunken an einem Streifenwagen des Boston PD lehnte, als sei er zu schwach, um sich auf den Beinen zu halten. Brophy legte den Arm um den anderen Mann, um ihn zu trösten, und der Polizist brach schluchzend an seiner Brust zusammen, während der Priester beide Arme um ihn schlang. Andere Cops standen in betretenem Schweigen um sie herum, scharrten mit den Füßen und senkten den Blick, offensichtlich unangenehm berührt von diesem öffentlichen Ausbruch puren Schmerzes. Obwohl Maura Brophys gemurmelte Worte nicht verstehen konnte, sah sie den jungen Cop nicken und hörte, wie er sich eine tränenerstickte Erwiderung abrang.

Ich könnte nie tun, was Daniel tut, dachte sie. Es war wesentlich leichter, totes Fleisch aufzuschneiden und Löcher in Knochen zu bohren, als sich mit dem Leid der Lebenden auseinanderzusetzen. Plötzlich hob Daniel den Kopf und bemerkte sie. Einen Moment lang starrten sie einander nur an. Dann wandte sie sich ab und ging weiter auf das Haus zu, wo ein Streifen Absperrband am gusseisernen Geländer der Veranda flatterte. Er hatte seinen Job, und sie hatte ihren. Es war Zeit, sich darauf zu konzentrieren. Doch obwohl sie den Blick stur auf den Gehsteig vor ihr gerichtet hielt, waren ihre Gedanken bei Daniel. Sie fragte sich, ob er noch hier sein würde, wenn sie mit ihrer Arbeit fertig war. Und wenn ja, was würde dann passieren? Sollte sie ihn zu einer Tasse Kaffee einladen? Oder würde das zu dreist wirken, zu aufdringlich? Sollte sie einfach nur »Gute Nacht« sagen und ihrer Wege gehen, wie immer?

Was erwarte ich denn eigentlich?

Inzwischen stand sie vor dem Eingang und verweilte einen Moment auf dem Gehsteig, um zu dem stattlichen dreigeschossigen Wohnhaus aufzublicken. Drinnen brannten sämtliche Lichter. Eine Backsteintreppe führte hinauf zu der massiven Haustür, an der ein Messingklopfer im Schein dekorativer Gaslaternen glänzte. Was auffiel, war das Fehlen jeglicher Weihnachtsdekoration. Dies war die einzige Haustür in der ganzen Straße, an der kein Kranz hing. Durch die großen Erkerfenster sah sie das Flackern eines Kaminfeuers, aber keine funkelnden Christbaumkerzen.

»Dr. Isles?«

Sie hörte das Quietschen eines Metallscharniers und erblickte einen Detective, der gerade das schmiedeeiserne Tor an der Seite des Hauses geöffnet hatte. Roland Tripp war einer der älteren Beamten des Morddezernats, und heute Abend sah man ihm jedes seiner Jahre an. Er stand unter der Gaslaterne, deren Schein seiner Haut einen Stich ins Gelbliche verlieh, während er seine ausgeprägten Tränensäcke und schlaffen Lider betonte. Trotz seiner dicken Daunenjacke schien er zu frieren, und er biss beim Sprechen die Zähne zusammen, als wollte er sie am Klappern hindern.

»Das Opfer ist dahinten«, sagte er und hielt ihr das Tor auf.

Maura ging hindurch, und das Tor fiel hinter ihnen scheppernd ins Schloss. Er führte sie zu dem schmalen Grundstücksstreifen an der Seite des Hauses. Im zuckenden Lichtstrahl seiner Taschenlampe sah sie, dass der Weg seit dem letzten Schneesturm geräumt worden war und die Ziegelsteine nur mit einer dünnen Puderschicht bedeckt waren. Tripp blieb stehen und richtete die Taschenlampe auf einen niedrigen Schneehaufen am Rand des Wegs. Auf den roten Farbspritzer.

»Das war es, was den Butler alarmiert hat. Er hat diesen Blutfleck entdeckt.«

»Hier gibt es einen Butler?«

»O ja. Hier wohnt richtig viel Geld.«

»Was macht er denn? Der Mann, dem dieses Haus gehört?«

»Er sagt, er sei Geschichtsprofessor im Ruhestand. Hat am Boston College gelehrt.«

»Ich wusste ja gar nicht, dass man als Geschichtsprofessor so gut verdient.«

»Sie müssen sich mal drinnen umsehen. Das ist nicht das Haus eines Professors. Der Mann muss noch andere Geldquellen haben.« Tripp leuchtete eine Seitentür an. »Der Butler ist hier rausgekommen, mit einem Müllsack in der Hand. Als er auf die Mülltonnen dort zuging, fiel ihm auf, dass das Tor offen stand. Da hat er zum ersten Mal geahnt, dass irgendwas nicht stimmt. Er ist also hierher zurückgekommen und hat sich umgeschaut. Hat das Blut entdeckt und gewusst, dass etwas Ernstes passiert sein muss. Und dann sieht er, dass da noch mehr Blut ist, eine regelrechte Spur, die sich über diesen Ziegelweg bis hinters Haus zieht.«

Maura starrte auf den Boden. »Das Opfer wurde über diesen Weg geschleift.«

»Ich zeig's Ihnen.« Detective Tripp ging weiter zur Rückseite des Hauses, wo sie in einen kleinen Garten traten. Der Lichtkegel seiner Taschenlampe strich über vereiste Steinplatten und Blumenbeete, die zum Schutz vor Frost mit Kiefernzweigen abgedeckt waren. In der Mitte des Gartens stand eine weiße Laube. Im Sommer war dies sicherlich ein wunderbares Plätzchen zum Entspannen, wo man mit einer Tasse Kaffee im Schatten sitzen und die Düfte des Gartens einatmen konnte.

Aber die Frau, die jetzt in der Laube lag, würde nie wieder atmen.

Maura zog ihre Wollhandschuhe aus und streifte Latexhandschuhe über, die keinerlei Schutz vor dem eisigen Wind boten. Sofort waren ihre Hände wie tiefgefroren. Sie ging in die Hocke und zog die Plastikplane zurück, die über die reglose Gestalt gebreitet war.

Detective Eve Kassowitz lag flach auf dem Rücken, die Arme angelegt, das blonde Haar mit Blut verfilzt. Sie war dunkel gekleidet – Wollhose, Marinejacke und schwarze Stiefel. Die Jacke war aufgeknöpft, der Pullover halb nach oben geschoben, sodass die nackte, blutbeschmierte Haut zu sehen war. Sie hatte ihr Holster umgeschnallt, und die Waffe steckte noch darin. Doch es war das Gesicht der Toten, an dem Mauras Blick haften blieb, und was sie da sah, ließ sie entsetzt zurückprallen. Der Täter hatte der Frau die Augenlider abgeschnitten, und ihre weit aufgerissenen Augen starrten ins Leere. Die Rinnsale getrockneten Blutes an den Schläfen sahen aus wie rote Tränen.

»Ich habe sie erst vor sechs Tagen gesehen«, sagte Maura. »An einem anderen Tatort.« Sie blickte zu Tripp auf. Sein Gesicht war im Schatten verborgen, und sie sah nur die massige Silhouette, die vor ihr aufragte. »Das war drüben in East Boston.«

Er nickte. »Eve war erst vor ein paar Wochen zu uns gekommen. Sie war vorher beim Drogen- und Sittendezernat.«

»Hat sie hier in der Gegend gewohnt?«

»Nein, Ma'am. Sie hatte eine Wohnung in Mattapan.«

»Und was hat sie dann hier auf dem Beacon Hill gewollt?«

»Das weiß nicht mal ihr Freund. Aber wir haben da so ein paar Theorien.«

Maura dachte an den jungen Cop, den sie schluchzend in Daniels Armen gesehen hatte. »Ihr Freund, das ist dieser Streifenpolizist, der drüben bei Pater Brophy steht?«

»Ist ein harter Schlag für Ben. Und die Art und Weise wie er es erfahren hat, ist auch furchtbar. Er war auf Streife und hat die Funksprüche von den Kollegen gehört.«

»Und er hat keine Ahnung, was sie in dieser Gegend gewollt hat? Schwarz gekleidet, mit der Waffe im Holster?«

Tripp zögerte – gerade so lange, dass es Maura auffiel.

»Detective Tripp?«, hakte sie nach.

Er seufzte. »Wir haben ihr das Leben ziemlich schwer gemacht. Wegen dieser Sache an Heiligabend. Vielleicht haben ein paar von uns es mit den Sticheleien ein bisschen übertrieben.«

»Weil ihr damals am Tatort schlecht wurde?«

»Genau. Ich weiß, es ist eigentlich kindisch. Aber so geht's nun mal zu bei uns im Dezernat. Wir albern ständig rum und werfen einander Beleidigungen an den Kopf. Aber ich fürchte, Eve hat das Ganze ziemlich persönlich genommen.«

»Das erklärt aber immer noch nicht, was sie auf dem Beacon Hill gewollt hat.«

»Ben sagt, nachdem sie von den Kollegen so getriezt wurde, war sie wild entschlossen, sich zu beweisen. Wir glauben, dass sie hier war, weil sie an dem Fall gearbeitet hat. Aber wenn es so war, dann hat sie jedenfalls niemandem aus ihrem Team vorher Bescheid gesagt.«

Maura blickte auf Eve Kassowitz' Gesicht hinunter. Auf die starrenden Augen. Mit ihren behandschuhten Händen strich sie die blutverklebten Haarsträhnen zur Seite und legte eine Platzwunde am Kopf frei. Sie konnte jedoch keine Frakturen ertasten. Der Schlag, der die Kopfhaut an dieser Stelle aufgerissen hatte, schien nicht heftig genug gewesen zu sein, um ihren Tod herbeizuführen. Als Nächstes untersuchte sie den Rumpf. Behutsam streifte sie den Pullover zurück, um den Brustkorb freizulegen, und starrte den blutbefleckten BH an. Der Stich hatte die Haut direkt unterhalb des Brustbeins durchbohrt. Das Blut war bereits zu einer Kruste getrocknet und gefroren, sodass die Wundränder nicht zu erkennen waren.

»Wann genau wurde sie gefunden?«

»Gegen zweiundzwanzig Uhr. Der Butler war gegen achtzehn Uhr schon mal mit dem Müll rausgegangen, und da hatte er noch nichts gesehen.«

»Er hat heute Abend schon zweimal den Müll rausgebracht?«

»Der Hausherr hatte heute Abend Gäste zum Dinner. Es wurde für fünf Personen gekocht, und da gibt's natürlich jede Menge Abfall.«

»Wir können also von einem Todeszeitpunkt zwischen achtzehn und zweiundzwanzig Uhr ausgehen?«

»Richtig.«

»Und Detective Kassowitz' Freund ist der Letzte, der sie lebend gesehen hat?«

»Ja, heute Nachmittag gegen drei. Bevor er das Haus verließ, um seine Schicht anzutreten.«

»Er hat also ein Alibi.«

»Ein felsenfestes. Sein Partner war den ganzen Abend mit ihm zusammen.« Tripp machte eine Pause. »Müssen Sie vielleicht die Körpertemperatur messen? Wir haben nämlich schon die Außentemperatur notiert, falls Sie die brauchen. Minus elf Grad.«

Maura beäugte die schweren Kleider der Toten. »Ich werde hier vor Ort keine Rektaltemperatur messen. Ich möchte sie nicht im Dunkeln ausziehen. Dank Ihres Zeugen können wir den Todeszeitraum ja schon eingrenzen. Vorausgesetzt, seine Zeitangaben sind korrekt.«

»Wahrscheinlich auf den Sekundenbruchteil genau«, brummte Tripp. »Den müssen Sie echt gesehen haben, diesen Butler – Jeremy heißt er. Ein Pedant, wie er im Buche steht.«

Ein Lichtstrahl durchschnitt die Dunkelheit. Sie blickte auf und sah eine Gestalt auf sich zukommen, die mit einer Taschenlampe den Garten absuchte.

»Hey, Doc« sagte Jane. »Wusste ja gar nicht, dass du schon hier bist.«

»Ich bin gerade erst gekommen.« Maura richtete sich auf. Im Dunkeln konnte sie Janes Gesicht nicht erkennen, nur die Umrisse ihres üppigen Haarschopfs. »Ich habe gar nicht damit gerechnet, dich hier zu treffen. Es war Crowe, der mich angerufen hat.«

»Mich hat er auch angerufen.«

»Wo ist er denn?

»Im Haus – er vernimmt gerade den Besitzer.«

Tripp schnaubte verächtlich. »Wo sollte er auch sonst sein – da drin ist es ja auch schön warm. Ich bin derjenige, der sich hier draußen den Arsch abfrieren muss.«

»Wow, Tripp«, meinte Jane. »Das klingt ja, als ob Sie Crowe genauso heiß und innig lieben wie ich.«

»O ja – ist ja auch so ein liebenswerter Kerl. Kein Wunder, dass sein früherer Partner sich in den vorzeitigen Ruhestand versetzen ließ.« Er schnaufte, und weißer Dampf wirbelte in die Nachtluft auf. »Ich finde, wir sollten Crowe turnusmäßig im Dezernat herumreichen. Um die Last ein bisschen zu verteilen. Dann können wir uns abwechselnd mit unserem jungen Adonis herumschlagen.«

»Glauben Sie mir, ich hab mich schon mehr mit ihm herumgeschlagen, als ich verdient habe«, sagte Jane. Sie richtete ihren Blick auf Eve Kassowitz' Leiche, und ihre Stimme wurde leiser. »Er hat sich ihr gegenüber wie ein Arschloch benommen. Das war doch Crowes Idee, oder nicht? Dieser Kotzkübel auf dem Empfangstresen?«

»Ja«, gab Tripp zu. »Aber wir sind alle irgendwie verantwortlich. Vielleicht läge sie jetzt nicht hier, wenn ...« Er seufzte. »Sie haben recht. Wir haben uns alle wie Arschlöcher benommen.«

»Detective Tripp sagte, sie sei hier gewesen, um an dem Fall zu arbeiten«, sagte Maura. »Gibt es irgendeinen konkreten Hinweis darauf?«

»O'Donnell«, antwortete Jane. »Sie war einer der Dinnergäste heute Abend.«

»Kassowitz hat sie beschattet?«

»Wir hatten kurz über die Möglichkeit einer Observierung gesprochen. Es war nur eine Überlegung. Sie hat mir nicht gesagt, dass sie vorhatte, die Idee in die Tat umzusetzen.«

»O'Donnell war also hier in diesem Haus?«

»Sie ist immer noch drin. Wird gerade vernommen.« Janes Blick richtete sich wieder auf die Tote. »Wenn du mich fragst – O'Donnells treuer Fan hat ihr gerade wieder ein Opfer dargebracht.«

»Du denkst, es ist derselbe Täter.«

»Ich weiß, dass er es ist.«

»Wir haben hier Verstümmelungen an den Augen, aber keine Zerstückelung. Keine ritualistischen Symbole wie in East Boston.«

Jane sah Tripp an. »Haben Sie es ihr nicht gezeigt?«

»Ich hatte es gerade vor.«

»Was sollte er mir zeigen?«, fragte Maura.

Jane leuchtete mit ihrer Taschenlampe die Hintertür des Hauses an. Was Maura dort sah, jagte ihr einen eisigen Schauer über den Rücken. An der Tür prangten drei auf dem Kopf stehende Kreuze. Und darunter war mit roter Kreide ein starrendes Auge gezeichnet.

»Ich würde sagen, das ist das Werk unseres Burschen«, sagte Jane.

»Es könnte ein Nachahmungstäter sein. Mehrere Personen haben diese Symbole in Lori-Ann Tuckers Schlafzimmer gesehen. Und Cops plaudern gerne.«

»Wenn du immer noch nicht überzeugt bist …« Jane richtete den Strahl ihrer Lampe auf den Fuß der Tür. Auf der Granitstufe vor der Schwelle lag ein kleines, in Stoff eingeschlagenes Bündel. »Wir haben es gerade so weit ausgewickelt, dass wir sehen konnten, was drin ist«, sagte Jane. »Ich glaube, wir haben Lori-Ann Tuckers linke Hand gefunden.«

Ein plötzlicher Windstoß fegte durch den Garten und wirbelte eine Wolke von Schnee auf, der Maura in den Augen brannte und ihre Wangen zu Eis erstarren ließ. Tote Blätter raschelten auf der Terrasse, und die Laube über ihnen zitterte und knarrte.

»Habt ihr die Möglichkeit bedacht«, sagte Maura leise, »dass dieser Mord von heute Abend gar nichts mit Joyce O'Donnell zu tun haben könnte?«

»Natürlich ging es um sie. Kassowitz folgt O'Donnell bis hierher. Der Mörder sieht sie, erwählt sie zu seinem nächsten Opfer. Wie man's dreht und wendet, man stößt immer wieder auf O'Donnell.«

»Er könnte Kassowitz aber auch an Heiligabend gesehen haben. Sie war dort am Tatort. Es ist doch möglich, dass er Lori-Ann Tuckers Haus beobachtet hat.«

»Sie meinen, weil er den ganzen Trubel genießen wollte?«, fragte Tripp.

»Ja. Er genoss die Tatsache, dass all die Aufregung, der ganze Polizeieinsatz, nur *ihm* galt. Dem, was er getan hatte. Was für ein Machtgefühl.«

»Er folgt also *Kassowitz* hierher«, sagte Tripp, »weil sie ihm an diesem Abend aufgefallen ist? Mann, das lässt die Sache ja in einem ganz anderen Licht erscheinen.«

Jane sah Maura an. »Das bedeutet, dass er jede und jeden von uns beobachten könnte. Er kennt inzwischen unsere Gesichter.«

Maura bückte sich und zog die Plane wieder über die Leiche. Ihre Hände waren wie abgestorben, und ihre Finger wollten ihr nicht recht gehorchen, als sie die Latexhandschuhe abstreifte und wieder in ihre Wollhandschuhe schlüpfte. »Ich bin halb erfroren, und ich kann hier draußen nichts weiter tun. Wir sollten sie einfach ins Leichenschauhaus fahren. Und ich muss erst mal meine Hände auftauen.«

»Hast du schon Bescheid gesagt, dass sie abgeholt werden soll?«

»Die Kollegen sind unterwegs. Wenn ihr nichts dagegen habt, würde ich lieber in meinem Wagen warten. Ich habe keine Lust, noch länger in diesem Wind zu stehen.«

»Ich glaube, dazu haben wir *alle* keine Lust«, ergänzte Tripp.

Sie gingen über den Weg, der an der Seite des Hauses entlangführte, zurück zur Straße und traten durch das eiserne Tor in den trüben Schein der Gaslaterne. Eine Gruppe Polizisten stand auf der anderen Straßenseite im blitzenden Lichtschein der Streifenwagen. Bei ihnen war Daniel, der die anderen Männer deutlich überragte. Er hatte die Hände in den Manteltaschen vergraben.

»Du kannst mit uns reingehen und im Haus warten«, schlug Jane vor.

»Nein«, sagte Maura, ohne den Blick von Daniel zu wenden. »Ich werde mich einfach ins Auto setzen.«

Jane schwieg einen Moment. Auch sie hatte Daniel gesehen, und sie konnte sich vermutlich denken, warum Maura es vorzog, draußen zu warten.

»Wenn du dich aufwärmen willst«, sagte Jane, »wird dir das hier draußen kaum gelingen. Aber wie du willst, es ist deine Entscheidung.« Sie gab Tripp einen Klaps auf die Schulter. »Kommen Sie, gehen wir wieder rein. Wollen doch mal sehen, was unser Adonis so treibt.« Sie stiegen die Stufen hinauf und verschwanden im Haus.

Maura blieb auf dem Gehsteig stehen, den Blick auf Daniel gerichtet. Er schien sie nicht bemerkt zu haben. Es war eine schwierige Situation, mit den ganzen Polizisten, die um ihn herumstanden. Aber wieso musste ihr das eigentlich unangenehm sein? Sie war hier, um ihren Job zu machen, genau wie er. Es ist doch die natürlichste Sache der Welt, dass man einen Bekannten begrüßt, wenn man ihn zufällig sieht.

Sie überquerte die Straße und ging auf die Traube von Polizisten zu. Jetzt erst entdeckte Daniel sie. Und auch die anderen Männer sahen sie. Das Gespräch verstummte, als sie sich näherte. Obwohl sie Tag für Tag mit Polizisten zu tun hatte, obwohl sie ihnen an jedem Tatort begegnete, hatte sie sich in ihrer Gegenwart nie so recht wohlgefühlt, und ihnen erging es mit ihr kaum anders. Dieses gegenseitige Unbehagen war nie so deutlich zutage getreten wie in diesem Moment, als sie die Blicke der Männer auf sich spürte. Sie konnte unschwer erraten, wie sie über sie dachten. Die unterkühlte Dr. Isles, die stets so reserviert war und so gut wie nie lachte. Vielleicht waren sie aber auch nur eingeschüchtert; vielleicht war es ihr Doktortitel, der sie von ihnen abhob, der sie unnahbar machte.

Oder vielleicht liegt es doch an mir selbst. Vielleicht haben sie Angst vor mir.

»Der Leichenwagen dürfte jeden Moment hier sein«, sagte sie, um das Gespräch mit einem rein dienstlichen Thema zu eröffnen. »Wenn Sie vielleicht dafür sorgen könnten, dass die Zufahrt frei ist.«

»Geht in Ordnung, Doc«, antwortete einer der Cops und hüstelte.

Wieder trat Schweigen ein. Die Polizisten schauten in alle Richtungen, nur nicht in ihre, und scharrten mit den Sohlen auf dem kalten Asphalt.

»Gut, vielen Dank«, sagte sie. »Ich warte in meinem Wagen.« Ohne Daniel anzusehen, wandte sie sich ab und ging davon.

»Maura?«

Sie blickte sich um, als sie den Klang seiner Stimme vernahm, und sah, dass die Cops sie noch immer beobachteten. *Wir haben immer ein Publikum*, dachte sie. *Daniel und ich sind nie allein.*

»Was haben Sie bis jetzt herausgefunden?«, fragte er.

Sie zögerte, registrierte die Blicke der Männer. »Im Moment weiß ich auch nicht viel mehr als alle anderen.«

»Können wir darüber reden? Ich könnte Officer Lyall vielleicht besser helfen, wenn ich wüsste, was genau passiert ist.«

»Das ist schwierig. Ich bin mir nicht sicher …«

»Sie müssen mir nichts sagen, was Sie nicht ohne Bedenken preisgeben können.«

Sie zögerte immer noch. »Setzen wir uns in meinen Wagen. Er steht gleich dort drüben.«

Sie gingen nebeneinander her, die Hände tief in den Manteltaschen vergraben, die Köpfe gesenkt, um sich vor den eisigen Böen zu schützen. Maura dachte an Eve Kassowitz, die sie dort im Garten zurückgelassen hatten, ihr Körper bereits völlig ausgekühlt, das Blut in ihren Adern gefroren. In dieser Nacht, bei diesem Wind, wollte niemand bei der Toten Wache halten. Sie erreichten Mauras Wagen und stiegen ein. Sie schaltete den Motor ein, um die Heizung in Gang zu bringen, doch die Luft, die aus dem Gebläse kam, spendete keine Wärme.

»Officer Lyall war Eves Freund?«, fragte sie.

»Er ist am Boden zerstört. Ich glaube nicht, dass ich ihm sehr viel Trost spenden konnte.«

»Ich könnte nie tun, was Sie tun, Daniel. Ich kann nicht gut mit Trauer umgehen.«

»Aber das tun Sie doch. Notgedrungen.«

»Nicht auf der gleichen Ebene wie Sie; nicht, wenn der

Schmerz noch so frisch ist. Ich bin diejenige, von der sie alle Antworten auf ihre Fragen erwarten, aber nicht die, an die sie sich wenden, wenn sie Trost brauchen.« Sie sah ihn an. Im Halbdunkel des Wageninneren konnte sie nur seine Silhouette ausmachen. »Der letzte Polizeigeistliche des Boston PD hat nur zwei Jahre durchgehalten. Ich bin sicher, dass der Stress mit zu seinem Schlaganfall beigetragen hat.«

»Nun ja, Pater Roy war schließlich schon fünfundsechzig.«

»Und als ich ihn das letzte Mal gesehen habe, sah er aus wie achtzig.«

»Nun ja, die Nachteinsätze schlauchen schon ganz ordentlich«, gab er zu. Sein Atem ließ das Fenster beschlagen. »Und für die Polizisten ist es schließlich auch nicht leicht. Genauso wenig wie für Ärzte oder Feuerwehrleute. Aber es hat auch sein Gutes«, fügte er hinzu und lachte leise. »Denn wenn ich nicht dann und wann zu einem Leichenfund gerufen würde, bekäme ich Sie wahrscheinlich überhaupt nicht mehr zu sehen.«

Obwohl sie seine Augen nicht sehen konnte, spürte sie, wie sein Blick auf ihrem Gesicht ruhte, und sie war dankbar für die Dunkelheit.

»Sie haben mich früher öfter besucht«, sagte er. »Wieso haben Sie damit aufgehört?«

»Ich war doch in der Mitternachtsmesse, oder nicht?«

Er lachte müde. »An Weihnachten gehen alle in die Kirche. Auch die, die nicht an Gott glauben.«

»Aber ich *war* dort. Ich bin Ihnen nicht aus dem Weg gegangen.«

»War es das, Maura? Sind Sie mir aus dem Weg gegangen?«

Sie schwieg. Einen Moment lang sahen sie einander im dunklen Innenraum an. Die Luft aus dem Gebläse war kaum wärmer geworden, und ihre Finger waren immer noch gefühllos, aber trotzdem konnte sie spüren, wie ihr die Hitze in die Wangen stieg.

»Ich weiß Bescheid«, sagte er leise.

»Das kann ich mir kaum vorstellen.«

»Ich bin auch nur ein Mensch – genau wie Sie, Maura.«

Sie musste plötzlich lachen. Es klang bitter. »Also, wenn das kein Klischee ist. Der Priester und die einsame Frau aus seiner Gemeinde.«

»Sie sollten es nicht darauf reduzieren.«

»Aber es *ist* ein Klischee. Es ist wahrscheinlich schon tausendmal passiert. Priester und gelangweilte Hausfrauen. Priester und einsame Witwen. Ist es das erste Mal für Sie, Daniel? Für mich ist es jedenfalls das erste Mal, das können Sie mir glauben.« Sie schämte sich plötzlich, dass sie ihre Wut an ihm ausgelassen hatte, und wandte das Gesicht ab. Was hatte er denn eigentlich getan, außer ihr seine Freundschaft anzubieten, sich ihr zuzuwenden? *Ich habe mir das alles selbst zuzuschreiben.*

»Wenn es Ihnen irgendwie hilft«, sagte er leise, »Sie sind nicht die Einzige, die unglücklich ist.«

Sie saß vollkommen regungslos da, während die Luft zischend aus dem Gebläse strömte, und blickte starr auf die inzwischen gänzlich beschlagene Windschutzscheibe. Doch ihre übrigen Sinne waren alle voll und ganz auf ihn konzentriert. Selbst wenn sie blind und taub gewesen wäre, sie hätte immer noch gewusst, dass er da war, so sehr war ihre ganze Wahrnehmung auf ihn ausgerichtet. Und auf ihr eigenes pochendes Herz, auf das Knistern ihrer Nerven. Sein Geständnis, dass er unglücklich sei, erfüllte sie mit einer perversen Befriedigung. Wenigstens war sie nicht die Einzige, die litt, nicht die Einzige, die sich nachts schlaflos im Bett wälzte. Auch für unglücklich Verliebte gilt, dass geteiltes Leid halbes Leid ist.

Ein lautes Klopfen am Fenster schreckte sie auf. Sie wandte sich um und erblickte eine schemenhafte Gestalt, ein Gesicht, das durch die beschlagene Scheibe hereinspähte. Als sie die Scheibe herunterließ, sah sie, dass es ein Streifenpolizist war.

»Dr. Isles? Der Leichenwagen ist da.«

»Danke. Ich komme sofort.« Summend fuhr das Fenster wieder hoch, und nasse Schlieren blieben auf dem Glas zurück. Sie schaltete den Motor aus und sah Daniel an. »Wir haben die Wahl«, sagte sie. »Wir können beide unglücklich sein. Oder wir können nach vorn schauen und die Sache vergessen. Ich entscheide mich dafür, nach vorn zu schauen.« Sie stieg aus und schlug die Tür zu. Die Luft, die sie einatmete, war so eiskalt, dass sie ihr die Kehle zu versengen schien. Aber die Kälte vertrieb auch den letzten Rest ihrer Unentschlossenheit. Sie sah jetzt mit absoluter Klarheit, was zu tun war. Und so machte sie sich auf den Weg und drehte sich nicht mehr um. Wie zuvor schritt sie den Gehweg entlang, passierte die Lichtinseln der Straßenlaternen. Hinter ihr der Wagen, in dem Daniel saß; vor ihr die tote Frau, die auf sie wartete. Und all die Polizisten, die am Tatort herumstanden. Worauf warteten sie? Auf Antworten, die sie ihnen vielleicht nicht geben könnte?

Sie hüllte sich fester in ihren Mantel, wie um sich gegen ihre durchdringenden Blicke zu wappnen, und dachte an Heiligabend zurück, an eine andere Leiche, einen anderen Tatort. An Eve Kassowitz, wie sie an jenem Abend auf der Straße gestanden und ihren Mageninhalt in den Schnee erbrochen hatte. Hatte Kassowitz auch nur den Hauch einer Vorahnung gehabt, dass sie das nächste Objekt von Mauras Aufmerksamkeit sein würde?

Die Polizisten versammelten sich schweigend vor dem Eingang, als das Team vom Leichenschauhaus die Bahre mit den sterblichen Überresten von Eve Kassowitz aus dem Garten zur Straße rollte. Als der verhüllte Leichnam durch das schmiedeeiserne Tor geschoben wurde, standen sie mit entblößten Häuptern im eisigen Wind, eine feierliche Abordnung in blauer Uniform, die sich versammelt hatte, um eine der ihren zu ehren. Auch nachdem die Bahre im Wagen verschwunden war und die Türen geschlossen waren, trat keiner von ihnen aus der Reihe. Erst als die roten Lichtpunkte der Rücklichter in der Dunkelheit verschwunden waren, setzten sie die Mützen wieder auf und begannen, zu ihren Streifenwagen auszuschwärmen.

Auch Maura war im Begriff, zu ihrem Auto zurückzugehen, als die Tür des Hauses plötzlich aufging. Sie hob den Kopf, als ein warmer Lichtschein in die Nacht herausdrang, und sah die Silhouette eines Mannes im Türrahmen stehen. Er blickte sie an.

»Verzeihung. Sind Sie Dr. Isles?«, fragte er.

»Ja?«

»Mr. Sansone möchte Sie einladen, in sein Haus zu kommen. Hier drin ist es wesentlich wärmer, und ich habe gerade eine Kanne frischen Kaffee gekocht.«

Sie stand unschlüssig am Fuß der Treppe und blickte zur Tür hinauf, zu dem warmen Lichtschein, der den Diener umgab. Er stand kerzengerade da und beobachtete sie, und dabei hielt er sich so unheimlich still, dass sie sich an eine lebensgroße Statue erinnert fühlte, die sie einmal in einem Scherzartikelladen gesehen hatte, einen Pappmaschee-Butler, der ein Tablett mit Gläserattrappen hielt. Sie spähte die Straße hinunter zu ihrem Wagen. Daniel war schon gegangen, und alles, was sie erwartete, war eine einsame Heimfahrt und ein leeres Haus.

»Danke«, sagte sie und stieg die Stufen hinauf. »Eine Tasse Kaffee kann ich jetzt gut gebrauchen.«

12

Sie trat in den warmen Salon. Ihr Gesicht war noch taub vom schneidend kalten Wind. Erst als sie vor dem Kamin stand und wartete, während der Butler sie bei Mr. Sansone meldete, kehrte das Gefühl allmählich in ihre Wangen zurück, und sie spürte das angenehme Prickeln der wiederbelebten Nerven, der frisch durchbluteten Haut. Aus dem Nebenzimmer hörte sie gedämpfte Gesprächsfetzen – Detective Crowes Stimme, scharf und bohrend, die Antworten leiser, kaum vernehmlich. Eine Frauenstimme. Im Kamin sprühten Funken aus den knackenden Holzscheiten, und Rauch quoll auf – ein echtes Feuer, wie Maura mit Erstaunen registrierte, und nicht etwa ein künstlicher Gaskamin, wie sie zunächst vermutet hatte. Das alte Ölgemälde, das über dem Sims hing, sah aus, als könnte es durchaus ebenfalls echt sein. Es war das Porträt eines Mannes in einer Robe aus weinrotem Samt, der ein goldenes Kruzifix um den Hals trug. Obgleich er nicht mehr jung war und in seinem dunklen Haar Silberfäden schimmerten, loderte in seinen Augen ein jugendliches Feuer. Im flackernden Lichtschein, der den Raum erfüllte, wirkten diese Augen verblüffend lebendig und durchdringend.

Mit einem Schauder wandte sie sich ab. Seltsam, wie der Blick eines Mannes, der gewiss längst tot war, sie so einschüchtern konnte. Das Zimmer bot noch andere Merkwürdigkeiten, andere Schätze, die zu näherer Betrachtung einluden. Sie sah Polsterstühle mit gestreiftem Seidenbezug, eine chinesische Vase, deren Porzellan auch nach Jahrhunderten noch in leuchtenden Farben glänzte, und einen Serviertisch aus Rosenholz, darauf eine Zigarrenkiste und eine Kristallkaraffe mit Brandy. Der Teppich, auf dem sie stand, war auf einem Streifen entlang der Mitte stark abgetreten, ein Hinweis auf sein Alter und die zahllosen Schuhe, die darüber hinweggegangen waren, doch die relativ wenig abgenutzten Randbereiche ließen keinen Zweifel an der hohen Qualität der dichten Wolle und dem handwerklichen Können des Webers. Sie senkte den Blick und bewunderte das kunstvoll verschlungene Rankenmuster, in dessen Mitte auf burgunderfarbenem Hintergrund ein Einhorn zu sehen war, das im Schutz eines Hains ruhte. Plötzlich bekam sie ein schlechtes Gewissen, weil sie auf einem solchen Meisterwerk herumtrampelte, und trat vom Teppich auf das Parkett, näher an den Kamin.

Wieder stand sie vor dem Porträt über dem Kaminsims. Wieder hob sie den Blick zu den stechenden Augen des Priesters – Augen, die sie unverwandt anzustarren schienen.

»Es ist seit Generationen im Besitz meiner Familie. Verblüffend, nicht wahr, wie lebhaft die Farben noch heute sind? Auch nach vier Jahrhunderten.«

Maura drehte sich um und sah den Mann an, der soeben das Zimmer betreten hatte. Er hatte sich auf leisen Sohlen hereingeschlichen, und Maura erschrak, als wäre hinter ihrem Rücken plötzlich ein Geist aufgetaucht. Sie wusste nicht, was sie sagen sollte. Der Mann trug einen dunklen Rollkragenpullover, der den Effekt seiner silbernen Haarpracht noch verstärkte. Sein Gesicht jedoch wirkte nicht älter als fünfzig. Wären sie einander nur zufällig auf der Straße begegnet, sie hätte ihn dennoch angestarrt, allein wegen seiner faszinierenden Züge, die ihr auf unheimliche Weise bekannt vorkamen. Sie registrierte die hohe Stirn, die aristokratische Haltung. Die Flammen spiegelten sich in seinen dunklen Augen, sodass es schien, als leuchteten sie von innen. Er hatte das Gemälde als ein Erbstück bezeichnet, und sogleich fiel ihr die Familienähnlichkeit zwischen dem Porträt und dem Menschen aus Fleisch und Blut auf. Die Augen waren die gleichen.

Er streckte die Hand aus. »Hallo, Dr. Isles. Ich bin Anthony Sansone.« Der Blick, mit dem er sie fixierte, war so intensiv, dass sie sich fragte, ob sie sich vielleicht schon einmal begegnet waren.

Nein. An einen so attraktiven Mann würde ich mich ganz bestimmt erinnern.

»Freut mich, Sie endlich kennenzulernen«, sagte er, während er ihr die Hand schüttelte. »Nachdem ich schon so viel über Sie gehört habe.«

»Von wem?«

»Von Dr. O'Donnell.«

Maura hatte das Gefühl, dass ihre Hand in der seinen plötzlich eiskalt wurde, und sie zog sie zurück. »Ich wüsste nicht, wieso sie über mich sprechen sollte.«

»Sie hatte nur Gutes über Sie zu sagen. Glauben Sie mir.«

»Das überrascht mich.«

»Warum?«

»Weil ich das Gleiche von ihr nicht behaupten kann«, erwiderte sie.

Er nickte wissend. »Sie kann sehr abschreckend wirken. Bis man die Gelegenheit bekommt, sie näher kennenzulernen. Und erkennt, wie wertvoll ihre Einsichten sind.«

Die Tür wurde so lautlos geöffnet, dass erst das dezente Klirren von Porzellan Maura auf das Eintreten des Butlers aufmerksam machte. Er trug ein Tablett mit Tassen und einer Kanne Kaffee herein, das er auf einem Beistelltisch absetzte, warf Sansone einen fragenden Blick zu und zog sich wieder zurück. Kein Wort war zwischen den beiden gesprochen worden; die einzige Kommunikation hatte in diesem Blick und einem Nicken als Erwiderung bestanden. Diese beiden Männer kannten einander offenbar so gut, dass sie sich auch ohne Worte verständigen konnten.

Sansone bedeutete ihr, Platz zu nehmen, und Maura ließ sich auf einen der mit gestreifter Seide bezogenen Empire-Lehnstühle sinken.

»Ich muss Sie um Entschuldigung bitten, weil ich Sie hier im Salon empfange«, sagte er. »Aber die Bostoner Polizei scheint alle anderen Zimmer für ihre Vernehmungen mit Beschlag belegt zu haben.« Er schenkte Kaffee ein und gab ihr eine Tasse. »Sie haben das Opfer bereits untersucht?«

»Ich habe sie gesehen.«

»Was denken Sie?«

»Sie wissen, dass ich dazu nichts sagen kann.«

Er wirkte vollkommen entspannt, als er sich in seinem Stuhl mit dem blauen und goldenen Brokatbezug zurücklehnte. »Ich spreche nicht von der Leiche selbst«, sagte er. »Mir ist durchaus klar, warum Sie über Ihre medizinischen Erkenntnisse nicht sprechen dürfen. Ich meinte die Tat an sich. Den Gesamteindruck des Verbrechens.«

»Da sollten Sie die leitende Ermittlerin fragen. Detective Rizzoli.«

»Ich interessiere mich einfach nur für Ihre Eindrücke.«

»Ich bin Ärztin und keine Kriminalbeamtin.«

»Aber ich könnte mir vorstellen, dass Sie besser als die meisten verstehen, was heute Abend in meinem Garten passiert ist.« Er beugte sich vor, die kohlschwarzen Augen auf Maura geheftet. »Sie haben die Symbole gesehen, die an meine Hintertür gezeichnet wurden?«

»Ich kann nicht darüber reden …«

»Dr. Isles, Sie werden keine Geheimnisse preisgeben. Ich habe die Leiche gesehen. Und Dr. O'Donnell hat sie auch gesehen. Als Jeremy die Frau fand, kam er sofort herein, um es uns zu sagen.«

»Worauf Sie und O'Donnell wie neugierige Touristen hinausgerannt sind, um die Leiche mit eigenen Augen zu sehen.«

»Mit Touristen haben wir wirklich nicht das Geringste gemein.«

»Haben Sie keinen Gedanken an die Fußabdrücke verschwendet, die Sie vielleicht vernichten würden? An die Mikrospuren, die Sie kontaminieren könnten?«

»Uns war sehr wohl bewusst, was wir taten. Wir mussten den Tatort in Augenschein nehmen.«

»Sie mussten?«

»Dieses Haus ist nicht nur mein Wohnhaus. Es ist auch ein Treffpunkt für Kollegen aus der ganzen Welt. Die Tatsache, dass sich eine solche Gewalttat im wahrsten Sinne des Wortes vor unserer Haustür ereignet hat, beunruhigt uns.«

»Jeder wäre beunruhigt, wenn er eine Leiche in seinem Garten fände. Aber die meisten Leute würden nicht gleich mit ihren Gästen hinausrennen, um sie zu begaffen.«

»Wir mussten wissen, ob es sich lediglich um einen willkürlichen Gewaltakt handelte.«

»Im Gegensatz wozu?«

»Im Gegensatz zu einer Warnung – einer speziell an uns gerichteten Warnung.« Er setzte seine Kaffeetasse ab und fixierte sie mit einer solchen Intensität, dass es ihr schien, als fessle sein Blick sie an den gepolsterten Lehnstuhl. »Sie haben doch die mit Kreide gezeichneten Symbole an der Tür gesehen? Das Auge. Die auf dem Kopf stehenden Kreuze?«

»Ja.«

»Mir ist zu Ohren gekommen, dass sich an Heiligabend eine ähnliche Bluttat ereignet hat. Das Opfer war ebenfalls eine Frau, und im Schlafzimmer waren auch umgedrehte Kreuze an die Wand gemalt.«

Es war nicht nötig, dass sie seine Angaben bestätigte – dieser Mann hatte die Antwort gewiss schon an ihrer Miene abgelesen. Sie konnte seinen bohrenden Blick, der mehr sah, als ihr lieb war, beinahe körperlich spüren.

»Wir können uns ruhig darüber unterhalten«, sagte er. »Die relevanten Fakten sind mir bereits bekannt.«

»Woher kennen Sie sie? Wer hat sie Ihnen verraten?«

»Menschen, denen ich vertraue.«

Sie lachte ungläubig. »Und zu denen gehört Dr. O'Donnell?«

»Ob Sie sie mögen oder nicht, sie ist eine Autorität auf ihrem Gebiet. Sehen Sie sich nur ihre umfangreichen Arbeiten über Serienmörder an. Sie versteht diese Geschöpfe.«

»Manche würden sagen, dass sie sich mit ihnen identifiziert.«

»Auf einer gewissen Ebene ist das wohl unumgänglich. Sie hat keine Scheu, in die Köpfe dieser Menschen einzudringen. Und jede ihrer Gehirnwindungen unter die Lupe zu nehmen.«

So, wie Maura selbst sich vor wenigen Augenblicken von Sansones Blick durchleuchtet gefühlt hatte.

»Um solche Monster wirklich zu kennen, muss man selbst eines sein«, sagte Maura.

»Glauben Sie das wirklich?«

»Was Joyce O'Donnell betrifft: Ja, das glaube ich wirklich.«

Er beugte sich noch weiter vor und senkte die Stimme zu einem vertraulichen Raunen. »Könnte es sein, dass Ihre Abneigung gegen Joyce rein persönlicher Natur ist?«

»Persönlich?«

»Weil sie so viel über Sie weiß? Über Ihre Familie?«

Maura starrte ihn nur sprachlos an.

»Sie hat uns von Amalthea erzählt«, sagte er.

»Dazu hatte sie kein Recht.«

»Die Tatsache, dass Ihre Mutter eine Haftstrafe verbüßt, ist kein Staatsgeheimnis. Wir alle wissen, was Amalthea getan hat.«

»Das ist mein Privatleben …«

»Ja, und sie ist einer Ihrer privaten Dämonen. Das verstehe ich.«

»Warum zum Teufel interessieren Sie sich eigentlich dafür?«

»Weil ich mich für *Sie* interessiere. Sie haben dem Bösen ins Auge geblickt. Sie haben es im Gesicht Ihrer Mutter gesehen. Sie wissen, dass es da ist, in Ihrem Stammbaum. Das ist es, was mich fasziniert, Dr. Isles – Ihre Herkunft sollte Sie zur Gewaltverbrecherin prädestinieren, und doch arbeiten Sie auf der Seite der Engel.«

»Ich arbeite auf der Seite der Wissenschaft und der Vernunft, Mr. Sansone. Engel haben damit nichts zu tun.«

»Nun gut, Sie glauben also nicht an Engel. Aber glauben Sie an deren Gegenspieler?«

»Sie meinen *Dämonen*?« Sie lachte. »Natürlich nicht.«

Er betrachtete sie eine Weile, und sein Blick verriet leise Enttäuschung. »Da Ihre Religion offenbar Wissenschaft und Vernunft sind, wie Sie es ausdrücken, frage ich Sie: Welche wissenschaftliche Erklärung gibt es für das, was heute Abend in meinem Garten passiert ist? Für das, was an Heiligabend mit dieser anderen Frau passiert ist?«

»Sie verlangen von mir, das Böse zu erklären.«

»Ja.«

»Das kann ich nicht. Das kann auch die Wissenschaft nicht. Es *existiert* einfach.«

Er nickte. »Das stimmt genau. Es existiert einfach, und es hat uns schon immer begleitet. Ein reales Wesen, das unter uns lebt, das uns nachstellt. Das auf die Chance lauert, seine Gier zu stillen. Die meisten Menschen wissen nichts von seiner Gegenwart, und sie erkennen es nicht einmal, wenn sie auf Tuchfühlung mit ihm sind, wenn es ihnen auf der Straße begegnet.« Seine Stimme war jetzt nur noch ein Flüstern. In der plötzlichen Stille hörte sie das Knistern der Flammen im Kamin, das Gemurmel der Stimmen im Nebenzimmer. »Aber *Sie* erkennen es«, sagte er. »Sie haben es mit eigenen Augen gesehen.«

»Ich habe nur das gesehen, was jeder Polizist vom Morddezernat auch gesehen hat.«

»Ich spreche nicht von alltäglichen Verbrechen. Nicht von Menschen, die ihren Ehepartner ermorden, oder von Drogendealern, die sich die Konkurrenz vom Hals schaffen. Ich spreche von dem, was Sie in den Augen Ihrer Mutter gesehen haben. Von dem, was darin aufscheint – kein göttlicher Funke, sondern der Widerschein der Verworfenheit.«

Ein Windstoß heulte im Kamin, und ein Ascheregen sprühte gegen den Schirm. Die Flammen erzitterten, als schreckten sie vor einem unsichtbaren Eindringling zurück. Es wurde plötzlich kalt im Zimmer, als sei alle Wärme, alles Licht daraus gewichen.

»Ich verstehe sehr gut«, sagte er, »warum Sie nicht über Amalthea sprechen möchten. Es ist ein furchtbares Erbe.«

»Sie hat nichts damit zu tun, wer ich bin«, erwiderte Maura. »Sie hat mich nicht großgezogen. Bis vor wenigen Monaten habe ich noch nicht einmal von ihrer Existenz gewusst.«

»Und doch reagieren Sie empfindlich auf das Thema.«

Sie hielt seinem Blick stand. »Es ist mir vollkommen gleichgültig.«

»Ich finde es merkwürdig, dass es Ihnen gleichgültig ist.«

»Wir erben nicht die Sünden unserer Eltern. Genauso wenig wie ihre Tugenden.«

»So manches Erbe ist zu mächtig, als dass man es ignorieren könnte.« Er deutete auf das Gemälde über dem Kamin. »Sechzehn Generationen trennen mich von diesem Mann. Und doch werde ich seinem Vermächtnis nie entrinnen können. Nichts kann mich von dem, was er getan hat, reinwaschen.«

Maura starrte das Porträt an. Wieder fiel ihr die verblüffende Ähnlichkeit zwischen dem lebenden Mann, der ihr gegenübersaß, und dem Gesicht auf der Leinwand auf. »Sie sagten, das Gemälde sei ein Erbstück.«

»Keines, über das ich mich sehr gefreut hätte.«

»Wer war er?«

»Monsignore Antonino Sansone. Dieses Porträt wurde 1561 in Venedig gemalt. Auf dem Höhepunkt seiner Macht. Oder, wenn Sie so wollen, auf dem Tiefpunkt seiner Verderbtheit.«

»Antonino Sansone? Ihr eigener Name?«

»Ich bin sein direkter Nachfahre.«

Sie sah das Bild stirnrunzelnd an. »Aber er …«

»Er war Priester. Das wollten Sie doch sagen, nicht wahr?«

»Ja.«

»Wenn ich Ihnen die ganze Geschichte erzählen wollte, würden wir bis morgen früh hier sitzen. Ein andermal vielleicht. Sagen wir einfach nur, dass Antonino kein frommer Mann war. Er hat anderen Menschen Dinge angetan, die Sie zweifeln lassen würden, ob es überhaupt so etwas gibt wie …« Er hielt inne. »Ich bin nicht stolz darauf, ihn zum Ahnen zu haben.«

»Und doch hängen Sie sein Porträt in Ihrem Haus auf.«

»Als Mahnung.«

»Woran?«

»Sehen Sie ihn sich an, Dr. Isles. Er gleicht mir, nicht wahr?«

»Die Ähnlichkeit ist geradezu unheimlich.«

»Wir könnten tatsächlich Brüder sein. Das ist der Grund, weshalb er dort hängt. Um mich daran zu erinnern, dass das Böse ein menschliches Antlitz hat, vielleicht sogar ein freundliches Gesicht. Sie könnten an diesem Mann vorbeigehen, könnten sehen, wie er Sie anlächelt, und Sie würden nie erraten, was er über Sie denkt. Sie können ein Gesicht so lange studieren, wie Sie wollen, und doch werden Sie nie erfahren, was sich hinter der Maske verbirgt.« Er neigte den Kopf, und sein Haar reflektierte die Flammen im Kamin wie ein silberner Helm. »Sie sehen alle aus wie wir, Dr. Isles«, sagte er leise.

»Sie? So, wie Sie es ausdrücken, könnte man meinen, es handle sich um eine eigene Spezies.«

»Das sind sie vielleicht auch. Relikte einer längst vergangenen Zeit. Ich weiß nur eines: Sie sind nicht wie wir. Und die einzige Möglichkeit, sie zu entlarven, besteht darin zu beobachten, was sie tun. Der Blutspur zu folgen, die sie hinterlassen, den Schreien zu lauschen. Nach dem zu suchen, was die meisten Polizeibehörden nicht erkennen, weil sie einfach überfordert sind: den Mustern. Wir blicken hinter die Kulissen des alltäglichen Verbrechens, des allgegenwärtigen Blutvergießens, um zu erkennen, wo die wirkliche Gefahr lauert. Wir sind stets auf der Suche nach den Spuren von Monstern.«

»Wen meinen Sie mit *wir*?«

»Die Leute, die heute Abend hier waren.«

»Ihre Dinnergäste.«

»Wir teilen die Überzeugung, dass das Böse nicht nur ein Begriff ist. Es ist real, und es hat eine physische Präsenz. Es hat ein *Gesicht*.« Er machte eine Pause. »Jeder von uns hat ihm irgendwann im Leben einmal ins Auge geblickt.«

Maura zog eine Braue hoch. »Sprechen Sie von Satan?«

»Sie können es nennen, wie Sie wollen.« Er zuckte mit den Schultern. »Die alten Kulturen haben ihm viele verschiedene Namen gegeben. Luzifer, Abigor, Samael, Mastema. Jede Gesellschaft hat ihren eigenen Namen für das Böse. Meine Freunde und ich sind alle persönlich mit ihm in Berührung gekommen. Wir haben seine Macht gesehen, und ich gebe es unumwunden zu, Dr. Isles: Wir haben Angst.« Er sah ihr in die Augen. »Seit heute Abend mehr denn je.«

»Sie glauben, dass dieser Mord in Ihrem Garten …«

»Er hat mit uns zu tun. Mit dem, das wir hier tun.«

»Und das wäre?«

»Wir überwachen das Treiben von Monstern. Im ganzen Land, in der ganzen Welt.«

»Ein Club von Salondetektiven? Danach hört es sich für mich an.« Ihr Blick ging wieder zu dem Porträt von Antonio Sansone, das zweifellos ein Vermögen wert war. Sie musste sich nur im Salon dieses Mannes umschauen, um zu sehen, dass er Geld im Überfluss hatte. Und reichlich Zeit, um seinen exzentrischen Hobbys nachzugehen.

»Warum wurde diese Frau in meinem Garten getötet, Dr. Isles?«, fragte er. »Warum gerade vor meinem Haus, und ausgerechnet an diesem Abend?«

»Sie glauben, es ging dabei nur um Sie und Ihren Club?«

»Sie haben die Kreidezeichnungen an meiner Tür gesehen. Und die Zeichnungen, die am Tatort des Heiligabend-Mordes gefunden wurden.«

»Und ich habe keine Ahnung, was sie alle zu bedeuten haben.«

»Die umgedrehten Kreuze sind gängige satanische Symbole. Aber was mich interessiert, ist der Kreidekreis in Lori-Ann Tuckers Haus. Der auf ihren Küchenboden gezeichnet wurde.«

Es hatte keinen Sinn, die Fakten zu bestreiten; dieser Mann kannte bereits alle Einzelheiten. »Und was ist die Bedeutung dieses Kreises?«

»Es könnte sich um einen Schutzring handeln. Auch ein Symbol aus satanischen Ritualen. Lori-Ann könnte diesen Kreis gezogen haben, um sich abzuschirmen. Sie hat vielleicht versucht, ebenjene Mächte zu bändigen, die sie selbst aus der Finsternis gerufen hatte.«

»Augenblick – Sie glauben also, das *Opfer* hätte den Kreis gezeichnet, um den Teufel abzuwehren?« Ihr Tonfall ließ keinen Zweifel daran, was sie von dieser Theorie hielt: *völliger Blödsinn.*

»Wenn sie ihn gezeichnet hat, dann hatte sie keine Ahnung, wen – oder was – sie da heraufbeschwor.«

Das Feuer flackerte plötzlich auf, die Flammen reckten sich in die Höhe wie lodernde Krallen. Maura wandte sich um, als die Tür des Nebenzimmers aufgestoßen wurde und Dr. Joyce O'Donnell eintrat. Sie blieb stehen, offensichtlich überrascht, Maura hier zu sehen. Dann wandte sie ihre Aufmerksamkeit Sansone zu.

»Glück gehabt. Nachdem sie mich zwei Stunden lang verhört haben, sind die Herrschaften von der Polizei endlich zu dem Schluss gelangt, dass sie mich laufen lassen können. Da hast du dir wirklich was einfallen lassen für deine Dinnergäste, Anthony. Diesen Abend wirst du so schnell nicht überbieten können.«

»Hoffen wir, dass mir das nie gelingen wird«, erwiderte Sansone. »Warte, ich hole deinen Mantel.« Er stand auf und stieß eine Tapetentür auf, hinter der ein verborgener Wandschrank zum Vorschein kam. Er hielt O'Donnell ihren pelzbesetzten Mantel hin, und sie schlüpfte mit katzenhafter Geschmeidigkeit hinein, wobei ihr blondes Haar leicht über seine Hände strich. Maura registrierte in diesem flüchtigen Kontakt eine große Vertrautheit, den ungezwungenen Umgang zweier Menschen, die einander gut kannten.

Vielleicht sogar sehr gut.

Während O'Donnell ihren Mantel zuknöpfte, ruhte ihr Blick auf Maura. »Lange nicht gesehen, Dr. Isles«, sagte sie. »Wie geht es Ihrer Mutter?«

Sie attackiert immer direkt den empfindlichsten Punkt. Lass sie nicht sehen, dass sie einen Treffer gelandet hat.

»Ich habe keine Ahnung«, sagte Maura.

»Haben Sie sie nicht wieder mal besucht?«

»Nein. Aber das wissen Sie wahrscheinlich schon.«

»Oh, ich habe meine Gespräche mit Amalthea vor über einem Monat abgeschlossen. Seitdem habe ich sie nicht mehr gesehen.« Langsam streifte O'Donnell ein Paar Wollhandschuhe über ihre langen, schmalen Finger. »Es ging ihr gut, als ich sie zuletzt sah, falls es Sie interessiert.«

»Das tut es nicht.«

»Sie lassen sie jetzt in der Gefängnisbücherei arbeiten. Sie hat sich zu einem richtigen Bücherwurm gemausert. Liest jedes Psychologiebuch, das sie in die Finger kriegen kann.« O'Donnell hielt inne, um noch ein letztes Mal an ihrem Handschuh zu zupfen. »Wenn sie je die Chance gehabt hätte, ein College zu besuchen, hätte sie ein Star werden können.«

Aber meine Mutter hat sich für eine andere Karriere entschieden. Als blutrünstige Bestie. Als Schlächterin. Sosehr Maura sich auch mühte, Abstand zu gewinnen, sosehr sie versuchte, jeden Gedanken an Amalthea zu verdrängen, sie konnte doch nie in den Spiegel schauen, ohne die Augen ihrer Mutter darin zu sehen, die Kieferpartie ihrer Mutter. Ein Ungeheuer, das ihr aus dem Spiegel entgegenblickte.

»Die Fallgeschichte Ihrer Mutter wird ein ganzes Kapitel in meinem nächsten Buch einnehmen«, sagte O'Donnell. »Wenn Sie sich je bereitfinden könnten, mit mir darüber zu sprechen, würden Sie damit einen wesentlichen Beitrag zu ihrer Geschichte leisten.«

»Ich habe nichts dazu zu sagen. Absolut gar nichts.«

O'Donnell lächelte nur; offensichtlich hatte sie mit dieser Zurückweisung gerechnet. »Fragen kostet ja nichts«, sagte sie und sah Sansone an. Ein eindringlicher Blick – als hätte sie ihm noch etwas zu sagen, könnte es aber nicht in Mauras Gegenwart tun. »Gute Nacht, Anthony.«

»Soll Jeremy dich nicht lieber mit dem Wagen begleiten? Nur zur Sicherheit?«

»Nicht nötig, danke.« Sie schenkte ihm ein Lächeln, das auf Maura ausgesprochen kokett wirkte. »Ich kann gut auf mich selbst aufpassen.«

»Aber die Umstände haben sich geändert, Joyce.«

»Hast du Angst?«

»Wir wären verrückt, wenn wir keine Angst hätten.«

Sie warf sich den Schal um den Hals, eine theatralische Geste, die demonstrieren sollte, dass sie sich jedenfalls nicht von so etwas Banalem wie Angst würde aufhalten lassen. »Ich ruf dich morgen an.«

Er öffnete die Tür. Ein Schwall eisiger Luft wehte herein, und mit ihm eine Wolke von Schneeflocken, die sich wie Flitter auf den Teppich legten. »Pass gut auf dich auf«, sagte er. Er blieb in der Tür stehen und sah O'Donnell nach, als sie zu ihrem Wagen ging. Erst nachdem sie davongefahren war, schloss er die Tür und wandte sich wieder Maura zu.

»Sie und Ihre Freunde glauben also, auf der Seite der Engel zu stehen«, sagte Maura.

»Das tun wir, da bin ich sicher.«

»Auf welcher Seite steht *sie*?«

»Ich weiß, dass das Verhältnis zwischen Joyce und den Vertretern der Strafverfolgungsbehörden nicht gerade herzlich ist. Als Zeugin der Verteidigung ist es ihr Job, anderer Meinung zu sein als die Staatsanwaltschaft. Aber ich kenne sie jetzt seit drei Jahren. Ich weiß, auf welcher Seite sie steht.«

»Können Sie sich da wirklich sicher sein?« Maura griff nach ihrem Mantel, den sie über ein Sofa geworfen hatte. Er machte keine Anstalten, ihr hineinzuhelfen; vielleicht spürte er, dass sie im Gegensatz zu O'Donnell nicht in der Stimmung war, sich verwöhnen zu lassen. Als sie den Mantel zuknöpfte, hatte sie das Gefühl, von zwei Augenpaaren beobachtet zu werden. Auch das Bildnis des Antonino Sansone verfolgte sie mit seinem Blick, der durch den Nebel von vier Jahrhunderten drang. Unwillkürlich musste sie zu dem Porträt dieses Mannes aufblicken, dessen Taten, begangen vor so vielen Generationen, seinem Nachfahren und Namensvetter noch immer einen Schauer einjagen konnten.

»Sie sagen, Sie haben dem Bösen ins Auge geblickt«, bemerkte sie, indem sie sich wieder ihrem Gastgeber zuwandte.

»Das haben wir beide.«

»Dann sollten Sie allmählich wissen«, entgegnete sie, »dass es sich verdammt gut tarnen kann.«

Sie verließ das Haus und atmete die Luft ein, die von gefrorenem Nebel funkelte. Der Gehweg erstreckte sich vor ihr wie ein dunkler Fluss; die Straßenlaternen warfen bleiche Lichtinseln auf den Asphalt. Ein einsamer Streifenwagen des Boston PD stand mit laufendem Motor auf der anderen Straßenseite, und sie konnte die Silhouette eines Polizisten auf dem Fahrersitz ausmachen. Sie hob die Hand und winkte.

Er winkte zurück.

Kein Grund, nervös zu werden, dachte sie, als sie sich in Bewegung setzte. *Mein Wagen steht gleich da drüben, und es ist ein Polizist in der Nähe.* Und Sansone war auch noch da. Sie warf einen Blick zurück und sah, dass er immer noch auf den Stufen vor seinem Haus stand und sie beobachtete. Dennoch zog sie ihre Autoschlüssel aus der Tasche und legte den Daumen über den Panikknopf. Während sie auf ihren Wagen zuging, suchte sie die dunkle Straße ab, hielt Ausschau nach dem geringsten Anzeichen einer Bewegung. Erst als sie eingestiegen war und die Türen verriegelt hatte, spürte sie, wie die Anspannung aus ihren Schultern wich.

Zeit, nach Hause zu fahren. Zeit für einen kräftigen Drink.

Als sie zu Hause ankam, fand sie zwei neue Nachrichten auf ihrem Anrufbeantworter. Sie steuerte zuerst die Küche an, um sich ein Glas Brandy einzuschenken, und nippte daran, während sie ins Wohnzimmer zurückging und die Play-Taste drückte. Als sie die Stimme des ersten Anrufers erkannte, verharrte sie vollkommen reglos.

»Hier spricht Daniel. Rufen Sie mich bitte an, ganz gleich, wie spät es ist, wenn Sie diese Nachricht hören. Der Gedanke ist mir einfach unerträglich, dass Sie und ich …« Eine Pause. »Wir müssen reden, Maura. Rufen Sie mich an.«

Sie rührte sich immer noch nicht von der Stelle, stand nur da und hielt ihr Glas, bis ihre Finger taub wurden, während die zweite Nachricht abgespielt wurde.

»Dr. Isles, hier ist Anthony Sansone. Ich wollte mich nur vergewissern, dass Sie sicher nach Hause gekommen sind. Rufen Sie mich doch bitte kurz zurück, ja?«

Der Apparat verstummte. Sie atmete durch, griff nach dem Hörer und wählte.

»Hier bei Sansone, Jeremy am Apparat.«

»Hier spricht Dr. Isles. Könnten Sie …«

»Hallo, Dr. Isles. Warten Sie, ich hole ihn ans Telefon.«

»Sagen Sie ihm bitte nur, dass ich zu Hause bin.«

»Ich weiß, dass er sehr gerne selbst mit Ihnen sprechen würde.«

»Es ist wirklich nicht nötig, dass Sie ihn stören. Gute Nacht.«

»Gute Nacht, Dr. Isles.«

Sie legte auf und behielt den Hörer in der Hand, im Begriff, die zweite Nummer zu wählen.

Ein lautes Krachen auf ihrer Veranda ließ sie auffahren. Sie ging zur Haustür und schaltete die Außenbeleuchtung ein. Draußen wirbelte der Wind den pulvrigen Schnee auf. Auf der Veranda lag ein herabgefallener Eiszapfen, zersprungen in glitzernde Splitter, wie ein zerbrochener Dolch. Sie schaltete das Licht wieder aus, blieb aber am Fenster stehen und sah zu, wie ein Streufahrzeug der Stadt vorüberrumpelte und Sand über die vereiste Straße verteilte.

Sie ging zurück zur Couch und starrte das Telefon an, während sie den letzten Schluck Brandy trank.

Wir müssen reden, Maura. Rufen Sie mich an.

Sie stellte das Glas ab, schaltete die Lampe aus und ging zu Bett.

13

22. Juli. Mondphase: erstes Viertel.

Tante Amy steht am Herd und rührt in ihrem Eintopf, ihre Miene zufrieden wie die einer Kuh. Es ist ein trüber Tag, im Westen ballen sich dunkle Wolken zusammen, doch sie scheint das Grollen des Donners nicht zu hören. In der Welt meiner Tante ist jeder Tag ein Sonnentag. Sie sieht nichts Böses, fürchtet nichts Böses. Sie ist wie das Vieh, das drüben auf der Farm mit Klee gemästet wird und nichts vom Schlachthof weiß. Sie ist geblendet vom Glanz ihres eigenen kleinen Glücks, und deshalb sieht sie den Abgrund vor ihren Füßen nicht.

Sie ist ganz anders als meine Mutter.

Tante Amy wendet sich vom Herd ab und sagt: »Das Essen ist fast fertig.«

»Ich decke schon mal den Tisch«, sage ich, und sie schenkt mir ein dankbares Lächeln. Während ich die Teller und Servietten auf dem Tisch verteile und die Gabeln nach französischer Art mit den Zinken nach unten lege, spüre ich ihren liebenden Blick. Sie sieht nur einen ruhigen, netten Jungen; sie ist blind für meinen wahren Charakter.

Nur meine Mutter weiß Bescheid. Meine Mutter kann unseren Stammbaum bis zu den Hyksos zurückverfolgen, die Ägypten vom Norden aus regierten, in einer Epoche, als der Gott des Krieges in Ehren gehalten wurde. »Das Blut der alten Jäger fließt in deinen Adern«, hat meine Mutter gesagt. »Aber es ist besser, wenn du nie darüber sprichst, denn die Menschen werden es nicht verstehen.«

Ich bin still, als wir uns zum Essen an den Tisch setzen. Die Familie schwatzt genug, um keine längeren Pausen aufkommen zu lassen. Sie unterhalten sich darüber, was Teddy heute am See gemacht hat, was Lily gehört hat, als sie bei

Lori-Ann war. Und über die prächtigen Tomaten, die sie im August werden ernten können.

Als wir mit dem Essen fertig sind, fragt Onkel Peter: »Wer hat Lust, zum Eisessen in die Stadt zu fahren?«

Ich bin der Einzige, der lieber zu Hause bleibt.

Ich sehe ihnen von der Haustür aus nach, als der Wagen die Auffahrt hinunterrollt. Sobald er verschwunden ist, gehe ich nach oben ins Schlafzimmer meiner Tante und meines Onkels. Ich habe auf eine Gelegenheit gewartet, es zu erkunden. Es riecht nach Möbelpolitur mit Zitronenduft. Das Bett ist fein säuberlich gemacht, doch einige wenige Details – die über einen Stuhl geworfene Jeans meines Onkels, ein Stapel Zeitschriften auf dem Nachttisch – stören die perfekte Ordnung und lassen erkennen, dass hier Menschen aus Fleisch und Blut wohnen.

In ihrem Bad öffne ich das Arzneischränkchen und finde neben den üblichen Kopfschmerztabletten und Erkältungsmitteln eine Flasche mit einem zwei Jahre alten Rezept, ausgestellt auf Dr. Peter Saul:

»Valium, 5 mg. Nach Bedarf bis zu 3x täglich eine Tablette gegen Rückenkrämpfe.«

Es sind noch mindestens ein Dutzend Tabletten in der Flasche.

Ich gehe zurück ins Schlafzimmer. Dort öffne ich eine Schublade und finde heraus, dass meine Tante BH-Größe 36B hat, dass ihre Unterwäsche aus Baumwolle ist und dass mein Onkel Unterhosen mit Eingriff in Größe M trägt. In einer der unteren Schubladen finde ich auch einen Schlüssel. Er ist zu klein für eine Tür. Ich glaube, ich weiß, wozu er gehört.

Unten im Arbeitszimmer meines Onkels führe ich den Schlüssel in ein Schloss ein, und die Schranktür springt auf. Drinnen liegt seine Pistole. Es ist eine alte Waffe; er hat sie von seinem Vater geerbt, und das ist der einzige Grund, weshalb er sie behalten hat. Er nimmt sie nie heraus; ich glaube, er fürchtet sich ein bisschen vor dem Ding.

Ich schließe den Schrank ab und lege den Schlüssel an seinen Platz in der Schublade zurück.

Eine Stunde später höre ich, wie das Auto die Auffahrt herauffährt, und ich gehe hinunter, um sie zu begrüßen, als sie zur Tür hereinkommen.

Tante Amy lächelt, als sie mich sieht. »Ich finde es ja so schade, dass du nicht mitgekommen bist. Hast du dich sehr gelangweilt?«

14

Das Kreischen der Druckluftbremsen des Lkw riss Lily Saul aus dem Schlaf. Sie hob den Kopf, stöhnte, als ihr verspannter Nacken sich bemerkbar machte, und blinzelte mit verschlafenen Augen in die vorbeiziehende Landschaft hinaus. Es dämmerte gerade, und der Morgennebel lag wie ein goldener Schleier auf den sanft ansteigenden Weinbergen und den taugetränkten Obstwiesen. Sie hoffte, dass der arme Paolo und sein Vater Giorgio jetzt an einem solch paradiesischen Ort weilten; wenn irgendjemand den Himmel verdient hatte, dann diese beiden.

Aber ich werde sie dort nicht wiedersehen. Dies hier wird meine einzige Chance sein, ein Stückchen vom Himmel zu erhaschen. Hier und jetzt. Ein Augenblick des Friedens, umso kostbarer, weil ich weiß, dass er nicht andauern kann.

»Endlich bist du wach«, sagte der Fahrer auf Italienisch und taxierte sie mit seinen dunklen Augen. Gestern Abend, als er an der Ausfallstraße am Stadtrand von Florenz angehalten hatte, um sie mitzunehmen, hatte sie sein Gesicht nicht genau sehen können. Jetzt, im fahlen Morgenlicht, das durch die Fenster der Kabine fiel, sah sie grobe Züge, eine vorspringende Stirn und ein Kinn mit dunklen Bartstoppeln. Oh, sie wusste den Blick sehr wohl zu deuten, mit dem er sie musterte. *Wird das noch was mit uns beiden, Signorina?* Amerikanische Mädchen waren locker drauf. Man nahm sie ein Stück mit, bot ihnen ein Dach über dem Kopf, und schon gingen sie mit einem ins Bett.

Da kannst du warten, bis du schwarz wirst, dachte Lily. Sicher, ein- oder zweimal hatte sie schon mit einem wildfremden Mann geschlafen. Oder vielleicht auch dreimal – immer, wenn eine ungewöhnliche Situation ungewöhnliche Maßnahmen erforderte. Aber diese Männer waren nicht ohne ihre Reize gewesen, und sie hatten ihr das geboten, was sie gerade ganz dringend gebraucht hatte – nicht ein Dach über dem Kopf, sondern die Geborgenheit, die sie in den Armen eines Mannes fand. Eine Chance, sich der flüchtigen, aber wunderbaren Illusion hinzugeben, dass es jemanden gab, der sie beschützen konnte.

»Wenn du eine Unterkunft brauchst«, sagte der Fahrer, »ich habe eine Wohnung in der Stadt.«

»Danke, aber das ist nicht nötig.«

»Du hast also schon was?«

»Ich habe … Freunde. Sie haben mir angeboten, dass ich bei ihnen wohnen kann.«

»Wie ist denn die Adresse? Ich kann dich hinbringen.«

Er wusste, dass sie log. Er stellte sie auf die Probe.

»Nein, wirklich«, sagte er. »Das ist kein Problem für mich.«

»Lass mich einfach am Bahnhof raus. Sie wohnen ganz in der Nähe.«

Wieder streifte sein Blick ihr Gesicht. Seine Augen gefielen ihr nicht. Sie sah Niedertracht darin, wie das Blitzen in den Augen einer zusammengerollten Schlange, die jeden Moment zuschnappen konnte.

Plötzlich zuckte er mit den Schultern und grinste, als sei es ihm vollkommen gleichgültig.

»Warst du schon mal in Rom?«

»Ja.«

»Du sprichst sehr gut Italienisch.«

Aber nicht gut genug, dachte sie. *Sobald ich den Mund aufmache, weiß jeder, dass ich Ausländerin bin.*

»Wie lange wirst du in der Stadt bleiben?«

»Ich weiß nicht.« *So lange, bis es nicht mehr sicher ist. So lange, bis ich meinen nächsten Schritt geplant habe.*

»Falls du mal Hilfe brauchst, ruf mich einfach an.« Er zog eine Visitenkarte aus der Hemdtasche und reichte sie ihr. »Da hast du meine Handynummer.«

»Ich werde mich bestimmt mal melden«, sagte sie und

steckte die Karte in ihren Rucksack. Sollte er ruhig ein bisschen träumen. So würde sie ihn nachher leichter loswerden.

Am Bahnhof Roma Termini stieg sie aus dem Lkw und winkte ihm zum Abschied zu. Sie konnte seinen Blick im Rücken spüren, als sie die Straße überquerte und auf das Bahnhofsgebäude zuging. Sie drehte sich nicht um, sondern ging ohne anzuhalten hinein. Erst drinnen spähte sie durch die Scheibe zu dem Lkw zurück. Da sah sie ihn stehen und warten. *Na los,* dachte sie. *Fahr schon. Sieh zu, dass du verschwindest.*

Hinter dem Lkw hupte ein Taxi. Jetzt erst fuhr er weiter.

Sie trat aus dem Bahnhof hinaus auf die Piazza della Repubblica und blieb stehen, wie betäubt von den Scharen von Menschen um sie herum, der Hitze, dem Lärm, den Abgaswolken. Kurz vor ihrer Abreise aus Florenz hatte sie es riskiert, an einem Geldautomaten dreihundert Euro abzuheben. Jetzt kam sie sich richtig reich vor. Wenn sie sorgsam damit umginge, könnte sie mit dem Geld zwei Wochen lang auskommen. Sich von Brot und Käse und Kaffee ernähren, nur in den Touristenhotels der untersten Kategorie übernachten. Das hier war die richtige Gegend, wenn man eine billige Unterkunft suchte. Und bei den Massen von ausländischen Touristen, die ständig am Bahnhof ankamen und abreisten, könnte sie mühelos untertauchen.

Aber sie musste auf der Hut sein.

Sie blieb vor einem Kramladen stehen und überlegte, wie sie am leichtesten ihr Äußeres verändern könnte. Die Haare färben? Nein. In einem Land voller dunkelhaariger Schönheiten wäre es das Beste, wenn sie brünett bliebe. Andere Kleider vielleicht. Kleider, in denen sie nicht mehr ganz so amerikanisch aussähe. Weg mit den Jeans, stattdessen ein billiges Kleid gekauft. Sie verschwand in einem verstaubten Laden, und als sie eine halbe Stunde später wieder herauskam, trug sie ein Kittelkleid aus blauer Baumwolle.

In einem Anfall von Luxus gönnte sie sich anschließend einen Riesenberg Spaghetti Bolognese, ihre erste warme Mahlzeit seit zwei Tagen. Die Soße war mittelmäßig, die Pasta matschig und verkocht, aber sie schlang alles restlos hinunter, wischte mit dem altbackenen Brot auch noch das letzte Krümelchen Fleisch aus dem Teller. Mit vollem Bauch, die Hitze wie eine drückende Last auf ihren Schultern, schleppte sie sich anschließend auf der Suche nach einem Hotel müde durch die Straßen. Sie fand eines in einer schmutzigen Seitengasse. Hunde hatten vor dem Eingang ihre stinkenden Souvenirs hinterlassen. An den Fenstern flatterte Wäsche, und um einen Mülleimer, der von Küchenabfällen und Glasscherben überquoll, summten die Fliegen.

Perfekt.

Das Zimmer, das man ihr gab, ging auf einen düsteren Innenhof. Während sie ihr Kleid aufknöpfte, beobachtete sie durchs Fenster eine magere Katze, die sich auf etwas Kleines stürzte – was es war, konnte sie auf die Entfernung nicht erkennen. Ein Knäuel Bindfaden? Eine todgeweihte Maus?

In der Unterwäsche ließ sie sich auf die klumpige Matratze fallen und lauschte dem Rattern der Fenster-Klimaanlagen, das vom Hof hereindrang, dem Gehupe und dem Getöse der Busse auf den Straßen der Ewigen Stadt. Eine Stadt mit zweieinhalb Millionen Einwohnern ist ein guter Ort, wenn man für eine Weile untertauchen will, dachte sie. Hier wird mich so leicht niemand finden.

Nicht einmal der Teufel.

15

Edwina Felway wohnte im Bostoner Vorort Newton. Ihr Grundstück grenzte an das schneebedeckte Areal des Braeburn Country Club, mit Blick auf den östlichen Arm des Cheesecake Brook, der jetzt ein glitzerndes Band aus Eis war. Es war zwar nicht das größte Haus in dieser Straße, in der sich eine prächtige Villa an die andere reihte, doch hob es sich durch einige ebenso ausgefallene wie reizvolle Details von seinen stattlicheren Nachbarn ab. Eine Glyzinie rankte sich mit dicken Ästen an der Fassade empor. Wie gichtige Finger krallten sich die Ranken ins Mauerwerk und schienen auf die warme Frühlingssonne zu warten, die ihre knotigen Gelenke auftauen und die Blüten hervorlocken würde. Von einem Giebel blickte ein großes rundes Buntglasfenster herab wie ein vielfarbiges Auge. Unter dem spitzen Schieferdach funkelten Eiszapfen wie eine gezackte Zahnreihe. Im Garten erhoben Skulpturen ihre eisverkrusteten Köpfe aus dem Schnee, als seien sie gerade aus dem Winterschlaf erwacht: eine geflügelte Fee, mitten im Flug erstarrt; ein Drache, dessen feuriger Atem vorübergehend erloschen war; eine gertenschlanke Maid, deren Blumenkranz der Winter in eine Krone aus Schneeglöckchen verwandelt hatte.

»Was schätzt du?«, fragte Jane, als sie durchs Autofenster zu dem Haus aufblickte. »Zwei Millionen? Zweieinhalb?«

»In dieser Gegend, direkt am Golfplatz? Eher vier, wenn du mich fragst«, antwortete Barry Frost.

»Für dieses komische alte Haus?«

»Ich glaube gar nicht, dass es so alt ist.«

»Na ja, aber irgendjemand hat sich viel Mühe gegeben, um es auf alt zu trimmen.«

»Es hat Atmosphäre, würde ich sagen.«

»Genau. Schneewittchen und die sieben Zwerge würden

sich wie zu Hause fühlen.« Jane lenkte ihren Wagen in die Einfahrt und parkte neben einem Kleinbus. Als sie ausstiegen und auf das gründlich gestreute Kopfsteinpflaster traten, bemerkte Jane die Behinderten-Plakette hinter der Windschutzscheibe des Busses. Sie spähte durch das Heckfenster und entdeckte eine Hebebühne.

»Hallo, sind Sie die Herrschaften von der Kriminalpolizei?«, ertönte eine kräftige Stimme. Die Frau, die auf der Veranda stand und ihnen zuwinkte, war offensichtlich nicht körperbehindert.

»Mrs. Felway?«, sagte Jane.

»Ja. Und Sie müssen Detective Rizzoli sein.«

»Und das ist mein Kollege Barry Frost.«

»Vorsicht, die Pflastersteine könnten glatt sein. Ich versuche die Einfahrt regelmäßig zu streuen, damit meine Gäste nicht ausrutschen, aber eigentlich gibt es keinen Ersatz für zweckmäßiges Schuhwerk.« *Zweckmäßig* war genau das richtige Wort für Edwina Felways Garderobe, wie Jane bemerkte, als sie die Stufen zur Veranda hinaufstieg, um der Frau die Hand zu schütteln. Mit ihrer ausgebeulten Tweedjacke, der Wollhose und den Gummistiefeln sah sie aus wie eine englische Farmersfrau – eine Rolle, für die sie ihr Akzent ebenso zu prädestinieren schien wie ihr Outfit. Sie musste mindestens sechzig sein, doch sie hielt sich kerzengerade und war von kräftiger Statur, mit männlich-breiten Schultern und einem ebenmäßigen Gesicht, das in der Kälte eine gesunde Röte zeigte. Das graue, zu einem sauberen Pagenschnitt frisierte Haar war mit Schildpattspangen zurückgesteckt, sodass Jane das Gesicht mit den ausgeprägten Wangenknochen und den klaren blauen Augen ungehindert studieren konnte. Diese Frau hatte kein Make-up nötig; sie war auch so eine auffallende Erscheinung.

»Ich habe schon den Kessel aufgesetzt«, sagte Edwina, während sie ihre Besucher ins Haus führte. »Falls Sie eine Tasse Tee möchten.« Sie schloss die Tür, zog ihre Stiefel aus und schlüpfte in ein Paar abgewetzte Pantoffeln. Aus dem Obergeschoss war aufgeregtes Hundegebell zu hören. Dem Klang nach musste es sich um ziemlich große Exemplare handeln.

»Oh, ich habe sie im Schlafzimmer eingesperrt. In Gegenwart von Fremden haben sie sich manchmal nicht so ganz unter Kontrolle. Und sie sind ziemlich furchteinflößende Kreaturen.«

»Sollen wir unsere Schuhe ausziehen?«, fragte Frost.

»Ach Gott, nein, vergessen Sie's. Die Hunde gehen hier sowieso ständig aus und ein und schleppen mir Sand ins Haus. Da kann ich mit dem Boden nicht so pingelig sein. Warten Sie, ich nehme Ihnen die Mäntel ab.«

Während Jane ihre Jacke auszog, wurde ihr Blick unwillkürlich von der Decke angezogen, die sich über ihnen wölbte. Die freiliegenden Holzbalken erinnerten an einen mittelalterlichen Saal. Das runde Buntglasfenster, das sie schon von außen gesehen hatte, war eine leuchtende Scheibe in bunten Bonbonfarben. Wohin sie auch schaute, an jeder Wand entdeckte sie neue Merkwürdigkeiten. Eine Nische mit einer hölzernen Madonna, verziert mit Blattgold und vielfarbigem Glas. Ein russisch-orthodoxes Triptychon, gemalt in Farben, die wie Edelsteine strahlten. Geschnitzte Tierstatuen, tibetische Gebetsfahnen und eine antike Kirchenbank aus Eichenholz. An einer Wand stand ein indianischer Totempfahl, der bis unter die zwei Stockwerke hohe Decke reichte.

»Wow«, meinte Frost. »Sie wohnen ja wirklich interessant hier, Ma'am.«

»Mein Mann war Anthropologe. Und Sammler, bis uns irgendwann der Platz für das ganze Zeug ausging.« Sie deutete auf den Adlerkopf, der grimmig von der Spitze des Totempfahls herabblickte. »Das da war sein Lieblingsstück. Es gibt noch mehr, aber der Rest ist eingelagert. Wahrscheinlich ist das alles ein Vermögen wert, aber mir ist auch das hässlichste Teil ans Herz gewachsen, und ich kann mich einfach von keinem einzigen Stück trennen.«

»Und Ihr Mann ist …?«

»Tot.« Die Antwort kam ohne Zögern. Eine unabänderliche Tatsache. »Er war um einiges älter als ich. Ich bin jetzt schon viele Jahre Witwe. Aber es waren gute fünfzehn Jahre, die wir zusammen hatten.« Sie hängte die Jacken ihrer Besucher auf, und Jane erhaschte einen Blick ins Innere des mit Krempel vollgestopften Wandschranks. Sie sah einen Spazierstock aus Ebenholz, mit einem Totenkopf als Knauf. *Dieses scheußliche Ding hätte ich schon längst rausgeschmissen*, dachte sie.

Edwina schloss die Garderobentür und sah die beiden an. »Sie und Ihre Kollegen haben mit diesem Fall sicher alle Hände voll zu tun. Also haben wir uns gedacht, dass wir Ihnen die Arbeit etwas erleichtern sollten.«

»Erleichtern?«, fragte Jane.

Das schriller werdende Pfeifen eines Teekessels lenkte Edwinas Blick zum Flur. »Setzen wir uns doch in die Küche«, sagte sie und ging voran. Ihre ausgetretenen Pantoffeln schlurften über die stumpfen Eichendielen des Flurs. »Anthony hat uns schon vorgewarnt und gesagt, Sie hätten sicher eine Menge Fragen. Deshalb haben wir Ihnen schon mal den kompletten Zeitablauf aufgeschrieben. Alles, woran wir uns von gestern Abend noch erinnern.«

»Mr. Sansone hat mit Ihnen darüber gesprochen?«

»Er rief letzte Nacht an, um mir zu berichten, was noch alles passiert war, nachdem ich gegangen war.«

»Das ist sehr bedauerlich. Es wäre besser gewesen, wenn Sie nicht mit ihm darüber gesprochen hätten.«

Edwina blieb im Flur stehen. »Wieso? Damit wir wie Blinde an die Sache herangehen können? Wenn wir der Polizei helfen wollen, müssen wir uns doch über die Fakten im Klaren sein.«

»Ich hätte es vorgezogen, von jedem Zeugen eine unabhängige Aussage zu bekommen.«

»Jedes Mitglied unserer Gruppe ist *absolut* unabhängig, glauben Sie mir. Wir vertreten alle unsere eigenen Ansichten. Anthony würde es nicht anders wollen. Das ist der Grund, weshalb wir so gut zusammenarbeiten.«

Das Pfeifen des Kessels brach abrupt ab. Edwina blickte zur Küche. »Oh, er hat sich wohl schon darum gekümmert.«

Er? Wer war denn noch im Haus?

Edwina eilte in die Küche und sagte: »Moment, ich mache das schon.«

»Schon gut, Winnie, ich habe den Tee bereits aufgegossen. Irish Breakfast, nicht wahr?«

Der Mann saß in einem Rollstuhl und wandte den Besuchern den Rücken zu. Das war also der Besitzer des Kleinbusses in der Einfahrt. Er schwenkte seinen Rollstuhl herum, um sie zu begrüßen, und Jane sah einen strähnigen braunen Haarschopf und eine Brille mit dicker Schildpattfassung. Die grauen Augen, die ihren Blick auffingen, wirkten konzentriert und neugierig. Er sah jung genug aus, um Edwinas Sohn zu sein – höchstens Mitte zwanzig. Doch sein Akzent klang amerikanisch, und es gab keinerlei Familienähnlichkeit zwischen der kräftigen, rotwangigen Edwina und diesem bleichen jungen Mann.

»Darf ich vorstellen?«, sagte Edwina. »Das sind Detective Frost und Detective Rizzoli. Und das ist Oliver Stark.«

Jane sah den jungen Mann stirnrunzelnd an. »Sie waren einer der Dinnergäste gestern Abend. Bei Mr. Sansone.«

»Ja.« Oliver studierte ihre Miene. »Ist das ein Problem?«

»Wir hatten gehofft, Sie separat befragen zu können.«

»Die Herrschaften sind nicht gerade begeistert darüber, dass wir den Fall schon in unserem Kreis diskutiert haben«, klärte ihn Edwina auf.

»Habe ich nicht vorausgesagt, dass sie so reagieren würden, Winnie?«

»Aber es ist doch viel effektiver, wenn man gemeinsam die Fakten klärt. So sparen alle Beteiligten Zeit.« Edwina trat an den Küchentisch und raffte einen riesigen Stapel Zeitungen zusammen – eine bunte Mischung, von der *Bangkok Post* bis hin zur *Irish Times*. Sie legte den Packen auf eine Arbeitsplatte und zog zwei Stühle heran. »Kommen Sie, setzen Sie sich. Ich gehe rasch nach oben und hole die Akte.«

»Die Akte?«, fragte Jane.

»Selbstverständlich haben wir schon eine Akte angelegt. Anthony dachte, dass Sie vielleicht gerne Kopien davon hätten.« Sie verließ die Küche, und sie hörten ihre stampfenden Schritte auf der Treppe.

»Sie ist wie ein mächtiger Mammutbaum, nicht wahr?«, sagte Oliver. »Ich wusste gar nicht, dass sie in England auch solche Prachtexemplare haben.« Er rollte seinen Stuhl an den Küchentisch und bedeutete ihnen, sich zu ihm zu setzen. »Ich weiß, das geht gegen Ihre sämtlichen Überzeugungen als Kriminalbeamte – unabhängige Zeugenbefragungen und so weiter. Aber diese Methode ist tatsächlich effizienter. Außerdem hatten wir heute früh schon eine Konferenzschaltung mit Gottfried; Sie bekommen also drei Zeugenaussagen auf einen Schlag.«

»Sie sprechen wohl von Gottfried Baum?«, fragte Jane. »Dem vierten Gast?«

»Ja. Er musste gestern Abend noch nach Brüssel zurückfliegen, deswegen haben er und Edwina die Gesellschaft früher verlassen. Wir haben ihn vor ein paar Stunden angerufen, um uns mit ihm auszutauschen. Unsere Erinnerungen stimmen alle weitgehend überein.« Er schenkte Jane ein mattes Lächeln. »Es kommt selten genug vor, dass wir einmal in einem Punkt alle einer Meinung sind.«

Jane seufzte. »Wissen Sie, Mr. Stark …«

»So nennt mich kein Mensch. Ich bin Ollie.«

Jane setzte sich, sodass sie mit ihm auf einer Augenhöhe war. Er musterte sie mit leicht amüsierter Miene, und es war ein Blick, der sie ärgerte. Er schien zu sagen: *Ich bin intelligent, und ich weiß, dass ich es bin. Ganz bestimmt intelligenter als irgendeine Polizistin.* Es ärgerte sie auch, dass er damit vermutlich recht hatte – er sah schließlich auch aus wie der klassische Streber, neben dem in der Mathestunde niemand sitzen wollte. Der Junge, der seinen Algebra-Test schon abgab, wenn alle anderen noch über der ersten Aufgabe brüteten.

»Wir wollen keineswegs Ihre gewohnten Abläufe durcheinanderbringen«, sagte Oliver. »Wir möchten Ihnen lediglich helfen. Und das können wir, wenn wir alle zusammenarbeiten.«

»Sie können uns helfen, indem Sie unsere Fragen beantworten«, erwiderte Jane.

»Ich glaube, Sie missverstehen uns.«

»Was ist mir denn entgangen?«

»Wie nützlich wir für Sie sein können. Unsere Gruppe.«

»Ach ja. Mr. Sansone hat mir von Ihrem kleinen Verbrechensbekämpfungsclub erzählt.«

»Es ist eine Gesellschaft, kein Club.«

»Wo liegt da der Unterschied?«, fragte Frost.

Oliver sah ihn an. »In der Ernsthaftigkeit, Detective. Wir haben Mitglieder in der ganzen Welt. Und wir sind keine Amateure.«

»Haben Sie eine kriminalistische Ausbildung, Ollie?«, fragte Jane.

»Von Beruf bin ich Mathematiker. Aber mein eigentliches Interessengebiet ist die Symbologie.«

»Bitte, was?«

»Ich interpretiere Symbole. Ihre Ursprünge und ihre Bedeutungen, sowohl die offensichtlichen als auch die verborgenen.«

»Aha. Und Mrs. Felway?«

»Sie ist Anthropologin. Ist erst vor Kurzem zu uns gestoßen. Mit besten Empfehlungen unserer Londoner Zweigstelle.«

»Und Mr. Sansone? Er ist doch ganz gewiss kein Kriminalist?«

»Er könnte aber durchaus einer sein.«

»Er sagte uns, er sei Geschichtsprofessor im Ruhestand. Er habe am Boston College gelehrt. Das scheint mir herzlich wenig mit Kriminalistik zu tun zu haben.«

Oliver lachte. »Das sieht Anthony ähnlich, dass er sein Licht unter den Scheffel stellt. Ganz typisch für ihn.«

Edwina kam mit einem Aktenordner in die Küche zurück. »Typisch für wen, Ollie?«

»Wir reden gerade über Anthony. Die Polizei denkt, er ist bloß ein Geschichtsprofessor im Ruhestand.«

»So will er es ja auch haben.« Edwina setzte sich. »Was soll es auch bringen, alles gleich hinauszuposaunen?«

»Was ist es denn nun, das wir über ihn wissen sollten?«, fragte Frost.

»Nun ja, Sie wissen bereits, dass er sehr wohlhabend ist«, antwortete Edwina.

»Das war ja nicht zu übersehen.«

»*Steinreich* wäre das richtige Wort. Dieses Haus auf dem Beacon Hill, das ist nichts gegen sein Anwesen in Florenz.«

»Oder sein Haus in London«, fügte Oliver hinzu.

»Und das soll uns jetzt imponieren?«, meinte Jane.

Edwinas Reaktion war ein kühler, durchdringender Blick. »Geld allein kann selten imponieren. Es kommt darauf an, was jemand damit macht.« Sie legte den Aktenordner vor Jane auf den Tisch. »Für Sie, Detective.«

Jane schlug den Ordner auf und las die erste Seite. Es war eine sorgfältig getippte Aufstellung der Ereignisse des vorigen Abends, wie sie sich in der Erinnerung der drei Dinnergäste darstellten – Edwina, Oliver und der mysteriöse Gottfried Baum.

(Alle Zeitangaben sind ungefähre Schätzungen)

18.00 Uhr: Ankunft Edwina und Gottfried

18.15 Uhr: Ankunft Oliver Stark

18.20 Uhr: Ankunft Joyce O'Donnell

18.40 Uhr: Jeremy serviert ersten Gang…

Die komplette Speisenfolge war aufgelistet: Consommé, gefolgt von Lachs in Aspik und Kopfsalatherzen. Tournedos vom Rinderfilet mit knusprigen Kartoffelpfannkuchen. Anschließend Portweinprobe, dazu wurde Reblochon gereicht. Und zum Abschluss Kaffee und Sachertorte mit Schlagsahne.

Um halb zehn hatte Edwina Gottfried zum Logan Airport gebracht, wo er seine Maschine nach Brüssel bestiegen hatte.

Um Viertel vor zehn hatte Oliver das Haus auf dem Beacon Hill verlassen und war gleich nach Hause gefahren.

»Und das ist der Ablauf, wie wir ihn in Erinnerung haben«, sagte Edwina. »Wir haben versucht, so präzise wie möglich zu sein.«

Bis hin zur Consommé, dachte Jane, während sie die Chronologie der Ereignisse studierte. Sie sah nichts, was sonderlich hilfreich gewesen wäre; es war nur eine Wiederholung der Informationen, die Sansone und sein Butler ihnen bereits geliefert hatten, ergänzt um die kulinarischen Details. Das Gesamtbild blieb das gleiche: Ein Winterabend. Vier Gäste treffen innerhalb von zwanzig Minuten in einem Haus auf dem Beacon Hill ein. Zusammen mit ihrem Gastgeber genießen sie ein erlesenes Mahl und nippen an edlen Weinen, während sie die neuesten Verbrechen erörtern, ohne zu ahnen, dass wenige Meter von ihnen entfernt, in dem frostigen Garten hinter dem Haus, gerade eine Frau ermordet wird.

Ein feiner Verein von Verbrecherjägern. Diese Amateure richten mehr Schaden an, als dass sie helfen.

Das nächste Dokument in der Verbrechensakte war ein Bogen Briefpapier mit einem einzelnen Buchstaben als Briefkopf, einem »M« in gotischer Type. Und darunter eine handschriftliche Notiz: »Oliver, Ihre Analyse? A. S.« Anthony Sansone? Jane blätterte weiter und starrte ein Foto an, das ihr sofort bekannt vorkam: Es zeigte die Symbole, die an Sansones Gartentür gezeichnet worden waren.

»Dieses Bild stammt vom Tatort des gestrigen Mordes«, sagte Jane. »Wie sind Sie daran gekommen?«

»Anthony hat es heute Morgen geschickt. Es ist eines der Fotos, die er letzte Nacht gemacht hat.«

»Diese Bilder sind nicht für die Öffentlichkeit bestimmt«, sagte Jane. »Das ist Beweismaterial.«

»Sehr interessantes Beweismaterial«, bemerkte Oliver. »Sie kennen doch die Bedeutung dieser Symbole, oder nicht?«

»Es sind satanische Zeichen.«

»Oh, das ist die automatische Reaktion. Sie sehen seltsame

Symbole an einem Tatort, und Sie nehmen einfach an, dass es das Werk irgendeines scheußlichen Teufelskults ist. Äußerst beliebt als Sündenböcke.«

»Sie glauben, es handelt sich um etwas anderes?«, fragte Frost.

»Ich sage nicht, dass es sich nicht um einen Kult handeln *könnte*. Satanisten benutzen tatsächlich das umgedrehte Kreuz als Symbol für den Antichrist. Und bei diesem Mord an Heiligabend, bei dem das Opfer enthauptet wurde, war ein Kreis um den am Boden liegenden Kopf der Leiche gezogen. Und es wurden Kerzen abgebrannt. Das lässt allerdings an ein satanisches Ritual denken.«

»Woher wissen Sie das alles?«

Oliver sah Edwina an. »Sie halten uns wirklich für völlig unbedarft, nicht wahr?«

»Es spielt keine Rolle, woher wir diese Details kennen«, sagte Edwina. »Tatsache ist, dass wir über den Fall informiert sind.«

»Also, was sagen Sie dann zu diesem Symbol?«, fragte Frost und deutete auf das Foto. »Das hier, das wie ein Auge aussieht? Ist das auch satanisch?«

»Das kommt darauf an«, entgegnete Oliver. »Lassen Sie uns zunächst einmal über das sprechen, was Sie am Tatort des Heiligabend-Mordes vorgefunden haben. Da war ein roter Kreidekreis, in den der Täter den abgetrennten Kopf des Opfers platziert hatte. Und um den Kreis herum fünf Kerzen.«

»Und das bedeutet?«

»Nun, der Kreis an sich ist ein sehr primitives und zudem universelles Symbol. Er kann für alles Mögliche stehen. Die Sonne, den Mond. Schutz. Die Ewigkeit. Wiedergeburt, das Rad des Lebens. Und ja, er wird auch von satanischen Kulten benutzt, um das weibliche Geschlechtsorgan zu symbolisieren. Wir können nicht wissen, was er für die Person bedeutet, die ihn an jenem Abend gezeichnet hat.«

»Aber er *könnte* eine satanische Bedeutung haben«, sagte Frost.

»Gewiss. Und die fünf Kerzen könnten die fünf Ecken eines Pentagramms darstellen. Lassen Sie uns nun einen Blick auf das werfen, was letzte Nacht an Anthonys Gartentür gezeichnet wurde.« Er zeigte auf das Foto. »Was sehen Sie da?«

»Ein Auge.«

»Erzählen Sie mir mehr über dieses Auge.«

»Da hängt so was wie eine Träne dran. Und eine lange Wimper am unteren Lid.«

Oliver nahm einen Stift aus der Hemdtasche und drehte den Briefbogen um, sodass die leere Seite oben lag. »Lassen Sie mich eine genauere Skizze zeichnen, damit Sie die verschiedenen Elemente dieses Symbols klarer erkennen können.« Er zeichnete es auf dem Papier nach:

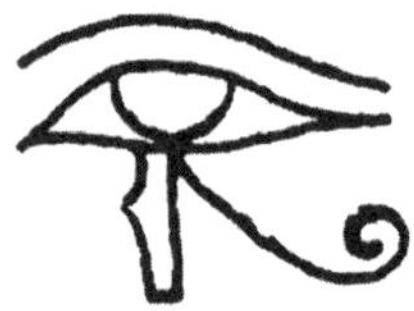

»Es sieht immer noch wie ein Auge aus«, meinte Frost.

»Ja, aber diese speziellen Merkmale – die Wimper, die Träne – machen es zu einem ganz besonderen Auge. Dieses Symbol wird Udjat genannt. Experten für satanische Kulte werden Ihnen sagen, dass dies ein Symbol für das allsehende Auge Luzifers ist. Die Träne steht für seine Trauer um all jene Seelen, die seinem Einfluss entzogen sind. Manche Verschwörungstheoretiker behaupten, es sei das gleiche Auge, das auf den amerikanischen Dollarnoten zu sehen ist.«

»Sie meinen das auf der Spitze der Pyramide?«

»Genau. Das ist für diese Leute der ›Beweis‹, dass die Finanzwelt von Satansjüngern beherrscht wird.«

»Damit wären wir wieder bei den satanischen Symbolen«, meinte Jane.

»Das ist *eine* Interpretation.«

»Und welche gibt es noch?«

»Dies ist auch ein Symbol, das von der altehrwürdigen Bruderschaft der Freimaurer benutzt wird. In diesem Fall hat es eine ganz harmlose Bedeutung. Für sie symbolisiert es Erleuchtung und Erkenntnis.«

»Die Suche nach Wissen«, ergänzte Edwina. »Es hat mit dem Erlernen der Geheimnisse ihres Handwerks zu tun.«

»Wollen Sie damit sagen, dass dieser Mord von einem Freimaurer begangen wurde?«, fragte Jane.

»Um Himmels willen, nein!«, rief Oliver. »Das wollte ich damit ganz bestimmt nicht andeuten. Die armen Freimaurer waren schon die Zielscheibe so vieler bösartiger Anschuldigungen, dass ich gar nicht erst anfangen will, sie aufzuzählen. Ich gebe Ihnen hier nur eine kurze Geschichtslektion. Das ist mein Gebiet, wie ich bereits sagte – die Interpretation von Symbolen. Ich versuche, Ihnen zu erklären, dass dieses Symbol, das Udjat-Auge, schon sehr alt ist. Es wurde im Laufe der Geschichte immer wieder für die verschiedensten Zwecke verwendet. Für manche Menschen war es etwas Heiliges, für andere wiederum etwas Schreckliches, ein Symbol des Bösen. Aber seine ursprüngliche Bedeutung, im alten Ägypten, war wesentlich weniger bedrohlich. Und eher praktischer Natur.«

»Was hat es damals bedeutet?«

»Es symbolisierte das Auge des Horus, des Sonnengotts. Horus wird in Abbildungen und Skulpturen meist als Mann mit einem Falkenkopf dargestellt. Auf Erden wurde Horus durch den Pharao verkörpert.«

Jane seufzte. »Es könnte also ein satanisches Symbol sein, oder ein Symbol der Erleuchtung. Oder das Auge irgendeines ägyptischen Gottes mit einem Vogelkopf.«

»Es gibt noch eine andere Möglichkeit.«

»Ich dachte mir, dass Sie das sagen würden.«

Oliver griff wieder zum Stift und zeichnete eine andere Variante des Auges. »Dieses Symbol«, erklärte er, »wurde in Ägypten ab etwa zwölfhundert vor Christus verwendet. Es findet sich in hieratischen Texten.«

»Ist das immer noch das Horus-Auge?«, fragte Frost.

»Ja, aber Sie werden bemerkt haben, dass es nun aus verschiedenen Teilen zusammengesetzt ist. Die Iris ist durch diesen Kreis dargestellt, zwischen den zwei Teilen, die das Weiße des Auges repräsentieren. Dann haben wir da die Träne und die geringelte Wimper, wie Sie sie genannt haben. Es sieht einfach wie eine stilisierte Version des Udjat aus, doch es hat tatsächlich eine sehr praktische Verwendung, als mathematisches Symbol nämlich. Jeder Teil des Auges steht für einen Bruch.« Er trug nun verschiedene Zahlen in die Skizze ein:

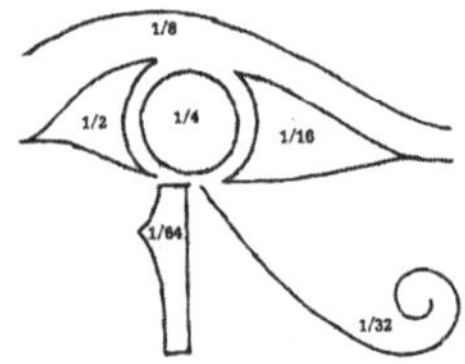

»Diese Bruchzahlen ergeben sich durch wiederholtes Halbieren des Ausgangswertes. Das ganze Auge steht für die ganze Zahl, die Eins. Die linke Hälfte des Weißen stellt den Bruch ½ dar, die ›Wimper‹ steht für $1/32$.«

»Erklären Sie uns vielleicht auch irgendwann noch, was das Ganze mit unserem Fall zu tun hat?«, fragte Jane.

»Aber sicher.«

»Und zwar was?«

»Es könnte sein, dass dieses Auge eine spezifische *Botschaft* beinhaltet. Am Tatort des ersten Mordes lag der abgetrennte Kopf in der Mitte eines Kreises. Beim zweiten Mord ist ein Udjat an die Tür gezeichnet. Was, wenn es eine Verbindung zwischen diesen beiden Symbolen gibt? Was, wenn das eine Symbol der *Schlüssel* zur Interpretation des zweiten sein soll?«

»Sie meinen, ein mathematischer Schlüssel?«

»Ja. Und der Kreis beim ersten Mord stand für ein Element des Udjat.«

Jane betrachtete eingehend Olivers Skizzen, die Zahlen, die er in die verschiedenen Teile des allsehenden Auges eingetragen hatte. »Sie sagen also, dass der Kreis beim ersten Mordfall eigentlich die Iris darstellen sollte.«

»Ja. Und die hat einen bestimmten Wert.«

»Sie meinen, sie steht für eine Zahl? Einen Bruch?« Sie blickte Oliver an und sah, dass er den Oberkörper in ihre Richtung gebeugt hatte und seine Wangen vor Erregung glühten.

»Genau«, sagte er. »Und welcher Bruch wäre das?«

»Ein Viertel«, antwortete sie.

»Richtig.« Er lächelte. »*Richtig.*«

»Ein Viertel wovon?«, fragte Frost.

»Oh, das wissen wir noch nicht. Es könnte sich auf den Viertelmond beziehen. Oder auf eine der vier Jahreszeiten.«

»Oder es könnte bedeuten, dass er erst ein Viertel seines Werks verrichtet hat«, warf Edwina ein.

»Ja«, pflichtete Oliver ihr bei. »Vielleicht will er uns sagen, dass wir uns auf mehr Morde gefasst machen müssen. Dass er insgesamt vier geplant hat.«

Jane sah Frost an. »Der Esstisch war für vier Personen gedeckt.«

In der Stille, die auf ihre Bemerkung folgte, wirkte das Klingeln von Janes Handy erschreckend laut. Sie erkannte die Nummer des kriminaltechnischen Labors und meldete sich sofort.

»Rizzoli.«

»Hi, Detective. Hier ist Erin von der Abteilung Mikrospuren. Es geht um diesen roten Kreis, der auf den Küchenboden gezeichnet wurde, Sie erinnern sich?«

»Klar. Wir reden gerade darüber.«

»Ich habe dieses Pigment mit dem verglichen, das bei den Zeichnungen am Tatort auf dem Beacon Hill verwendet wurde. Die Symbole an der Tür. Die Pigmente sind identisch.«

»Unser Täter hat also an beiden Tatorten die gleiche Kreide verwendet.«

»Nun ja, das ist eigentlich der Grund meines Anrufs. Es ist gar keine rote Kreide.«

»Was ist es denn?«

»Etwas sehr viel Interessanteres.«

16

Das kriminaltechnische Labor befand sich im Südflügel des Bostoner Polizeipräsidiums im Schroeder Plaza, nur ein kurzes Stück den Flur hinunter von den Büros des Morddezernats. Jetzt nahmen Jane und Frost diesen Weg, vorbei an Fenstern, hinter denen sich das heruntergekommene Stadtviertel Roxbury ausbreitete. Heute allerdings blieb alles unter einer reinen weißen Schneedecke verborgen. Selbst der Himmel war wie blank gewienert, die Luft kristallklar. Aber Jane hatte für die im Sonnenlicht glitzernde Stadtlandschaft nur einen flüchtigen Blick übrig – im Geiste war sie schon in Zimmer S269, dem Labor für Mikrospuren.

Die Kriminaltechnikerin Erin Volchko erwartete sie bereits. Kaum hatten Jane und Frost den Raum betreten, da schwenkte sie ihren Stuhl von dem Mikroskop weg, über das sie sich gebeugt hatte, und griff nach einer Mappe, die auf der Arbeitsfläche lag. »Sie beide schulden mir einen steifen Drink«, sagte sie, »nach der ganzen Arbeit, die ich in diese Sache gesteckt habe.«

»Das sagen Sie jedes Mal«, erwiderte Frost.

»Diesmal meine ich es aber ernst. Von allen Mikrospuren, die wir von diesem ersten Tatort hereinbekommen haben, dachte ich, dass wir mit dieser die wenigste Arbeit haben würden. Stattdessen musste ich Himmel und Hölle in Bewegung setzen, um herauszufinden, womit dieser Kreis gezeichnet wurde.«

»Und simple Schulkreide ist es jedenfalls nicht.«

»Sie haben's erfasst.« Erin reichte ihr die Mappe. »Schauen Sie mal rein.«

Jane schlug die Mappe auf. Zuoberst lag ein Bogen mit einer Serie von Fotografien. Rote Kleckse vor einem verschwommenen Hintergrund.

»Ich habe zunächst Aufnahmen mit einem starken Lichtmikroskop gemacht«, sagte Erin. »Ungefähr sechshundert- bis tausendfache Vergrößerung. Diese Kleckse, die Sie da sehen, sind Pigmentpartikel, die aus dem roten Kreis am Küchenboden stammen.«

»Und was hat das nun zu bedeuten?«

»So einiges. Sie können sehen, dass der Grad der Farbintensität variiert. Diese Partikel sind nicht gleichförmig. Der Brechungsindex variiert auch, zwischen 2,5 und 3,01. Und viele dieser Partikel sind doppelbrechend.«

»Und das heißt?«

»Es handelt sich um Partikel von wasserfreiem Eisenoxid. Eine recht verbreitete Substanz, die auf der ganzen Welt vorkommt. Sie gibt zum Beispiel Tonerde ihre charakteristische Färbung. Eisenoxid wird in Künstlerfarben verarbeitet, um rote, gelbe und braune Pigmente herzustellen.«

»Das klingt, als wäre es nichts Besonderes.«

»Das dachte ich auch, bis ich mich intensiver mit der Sache beschäftigt habe. Ich ging davon aus, dass es sich um ein Stück Kreide oder Pastellfarbe handelte, also habe ich die Substanz mit Proben verglichen, die wir uns aus zwei hiesigen Geschäften für Künstlerbedarf besorgt haben.«

»Und gab es Übereinstimmungen?«

»Nein. Der Unterschied war unter dem Mikroskop sofort zu erkennen. Zunächst einmal zeigten die roten Pigmentkörnchen in den Pastellstiften eine weit geringere Variabilität in Farbspektrum und Brechungsindex. Das liegt daran, dass das wasserfreie Eisenoxid, das heutzutage für Farben verwendet wird, in der Regel synthetisch ist – es wird künstlich hergestellt und nicht aus der Erde gewonnen. Meist wird eine Mischung verwendet, die als Marsrot bekannt ist, zusammengesetzt aus Eisen- und Aluminiumoxiden.«

»Und diese Pigmentkörnchen hier auf dem Foto sind also nicht synthetisch?«

»Nein, das ist natürlich vorkommendes wasserfreies Eisenoxid. Es wird auch Hämatit genannt. Der Name leitet sich von dem griechischen Wort für Blut ab, und man findet auch die Bezeichnung Blutstein oder Rötel.«

»Wird diese natürliche Substanz auch für Künstlerbedarf verwendet?«

»Wir haben ein paar Spezialkreiden und Pastellstifte gefunden, die natürlichen Hämatit als Pigment verwenden. Aber Kreide enthält in der Regel Kalziumkarbonat, und in industriell hergestellten Pastellstiften wird zumeist ein natürlicher Leim verwendet, um das Pigment zu binden. Irgendeine Art Stärke, wie etwa Methylzellulose oder Traganthgummi. Das alles wird zu einer Paste vermengt, die anschließend durch eine Form gepresst wird, um die Stifte herzustellen. In keiner der Proben vom Tatort haben wir Spuren von Traganthgummi oder anderen stärkehaltigen Bindemitteln gefunden. Und wir haben auch nicht so viel Kalziumkarbonat gefunden, dass wir auf die Verwendung einer farbigen Kreide hätten schließen können.«

»Dann haben wir es also mit etwas zu tun, was man kaum in einem Laden für Künstlerbedarf finden wird.«

»Jedenfalls nicht hier in Boston.«

»Und wo *kommt* dieses rote Zeug nun her?«

»Nun, reden wir doch zuerst einmal über dieses rote Zeug selbst. Darüber, was es genau ist.«

»Sie nannten es Hämatit.«

»Richtig. Wasserfreies Eisenoxid. Aber wenn es in farbigem Ton gefunden wird, hat es auch noch einen anderen Namen: Ocker.«

»Ocker?«, meldete sich Frost zu Wort. »Ist das nicht das Zeug, was die Indianer für ihre Kriegsbemalung benutzt haben?«

»Ocker wird seit mindestens dreihunderttausend Jahren von Menschen genutzt. Er wurde sogar in Neandertaler-Gräbern gefunden. Insbesondere roter Ocker scheint allgemein bei Totenzeremonien sehr beliebt gewesen zu sein, vermutlich wegen seiner Ähnlichkeit mit Blut. Man findet ihn in Steinzeitmalereien und an den Wänden von Pompeji. Die Alten benutzten ihn als Körperfarbe, sei es als Schmuck oder als Kriegsbemalung. Und er wurde bei magischen Ritualen verwendet.«

»Auch bei satanischen Zeremonien?«

»Es ist die Farbe des Blutes. Ganz gleich, welcher Religion man angehört, diese Farbe ist immer von hoher Symbolkraft.« Erin machte eine Pause. »Dieser Täter hat einen ziemlich ausgefallenen Geschmack.«

»Ich glaube, das wissen wir bereits.«

»Was ich meine, ist, dass er geschichtlich bewandert ist. Für seine rituellen Zeichnungen benutzt er keine gewöhnliche Kreide. Stattdessen wählt er ein primitives Pigment, das bereits im Paläolithikum verwendet wurde. Und er hat es auch nicht einfach in seinem Garten ausgegraben.«

»Aber Sie sagten, dass roter Ocker sich in gewöhnlichem Ton findet«, meinte Frost. »Also hat er es vielleicht tatsächlich irgendwo hinter seinem Haus ausgebuddelt.«

»Nicht, wenn sein Haus irgendwo in der näheren Umgebung steht.« Erin deutete mit dem Kopf auf die Mappe, die Jane in der Hand hielt. »Sehen Sie sich mal die chemische Analyse an. Das, was wir mit Hilfe der Gaschromatografie und der Raman-Spektroskopie herausgefunden haben.«

Jane blätterte zur nächsten Seite um und fand einen Computerausdruck. Eine Kurve mit vielen spitzen Ausschlägen. »Würden Sie das für uns interpretieren?«

»Gerne. Zunächst einmal die Raman-Spektroskopie.«

»Nie gehört.«

»Das ist eine Technik, mit der Archäologen historische Artefakte analysieren können. Dabei macht man sich das Lichtspektrum einer Substanz zunutze, um ihre Eigenschaften zu bestimmen. Der große Vorteil für den Archäologen besteht darin, dass das Artefakt dabei nicht zerstört wird. Sie können die Pigmente in allen möglichen Fundstücken analysieren, von Mumienbinden bis hin zum Turiner Grabtuch, ohne den untersuchten Gegenstand in irgendeiner Weise zu beschädigen. Ich habe Dr. Ian MacAvoy vom Archäologischen Institut in Harvard gebeten, die Ergebnisse der Raman-Spektrografien zu analysieren, und er hat bestätigt, dass die Probe Eisenoxid, Ton und Quarz enthält.«

»Und das ist roter Ocker?«

»Ja. Roter Ocker.«

»Aber das wussten Sie bereits.«

»Trotzdem war es schön, es von ihm bestätigt zu bekommen. Dann hat Dr. MacAvoy noch angeboten, mir bei der Bestimmung der Herkunft zu helfen. Herauszufinden, aus welcher Weltgegend dieser spezielle rote Ocker stammt.«

»Das können Sie tatsächlich feststellen?«

»Die Technik steckt noch in der Entwicklungsphase. Das Ergebnis dürfte vermutlich nicht als Beweis vor Gericht zugelassen werden. Aber ich hatte seine Neugier geweckt, und so verglich er die Probe mit seiner Sammlung von Ocker-Profilen, die er aus der ganzen Welt zusammengetragen hat. Er bestimmt die Konzentrationen von elf weiteren Elementen in den Proben, darunter Magnesium, Titan und Thorium. Die Theorie ist, dass jede Region ein spezifisches Spurenelementeprofil aufweist. Es ist so, wie wenn man Erdproben von einem Autoreifen nimmt und herausfindet, dass sie dem Blei-Zink-Profil eines Bergbaugebiets in Missouri entsprechen. Im Fall dieser Ockerpartikel vergleichen wir die Probe mit elf separaten Variablen.«

»Das sind diese anderen Spurenelemente.«

»Richtig. Und Archäologen haben eine ganze ›Bibliothek‹ von Ockerabbaugebieten erstellt.«

»Wozu?«

»Weil es hilft, die Herkunft eines Artefakts zu bestimmen. Zum Beispiel: Woher stammt das Pigment auf dem Grabtuch von Turin? Aus Frankreich oder aus Palästina? Die Antwort könnte den Nachweis über die Herkunft des Tuches liefern. Oder nehmen Sie eine prähistorische Höhlenzeichnung – woher hatte der Künstler seinen Ocker? Wenn er von einem tausend Meilen entfernten Ort stammt, wissen Sie, dass er entweder selbst die ganze Strecke gereist ist, oder dass es damals schon eine Form von Fernhandel gab. Deswegen ist das Ockerquellenarchiv so wertvoll. Es gewährt uns einen Einblick in das Leben im Altertum.«

»Und was erfahren wir von unserer Pigmentprobe?«, fragte Frost.

»Nun …« Erin lächelte. »Zunächst einmal enthält sie einen relativ hohen Anteil von Mangandioxid – fünfzehn Prozent –, was dem Pigment einen tieferen, satteren Ton verleiht. Der gleiche Anteil findet sich in dem roten Ocker, der im mittelalterlichen Italien verwendet wurde.«

»Dann stammt das Pigment aus Italien?«

»Nein. Die Venezianer haben es selbst importiert. Als Dr. MacAvoy das komplette Elementarprofil mit dem Archiv verglich, stellte er fest, dass es genau zu einer bestimmten Region passt, in der heute noch roter Ocker abgebaut wird. Die Insel Zypern.«

»Da müsste ich erst mal eine Weltkarte sehen«, meinte Jane.

Erin deutete auf die Mappe. »Rein zufällig habe ich eine aus dem Internet ausgedruckt.«

Jane blätterte weiter. »Aha. Es liegt im Mittelmeer, südlich von der Türkei.«

»Mir scheint, dass es wesentlich einfacher gewesen wäre, schlichte rote Kreide zu benutzen«, bemerkte Frost.

»Und weit billiger. Unser Täter hat sich für ein ungewöhnliches Pigment entschieden, aus einer sehr entlegenen Quelle. Vielleicht hat er Verbindungen zu Zypern.«

»Oder er will uns einfach zum Narren halten«, entgegnete Frost. »Indem er diese merkwürdigen Symbole zeichnet. Und dieses seltene Pigment verwendet. Es ist, als wollte er uns absichtlich verwirren.«

Jane studierte immer noch die Karte. Sie dachte an das Symbol, das an die Hintertür von Anthony Sansones Haus gezeichnet worden war. Udjat, das allsehende Auge. Sie sah Frost an. »Ägypten liegt direkt südlich von Zypern.«

»Du denkst an das Horus-Auge?«

»Was ist das?«, fragte Erin.

»Das Symbol, das der Täter bei dem Mord auf dem Beacon Hill hinterlassen hat«, antwortete Jane. »Horus ist der ägyptische Sonnengott.«

»Ist das ein satanisches Symbol?«

»Wir wissen nicht, was es für diesen Täter bedeutet«, sagte Frost. »Jeder hat da seine eigene Theorie. Er ist ein Satanist. Oder ein Geschichts-Freak. Oder er ist schlicht und einfach durchgeknallt.«

Erin nickte. »Wie im Fall von Son of Sam. Ich weiß noch, dass die Polizei damals viel Zeit mit der Frage nach der Identität dieses mysteriösen Sam vergeudet hat. Wie sich am Ende herausstellte, war das Ganze nur eine Halluzination des Mörders. Ein sprechender Hund.«

Jane klappte die Mappe zu. »Wissen Sie, irgendwie hoffe ich, dass unser Täter auch ein Verrückter ist.«

»Wieso?«, fragte Erin.

»Weil die Alternative mir wesentlich mehr Angst macht. Dass dieser Mörder voll zurechnungsfähig sein könnte.«

Jane und Frost saßen im Auto, während der Motor warm lief und das Gebläse den Dunstschleier auf der Windschutzscheibe dahinschmelzen ließ. Wenn es doch nur ebenso leicht gewesen wäre, den Nebel zu lichten, der den Mörder einhüllte. Sie konnte sich kein Bild von ihm machen, hatte nicht die geringste Vorstellung davon, wie er aussah. Ein Esoteriker? Ein Künstler? Ein Historiker? *Ich weiß nur eines ganz sicher: Er ist ein Schlächter.*

Frost ließ den Wagen anrollen, und sie reihten sich in den Verkehr ein, der auf den eisglatten Straßen wesentlich langsamer als sonst floss. Der klare Himmel brachte fallende Temperaturen, und heute Nacht würde es so bitterkalt werden wie noch nie zuvor in diesem Winter. Es war ein Abend, an dem man besser zu Hause blieb und sich eine kräftige Suppe kochte; eine Nacht, in der – so hoffte sie – das Böse von den Straßen fernbleiben würde.

Frost fuhr auf der Columbus Avenue Richtung Osten und schlug dann den Weg zum Beacon Hill ein, wo sie sich den Tatort noch einmal ansehen wollten. Endlich war es angenehm warm im Auto, und ihr graute davor, sich wieder in den Wind und die Kälte hinauswagen zu müssen, in Sansones Garten, wo der Boden immer noch mit gefrorenem Blut befleckt war.

Sie sah, dass sie sich der Massachusetts Avenue näherten, und sagte plötzlich: »Kannst du hier rechts abbiegen?«

»Fahren wir denn nicht zu Sansone?«

»Bieg einfach hier ab.«

»Wie du meinst.« Er tat ihr den Gefallen.

»Jetzt immer geradeaus, Richtung Albany Street.«

»Fahren wir zur Rechtsmedizin?«

»Nein?«

»Wohin dann?«

»Wir sind gleich da. Nur noch ein paar Blocks.« Sie las im Vorbeifahren die Hausnummern und sagte dann: »Stopp! Da ist es.« Sie blickte zur anderen Straßenseite.

Frost hielt am Bordstein und sah sie stirnrunzelnd an. »Kinko's? Was willst du denn in einem Kopierladen?«

»Mein Dad arbeitet da.« Sie sah auf ihre Uhr. »Und es ist gleich Mittag.«

»Was tun wir hier?«

»Wir warten.«

»Och nein, Rizzoli – sag bloß, es geht um deine Mom?«

»Diese Sache bringt mir noch mein ganzes Leben durcheinander.«

»Deine Eltern haben einen kleinen Krach. So was kommt in den besten Familien vor.«

»Wart nur ab, bis *deine* Mutter bei *dir* einzieht. Was meinst du, wie Alice das gefallen würde?«

»Du wirst sehen, bald vertragen sie sich wieder, und dann geht deine Mutter zu ihm zurück.«

»Nicht, wenn eine andere Frau im Spiel ist.« Sie setzte sich aufrecht hin. »Da ist er.«

Frank Rizzoli kam aus dem Kopierladen und zog den Reißverschluss seiner Jacke hoch. Er warf einen prüfenden Blick zum Himmel, fröstelte sichtlich und blies die Backen auf. Eine weiße Atemwolke wirbelte in die eisige Luft auf.

»Sieht aus, als ob er in die Mittagspause geht«, sagte Frost. »Was ist denn das Problem?«

»Das«, sagte Jane leise. »*Das* ist das Problem.«

Eine Frau war hinter Frank aus dem Laden getreten, eine aufgedonnerte Blondine mit schwarzer Lederjacke und hautengen Jeans. Frank grinste und legte ihr den Arm um die Hüfte. Eng umschlungen gingen sie die Straße hinunter und entfernten sich von Jane und Frost.

»Ach du Scheiße«, stieß Jane hervor. »Es stimmt also.«

»Also, ich finde, wir sollten einfach verschwinden.«

»Sieh sie dir an. Sieh sie dir doch bloß an!«

Frost ließ den Motor an. »Ich könnte allmählich auch was zu essen vertragen. Wie wär's, wenn wir …«

Jane stieß die Tür auf und stieg aus.

»Mensch, Rizzoli! Was soll denn das?«

Sie rannte über die Straße und pirschte sich von hinten an ihren Vater heran. »Hey!«, schrie sie. *»Hey!«*

Frank blieb stehen und ließ den Arm von der Hüfte der Frau gleiten. Er blickte sich um und riss ungläubig die Augen auf, als er seine Tochter auf sich zustürmen sah. Die Blondine hatte immer noch den Arm um Frank geschlungen und klammerte sich weiter an ihn, während er sich vergeblich loszuwinden versuchte. Aus der Entfernung hatte die Frau ausgesprochen attraktiv gewirkt, doch als Jane näher kam, sah sie die tiefen Krähenfüße um ihre Augen, die auch das dicke Make-up nicht kaschieren konnte, und sie roch eine Zigarettenfahne. *Das* war also die neue Gespielin, die Frank sich geangelt hatte – diese nicht mehr ganz taufrische blonde Tussi? Dieser Golden Retriever auf zwei Beinen?

»Janie«, sagte Frank, »das ist jetzt weder die Zeit …«

»Wann *ist* denn die Zeit?«

»Ich ruf dich an, okay? Wir reden heute Abend drüber.«

»Was will die denn von dir, Frankie-Maus?«, fragte die Blondine.

Wehe, du nennst ihn noch ein Mal Frankie-Maus! Jane funkelte die Frau finster an. »Und wie heißen *Sie*, wenn ich fragen darf?«

Die Frau reckte das Kinn in die Höhe. »Wer will denn das wissen?«

»Beantworten Sie einfach die Frage, aber dalli!«

»Und wenn ich nicht will, hm?« Die Blondine sah Frank an. »Wer ist denn die Frau?«

Frank fasste sich an den Kopf und stöhnte, als ob er furchtbare Schmerzen hätte. »Oh, Mann!«

»Boston PD«, sagte Jane. Sie zückte ihre Dienstmarke und hielt sie der Frau vor die Nase. »Und jetzt sagen Sie mir endlich Ihren Namen.«

Die Blondine sah sich die Marke gar nicht richtig an. Sie fixierte Jane mit schreckgeweiteten Augen und murmelte nur: »Sandie.«

»Sandie – und wie noch?«

»Huffington.«

»Ausweis«, befahl Jane.

»Janie«, flehte ihr Vater. »Das reicht jetzt.«

Gehorsam zog Sandie ihre Brieftasche heraus, um Jane ihren Führerschein vorzuzeigen. »Was haben wir denn getan?« Sie sah Frank argwöhnisch an. »Was hast *du* getan?«

»Das ist doch alles Blödsinn«, sagte er.

»Und wann ist Schluss mit dem Blödsinn, hm?«, gab Jane zurück. »Wann wirst du endlich erwachsen?«

»Das geht dich überhaupt nichts an.«

»Ach ja? Sie sitzt in diesem Augenblick in meiner Wohnung und heult sich wahrscheinlich die Augen aus dem Kopf. Und alles nur, weil du deine verdammten Hormone nicht unter Kontrolle hast!«

»Sie?«, fragte Sandie. »Von wem redet sie eigentlich?«

»Siebenunddreißig Jahre verheiratet, und du servierst sie einfach ab wegen so einer aufgebrezelten Barbie?«

»Das verstehst du nicht.«

»O doch, das verstehe ich sehr gut.«

»Du machst dir ja keine Vorstellung. Ich bin doch bloß ein verdammtes Arbeitstier, weiter nichts. Ich darf mir den Buckel krumm schuften und die Brötchen ranschaffen. Ich bin jetzt einundsechzig, und was hab ich von meinem Leben gehabt? Findest du nicht, dass ich es verdient habe, mich ausnahmsweise auch mal ein bisschen zu amüsieren?«

»Meinst du, Mom findet das amüsant?«

»Das ist *ihr* Problem.«

»Es ist auch meins.«

»Also, *dafür* kannst du mich nicht verantwortlich machen.«

»Hey«, sagte Sandie. »Ist das etwa deine Tochter?« Sie sah Jane an. »Sie haben doch gesagt, Sie wären von der Polizei.«

Frank seufzte. »Sie *ist* ja auch von der Polizei.«

»Du brichst ihr das Herz, weißt du das?«, sagte Jane. »Ist dir das denn völlig egal?«

»Und was ist mit *meinem* Herz?«, mischte Sandie sich ein.

Jane ignorierte die Schnepfe und hielt den Blick auf Frank gerichtet. »Ich kenne dich gar nicht wieder, Dad. Ich habe dich immer respektiert. Und jetzt – schau dich doch an! Das ist doch peinlich, nur noch peinlich. Dieses Blondchen hier wackelt mit dem Arsch, und schon kommst du angerannt wie ein Straßenköter und schnüffelst dran. Ja, nur zu, Dad, bespring sie ruhig!«

Frank drohte ihr mit dem Finger. »Das *reicht* jetzt, du …«

»Glaubst du etwa, dieses Barbiepüppchen hier wird sich um dich kümmern, wenn du mal krank bist? Glaubst du ernsthaft, dass sie dann für dich da ist? Pah – kann sie überhaupt kochen?«

»Was fällt Ihnen ein?«, protestierte Sandie. »Sie haben Ihre Marke benutzt, um mich einzuschüchtern!«

»Mom wird dich wieder aufnehmen, Dad. Ich weiß es. Geh hin und rede mit ihr.«

»Das ist verboten, was Sie da gemacht haben«, sagte Sandie. »Ganz bestimmt! Das ist Polizeischikane!«

»Ich werde Ihnen zeigen, was Polizeischikane ist«, gab Jane zurück. »Machen Sie nur so weiter.«

»Was wollen Sie denn tun – mich festnehmen?« Sandie rückte ihr auf den Leib, die Augen zu zwei Mascarastrichen zusammengekniffen. »Na los, nur zu!« Die Frau bohrte Jane den Finger in die Brust und stieß fest zu. »Wagen Sie es bloß.«

Was dann passierte, war ein purer Reflex. Jane dachte keine Sekunde nach, sie reagierte einfach nur. Mit einer einzigen schnellen Handbewegung packte sie Sandie am Handgelenk und drehte sie herum. Sie hörte Sandie unflätige Beschimpfungen ausstoßen, während das Blut in ihren Ohren rauschte. Sie hörte ihren Vater schreien: »Aufhören! Um Himmels willen, hör auf!« Doch sie hatte längst auf Autopilot geschaltet, ihre Nerven glühten wie Drähte, als sie Sandie auf die Knie zwang, wie sie es machte, wenn sie einen Verbrecher festnahm. Aber diesmal war sie von rasender Wut getrieben, die sie fester zudrücken ließ, als nötig gewesen wäre. Sie *wollte* dieser Frau wehtun. Wollte sie demütigen.

»Rizzoli! Mein Gott, Rizzoli, das *reicht*!«

Der Klang von Frosts Stimme übertönte endlich das Hämmern ihres eigenen Pulsschlags. Abrupt ließ sie Sandie los und trat schwer atmend einen Schritt zurück. Sie starrte auf die Frau hinunter, die wimmernd auf dem Gehsteig kniete. Frank kniete sich neben Sandie und half ihr auf.

»Was zum Teufel hast du jetzt vor?« Frank blickte zu seiner Tochter auf. »Sie verhaften?«

»Du hast es gesehen. Sie hat mich gestoßen.«

»Sie war wütend.«

»*Sie* hat mich zuerst berührt.«

»Rizzoli«, sagte Frost ruhig. »Lass einfach gut sein, okay?«

»Ich *könnte* sie verhaften«, erwiderte Jane. »Verdammt, das *könnte* ich.«

»Ja, okay«, sagte Frost. »Das könntest du. Aber willst du es wirklich?«

Sie seufzte schwer. »Ich hab Besseres zu tun«, murmelte sie. Dann wandte sie sich um und ging zu ihrem Wagen zurück. Als sie einstieg, waren ihr Vater und die Blondine schon um die nächste Ecke verschwunden.

Frost schob sich neben ihr auf den Fahrersitz und zog seine Tür zu. »Das war wirklich überhaupt nicht cool«, sagte er.

»Fahr einfach.«

»Du hast von Anfang an Streit gesucht.«

»Hast du die Frau gesehen? Mein Vater hat eine Affäre mit so einer blonden Schnepfe!«

»Umso mehr Grund für dich, ihr nicht in die Quere zu kommen. Ihr zwei hättet einander noch umgebracht.«

Jane seufzte und ließ das Kinn in die Hand sinken. »Was soll ich nur meiner Mutter erzählen?«

»Nichts.« Frost startete den Wagen und fuhr los. »Die Ehe deiner Eltern geht dich nichts an.«

»Ich muss schließlich irgendwann nach Hause gehen und ihr in die Augen schauen. Und ihren ganzen Kummer ertragen. Und deswegen geht es mich sehr wohl was an.«

»Dann sei eine gute Tochter. Gib ihr eine Schulter zum Ausweinen«, sagte er. »Denn die braucht sie jetzt bestimmt.«

Was soll ich meiner Mutter sagen?

Jane fand eine Parklücke vor ihrem Haus und blieb einen Moment im Wagen sitzen. Ihr graute vor dem, was sie erwartete. Vielleicht sollte sie ihr überhaupt nicht sagen, was heute passiert war. Angela wusste schließlich schon Bescheid über Dad und Miss Golden Retriever. Was musste sie da noch Salz in die Wunden streuen? Und sie noch tiefer demütigen?

Weil ich es an Moms Stelle würde wissen wollen. Ich würde nicht wollen, dass meine Tochter Geheimnisse vor mir hat, ganz gleich, wie schmerzhaft die Wahrheit wäre.

Jane stieg aus und überlegte krampfhaft, was sie sagen sollte. Eines wusste sie: Egal, wie sie sich entschied, es würde ein deprimierender Abend werden, und nichts, was sie tat oder sagte, würde den Schmerz ihrer Mutter wirklich lindern können. Sei eine gute Tochter, hatte Frost gesagt; gib ihr eine Schulter zum Ausweinen. Okay, das würde sie ja wohl noch hinkriegen.

Sie stieg die Treppe zum ersten Stock hinauf, und ihre Füße wurden mit jedem Schritt schwerer, während sie in Gedanken Miss Sandie Huffington verfluchte, die ihr Leben und das ihrer ganzen Familie durcheinandergebracht hatte. Pass bloß auf, Barbie – ich hab dich auf dem Kieker. Du brauchst nur ein Mal bei Rot über die Straße zu gehen, und schon hab ich dich am Wickel. Nicht bezahlte Strafzettel? Dann mach dich auf was gefasst. Mom kann nicht zurückschlagen, aber ich kann es dafür umso besser. Mit einer unwirschen Bewegung steckte sie den Schlüssel ins Schloss der Wohnungstür und hielt inne, als sie von drinnen die Stimme ihrer Mutter hörte. Das *Lachen* ihrer Mutter.

Mom?

Als sie die Tür aufstieß, stieg ihr der Duft von Zimt und Vanille in die Nase. Und dann hörte sie ein anderes Lachen, und die Stimme kam ihr verdächtig bekannt vor. Eine Männerstimme. Sie ging in die Küche und starrte in das Gesicht von Vince Korsak, Detective a. D., der am Tisch saß und Kaffee trank. Vor ihm stand ein riesiger Teller Zuckerplätzchen.

»Hallo«, sagte er und hob zur Begrüßung seine Kaffeetasse. Die kleine Regina lag direkt neben ihm in ihrer Babyschale, und auch sie hob das Händchen, wie um ihn zu imitieren.

»Äh ... was machst du denn hier?«

»Janie!«, schalt Angela sie, während sie ein Blech mit frisch gebackenen Plätzchen zum Abkühlen auf den Herd stellte. »Wie redest du denn mit Vince?«

Vince? Sie nennt ihn Vince?

»Er hat angerufen, um dich und Gabriel zu einer Party einzuladen«, erklarte Angela.

»Und Sie, Mrs. Rizzoli«, ergänzte Korsak und zwinkerte Angela zu. »Je mehr Mädels kommen, desto lustiger wird's!«

Angela errötete – und es lag nicht an der Hitze des Ofens.

»Und ich wette, er hat die Plätzchen durchs Telefon gerochen«, sagte Jane.

»Ich war zufällig gerade beim Backen, und da hab ich ihm gesagt, wenn er gleich vorbeikäme, würde ich rasch noch ein Blech für ihn reinschieben.«

»So ein Angebot konnte ich natürlich unmöglich ablehnen.« Korsak lachte. »Ist doch 'ne feine Sache, wenn man seine Mama im Haus hat, was?«

Jane beäugte Korsaks zerknittertes, mit Krümeln übersätes Hemd. »Wie ich sehe, hast du deine Diät aufgegeben.«

»Und wie ich sehe, bist du mal wieder bester Laune.« Er trank schlürfend einen Schluck Kaffee und wischte sich mit seiner fetten Pranke über den Mund. »Hab gehört, dass ihr da an einem verdammt abartigen Fall dran seid.« Er brach ab und sah Angela an. »Verzeihen Sie meine Ausdrucksweise, Mrs. Rizzoli.«

»Oh, nehmen Sie nur kein Blatt vor den Mund«, sagte Angela. »Ich will, dass Sie sich ganz wie zu Hause fühlen.«

Bitte, ermuntere ihn nicht auch noch.

»So 'ne Art Satanskult«, sagte er.

»Das hast du gehört?«

»Ich bin vielleicht im Ruhestand, aber taub bin ich nicht.«

Und er war auch nicht auf den Kopf gefallen. Sosehr er sie auch mit seinen primitiven Witzchen und seinem erschreckenden Mangel an Hygiene auf die Palme bringen mochte – Korsak war einer der scharfsinnigsten Ermittler, die sie kannte. Obwohl er nach seinem Herzinfarkt letztes Jahr den Dienst hatte quittieren müssen, hatte er doch im Grunde die Dienstmarke nie abgegeben. Am Wochenende traf sie ihn immer noch regelmäßig im J. P. Doyle's, einer in Bostoner Polizeikreisen sehr beliebten Kneipe, wo er sich die neuesten Frontberichte anhörte. Ob im Ruhestand oder nicht – Vince Korsak würde eines Tages als Cop sterben.

»Was hast du noch gehört?«, fragte Jane, während sie sich an den Tisch setzte.

»Dass euer Täter ein Künstler ist. Hinterlässt putzige kleine

Zeichnungen. Und er ...«, Korsak hielt inne und warf Angela, die gerade die Plätzchen vom Blech gleiten ließ, erneut einen Seitenblick zu, »... er schnippelt gerne rum. Liege ich da ungefähr richtig?«

»Ein bisschen zu richtig.«

Angela hatte inzwischen die restlichen Plätzchen in einen Frischhaltebeutel gefüllt, den sie nun mit einer überschwänglichen Geste vor Korsak auf den Tisch legte. Das war nicht die Angela, die sie in ihrer Wohnung vorzufinden erwartet hatte. Ihre Mutter wuselte durch die Küche, als stünde sie unter Strom, raffte Töpfe und Pfannen zusammen und machte sich mit der Spülbürste darüber her, dass es nur so spritzte. Sie sah ganz und gar nicht aus wie eine unglückliche, verlassene, deprimierte Ehefrau – im Gegenteil, sie wirkte zehn Jahre jünger. *Ist das immer so, wenn man von seinem Mann verlassen wird?*

»Erzählen Sie Jane doch von Ihrer Party«, sagte Angela, während sie Korsak Kaffee nachschenkte.

»Ach ja.« Er trank geräuschvoll. »Ich habe nämlich letzte Woche die Scheidungspapiere unterschrieben. Fast ein volles Jahr Gezerre ums Geld, und jetzt ist es endlich vorbei. Da hab ich mir gedacht, jetzt musst du deine neu gewonnene Freiheit aber auch gebührend feiern. Ich hab meine Wohnung komplett neu eingerichtet. Schönes Ledersofa, Großbildfernseher. Ich kaufe ein paar Kästen Bier, lade mir ein paar Freunde ein, und los geht die Party, *yeah*!«

Unversehens hatte er sich in einen fünfundfünfzigjährigen Teenager mit Schmerbauch und überkämmter Glatze verwandelt. Ging es noch ein bisschen peinlicher?

»Ihr kommt doch auch, nicht wahr?«, fragte er Jane. »Zweiter Samstag im Januar.«

»Ich muss Gabriel fragen, ob er da Zeit hat.«

»Wenn er verhindert ist, kannst du auch gern allein kommen. Aber vergiss ja nicht, deine ältere Schwester hier mitzubringen!« Er zwinkerte Angela zu, und sie kicherte.

Das wurde ja von Minute zu Minute unerträglicher. Jane

war beinahe erleichtert, als sie das gedämpfte Klingeln ihres Handys hörte. Sie ging ins Wohnzimmer, wo sie ihre Tasche abgestellt hatte, und kramte das Mobiltelefon hervor.

»Rizzoli«, meldete sie sich.

Lieutenant Marquette hielt sich nicht lange mit Höflichkeiten auf. »Sie müssen Anthony Sansone mit mehr Respekt behandeln«, sagte er.

Sie hörte Korsak drüben in der Küche lachen, und das Geräusch ging ihr plötzlich auf die Nerven. *Wenn du schon unbedingt mit meiner Mutter flirten musst, dann mach's bitte woanders.*

»Wie ich höre, haben Sie ihm und seinen Freunden hart zugesetzt«, sagte Marquette.

»Vielleicht könnten Sie mal erläutern, was Sie mit *hart zugesetzt* meinen.«

»Sie haben ihn fast zwei Stunden lang verhört. Sie haben seinen Butler und seine Gäste in die Mangel genommen. Sie haben ihm den Eindruck vermittelt, dass *er* derjenige ist, gegen den ermittelt wird.«

»Ach, das tut mir aber aufrichtig leid, dass ich seine Gefühle verletzt habe. Wir haben nur das getan, was wir immer tun.«

»Rizzoli, versuchen Sie, sich zu merken, dass dieser Mann nicht tatverdächtig ist.«

»Zu diesem Schluss bin ich noch nicht gelangt. O'Donnell war in seinem Haus. Eve Kassowitz wurde in seinem Garten ermordet. Und als sein Butler die Leiche findet, was tut Sansone da? Er macht Fotos. Und lässt sie bei seinen Freunden herumgehen. Wollen Sie die Wahrheit hören? Diese Leute sind nicht normal. Am allerwenigsten dieser Sansone.«

»Er ist nicht tatverdächtig.«

»Ich habe ihn noch nicht aus dem Kreis der Verdächtigen ausgeschlossen.«

»In diesem Punkt können Sie mir vertrauen. Lassen Sie ihn in Frieden.«

Sie schwieg einen Moment. »Wollen Sie mir vielleicht noch

ein bisschen mehr erzählen, Lieutenant?«, fragte sie leise. »Was sollte ich über Anthony Sansone wissen?«

»Er ist jemand, mit dem wir es uns nicht verscherzen sollten.«

»Kennen Sie ihn?«

»Nicht persönlich. Ich gebe nur weiter, was mir von oben aufgetragen wurde. Wir sollen ihn respektvoll behandeln.«

Sie legte auf und trat ans Fenster, starrte hinaus in den Nachmittagshimmel, der nun nicht mehr blau war. Wahrscheinlich würden sie noch mehr Schnee bekommen. *Gerade meint man noch, man könnte unendlich weit sehen, und im nächsten Moment schieben sich Wolken dazwischen und verdecken alles.*

Sie griff wieder nach dem Handy und begann zu wählen.

17

Maura beobachtete durch das Sichtfenster, wie Yoshima, der sich eine Bleischürze umgebunden hatte, den Kollimator über dem Unterleib des Leichnams positionierte. Manche Leute gingen am Montagmorgen zur Arbeit und mussten allenfalls fürchten, einen allzu vollen Eingangskorb oder eine Flut von Nachrichten auf ihrem Schreibtisch vorzufinden. Was Maura an diesem Montagmorgen erwartet hatte, war die Frau, die – inzwischen vollständig entkleidet – dort auf dem Seziertisch lag. Maura sah Yoshima hinter dem Bleischirm hervorkommen und die Filmkassette herausnehmen, um sie zum Entwickeln zu bringen. Er blickte auf und nickte ihr zu.

Maura stieß die Tür des Obduktionssaals auf und ging wieder hinein.

In der Nacht, als sie zitternd in Anthony Sansones Garten gekauert hatte, war diese Tote nur von Taschenlampen angestrahlt worden. Heute lagen die sterblichen Überreste von Detective Eve Kassowitz im grellen Schein der OP-Lampen, die jeden Zentimeter ihres Körpers gnadenlos ausleuchteten. Das Blut war abgewaschen worden, und die frischen, rosafarbenen Wunden waren deutlich zu erkennen. Eine Platzwunde am Kopf. Eine Stichverletzung in der Brust, unterhalb des Brustbeins. Und die lidlosen Augen, deren freiliegende Hornhäute sich in der Zwischenzeit getrübt hatten. Das war es, was Mauras Blick unwiderstehlich anzog: diese verstümmelten Augen.

Das Geräusch der Schwingtür kündigte Besuch an. »Du hast noch nicht angefangen?«, fragte Jane.

»Nein. Kommt sonst noch jemand?«

»Heute bin ich die Einzige.« Jane hielt kurz inne, um ihren Kittel zu binden, als ihr Blick auf den Seziertisch fiel und auf dem Gesicht ihrer toten Kollegin verweilte. »Ich hätte mich für sie einsetzen sollen«, sagte sie leise. »Als diese Blödmänner im Dezernat mit ihren dummen Witzen anfingen, hätte ich sofort einschreiten müssen.«

»Sie sind diejenigen, die ein schlechtes Gewissen haben sollten, Jane. Nicht du.«

»Aber ich habe das selbst durchgemacht. Ich kenne das Gefühl.« Jane starrte auf die freiliegenden Hornhäute. »Diese Augen werden die Bestatter für die Beerdigung kaum herrichten können.«

»Nein, die Trauerfeier wird wohl bei geschlossenem Sarg stattfinden müssen.«

»Das Horus-Auge«, flüsterte Jane.

»Was?«

»Diese Zeichnung an Sansones Tür. Das ist ein antikes Symbol, das aus dem alten Ägypten stammt. Es heißt Udjat – das allsehende Auge.«

»Wer hat dir das erzählt?«

»Einer von Sansones Dinnergästen.« Sie sah Maura an. »Diese Leute – Sansone und seine Freunde –, die sind wirklich seltsam. Je mehr ich über sie herausfinde, desto unheimlicher finde ich sie. Besonders *ihn*.«

Yoshima kam mit einem Stapel frisch entwickelter Aufnahmen aus der Dunkelkammer. Die Folie schwirrte melodisch, als er sie am Leuchtkasten befestigte.

Maura griff nach einem Lineal, um die Kopfwunde auszumessen, und notierte die Maße auf einem Klemmbrett. »Er hat mich übrigens in der Nacht noch angerufen«, sagte sie, ohne aufzublicken. »Um sich zu vergewissern, dass ich gut nach Hause gekommen war.«

»Wer – *Sansone*?«

Maura blickte auf. »Hältst du ihn für verdächtig?«

»Überleg doch mal: Nachdem sie die Leiche gefunden hatten, weißt du, was Sansone da gemacht hat? Er hat seine Kamera geholt und Fotos geschossen! Und seinen Butler beauftragt, sie am nächsten Morgen seinen Freunden zu schicken. Findest du das vielleicht normal?«

»Aber hältst du ihn für verdächtig?«

Nach einer Pause gestand Jane: »Nein. Und wenn ich es täte, würden wir Probleme bekommen.«

»Wie meinst du das?«

»Gabriel hat für mich ein bisschen nachgeforscht – das heißt, er hat's versucht. Er hat überall herumtelefoniert, um mehr über den Typ herauszufinden. Aber kaum hatte er ein paar Fragen gestellt, haben alle gleich dichtgemacht. Das FBI, Interpol, niemand wollte etwas über Sansone sagen. Offensichtlich hat er Freunde in einflussreichen Positionen, die bereit sind, ihn zu schützen.«

Maura dachte an das Haus auf dem Beacon Hill. An den Butler, die Antiquitäten. »Sein Reichtum könnte etwas damit zu tun haben.«

»Das ist alles geerbt. Er hat sein Vermögen bestimmt nicht gemacht, indem er am Boston College mittelalterliche Geschichte gelehrt hat.«

»Wie reich ist er eigentlich?«

»Dieses Haus auf dem Beacon Hill – das dürfte für ihn eher eine primitive Hütte sein. Er hat auch noch Villen in London und Paris, und außerdem den Familiensitz in Italien. Der Typ ist ein begehrter Junggeselle, er schwimmt im Geld und sieht auch noch gut aus. Und trotzdem taucht er nie in den Klatschspalten auf. Keine Wohltätigkeitsbälle, keine High-Society-Benefizveranstaltungen. Er führt ein regelrechtes Einsiedlerdasein.«

»Er kam mir auch nicht vor wie jemand, der sich gerne auf Szenepartys herumtreibt.«

»Was hattest du sonst so für einen Eindruck von ihm?«

»So lange habe ich mich auch wieder nicht mit ihm unterhalten.«

»Aber du hast an dem Abend mit ihm geredet?«

»Es war bitterkalt draußen, und er hat mich auf einen Kaffee ins Haus eingeladen.«

»Kam dir das nicht ein bisschen seltsam vor?«

»Was?«

»Dass er sich eigens die Mühe gemacht hat, dich einzuladen?«

»Ich fand es eine nette Geste. Und wenn du's ganz genau wissen willst – es war der Butler, der herauskam, um mich ins Haus zu bitten.«

»Dich persönlich? Er wusste, wer du bist?«

Maura zögerte. »Ja.«

»Was wollte er von dir, Doc?«

Maura hatte sich inzwischen dem Rumpf zugewandt und maß die Stichwunde in der Brust aus, um das Ergebnis auf ihrem Klemmbrett zu notieren. Die Fragen wurden allmählich zu direkt, und was Jane damit indirekt andeutete, gefiel ihr gar nicht: dass sie sich von Anthony Sansone hatte benutzen lassen. »Ich habe keine wesentlichen Informationen über den Fall verraten, Jane, falls es das ist, was du wissen willst.«

»Aber du hast mit ihm darüber gesprochen?«

»Neben einer Reihe von anderen Themen. Und ja, er wollte wissen, was ich davon halte. Das ist auch kaum überraschend, denn schließlich wurde die Leiche in seinem Garten gefunden. Da ist es verständlich, dass er neugierig ist. Und er ist vielleicht auch ein klein wenig exzentrisch.« Sie fing Janes Blick auf und fand ihn unangenehm bohrend. Sie wandte ihre Aufmerksamkeit wieder der Leiche zu, den Wunden, die sie längst nicht so sehr verstörten wie Janes Fragen.

»Exzentrisch? Ist das alles, was dir dazu einfällt?«

Sie erinnerte sich daran, wie Sansone sie an diesem Abend angesehen hatte, wie das Kaminfeuer sich in seinen Augen gespiegelt hatte, und ihr kamen noch andere Begriffe in den Sinn. *Intelligent. Attraktiv. Einschüchternd.*

»Findest du nicht, dass er ein bisschen unheimlich ist?«, fragte Jane. »Mir geht's jedenfalls so.«

»Wieso?«

»Du warst doch in seinem Haus. Das ist, als ob man plötzlich in eine andere Zeit versetzt wird. Und die anderen Zimmer hast du ja gar nicht gesehen, mit den ganzen Porträts, die einen von den Wänden herunter anstarren. Man kommt sich vor wie in Draculas Schloss.«

»Er ist Geschichtsprofessor.«

»War. Er ist im Ruhestand.«

»Das sind vermutlich alles Erbstücke von unschätzbarem Wert. Er hält offenbar das Vermächtnis seiner Familie in Ehren.«

»O ja, das Vermächtnis seiner Familie. Da hat er es wirklich nicht schlecht getroffen. Von denen hat seit vier Generationen keiner mehr für sein Geld arbeiten müssen.«

»Und dennoch hat er eine erfolgreiche akademische Laufbahn hingelegt. Das musst du immerhin anerkennen. Er hat sich nicht für ein sorgloses Leben als Playboy entschieden.«

»Es gibt da ein interessantes Detail. Der Treuhandfonds der Familie wurde im Jahr 1905 aufgelegt, von seinem Urgroßvater. Und nun rate mal, wie dieser Treuhandfonds sich nennt?«

»Ich habe keine Ahnung.«

»Die Mephisto-Stiftung.«

Maura blickte überrascht auf. »Mephisto?«, murmelte sie.

»Da fragt man sich doch, was das denn wohl für ein Vermächtnis sein mag – bei dem Namen.«

»Was bedeutet denn dieser Name – Mephisto?«, wollte Yoshima wissen.

»Ich habe nachgeschlagen«, antwortete Jane. »Das ist die Kurzform von ›Mephistopheles‹. Ihre Chefin hier weiß bestimmt, wer das ist.«

»Der Name stammt aus der Sage von Dr. Faustus«, sagte Maura.

»Wer?«, fragte Yohima.

»Dr. Faustus war ein Zauberer«, erklärte Maura. »Er zeichnete geheime Symbole, um den Teufel zu beschwören. Da erschien ein böser Geist namens Mephistopheles und bot ihm einen Pakt an.«

»Was war das für ein Pakt?«

»Um an die letzten Geheimnisse der Magie zu gelangen, verkaufte Dr. Faustus dem Teufel seine Seele.«

»Mephisto ist also …«

»Ein Diener Satans.«

Plötzlich tönte eine Stimme aus dem Lautsprecher. »Dr. Isles«, sagte Mauras Sekretärin Louise, »Sie haben einen externen Anruf auf der Eins. Ein gewisser Mr. Sansone. Möchten Sie annehmen, oder rufen Sie später zurück?«

Wenn man vom Teufel spricht.

Maura fing Janes Blick auf und sah ihre Freundin kurz nicken.

»Ich nehme den Anruf an«, sagte Maura. Sie streifte ihre Handschuhe ab, ging zu dem Apparat an der Wand und griff nach dem Hörer. »Mr. Sansone?«

»Ich störe Sie hoffentlich nicht«, sagte er.

Sie blickte zu dem Leichnam auf dem Tisch. *Eve Kassowitz wird es nichts ausmachen,* dachte sie. *Niemand ist so geduldig wie die Toten.* »Nein, ich habe einen Moment Zeit.«

»Am Samstag lade ich hier in meinem Haus zu einem kleinen Diner ein. Ich würde mich sehr freuen, wenn Sie uns Gesellschaft leisten würden.«

Maura schwieg einen Moment. Sie spürte genau, wie Jane sie beobachtete. »Ich muss noch darüber nachdenken«, sagte sie.

»Sie fragen sich sicher, wie ich dazu komme, Sie einzuladen.«

»Ja, da haben Sie recht.«

»Ich verspreche Ihnen, dass ich Sie nicht über den Fall ausfragen werde.«

»Ich kann sowieso nicht darüber sprechen. Das wissen Sie sehr wohl.«

»Selbstverständlich. Das ist auch nicht der Grund, weshalb ich Sie einlade.«

»Warum dann?« Eine ziemlich direkte, ja plumpe Frage, aber sie musste sie stellen.

»Wir haben gemeinsame Interessen. Gemeinsame Anliegen.«

»Ich bin mir nicht sicher, ob ich weiß, was Sie meinen.«

»Kommen Sie am Samstag gegen sieben zu unserem Diner. Dann können wir uns darüber unterhalten.«

»Da muss ich zuerst in meinen Terminkalender schauen. Ich sage Ihnen dann Bescheid.« Sie legte auf.

»Was war das denn?«, fragte Jane.

»Er hat mich gerade zum Essen eingeladen.«

»Er will etwas von dir.«

»Das bestreitet er kategorisch.« Maura ging zum Vorratsschrank, um sich ein neues Paar Latexhandschuhe zu holen. Ihre Hände waren ganz ruhig, als sie sie überstreifte, doch sie spürte, wie ihr die Röte ins Gesicht stieg, und fühlte das Pulsieren des Blutes in ihren Fingerspitzen.

»Und das nimmst du ihm ab?«

»Natürlich nicht. Deswegen gehe ich auch nicht hin.«

Jane sagte leise: »Das solltest du aber vielleicht.«

Maura drehte sich zu ihr um. »Das kann doch nicht dein Ernst sein.«

»Ich wüsste gerne mehr über die Mephisto-Stiftung. Wer dahintersteckt, was sie bei ihren Geheimtreffen so tun. Das ist vielleicht meine einzige Chance, an Informationen ranzukommen.«

»Ich soll es also für dich tun?«

»Ich meine ja nur, dass es nicht unbedingt so verkehrt wäre, wenn du hingehen würdest. Solange du nur vorsichtig bist.«

Maura trat an den Seziertisch. Sie starrte auf Eve Kassowitz hinunter und dachte: *Diese Frau war Polizistin, und sie war bewaffnet. Aber selbst sie war nicht vorsichtig genug.* Maura griff nach dem Skalpell und begann zu schneiden.

Die Klinge beschrieb ein Y auf dem Rumpf: zwei Einschnitte, die von den Schultern schräg abwärtsführten und sich ein Stück tiefer als sonst üblich unter dem Brustbein vereinigten, um die Stichwunde zu umgehen. Noch bevor die Rippen durchtrennt waren, bevor die Brusthöhle eröffnet war, wusste Maura bereits, was sie im Thorax vorfinden würde. Sie konnte es auf den Brustaufnahmen sehen, die am Leuchtkasten hingen: der rundliche Umriss des Herzens, weit größer, als es bei einer gesunden jungen Frau sein dürfte. Sie hob den aus Brustbein und Rippen gebildeten Schild heraus, spähte in die Brusthöhle und schob eine Hand unter den angeschwollenen Beutel, der das Herz enthielt.

Er fühlte sich an wie ein prall gefüllter Ballon.

»Perikardtamponade«, sagte sie und blickte zu Jane auf. »Der Herzbeutel hat sich mit Blut gefüllt. Da der Platz begrenzt ist, wird der Beutel so straff, dass das Herz nicht mehr pumpen kann. Es kann auch sein, dass der Stich selbst eine tödliche Arrhythmie ausgelöst hat. So oder so, es war ein schneller, gezielter Todesstoß. Der Täter muss genau gewusst haben, wie er die Klinge anzusetzen hatte.«

»Er hat Erfahrung mit so etwas.«

»Oder er hatte einfach nur Glück.« Sie wies auf die Wunde. »Man kann sehen, dass die Klinge direkt unterhalb des Schwertfortsatzes eingedrungen ist. Oberhalb dieser Stelle ist das Herz durch Brustbein und Rippen recht gut geschützt. Aber wenn man genau hier hineinsticht und die Klinge im richtigen Winkel hält …«

»Dann trifft man das Herz?«

»Es ist nicht schwer. Ich habe es während meines Praktikums in der Notaufnahme selbst gemacht. Mit einer Nadel natürlich.«

»Bei einer Leiche, will ich doch hoffen.«

»Nein, die Frau war noch am Leben. Aber wir konnten keinen Herzschlag hören, ihr Blutdruck ging rapide in den Keller, und die Thoraxaufnahme zeigte ein kugelförmiges Herz. Ich musste dringend etwas tun.«

»Und da hast du sie *erstochen*?«

»Ich habe mit einer Herznadel Blut aus dem Herzbeutel abgesaugt, um sie bis zur OP am Leben zu halten.«

»Das ist wie in diesem Spionagethriller, *Die Nadel*«, sagte Yoshima. »Der Mörder sticht seine Opfer direkt ins Herz, und sie sind so schnell tot, dass kaum Blut fließt. Eine ziemlich ›saubere‹ Methode, einen Menschen umzubringen.«

»Danke für den nützlichen Tipp«, sagte Jane.

»Yoshima spricht da durchaus einen interessanten Aspekt an«, sagte Maura. »Beim Mord an Eve Kassowitz hat der Täter eine schnelle Methode gewählt. Aber bei Lori-Ann Tucker hat er sich Zeit genommen, um die Hand, den Unterarm und den Kopf abzutrennen. Und dann hat er diese Symbole gezeichnet. Bei diesem Opfer hat er dagegen nicht viel Zeit verloren. Was mich auf den Gedanken bringt, dass das Motiv für den Mord an Eve eher praktischer Natur war. Vielleicht hat sie ihn überrascht, und er war gezwungen, sie auf der Stelle loszuwerden. Was er dann auch tat, so schnell er konnte. Mit einem Schlag auf den Kopf und einem raschen Stich ins Herz.«

»Er hat sich immerhin die Zeit genommen, diese Symbole an die Tür zu zeichnen.«

»Woher wollen wir wissen, ob er sie nicht vorher gezeichnet hat? Und dazu dieses Bündel auf die Schwelle gelegt hat?«

»Du meinst die Hand.«

Maura nickte. »Seine Opfergabe.«

Das Skalpell war wieder in Aktion, durchtrennte Gewebe und resezierte Organe. Schon war die Lunge draußen, die Maura in eine Stahlschüssel gleiten ließ. Ein Blick auf die rosige Oberfläche der schwammigen Masse, ein paar Schnitte in jeden der beiden Flügel, und sie wusste, dass es sich um die gesunde Lunge einer Nichtraucherin handelte, die ihrer Besitzerin noch bis ins hohe Alter gute Dienste geleistet hätte. Als Nächstes wandte Maura sich der Bauchhöhle zu. Ihre behandschuhten Hände tauchten in das Abdomen ein, um Magen, Bauchspeicheldrüse und Leber herauszuschneiden. Eve Kassowitz' Bauch war beneidenswert flach gewesen, zweifellos der Lohn für viele Stunden schweißtreibender Sit-ups. Wie schnell doch das Skalpell das Resultat all dieser Mühen auf ein paar Hautfetzen und durchtrenntes Muskelgewebe reduzieren konnte. Nach und nach füllte sich die Schüssel mit Organen. Die Schleifen des Dünndarms glitzerten wie ineinander verschlungene Aale, Leber und Milz glitten zu einem blutigen Haufen ineinander. Alles gesund, kerngesund. Sie eröffnete das Retroperitoneum und trennte die samtig-glatten Nieren heraus, schnitt kleine Stücke davon ab und ließ sie in einen Probenbehälter fallen. Sie tauchten im Formalin ab und zogen blutige Schlieren hinter sich her.

Maura richtete sich auf und sah Yoshima an. »Können Sie jetzt bitte die Schädelaufnahmen aufhängen? Mal sehen, was wir da haben.«

Er nahm die Röntgenbilder des Rumpfs ab und hängte einen neuen Satz auf, den sie noch nicht in Augenschein genommen hatte. Nun schimmerten die Umrisse des Schädels am Leuchtkasten. Sie konzentrierte sich auf die Knochenplatte direkt unterhalb der Platzwunde am Kopf und suchte die Konturen des Schädels nach verräterischen Bruchlinien oder Vertiefungen ab, die sie nicht hatte tasten können, doch sie fand keine. Auch ohne dass es zu einer Fraktur gekommen war, würde der Schlag wohl ausgereicht haben, um das Opfer zu betäuben und so lange außer Gefecht zu setzen, bis der Täter ihre Jacke aufgerissen und den Pullover hochgeschoben hatte.

Um ihr die Klinge ins Herz zu stoßen.

Zunächst war es der Schädel, dem Mauras Aufmerksamkeit galt. Dann wandte sie sich einer Seitenansicht zu und konzentrierte sich auf den Hals. Ihr Blick blieb am Zungenbein haften. Dahinter war ein kegelförmiger Schatten zu erkennen, den sie beim besten Willen nicht einordnen konnte. Stirnrunzelnd trat sie näher an den Leuchtkasten und starrte die Anomalie an. In der Frontalansicht war sie durch die dichtere Masse der Halswirbel kaum auszumachen. Doch in der Seitenansicht war sie deutlich zu erkennen, und es war eindeutig kein Teil des Skeletts.

»Was um alles in der Welt ist das?«, murmelte sie.

Jane trat neben sie. »Was hast du da gefunden?«

»Dieses Ding hier. Es ist kein Knochen, kein normaler Bestandteil des Halses.«

»Steckt da was in ihrem Schlund?«

Maura wandte sich zum Tisch um und sagte zu Yoshima: »Würden Sie mir bitte das Laryngoskop holen?«

Sie stellte sich ans Kopfende des Tisches und bog den Kopf der Leiche nach hinten. Mit einem Laryngoskop hatte sie zum ersten Mal als Medizinstudentin im vierten Studienjahr zu tun gehabt, als sie einen Patienten mit Atemstillstand intubieren sollte. Es ging hektisch zu, das Herz des Mannes hatte ausgesetzt. Der Assistenzarzt, dem sie unterstellt war, gestand Maura nur einen Versuch zu. »Sie haben zehn Sekunden Zeit«, sagte er, »und wenn Sie es nicht schaffen, übernehme ich.« Sie hatte das Laryngoskop hineingeschoben und in den Rachen des Patienten gespäht, nach den Stimmbändern gesucht, doch alles, was sie sehen konnte, waren die Zunge und die Rachenschleimhaut. Während die Sekunden tickten, während die Schwester den Brustkorb des Patienten rhythmisch niederdrückte und das OP-Team um sie herumstand und zusah, kämpfte Maura mit dem Instrument. Sie wusste, dass mit jeder Sekunde, die der Patient nicht mit Sauerstoff versorgt wurde, mehr Hirnzellen absterben konnten. Schließlich hatte der Assistenzarzt ihr das Instrument aus der Hand gerissen und sie beiseitegestoßen, um es selbst zu machen. Es war eine demütigende Demonstration ihrer Inkompetenz gewesen.

Doch bei einer Leiche kam es nicht auf die Sekunde an. Als sie jetzt den Spatel des Laryngoskops in den Mund der Toten schob, piepste kein Herzmonitor im Hintergrund, kein OP-Team starrte sie an, kein Menschenleben war in akuter Gefahr. Eve Kassowitz spürte nichts, als Maura den Spatel drehte, um die Zunge aus dem Weg zu hebeln. Sie bückte sich, um einen Blick in den Rachenraum zu werfen. Der Hals war lang und schlank, und schon beim ersten Versuch fand Maura mühelos die Stimmbänder, die wie zwei blassrosa Riemen die Luftröhre flankierten. Und dazwischen klemmte ein glitzernder Gegenstand.

»Zange«, sagte sie und streckte die Hand aus. Yoshima legte ihr das Instrument in die Handfläche.

»Siehst du es?«, fragte Jane.

»Ja.«

Maura bekam das Objekt zu fassen und zog es vorsichtig aus dem Rachen. Klappernd fiel es in die Schüssel aus Edelstahl.

»Ist es wirklich das, wonach es aussieht?«, fragte Jane.

Maura drehte den Gegenstand um, der im hellen Schein der Lampen wie eine Perle glitzerte.

Eine Muschel.

18

Der Nachmittagshimmel hatte sich zu einem düsteren Grau verdunkelt, als Jane auf den Campus der Harvard University fuhr und ihren Wagen hinter der Conant Hall abstellte. Das Gelände war fast menschenleer, und die alten Backsteingebäude wirkten verlassen. Feiner Schneestaub wirbelte im eisigen Wind über den Asphalt, als sie ausstieg, und ihr war bewusst, dass es stockdunkel sein würde, wenn sie hier fertig wäre.

Eve Kassowitz war auch Polizistin. Und doch hat sie den Tod nicht kommen sehen.

Jane knöpfte ihren Mantelkragen zu und schlug den Weg zum Universitätsmuseum ein. In wenigen Tagen würden die Studenten aus den Weihnachtsferien zurückkehren und den Campus mit neuem Leben füllen. Doch an diesem kalten Nachmittag war weit und breit kein Mensch zu sehen, als Jane auf den Seiteneingang des Museums zustapfte, die Augen im schneidenden Wind zusammengekniffen. Sie fand die Tür verschlossen – kein Wunder, es war schließlich Sonntagnachmittag. So ging sie um das Gebäude herum zum Vordereingang, zu dem ein geräumter, von schmutzigen Schneewällen gesäumter Weg führte. Vor dem Oxford-Street-Eingang blieb sie stehen und blickte zu dem gewaltigen Backsteinbau auf. Über den Türen stand zu lesen: MUSEUM FÜR VERGLEICHENDE ZOOLOGIE.

Sie stieg die Granitstufen hinauf, betrat das Gebäude und tauchte in eine vergangene Epoche ein. Holzdielen knarrten unter ihren Sohlen. Sie roch den Staub von Jahrzehnten, spürte die trockene Hitze alter Radiatoren und erblickte Reihen über Reihen von Schaukästen aus Holz und Glas.

Aber keine Menschen. Die Eingangshalle war verlassen.

Sie drang tiefer in das Gebäude ein, ging vorbei an Vitrinen mit Exponaten und blieb kurz stehen, um eine Sammlung auf Nadeln gespießter Insekten anzustarren. Sie sah monströse schwarze Käfer mit Zangen, die aussahen, als könnten sie jederzeit schmerzhaft zukneifen, und geflügelte Schaben mit schillernden Panzern. Schaudernd setzte sie ihren Weg fort, vorbei an Schmetterlingen mit Flügeln so bunt wie Edelsteine, einer Vitrine mit Vogeleiern, aus denen nie Junge schlüpfen würden, und ausgestopften Finken, die nie wieder singen würden.

Ein knarrender Schritt verriet ihr, dass sie doch nicht ganz allein war.

Sie drehte sich um und spähte durch den schmalen Gang zwischen zwei hohen Schränken. Im winterfahlen Licht, das hinter ihm durch die Fenster drang, war der Mann nur als gebeugte, gesichtslose Silhouette zu erkennen, die auf sie zuschlurfte. Erst als er näher kam und ganz aus seinem staubigen Versteck hervortrat, sah sie das von kleinen Falten übersäte Gesicht, die Nickelbrille, durch deren dicke Gläser ein verzerrtes blaues Augenpaar sie anstarrte.

»Sie sind nicht zufällig diese Frau von der Polizei, oder?«, fragte er.

»Dr. von Schiller? Ich bin Detective Rizzoli.«

»Wusste ich doch, dass Sie das sein müssen. Kein Besucher würde sich so spät am Tag hierherverirren. Normalerweise ist die Tür um diese Zeit schon verschlossen; Sie bekommen also sozusagen eine private Führung.« Er blinzelte ihr zu, wie um anzudeuten, dass diese besondere Ehre ihr kleines Geheimnis bleiben sollte. Eine seltene Chance, sich an toten Käfern und ausgestopften Vögeln sattzusehen, ohne von drängelnden Besuchermassen gestört zu werden. »Und, haben Sie sie mitgebracht?«, fragte er.

»Ja, ich habe sie gleich hier.« Sie zog den Beweismittelbeutel aus der Manteltasche, und seine Augen leuchteten, als er den Inhalt zu sehen bekam, der durch die transparente Plastikhülle schimmerte.

»Na, dann kommen Sie mal mit! Wir gehen am besten

nach oben in mein Büro, da kann ich sie mir unter der Lupe genauer anschauen. Meine Augen sind nicht mehr die besten. Ich hasse das Neonlicht da oben, aber für so was brauche ich es nun mal leider.«

Sie folgte ihm zum Treppenhaus, wobei sie ihren Schritt seinem quälend langsamen Schlurfen anpassen musste. War es möglich, dass dieser Greis noch Vorlesungen hielt? Er schien ja schon zu alt und gebrechlich, um auch nur die Treppe zu bewältigen. Aber von Schiller war der Name, den man ihr genannt hatte, als sie im Institut für Vergleichende Zoologie angerufen hatte, und das aufgeregte Funkeln in seinen Augen beim Anblick dessen, was sie in ihrer Manteltasche mitgebracht hatte, war nicht zu übersehen gewesen. Er konnte es offenbar nicht erwarten, das Ding in die Finger zu bekommen.

»Verstehen Sie etwas von Muscheln, Detective?«, fragte von Schiller, während er langsam die Stufen erklomm und sich mit einer knotigen Hand an dem geschnitzten Handlauf festhielt.

»Ich habe im Restaurant schon mal welche gegessen, das ist alles.«

»Soll das heißen, Sie haben nie Muscheln gesammelt?« Er blickte sich um. »Wussten Sie, dass Robert Louis Stevenson einmal gesagt hat: ›Es ist vielleicht ein glücklicheres Geschick, Gefallen am Muschelsammeln zu finden, als ein Millionenerbe in die Wiege gelegt zu bekommen‹?«

»Hat er das tatsächlich gesagt?« *Ich glaube, da würde ich lieber die Millionen erben.*

»Es ist meine Leidenschaft, seit ich ein kleiner Junge war. Meine Eltern sind mit uns jedes Jahr an die Amalfiküste gefahren. Mein Zimmer war so vollgestopft mit Muscheln, dass man sich kaum umdrehen konnte. Ich habe sie alle noch heute. Unter anderem ein wunderschönes Exemplar von *Epitonium celesti*. Ziemlich selten. Ich habe es gekauft, als ich zwölf war, und eine erkleckliche Summe dafür hingeblättert. Aber ich war schon immer der Überzeugung, dass Muscheln eine gute Investition sind. Die edelsten Kunstwerke von Mutter Natur.«

»Haben Sie sich die Fotos angesehen, die ich Ihnen gemailt habe?«

»O ja. Ich habe das eine Foto an Stefano Rufini weitergeleitet, einen alten Freund von mir. Er ist als Berater für eine Firma namens Medshells tätig. Sie suchen weltweit nach seltenen Exemplaren, um sie an wohlhabende Sammler zu verkaufen. Wir sind uns beide einig über die wahrscheinliche Herkunft Ihrer Muschel.«

»Und um was für eine Art handelt es sich nun?«

Von Schiller blickte sich lächelnd zu ihr um. »Sie glauben, ich würde Ihnen eine endgültige Antwort geben, ohne das Exemplar genau untersucht zu haben?«

»Sie scheinen es doch bereits zu wissen.«

»Ich habe die Möglichkeiten nur eingegrenzt, mehr kann ich Ihnen nicht sagen.« Er erklomm die nächste Stufe. »Sie gehört zur Klasse der Gastropoda«, sagte er. Und die nächste Stufe. »Ordnung: Caenogastropoda.« Noch eine Stufe, noch mehr Latein. »Überfamilie: Buccinacea.«

»Verzeihen Sie, aber was bedeutet das alles?«

»Es bedeutet, dass Ihre kleine Muschel zunächst mal ein Gastropode ist, was man mit ›Bauchfüßer‹ übersetzen kann. Damit gehört sie zur selben Klasse von Weichtieren wie zum Beispiel Landschnecken oder Napfschnecken. Es sind sogenannte einschalige Mollusken, die einen muskulösen Fuß haben.«

»Und das ist der Name dieser Muschel?«

»Nein, das ist lediglich die phylogenetische Zuordnung. Es gibt auf der ganzen Welt mindestens fünfzigtausend Arten von Gastropoden, und nicht alle sind Meeresbewohner. Die Weg- oder Nacktschnecke etwa gehört zu den Gastropoden, obwohl sie kein Haus hat.« Er hatte den oberen Treppenabsatz erreicht und ging voran durch einen Flur mit noch mehr Vitrinen, angefüllt mit einer stummen Menagerie von Kreaturen, die Jane mit ihren glasigen Augen missbilligend anstarrten. Ihr Gefühl, beobachtet zu werden, war so stark, dass sie stehen blieb und einen Blick zurück auf den menschenleeren Korridor warf, auf die Reihen von Schaukästen voller präparierter Exemplare.

Niemand da – nur haufenweise ermordete Tiere.

Sie wandte sich ab, um von Schiller zu folgen.

Er war verschwunden.

Einen Moment lang stand sie allein in dieser endlosen Galerie, wo sie nur das dumpfe Pochen ihres eigenen Herzens hörte und die feindseligen Blicke der zahllosen Kreaturen in ihren Glassärgen spürte. »Dr. von Schiller?«, rief sie, und das Echo ihrer Stimme schien durch ein ganzes Labyrinth von Gängen zu hallen.

Sein Kopf schob sich hinter einem Schrank hervor. »Wo bleiben Sie denn?«, fragte er. »Mein Büro ist gleich hier.«

Büro war eine viel zu großspurige Bezeichnung für den Raum, in dem er hauste. Durch eine Tür mit der Aufschrift DR. HENRY VON SCHILLER, PROFESSOR EMERITUS gelangte man in ein fensterloses Kabuff, kaum größer als eine Besenkammer. Mit einem Schreibtisch und zwei Stühlen war es so gut wie ausgefüllt. Er drückte auf den Lichtschalter und kniff die Augen zusammen, als das grelle Neonlicht aufflackerte.

»Na, dann wollen wir uns das gute Stück mal anschauen«, sagte er und griff begierig nach dem verschließbaren Plastikbeutel, den Jane ihm hinhielt. »Sie sagten, sie wurde am Tatort eines Verbrechens gefunden?«

Sie zögerte, um dann die Frage mit einem schlichten »Ja« zu beantworten. Was sie nicht sagte, war: *Sie steckte im Rachen einer toten Frau.*

»Wieso glauben Sie, dass sie von Bedeutung ist?«

»Ich hoffe, dass Sie mir das sagen können.«

»Darf ich sie anfassen?«

»Wenn es unbedingt sein muss.«

Er öffnete den Beutel und fischte die Muschel heraus. »O ja«, murmelte er, während er sich hinter seinen Schreibtisch zwängte und auf einem knarrenden Stuhl Platz nahm.

Er schaltete eine Schwanenhalslampe ein und nahm eine Lupe und ein Lineal aus der Schublade. »Ja, es ist so, wie ich gedacht habe. Ungefähr – na, sagen wir, einundzwanzig Millimeter lang. Kein besonders schönes Exemplar. Die Zeichnung ist nicht sehr regelmäßig, und hier ist sie ein wenig angestoßen, sehen Sie? Könnte eine recht alte Muschel sein, die lange in der Kiste eines Hobbysammlers herumgekullert ist.« Er blickte auf, und hinter den Brillengläsern wirkten seine blauen Augen wässrig. »*Pisania maculosa.*«

»Ist das der Name?«

»Ja.«

»Sind Sie sicher?«

Er knallte die Lupe heftig auf den Tisch und stand auf. »Sie vertrauen mir nicht?«, zischte er. »Na, dann kommen Sie mal mit.«

»Ich sage ja gar nicht, dass ich Ihnen nicht vertraue ...«

»Natürlich sagen Sie das.« Von Schiller trippelte in einem Tempo, das sie ihm gar nicht zugetraut hätte, aus seinem Büro. Verärgert und getrieben von dem Bedürfnis, sich zu rechtfertigen, eilte er durch die Korridore und führte Jane tief hinein in ein düsteres Labyrinth von Schaukästen, vorbei an zahllosen blind starrenden Augen, bis in den hintersten Winkel des Gebäudes. Dies war offensichtlich eine der weniger gut besuchten Abteilungen des Museums. Die maschinegeschriebenen Etiketten waren vom Alter vergilbt, die Vitrinen mit einer Staubschicht überzogen. Von Schiller schob sich durch einen schmalen Korridor zwischen zwei Schränken, zog eine Schublade auf und nahm einen Schaukasten heraus.

»Hier«, sagte er und öffnete den Kasten. Er nahm eine Handvoll Muscheln heraus und legte sie eine nach der anderen auf die Glasplatte einer Vitrine. »*Pisania maculosa*. Und das ist noch eine und das auch. Und das da ist *Ihre.*« Er warf ihr einen Blick zu, in dem die ganze Entrüstung eines beleidigten Akademikers lag. »Nun?«

Jane musterte die Parade von Muscheln, alle mit den gleichen elegant geschwungenen Formen, der gleichen spiralförmigen Zeichnung. »Sie sehen alle gleich aus.«

»Natürlich sehen sie gleich aus! Es ist ja auch alles dieselbe Art! Ich weiß, wovon ich rede. Das ist schließlich mein Fachgebiet, Detective.«

Und was für ein überaus nützliches Fachgebiet, dachte sie, während sie ihr Notizbuch zückte. »Wie heißt die Art noch mal?«

»Geben Sie mal her.« Er riss ihr das Notizbuch aus der Hand, und sie sah zu, wie er mit grimmiger Miene den Namen daraufkritzelte. Nicht sehr freundlich, dieser alte Herr. Kein Wunder, dass sie ihn in einer Besenkammer verstecken.

Er gab ihr das Notizbuch zurück. »Da. So schreibt man das richtig.«

»Und was heißt das nun?«

»Es ist der Name.«

»Nein, ich meine, was ist die Bedeutung dieser speziellen Muschelart?«

»Muss sie denn etwas bedeuten? Sie sind *Homo sapiens sapiens*, das da ist *Pisania maculosa*. So ist es nun mal.«

»Ist sie denn selten, diese Muschel?«

»Ganz und gar nicht. Sie können sie problemlos über das Internet kaufen, bei einer Reihe von Händlern.«

Damit war die Idee, dem Täter über die Muschel auf die Spur zu kommen, so gut wie gestorben. Seufzend steckte sie ihr Notizbuch wieder ein.

»Sie ist im Mittelmeer sehr verbreitet«, sagte er.

Sie horchte auf. »Im Mittelmeer?«

»Und um die Azoren.«

»Entschuldigen Sie – ich bin mir nicht so sicher, dass ich weiß, wo die Azoren genau liegen.«

Er verzog das Gesicht und musterte sie ungläubig. Dann winkte er sie zu einem der Schaukästen, in dem Dutzende von Muscheln zu sehen waren, und dazu eine verblichene Karte des Mittelmeers. »Da«, sagte er und zeigte mit dem Finger darauf. »Es sind diese Inseln hier, westlich von Spanien.

Pisania maculosa kommt in diesem ganzen Gebiet vor, von den Azoren bis zum Mittelmeer.«

»Und sonst nirgendwo? Was ist mit Amerika?«

»Ich habe Ihnen doch gerade das Verbreitungsgebiet genannt. Diese Muscheln, die ich gerade aus dem Kasten geholt habe, um sie Ihnen zu zeigen – die wurden alle in Italien gefunden.«

Sie schwieg einen Moment, den Blick auf den Schaukasten gerichtet. Sie konnte sich nicht erinnern, wann sie zuletzt eine Karte des Mittelmeers studiert hatte. Ihre Welt, das war nun einmal Boston; wenn sie einmal die Grenze des Staats Massachusetts überschritt, war das für sie wie eine Auslandsreise. Warum eine Muschel? Warum ausgerechnet diese Muschel?

Dann hefteten ihre Augen sich auf das östliche Ende des Mittelmeers. Auf die Insel Zypern.

Roter Ocker. Muscheln. Was will der Mörder uns sagen?

»Oh«, sagte von Schiller plötzlich. »Ich wusste gar nicht, dass noch jemand hier ist.«

Jane hatte keine Schritte gehört, und das trotz der knarrenden Holzdielen. Sie drehte sich um und sah einen jungen Mann direkt hinter sich stehen. Höchstwahrscheinlich ein Student, nach seinem zerknitterten Hemd und seiner Jeans zu urteilen. Jedenfalls hatte er etwas von einem Stubengelehrten an sich, mit seiner dicken, schwarzrandigen Brille und dem winterlich bleichen Teint. Er stand so still da, dass Jane sich schon fragte, ob er stumm sei.

Dann sagte er doch etwas, doch stotterte er dabei so stark, dass es eine Qual war, ihm zuzuhören. »P-p-professor von Schiller. W-w-wir müssen jetzt sch-sch-schließen.«

»Wir sind gleich fertig hier, Malcolm. Ich wollte Detective Rizzoli nur ein paar Exemplare von *Pisania* zeigen.« Von Schiller legte die Muscheln in den Kasten zurück. »Ich schließe dann ab.«

»A-a-aber das ist doch m-m-meine …«

»Ich weiß, ich weiß. Nur weil ich nicht mehr der Jüngste

bin, traut mir niemand mehr zu, dass ich einen simplen Schlüssel umdrehen kann. Hören Sie, ich habe noch einen Stapel Papiere auf meinem Schreibtisch, die ich durchsehen muss. Wie wäre es, wenn Sie die Dame von der Kriminalpolizei zum Ausgang begleiten? Ich verspreche Ihnen, dass ich die Tür abschließe, wenn ich gehe.«

Der junge Mann zögerte, als wollte er protestieren, doch dann seufzte er nur und nickte.

Jane verstaute den Beweismittelbeutel mit der Muschel wieder in ihrer Manteltasche. »Danke für Ihre Hilfe, Dr. von Schiller«, sagte sie. Doch der alte Mann war bereits losgeschlurft, um den Kasten mit den Muscheln in die Schublade zurückzustellen.

Der junge Mann sprach kein Wort, als er Jane durch die düsteren Ausstellungskorridore führte, vorbei an den Vitrinen voller Tierpräparate. Seine Turnschuhe machten auf dem Holzboden kaum ein Geräusch. Das ist kein Ort, wo ein junger Mann seinen Sonntagabend verbringen sollte, dachte sie. In Gesellschaft von Fossilien und aufgespießten Schmetterlingen.

Die Abenddämmerung war hereingebrochen, als Jane zu ihrem Wagen zurückstapfte. Ihre Schuhe knirschten auf dem körnigen Schnee. Auf halbem Weg verlangsamte sie ihren Schritt und blieb stehen. Drehte sich um und ließ den Blick über die dunklen Gebäude schweifen, die Lichtinseln der Straßenlaternen. Niemand zu sehen, nichts rührte sich.

Am Abend ihres Todes – hat Eve Kassowitz da ihren Mörder kommen sehen?

Sie ging rasch weiter, die Autoschlüssel schon in der Hand, und eilte auf ihren Wagen zu, der jetzt ganz allein auf dem Parkplatz stand. Erst nachdem sie eingestiegen war und die Tür verriegelt hatte, ließ ihre Anspannung ein wenig nach. *Dieser Fall raubt mir noch den letzten Nerv,* dachte sie. *Ich kann nicht einmal mehr über einen Parkplatz gehen, ohne das Gefühl zu haben, dass der Teufel irgendwo hinter meinem Rücken lauert.*

Und zum Schlag ausholt.

19

1. August. Mondphase: Vollmond.

Letzte Nacht hat meine Mutter im Traum zu mir gesprochen. Sie hat mit mir geschimpft. Mich wegen meines undisziplinierten Verhaltens ermahnt. »Ich habe dich all die alten Rituale gelehrt, und wozu?«, hat sie gefragt. »Damit du sie ignorierst? Erinnere dich daran, wer du bist. Du bist der Auserwählte.«

Ich habe es nicht vergessen. Wie könnte ich auch? Seit ich denken kann, hat sie mir immer wieder die Geschichten von unseren Ahnen erzählt, über die Manetho von Sebennytos zur Zeit König Ptolemaios II. schrieb: »Sie setzten unsere Städte in Brand. Sie unterwarfen die Menschen allen erdenklichen Martern. Sie zettelten Kriege an und waren entschlossen, das ganze Geschlecht auszulöschen.«

In meinen Adern fließt das geheiligte Blut der Jäger.

Dies sind Geheimnisse, von denen nicht einmal mein verwirrter und weltfremder Vater wusste. Die Verbindung zwischen meinen Eltern war eher praktischer Natur. Doch das Band zwischen meiner Mutter und mir ist zeitlos und umspannt Kontinente, und es reicht bis in meine Träume hinein. Sie ist unzufrieden mit mir.

Und so führe ich an diesem Abend eine Ziege in den Wald.

Sie sträubt sich nicht, weil sie nie den Stachel menschlicher Grausamkeit gefühlt hat. Der Mond scheint so hell, dass ich keine Taschenlampe brauche, um den Weg zu finden. Hinter mir höre ich das verwirrte Meckern der anderen Ziegen, die ich soeben aus dem Stall des Bauern herausgelassen habe, doch sie folgen mir nicht. Ihre Rufe werden leiser, als ich tiefer in den Wald eindringe, und nun höre ich nur noch das Geräusch meiner eigenen Schritte und das Trappeln der Ziegenhufe auf dem Waldboden.

Als wir weit genug gegangen sind, binde ich die Ziege an einen Baum. Das Tier scheint etwas zu ahnen und beginnt, ängstlich zu meckern, während ich meine Kleider ablege, mich bis auf die Haut ausziehe. Ich knie mich auf das Moos. Die Nacht ist kühl, doch wenn ich zittere, dann nur vor gespannter Erwartung. Ich hebe das Messer und spreche die rituellen Worte, die mir so leicht über die Lippen kommen wie eh und je. Gepriesen sei unser Herr Seth, der Gott meiner Ahnen. Der Gott des Todes und der Zerstörung. Durch viele Jahrtausende hat er unsere Taten gelenkt, hat uns von der Levante nach Phönizien und Rom geführt, in alle Winkel der Erde. Wir sind überall.

In einer heißen Fontäne schießt das Blut hervor.

Als es vorbei ist, gehe ich – nackt bis auf meine Schuhe – hinunter zum See. Im Mondschein wate ich ins Wasser und wasche das Blut der Ziege ab. Gereinigt und erfrischt steige ich ans Ufer. Erst als ich meine Kleider anziehe, verlangsamt sich allmählich mein Herzschlag, und die Erschöpfung legt plötzlich ihren schweren Arm um meine Schulter. Ich könnte fast auf dem Gras einschlafen, aber ich wage nicht, mich hinzulegen; ich bin so müde, dass ich vielleicht erst am hellen Tag wieder aufwachen würde.

Ich stapfe zurück zum Haus. Als ich oben ankomme, sehe ich sie. Lily steht am Rand des Rasens, eine schlanke Silhouette, und ihr Haar schimmert im Mondlicht. Sie sieht mich an.

»Wo bist du gewesen?«, fragt sie.

»Ich war schwimmen.«

»Im Dunkeln?«

»Das ist die beste Zeit.« Langsam gehe ich auf sie zu. Sie steht vollkommen reglos, selbst als ich so nahe trete, dass wir uns fast berühren. »Das Wasser ist warm. Niemand kann dich sehen, wenn du nackt schwimmst.« Meine Hand ist kühl vom Seewasser, und sie zittert, als ich ihre Wange streichle. Ist es Angst oder Faszination? Ich weiß es nicht. Was ich weiß, ist, dass sie mich die letzten Wochen über beobachtet

hat, so wie ich sie beobachtet habe, und dass sich irgendetwas zwischen uns abspielt. Es heißt, dass das Böse seinesgleichen stets erkennt. Irgendwo in ihrem Innern hat die Finsternis meinen Ruf vernommen und erwacht zum Leben.

Ich trete noch näher. Sie ist älter als ich, aber ich bin größer, und mein Arm legt sich leicht um ihre Taille, als ich mich zu ihr hinabbeuge. Als unsere Hüften sich berühren.

Der Schlag ins Gesicht lässt mich taumelnd zurückweichen.

»Wage es nicht noch einmal, mich anzurühren«, sagt sie. Dann macht sie kehrt und geht zum Haus zurück.

Meine Wange brennt noch immer. Ich stehe noch eine Weile in der Dunkelheit und warte, bis der Abdruck ihrer Hand auf meiner Haut verblasst ist. Sie ahnt nicht, wer ich in Wirklichkeit bin, wen sie gerade gedemütigt hat. Sie ahnt nicht, was die Folgen sein werden.

In dieser Nacht finde ich keinen Schlaf.

Stattdessen liege ich wach und denke an die Lektionen, die meine Mutter mich gelehrt hat, über den Wert der Geduld, die Kunst des Abwartens. »Keine Beute bringt dir so viel Befriedigung wie die, auf die du lange warten musstest.« Als die Sonne am nächsten Morgen aufgeht, liege ich noch im Bett und denke über die Worte meiner Mutter nach. Und auch über diese demütigende Ohrfeige. Über die vielen Respektlosigkeiten, die Lily und ihre Freundinnen sich mir gegenüber erlaubt haben.

Unten in der Küche macht Tante Amy das Frühstück. Ich rieche frisch gebrühten Kaffee und Speck, der in der Pfanne brutzelt. Und ich höre sie rufen: »Peter? Hast du mein Ausbeinmesser gesehen?«

20

Wie üblich an einem heißen Sommertag war die Piazza di Spagna ein einziges Meer von schwitzenden Touristen. Ellbogen an Ellbogen schoben sie sich hin und her, teure Kameras um den Hals, die krebsroten Gesichter mit Schlapphüten und Baseballkappen beschattet. Von ihrem Aussichtspunkt auf der Spanischen Treppe beobachtete Lily das Treiben der Menge, sah, wie sich um die Verkaufsstände dichte Wirbel bildeten, wie Reisegruppen aufeinanderprallten und sich gegenseitig den Weg versperrten. Stets auf der Hut vor Taschendieben, begann sie, die Stufen hinunterzugehen, und scheuchte die unvermeidlichen Souvenirhändler weg, die sie wie Fliegen umschwirrten. Mehrmals fiel ihr auf, dass Männer in ihre Richtung schauten, doch ihr Interesse war nur flüchtig. Ein Blick, ein kurzer lüsterner Gedanke, und schon blieben ihre Augen an der nächsten attraktiven Passantin hängen. Lily ignorierte sie, als sie zur Piazza hinabstieg, sich an einem Paar vorbeidrängte, das eng umschlungen auf den Stufen stand, an einem ernsthaften jungen Mann, der über ein Buch gebeugt dasaß. Dann tauchte sie in das Gedränge ein. In Menschenmengen fühlte sie sich sicher, anonym und geschützt. Es war natürlich nur eine Illusion; es gab keinen wirklich sicheren Ort. Während sie die Piazza überquerte, während sie knipsende Touristen umkurvte und Kinder, die an ihrem *gelato* schleckten, wusste sie, dass sie nur allzu leicht entdeckt werden könnte. Menschenansammlungen boten Deckung für Gejagte und Jäger gleichermaßen.

Sie erreichte das andere Ende der Piazza und passierte einen Laden mit Designerschuhen und Handtaschen, die sie sich in diesem Leben niemals würde leisten können. Dahinter war eine Bank mit einem Geldautomaten, vor dem schon drei Kunden warteten. Sie stellte sich hinten an. Als sie an die Reihe kam, hatte sie die Umstehenden schon gründlich in Augenschein genommen und keine Diebe ausmachen können, die darauf lauerten, sich ihre volle Geldbörse zu schnappen. Jetzt war der richtige Zeitpunkt, einen höheren Betrag abzuheben. Sie war bereits vier Wochen in Rom und hatte immer noch keinen Job gefunden. Trotz ihres fließenden Italienisch schien nicht ein einziges Stehcafé, nicht ein einziger Souvenirladen Arbeit für sie zu haben, und inzwischen war ihr Bargeldvorrat auf fünf Euro geschrumpft.

Sie steckte ihre Karte in den Schlitz, forderte dreihundert Euro an und wartete darauf, dass die Scheine ausgespuckt wurden. Ihre Karte kam wieder heraus, dazu ein gedruckter Bon. Aber kein Geld. Sie starrte den Zettel an, und ihr wurde plötzlich flau im Magen. Sie brauchte keine Übersetzung, um zu verstehen, was da gedruckt stand.

Unzureichende Deckung.

Okay, dachte sie, *vielleicht habe ich ja zu viel auf einmal verlangt. Ganz ruhig bleiben.* Sie schob ihre Karte wieder hinein, tippte die PIN ein und forderte zweihundert Euro an.

Unzureichende Deckung.

Die Frau hinter ihr in der Schlange begann schon, ungeduldig zu stöhnen. Zum dritten Mal führte Lily ihre Karte ein. Forderte einhundert Euro an.

Unzureichende Deckung.

»He, Sie, wird das heute vielleicht noch was?«, fragte die Frau hinter ihr.

Lily drehte sich um und starrte sie an. Dieser eine Blick, lodernd vor Zorn, genügte, um die Frau erschrocken zurückweichen zu lassen. Lily schob sich an ihr vorbei und ging zurück zur Piazza, stürmte blindlings los, ohne wie sonst darauf zu achten, ob jemand sie beobachtete oder ihr folgte. Als sie wieder an der Spanischen Treppe ankam, hatte sie keine Kraft mehr in den Beinen. Sie sank auf die Stufen nieder und vergrub das Gesicht in den Händen.

Ihr Geld war aufgebraucht. Sie hatte gewusst, dass sie nicht mehr viel auf dem Konto hatte, dass irgendwann endgültig

Schluss sein würde, aber sie hatte geglaubt, es müsste noch für mindestens einen weiteren Monat reichen. Jetzt hatte sie noch Bares für vielleicht zwei Mahlzeiten, und das war's dann. Kein Hotel heute Nacht, kein Bett. Aber was soll's?, dachte sie. Diese Stufen sind doch auch ganz bequem, und der Blick ist unbezahlbar. Wenn sie Hunger bekäme, könnte sie immer noch die Abfalleimer nach Sandwiches durchwühlen, die irgendwelche Touristen weggeworfen hatten.

Das glaubst du doch selbst nicht. Du musst irgendwie an Geld rankommen.

Sie hob den Kopf, ließ den Blick über die Piazza schweifen und sah jede Menge Männer ohne Begleitung. *Hallo, Jungs, wer von euch ist bereit, für einen Nachmittag mit einem heißen, ausgehungerten Girl zu bezahlen?* Dann entdeckte sie drei Polizisten, die am Rand der Piazza patrouillierten und entschied, dass es keine gute Idee wäre, ausgerechnet hier auf Anmache zu gehen. Eine Verhaftung wäre nicht nur äußerst unangenehm – sie könnte tödlich enden.

Sie öffnete ihren Rucksack und kramte fieberhaft darin herum. Vielleicht war da irgendwo noch ein Bündel Scheine, das sie vergessen hatte, vielleicht rollten ja ganz unten noch ein paar lose Münzen herum. Eine sehr vage Hoffnung – wo sie doch jeden Cent zweimal umdrehte. Sie fand eine Rolle Pfefferminz, einen Kuli, aber kein Geld.

Was sie allerdings fand, war eine Visitenkarte mit dem Namen FILIPPO CAVALLI. Sofort hatte sie sein Gesicht wieder vor Augen. Der Lastwagenfahrer mit den lüsternen Augen. »Wenn du eine Unterkunft brauchst«, hatte er gesagt, »ich habe eine Wohnung in der Stadt.«

Ob du's glaubst oder nicht – ich brauche tatsächlich eine Unterkunft.

Sie saß auf der Treppe und rieb stumpfsinnig die Karte zwischen den Fingern, bis sie ganz geknickt und verbogen war. Sie dachte an Filippo Cavalli und seine gemeinen Augen, sein unrasiertes Gesicht. Wie furchtbar konnte es sein? Sie hatte in ihrem Leben schon Schlimmeres getan. Weit Schlimmeres.

Und ich büße noch immer dafür.

Sie zog den Reißverschluss des Rucksacks zu und sah sich nach einer Telefonzelle um. Gemeine Augen hin oder her, dachte sie, der Mensch muss schließlich essen.

Sie stand im Flur vor der Wohnungstür von Nummer 4G, zupfte nervös ihre Bluse zurecht und strich ihr Haar glatt. Dann fragte sie sich wieder, warum sie sich überhaupt die Mühe machte, wenn sie sich daran erinnerte, wie abgerissen der Typ ausgesehen hatte, als sie ihm das erste Mal begegnet war. *Lieber Gott, mach, dass er wenigstens keinen Mundgeruch hat,* dachte sie. Sie hatte ja kein Problem damit, wenn einer fett oder hässlich war. Da konnte sie einfach die Augen schließen oder wegsehen. Aber ein Mann mit stinkendem Atem …

Die Tür ging auf. »Komm rein«, sagte Filippo.

Nach dem ersten flüchtigen Blick hätte sie am liebsten auf der Stelle kehrtgemacht und die Flucht ergriffen. Er war genau so, wie sie ihn in Erinnerung hatte, mit seinem stoppligen Kinn, dem gierigen Blick, der sie schon zu verschlingen schien. Er hatte sich nicht einmal die Mühe gemacht, sich für ihren Besuch etwas Anständiges anzuziehen, sondern empfing sie in einem ärmellosen T-Shirt und einer ausgebeulten Hose. Wieso hätte er sich auch herausputzen sollen? Sicherlich wusste er, was sie hergebracht hatte – und es war weder sein wohlgeformter Körper noch sein sprühender Witz.

Sie betrat seine Wohnung, in der die Gerüche von Knoblauch und Zigarettenrauch um die Vorherrschaft wetteiferten. Abgesehen davon war es gar nicht so schlimm, wie sie gedacht hatte. Sie sah eine Couch und Sessel, ordentlich gestapelte Zeitungen, einen Beistelltisch. Der Blick aus der Balkontür ging auf einen anderen Wohnblock. Durch die Wände hörte sie den Fernseher des Nachbarn plärren.

»Ein Glas Wein, Carol?«

Carol. Fast hätte sie vergessen, welchen Namen sie ihm genannt hatte. »Ja, bitte«, antwortete sie. »Und… hättest du vielleicht auch was zu essen?«

»Essen? Ja, natürlich.« Er lächelte, doch der lüsterne Blick wich nicht aus seinen Augen. Er wusste, dass dies alles nur das höfliche Geplänkel vor dem eigentlichen Geschäft war. Er stellte ihr Brot, Käse und eine kleine Schüssel mit eingelegten Pilzen hin. Nicht gerade ein Festmahl, eher ein Imbiss. Das war sie ihm also wert. Der Wein war billig, herb und sauer, aber sie trank dennoch zwei Gläser davon zum Essen. Bei dem, was danach kam, wäre es besser, betrunken zu sein als nüchtern. Er saß ihr am Tisch gegenüber und beobachtete sie, während er an seinem eigenen Weinglas nippte. Wie viele Frauen waren vor ihr schon in diese Wohnung gekommen, hatten an diesem Küchentisch gesessen und sich innerlich für das Nachspiel im Schlafzimmer gewappnet? Sicherlich war keine von ihnen freiwillig gekommen. Wie Lily hatten sie wahrscheinlich ein Glas oder auch zwei oder drei gebraucht, bevor es zur Sache gegangen war.

Er streckte die Hand nach ihr aus. Sie verharrte regungslos, als er die beiden obersten Knöpfe ihrer Bluse öffnete. Dann setzte er sich zurück und genoss grinsend den Blick in ihren Ausschnitt.

Sie versuchte, ihn zu ignorieren, und nahm sich noch ein Stück Brot. Dann leerte sie ihr Weinglas und goss sich noch einmal ein.

Er stand auf, ging um den Tisch herum und stellte sich hinter sie. Nachdem er ihre Bluse ganz aufgeknöpft und sie ihr über die Schultern gestreift hatte, machte er sich daran, ihren BH aufzuhaken.

Sie stopfte sich ein Stück Käse in den Mund, kaute und schluckte. Fast hätte sie es wieder ausgehustet, als seine Hände sich auf ihre Brüste legten. Sie saß stocksteif da und ballte die Hände zu Fäusten, kämpfte gegen den Drang an, sich umzudrehen und ihm einen Schlag ins Gesicht zu versetzen. Stattdessen ließ sie zu, dass er ihr die Arme um den Leib schlang und den Reißverschluss ihrer Jeans öffnete. Dann zerrte er an ihrem Arm, und gehorsam stand sie auf, damit er sie ganz ausziehen konnte. Als sie schließlich nackt in der Küche stand, trat er einen Schritt zurück, um sich an ihrem Anblick zu weiden. Seine Erregung war nicht zu übersehen. Er nahm sich nicht einmal die Zeit, seine eigenen Kleider auszuziehen, sondern stieß sie einfach gegen den Küchentresen, knöpfte seine Hose auf und nahm sie im Stehen, so wild, dass die Schränke wackelten und das Besteck in den Schubladen klapperte.

Beeil dich. Bist du bald fertig, verdammt?

Aber er kam gerade erst in Fahrt. Er drehte sie um, drückte sie auf die Knie nieder und nahm sie auf dem Fliesenboden. Dann ging es im Wohnzimmer weiter, direkt vor der Balkontür, als wollte er alle Welt wissen lassen, dass er, Filippo, eine Frau in jeder Stellung vögeln konnte, in jedem Zimmer seiner Wohnung. Sie schloss die Augen und konzentrierte sich auf die Fernsehgeräusche aus der Nachbarwohnung. Stampfende Musik, eine Spielshow, ein hektischer italienischer Showmaster. Sie konzentrierte sich auf den Fernseher, weil sie Filippos Stöhnen und Grunzen nicht hören wollte, als er sie mit immer heftigeren Stößen bearbeitete. Bis er endlich kam.

Er brach auf ihr zusammen, wie ein nasser, schwerer Sack, der sie zu ersticken drohte. Sie kroch unter ihm hervor und blieb auf dem Rücken liegen, ihre Haut glitschig von Schweiß, seinem und ihrem.

Einen Augenblick später begann er zu schnarchen.

Sie ließ ihn dort auf dem Wohnzimmerboden liegen und ging ins Bad, um zu duschen. Gute zwanzig Minuten stand sie unter dem Wasserstrahl, bis sie jede Spur von ihm abgewaschen hatte. Mit tropfnassen Haaren ging sie danach zurück ins Wohnzimmer, um sich zu vergewissern, dass er immer noch schlief. Lautlos schlich sie in sein Schlafzimmer und durchsuchte die Schubladen seiner Wäschekommode. Unter einem Haufen Socken fand sie ein Bündel Banknoten – mindestens sechshundert Euro. *Einen Hunderter wird er schon nicht vermissen*, dachte sie, als sie die Scheine zählte. Verdient hatte sie ihn sich schließlich.

Sie zog sich an und wollte gerade nach ihrem Rucksack greifen, als sie hinter sich Schritte hörte.

»Willst du etwa schon gehen?«, fragte er. »Wie kannst du nach nur einem Mal schon genug haben?«

Langsam drehte sie sich zu ihm um und rang sich ein Lächeln ab. »Einmal mit dir, Filippo, ist wie zehnmal mit einem anderen Mann.«

Er grinste. »Das sagt mir jede Frau.«

Dann lügen sie alle.

»Bleib noch. Ich koch dir Abendessen.« Er kam auf sie zu und spielte mit einer Strähne ihres Haars. »Bleib, und vielleicht ...«

Sie dachte ungefähr zwei Sekunden lang darüber nach. Hier hätte sie zwar ein Dach über dem Kopf, aber der Preis war einfach zu hoch. »Ich muss gehen«, sagte sie und wandte sich ab.

»Bleib doch bitte.« Er schwieg einen Moment und fügte dann mit einem Anflug von Verzweiflung hinzu: »Ich bezahle dich auch.«

Sie hielt inne und drehte sich zu ihm um.

»Das ist es, nicht wahr?«, sagte er leise. Sein Lächeln verschwand, und sein Gesicht erstarrte langsam zu einer Maske der Erschöpfung. Kein stolzer Liebhaber mehr, nur noch ein trauriger Mann in mittleren Jahren mit einem Bierbauch, dem die Frau in seinem Leben fehlte. Sie hatte gefunden, dass seine Augen gemein aussahen, doch jetzt blickten diese Augen nur noch müde und resigniert. »Ich weiß, dass es stimmt.« Er seufzte. »Du bist nicht meinetwegen gekommen. Du willst Geld.«

Zum ersten Mal empfand sie keinen Abscheu, als sie ihn anschaute.

»Ja«, gestand sie. »Ich brauchte Geld. Ich bin pleite, und ich kann in Rom keinen Job finden.«

»Aber du bist doch Amerikanerin. Du kannst einfach nach Hause zurückgehen.«

»Ich kann nicht nach Hause.«

»Warum nicht?«

Sie sah weg. »Es geht nun mal nicht. Dort habe ich sowieso keine Zukunft.«

Er dachte eine Weile über ihre Worte nach und kam zu einer vernünftigen Schlussfolgerung. »Ist die Polizei hinter dir her?«

»Nein. Nicht die Polizei …«

»Und vor wem läufst du dann davon?«

Vor dem leibhaftigen Teufel, dachte sie. Doch das konnte sie nicht sagen, sonst hätte er sie für verrückt gehalten. So antwortete sie einfach nur: »Vor einem Mann. Jemand, der mir Angst macht.«

Sie ist von ihrem Freund misshandelt worden – das dachte er wahrscheinlich. Er nickte mitfühlend. »Du brauchst also Geld. Na, komm. Ich kann dir was geben.« Er drehte sich um und wollte ins Schlafzimmer gehen.

»Warte, Filippo.« Schuldbewusst griff sie in ihre Tasche und zog die hundert Euro hervor, die sie aus seiner Sockenschublade genommen hatte. Wie konnte sie einen Mann bestehlen, der sich so verzweifelt nach Gesellschaft sehnte? »Es tut mir leid«, sagte sie. »Das gehört dir. Ich habe es wirklich gebraucht, aber ich hätte es nicht nehmen sollen.« Sie nahm seine Hand und drückte ihm den Schein hinein, wobei sie ihm kaum in die Augen sehen konnte. »Ich komme auch so klar.« Sie wandte sich zum Gehen.

»Carol. Ist das dein richtiger Name?«

Sie hielt inne, die Hand schon am Türknauf. »Er ist so gut wie jeder andere.«

»Du sagst, du brauchst einen Job. Was kannst du denn?«

Sie sah ihn an. »Ich würde alles tun. Ich kann putzen, bedienen – aber ich muss bar bezahlt werden.«

»Dein Italienisch ist sehr gut.« Er musterte sie nachdenklich. »Ich habe eine Cousine, hier in der Stadt«, sagte er schließlich. »Sie bietet Führungen an.«

»Was für Führungen?«

»Durch das Forum, die Basilika.« Er zuckte mit den Achseln. »Du weißt schon – alles, was man als Tourist in Rom so gesehen haben muss. Manchmal braucht sie Führer, die Englisch können. Aber sie müssen studiert haben.«

»Das habe ich! Ich habe einen College-Abschluss in Klassischer Altertumswissenschaft.« Die aufkeimende Hoffnung ließ ihr Herz plötzlich schneller schlagen. »Ich weiß eine ganze Menge über Geschichte. Über die Welt der Antike.«

»Aber weißt du auch ein bisschen was über Rom?«

Mit einem Lachen stellte Lily ihren Rucksack wieder ab. »Zufälligerweise ja«, sagte sie.

21

Maura stand auf dem eisglatten Gehsteig und sah zu der Villa auf dem Beacon Hill hinauf, in deren Fenstern das Licht einladend leuchtete. Im Salon flackerte das Kaminfeuer, wie an dem Abend, als sie zum ersten Mal durch diese Tür getreten war, angelockt vom warmen Schein der Flammen, von der Aussicht auf eine Tasse Kaffee. Heute Abend war es Neugier, die sie anzog, als sie die Stufen erklomm, Neugier auf einen Mann, der sie faszinierte und ihr zugleich, wie sie gestehen musste, ein wenig Angst machte. Sie drückte die Klingel und hörte das Läuten von drinnen, hörte es durch Räume hallen, die ihr bisher verborgen geblieben waren. Sie hatte damit gerechnet, dass der Butler ihr öffnen würde, und war überrascht, als plötzlich Anthony Sansone selbst vor ihr stand.

»Ich war mir nicht sicher, ob Sie tatsächlich kommen würden«, sagte er, als sie eintrat.

»Da ging es Ihnen wie mir«, gab sie zu.

»Die anderen kommen ein bisschen später. Ich dachte, es wäre ganz nett, wenn wir beide uns erst einmal in Ruhe unterhalten könnten.« Er half ihr aus dem Mantel und stieß die Tapetentür auf, hinter der die Garderobe versteckt war. Im Haus dieses Mannes bargen selbst die Wände Geheimnisse. »Und warum haben Sie sich dann doch entschieden zu kommen?«

»Sie sagten, wir hätten gemeinsame Interessen. Ich hätte gerne gewusst, was Sie damit meinen.«

Er hängte ihren Mantel auf und wandte sich zu ihr um, eine hoch aufragende Gestalt in Schwarz. Das Kaminfeuer tauchte sein Gesicht in einen goldenen Glanz. »Das Böse«, sagte er. »Das ist es, was wir gemeinsam haben. Wir haben es beide aus nächster Nähe gesehen. Wir haben ihm ins Gesicht geschaut, haben seinen Atem gerochen. Und seinen Blick gespürt.«

»Eine Menge Leute haben es gesehen.«

»Aber Sie haben es auf einer sehr persönlichen Ebene kennengelernt.«

»Sie spielen wieder auf meine Mutter an.«

»Joyce sagte mir, dass bis heute niemand die genaue Zahl von Amaltheas Opfern kennt.«

»Ich habe die Ermittlungen nicht verfolgt. Ich habe mich aus dem Fall herausgehalten. Das letzte Mal habe ich Amalthea im Juli gesehen, und ich habe nicht die Absicht, sie je wieder zu besuchen.«

»Das Böse verschwindet nicht, wenn wir es ignorieren. Es ist immer noch da, immer noch ein Teil Ihres Lebens ...«

»Nicht meines Lebens.«

»... bis hin zu Ihrer DNA.«

»Ein Zufall der Geburt. Wir sind nicht unsere Eltern.«

»Aber in irgendeiner Weise müssen die Verbrechen Ihrer Mutter Sie doch belasten, Maura. Sie müssen Sie ins Grübeln bringen.«

»Darüber, ob ich auch ein Monster bin?«

»Stellen Sie sich diese Frage?«

Sie zögerte, als sie seinen forschenden Blick spürte. »Ich bin ganz anders als meine Mutter. Ich würde sogar sagen, ich bin das genaue Gegenteil von ihr. Denken Sie nur an den Beruf, den ich gewählt habe, die Art von Arbeit, die ich mache.«

»Eine Art Sühne?«

»Ich habe nichts zu sühnen.«

»Dennoch haben Sie sich dafür entschieden, im Namen der Opfer zu wirken. Im Namen der Gerechtigkeit. Nicht jeder trifft diese Wahl, und schon gar nicht so gründlich und mit solcher Entschlossenheit, wie Sie es tun. Deshalb habe ich Sie heute Abend eingeladen.« Er öffnete die Tür zum Nebenzimmer. »Und deshalb will ich Ihnen etwas zeigen.«

Sie folgte ihm in ein holzgetäfeltes Esszimmer, wo der wuchtige Tisch bereits für fünf Personen gedeckt war. Mauras Blick glitt über Weingläser aus Kristall und glänzendes

Porzellan mit kobaltblauem und goldenem Rand. Auch hier gab es einen Kamin, in dem ein munteres Feuer loderte, aber dennoch war es in dem riesigen Raum mit seiner dreieinhalb Meter hohen Decke entschieden kühl, und sie war froh, ihren Kaschmirpullover anbehalten zu haben.

»Darf ich Ihnen ein Glas Wein anbieten?«, fragte er und hielt eine Flasche Cabernet Sauvignon hoch.

»Danke, sehr gerne.«

Er schenkte ein und reichte ihr das Glas, doch sie beachtete es kaum; ihr Blick war gefesselt von den Porträts an der Wand. Eine Galerie von Gesichtern, Männer wie Frauen, die sie durch den Nebel der Jahrhunderte hindurch ansahen.

»Das sind nur einige wenige«, bemerkte er. »Die Porträts, die meine Familie im Lauf der Jahre hat zusammentragen können. Manche sind moderne Kopien, andere wiederum geben nur unsere vage Vorstellung vom Aussehen der Person wieder. Aber ein paar von diesen Gemälden sind Originale. Nach dem Leben gemalt.« Er durchquerte das Zimmer und blieb vor einem der Porträts stehen. Es zeigte eine junge Frau mit glutvollen dunklen Augen, deren schwarzes Haar im Nacken locker zusammengebunden war. Ihr Gesicht war ein bleiches Oval, und im schwachen Licht des Kaminfeuers wirkte ihre Haut durchscheinend und so lebendig, dass Maura fast den Pulsschlag in diesem weißen Hals ahnen konnte. Die junge Frau wandte sich dem Betrachter halb zu, ihr Blick war direkt und unerschrocken. In ihrem burgunderfarbenen Kleid schimmerten goldene Fäden.

»Ihr Name war Isabella«, sagte Sansone. »Dieses Porträt wurde einen Monat vor ihrer Hochzeit gemalt. Das Bild war ziemlich stark beschädigt und musste restauriert werden. Die Leinwand wies Brandflecken auf. Wir können von Glück sagen, dass es überhaupt das Feuer überstanden hat, das ihr Haus zerstörte.«

»Sie ist sehr schön.«

»Ja, das war sie. Und das war auch ihr Unglück.«

Maura sah ihn fragend an. »Wieso?«

»Sie war verheiratet mit Nicolo Contini, einem venezianischen Adligen. Nach allem, was man weiß, war es eine sehr glückliche Ehe, bis« – er hielt einen Moment inne – »bis Antonino Sansone ihr Leben zerstörte.«

Sie sah ihn überrascht an. »Das ist der Mann auf dem Porträt – im Salon nebenan?«

Er nickte. »Mein berühmter Vorfahre. Gewiss, er konnte alle seine Taten rechtfertigen, indem er sie als Teil seines Feldzugs gegen den Teufel darstellte. Die Kirche gab ihren Segen zu allem – der Folter, dem Blutvergießen, den Verbrennungen auf dem Scheiterhaufen. Die Venezianer taten sich ganz besonders hervor, wenn es ums Foltern ging, und waren höchst kreativ darin, immer brutalere Instrumente zu erfinden, um Geständnisse zu erzwingen. Die Anschuldigungen mochten noch so abstrus sein, nach ein paar Stunden in der Folterkammer mit Monsignore Sansone bekannte sich so gut wie jeder schuldig im Sinne der Anklage. Ob der Vorwurf lautete, eine Hexe zu sein, seinen Nachbarn verzaubert zu haben oder mit dem Teufel zu verkehren, nur wer ein umfassendes Geständnis ablegte, konnte auf Erlösung von seinen Schmerzen hoffen, auf die Gnade des Todes. Der allerdings kam auch nicht sonderlich gnädig daher, da die meisten Verurteilten bei lebendigem Leib verbrannt wurden.« Er ließ den Blick über die Porträts im Raum wandern. Die Gesichter der Toten. »All die Menschen, die Sie hier sehen, haben unter ihm gelitten. Männer, Frauen, Kinder – er machte keinen Unterschied. Es heißt, er sei jeden Morgen voller Tatendrang erwacht und habe sich für seine Aufgabe gestärkt, indem er zum Frühstück mit großem Appetit Brot und Fleisch verzehrte. Dann warf er sich seine blutbespritzte Robe um und machte sich ans Werk, um die Ketzer auszurotten. Man konnte die Schreie der Gefolterten durch die dicken Mauern hindurch bis auf die Straße hören.«

Mauras Blick kreiste durch den Raum, glitt über die Bildnisse der Verdammten, und im Geiste sah sie die gleichen Gesichter vor sich, blutig und schmerzverzerrt. Wie lange hatten sie standgehalten? Wie lange hatten sie sich an die Hoffnung geklammert, ihrem Schicksal entfliehen und ihr Leben retten zu können?

»Antonino hat sie alle besiegt«, sagte er. »Bis auf eine.« Sein Blick war wieder auf die Frau mit den leuchtenden Augen gerichtet.

»Isabella hat überlebt?«

»O nein. Niemand, dem er seine Aufmerksamkeit zuwandte, hat überlebt. Sie ist gestorben, wie alle anderen. Aber sie wurde nie bezwungen.«

»Sie weigerte sich zu gestehen?«

»Oder sich zu unterwerfen. Sie hätte nur ihren Ehemann belasten müssen. Ihn verleugnen, ihn der Hexerei beschuldigen – dann hätte sie vielleicht überlebt. Denn was Antonino wirklich wollte, war nicht ihr Geständnis. Er wollte Isabella selbst.«

Ihre Schönheit war ihr Unglück. Das hatte er damit gemeint.

»Ein Jahr und einen Monat«, fuhr er fort. »So lange hat sie überlebt, in einer Zelle ohne wärmendes Feuer, ohne Licht. Jeden Tag aufs Neue wurde sie ihrem Peiniger vorgeführt.« Er sah Maura an. »Ich habe die Instrumente aus jener Zeit gesehen. Ich kann mir keine Spielart der Hölle vorstellen, die schlimmer wäre.«

»Und er hat sie nie erobert?«

»Sie widerstand ihm bis zum bitteren Ende. Selbst als sie ihr ihr neugeborenes Kind wegnahmen. Selbst als sie ihr die Hände brachen, ihr die Haut vom Rücken peitschten, ihre Gelenke auseinanderrissen. Jede Grausamkeit wurde von Antonino peinlich genau in seinen privaten Tagebüchern festgehalten.«

»Haben Sie diese Tagebücher mit eigenen Augen gesehen?«

»Ja. Sie wurden in unserer Familie von Generation zu Generation weitergegeben. Heute lagern sie in einem Tresor, zusammen mit anderen unerfreulichen Erbstücken aus jener Epoche.«

»Was für ein entsetzliches Erbe.«

»Das habe ich gemeint, als ich Ihnen sagte, wir hätten gemeinsame Interessen, gemeinsame Anliegen. Wir haben beide vergiftetes Blut geerbt.«

Ihr Blick ging wieder zu Isabellas Gesicht, und da registrierte sie etwas, was er vor wenigen Augenblicken gesagt hatte. *Sie haben ihr ihr neugeborenes Kind weggenommen.*

Sie sah ihn an. »Sie sagten, sie hätte im Gefängnis ein Kind geboren.«

»Ja. Einen Sohn.«

»Was wurde aus ihm?«

»Er wurde in die Obhut eines nahen Klosters gegeben, wo er heranwuchs.«

»Aber er war der Sohn einer Ketzerin. Warum hat man ihn am Leben gelassen?«

»Wegen des Mannes, der sein Vater war.«

Sie sah ihn betroffen an, als sie endlich begriff. »Antonino Sansone?«

Er nickte. »Der Knabe wurde geboren, als seine Mutter schon elf Monate im Kerker saß.«

Die Frucht einer Vergewaltigung, dachte sie. *Das also ist Sansones Stammbaum. Er geht zurück auf das Kind einer dem Tode geweihten Frau.*

Und eines Ungeheuers.

Sie blickte sich um und betrachtete die anderen Porträts. »Ich glaube nicht, dass ich diese Bilder bei mir zu Hause aufhängen würde.«

»Sie finden es makaber.«

»Jeden Tag würden sie mich daran erinnern, wie sie gestorben sind. Sie würden mich in meinen Träumen verfolgen.«

»Sie würden sie also auf dem Dachboden verstecken? Es vermeiden, sie überhaupt anzusehen – wie Sie es auch vermeiden, über Ihre Mutter nachzudenken?«

Sie verspannte sich unwillkürlich. »Ich habe keinen Grund, über sie nachzudenken. Sie spielt keine Rolle in meinem Leben.«

»Doch, das tut sie. Und Sie *denken* über sie nach, habe ich recht? Sie können es gar nicht vermeiden.«

»Aber ich hänge mir ganz bestimmt kein Bild von ihr im Wohnzimmer auf.« Sie stellte ihr Weinglas auf den Tisch. »Das ist eine bizarre Art von Ahnenkult, die Sie da betreiben. Den Folterknecht der Familie im Salon zur Schau zu stellen wie eine Art Ikone, wie jemand, auf den Sie stolz sind. Und hier im Esszimmer haben Sie eine Galerie seiner Opfer eingerichtet. All die Gesichter, die Sie anstarren, wie eine Trophäensammlung. So, wie ein ...«

Wie ein Jäger sie aufhängen würde.

Sie schwieg und starrte auf ihr leeres Glas, und ihr wurde plötzlich bewusst, wie still es in diesem Haus war. Die Tafel war für fünf Personen gedeckt, und doch war sie der einzige Gast, der bislang erschienen war – vielleicht der einzige Gast, der tatsächlich eingeladen worden war.

Sie zuckte zusammen, als er nach ihrem Glas griff und dabei ihren Arm streifte. Er wandte sich ab, um ihr nachzuschenken, und sie starrte seinen Rücken an, sah die Muskeln, die sich unter dem schwarzen Rollkragenpullover abzeichneten. Dann drehte er sich zu ihr um und hielt ihr das Weinglas hin. Sie nahm es, trank aber nicht, obwohl ihre Kehle plötzlich wie ausgetrocknet war.

»Wissen Sie, warum diese Porträts hier hängen?«, fragte er leise.

»Ich finde es einfach nur ... sonderbar.«

»Ich bin mit ihnen aufgewachsen. Sie hingen im Haus meines Vaters, und im Haus *seines* Vaters. Auch das Porträt von Antonino, allerdings immer in einem eigenen Zimmer. Immer an einem Ehrenplatz.«

»Wie ein Altar.«

»Wenn Sie so wollen.«

»Sie halten diesen Mann in Ehren? Diesen Folterer?«

»Wir halten die Erinnerung an ihn lebendig. Wir gestatten uns nie zu vergessen, wer – und was – er war.«

»Warum?«

»Weil das unsere Verantwortung ist. Eine heilige Pflicht, die die Sansones vor vielen Generationen auf sich genommen haben, beginnend mit Isabellas Sohn.«

»Dem Kind, das im Gefängnis zur Welt kam.«

Er nickte. »Als Vittorio das Mannesalter erreichte, war Monsignore Sansone bereits tot. Doch sein Ruf als Ungeheuer hatte sich verbreitet, und der Name Sansone war längst kein Vorteil mehr, sondern vielmehr ein Fluch. Vittorio hätte vor seinem eigenen Namen davonlaufen, seine eigene Abkunft verleugnen können. Doch er tat das genaue Gegenteil. Er nahm den Namen Sansone bereitwillig an, und auch die Belastung, die er bedeutete.«

»Sie sprachen von einer heiligen Pflicht. Worin bestand diese Pflicht?«

»Vittorio legte ein Gelübde ab, Sühne zu leisten für die Taten seines Vaters. Wenn Sie sich unser Familienwappen anschauen, werden Sie dort die Worte lesen: *Sed libera nos a malo.*«

Latein. Sie sah ihn stirnrunzelnd an. »Sondern erlöse uns von dem Bösen.«

»Richtig.«

»Und was genau wird von den Sansones erwartet?«

»Den Teufel zu jagen, Dr. Isles. Das ist es, was wir tun.«

Sie zögerte einen Moment, ehe sie antwortete. *Das kann unmöglich sein Ernst sein*, dachte sie, doch seine Miene war vollkommen unbewegt.

»Sie meinen das natürlich im übertragenen Sinn«, sagte sie schließlich.

»Ich weiß, Sie glauben nicht, dass er tatsächlich existiert.«

»Satan?« Sie musste unwillkürlich lachen.

»Die Menschen haben kein Problem damit, an die Existenz Gottes zu glauben«, sagte er.

»Deswegen spricht man ja auch von *glauben*. Es bedarf keines Beweises, weil es keinen gibt.«

»Wer an das Licht glaubt, muss auch an die Dunkelheit glauben.«

»Aber Sie sprechen von einem übernatürlichen Wesen.«

»Ich spreche von dem Bösen in seiner reinsten, unverfälschtesten Form. Manifestiert in der Gestalt von realen Wesen aus Fleisch und Blut, die mitten unter uns sind. Hier geht es nicht um den Totschlag im Affekt, um den eifersüchtigen Ehemann, der die Kontrolle verliert, oder den verängstigten Soldaten, der einen unbewaffneten Feind niedermäht. Ich spreche von etwas ganz anderem. Von Wesen, die wie Menschen aussehen, aber nichts Menschliches an sich haben.«

»Dämonen?«

»Wenn Sie sie so nennen möchten.«

»Und Sie glauben wirklich, dass sie existieren, diese Ungeheuer oder Dämonen oder wie immer Sie sie nennen mögen?«

»Ich glaube es nicht, ich weiß es«, antwortete er leise.

Das Läuten der Türklingel ließ sie zusammenfahren. Sie blickte in Richtung Salon, doch Sansone machte keine Anstalten, zur Tür zu gehen. Sie hörte Schritte, und dann die Stimme des Butlers aus der Diele.

»Guten Abend, Mrs. Felway. Darf ich Ihnen den Mantel abnehmen?«

»Ich habe mich ein bisschen verspätet, Jeremy. Tut mir leid.«

»Mr. Stark und Dr. O'Donnell sind auch noch nicht eingetroffen.«

»Noch nicht? Na, dann bin ich ja beruhigt.«

»Mr. Sansone und Dr. Isles sind im Speisezimmer; vielleicht möchten Sie mit ihnen einen Aperitif nehmen.«

»O ja, einen Drink könnte ich jetzt wirklich gebrauchen.«

Die Frau, die zu ihnen ins Zimmer gerauscht kam, war so groß wie ein Mann und sah auch so aus, als könne sie sich mit jedem Mann messen. Ihre breiten Schultern wurden durch einen Tweedblazer mit ledernen Schulterstücken noch zusätzlich betont. Obwohl ihr Haar von Silberfäden durchzogen war, bewegte sie sich mit jugendlicher Energie und strahlte Selbstsicherheit und Autorität aus. Ohne zu zögern hielt sie direkt auf Maura zu.

»Sie müssen Dr. Isles sein«, sagte sie und begrüßte Maura mit einem nüchternen Handschlag. »Edwina Felway.«

Sansone drückte der Frau ein Glas Wein in die Hand. »Wie sind die Straßen da draußen, Winnie?«

»Tückisch.« Sie nahm einen Schluck. »Ich bin überrascht, dass Ollie noch nicht hier ist.«

»Es ist ja gerade erst acht Uhr. Er kommt mit Joyce.«

Edwinas Augen waren auf Maura gerichtet. Ihr Blick war direkt, beinahe aufdringlich. »Hat die Polizei in dem Fall schon irgendwelche Fortschritte gemacht?«

»Darüber haben wir nicht gesprochen«, erwiderte Sansone.

»Nicht? Aber das ist es doch, was uns alle beschäftigt.«

»Ich kann nicht darüber sprechen«, sagte Maura. »Sie verstehen sicher, wieso.«

Edwina sah Sansone an. »Sie meinen, sie hat noch nicht eingewilligt?«

»Worin eingewilligt?«, fragte Maura.

»Unserer Gruppe beizutreten, Dr. Isles.«

»Winnie, Sie sind ein bisschen voreilig. Ich habe ihr noch nicht im Einzelnen erklärt ...«

»Die Mephisto-Stiftung?«, fragte Maura. »Ist es das, wovon Sie reden?«

Eine Weile schwiegen alle. Im Nebenzimmer begann ein Telefon zu läuten.

Edwina lachte plötzlich auf. »Sie ist Ihnen einen Schritt voraus, Anthony.«

»Woher wissen Sie von der Stiftung?«, fragte er und sah Maura an. Dann seufzte er resigniert. »Detective Rizzoli – natürlich. Wie ich höre, hat sie viele Fragen gestellt.«

»Sie wird dafür bezahlt, dass sie Fragen stellt«, sagte Maura.

»Hat sie sich nun endlich davon überzeugt, dass wir nicht zum Kreis der Verdächtigen gehören?«

»Sie mag nun einmal keine Geheimniskrämerei. Und Ihre Gruppe ist sehr geheimnisvoll.«

»Und deshalb haben Sie meine Einladung für heute Abend angenommen. Um herauszufinden, wer wir sind.«

»Ich glaube, ich habe es herausgefunden«, entgegnete Maura. »Und ich glaube, ich habe genug gehört, um eine Entscheidung zu treffen.« Sie stellte ihr Glas ab. »Ich interessiere mich nicht für Metaphysik. Ich weiß, dass es das Böse in der Welt gibt und dass es schon immer existiert hat. Aber man muss nicht an Satan oder Dämonen glauben, um es zu erklären. Der Mensch ist sehr wohl von sich aus zum Bösen fähig.«

»Sie sind nicht im Geringsten daran interessiert, der Stiftung beizutreten?«, fragte Edwina.

»Ich würde nicht wirklich dazugehören. Und ich glaube, ich sollte jetzt gehen.« Sie wandte sich um und sah Jeremy in der Tür stehen.

»Mr. Sansone?« Der Butler hielt ein schnurloses Telefon in der Hand. »Mr. Stark hat gerade angerufen. Er ist äußerst besorgt.«

»Weswegen?«

»Dr. O'Donnell sollte ihn abholen, aber sie ist noch nicht aufgetaucht.«

»Wann hätte sie bei ihm sein sollen?«

»Vor einer Dreiviertelstunde. Er hat versucht, sie anzurufen, aber sie ist weder zu Hause noch auf ihrem Handy zu erreichen.«

»Lassen Sie mich mal versuchen.« Sansone nahm das Telefon und wählte, trommelte mit den Fingern auf den Tisch, während er wartete. Er unterbrach die Verbindung, wählte wieder, und das Trommeln wurde nervöser. Niemand im Raum sprach ein Wort; sie alle beobachteten ihn, lauschten dem schneller werdenden Stakkato seiner Finger. An dem Abend, als Eve Kassowitz gestorben war, hatten diese Leute hier in diesem Zimmer gesessen und nicht geahnt, dass der Tod direkt vor ihrer Tür zugeschlagen hatte. Dass er den Weg in ihren Garten gefunden und merkwürdige Symbole an ihrer Tür hinterlassen hatte. Dieses Haus war gezeichnet worden.

Vielleicht waren die Menschen darin auch gezeichnet.

Sansone legte auf.

»Sollten Sie nicht die Polizei anrufen?«, fragte Maura.

»Ach, Joyce hat es vielleicht nur vergessen«, meinte Edwina. »Es scheint mir ein bisschen voreilig, gleich die Polizei einzuschalten.«

»Möchten Sie, dass ich Sie zu Dr. O'Donnells Haus fahre, damit Sie nach dem Rechten sehen können?«, fragte Jeremy.

Sansone starrte einen Moment lang das Telefon an. »Nein«, sagte er schließlich. »Ich fahre selbst. Es ist mir lieber, wenn Sie hierbleiben, für den Fall, dass Joyce anruft.«

Maura folgte ihm in den Salon, wo er sich seinen Mantel aus der Garderobe schnappte. Auch sie zog ihren Mantel an.

»Bleiben Sie doch bitte und essen Sie mit uns«, sagte er, während er nach seinem Autoschlüssel griff. »Sie müssen doch nicht so überstürzt nach Hause fahren.«

»Ich fahre nicht nach Hause«, sagte sie. »Ich komme mit Ihnen.«

22

Die Außenbeleuchtung an Joyce O'Donnells Haus brannte, doch niemand öffnete ihnen die Tür.

Sansone versuchte, den Knauf zu drehen. »Sie ist verschlossen«, sagte er und zog sein Handy heraus. »Ich versuche noch mal, sie anzurufen.«

Während er wählte, trat Maura ein paar Schritte zurück und blickte vom Gehsteig zu O'Donnells Haus auf, zu einem Fenster im ersten Stock, aus dem ein warmer Lichtschein in die abendliche Dunkelheit drang. Ganz leise hörte sie im Inneren ein Telefon klingeln. Dann war es wieder still.

Sansone unterbrach die Verbindung. »Ihr Anrufbeantworter hat sich eingeschaltet.«

»Ich glaube, es wird Zeit, dass wir Rizzoli anrufen.«

»Noch nicht.« Er holte eine Taschenlampe hervor und schlug den geräumten Weg ein, der um das Haus herumführte.

»Wo wollen Sie hin?«

Er ging weiter Richtung Einfahrt, und sein schwarzer Mantel verschmolz mit der Dunkelheit. Der Strahl seiner Taschenlampe glitt über die Steinplatten und verschwand um die Hausecke.

Sie stand allein im Vorgarten und lauschte dem Rascheln der toten Blätter an den Zweigen über sich. »Sansone?«, rief sie. Er gab keine Antwort. Sie hörte nur das Pochen ihres eigenen Herzens. Schließlich folgte sie ihm um die Hausecke und blieb in der leeren Einfahrt stehen, wo das dunkle Rechteck der Garage vor ihr aufragte. Wieder wollte sie seinen Namen rufen, doch irgendetwas ließ sie verstummen – das unheimliche Gefühl, dass sie nicht allein war, dass jemand sie beobachtete, ihr auf Schritt und Tritt folgte. Sie fuhr herum, suchte mit einem raschen Blick die Straße ab – und sah nur einen Fetzen Papier, der vom Wind getrieben über die Straße flatterte wie ein unsteter Geist.

Eine Hand schloss sich um ihren Arm.

Ihr stockte der Atem, und sie prallte taumelnd zurück. Dann erkannte sie Sansone, der lautlos hinter ihr aufgetaucht war.

»Ihr Wagen steht noch in der Garage«, sagte er.

»Und wo ist sie dann?«

»Ich gehe mal ums Haus herum.«

Diesmal ließ sie ihn nicht aus den Augen, sondern blieb ihm dicht auf den Fersen, als er durch den tiefen, unberührten Schnee entlang der Garage stapfte. Als sie die Hintertür erreichten, waren Mauras Hosenbeine durchnässt, ihre Füße eiskalt von geschmolzenem Schnee, der in ihre Stiefel geronnen war. Der Strahl von Sansones Taschenlampe glitt zuckend über Sträucher und Gartenstühle, alle mit einer samtigen weißen Decke überzogen. Keine Fußabdrücke, kein aufgewühlter Schnee. Der Garten war von einer Mauer eingeschlossen, an der sich Kletterpflanzen emporrankten – ein abgeschiedener Ort, vollkommen abgeschottet von den Nachbarn. Und sie war hier allein – mit einem Mann, den sie kaum kannte.

Doch er beachtete sie gar nicht. Seine Aufmerksamkeit galt der Küchentür, die er vergeblich zu öffnen versuchte. Einen Moment lang starrte er den Türgriff an und überlegte, was er als Nächstes tun sollte. Dann sah er Maura an.

»Haben Sie Detective Rizzolis Nummer?«, fragte er. »Rufen Sie sie an.«

Maura zog ihr Handy aus der Tasche und trat ans Küchenfenster, um besser sehen zu können. Sie wollte gerade wählen, als ihr Blick plötzlich auf die Spüle fiel, die sich direkt hinter dem Fenster befand.

»Sansone«, flüsterte sie.

»Was?«

»Da ist Blut – um den Abfluss herum.«

Er sah nur kurz hin, und was er dann tat, schockierte sie.

Er packte einen der Gartenstühle und schleuderte ihn in das Fenster. Die Scheibe zerbrach, und ein Regen von Glassplittern prasselte in die Küche. Er kletterte hinein, und Sekunden später flog die Tür auf.

»Auf dem Boden ist auch Blut«, sagte er.

Sie starrte noch die roten Flecken auf den cremefarbenen Fliesen an, während er bereits aus der Küche stürmte. Sein schwarzer Mantel flatterte hinter ihm her wie ein Cape. Er war so schnell, dass er schon im Obergeschoss angelangt war, als sie gerade den Fuß der Treppe erreichte. Sie sah noch mehr Blut, verschmierte Streifen auf den Stufen aus Eichenholz und an der Fußleiste, wie von einem blutenden Arm, der an der Wand entlanggeschleift war, als der Körper die Treppe hinaufgeschleppt wurde.

»*Maura!*«, rief Sansone.

Sie rannte die Treppe hoch, erreichte den oberen Absatz und sah noch mehr Blut: zwei glitzernde Bänder, wie Spuren von Skiern, die sich den Flur entlangzogen. Und dann hörte sie das Geräusch, wie das Gurgeln und Glucksen von Wasser in einem Schnorchel. Noch bevor sie das Schlafzimmer betrat, wusste sie, was sie dort erwartete: keine Leiche, sondern ein Opfer, das verzweifelt mit dem Tod rang.

Joyce O'Donnell lag auf dem Rücken am Boden, die Augen in panischer Todesangst geweitet. Eine rote Fontäne spritzte aus ihrem Hals hervor. Sie atmete pfeifend ein, das Blut blubberte in ihren Lungen, und sie hustete. Eine Gischt leuchtend roter Tröpfchen sprühte aus ihrer Kehle und spritzte Sansone, der sich über sie gebeugt hatte, ins Gesicht.

»Ich übernehme! Rufen Sie den Notarzt!«, befahl Maura, während sie auf die Knie fiel und die bloßen Finger auf die klaffende Wunde presste. Sie war es gewohnt, tote Körper zu berühren, nicht lebende, und das Blut, das über ihre Hände rann, war schockierend warm. *Atemwege, Beatmung, Kreislauf,* dachte sie. Die wichtigsten lebensrettenden Maßnahmen. Aber mit einem einzigen brutalen Schnitt durch die Kehle hatte der Täter alle drei entscheidend beeinträchtigt.

Ich bin Ärztin, aber es gibt so wenig, was ich für sie tun kann.

Sansone hatte inzwischen telefoniert. »Der Rettungswagen ist unterwegs. Was kann ich tun?«

»Holen Sie mir ein paar Handtücher. Ich muss die Blutung stoppen!«

O'Donnells Finger schlossen sich plötzlich um Mauras Handgelenk, packten es mit der ganzen Kraft der Panik. Ihre Haut war so glitschig vom Blut, dass Mauras Finger von der Wunde glitten und eine neue Fontäne hervorspritzte. Wieder der pfeifende Atem, wieder ein Hustenanfall, und Blut sprühte aus der verletzten Luftröhre. O'Donnell drohte zu ertrinken – mit jedem Atemzug inhalierte sie ihr eigenes Blut. Es gurgelte in ihrer Luftröhre, schäumte in den Lungenbläschen. Maura hatte die sezierten Lungen von Opfern untersucht, deren Kehle durchschnitten worden war; sie kannte die Mechanismen des Todes.

Jetzt passiert es vor meinen Augen, und ich kann absolut nichts tun, um es aufzuhalten.

Sansone kam mit den Tüchern ins Schlafzimmer zurückgeeilt, und Maura presste einen zusammengeknüllten Waschlappen auf O'Donnells Hals. Wie durch Zauberhand färbte der weiße Frotteestoff sich rot. Die Verletzte packte Mauras Handgelenk noch fester. Ihre Lippen bewegten sich, doch sie brachte kein Wort hervor, nur ein Röcheln, als die Luft durch das schäumende Blut gepresst wurde.

»Es ist okay, es ist alles okay«, sagte Maura. »Der Rettungswagen ist jeden Moment hier.«

O'Donnell begann zu zittern, ihre Gliedmaßen bebten, als würden sie von einem Krampf geschüttelt. *Sieht sie es an meinen Augen? Dass ich weiß, dass sie stirbt?*

Maura hob den Kopf, als sie das ferne Heulen eine Sirene vernahm.

»Da sind sie«, sagte Sansone.

»Die Haustür ist verschlossen!«

»Ich gehe und mache ihnen auf.« Er sprang auf, und gleich

darauf hörte sie ihn die Treppe zum Erdgeschoss hinunterpoltern.

O'Donnells Augen waren immer noch wach und starrten sie an. Ihre Lippen bewegten sich jetzt schneller, und ihre Finger krallten sich krampfhaft zusammen. Das Heulen der Sirene kam näher, doch hier in diesem Zimmer war das einzige Geräusch der gurgelnde Atem der sterbenden Frau.

»Sehen Sie mich an, Joyce!«, beschwor Maura sie. »Ich weiß, dass Sie durchhalten können!«

O'Donnell zerrte voller Panik an Mauras Handgelenk, mit ruckartigen Bewegungen, die Mauras Hand von der Wunde zu reißen drohten. Mit jedem Atemzug sprühten Wolken von feinen Blutstropfen aus ihrem Mund. Ihre Augen weiteten sich, als könne sie sehen, wie der dunkle Abgrund sich vor ihr auftat. *Nein*, las Maura auf ihren Lippen. *Nein.*

In diesem Moment wurde Maura klar, dass die Frau nicht länger sie anblickte, sondern irgendetwas *hinter* ihr. Erst jetzt hörte sie das Knarren der Dielen.

Ihr Mörder hat das Haus gar nicht verlassen. Er ist immer noch hier. In diesem Zimmer.

Sie drehte sich genau in dem Moment um, als der Schlag auf sie niedersauste. Wie die Schwingen einer Fledermaus senkte die Dunkelheit sich auf sie herab, und sie sackte zusammen. Sie schlug mit dem Gesicht hart auf dem Boden auf und blieb benommen liegen. Ihr war schwarz vor Augen, doch in den vibrierenden Holzdielen konnte sie die Schritte des Flüchtenden spüren wie den Herzschlag des Hauses selbst, der an ihrer Wange pulsierte. Ein pochender Schmerz breitete sich in ihrem Schädel aus und wuchs zu einem steten Hämmern an, als würden schwere Nägel in ihren Kopf getrieben.

Sie hörte nicht, wie Joyce O'Donnell ihren letzten Atemzug tat.

Eine Hand packte sie an der Schulter. In jäher Panik schlug sie um sich, entschlossen, um ihr Leben zu kämpfen, und schlug blindlings auf den Angreifer ein.

»Maura, hören Sie auf. Maura!«

Er hatte ihre Hände gepackt, und sie wehrte sich nur noch schwach. Dann hob sich der Schleier vor ihren Augen, und sie erkannte Sansone, der sie anstarrte. Sie hörte andere Stimmen und sah aus dem Augenwinkel das metallische Blitzen einer Krankentrage. Als sie den Kopf drehte, erblickte sie zwei Sanitäter, die sich über Joyce O'Donnells Körper beugten.

»Ich kriege keinen Puls. Keine Atembewegungen.«

»Infusion läuft im Schuss.«

»Mein Gott, sieh nur – das viele Blut!«

»Wie geht's der anderen Lady?« Der Sanitäter sah Maura an.

»Ihr scheint nichts zu fehlen«, erwiderte Sansone. »Ich glaube, sie ist nur ohnmächtig geworden.«

»Nein«, flüsterte Maura. Sie packte seinen Arm. »Er war hier.«

»Was?«

»Er war eben noch *hier*. In diesem Zimmer!«

Plötzlich begriff er, was sie da sagte. Mit entsetzter Miene prallte er zurück und sprang auf.

»Nein – warten Sie auf die Polizei!«

Doch Sansone war schon zur Tür hinausgestürzt.

Sie setzte sich mühsam auf und schwankte benommen. Die Konturen verschwammen vor ihren Augen, und der Nebel drohte sich abermals herabzusenken. Als das Zimmer endlich wieder hell wurde, sah sie die zwei Sanitäter in Joyce O'Donnells Blut knien, inmitten von Instrumenten und weggeworfenen Verpackungen. Über das Oszilloskop flimmerte ein EKG.

Die Linie war flach.

Jane stieg zu Maura auf den Rücksitz des Streifenwagens und zog die Tür zu. Der Schwall kalter Luft, der für einen kurzen Moment hereinwehte, schien alle Wärme aus dem Innenraum zu verdrängen, und Maura begann wieder zu zittern.

»Bist du sicher, dass dir nichts fehlt?«, fragte Jane. »Vielleicht sollten wir dich lieber ins Krankenhaus fahren.«

»Ich will nach Hause«, entgegnete Maura. »Kann ich jetzt nicht endlich nach Hause?«

»Erinnerst du dich noch an irgendetwas? Irgendwelche Details, die dir inzwischen noch eingefallen sind?«

»Ich sagte doch schon, dass ich sein Gesicht nicht gesehen habe.«

»Nur seine schwarzen Kleider.«

»Ein schwarzes *Etwas*.«

»Ein Etwas? Reden wir hier von einem Menschen oder von einem Fabelwesen?«

»Es ging alles so schnell.«

»Anthony Sansone trägt Schwarz.«

»Er war es nicht. Er hatte das Zimmer verlassen, um die Sanitäter ins Haus zu lassen.«

»Ja, das hat er uns auch erzählt.«

Die Konturen von Janes Gesicht zeichneten sich im Lichtschein der Streifenwagen ab, die auf der anderen Straßenseite parkten. Der übliche Konvoi von Einsatzfahrzeugen war eingetroffen, und zwischen Pflöcken, die in den Rasen vor dem Haus getrieben worden waren, spannte sich das Absperrband. Maura saß nun schon so lange in diesem Wagen, dass das Blut auf ihrem Mantel getrocknet war und der verkrustete Stoff sich anfühlte wie Pergament. Sie würde den Mantel wegwerfen müssen – sie konnte sich nicht vorstellen, ihn je wieder zu tragen.

Ihr Blick ging zum Haus, wo jetzt alle Lichter brannten. »Die Türen waren verschlossen, als wir hier ankamen. Wie ist er hineingekommen?«

»Es gibt keine Anzeichen für einen Einbruch. Nur dieses eingeschlagene Küchenfenster.«

»Wir mussten es einschlagen. Wir hatten das Blut im Spülbecken entdeckt.«

»Und Sansone war die ganze Zeit bei dir?«

»Wir waren den ganzen Abend zusammen, Jane.«

»Außer als er den Täter verfolgte. Er behauptet, er habe draußen niemanden gesehen. Und er hat den Schnee gründlich zertrampelt, als er bei seiner Suche um das Haus herumlief. Falls es irgendwelche brauchbaren Fußspuren gab, hat er sie alle verwischt.«

»Er gehört in diesem Fall nicht zu den Verdächtigen.«

»Das behaupte ich ja auch nicht.«

Maura hielt inne; sie dachte an das, was Jane vorhin gesagt hatte: *Keine Anzeichen für einen Einbruch.* »Joyce O'Donnell hat ihn hereingelassen.« Sie sah Jane an. »Sie hat den Mörder selbst in ihr Haus gelassen.«

»Oder sie hatte vergessen, die Haustür abzuschließen.«

»Das hätte sie niemals vergessen. Sie war ja nicht dumm.«

»Allzu vorsichtig war sie aber auch nicht. Wer sich mit Monstern abgibt, kann nie wissen, ob sie ihm nicht irgendwann nach Hause folgen. Diese Morde hatten alle mit ihr zu tun, Maura. Beim ersten lenkt er ihre Aufmerksamkeit auf sich, indem er sie anruft. Der zweite geschieht direkt hinter dem Haus, in dem sie gerade beim Essen sitzt. All das gipfelte in dieser Tat. Dem Hauptereignis.«

»Wieso hätte sie ihn in ihr Haus lassen sollen?«

»Vielleicht, weil sie glaubte, sie hätte ihn unter Kontrolle. Denk doch nur an die vielen Gefängnisse, die sie besucht hat, an die vielen Täter vom Schlage eines Warren Hoyt oder einer Amalthea Lank, die sie interviewt hat. Zu allen hatte sie ein enges persönliches Verhältnis aufgebaut.«

Bei der Erwähnung ihrer Mutter zuckte Maura zusammen, sagte aber nichts.

»Sie war wie diese Löwendompteure im Zirkus. Du arbeitest jeden Tag mit den Viechern, und du denkst, du hast sie im Griff. Du erwartest, dass sie jedes Mal kuschen und springen wie brave Kätzchen, wenn du mit der Peitsche knallst. Vielleicht glaubst du sogar, dass sie dich lieben. Und dann kehrst du ihnen eines Tages den Rücken zu, und sie beißen dir das Genick durch.«

»Ich weiß, du hast sie nie leiden können«, sagte Maura.

»Aber wenn du dabei gewesen wärst, wenn du mit angesehen hättest, wie sie starb«, sie sah Jane in die Augen, »dann hättest du gesehen, dass sie panische Angst hatte.«

»Nur weil sie tot ist, werde ich nicht plötzlich anfangen, sie zu mögen. Sie ist jetzt ein Mordopfer, also bin ich ihr meinen vollen Einsatz schuldig. Aber ich kann mich des Gedankens nicht erwehren, dass sie sich das alles selbst eingebrockt hat.«

Jemand klopfte von außen an die Scheibe, und Jane ließ das Fenster herunter. Ein Polizist spähte herein und sagte: »Mr. Sansone will wissen, ob Sie mit seiner Vernehmung fertig sind.«

»Nein, sind wir nicht. Sagen Sie ihm, er soll warten.«

»Und der Rechtsmediziner packt schon seine Sachen zusammen. Haben Sie noch irgendwelche Fragen an ihn?«

»Wenn mir noch was einfällt, rufe ich ihn an.«

Durch das Fenster sah Maura ihren Kollegen Dr. Abe Bristol aus dem Haus kommen. Abe würde bei O'Donnell die Obduktion durchführen. Falls ihn das, was er gerade im Haus gesehen hatte, erschüttert hatte, ließ er es sich nicht anmerken. Er blieb auf der Veranda stehen, knöpfte in aller Ruhe seinen Mantel zu und zog sich warme Handschuhe an, während er mit einem Polizisten plauderte. *Abe hat nicht mit ansehen müssen, wie sie starb*, dachte Maura. *Sein Mantel ist nicht mit ihrem Blut bespritzt.*

Jane stieß die Wagentür auf, und wieder strömte ein kalter Luftzug herein. »Komm jetzt, Maura«, sagte sie, während sie ausstieg. »Sehen wir zu, dass wir dich nach Hause bringen.«

»Mein Wagen steht noch am Beacon Hill.«

»Den kannst du später noch holen. Ich hab dir eine Mitfahrgelegenheit organisiert.« Jane drehte sich um und rief: »Pater Brophy! Sie wäre jetzt so weit.«

Erst jetzt bemerkte Maura ihn. Er hatte im Dunkeln auf der anderen Straßenseite gestanden und kam nun auf sie zu, eine hoch aufragende Gestalt, deren Gesichtszüge erst zu erkennen waren, als sie vom flackernden Schein des Blaulichts erfasst wurden. »Sind Sie sicher, dass Ihnen nichts fehlt?«, fragte er, während er ihr aus dem Wagen half. »Sie wollen nicht ins Krankenhaus?«

»Bitte fahren Sie mich einfach nur nach Hause.«

Er bot ihr seinen Arm, um sie zu stützen, doch sie nahm ihn nicht, sondern behielt die Hände in den Manteltaschen, als sie zu seinem Wagen gingen. Sie spürte die Blicke der Polizisten in ihrem Rücken. Dr. Isles und dieser Priester – schon wieder steckten die zwei zusammen. Gab es noch irgendeinen, dem es nicht aufgefallen war, der nicht gerätselt hatte, was da zwischen ihnen lief?

Da gibt es nichts zu rätseln, weil da absolut nichts läuft.

Sie ließ sich in den Beifahrersitz seines Wagens sinken und blickte starr vor sich hin, während er den Motor anließ. »Danke«, sagte sie.

»Sie wissen, dass ich das jederzeit für Sie tun würde.«

»Hat Jane Sie angerufen?«

»Ich bin froh, dass sie es getan hat. Sie brauchen heute Abend einen Freund, der Sie nach Hause bringt. Nicht irgendeinen Cop, den Sie kaum kennen.« Er fuhr vom Bordstein los, und die grellen Lichter der Einsatzfahrzeuge verschwanden hinter ihnen in der Dunkelheit. »Sie haben heute Abend Ihr Leben aufs Spiel gesetzt«, sagte er leise.

»Glauben Sie mir, das war nicht meine Absicht.«

»Sie hätten dieses Haus nicht betreten dürfen. Sie hätten die Polizei rufen sollen.«

»Könnten wir bitte über etwas anderes sprechen?«

»Gibt es überhaupt noch irgendetwas, worüber wir reden können, Maura? Oder wird es von jetzt an immer so sein? Dass Sie mir aus dem Weg gehen, dass Sie mich nie zurückrufen?«

Jetzt endlich sah sie ihn an. »Ich werde nicht jünger, Daniel. Ich bin einundvierzig, meine einzige Ehe war eine fürchterliche Katastrophe, und ich habe ein Talent dafür, mich auf hoffnungslose Affären einzulassen. Ich *wäre* gerne verheiratet. Ich *wäre* gerne glücklich. Ich kann es mir nicht leisten,

Zeit mit Beziehungen zu vergeuden, die keine Zukunft haben.«

»Auch wenn es um wahre Freundschaft geht, um echte Gefühle?«

»Freundschaften zerbrechen immer wieder. Genau wie Herzen.«

»Ja«, sagte er und seufzte. »Das ist wahr.« Er fuhr eine Weile schweigend weiter. Dann sagte er: »Es war nie meine Absicht, Ihnen das Herz zu brechen.«

»Das haben Sie auch nicht.«

»Aber ich habe Ihnen wehgetan. Das weiß ich.«

»Wir haben uns gegenseitig wehgetan. Es war nicht zu vermeiden.« Nach einer Pause fuhr sie verbittert fort: »Das ist es nun einmal, was Ihr allmächtiger Gott verlangt, nicht wahr?« Sie wollte ihn mit ihren Worten bewusst verletzen, und sein Schweigen verriet ihr, dass sie ins Schwarze getroffen hatte. Er sagte immer noch nichts, als sie sich ihrem Haus näherten, als er in ihre Einfahrt einbog und den Motor abstellte. Einen Moment lang saß er regungslos da, dann wandte er sich zu ihr um.

»Du hast recht«, sagte er. »Mein Gott verlangt entschieden zu viel.« Und dann zog er sie an sich.

Sie hätte sich sträuben sollen, sie hätte ihn wegstoßen und aus seinem Wagen aussteigen sollen. Aber sie tat es nicht, weil sie sich schon allzu lange nach dieser Umarmung, nach diesem Kuss gesehnt hatte. Und nach mehr, viel mehr. Es war verrückt; es konnte niemals gut gehen. Aber weder der gesunde Menschenverstand noch sein Gott standen jetzt noch zwischen ihnen.

Führe uns nicht in Versuchung. Unter Küssen gingen sie vom Wagen zu ihrer Haustür. *Erlöse uns von dem Bösen.* Hohle Worte, eine Sandburg im reißenden Strom der Gezeiten. Sie traten über die Schwelle. Maura schaltete kein Licht ein, und als sie im dämmerigen Flur standen, schien die Dunkelheit alle Geräusche zu intensivieren, ihren keuchenden Atem, das Rascheln von Stoff auf Stoff. Sie zog ihren blutbefleckten Mantel aus, und er glitt zu Boden, ein formloser schwarzer Fleck. Nur der schwache Schimmer, der von draußen durch die Fenster drang, erhellte den Flur. Kein grelles Licht, das ihr Tun beleuchtete, keine fremden Augen, die Zeugen ihres Sündenfalls wurden.

Sie ging voran in ihr Schlafzimmer. Zu ihrem Bett.

Seit einem Jahr umkreisten sie einander nun schon in diesem Tanz, waren mit jedem Schritt etwas näher an diesen Moment herangerückt. Sie kannte das Herz dieses Mannes, und er kannte ihres, doch sein Körper war der eines Fremden, den sie nie berührt, den sie nie genossen hatte. Ihre Finger strichen über seine warme Haut, folgten der geschwungenen Linie seines Rückgrats – alles unentdecktes Terrain, das sie nun begierig erkundete.

Die letzten Kleidungsstücke glitten zu Boden; die letzte Chance zur Umkehr verstrich. »Maura«, flüsterte er, während er ihren Hals, ihre Brüste mit Küssen übersäte. »Meine Maura.« Seine Worte waren innig wie ein Gebet – nicht an seinen Herrn gerichtet, sondern an sie. Sie empfand keinerlei Gewissensbisse, als sie ihn in die Arme schloss. Es war nicht *ihr* Gelübde, das gebrochen wurde, nicht *ihr* Gewissen, das leiden würde. *Diese Nacht, Gott, diesen kurzen Moment, gehört er mir*, dachte sie, und sie genoss ihren Triumph, als Daniel sich stöhnend an sie schmiegte, als sie die Beine um ihn schlang, ihn auf die Folter spannte und zugleich anspornte. *Ich habe, was du, Gott, ihm niemals geben kannst. Ich nehme ihn dir weg. Ich beanspruche ihn für mich. Ruf alle deine Dämonen zusammen, wenn du willst, es ist mir gleich.*

Und in dieser Nacht war es auch Daniel gleich.

Als ihre Körper endlich die ersehnte Erlösung fanden, brach er in ihren Armen zusammen. Lange Zeit lagen sie schweigend da. Beim schwachen Licht, das durch die Fenster drang, konnte sie das Funkeln seiner Augen sehen, die in die Dunkelheit starrten. Er schlief nicht, er dachte nach. Bedauerte er vielleicht, was sie getan hatten? Die Minuten verstrichen, bis sie es schließlich nicht länger aushielt.

»Tut es dir leid?«, fragte sie.

»Nein«, hauchte er. Seine Finger strichen über ihren Arm.

»Warum überzeugt mich das nicht?«

»Muss ich dich noch überzeugen?«

»Ich will, dass du glücklich bist. Was wir getan haben, ist natürlich. Es ist *menschlich*.« Nach einer Pause setzte sie seufzend hinzu: »Aber vielleicht ist das nur eine schwache Rechtfertigung für eine Sünde.«

»Darüber denke ich überhaupt nicht nach.«

»Worüber denkst du nach?«

Er drückte ihr einen Kuss auf die Stirn, und sie spürte seinen warmen Atem in den Haaren. »Darüber, wie es weitergeht.«

»Was wünschst du dir denn?«

»Ich will dich nicht verlieren.«

»Du musst mich auch nicht verlieren. Du hast die Wahl.«

»Die Wahl«, erwiderte er leise. »Es ist, als müsste ich zwischen Einatmen und Ausatmen wählen.« Er drehte sich auf den Rücken. Einen Moment lang schwieg er. »Ich glaube, ich habe dir schon einmal erzählt«, sagte er, »was mich dazu gebracht hat, mein Leben Gott zu weihen.«

»Du hast gesagt, dass deine Schwester todkrank war. Sie hatte Leukämie.«

»Und ich schloss einen Handel ab. Ein Abkommen mit Gott. Er hielt Wort, und Sophie lebt noch immer. Und auch ich habe mein Versprechen gehalten.«

»Du warst erst vierzehn. Da ist man noch zu jung, um sich für den Rest seines Lebens durch ein Gelübde zu binden.«

»Aber ich habe dieses Versprechen abgelegt. Und ich kann so viel Gutes tun in Seinem Namen, Maura. Es hat mich beglückt, dieses Gelübde zu erfüllen.«

»Und dann bist du mir begegnet.«

Er seufzte. »Und dann bin ich dir begegnet.«

»Du musst dich irgendwie entscheiden, Daniel.«

»Sonst wirst du wieder aus meinem Leben verschwinden, ich weiß.«

»Das will ich aber nicht.«

Er sah sie an. »Dann tu es nicht, Maura! Bitte. Die letzten Monate ohne dich waren furchtbar für mich, ich kam mir vor wie ein Verdurstender in der Wüste. Ich hatte solche Schuldgefühle, weil ich dich begehrte, und doch konnte ich an nichts anderes denken als an dich.«

»Und was wird dann aus dir, wenn ich Teil deines Lebens bleibe? Du kannst deine Kirche behalten, aber was bekomme ich dafür?« Sie starrte in die Dunkelheit hinauf. »Im Grunde hat sich nichts geändert, oder?«

»Alles hat sich geändert.« Er nahm ihre Hand. »Ich liebe dich.«

Aber nicht genug. Nicht so, wie du deinen Gott liebst.

Dennoch ließ sie sich wieder in seine Arme ziehen, erwiderte seine Küsse. Als sie sich ein zweites Mal liebten, war es keine zärtliche Vereinigung, sondern ein wildes Übereinanderherfallen, ein Aufeinanderprallen der Körper. Nicht Liebe, sondern Strafe. Heute Nacht würden sie einander benutzen. Wenn sie keine Liebe bekommen konnte, dann würde sie sich wenigstens ihre Lust nehmen. Und sie würde ihm etwas geben, was er nie vergessen würde, was ihn in seinen Träumen heimsuchen würde, in Nächten, in denen Gott ihm nicht genug war. *Das ist es, was du aufgibst, wenn du mich verlässt. Das ist das Paradies, aus dem du dich vertreiben lässt.*

Noch vor Morgengrauen ging er. Sie spürte, wie er neben ihr erwachte, wie er vorsichtig die Beine über die Bettkante schwang und sich anzukleiden begann. Natürlich – es war Sonntagmorgen, und er musste für seine Schäflein da sein.

Er beugte sich herab, um ihr Haar zu küssen. »Ich muss gehen«, flüsterte er.

»Ich weiß.«

»Ich liebe dich, Maura. Ich hätte nie gedacht, dass ich das einmal zu einer Frau sagen würde. Aber jetzt sage ich es.« Er streichelte ihre Wange, und sie wandte sich ab, damit er die Tränen nicht sah, die ihr in die Augen stiegen.

»Ich koch dir einen Kaffee«, sagte sie und wollte sich aufsetzen.

»Nein, bleib ruhig liegen. Ich finde schon hinaus.« Noch ein Kuss, dann richtete er sich auf und ging hinaus. Sie hörte ihn den Flur entlanggehen, und dann fiel die Haustür ins Schloss.

Nun war es also doch passiert. Sie war zu einem Klischee geworden. Eva mit dem Apfel. Die Versucherin, die einen Mann Gottes zur Sünde verleitet. Aber diesmal war die Schlange, die sie beide verführt hatte, nicht Satan, sondern ihre eigenen einsamen Herzen. *Sie suchen den Teufel, Mr. Sansone? Dann sehen Sie einfach nur mich an.*

Sehen Sie uns beide an.

Draußen war es inzwischen hell geworden, ein kalter, klarer Morgen. Sie warf die Bettdecke zur Seite, und der Geruch ihrer erhitzten Leiber stieg von den warmen Laken auf, der aufregende Duft der Sünde. Sie wusch ihn nicht unter der Dusche ab, sondern zog einfach einen Bademantel über, schlüpfte in ihre Pantoffeln und ging in die Küche, um Kaffee zu machen. Als sie an der Spüle stand und die Kanne füllte, fiel ihr Blick auf die mit Eiskristallen besetzten Ranken der Clematis vor dem Fenster, auf die Rhododendren, die sich mit verschrumpelten Blättern in den Schnee duckten, und sie musste gar nicht erst auf das Thermometer schauen, um zu wissen, dass die Kälte heute brutal sein würde. Sie stellte sich vor, wie die Besucher von Daniels Gottesdienst sich eng in ihre Mäntel hüllten, wenn sie aus ihren Autos ausstiegen und auf die Kirche Unserer lieben Frau vom Himmlischen Licht zugingen, wie sie der sonntäglichen Kälte trotzten, nur um der erbaulichen Worte von Pater Brophy willen. Und was würde er ihnen an diesem Morgen erzählen? Würde er seinen Schäflein gestehen, dass auch er, ihr Hirte, vom rechten Weg abgekommen war?

Sie schaltete die Kaffeemaschine ein und ging zur Haustür, um die Zeitung zu holen. Als sie ins Freie trat, war die Kälte wie ein Schock. Sie brannte in ihrem Hals, schmerzte in ihren Nasenlöchern. Sie beeilte sich, die Zeitung aufzuheben, die auf den Platten des Gartenwegs gelandet war, und machte gleich kehrt, um wieder die Verandastufen hinaufzueilen. Gerade hatte sie nach dem Türknauf gegriffen, als sie plötzlich erstarrte, den Blick auf die Tür geheftet.

Auf die Worte, die Symbole, die jemand daraufgekritzelt hatte.

Sie wirbelte herum, suchte voller Panik die Straße ab. Doch sie sah nur den vereisten Gehsteig in der Sonne glitzern, hörte nur die Stille eines Sonntagmorgens.

Sie stürzte ins Haus, schlug die Tür hinter sich zu und schob den Riegel vor. Dann rannte sie zum Telefon und rief Jane Rizzoli an.

23

»Bist du sicher, dass du in der Nacht kein Geräusch gehört hast? Keine Schritte auf der Veranda, absolut nichts Ungewöhnliches?«, fragte Jane.

Maura saß auf dem Sofa, und sie zitterte trotz ihres warmen Pullovers und der Wollhose, die sie trug. Sie hatte nicht gefrühstückt, noch nicht einmal eine Tasse Kaffee getrunken, aber sie hatte auch absolut keinen Appetit. Während der halben Stunde, die sie auf Jane und Frost gewartet hatte, war sie nicht von ihrem Wohnzimmerfenster gewichen, hatte unentwegt die Straße beobachtet, auf das kleinste Geräusch gelauscht und jedem vorbeifahrenden Auto nachgeschaut. *Der Mörder weiß, wo ich wohne. Er weiß, was letzte Nacht in meinem Schlafzimmer passiert ist.*

»Doc?«

Sie blickte auf: »Ich habe nichts gehört. Die Zeichnung war ganz einfach da, als ich heute Morgen aufwachte. Als ich vor die Tür ging, um die Morgenzeitung…« Plötzlich zuckte sie zusammen, und ihr Herz begann heftig zu pochen.

Ihr Telefon klingelte.

Frost nahm den Hörer ab. »Hier bei Dr. Isles. Detective Frost am Apparat. Es tut mir leid, Mr. Sansone, aber wir haben hier gerade ein Problem, und wenn Sie Dr. Isles sprechen wollen, ist dies nicht der geeignete Zeitpunkt. Ich sage ihr, dass Sie angerufen haben.«

Janes Blick ging zurück zu Maura. »Bist du sicher, dass diese Schriftzeichen noch nicht an deiner Haustür waren, als du gestern Abend nach Hause kamst?«

»Da habe ich sie jedenfalls nicht bemerkt.«

»Du bist durch die Haustür reingegangen?«

»Ja. Normalerweise wäre ich durch die Garage gekommen, aber mein Wagen steht noch am Beacon Hill.«

»Hat Pater Brophy dich bis zur Tür begleitet?«

»Es war dunkel, Jane. Wir hätten sowieso nichts sehen können.« *Und wir waren ganz mit uns selbst beschäftigt. Konnten es nicht erwarten, in mein Schlafzimmer zu kommen.*

»Ich seh mich mal draußen um«, sagte Frost. »Vielleicht finde ich ja irgendwelche Fußabdrücke.« Er ging zur Haustür hinaus. Obwohl er in diesem Moment um das Haus herumstapfte, drang das Geräusch seiner Schritte nicht durch die Doppelglasfenster ins Innere. Letzte Nacht hätte ein Eindringling direkt an ihrem Schlafzimmer vorbeigehen können, ohne dass sie etwas mitbekommen hätte.

»Glaubst du, dass er dir gestern Abend bis nach Hause gefolgt ist?«, fragte Jane. »Von O'Donnells Haus?«

»Ich weiß nicht. Möglich ist es. Aber ich war an allen drei Tatorten. Bei Lori-Ann Tucker, bei Eve Kassowitz. Er könnte mich an jedem dieser Abende gesehen haben.«

»Und dir nach Hause gefolgt sein.«

Sie schlang die Arme um die Brust, versuchte, das Zittern zu unterdrücken. »Mir ist nichts aufgefallen. Ich hatte zu keinem Zeitpunkt das Gefühl, beschattet zu werden.«

»Du hast doch eine Alarmanlage. War die letzte Nacht eingeschaltet?«

»Nein.«

»Warum nicht?«

»Ich – ich hab's ganz einfach vergessen.« *Ich war mit den Gedanken woanders.*

Jane setzte sich ihr gegenüber auf den Sessel. »Warum könnte er diese Symbole an deine Tür gezeichnet haben? Was glaubst du, was sie bedeuten?«

»Woher soll ich das wissen.«

»Und die Botschaft, die er hinterlassen hat – es ist die gleiche, die er in Lori-Ann Tuckers Schlafzimmer an die Wand geschrieben hat. Nur dass er diesmal auf das Latein verzichtet hat. Diesmal hat er dafür gesorgt, dass wir ganz genau verstehen, was er meint. *Ich habe gesündigt.*« Jane machte eine Pause. »Warum richtet er diese Worte ausgerechnet an dich?«

Maura schwieg.

»Glaubst du, dass sie an dich gerichtet waren?« Janes Blick war plötzlich wachsam, forschend.

Sie kennt mich zu gut, dachte Maura. *Sie merkt, dass ich ihr nicht die ganze Wahrheit sage. Oder vielleicht hat sie den Hauch der Lust auf meiner Haut gewittert. Ich hätte duschen sollen, bevor sie kamen; ich hätte Daniels Geruch abwaschen sollen.*

Abrupt stand Maura auf. »Ich kann mich nicht konzentrieren«, sagte sie. »Ich brauche eine Tasse Kaffee.« Sie wandte sich ab und ging in die Küche. Dort beschäftigte sie sich damit, Kaffee in Becher zu gießen, die Milch aus dem Kühlschrank zu nehmen. Jane war ihr in die Küche gefolgt, doch Maura wich ihrem Blick aus. Sie stellte Jane einen dampfenden Becher hin und drehte sich dann zum Fenster um, während sie an ihrem Kaffee nippte – alles, um den Moment der beschämenden Enthüllung so lange wie möglich hinauszuzögern.

»Möchtest du mir vielleicht irgendetwas sagen?«, fragte Jane.

»Ich habe dir alles gesagt. Ich bin heute Morgen aufgewacht und habe diese Schmiererei an meiner Tür gefunden. Ich weiß nicht, was ich dir sonst noch erzählen soll.«

»Nachdem wir uns vor O'Donnells Haus verabschiedet hatten, hat Pater Brophy dich gleich heimgefahren?«

»Ja.«

»Und du hast nicht gesehen, ob euch ein Auto gefolgt ist?«

»Nein.«

»Tja, vielleicht hat Pater Brophy ja etwas bemerkt. Ich werde ihn mal fragen, woran er sich erinnert ...«

Maura fiel ihr ins Wort. »Du musst ihn nicht fragen. Ich meine, wenn ihm gestern Abend irgendetwas aufgefallen wäre, hätte er es mir doch gesagt.«

»Trotzdem muss ich ihn selbst fragen.«

Maura drehte sich zu Jane um. »Aber heute ist doch Sonntag.«

»Ich weiß, was heute für ein Tag ist.«

»Er hat Messen zu lesen.«

Janes Blick war noch bohrender geworden, und Mauras Wangen glühten plötzlich wie Feuer.

»Was ist gestern Abend passiert?«, fragte Jane.

»Das sagte ich doch schon. Ich bin mit Pater Brophy von O'Donnells Haus direkt nach Hause gefahren.«

»Und du hast das Haus seitdem nicht mehr verlassen?«

»Nein, bis heute Morgen nicht.«

»Und Pater Brophy?«

Die Frage, so nüchtern und sachlich gestellt, ließ Maura jäh verstummen. Nach einer Weile ließ sie sich auf einen Stuhl am Küchentisch sinken, sagte aber immer noch nichts, sondern starrte nur in ihren Kaffee.

»Wie lange ist er geblieben?«, fragte Jane. Immer noch war ihre Stimme frei von jeder Gefühlsregung, immer noch war sie ganz die Polizistin. Doch Maura hörte dic unausgesprochene Missbilligung hinter der Frage, und das schlechte Gewissen schnürte ihr die Kehle zu.

»Er ist fast die ganze Nacht geblieben.«

»Bis wie viel Uhr?«

»Ich weiß nicht. Es war noch dunkel, als er ging.«

»Und was habt ihr beide die ganze Zeit gemacht?«

»Das tut nichts zur Sache.«

»Doch – und das weißt du auch. Wir reden hier darüber, was der Mörder gesehen haben könnte, als er durch deine Fenster spähte. Was ihn dazu veranlasst haben könnte, diese Worte an deine Tür zu schreiben. Hat das Licht im Wohnzimmer die ganze Nacht gebrannt? Hast du mit ihm im Wohnzimmer gesessen und geredet?«

Maura atmete schwer aus. »Nein. Das Licht … war aus.«

»Das Haus war dunkel?«

»Ja.«

»Und jemand, der draußen stand und die Fenster beobachtete, hätte annehmen müssen …«

»Du weißt ganz genau, was derjenige hätte annehmen müssen.«

»Und hätte er richtig gelegen?«

Maura sah Jane in die Augen. »Ich war ein Nervenbündel gestern Abend, Jane! Daniel war für mich da. Er ist immer für mich da gewesen. Wir hatten das nicht geplant. Es war das erste – das einzige Mal …« Sie verstummte. »Ich wollte nicht allein sein.«

Jane setzte sich ebenfalls an den Küchentisch. »Du weißt, dass das diesen Worten eine ganz neue Bedeutung verleiht. *Ich habe gesündigt.*«

»Wir haben alle gesündigt«, gab Maura prompt zurück. »Jeder und jede Einzelne von uns.«

»Ich kritisiere dich ja gar nicht, okay?«

»Doch, das tust du. Glaubst du, ich höre es nicht an deiner Stimme?«

»Wenn du ein schlechtes Gewissen hast, Maura, liegt es nicht an dem, was ich gesagt habe.«

Maura begegnete Janes unerbittlichem Blick und dachte: *Sie hat natürlich recht. Meine Schuld ist ganz allein meine Sache.*

»Wir werden mit Pater Brophy darüber sprechen müssen, das ist dir doch klar. Über das, was letzte Nacht passiert ist.«

Maura seufzte resigniert. »Wenn es schon sein muss, dann behandelt die Sache bitte wenigstens diskret.«

»Ich werde schon nicht mit einem Fernsehteam bei ihm aufkreuzen, okay?«

»Detective Frost muss nichts davon wissen.«

»Natürlich muss er es wissen. Er ist schließlich mein Partner.«

Maura ließ den Kopf in die Hände sinken. »O Gott.«

»Es ist wichtig für unsere Ermittlungen, und das weißt du auch. Wenn ich es Frost verheimlichen würde, hätte er allen Grund, sich zu beschweren.«

Ich werde also Frost in Zukunft nicht mehr in die Augen schauen können, ohne meine eigene Schuld darin gespiegelt zu sehen, dachte Maura. Sie schauderte, wenn sie an Frosts Reaktion dachte. Der gute Ruf eines Menschen war ein so zerbrechliches Ding – ein kleiner Riss genügte, und alles lag in Scherben. Zwei Jahre lang hatten sie in ihr die Königin der Toten gesehen, die unerschütterliche Rechtsmedizinerin, die auch dann nicht mit der Wimper zuckte, wenn es sogar den hartgesottensten Ermittlern schon den Magen umdrehte. Jetzt würden sie nur noch ihre Schwächen sehen, die Verfehlungen einer einsamen Frau.

Auf der Veranda waren stampfende Schritte zu hören. Es war Frost, der ins Haus zurückkam. Sie wollte nicht zugegen sein, wenn er die skandalöse Wahrheit erfuhr. Der hochanständige und ein wenig verklemmte Barry Frost würde schockiert sein, wenn er hörte, wer in ihrem Bett geschlafen hatte.

Aber er war nicht der Einzige, der gerade das Haus betreten hatte. Maura hörte Stimmen, die sich unterhielten, und als sie aufblickte, sah sie zu ihrer Überraschung Anthony Sansone in dic Küchc platzen, gefolgt von Frost.

»Wie geht es Ihnen?«, fragte Sansone sie.

»Das ist nicht gerade der günstigste Zeitpunkt für einen Besuch, Mr. Sansone«, sagte Jane. »Würde es Ihnen etwas ausmachen, wieder zu gehen?«

Er ignorierte Jane und hielt den Blick auf Maura gerichtet. Heute war er nicht schwarz gekleidet, sondern grau in grau. Eine Tweedjacke über einem aschfarbenen Hemd. So ganz anders als Daniel, dachte Maura. Dieser Mann ist mir ein Rätsel, und er bereitet mir Unbehagen.

»Ich habe gerade die Zeichnung an Ihrer Tür gesehen«, sagte er. »Wann ist das passiert?«

»Ich weiß es nicht«, antwortete sie. »Irgendwann letzte Nacht.«

»Ich hätte Sie selbst nach Hause fahren sollen.«

Jane schaltete sich ein. »Ich denke, Sie sollten jetzt wirklich gehen.«

»Moment«, sagte Frost. »Du solltest dir unbedingt anhören, was er über diese Sachen da draußen an der Tür zu sagen hat. Was sie möglicherweise bedeuten.«

»*Ich habe gesündigt?* Das ist ja wohl ziemlich offensichtlich, was das bedeutet.«

»Nicht die Worte«, sagte Sansone. »Die Symbole darunter.«

»Wir wissen schon Bescheid über das allsehende Auge. Ihr Freund Oliver Stark hat es uns erklärt.«

»Er hat sich vielleicht geirrt.«

»Sie sind nicht der Meinung, dass es sich um das Horus-Auge handelt?«

»Ich glaube, es könnte für etwas ganz anderes stehen.« Er sah Maura an. »Kommen Sie mit nach draußen, dann erkläre ich es Ihnen.«

Maura war nicht erpicht darauf, diese anklagenden Worte an ihrer Tür noch einmal zu sehen, doch er sprach mit solcher Eindringlichkeit, dass sie sich gezwungen sah, ihm zu folgen. Sie trat hinaus auf die Veranda, hielt inne und kniff die Augen zusammen, als die grelle Sonne sie blendete. Es war so ein herrlicher Sonntagmorgen, an dem man gerne noch etwas länger beim Kaffee verweilte und die Zeitung studierte. Stattdessen musste sie Angst haben, allein in ihrem Haus zu sitzen, und ihr graute vor dem Anblick ihrer eigenen Haustür.

Sie holte tief Luft und drehte sich um, stellte sich dem Anblick dieser Worte, geschrieben mit Ocker, der die Farbe getrockneten Blutes hatte. *Ich habe gesündigt*, schrien sie ihr entgegen; ein Vorwurf, angesichts dessen sie am liebsten vor Scham im Boden versunken wäre.

Aber es waren nicht die Worte, auf die Sansone sich konzentrierte. Er deutete auf die zwei Symbole, die daruntergezeichnet waren. Das größere hatte sie schon einmal gesehen – an seiner Hintertür.

»Das sieht für mich haargenau wie das allsehende Auge aus«, meinte Jane.

»Aber schauen Sie sich dieses andere Symbol an«, sagte Sansone und zeigte auf eine Figur, die ziemlich weit unten an die Tür gezeichnet war. Sie war so klein, dass man fast meinen konnte, sie sei nachträglich hinzugefügt worden. »Mit Ocker gezeichnet, wie an den anderen Tatorten.«

»Woher wissen Sie das mit dem Ocker?«, fragte Jane.

»Meine Kollegen müssen das sehen. Um zu bestätigen, was es meiner Ansicht nach darstellt.« Er zog sein Handy aus der Tasche.

»Moment mal«, bremste ihn Jane. »Das hier ist keine öffentliche Ausstellung.«

»Wissen *Sie* dieses Symbol zu deuten, Detective? Haben Sie irgendeine Vorstellung, was es bedeuten könnte? Wenn Sie diesen Mörder fassen wollen, müssen Sie verstehen, wie er denkt. In welchen Symbolen.«

Maura sank in die Hocke, um die Zeichnung genauer in Augenschein nehmen zu können. Sie sah gekrümmte Hörner, einen dreieckigen Kopf und Schlitzaugen. »Sieht aus wie eine Ziege«, sagte sie. »Aber was hat das zu bedeuten?« Sie blickte zu Sansone auf. Seine hoch aufragende Gestalt zeichnete sich gegen die helle Morgensonne ab, dunkel und gesichtslos.

»Diese Zeichnung stellt Azazel dar«, sagte er. »Es ist ein Symbol der Wächter.«

»Azazel war der Anführer der Se'irim«, erklärte Oliver Stark. »Das waren Dämonen in Bocksgestalt, die in der Wüste hausten, lange vor Moses, vor den Pharaonen. In der Zeit von Lilith.«

»Wer ist denn Lilith?«, fragte Frost.

Edwina Felway sah ihn verblüfft an. »Sie kennen Lilith nicht?«

Frost hob verlegen die Schultern. »Ich bin nicht besonders bibelfest, muss ich zugeben.«

»Oh, in der Bibel werden Sie Lilith nicht finden«, sagte Edwina. »Aus der christlichen Lehre ist sie längst verbannt;

allerdings hat sie ihren Platz in den hebräischen Legenden. Sie war Adams erste Frau.«

»Adam hatte noch eine Frau?«

»Ja, vor Eva.« Edwina lächelte, als sie sein erstauntes Gesicht sah. »Haben Sie etwa geglaubt, dass die Bibel die ganze Geschichte erzählt?«

Sie saßen in Mauras Wohnzimmer, wo sie sich um den Couchtisch versammelt hatten. Olivers Skizzenblock lag zwischen den leeren Kaffeetassen. Keine halbe Stunde, nachdem Sansone sie angerufen hatte, waren sowohl Edwina als auch Oliver eingetroffen, um die Symbole an der Tür zu untersuchen. Sie hatten die Diskussion auf der Veranda nach wenigen Minuten unterbrochen und waren vor der Kälte ins Haus geflüchtet, wo sie beim Kaffee ihre Theorien ausgebreitet hatten. Theorien, die Maura jetzt wie kaltblütige intellektuelle Gedankenspiele vorkamen. Ihr Haus war von einem Mörder gezeichnet worden, und diese Leute saßen seelenruhig in ihrem Wohnzimmer und fachsimpelten über ihre abstruse Mythologie. Sie blickte zu Jane, deren Miene unmissverständlich zu verstehen gab: *Diese Typen haben doch nicht alle Tassen im Schrank.* Aber Frost war offensichtlich fasziniert.

»Ich habe noch nie gehört, dass Adam eine erste Frau hatte«, sagte er.

»Es gibt eine ganze Geschichte, die in der Bibel totgeschwiegen wird, Detective«, sagte Edwina, »eine geheime Geschichte, die Sie nur in den kanaanitischen und hebräischen Legenden finden werden. Da ist von der Vermählung von Adam mit einer freigeistigen Frau die Rede, einer raffinierten Zauberin, die sich weigerte, ihrem Mann zu gehorchen oder unter ihm zu liegen, wie es von einer braven Ehefrau erwartet wurde. Stattdessen verlangte sie wilden Sex in allen möglichen Positionen und verhöhnte ihn, als es ihm nicht gelang, sie zu befriedigen. Sie war die erste wahrhaft befreite Frau der Welt, und sie hatte keine Scheu, ihre Sinnlichkeit auszuleben.«

»Klingt wesentlich interessanter als Eva«, meinte Frost.

»Aber in den Augen der Kirche war Lilith ein Monstrum – eine Frau, die sich der Kontrolle durch den Mann entzog, ein Wesen mit einem so unersättlichen sexuellen Appetit, dass sie schließlich ihren langweiligen alten Ehemann Adam verließ und sich davonmachte, um Orgien mit Dämonen zu feiern.« Edwina hielt inne. »Und die Folge davon war, dass sie den mächtigsten aller Dämonen zur Welt brachte, der die Menschheit seither plagt.«

»Sie meinen doch nicht etwa den Teufel?«

Sansone schaltete sich ein. »Im Mittelalter war dieser Glaube sehr verbreitet – dass Lilith die Mutter Luzifers war.«

Edwina schnaubte verächtlich. »Da sehen Sie also, wie die Geschichte mit einer selbstbewussten Frau umspringt. Wenn sie sich weigert, sich zu unterwerfen, wenn sie ein bisschen zu viel Spaß am Sex hat, wird sie von der Kirche postwendend in ein Ungeheuer verwandelt. Und gilt fortan als die Mutter des Teufels.«

»Oder sie verschwindet ganz aus der Geschichte«, sagte Frost. »Ich hatte jedenfalls bis heute nie von dieser Lilith gehört. Oder von dieser Bocksfigur.«

»Azazel«, sagte Oliver. Er riss das Blatt mit seiner jüngsten Zeichnung heraus und legte es so auf den Couchtisch, dass alle es sehen konnten. Es war eine detailliertere Version des Gesichts, das an Mauras Tür gezeichnet worden war: ein gehörnter Ziegenbock mit Schlitzaugen und einer Flamme, die über seinem Kopf brannte. »Die Bocksdämonen werden im dritten Buch Mose und in Jesaja erwähnt. Es waren behaarte Wesen, die sich mit wilden Kreaturen wie Lilith vergnügten. Der Name Azazel geht auf die Kanaaniter zurück; wahrscheinlich leitet er sich vom Namen eines ihrer alten Götter ab.«

»Und den stellt dieses Symbol an der Tür dar?«, fragte Frost.

»Das ist meine Vermutung.«

Jane lachte; sie konnte ihre Skepsis nicht verbergen. »Eine

Vermutung? Mit harten Fakten haben Sie's wohl nicht so, wie?«

»Sie halten diese ganze Diskussion für Zeitverschwendung?«, fragte Edwina.

»Ich finde nun mal, ein Symbol ist immer das, was Sie daraus machen. Sie glauben, es ist ein Bocksdämon. Aber für den kranken Spinner, der es gezeichnet hat, bedeutet es vielleicht etwas völlig anderes. Erinnern Sie sich noch an das ganze Zeug, das Sie und Oliver uns über dieses Horus-Auge erzählt haben? Die Bruchzahlen, der Viertelmond? Ist das jetzt plötzlich alles nur noch leeres Gewäsch?«

»Ich habe Ihnen doch erklärt, dass das Auge für eine Reihe verschiedener Dinge stehen kann«, sagte Oliver. »Der ägyptische Gott. Das allsehende Auge Luzifers. Oder das freimaurerische Symbol der Erleuchtung und der Weisheit.«

»Das sind ziemlich entgegengesetzte Bedeutungen«, meinte Frost. »Einmal der Teufel und dann wieder die Weisheit?«

»Das sind überhaupt keine Gegensätze. Sie dürfen nicht vergessen, was der Name *Luzifer* bedeutet. Übersetzt heißt das ›der Lichtbringer‹.«

»Das klingt allerdings nicht besonders böse.«

»Manche behaupten, dass Luzifer tatsächlich nicht böse ist«, sagte Edwina, »sondern dass er für den fragenden Geist steht, den unabhängigen Denker – ebenjene Dinge, durch die sich die Kirche einst bedroht sah.«

Jane prustete ungläubig. »Jetzt ist Luzifer also plötzlich gar kein Bösewicht mehr? Er hat bloß zu viele Fragen gestellt?«

»Wen Sie als Teufel bezeichnen, hängt von Ihrem Standpunkt ab«, entgegnete Edwina. »Mein verstorbener Mann war Anthropologe. Ich bin durch ihn in der ganzen Welt herumgekommen und habe Bildnisse von Dämonen gesammelt, die wie Schakale oder Katzen oder Schlangen aussehen. Oder wie schöne Frauen. Jede Kultur hat ihre eigene Vorstellung vom Aussehen des Teufels. Nur in einem stimmen fast alle überein, angefangen mit den ältesten Stammesgesellschaften: dass der Teufel tatsächlich *existiert*.«

Maura dachte an das gesichtslose schwarze Etwas, das sie am Abend zuvor in O'Donnells Schlafzimmer flüchtig erblickt hatte, und sie spürte ein kaltes Prickeln im Nacken. Sie glaubte nicht an Satan. Aber sie glaubte sehr wohl an das Böse. *Und gestern Abend bin ich ihm zweifellos begegnet.* Ihr Blick fiel auf Olivers Zeichnung des gehörnten Ziegenbocks. »Dieses Ding – dieser Azazel –, ist er auch ein Symbol für den Teufel?«

»Nein«, antwortete Oliver. »Azazel wird häufig als Symbol für die Wächter verwendet.«

»Wer sind denn diese *Wächter*, von denen Sie die ganze Zeit reden?«, fragte Frost.

Edwina sah Maura an. »Haben Sie eine Bibel, Dr. Isles?«

Maura runzelte die Stirn. »Ja.«

»Wären Sie so freundlich, sie uns zu bringen?«

Maura trat ans Bücherregal und suchte das oberste Bord nach dem vertrauten, abgegriffenen Einband ab. Die Bibel hatte ihrem Vater gehört, und Maura hatte sie seit Jahren nicht mehr aufgeschlagen. Jetzt nahm sie das Buch aus dem Regal und reichte es Edwina. Staubwölkchen wirbelten auf, als sie darin zu blättern begann.

»Da haben wir's – Genesis, Kapitel 6, Vers 1 und 2: ›Da sich aber die Menschen begannen zu mehren auf Erden und ihnen Töchter geboren wurden, da sahen die Kinder Gottes nach den Töchtern der Menschen, wie sie schön waren, und nahmen zu Weibern, welche sie wollten.‹«

»Die Kinder Gottes?«, fragte Frost.

»Diese Stelle bezieht sich mit ziemlicher Sicherheit auf Engel«, erklärte Edwina. »Es heißt hier, dass Engel die Menschenfrauen begehrten und sie deswegen heirateten. Eine Verbindung zwischen dem Göttlichen und dem Sterblichen. Und hier haben wir Vers 4: ›Es waren auch zu den Zeiten Riesen auf Erden; denn da die Kinder Gottes zu den Töchtern der Menschen eingingen und sie ihnen Kinder gebaren, wurden daraus Gewaltige in der Welt und berühmte Männer.‹« Edwina klappte das Buch zu.

»Was hat das alles zu bedeuten?«

»Es heißt, dass sie Kinder bekamen«, erklärte Edwina. »Das ist die einzige Stelle in der Bibel, wo diese Kinder erwähnt werden. Sie waren aus der Verbindung zwischen Menschen und Engeln hervorgegangen; eine Mischrasse von Dämonen, genannt Nephilim.«

»Auch bekannt unter dem Namen ›Wächter‹«, ergänzte Sansone.

»Sie werden Hinweise auf sie in anderen Quellen finden, die älter sind als die Bibel. Im Buch Henoch etwa, und im Buch der Jubiläen. Sie werden als Ungeheuer beschrieben, die Brut gefallener Engel, die Verkehr mit Menschenfrauen hatten. Das Ergebnis war eine geheime Rasse von Mischwesen, die angeblich immer noch unter uns lebt. Diese Wesen sollen außerordentlich charmant und talentiert sein, dazu ungewöhnlich schön. Oft sind sie sehr groß gewachsen und charismatisch. Aber dennoch sind sie Dämonen, und sie dienen der Finsternis.«

»Und Sie glauben das tatsächlich?«, fragte Jane.

»Ich sage Ihnen nur, was in den heiligen Schriften steht, Detective. Die Alten glaubten, dass die Menschen nicht allein auf Erden seien, dass andere vor uns da gewesen seien. Demnach gäbe es auch heute noch Menschen, in deren Adern das Blut dieser Ungeheuer fließt.«

»Aber Sie nannten sie die Kinder von Engeln.«

»Von gefallenen Engeln. Unrein und böse.«

»Diese Kreaturen, diese Wächter, sind also so was wie Mutanten«, sagte Frost. »Zwitterwesen.«

Edwina sah ihn an. »Eine Subspezies. Brutal und raubtierhaft. Wir normalen Menschen sind für sie nur Beute.«

»Es steht geschrieben«, sagte Oliver, »dass am Jüngsten Tag, wenn die Welt, wie wir sie kennen, untergeht, der Antichrist selbst einer der Nephilim sein wird. Ein Wächter.«

Und ihr Zeichen ist an meiner Tür. Maura starrte die Skizze des Ziegenkopfes an. War das Symbol als Warnung gedacht?

Oder als Einladung?

»Tja«, sagte Jane und sah demonstrativ auf ihre Uhr. »Da haben wir unsere Zeit doch mal wirklich *sinnvoll* genutzt.«

»Sie sehen immer noch nicht ein, wieso das alles von Bedeutung ist, nicht wahr?«, sagte Sansone.

»Es ist eine tolle Geschichte, die man abends am Lagerfeuer erzählen kann, aber es bringt uns dem Mörder kein Stück näher.«

»Es gibt uns Einblick in sein Denken. Es verrät uns, woran er glaubt.«

»An Engel und Bocksdämonen. Sehr schön. Oder vielleicht hat unser Täter ja auch Spaß daran, die Polizei an der Nase herumzuführen. Also bringt er uns dazu, unsere Zeit mit der Jagd nach Ocker und Muscheln zu vergeuden.« Jane stand auf. »Die Spurensicherung dürfte jeden Moment hier sein. Wie wär's, wenn Sie jetzt alle schön nach Hause fahren und uns unsere Arbeit machen lassen?«

»Augenblick«, unterbrach Sansone sie. »Was haben Sie da eben über Muscheln gesagt?«

Jane ignorierte ihn und sah Frost an. »Kannst du mal die Spusis anrufen und fragen, warum sie so lange brauchen?«

»Detective Rizzoli«, sagte Sansone, »sagen Sie uns, was es mit den Muscheln auf sich hat.«

»Sie scheinen Ihre eigenen Quellen zu haben. Warum fragen Sie nicht die?«

»Das könnte äußerst wichtig sein. Warum ersparen Sie uns nicht die Mühe und sagen es uns einfach?«

»Verraten Sie mir erst einmal, was eine Muschel zu bedeuten hat.«

»Was für eine Muschel? Eine zweischalige oder eine mit einem Schneckengehäuse?«

»Ist das ein Unterschied?«

»Ja.«

Jane zögerte. »Es ist eine Art Spirale. Also eher wie ein Schneckenhaus.«

»Und sie wurde am Tatort gefunden?«

»So könnte man es ausdrücken.«

»Beschreiben Sie die Muschel.«

»Da gibt es nicht viel zu beschreiben. Der Mann, mit dem ich gesprochen habe, sagt, dass es eine ganz gewöhnliche Art ist, die im ganzen Mittelmeer verbreitet ist.« Sie brach ab, als ihr Handy läutete. »Entschuldigen Sie mich«, sagte sie und ging hinaus. Eine Weile schwiegen alle. Die drei Mitglieder der Mephisto-Stiftung wechselten Blicke.

»Nun«, setzte Edwina schließlich leise an, »ich würde sagen, damit ist die Sache so ziemlich klar.«

»Was ist klar?«, fragte Frost.

»Die Muschel«, sagte Oliver, »erscheint in Anthonys Familienwappen.«

Sansone erhob sich von seinem Sessel und trat ans Fenster. Von dort blickte er auf die Straße hinaus. Sein massiger schwarzer Rücken hob sich vom hellen Quadrat des Fensters ab. »Die Symbole wurden mit rotem Ocker gezeichnet, der auf Zypern abgebaut wurde«, sagte er. »Wissen Sie, was das bedeutet, Detective Frost?«

»Wir haben keine Ahnung«, gab Frost zu.

»Dieser Mörder spielt nicht mit der Polizei. Er spielt mit *mir*. Mit der Mephisto-Stiftung.« Er drehte sich zu ihnen um, doch im Gegenlicht der hellen Morgensonne war seine Miene nicht zu erkennen. »An Heiligabend tötet er eine Frau und hinterlässt satanische Symbole am Tatort – die Kerzen, den Ockerkreis. Aber das Wichtigste ist, dass er an diesem Abend im Haus von Joyce O'Donnell anruft, einem Mitglied unserer Stiftung. Das war das Signal an uns. Damit wollte er unsere Aufmerksamkeit wecken.«

»Ihre Aufmerksamkeit? Ich hatte den Eindruck, dass es von Anfang an nur um O'Donnell ging.«

»Dann wurde Eve Kassowitz in meinem Garten ermordet. An einem Abend, an dem wir uns bei mir getroffen hatten.«

»Es war auch der Abend, an dem O'Donnell bei Ihnen zu Gast war. *Sie* war es, der er nachstellte, auf die er sein Augenmerk richtete.«

»Bis gestern Abend hätte ich Ihnen da noch zugestimmt. Bis zu diesem Zeitpunkt deutete alles darauf hin, dass er es auf Joyce abgesehen hatte. Aber diese Symbole an Mauras Tür verraten uns, dass der Mörder sein Werk noch nicht vollendet hat. Er ist immer noch auf der Jagd.«

»Er weiß Bescheid über uns, Anthony«, sagte Edwina. »Er dezimiert unseren Kreis. Die Frage ist: Wer ist der Nächste?«

Sansone sah Maura an. »Ich fürchte, er glaubt, dass Sie eine von uns sind.«

»Aber das bin ich nicht«, sagte sie. »Ich will mit Ihrem Gruppenwahn nichts zu schaffen haben.«

»Maura?« Es war Jane. Maura hatte nicht gehört, wie sie ins Zimmer zurückgekommen war. Jane stand in der Tür und hielt ihr Handy hoch. »Kannst du mal in die Küche kommen? Wir müssen etwas unter vier Augen besprechen.«

Maura stand auf und folgte ihr in den Flur. »Was gibt's?«, fragte sie, als sie die Küche betraten.

»Könntest du dir morgen freinehmen? Wir beide müssen heute noch verreisen. Jetzt fahre ich erst mal nach Hause, um meine Tasche zu packen. Ich hole dich dann gegen Mittag ab.«

»Willst du mir etwa sagen, dass ich davonlaufen und mich verstecken soll? Nur weil jemand etwas an meine Tür geschmiert hat?«

»Es geht nicht um deine Tür. Ich habe gerade einen Anruf von einem Kollegen aus Upstate New York bekommen. Gestern Abend wurde dort die Leiche einer Frau gefunden. Es war eindeutig Mord.«

»Und was haben wir mit einem Mord in New York zu tun?«

»Der Frau fehlt die linke Hand.«

24

8. August. Mondphase: letztes Viertel.

Jeden Tag geht Teddy hinunter zum See. Am Morgen höre ich das Fliegengitter vor der Haustür quietschen und zuklappen, dann das Poltern seiner Schuhe auf den Verandastufen. Von meinem Fenster aus sehe ich ihn losmarschieren und den Weg hinunter zum Wasser einschlagen, die Angelrute über die schmächtige Schulter gelegt, in der Hand den Kasten mit der Ausrüstung. Es ist ein merkwürdiges Ritual und vollkommen nutzlos, wie ich finde, da er nie irgendwelche Früchte seiner Mühen mit nach Hause bringt. Jeden Nachmittag kehrt er mit leeren Händen, aber dennoch gut gelaunt zurück.

Heute gehe ich ihm nach.

Er sieht mich nicht, als er durch den Wald zum See spaziert. Ich halte genügend Abstand, sodass er meine Schritte nicht hören kann. Ohnehin trällert er die ganze Zeit mit seiner hohen Kinderstimme eine schräge Version von »Old MacDonald Had A Farm«, und er ahnt nicht, dass er beobachtet wird. Er erreicht das Ufer, steckt einen Köder an den Haken und wirft die Leine aus. Während die Minuten verstreichen, hockt er sich ins Gras und blickt aufs Wasser hinaus. Es ist vollkommen ruhig, nicht das kleinste Lüftchen kräuselt die spiegelglatte Oberfläche.

Da zuckt plötzlich die Rute.

Ich schleiche mich näher heran, als Teddy seinen Fang einholt. Es ist ein bräunlicher Fisch, und er windet sich am Haken, jeder Muskel zuckt in Todesangst. Ich warte auf den tödlichen Schlag, auf jenen heiligen Moment, da der göttliche Funke erlischt. Aber zu meiner Überraschung nimmt Teddy seinen Fang in die Hand, zieht ihm den Haken aus dem Maul und setzt den Fisch behutsam zurück ins Wasser.

Er beugt sich tief zu ihm herab und murmelt etwas, als wolle er sich dafür entschuldigen, dass er ihm den Vormittag verdorben hat.

»Warum hast du ihn nicht behalten?«, frage ich.

Teddy schnellt hoch, aufgeschreckt vom Klang meiner Stimme. »Oh«, sagt er. »Du bist's.«

»Du hast ihn entkommen lassen.«

»Ich mag sie nicht töten. Außerdem war es bloß ein Wolfsbarsch.«

»Du wirfst sie also alle wieder ins Wasser?«

»M-hm.« Teddy hängt einen neuen Köder an den Haken und wirft die Leine wieder aus.

»Was hat es dann für einen Zweck, sie überhaupt zu fangen?«

»Es macht Spaß. Es ist ein Spiel zwischen uns. Zwischen mir und den Fischen.«

Ich setze mich neben ihn ans Ufer. Mücken sirren um unsere Köpfe, und Teddy wedelt sie weg. Er ist gerade elf geworden, aber er hat noch die vollkommen glatte, zarte Haut eines Kindes, und der Babyflaum auf seinen Wangen schimmert golden im Sonnenlicht. Ich sitze so nahe neben ihm, dass ich seinen Atem hören kann und die Pulsader in seinem schlanken Hals zucken sehe. Meine Gegenwart scheint ihn nicht zu stören; er schenkt mir sogar ein schüchternes Lächeln, als sei es ein besonderes Vergnügen, den Vormittag mit seinem älteren Cousin zu vertrödeln.

»Willst du mal probieren?«, fragt er und hält mir die Rute hin.

Ich nehme sie. Doch ich beobachte immer noch Teddy, registriere den feinen Schweißfilm auf seiner Stirn, die Schatten, die seine Wimpern werfen.

Etwas zieht an der Leine.

»Du hast einen erwischt!«

Ich beginne, die Schnur einzurollen, und der Widerstand des Fisches lässt meine Hände vor Vorfreude schwitzen. Ich spüre, wie er zappelt, spüre seinen verzweifelten Kampf ums

Überleben, der sich durch die Rute überträgt. Endlich bricht er durch die Wasseroberfläche, und sein Schwanz zuckt, als ich ihn ans Ufer schwinge. Ich bekomme seinen glitschigen, schuppigen Körper zu fassen.

»Jetzt zieh den Haken raus«, sagt Teddy. »Aber pass auf, dass du ihm nicht wehtust.«

Ich werfe einen Blick in den offenen Angelkasten und sehe ein Messer.

»Er kann an der Luft nicht atmen. Beeil dich«, drängt Teddy mich.

Ich überlege, nach dem Messer zu greifen, den zappelnden Fisch auf dem Gras festzuhalten und ihm die Klinge hinter den Kiemen ins Fleisch zu treiben. Ihn aufzuschlitzen, über die ganze Länge des Bauchs. Ich will spüren, wie er ein letztes Mal zuckt, will spüren, wie seine Energie in einem belebenden Schock auf mich übergeht. Dem gleichen Schock, den ich verspürt habe, als ich zehn Jahre alt war und den Cherem-Eid ablegte. Als meine Mutter mich endlich in den Kreis führte und mir das Messer reichte. »Du bist jetzt alt genug«, sagte sie. »Es ist Zeit, dass du einer von uns wirst.« Ich denke an das letzte Zucken der Opferziege, und ich erinnere mich an den Stolz in den Augen meiner Mutter, das beifällige Gemurmel der Männer in ihren Gewändern. Ich will diese Erregung wieder spüren.

Ein Fisch kann sie mir nicht verschaffen.

Ich ziehe den Haken heraus und lasse den zappelnden Wolfsbarsch wieder in den See fallen. Er schlägt einmal mit der Schwanzflosse und schießt davon. Der Hauch einer Brise kräuselt die Wasseroberfläche, und die Libellen auf den Schilfhalmen erzittern. Ich drehe mich zu Teddy um.

Und er sagt: »Warum schaust du mich so an?«

25

Zweiundvierzig Euro an Trinkgeldern – keine schlechte Ausbeute für einen kühlen Sonntag im Dezember. Als Lily der Reisegruppe nachwinkte, die sie gerade durch das Forum Romanum geführt hatte, spürte sie einen eiskalten Regentropfen auf der Wange. Sie blickte zu den dunklen, bedrohlich tief hängenden Wolken auf und fröstelte. Morgen würde sie mit Sicherheit eine Regenjacke brauchen.

Mit dem frisch verdienten Bündel Bargeld in der Tasche machte sie sich auf den Weg zu *dem* Einkaufsparadies für alle knauserigen Studenten in Rom: dem Flohmarkt an der Porta Portese in Trastevere. Es war schon ein Uhr mittags, und bald würden die Händler ihre Stände schließen, aber vielleicht könnte sie ja noch ein Schnäppchen ergattern. Als sie auf dem Markt anlangte, fiel bereits ein feiner Nieselregen. Das Gepolter der Kisten, die gepackt und verladen wurden, hallte über die Piazza di Porta Portese. Sie verlor keine Zeit und hatte im Nu einen gebrauchten Wollpulli für nur drei Euro erstanden. Er stank nach Zigarettenrauch, aber das ließ sich mit einer gründlichen Wäsche sicher beheben. Dann legte sie noch einmal zwei Euro für ein Regencape mit Kapuze hin, das bis auf einen einzelnen Streifen schwarzer Schmiere noch völlig in Ordnung war. Jetzt war sie vor Kälte und Regen geschützt und hatte immer noch Geld in der Tasche, und so gönnte sie sich den Luxus, noch ein wenig herumzustöbern.

Sie schlenderte zwischen den dicht gedrängten Ständen umher, blieb kurz stehen, um in Eimern mit Modeschmuck und unechten römischen Münzen zu wühlen, und ging anschließend zu den Antiquitätenständen auf der Piazza Ippolito Nieve weiter. Irgendwie landete sie jeden Sonntag früher oder später in diesem Teil des Marktes, denn es waren die alten, die antiken Dinge, die sie am meisten interessierten.

Ein Fetzen von einem mittelalterlichen Wandteppich oder auch nur ein schlichtes Stückchen Bronze ließen ihr Herz gleich höher schlagen. Als sie bei den Antiquitäten ankam, waren die meisten Händler schon damit beschäftigt, ihre Ware wegzuschaffen, und sie sah nur noch einige wenige offene Stände, deren Auslagen dem Nieselregen ausgesetzt waren. Sie spazierte an den armseligen Angeboten vorbei, an den Händlern mit ihren müden, mürrischen Gesichtern, und wollte eben die Piazza verlassen, als ihr Blick auf ein kleines Holzkästchen fiel. Sie blieb abrupt stehen und starrte es an.

Drei umgedrehte Kreuze waren in den Deckel geschnitzt.

Ihr regenfeuchtes Gesicht fühlte sich plötzlich an, als trüge sie eine Maske aus Eis. Dann merkte sie, dass das Kästchen mit dem Scharnier zu ihr stand, und mit einem verlegenen Lachen drehte sie es um, sodass sie es von vorn betrachten konnte. Die Kreuze standen jetzt richtig herum. Wenn man zu angestrengt nach dem Bösen Ausschau hielt, sah man es plötzlich überall. *Auch da, wo es nicht ist.*

»Sie interessieren sich für religiöse Artikel?«, fragte der Händler auf Italienisch.

Sie blickte auf und sah ein runzliges Gesicht, dessen Augen fast ganz zwischen Hautfalten verschwanden. »Danke, ich schaue mich nur um.«

»Bitte sehr. Da ist noch mehr.« Er schob eine Kiste vor sie hin, und sie sah verschlungene Rosenkränze, eine holzgeschnitzte Madonna und alte Bücher, deren Seiten sich in der feuchten Luft wellten. »Schauen Sie, schauen Sie! Lassen Sie sich nur Zeit.«

Auf den ersten Blick entdeckte sie in der Kiste nichts, was sie interessierte. Dann sah sie sich den Rücken eines der Bücher genauer an. Der Titel war in goldenen Lettern in das Leder geprägt: *Das Buch Henoch.*

Sie nahm das Buch und schlug die Titelseite auf. Es war die englische Übersetzung von R. H. Charles, erschienen 1912 bei Oxford University Press. Vor zwei Jahren hatte sie in einem Museum in Paris einen jahrhundertealten Fetzen der äthiopischen Fassung gesehen. *Das Buch Henoch* war ein antiker Text, ein Teil der apokryphen Literatur.

»Es ist sehr alt«, sagte der Händler.

»Ja«, raunte sie, »das ist es.«

»Da steht ›1912‹.«

Und diese Worte sind noch viel älter, dachte sie, während sie mit dem Finger über die vergilbten Seiten fuhr. Dieser Text war zweihundert Jahre vor Christi Geburt entstanden. Es waren Geschichten aus einer Zeit vor Noah und seiner Arche, vor Methusalem. Sie blätterte in dem Buch und hielt inne, als sie auf eine mit Tinte unterstrichene Passage stieß.

Böse Geister werden hervorgehen aus ihrem Fleisch, weil sie geschaffen wurden von oben; von den heiligen Wächtern war ihr Anfang und ihre ursprüngliche Gründung. Böse Geister werden sie sein auf Erden, und Geister der Gottlosen werden sie genannt werden.

»Ich habe noch viel mehr von seinen Sachen«, sagte der Händler.

Sie blickte auf. »Von wessen Sachen?«

»Von dem Mann, dem das Buch da gehört hat. Das ist alles von ihm.« Er schwenkte die Hand über die Kisten. »Er ist letzten Monat gestorben, und jetzt muss alles verkauft werden. Wenn Sie sich für so was da interessieren – ich habe hier noch eins, das sieht ganz genauso aus.« Er bückte sich, um in einer anderen Kiste zu kramen, und fischte ein schmales Buch mit fleckigem, angestoßenem Ledereinband heraus. »Derselbe Autor«, sagte er. »R. H. Charles.«

Nicht derselbe Autor, dachte sie, sondern derselbe Übersetzer. Es war eine Ausgabe des *Buchs der Jubiläen* aus dem Jahr 1913 – auch dies ein heiliger Text aus vorchristlicher Zeit. Sie hatte zwar schon von dem Titel gehört, aber gelesen hatte sie das Buch nie. Sie schlug es auf, und die Seiten teilten sich bei Kapitel 10, Vers 5, einer Passage, die ebenfalls mit Tinte unterstrichen war.

Und du weißt, wie deine Wächter, die Väter dieser Geister, in meinen Tagen gehandelt haben; und diese Geister, die im Leben sind – schließe sie ein und halte sie fest am Ort der Verdammnis, damit sie nicht die Kindeskinder deines Knechtes verderben, mein Gott. Denn schaurig sind sie und geschaffen, um zu verderben.

An den Rand waren mit der gleichen Tinte die Worte gekritzelt: *Die Söhne Seths. Die Töchter Kains.*

Lily klappte das Buch zu und bemerkte plötzlich die braunen Flecken auf dem Einband. *Blut?*

»Möchten Sie es kaufen?«

Sie blickte auf. »Was ist mit diesem Mann passiert? Dem Mann, dem diese Bücher gehört haben?«

»Das habe ich Ihnen doch gesagt – er ist gestorben.«

»Wie?«

Achselzucken. »Er hat allein gelebt. Er war sehr alt, sehr sonderbar. Sie haben ihn in seiner Wohnung gefunden. Er hatte sich eingeschlossen, und diese ganzen Bücher waren hinter der Tür gestapelt. So, dass er gar nicht mehr rauskonnte. Verrückt, wie?«

Verrückt vor Angst vielleicht, dachte sie. *Angst vor dem, was draußen auf ihn lauerte.*

Sie starrte das zweite Buch an und sah im Geist seinen Besitzer vor sich, tot in seiner verbarrikadierten, mit Plunder vollgestopften Wohnung liegend, und sie konnte beinahe den Geruch des verwesenden Fleischs riechen, der von den Seiten aufstieg. Sosehr sie sich vor den Flecken auf dem Leder ekelte, sie wollte dieses Buch haben. Sie wollte wissen, warum der Besitzer diese Worte an den Rand gekritzelt hatte, und ob er noch mehr geschrieben hatte.

»Fünf Euro«, sagte der Händler.

Diesmal feilschte sie ausnahmsweise nicht lange, sondern zahlte gleich den geforderten Preis und ging mit dem Buch davon.

Draußen regnete es inzwischen in Strömen, als sie durch das feuchte Treppenhaus zu ihrer Wohnung hinaufstieg. Und es regnete den ganzen Nachmittag, während sie am Fenster saß und im Licht des grauen Tages las. Sie las von Seth, dem dritten Sohn Adams. Seth zeugte Enos, welcher Kenan zeugte. Es war dasselbe vornehme Geschlecht, aus dem später die Patriarchen Jared und Henoch, Methusalem und Noah hervorgingen. Doch aus der gleichen Wurzel entsprangen auch verdorbene Söhne, böse Söhne, die mit den Töchtern eines ermordeten Vorfahren schliefen.

Den Töchtern Kains.

Lily verweilte bei einer weiteren unterstrichenen Passage. Worte, vor langer Zeit hervorgehoben von jenem Mann, dessen Schatten nun hinter ihr zu schweben und ihr über die Schulter zu blicken schien, der seine Geheimnisse mit ihr teilen, ihr seine Warnungen ins Ohr flüstern wollte.

Und die Gewalttätigkeit nahm zu auf der Erde, und alles Fleisch verderbte seinen Wandel vom Menschen bis zum Vieh und bis zu den Tieren und bis zu den Vögeln und bis zu allem, das auf der Erde wandelt. Sie alle verderbten ihren Wandel und ihre Sitte und begannen, sich gegenseitig zu verschlingen, und die Gewalttätigkeit nahm zu auf der Erde, und alle Gedanken des Erkennens aller Menschen waren so böse alle Tage.

Das Tageslicht begann zu schwinden. So lange saß sie nun schon hier, dass sie ihre Beine nicht mehr spürte. Draußen trommelte der Regen noch immer an die Fensterscheibe, und durch die Straßen Roms wälzte sich der Verkehr, dröhnend und hupend. Aber hier in ihrem Zimmer saß sie in benommenem Schweigen. Ein Jahrhundert vor Christus, vor den Aposteln, waren diese Worte schon alt gewesen, Worte über einen Schrecken aus grauer Vorzeit, so alt, dass die Menschheit sich heute nicht mehr daran erinnerte, dass sie seine Gegenwart nicht mehr bemerkte.

Wieder fiel ihr Blick auf das *Buch der Jubiläen*, auf die ominösen Worte Noahs, gerichtet an seine Söhne: *Denn ich sehe, wie böse Geister euch und eure Kinder zu verführen begonnen haben; jetzt aber fürchte ich betreffs eurer, dass ihr, wenn ich gestorben bin, Menschenblut auf der Erde vergießt, und dass auch ihr von der Oberfläche der Erde vertilgt werdet.*

Die bösen Geister sind immer noch unter uns, dachte sie. *Und das Blutvergießen hat schon begonnen.*

26

Jane und Maura fuhren auf dem Massachusetts Turnpike Richtung Westen. Jane saß am Steuer, während draußen die karge Landschaft aus schneebedeckten Feldern und kahlen Bäumen vorüberflog. Selbst an diesem Sonntagnachmittag mussten sie die Straße mit einem ganzen Konvoi von Schwerlastern teilen, zwischen denen Janes Subaru sich ausnahm wie eine todesmutige Maus inmitten einer Elefantenherde. Besser gar nicht hinsehen, dachte Maura. Stattdessen konzentrierte sie sich lieber auf Janes Notizen. Sie waren hastig hingekritzelt, aber auch nicht unleserlicher als die Hieroglyphen von Ärzten, die Maura längst zu entziffern gelernt hatte.

Sarah Parmley, 28 Jahre. Zuletzt gesehen am 23.12. beim Auschecken aus dem Oakmont Motel.

»Sie ist vor zwei Wochen verschwunden«, sagte Maura. »Und erst jetzt haben sie ihre Leiche entdeckt?«

»Sie wurde in einem leerstehenden Haus gefunden. Offenbar ziemlich abgelegen. Der Hausmeister sah ihren Wagen vor dem Gebäude stehen. Dann stellte er fest, dass die Haustür nicht abgeschlossen war, und ging hinein, um nach dem Rechten zu sehen. Er war es, der die Leiche entdeckte.«

»Was wollte die Frau denn in dem leeren Haus?«

»Das weiß niemand. Sarah war am 20. Dezember zur Beerdigung ihrer Tante angereist. Alle nahmen an, dass sie gleich nach der Trauerfeier wieder nach Kalifornien zurückgeflogen sei. Aber dann rief plötzlich ihr Chef aus San Diego an und fragte nach ihr. Trotzdem kam immer noch niemand in der Stadt auf die Idee, dass Sarah überhaupt nicht abgereist sein könnte.«

»Wirf doch mal einen Blick in die Karte, Jane. Von Upstate New York bis Boston – die Tatorte sind dreihundert Meilen voneinander entfernt. Warum sollte der Mörder ihre Hand so weit transportieren? Vielleicht ist es ja nicht ihre.«

»Es ist ihre Hand. Ich *weiß* es. Ich sage dir, die Röntgenbilder werden zueinanderpassen wie die Teile eines Puzzles.«

»Wie kannst du da so sicher sein?«

»Sieh dir doch mal den Namen der Stadt an, in der Sarahs Leiche gefunden wurde.«

»Purity, New York. Ein kurioser Name, aber mir sagt er rein gar nichts.«

»Sarah Parmley ist in Purity aufgewachsen. Sie hat dort ihren High-School-Abschluss gemacht.«

»Und?«

»Und jetzt rate mal, wo Lori-Ann Tucker die High School besucht hat.«

Maura sah sie verblüfft an. »Sie stammt aus derselben Stadt?«

»Du hast es erfasst. Und auch Lori-Ann Tucker war achtundzwanzig Jahre alt. Vor elf Jahren müssten sie in dieselbe Abschlussklasse gegangen sein.«

»Zwei Opfer, die in derselben Stadt aufgewachsen sind und die gleiche Schule besucht haben. Sie müssen einander gekannt haben.«

»Und dort ist vielleicht auch der Täter ihnen begegnet. So ist er auf sie verfallen. Vielleicht war er schon seit der High School auf die beiden fixiert. Vielleicht haben sie ihm einen Korb gegeben, und er hat die letzten elf Jahre damit zugebracht, über seine Rache nachzusinnen. Dann taucht plötzlich Sarah zur Beerdigung ihrer Tante in Purity auf, und er sieht sie. Seine ganze Wut kocht wieder hoch. Er tötet sie, und als Souvenir behält er ihre Hand. Und das Ganze macht ihm so viel Spaß, dass er beschließt, es noch einmal zu tun.«

»Also fährt er eigens ins ferne Boston, um Lori-Ann zu töten? Ein ziemlicher Aufwand, nur um sich seinen Kick zu holen.«

»Aber nicht, um seine Rachegelüste zu befriedigen.«

Maura starrte nachdenklich auf die Straße hinaus. »Wenn es ihm nur um Rache ging, warum hat er dann an diesem Abend Joyce O'Donnell angerufen? Warum hat er seinen Zorn gegen sie gerichtet?«

»Die Antwort darauf kannte nur sie. Und sie hat sich geweigert, uns ihr Geheimnis anzuvertrauen.«

»Und warum diese Worte an meiner Tür? Was sollte da die Botschaft sein?«

»*Ich habe gesündigt*, meinst du?«

Maura errötete. Sie schlug die Mappe zu und hielt sie zwischen den Fäusten. Jetzt waren sie also wieder beim Thema angelangt. Dem einen Thema, über das sie auf keinen Fall sprechen wollte.

»Ich habe es Frost erzählt«, sagte Jane.

Maura erwiderte nichts, blickte nur starr geradeaus.

»Er musste es erfahren. Er hat auch schon mit Pater Brophy gesprochen.«

»Ihr hättet mich zuerst mit Daniel reden lassen sollen.«

»Wozu?«

»Um ihn ein wenig vorzubereiten.«

»Darauf, dass wir über euch beide Bescheid wissen?«

»Musst du das so verdammt abwertend klingen lassen?«

»Es war mir nicht bewusst, dass ich das tue.«

»Ich höre es doch an deiner Stimme. So was kann ich jetzt wirklich nicht gebrauchen.«

»Dann ist es ja gut, dass du nicht gehört hast, was Frost dazu gemeint hat.«

»Findest du das so ungewöhnlich? Es kommt jeden Tag vor, dass Menschen sich verlieben, Jane. Jeder macht Fehler.«

»Aber nicht *du*!« Jane klang beinahe wütend, als fühlte sie sich verraten. »Dich hatte ich immer für klüger gehalten.«

»So klug ist kein Mensch.«

»Daraus kann doch nichts werden, und das weißt du selbst ganz genau. Wenn du darauf setzt, dass er dich irgendwann heiratet …«

»Das mit dem Heiraten habe ich schon mal versucht, erinnerst du dich? Mit durchschlagendem Erfolg…«

»Und was erwartest du dir von dieser Geschichte?«

»Ich weiß es nicht.«

»Aber *ich* weiß, was dich erwartet. Es fängt an mit dem Getuschel deiner Nachbarn, die sich fragen, wieso der Wagen dieses Priesters ständig vor deinem Haus parkt. Ihr werdet euch heimlich außerhalb der Stadt treffen müssen. Aber früher oder später wird irgendjemand euch zusammen sehen. Und dann geht der Klatsch los. Es wird nur immer noch schwieriger. Noch peinlicher. Wie lange wirst du das durchhalten? Wie lange wird es dauern, bis er sich gezwungen sieht, eine Entscheidung zu treffen?«

»Ich möchte nicht darüber reden.«

»Du glaubst, er wird sich für *dich* entscheiden?«

»Hör bitte auf, Jane.«

»Sag schon, glaubst du das wirklich?« Die Frage war unnötig brutal, und einen Moment lang spielte Maura mit dem Gedanken, in der nächsten Stadt auszusteigen, sich einen Mietwagen zu nehmen und allein nach Boston zurückzufahren.

»Ich bin alt genug, um meine eigenen Entscheidungen zu treffen.«

»Aber wie wird *er* sich entscheiden?«

Maura wandte das Gesicht ab und blickte aus dem Seitenfenster auf verschneite Felder, auf schief stehende Zaunpfähle, halb in Schneewehen versunken. *Wenn er sich nicht für mich entscheidet, wird mich das wirklich so sehr überraschen? Er kann mir wieder und wieder sagen, wie sehr er mich liebt. Aber wird er jemals meinetwegen seine Kirche verlassen?*

Jane seufzte. »Es tut mir leid.«

»Es ist mein Leben, nicht deines.«

»Ja, du hast ja recht. Es ist dein Leben.« Jane schüttelte den Kopf und lachte. »Mann, die ganze Welt ist vollkommen meschugge geworden. Auf niemanden ist mehr Verlass. Auf nichts und niemanden.« Sie fuhr eine Weile schweigend weiter und kniff die Augen zusammen, als die sinkende Sonne sie blendete. »Ich hab dir ja noch gar nicht meine tolle Neuigkeit erzählt.«

»Welche Neuigkeit?«

»Meine Eltern haben sich getrennt.«

Jetzt endlich sah Maura sie an. »Wann ist das passiert?«

»Gleich nach Weihnachten. Siebenunddreißig Jahre Ehe, und plötzlich fängt mein Dad an, irgend so einer Blondine von der Arbeit nachzusteigen.«

»Das tut mir wirklich leid.«

»Und dann diese Sache mit dir und Brophy – anscheinend spielen plötzlich bei allen die Hormone verrückt. Bei dir, bei meinem bescheuerten Dad ... sogar bei meiner Mom.« Sie machte eine Pause. »Vince Korsak will mit ihr ausgehen. So weit sind wir jetzt schon.« Plötzlich stöhnte Jane auf. »O Mann, weißt du, was mir gerade klar geworden ist? Am Ende wird der Typ noch mein *Stiefvater*!«

»So verrückt ist die Welt nun auch wieder nicht geworden.«

»Aber passieren könnte es.« Jane schüttelte sich. »Mir wird ganz anders, wenn ich nur an die beiden denke.«

»Dann denk nicht an sie.«

Jane biss die Zähne zusammen. »Ich versuch's ja.«

Und ich werde versuchen, nicht an Daniel zu denken.

Doch während sie weiter Richtung Westen fuhren, der untergehenden Sonne entgegen, durch die Stadt Springfield und hinauf in die Berkshire Hills, konnte sie an nichts anderes denken als an ihn. Sie atmete ein und konnte seinen Duft noch riechen, sie verschränkte die Arme vor der Brust und spürte noch seine Berührung, als wären die Erinnerungen in ihre Haut eingegraben. Und sie fragte sich: *Geht es dir auch so, Daniel? Als du heute Morgen vor deiner Gemeinde standest und in die Augen der Menschen blicktest, die dich beobachteten, die auf deine Worte warteten, war es da mein Gesicht, das du gesucht hast, an das du gedacht hast?*

Als sie die Staatsgrenze von New York überquerten, war die Nacht schon hereingebrochen. Ihr Handy klingelte, und im dunklen Wageninneren dauerte es eine Weile, bis sie es in dem Durcheinander in ihrer Handtasche gefunden hatte. »Dr. Isles«, meldete sie sich.

»Maura, ich bin's.«

Sie spürte, wie ihr beim Klang von Daniels Stimme die Hitze in die Wangen schoss, und sie war froh um die Dunkelheit, die ihr Gesicht vor Janes Blicken verbarg.

»Ich hatte Besuch von Detective Frost«, sagte er.

»Ich musste es ihnen sagen.«

»Natürlich musstest du das. Aber ich hätte mir gewünscht, dass du mich anrufst. Du hättest es mir sagen sollen.«

»Es tut mir leid. Es muss furchtbar unangenehm gewesen sein, es zuerst von ihm zu erfahren.«

»Nein, ich spreche von dem, was an deine Tür geschrieben wurde. Ich wusste ja nichts davon, sonst wäre ich auf der Stelle gekommen. Es wäre nicht nötig gewesen, dass du diese Situation allein durchstehst.«

Sie schwieg. Ihr war unangenehm bewusst, dass Jane jedes Wort ihrer Unterhaltung mithörte. Und dass sie zweifellos ihre Missbilligung zum Ausdruck bringen würde, sobald das Gespräch beendet wäre.

»Ich habe vorhin bei dir vorbeigeschaut«, sagte er. »Ich hatte gehofft, dich zu Hause anzutreffen.«

»Ich komme erst morgen zurück.«

»Wo bist du jetzt?«

»Ich bin mit Jane im Auto unterwegs. Wir sind jetzt kurz hinter Albany.«

»Du bist in New York? Wieso?«

»Es wurde ein weiteres Opfer gefunden. Wir glauben …« Janes Hand schloss sich plötzlich um ihren Arm, eine unmissverständliche Warnung: Je weniger sie preisgab, desto besser. Jane traute ihm nicht mehr – nachdem er sich nun als allzu menschlich erwiesen hatte. »Ich kann nicht darüber reden«, sagte sie.

Es war eine Weile still am anderen Ende. Dann sagte er leise: »Ich verstehe.«

»Es gibt gewisse Einzelheiten, die wir vertraulich behandeln müssen.«

»Du musst mir nichts erklären. Ich kenne die Regeln.«

»Kann ich dich später zurückrufen?« *Wenn niemand mithört.*

»Das ist nicht nötig.«

»Ich will es aber.« *Ich brauche es.*

Sie legte auf und starrte in die Dunkelheit hinaus, die nur von den Scheinwerferkegeln ihres Wagens durchbrochen wurde. Sie hatten den Turnpike hinter sich gelassen und fuhren nun in südwestlicher Richtung auf einer Straße, die zwischen schneebedeckten Feldern hindurchführte. Hier sah sie kein Licht, bis auf das eine oder andere Auto, das ihnen entgegenkam, und hier und da die Fenster eines Bauernhauses in der Ferne.

»Du wirst mit ihm nicht über den Fall reden, oder?«, fragte Jane.

»Und wenn ich es täte – er ist hundertprozentig verschwiegen. Ich habe ihm immer vertraut.«

»Tja – das habe ich auch.«

»Soll das heißen, dass du es jetzt nicht mehr tust?«

»Du bist verknallt, Maura. Nicht die beste Voraussetzung für ein objektives Urteil.«

»Wir beide kennen diesen Mann.«

»Und ich hätte nie gedacht …«

»Was – dass er mit mir schlafen würde?«

»Ich sage nur, es kann sein, dass du glaubst, einen Menschen zu kennen – bis er dich irgendwann überrascht. Bis er etwas tut, womit du nie gerechnet hättest. Und dann wird dir klar, dass du keinen Menschen wirklich kennst. *Keinen.* Wenn du mir vor ein paar Monaten erzählt hättest, dass mein Dad meine Mom wegen irgendeiner blonden Tussi verlassen würde, ich hätte dich für verrückt erklärt. Ich sag dir, die Menschen sind ein verdammtes Rätsel. Sogar die, die wir lieben.«

»Und jetzt vertraust du Daniel nicht mehr.«

»Nicht, wenn es um dieses Keuschheitsgelübde geht.«

»Davon rede ich nicht. Ich rede von dieser Ermittlung. Darüber, ob ich mit ihm über Punkte reden kann, die uns beide betreffen.«

»Er ist kein Polizist. Er muss überhaupt nichts darüber erfahren.«

»Er war letzte Nacht bei mir. Diese Worte an meiner Tür waren auch an ihn gerichtet.«

»*Ich habe gesündigt* – meinst du das?«

Mauras Gesicht begann plötzlich zu glühen. »Ja«, sagte sie.

Einen Moment lang fuhren sie schweigend weiter. Die einzigen Geräusche waren das Surren der Reifen auf dem Asphalt und das Zischen des Gebläses.

»Ich habe Brophy immer respektiert, okay?«, sagte Jane. »Er hat viel für das Boston PD getan. Wenn wir mal einen Priester am Tatort brauchen, ist er sofort zur Stelle, auch mitten in der Nacht. Ich habe ihn gemocht.«

»Und warum hast du dich plötzlich gegen ihn gewandt?«

Jane sah sie an. »Weil ich dich zufällig auch mag.«

»Den Eindruck vermittelst du mir gerade nicht.«

»Ach ja? Aber wenn du etwas dermaßen Unerwartetes tust, etwas so Selbstzerstörerisches, dann frage ich mich schon …«

»Was?«

»Ob ich *dich* wirklich kenne.«

Es war schon nach acht, als sie endlich auf den Parkplatz des Lourdes Hospital in Binghamton einbogen. Maura war nicht nach Smalltalk zumute, als sie aus dem Wagen stieg und ihre von der langen Fahrt steifen Glieder streckte. Sie hatten nur eine kurze Pause gemacht, um an einer Raststätte schweigend eine Mahlzeit einzunehmen. Von Janes Fahrstil und dem hastig hinuntergeschlungenen Essen war ihr schon ganz flau im Magen – vor allem aber von der Anspannung zwischen ihnen, die inzwischen so angewachsen war, dass es jeden Moment zum großen Knall kommen konnte. *Sie hat nicht das Recht, über mich zu urteilen*, dachte Maura, als sie an Bergen von geräumtem Schnee vorbeistapften. Jane war glücklich verheiratet, da konnte sie leicht vom hohen Ross ihrer moralischen Überlegenheit auf Maura herabblicken. Was wusste sie denn von Mauras Leben, von den Abenden, an denen sie allein zu Hause hockte, sich alte Spielfilme ansah oder dem leeren Haus ein Klavierkonzert gab? Die Kluft zwischen ihrem und Janes Leben war zu groß, als dass sie durch eine echte Freundschaft überbrückt werden könnte. *Und was habe ich denn schon mit dieser unmöglichen Frau gemeinsam, mit ihrer groben, unsensiblen Art und ihren gusseisernen Moralvorstellungen? Nichts, rein gar nichts.*

Zusammen betraten sie die Notaufnahme, und ein eisiger Windstoß wehte mit ihnen herein, ehe die Automatiktür sich schloss. Jane steuerte gleich den Aufnahmeschalter an und rief: »Hallo? Kann man hier vielleicht mal eine Information bekommen?«

»Sind Sie Detective Rizzoli?«, ertönte eine Stimme hinter ihnen.

Sie hatten den Mann, der allein im Patienten-Wartebereich gesessen hatte, glatt übersehen. Jetzt stand er vor ihnen: bleiches Gesicht, jagdgrüner Pullover und Tweedjacke. Kein Polizist, schätzte Maura, als sie seine zerzauste Mähne sah, und er bestätigte ihre Vermutung umgehend.

»Ich bin Dr. Kibbie«, stellte er sich vor. »Ich dachte mir, ich warte besser hier am Eingang auf Sie, dann müssen Sie nicht lange nach dem Weg zur Leichenhalle suchen.«

»Danke, dass Sie sich heute Abend Zeit für uns nehmen«, sagte Jane. »Das ist Dr. Isles, unsere Rechtsmedizinerin.«

Maura gab ihm die Hand. »Sie haben die Leiche schon obduziert?«

»O nein. Ich bin kein Rechtsmediziner, sondern nur ein bescheidener Internist. Wir sind hier vier Kollegen, die im Wechsel die Aufgaben des Leichenbeschauers von Chenango

County übernehmen. Ich führe die vorläufige Todesermittlung durch und entscheide, ob eine Leichenöffnung erforderlich ist. Die eigentliche Obduktion wird wahrscheinlich morgen Nachmittag stattfinden – vorausgesetzt, der Rechtsmediziner von Onondaga County schafft es, von Syracuse hierherzukommen.«

»Aber Sie müssen doch in diesem Bezirk Ihren eigenen Rechtsmediziner haben.«

»Ja, aber in diesem speziellen Fall …« Kibbie schüttelte den Kopf. »Wir wissen leider jetzt schon, dass dieser Mord großes Aufsehen erregen wird. Das öffentliche Interesse wird gewaltig sein. Und außerdem steht uns vielleicht irgendwann ein sensationeller Strafprozess ins Haus. Deshalb wollte unser Rechtsmediziner bei diesem Fall lieber noch jemanden von auswärts hinzuziehen. Um das Obduktionsergebnis so unangreifbar wie möglich zu machen. Vier Augen sehen mehr als zwei, Sie wissen schon.« Er nahm seinen Mantel vom Stuhl. »Der Aufzug ist da drüben.«

»Wo ist Detective Jurevich?«, fragte Jane. »Ich dachte, er wollte sich hier mit uns treffen.«

»Joe wurde leider vor einer Weile zu einem Einsatz gerufen und muss den Termin mit Ihnen deshalb verschieben. Er sagte, er würde sich gleich morgen früh drüben beim Haus mit Ihnen treffen. Rufen Sie ihn einfach an.« Kibbie holte tief Luft. »Nun denn, sind Sie bereit?«

»Ist es wirklich so schlimm?«

»Lassen Sie es mich mal so ausdrücken: Ich hoffe sehr, dass mir so ein Anblick in Zukunft erspart bleibt.«

Sie gingen zusammen den Flur entlang zum Aufzug, wo er den Abwärts-Knopf drückte.

»Nach zwei Wochen ist sie wohl nicht mehr in der allerbesten Verfassung?«, meinte Jane.

»Nun, die Verwesungserscheinungen sind im Grunde minimal. Das Haus stand leer. Keine Heizung, kein Strom. Da drin ist es wahrscheinlich knapp unter null Grad. Ist praktisch wie in einem Kühlhaus.«

»Wie ist sie dort hingekommen?«

»Wir haben keine Ahnung. Es gab keine Spuren eines Einbruchs, also muss sie einen Schlüssel gehabt haben. Oder der Mörder.«

Die Aufzugstür ging auf, und sie traten ein, Kibbie flankiert von den beiden Frauen. Eine Art Puffer zwischen Maura und Jane, die immer noch kein Wort miteinander gesprochen hatten, seit sie aus dem Wagen gestiegen waren.

»Wem gehört das leerstehende Haus?«, fragt Jane.

»Einer Frau, die inzwischen nicht mehr im Staat New York lebt. Sie hat es von ihren Eltern geerbt und versucht seit Jahren vergeblich, es zu verkaufen. Wir haben sie noch nicht erreichen können. Nicht einmal die Maklerin weiß, wo sie zu finden ist.« Sie hatten das Untergeschoss erreicht und traten aus dem Lift. Kibbie führte sie durch einen Korridor zum Vorraum der Leichenhalle.

»Da sind Sie ja, Dr. Kibbie.« Eine junge blonde Frau in OP-Kleidung legte den Liebesroman weg, in dem sie geschmökert hatte, und stand auf, um sie zu begrüßen. »Ich habe mich schon gefragt, ob Sie überhaupt noch hier unten vorbeischauen.«

»Danke, dass Sie gewartet haben, Lindsey. Das sind die zwei Damen aus Boston, von denen ich Ihnen erzählt habe. Detective Rizzoli und Dr. Isles.«

»Sie sind den ganzen Weg gefahren, nur um unser Mädel hier zu sehen, was? Na, dann hol ich sie mal für Sie raus.« Sie ging durch eine Doppeltür in den Sektionssaal und schaltete das Licht ein. »Dr. Kibbie, ich muss wirklich bald los. Könnten Sie sie in den Kühlraum zurückschieben und abschließen, wenn Sie fertig sind? Ziehen Sie einfach nur die Flurtür hinter sich zu.«

»Sie wollen sich wohl noch den Rest des Spiels anschauen?«, fragte Kibbie.

»Wenn ich nicht bald aufkreuze, wird Ian nie mehr ein Wort mit mir reden.«

»Ian kann reden? Das war mir neu.«

Lindsey verdrehte die Augen. »Dr. Kibbie – bitte!«

»Hören Sie doch endlich auf mich und rufen Sie mal meinen Neffen an. Er studiert seit Kurzem in Cornell Medizin. Wenn Sie sich nicht beeilen, wird sich irgendein anderes Mädchen ihn schnappen.«

Sie lachte und zog die Tür des Kühlraums auf. »Sie glauben im Ernst, dass ich einen Arzt heiraten will?«

»Jetzt bin ich aber beleidigt.«

»Ich meine ja nur – ich will lieber einen Mann, der zum Abendessen zu Hause ist.« Sie rollte eine Bahre aus dem Kühlraum heraus. »Wollen Sie sie auf dem Tisch haben?«

»Nein, lassen Sie sie ruhig auf der Bahre liegen. Wir werden nicht sezieren.«

»Lassen Sie mich nur noch mal schnell nachschauen, ob ich auch die Richtige erwischt habe.« Sie warf einen Blick auf den angehängten Zettel und griff dann nach dem Reißverschluss des Leichensacks. Ohne eine Spur von Scheu oder Zögern zog sie ihn so weit herunter, dass das Gesicht der Leiche freilag. »Alles klar, das ist sie«, sagte sie, indem sie sich aufrichtete und ihr blondes Haar zurückwarf. Ihr jugendlich frischer, rosiger Teint bildete einen auffallenden Kontrast zu dem leblosen Gesicht, das mit ausgetrockneten Augen aus dem Leichensack zu ihnen aufstarrte.

»Den Rest schaffen wir schon allein, Lindsey«, sagte Dr. Kibbie.

Das Mädchen winkte ihnen zu. »Denken Sie nur dran, die Tür ganz zuzuziehen«, sagte sie munter und rauschte hinaus. Zurück blieb nur ein unpassend wirkender Hauch von Parfüm.

Maura nahm sich ein paar Latexhandschuhe aus einem Karton auf der Arbeitsfläche. Dann trat sie an die Bahre und zog den Reißverschluss des Leichensacks ganz herunter. Als die Plastikhülle sich teilte, sagte niemand ein Wort. Was dort auf der Bahre lag, ließ sie alle verstummen.

Bei vier Grad Celsius wird das Bakterienwachstum unterbunden, die Verwesung gestoppt. Auch wenn seit der Tat zwei

Wochen verstrichen waren, hatten die eisigen Temperaturen in dem leerstehenden Haus die Weichteile der Leiche konserviert, und der Geruch war nicht so übel, dass man zur Mentholsalbe hätte greifen müssen. Doch im grellen Licht waren die grausigen Details zu erkennen, weit schlimmer als bloße Fäulniserscheinungen. Die Kehle war mit einem einzigen Schnitt bis auf die Halswirbel aufgeschlitzt worden, sodass die durchtrennte Luftröhre freilag. Aber es war nicht die tödliche Schnittwunde, die Mauras Blick fesselte, sondern der nackte Rumpf. Die unzähligen Kreuze, die in die Brüste und den Bauch eingeritzt waren. Heilige Symbole, in das Pergament menschlicher Haut geschnitten. Die Wunden waren blutverkrustet, und die unzähligen Rinnsale, die aus den flachen Einschnitten geflossen waren, waren an den Seiten des Rumpfs zu ziegelroten Bahnen getrocknet.

Ihr Blick wanderte zum rechten Arm der Leiche, der am Oberkörper anlag. Sie sah den Ring von Blutergüssen, der sich wie ein makabrer Armreif um das Handgelenk zog. Als sie aufschaute, fing sie Janes Blick auf. In diesem kurzen Moment war aller Ärger zwischen den beiden Frauen vergessen, beiseitegefegt von einer Vision der letzten Momente im Leben der Sarah Parmley.

»Das ist passiert, als sie noch am Leben war«, sagte Maura.

»So viele Schnitte.« Jane schluckte. »Das muss ja Stunden gedauert haben.«

Kibbie warf ein: »Als wir sie gefunden haben, waren das eine verbliebene Handgelenk und beide Fußknöchel mit Nylonschnur umwickelt. Die Knoten waren am Fußboden festgenagelt, sodass sie sich nicht rühren konnte.«

»Das hat er mit Lori-Ann Tucker nicht gemacht«, sagte Maura.

»Das ist das Bostoner Opfer?«

»Sie wurde zerstückelt. Aber nicht gefoltert.« Maura ging um die Bahre herum zur linken Seite des Leichnams und starrte auf den Unterarmstumpf hinunter. Die Schnittfläche war ledrig-braun und vertrocknet, das weiche Gewebe hatte sich zusammengezogen, sodass das durchtrennte Ende des Knochens freilag.

»Vielleicht wollte er irgendetwas von dieser Frau«, sagte Jane. »Vielleicht hat er sie aus einem ganz bestimmten Grund gefoltert.«

»Ein Verhör?«, meinte Kibbie.

»Oder eine Strafe«, sagte Maura und blickte in das Gesicht des Opfers. Sie dachte an die Worte, die an ihre eigene Tür gekritzelt worden waren. Und an Lori-Anns Schlafzimmerwand. *Ich habe gesündigt.*

Ist das der Lohn?

»Das sind nicht einfach nur wahllose Schnitte«, sagte Jane. »Das sind Kreuze. Religiöse Symbole.«

»Er hat sie auch an die Wände gemalt«, sagte Kibbie.

Maura sah zu ihm auf. »War da noch mehr an der Wand? Noch weitere Symbole?«

»O ja. Jede Menge seltsames Zeug. Ich sag's Ihnen, mir hat's die Nackenhaare aufgestellt, als ich da reingegangen bin. Joe Jurevich wird es Ihnen zeigen, wenn Sie morgen zum Haus rausfahren.« Er blickte auf die Leiche hinunter. »Mehr gibt es hier eigentlich nicht zu sehen. Aber das reicht ja wohl, um Ihnen zu zeigen, dass wir es hier mit einem ganz schön kranken Zeitgenossen zu tun haben.«

Maura schloss den Leichensack, zog den Reißverschluss über den eingesunkenen Augen, den getrübten Hornhäuten der Toten zu. Sie würde diese Obduktion nicht durchführen, aber sie brauchte kein Skalpell und keine Sonde, um zu wissen, wie dieses Opfer gestorben war; sie hatte die Antwort gerade gesehen, eingeritzt in die Haut der Frau.

Sie rollten die Bahre zurück in den Kühlraum und streiften ihre Handschuhe ab. Während er am Waschbecken stand und sich die Hände wusch, sagte Kibbie: »Vor zehn Jahren, als ich nach Chenango County kam, dachte ich, ich bin im Paradies gelandet. Saubere Luft, idyllische Hügellandschaft. Leute, die einem auf der Straße zuwinken und einen mit Kuchen vollstopfen, wenn man Hausbesuche macht.« Er seufzte und drehte den Hahn zu. »Aber man kann dem nicht entkommen, nicht wahr? Ob in der Großstadt oder auf dem Land, überall gibt es die Männer, die ihre Frauen erschießen, die Jugendlichen, die Läden überfallen. Aber dass ich mal so was Perverses zu Gesicht bekommen würde, hätte ich nie gedacht.« Er riss ein Papierhandtuch vom Spender und trocknete sich die Hände. »Ganz bestimmt nicht in einem Kaff wie Purity. Sie werden sehen, was ich meine, wenn Sie dort sind.«

»Wie weit ist es denn?«

»Von hier noch anderthalb Stunden, vielleicht auch zwei. Kommt drauf an, ob Sie Ihr Leben aufs Spiel setzen wollen, indem Sie mit Vollgas über die Nebenstrecken rasen.«

»Dann sollten wir besser mal aufbrechen«, meinte Jane, »wenn wir dort noch ein Motel finden wollen.«

»Ein Motel?« Kibbie lachte. »An Ihrer Stelle würde ich lieber gleich in Norwich übernachten. In Purity werden Sie nicht viel finden.«

»Ist es wirklich so klein?«

Er warf das Papierhandtuch in den Abfalleimer. »Ja, es ist wirklich so klein.«

27

Die Wände des Motels waren papierdünn. Maura lag im Bett und hörte Jane im Zimmer nebenan telefonieren. *Wie schön muss es sein,* dachte sie, *seinen Mann anrufen und mit ihm zusammen scherzen und lachen zu können. Ihn in aller Öffentlichkeit küssen und umarmen zu können, ohne sich zuerst verstohlen umschauen zu müssen, ob nicht irgendwelche Bekannte in der Nähe sind, die vielleicht daran Anstoß nehmen könnten.* Ihr eigener Anruf bei Daniel hatte sich auf ein paar geflüsterte Worte beschränkt. Im Hintergrund hatte sie andere Stimmen gehört. Er war nicht allein gewesen – deshalb hatte er so reserviert geklungen. Würde es immer so sein? Dass ihr Privatleben von ihrem öffentlichen Leben strikt getrennt war, dass es keine Überschneidungen geben konnte? Das war der eigentliche, der wahre Lohn der Sünde. Nicht Höllenfeuer und Verdammnis, sondern Kummer und Leid.

Nebenan beendete Jane ihr Gespräch. Einen Augenblick später hörte Maura, wie der Fernseher eingeschaltet wurde, und dann das Geräusch der Dusche. Nur eine dünne Wand trennte sie, doch was wirklich zwischen ihnen stand, war weit massiver als Holz und Gips. Seit Binghamton hatten sie kaum ein Wort gesprochen, und jetzt genügte schon das Geräusch von Janes Fernseher, um Mauras Verärgerung auf die Spitze zu treiben. Sie zog sich das Kissen über den Kopf, um es nicht mehr hören zu müssen, doch die Einflüsterungen des Zweifels in ihrem Kopf konnte sie nicht zum Verstummen bringen. Auch als es in Janes Zimmer endlich still wurde, lag Maura noch wach und zählte die Minuten, dann die Stunden.

Es war noch nicht sieben Uhr am nächsten Morgen, als sie schließlich aus dem Bett stieg, erschöpft von der schlaflosen Nacht, und aus dem Fenster schaute. Der Himmel war von einem bedrückenden Grau. Es hatte in der Nacht geschneit, und die Autos auf dem Parkplatz waren mit einer weißen Decke verhüllt. Sie wäre am liebsten nach Hause gefahren. Zum Teufel mit dem Mistkerl, der diese Sachen an ihre Tür gekritzelt hatte. Sie sehnte sich nach ihrem eigenen behaglichen Bett, ihrer eigenen Küche. Aber noch lag ein langer Tag vor ihr – wieder ein ganzer Tag mit Streitereien, die in verstocktem Schweigen endeten, mit Janes abfälligen Sticheleien. *Beiß die Zähne zusammen und bring's hinter dich.*

Erst nach der zweiten Tasse Kaffee fühlte sie sich in der Lage, den Tag anzugehen. Mit nichts im Magen als einem trockenen Plunderteilchen, auf das sich das »kontinentale Frühstück« des Motels beschränkt hatte, trug sie ihre Reisetasche zum Parkplatz, wo Jane schon mit laufendem Motor wartete.

»Wir treffen uns mit Jurevich vor dem Haus«, sagte Jane.

»Weißt du, wie wir da hinkommen?«

»Er hat mir den Weg beschrieben.« Jane musterte Maura kritisch. »Mensch, du siehst ja fix und fertig aus.«

»Ich habe schlecht geschlafen.«

»Die Matratzen waren ziemlich mies, was?«

»Unter anderem.« Maura warf ihre Tasche auf den Rücksitz und schlug ihre Tür zu. Sie saßen eine Weile schweigend da, während die heiße Luft auf ihre Knie blies.

»Du bist immer noch sauer auf mich«, sagte Jane.

»Ich bin im Moment nicht zum Plaudern aufgelegt.«

»Mensch, ich tu das doch alles nur dir zuliebe! Wenn ich sehe, wie das Leben einer Freundin aus dem Gleis gerät, dann halte ich es für meine Pflicht, den Mund aufzumachen.«

»Und ich habe dir zugehört.« Maura schnallte sich an. »Können wir jetzt vielleicht losfahren?«

Sie verließen die Stadt Norwich und fuhren in nordwestlicher Richtung, über Straßen, die vom Neuschnee glatt und rutschig waren. Die dicken Wolken am Himmel ließen noch weitere Schneefälle befürchten, und wenn Maura aus dem Fenster schaute, sah sie nur ein verschwommenes graues Einerlei. Das Plundergebäck lag ihr wie ein Betonklumpen im Magen, und sie lehnte sich zurück und schloss die Augen, um gegen die Übelkeit anzukämpfen.

Es kam ihr vor, als wären nur Sekunden vergangen, als sie aus ihrem Dämmerschlaf aufschreckte und sah, dass sie sich nun eine ungeräumte Straße entlangquälten, auf der die Reifen von Janes Wagen im Schnee durchdrehten. Links und rechts schoben sich dichte Wälder bis an die Straße heran, und die Wolken waren noch dunkler geworden, seit Maura eingeschlafen war.

»Wie weit ist es noch bis Purity?«, fragte sie.

»Wir haben den Ort schon hinter uns. Du hast nichts verpasst.«

»Bist du sicher, dass das hier die richtige Straße ist?«

»So lautete seine Wegbeschreibung.«

»Jane, wir werden noch stecken bleiben.«

»Ich habe Vierradantrieb, okay? Und wir können immer noch den Abschleppdienst rufen.«

Maura zog ihr Handy aus der Tasche. »Kein Netz. Na, dann viel Glück.«

»Hier – das muss die Abzweigung sein«, sagte Jane und zeigte auf das halb im Schnee versunkene Schild einer Immobilienfirma. »Das Haus steht zum Verkauf, erinnerst du dich?« Sie jagte den Motor hoch, und der Subaru geriet kurz ins Schlingern. Dann griffen die Reifen, und sie schossen die Straße hinauf. Nach einer Weile lichtete sich der Wald, und sie sahen das Haus auf einer kleinen Anhöhe stehen.

Jane bog in die Einfahrt ein und blickte zu dem dreistöckigen viktorianischen Haus auf, das vor ihnen aufragte. »Wow«, murmelte sie. »Ganz schön groß.«

Das Absperrband der Polizei flatterte am Geländer der breiten, überdachten Veranda. Die Schindelverkleidung hätte dringend einen neuen Anstrich nötig gehabt, doch trotz solcher Spuren der Vernachlässigung war nicht zu übersehen, dass dies einmal ein sehr stattliches Anwesen mit einer entsprechenden Aussicht gewesen sein musste. Sie stiegen aus, und der vom Wind aufgewirbelte Schnee prickelte in ihren Gesichtern, als sie die Verandastufen erklommen. Als Maura durch ein Fenster spähte, konnte sie in dem düsteren Raum kaum mehr als die geisterhaften Silhouetten verhüllter Möbel erkennen.

»Die Tür ist verschlossen«, sagte Jane.

»Wann wollte er sich denn mit uns treffen?«

»Vor einer Viertelstunde.«

Maura blies eine Atemwolke in die Luft. »Der Wind ist ja eiskalt. Wie lange sollen wir denn noch warten?«

»Lass mal sehen, ob ich ein Netz habe.« Jane betrachtete stirnrunzelnd ihr Handy. »Ein Streifen. Das könnte reichen.«

»Ich setze mich so lange ins Auto.« Maura stieg die Stufen hinunter und wollte gerade die Tür aufziehen, als sie Jane sagen hörte: »Da ist er ja.«

Maura blickte sich um und sah einen roten Jeep Cherokee die Straße heraufkommen, dicht gefolgt von einem schwarzen Mercedes. Der Cherokee parkte neben Janes Subaru, und ein Mann mit Bürstenhaarschnitt stieg aus. Mit seiner voluminösen Daunenjacke und den schweren Stiefeln war er für das Wetter bestens gerüstet. Er hielt Maura eine behandschuhte Hand hin, und sie blickte in ein humorloses Gesicht mit kalten grauen Augen.

»Detective Rizzoli?«, fragte er.

»Nein, ich bin Dr. Isles. Sie müssen Detective Jurevich sein.«

Er nickte, während er ihr die Hand schüttelte. »Ich komme vom Büro des Sheriffs von Chenango County.« Sein Blick ging zu Jane, die gerade die Verandastufen herunterkam, um ihn zu begrüßen. »Sind Sie Rizzoli?«

»Ja. Wir sind erst vor ein paar Minuten hier angekommen…« Jane brach ab, und ihr Blick verharrte plötzlich auf dem schwarzen Mercedes, auf dem Mann, der ihm gerade entstiegen war. »Was zum Teufel tut *der* denn hier?«

»Er hat schon prophezeit, dass Sie so reagieren würden«, bemerkte Jurevich.

Anthony Sansone kam mit großen Schritten auf sie zu; sein schwarzer Mantel flatterte hinter ihm im Wind. Er nickte Jane zu, ein knapper Gruß, mit dem er das Offensichtliche anerkannte: dass sie nicht erfreut war, ihn hier zu sehen. Dann fixierte er Maura. »Haben Sie die Leiche schon gesehen?«

Sie nickte. »Gestern Abend.«

»Glauben Sie, dass wir es mit demselben Täter zu tun haben?«

»Was heißt denn hier *wir*?«, schaltete Jane sich ein. »Mir war nicht bekannt, dass Sie für die Polizei arbeiten, Mr. Sansone.«

Gelassen drehte er sich zu ihr um. »Ich werde Ihre Arbeit schon nicht behindern.«

»Das hier ist ein Tatort. Sie dürften gar nicht hier sein.«

»Ich glaube nicht, dass Chenango County in Ihren Zuständigkeitsbereich fällt. Das ist Sache von Detective Jurevich.«

Jurevich hob nur die Schultern. »Unsere Spurensicherer haben das Haus schon durchsucht. Es spricht nichts dagegen, dass er mit uns kommt.«

»Dann ist das jetzt also eine öffentliche Führung.«

»Das Büro des Sheriffs hat es genehmigt; wir wurden eigens darum ersucht.«

»Von wem kam das Gesuch?«

Jurevich streifte Sansone mit einem Blick, doch dessen Miene verriet nichts.

»Wir vergeuden hier nur unsere Zeit«, sagte Sansone. »Sicherlich hat niemand von uns Lust, noch länger in diesem Wind herumzustehen.«

»Detective?«, hakte Jane nach.

»Wenn Sie irgendwelche Einwände haben«, sagte Jurevich, dem es offenbar gar nicht behagte, zwischen die Fronten geraten zu sein, »dann können Sie sich ans Justizministerium wenden. So, und jetzt gehen wir mal rein, bevor wir noch alle Frostbeulen kriegen, wie wär's?« Er stieg die Stufen zur Veranda hinauf, gefolgt von Sansone.

Jane starrte ihnen nach und raunte: »Wie kommt's, dass der Typ so einen Einfluss hat?«

»Vielleicht solltest du ihn das selbst fragen«, erwiderte Maura und begann die Stufen hinaufzugehen. Jurevich hatte die Haustür schon aufgeschlossen, und sie folgte den beiden Männern ins Haus. Drinnen war es kaum wärmer als draußen, wie sie fand, aber hier waren sie immerhin vor dem Wind geschützt. Jane trat hinter ihr ein und schloss die Tür. Nach dem blendend weißen Schnee brauchten Mauras Augen einen Moment, bis sie sich an das Halbdunkel gewöhnt hatten. Als sie durch die offene Tür ins Wohnzimmer spähte, sah sie mit Laken verhüllte Möbel und den matten Glanz von Holzdielen. Bleiches Winterlicht fiel durch die Fenster und tauchte den Raum in abgestufte Grautöne.

Jurevich deutete auf den Fuß der Treppe. »Sehen können Sie sie nicht, aber mit Luminol haben wir eine Menge Blutflecken auf diesen Stufen und hier in der Diele identifizieren können. Wie es aussieht, hat er hinter sich aufgewischt, als er das Haus verließ; die Fußspuren sind dementsprechend wenig aussagekräftig.«

»Sie haben das ganze Haus mit Luminol bearbeitet?«, fragte Jane.

»Mit Luminol, mit UV-Licht, mit Wechsellichtquellen. Wir haben jedes Zimmer gecheckt. Durch diese Tür gelangt man in die Küche und ins Esszimmer. Und hinter dem Wohnzimmer ist noch ein Arbeitszimmer. Bis auf die Fußabdrücke hier in der Diele haben wir im Erdgeschoss nichts besonders Interessantes zutage gefördert.« Er wandte sich zur Treppe um. »Das Ganze hat sich oben abgespielt.«

»Sie sagten, das Haus sei unbewohnt«, bemerkte Sansone. »Wie ist der Täter hineingekommen? Gab es Anzeichen für einen Einbruch?«

»Nein, Sir. Die Fenster waren fest verschlossen. Und die Maklerin schwört, dass sie immer die Haustür abschließt, wenn sie geht.«

»Wer hat einen Schlüssel?«

»Nun, die Maklerin natürlich. Und sie sagt, dass er ihr Büro nie verlässt.«

»Wie alt ist das Türschloss?«

»Oje, das weiß ich nicht. Wahrscheinlich um die zwanzig Jahre.«

»Ich nehme doch an, dass die Besitzerin auch einen Schlüssel hat.«

»Sie war seit Jahren nicht mehr in Purity. Wie ich höre, lebt sie irgendwo in Europa. Wir haben sie noch nicht erreichen können.« Jurevich deutete mit dem Kopf auf die abgedeckten Möbel. »Es ist alles mit einer dicken Staubschicht bedeckt. Man sieht, dass hier schon eine ganze Weile niemand mehr gewohnt hat. Eine echte Schande ist das. So ein solide gebautes Haus, das hält Ihnen gut ein Jahrhundert, und sie lässt es einfach verkommen. Der Hausmeister kommt einmal im Monat rauf, um nach dem Rechten zu sehen. So hat er auch die Leiche gefunden. Er sah Sarah Parmleys Mietwagen vor dem Haus stehen, und dann stellte er fest, dass die Haustür nicht verschlossen war.«

»Haben Sie den Hausmeister überprüft?«, fragte Jane.

»Er ist nicht verdächtig.«

»Warum nicht?«

»Nun, zum einen ist er einundsiebzig. Und er ist erst vor drei Wochen aus dem Krankenhaus entlassen worden. Prostata-OP.« Jurevich streifte Sansone mit einem Seitenblick. »Da sehen Sie, was uns Männer so im Alter erwartet.«

»Wir haben also eine Reihe von unbeantworteten Fragen«, meinte Sansone. »Wer hat die Haustür aufgesperrt? Was hat das Opfer überhaupt hier oben gewollt?«

»Das Haus steht zum Verkauf«, warf Maura ein. »Vielleicht hat sie das Maklerschild gesehen und ist hingefahren, um es sich anzuschauen.«

»Das ist doch alles reine Spekulation«, erwiderte Jurevich. »Wir haben ausgiebig über den Fall diskutiert, und wir wissen ganz einfach nicht, warum sie hier raufgefahren ist.«

»Erzählen Sie uns mehr über Sarah Parmley«, forderte Sansone ihn auf.

»Sie ist in Purity aufgewachsen. Hat hier die High School abgeschlossen. Aber wie bei so vielen jungen Leuten gab es nichts, was sie hier gehalten hätte, also ist sie nach Kalifornien gezogen und auch dort geblieben. Der einzige Grund, weshalb sie noch einmal zu Besuch kam, war der Tod ihrer Tante.«

»Woran ist sie gestorben?«

»Oh, es war ein Unfall. Ist auf der Treppe gestürzt und hat sich das Genick gebrochen. Sarah kam mit dem Flieger aus Kalifornien, um an der Trauerfeier teilzunehmen. Sie übernachtete in einem Motel in der Nähe der Stadt und checkte am Tag nach der Beerdigung wieder aus. Und seitdem ist sie nicht mehr gesehen worden. Bis zu diesem Samstag, als der Hausmeister ihr Auto hier entdeckte.« Er blickte die Treppe hinauf. »Ich zeige Ihnen das Zimmer.«

Jurevich ging voran. Auf halbem Weg blieb er stehen und deutete auf die Wand. »Das war das Erste, das wir entdeckten«, sagte er. »Dieses Kreuz hier. Es ist das gleiche Symbol, das er ihr überall in die Haut geritzt hat. Sieht aus, als hätte er eine Art rote Kreide benutzt.«

Maura starrte das Symbol an, und ihre Finger in den Handschuhen fühlten sich plötzlich taub an. »Das Kreuz steht auf dem Kopf.«

»Oben gibt's noch mehr davon«, erklärte Jurevich. »Sehr viel mehr.« Während sie die Stufen zum ersten Stock hinaufstiegen, tauchten noch weitere Kreuze an der Wand auf. Anfangs waren sie nur hier und da verstreut, doch dann, im Flur des ersten Stocks, nahm ihre Zahl explosionsartig zu; sie überwucherten die ganze Wand wie ein Heuschreckenschwarm und verdichteten sich um eine Tür herum.

»Hier drin wird's richtig schlimm«, sagte Jurevich.

Seine Warnung ließ Maura vor der Tür innehalten. Auch nachdem die anderen schon hineingegangen waren, zögerte sie noch auf der Schwelle und versuchte, sich gegen das zu wappnen, was sie auf der anderen Seite erwartete.

Sie trat ein und fand sich in einem Horrorkabinett.

Es war nicht die Lache getrockneten Bluts auf dem Boden, die ihren Blick gefangennahm; es waren die Handabdrücke, die sämtliche Wände bedeckten, als sei eine Schar verlorener Seelen durch dieses Zimmer gezogen und habe ihre blutigen Spuren hinterlassen.

»Diese Abdrücke stammen alle von derselben Hand«, sagte Jurevich. »Identische Handtellerabdrücke und Papillarleisten. Ich glaube nicht, dass unser Täter so dumm war, seine eigenen Abdrücke zu hinterlassen.« Er sah Jane an. »Ich wette, dass die da alle mit Sarah Parmleys abgetrennter Hand gemacht wurden. Mit der, die an Ihrem Tatort gefunden wurde.«

»Mein Gott«, murmelte Jane. »Er hat ihre Hand als eine Art Stempel benutzt.«

Mit Blut als Tinte, dachte Maura, während ihr Blick über die Wände schweifte. Wie viele Stunden hatte er in diesem Zimmer verbracht, die Hand wieder und wieder in diese Blutlache getaucht und sie an die Wand gedrückt, wie ein Kind mit einem Stempelset? Dann erst bemerkte sie die Schrift an der Wand neben der Tür, die durch die Handabdrücke halb verdeckt war. Sie trat näher und starrte die Worte an, die sich über die Wand zogen. Es war Latein, und es waren immer die gleichen drei Worte, die sich endlos wiederholten. Sie folgte dem Text, der sich in einer ununterbrochenen Linie über die Zimmerwände zog, über die Ecken hinweg, wie eine Schlange, die sie immer enger einkreiste.

Abyssus abyssum invocat abyssus abyssum invocat abyssus abyssum invocat…

Plötzlich dämmerte ihr der Sinn dieser Worte, und sie wich einen Schritt zurück, während eine eisige Kälte ihr bis ins Mark drang.

»*Die Hölle ruft die Hölle*«, murmelte Sansone. Sie hatte nicht bemerkt, dass er so dicht an sie herangetreten war.

»Ist das die Übersetzung?«, fragte Jane.

»Das ist die wörtliche Bedeutung. Aber es gibt noch eine andere.«

»*Die Hölle ruft die Hölle* klingt schon bedrohlich genug.«

»*Abyssus abyssum invocat* ist ein Bibelspruch. Er bedeutet so viel wie ›Eine böse Tat zieht eine andere nach sich‹.«

Maura starrte die Worte an. »Er will uns sagen, dass dies erst der Anfang ist. Er kommt erst in Fahrt.«

»Und diese Kreuze«, Sansone wies auf die Wand, wo die Symbole sich ballten wie ein Schwarm Hornissen, der sich zum Angriff sammelt, »stehen alle auf dem Kopf. Das ist eine Verhöhnung des Christentums, eine Zurückweisung der Kirche.«

»Genau. Man hat uns schon gesagt, dass es sich um ein satanisches Symbol handelt«, sagte Jurevich.

»Diese Worte und Symbole wurden vorher an die Wand geschrieben und gezeichnet«, sagte Maura, während sie die Rinnsale von Blut betrachtete, die an der Wand herabgeflossen waren und die aneinandergereihten lateinischen Worte teilweise verwischt hatten. Sie interpretierte das Muster der Spritzer, erkannte die bogenförmige Anordnung der Tropfen, die von der Blutfontäne aus einer durchtrennten Arterie stammen musste. »Bevor er sie tötete, bevor er ihr die Kehle durchschnitt, hat er sich die Zeit genommen, diese Wände zu verzieren.«

»Die Frage ist«, sagte Jurevich, »hat er diese Worte geschrieben, während sie hier lag und auf ihren Tod wartete? Oder war das Zimmer schon für das Mordritual vorbereitet, bevor das Opfer überhaupt hier ankam?«

»Worauf er sie dann hierhergelockt hat?«

»Es gibt eindeutige Hinweise auf eine vorbereitete Tat.« Jurevich deutete auf den Holzboden, wo das Blut in einer eisigen Lache getrocknet war. »Sehen Sie die Nägel hier? Er hatte Hammer und Nylonschnur dabei. So hat er sie bewegungsunfähig gemacht. Er hat ihr die Schnur um die Hand- und Fußgelenke gebunden und dann die Knoten am Boden festgenagelt. Nachdem er sie so gefesselt hatte, konnte er sich ruhig Zeit lassen.«

Maura dachte an die Symbole, die in Sarah Parmleys Haut

geritzt worden waren. Dann hob sie den Blick zur Wand, wo die gleichen Symbole in rotem Ocker prangten. Ein Kreuz, das auf dem Kopf stand. Das Satanskreuz.

»Aber wie hätte er sie hierherlocken sollen?«, fragte Sansone. »Was könnte sie dazu gebracht haben, dieses Haus aufzusuchen?«

»Wir wissen, dass sie in ihrem Motelzimmer einen Anruf bekommen hat«, sagte Jurevich. »Das war an dem Tag, als sie auscheckte. Die Rezeptionistin des Motels hat ihn zu ihrem Zimmer durchgestellt.«

»Das hatten Sie noch nicht erwähnt«, sagte Jane.

»Weil wir nicht sicher sind, ob es wichtig ist. Ich meine, Sarah Parmley ist schließlich in dieser Stadt aufgewachsen. Sie kannte hier wahrscheinlich eine Menge Leute, die sie nach der Beerdigung ihrer Tante hätten anrufen können.«

»War es ein Ortsgespräch?«

»Ein Münztelefon an einer Tankstelle in Binghamton.«

»Das ist ein paar Stunden von hier.«

»Richtig. Und das ist ein Grund, weshalb wir nicht davon ausgehen, dass der Anruf vom Mörder kam.«

»Gibt es noch einen anderen Grund?«

»Ja. Es war eine Frau.«

»Ist die Rezeptionistin sich da absolut sicher? Es ist immerhin zwei Wochen her.«

»Sie weicht nicht von ihrer Aussage ab. Wir haben sie mehrmals befragt.«

»Das Böse hat kein Geschlecht«, sagte Sansone.

»Und wie hoch ist die Wahrscheinlichkeit, dass eine Frau das getan hat?«, meinte Jane und deutete auf die Wand, auf die blutigen Handabdrücke.

»Ich würde die Möglichkeit, dass es eine Frau ist, nicht von vornherein ausschließen«, wandte Sansone ein. »Wir haben hier keine brauchbaren Fußabdrücke.«

»Ich schließe gar nichts aus. Ich gehe nur nach Wahrscheinlichkeiten.«

»Wahrscheinlichkeiten sind keine Gewissheiten.«

»Wie viele Mörder haben *Sie* denn schon zur Strecke gebracht?«, gab Jane zurück.

Er sah sie unverwandt an. »Ich glaube, die Antwort würde Sie überraschen, Detective.«

Maura wandte sich an Jurevich. »Der Mörder muss Stunden hier in diesem Haus verbracht haben. Er muss doch irgendwelche Haare oder Fasern hinterlassen haben.«

»Unsere Spurensicherer haben alle diese Zimmer mit UV-Licht abgesucht.«

»Es kann doch nicht sein, dass sie gar nichts gefunden haben.«

»Oh, sie haben eine ganze Menge gefunden. Das hier ist ein altes Haus, und es war in den letzten siebzig Jahren mit ein paar Unterbrechungen immer bewohnt. Wir haben in allen Zimmern Haare und Fasern gefunden. Und wir haben etwas entdeckt, was uns überrascht hat. Ich zeige Ihnen jetzt mal den Rest des Hauses.«

Sie traten wieder hinaus in den Flur, und Jurevich wies auf eine Tür. »Das da ist noch ein Schlafzimmer. Viel Staub, auch ein paar Katzenhaare, aber nichts, was unser Interesse geweckt hätte.« Er ging den Flur entlang, vorbei an einem weiteren Schlafzimmer, an einem schwarz-weiß gefliesten Bad, und bedachte jeden Raum nur mit einer wegwerfenden Handbewegung. »Hier«, sagte er. »In diesem Zimmer wurde es dann richtig interessant.«

Maura hörte den ominösen Unterton in seiner Stimme, doch als sie das Schlafzimmer betrat, sah sie absolut nichts Alarmierendes, nur einen Raum mit kahlen Wänden, aus dem alle Möbel entfernt worden waren. Hier war der Holzboden in weit besserem Zustand als im Rest des Hauses; offensichtlich war das Parkett erst vor Kurzem neu abgeschliffen worden. Durch die zwei vorhanglosen Fenster blickte man über den bewaldeten Abhang der Anhöhe, der sich bis zu dem zugefrorenen See im Tal erstreckte.

»Und was macht dieses Zimmer nun so interessant?«, fragte Jane.

»Das, was wir auf dem Boden gefunden haben.«

»Ich sehe da nichts.«

»Es wurde sichtbar, als wir ihn mit Luminol besprühten. Die Spurensicherung hat das ganze Haus unter die Lupe genommen, um zu sehen, wo unser Täter überall Blutspuren hinterlassen hatte. Wir dachten, vielleicht finden sich ja auch in anderen Räumen Spuren, die nicht auf den ersten Blick zu sehen sind. Wir haben seine Fußabdrücke im Flur gefunden, auf der Treppe und in der Diele, alle mit bloßem Auge nicht zu erkennen. Wir wissen also, dass er versucht hat, seine Spuren zu verwischen, bevor er das Haus verließ. Aber Blut kann man nicht ganz verschwinden lassen. Wenn man es mit Luminol ansprüht, leuchtet es sofort auf.« Janovich blickte auf den Boden hinunter. »Und hier hat es aufgeleuchtet wie ein Weihnachtsbaum.«

»Noch mehr Schuhabdrücke?«, fragte Jane.

»Nicht nur das. Es war, als wäre eine Welle von Blut durch diesen Raum geschwappt und an die Wand geklatscht. Man konnte es in den Ritzen zwischen den Dielen sehen, wo es in die Füllung gesickert war. An der Wand dort waren große Schlieren, als hätte jemand versucht, es wegzuwischen. Aber ganz hat er es nicht wegbekommen. Man sieht es jetzt nicht, aber es war wirklich überall. Wir haben hier gestanden und gesehen, wie das ganze Zimmer aufgeleuchtet hat, und ich kann Ihnen sagen, da ist uns ganz anders geworden. Denn als wir unsere Lampen einschalteten, sah es wieder genauso aus wie jetzt. Nichts – nicht ein Tropfen Blut, den man mit bloßem Auge erkennen könnte.«

Sansone starrte die Wände an, als versuchte er, diese schockierenden Nachbilder des Todes zu sehen. Er blickte auf den Boden, die glatt geschliffenen Dielen. »Das kann kein frisches Blut sein«, murmelte er. »Hier in diesem Haus ist noch etwas anderes passiert.«

Maura erinnerte sich an das halb im Schnee versunkene Schild mit der Aufschrift »Zu verkaufen« am Fuß der Anhöhe. Sie dachte an die verwitterten Schindeln, die abblätternde Farbe. Warum war ein so schönes Haus über Jahre hinweg so vernachlässigt und dem Verfall preisgegeben worden? »Deswegen will niemand es kaufen«, sagte sie.

Jurevich nickte. »Es passierte vor ungefähr zwölf Jahren, kurz bevor ich in diese Gegend gezogen bin. Ich habe erst von der Maklerin davon erfahren. Es gehört nicht zu den Dingen, die sie gerne freiwillig rausrückt, seit das Haus auf dem Markt ist, aber es fällt nun mal unter die Offenlegungspflicht. Ein kleines Detail, für das sich jeder potenzielle Käufer interessieren dürfte. Und das ihn wahrscheinlich die Flucht ergreifen lässt, sobald er es erfährt.«

Maura blickte auf den Boden hinunter, auf die Ritzen und Spalten, in denen sich das unsichtbare Blut verbarg. »Wer ist hier gestorben?«

»In diesem Zimmer war es ein Selbstmord. Aber wenn Sie sich überlegen, was sonst noch alles hier passiert ist, könnte man schon auf den Gedanken kommen, dass das ganze Haus verflucht ist.«

»Es gab noch mehr Todesfälle?«

Wieder nickte Jurevich. »Damals lebte hier eine Familie. Ein Arzt mit seiner Frau, einem Sohn und einer Tochter. Dazu noch ein Neffe, der den Sommer über bei ihnen wohnte. Nach allem, was man so hört, waren die Sauls gute Leute. Eine glückliche Familie, mit vielen Freunden.«

Nichts ist je genau so, wie es scheint, dachte Maura. *Niemals.*

»Ihr elfjähriger Sohn starb als Erster. Es war ein tragischer Unfall. Der Junge war zum Angeln runter an den See gegangen und nicht mehr nach Hause gekommen. Man vermutete, dass er ins Wasser gefallen und in Panik geraten war. Am nächsten Tag fanden sie seine Leiche. Von da an brach es nur so über die Familie herein. Eine Woche später fällt die Mutter die Treppe runter und bricht sich das Genick. Sie hatte Beruhigungsmittel genommen, und man nimmt an, dass sie einfach das Gleichgewicht verloren hat.«

»Das ist ja ein interessanter Zufall«, warf Sansone ein.

»Was?«

»Ist Sarah Parmleys Tante nicht auch so gestorben? Ein Sturz auf der Treppe? Genickbruch?«

Jurevich schwieg einen Moment. »Ja, daran hatte ich gar nicht gedacht. Das ist wirklich auffällig, nicht wahr?«

»Sie haben uns noch nicht von dem Selbstmord erzählt«, sagte Jane.

Jurevich nickte. »Es war der Mann. Überlegen Sie nur, was er kurz davor durchgemacht hatte. Zuerst ertrinkt sein Sohn. Dann fällt seine Frau die Treppe runter und verletzt sich tödlich. Zwei Tage darauf nimmt er also seine Pistole aus dem Schrank, setzt sich hier in sein Schlafzimmer und pustet sich den Schädel weg.« Jurevich senkte den Blick. »Das ist sein Blut auf dem Boden. Stellen Sie sich das vor – praktisch die ganze Familie innerhalb von ein paar Wochen ausgelöscht.«

»Was wurde aus der Tochter?«, fragte Jane.

»Sie ist zu Freunden gezogen. Hat ein Jahr später die High School abgeschlossen und die Stadt verlassen.«

»Und ihr gehört dieses Haus?«

»Ja. Es ist immer noch auf ihren Namen eingetragen. Seit damals versucht sie, es loszuwerden. Die Maklerin sagt, es hat ein paar Interessenten gegeben, aber sobald sie hören, was hier passiert ist, sind sie weg. Würden Sie in diesem Haus wohnen wollen? Mir könnten Sie gar nicht genug zahlen. Es ist ein Unglückshaus. Man kann es beinahe spüren, wenn man durch die Haustür reinkommt.«

Maura ließ den Blick über die Wände schweifen und schauderte. »Wenn es so etwas gibt wie ein Spukhaus, dann wäre das hier eines.«

»*Abyssus abyssum invocat*«, sagte Sansone leise. »Das bekommt jetzt eine ganz andere Bedeutung.«

Alle sahen ihn an. »Was?«, fragte Jurevich.

»Das ist der Grund, weshalb er es als Schauplatz für den Mord wählte. Er kannte die Vorgeschichte des Hauses. Er wusste, was hier passiert war, und es zog ihn an. Sie können es einen Durchgang in eine andere Dimension nennen. Oder einen Wirbel. Aber es gibt diese dunklen Orte auf dieser Welt, Orte des Grauens, für die es nur ein Wort gibt: Sie sind verflucht.«

Jane lachte nervös. »Das glauben Sie wirklich?«

»Es kommt nicht darauf an, was ich glaube. Aber wenn unser Mörder es glaubt, dann hat er dieses Haus gewählt, weil es ihn gerufen hat. *Die Hölle ruft die Hölle.*«

»O Mann«, meinte Jurevich, »wenn ich Ihnen so zuhöre, kriege ich eine Gänsehaut.« Er blickte sich in dem kahlen Zimmer um und schüttelte sich, als spürte er einen kalten Luftzug. »Wissen Sie, was ich denke? Man sollte dieses Haus einfach abfackeln. Bis auf die Grundmauern niederbrennen. Kein vernünftiger Mensch wird es je kaufen.«

»Sie sagten, es sei eine Arztfamilie gewesen, die hier gewohnt hat«, sagte Jane.

»Richtig – die Sauls.«

»Und in diesem Sommer hat ein Neffe bei ihnen gewohnt?«

Jurevich nickte. »Ein fünfzehnjähriger Junge.«

»Was ist aus ihm geworden? Nach diesen Tragödien?«

»Die Maklerin sagt, er hat Purity kurze Zeit später verlassen. Seine Mutter kam und nahm ihn mit.«

»Wissen Sie sonst noch irgendetwas über ihn?«

»Vergessen Sie nicht, das Ganze ist zwölf Jahre her. Niemand kannte den Jungen näher. Und er hat nur diesen einen Sommer hier verbracht.« Jurevich machte eine Pause. »Ich weiß, was Sie denken. Der Junge müsste jetzt siebenundzwanzig sein. Und er muss wissen, was hier passiert ist.«

»Er könnte auch einen Haustürschlüssel haben«, bemerkte Jane. »Wie können wir mehr über ihn in Erfahrung bringen?«

»Von seiner Cousine, würde ich sagen. Der Frau, der dieses Haus gehört. Lily Saul.«

»Aber Sie wissen auch nicht, wo man sie finden kann.«

»Die Maklerin hat es versucht.«

»Ich würde gerne die Polizeiberichte über die Familie Saul

sehen«, sagte Jane. »Ich nehme an, dass bei allen Todesfällen Ermittlungen durchgeführt wurden.«

»Ich werde in meiner Dienststelle anrufen und Ihnen die Akten kopieren lassen. Sie können sie abholen, bevor Sie abreisen. Sie fahren doch heute noch nach Boston zurück?«

»Das haben wir vor – gleich nach dem Mittagessen.«

»Dann werde ich zusehen, dass bis dahin alles fertig ist. Ich kann Ihnen Roxannes Café empfehlen. Hervorragende Truthahnsandwiches. Und es ist direkt gegenüber von unserem Büro.«

»Reicht Ihnen die Zeit, um alles zu kopieren?«

»So viel ist es gar nicht, hauptsächlich die Obduktions- und Polizeiberichte. In allen drei Fällen waren Todesart und Todeszeitpunkt ziemlich offenkundig.«

Sansone hatte am Fenster gestanden und hinausgeblickt. Jetzt wandte er sich zu Jurevich um. »Wie heißt Ihre Lokalzeitung hier?«

»Die *Evening Sun* deckt so ziemlich ganz Chenango County ab. Ihre Büros sind in Norwich.« Jurevich sah auf seine Uhr. »Tja, das ist so ziemlich alles, was ich Ihnen hier zeigen kann.«

Kurz darauf standen sie wieder draußen im schneidenden Wind, während Jurevich die Haustür abschloss und kräftig daran rüttelte, um sich zu vergewissern, dass sie auch wirklich gesichert war. »Sollten wir hier bei unseren Ermittlungen irgendwelche Fortschritte machen«, sagte er zu Jane, »dann rufe ich Sie an. Aber ich glaube eher, dass Sie diesen Mörder schnappen werden.« Er schloss den Reißverschluss seiner Jacke und zog seine Handschuhe an. »Er treibt sein Unwesen jetzt in Ihrer Nachbarschaft.«

28

»Er kreuzt hier mit seinem Nobelschlitten auf und wird gleich zu einer Tatortbegehung eingeladen«, sagte Jane und wedelte mit einer Fritte vor Mauras Nase herum. »Was steckt dahinter? Welche Beziehungen hat Sansone zum Justizministerium? Nicht mal Gabriel konnte das rauskriegen.«

»Sie müssen einen Grund haben, weshalb sie ihm vertrauen.«

»Ach ja?« Jane steckte sich die Fritte in den Mund und griff gleich nach der nächsten. Die Empörung förderte offensichtlich ihren Appetit. Binnen weniger Minuten hatte sie ein riesiges Clubsandwich bis auf wenige Toast- und Speckkrümel vertilgt und zog jetzt die restlichen Pommes durch die Ketchuppfütze auf ihrem Teller. »Einem Millionär vertrauen, dessen Hobby die Verbrecherjagd ist?«

»Multimillionär.«

»Für wen hält er sich eigentlich – für Bruce Wayne alias Batman? Oder den Typ in dieser alten Fernsehserie? Du weißt schon, dieser reiche Kerl, der zugleich Polizist ist. Meine Mom hat das immer geguckt.«

»Ich glaube, du meinst *Burkes Gesetz*.«

»Genau. Wie viele reiche Cops kennst *du*?«

Maura seufzte und griff nach ihrer Teetasse. »Keinen einzigen.«

»Eben. Es ist eine fixe Idee. Irgendein reicher Typ denkt sich, es wäre doch cool, mal Dirty Harry zu spielen, bloß dass er sich dabei nicht die Finger dreckig machen will. Er hat keine Lust, Streife zu laufen oder Einsatzberichte zu tippen. Lieber fährt er mit seinem Mercedes vor und sagt uns Trotteln, wie's gemacht wird. Meinst du, ich hätte nicht schon mit solchen Typen zu tun gehabt? Jeder bildet sich ein, schlauer zu sein als die Polizei.«

»Ich glaube nicht, dass er einfach nur ein Amateur ist, Jane. Ich glaube, es lohnt sich, ihn anzuhören.«

»Na klar. Einen ehemaligen Geschichtsprofessor.« Jane leerte ihre Kaffeetasse und lugte um die Ecke der Nische, um das gut besuchte Lokal nach der Bedienung abzusuchen. »Hey, Miss? Könnte ich noch 'nen Schluck…« Sie brach ab und raunte Maura zu: »Sieh mal, wer da kommt.«

»Wer?«

»Unser gemeinsamer Freund.«

Maura drehte sich zur Tür um und blickte am Tresen vorbei, an dem Männer mit Schirmmützen über ihre Burger und ihren Kaffee gebeugt saßen. Sie entdeckte Sansone im gleichen Moment wie er sie. Während er das Lokal durchschritt, drehten sich ein Dutzend Köpfe zu ihm um, und alle Blicke folgten der auffallenden Erscheinung mit den silbernen Haaren. Sansone trat auf Maura zu.

»Es freut mich zu sehen, dass Sie noch in der Stadt sind«, sagte er. »Darf ich mich zu Ihnen setzen?«

»Wir wollten gerade gehen«, sagte Jane und griff demonstrativ nach ihrer Brieftasche. Den Kaffee hatte sie praktischerweise schon wieder vergessen.

»Es wird nicht lange dauern. Oder wäre es Ihnen lieber, wenn ich es Ihnen maile, Detective?«

Maura betrachtete den Stapel Papiere in seiner Hand. »Was haben Sie denn da?«

»Das ist alles aus dem Archiv der *Evening Sun*.« Er legte die Papiere vor sie auf den Tisch.

Sie rückte ein Stück zur Seite, und er nahm neben ihr auf der Bank Platz. Sofort fühlte sie sich von diesem Mann in die Enge getrieben. Mit seiner dominanten Persönlichkeit schien er den ganzen Platz für sich zu beanspruchen und ihr die Luft zum Atmen zu nehmen.

»Das elektronische Archiv reicht nur fünf Jahre zurück«, sagte er. »Das sind Kopien aus dem Papierarchiv. Die Qualität lässt zu wünschen übrig, aber alles Wesentliche lässt sich daraus entnehmen.«

Maura sah sich die erste Seite an. Es war eine Kopie der Titelseite der *Evening Sun* vom 11. August vor zwölf Jahren. Sofort fiel ihr Blick auf einen Artikel, der ziemlich weit oben auf der Seite stand.

KNABENLEICHE AUS DEM PAYSON POND GEBORGEN

Das dazugehörige Foto zeigte einen Jungen mit lausbübischem Grinsen, der eine getigerte Katze im Arm hielt. Die Bildunterschrift lautete: *Teddy Saul hatte gerade erst seinen elften Geburtstag gefeiert.*

»Nach allem, was man weiß, war seine Schwester Lily die Letzte, die ihn lebend sah«, sagte Sansone. »Sie war es auch, die ihn tags darauf im See treiben sah. Was alle stutzig machte, war laut diesem Artikel die Tatsache, dass der Junge ein sehr guter Schwimmer gewesen war. Und dann war da noch ein interessantes Detail.«

Maura blickte auf. »Welches?«

»Angeblich war er zum See hinuntergegangen, um zu angeln. Aber seine Rute und der Angelkasten wurden rund zwanzig Meter vom Ufer entfernt gefunden.«

Maura gab die Kopie an Jane weiter und nahm sich den nächsten Artikel vor, erschienen am 18. August. Eine Woche nachdem die Leiche des kleinen Teddy gefunden worden war, hatte der nächste Schicksalsschlag die Familie Saul getroffen.

TRAUERNDE MUTTER STARB WAHRSCHEINLICH DURCH UNFALL

Der Artikel war von einem weiteren Foto begleitet, einer weiteren erschütternden Bildunterschrift. Das Bild zeigte Amy Saul in glücklicheren Tagen. Sie strahlte in die Kamera und hielt ein Baby auf dem Schoß – ihren Sohn Teddy, den sie elf Jahre später im Wasser des Payson Pond verlieren sollte.

»Sie wurde am Fuß der Treppe gefunden«, sagte Maura und sah zu Jane auf. »Von ihrer Tochter Lily.«

»Schon wieder? Die Tochter hat sie beide gefunden?« Jane griff nach dem fotokopierten Artikel. »So viel Pech – das ist doch allmählich verdächtig.«

»Und vergiss nicht den Anruf in Sarah Parmleys Motelzimmer vor zwei Wochen. Das war eine Frauenstimme.«

»Bevor Sie hier voreilige Schlüsse ziehen«, sagte Sansone, »sollten Sie wissen, dass es nicht Lily Saul war, die die Leiche ihres Vaters fand. Das war ihr Cousin. Es ist das erste und einzige Mal, dass Dominic Sauls Name in diesen Artikeln auftaucht.«

Maura nahm sich die dritte Kopie vor und starrte in das lächelnde Gesicht von Dr. Peter Saul. Darunter stand zu lesen: *Der Tod von Frau und Sohn raubte ihm den Lebensmut.* Sie blickte auf. »Gibt es irgendein Foto von Dominic?«

»Nein. Aber er wird in diesem Artikel als derjenige genannt, der die Leiche seines Onkels fand. Er war es auch, der die Polizei anrief.«

»Und das Mädchen?«, fragte Jane. »Wo war Lily, als das passierte?«

»Das steht da nicht.«

»Ich nehme an, die Polizei hat ihr Alibi überprüft.«

»Davon können Sie sicher ausgehen.«

»Sicher ist für mich gar nichts.«

»Hoffen wir, dass sich diese Information in den Polizeiakten findet«, erwiderte Sansone. »Denn von dem zuständigen Ermittler werden Sie nichts erfahren.«

»Warum nicht?«

»Er ist letztes Jahr an einem Herzinfarkt gestorben. Ich habe die Todesanzeige im Zeitungsarchiv gefunden. Wir haben also nur das, was in den Akten steht. Aber stellen Sie sich doch einmal die Situation vor. Sie sind ein einfacher Provinzpolizist und haben es mit einem sechzehnjährigen Mädchen zu tun, das innerhalb kurzer Zeit den Bruder, die Mutter und jetzt auch noch den Vater verloren hat. Sie steht wahrscheinlich unter Schock. Vielleicht ist sie hysterisch. Werden Sie sie da lange mit Fragen belästigen, um herauszubekommen, wo sie war, als ihr Vater starb, zumal, wenn es so eindeutig nach Selbstmord aussieht?«

»Es ist mein Job, Fragen zu stellen«, sagte Jane. »Ich hätte es gemacht.«

Ja, das hättest du, dachte Maura, während sie Janes unbeugsame Miene betrachtete und sich an ihre unbarmherzige Befragung von gestern Morgen erinnerte. Keine Gnade, keine Rücksicht. Wenn Jane Rizzoli davon überzeugt ist, dass du dir etwas hast zuschulden kommen lassen – dann gnade dir Gott. Maura blickte auf das Foto von Peter Saul hinab. »Es gibt kein Bild von Lily. Von ihr wissen wir auch nicht, wie sie aussieht.«

»Doch, es gibt ein Foto«, sagte Sansone. »Und zwar eines, das Sie sehr interessieren wird.« Er blätterte zur nächsten Kopie um und deutete auf den Artikel.

ARZT UNTER GROSSER ANTEILNAHME DER BEVÖLKERUNG BEIGESETZT

Freunde, Kollegen und sogar Fremde kamen an diesem herrlichen Augustnachmittag aus nah und fern auf dem Ashland Cemetery zusammen, um Abschied von Dr. Peter Saul zu nehmen. Er war letzten Samstag an einer Schussverletzung verstorben, die er sich selbst beigebracht hatte. Es war die dritte Tragödie, von der die Familie Saul binnen zwei Wochen heimgesucht wurde.

»Da ist sie«, sagte Sansone und zeigte auf das Foto zum Artikel. »Das ist Lily Saul.«

Das Bild war nicht sehr scharf, und das Gesicht des Mädchens war von den Trauergästen links und rechts von ihr teilweise verdeckt. Maura konnte nur das Profil ihres gesenkten Kopfes sehen, halb verhüllt durch ihr langes, dunkles Haar.

»Da ist ja nicht viel zu erkennen«, bemerkte Jane.

»Es ist nicht das Foto, das ich Ihnen zeigen wollte«, erwiderte Sansone. »Sondern die Bildunterschrift. Sehen Sie sich einmal die Namen der Mädchen an, die neben Lily stehen.«

Erst jetzt begriff Maura, warum Sansone so darauf bestanden hatte, ihnen diese Kopien zu zeigen. Unter dem Foto der gramgebeugten Lily Saul sprangen ihr zwei wohlbekannte Namen ins Auge.

Lily Saul wird von ihren Freundinnen Lori-Ann Tucker und Sarah Parmley getröstet.

»Das ist die entscheidende Verbindung«, sagte Sansone. »Drei Freundinnen. Zwei von ihnen sind inzwischen tot. Nur Lily Saul ist noch am Leben.« Er machte eine Pause. »Und wir können nicht einmal sicher sein, ob es so ist.«

Jane schnappte sich das Blatt und starrte es an. »Vielleicht, weil sie nicht will, dass wir etwas über sie erfahren.«

»Sie ist es, die wir finden müssen«, sagte Sansone. »Sie dürfte die Antworten kennen.«

»Oder vielleicht *ist* sie die Antwort. Wir wissen so gut wie nichts über diese Lily. Ob sie sich mit ihrer Familie verstanden hat. Ob sie sich vielleicht mit einem fetten Erbe aus dem Staub gemacht hat.«

»Das kann doch nicht dein Ernst sein«, sagte Maura.

»Ich muss zugeben, Mr. Sansone hat es schon vor mir auf den Punkt gebracht. Das Böse hat kein Geschlecht.«

»Aber ihre eigene Familie auszulöschen, Jane?«

»Wir töten, was wir lieben. Das weißt du.« Jane betrachtete das Foto der drei Mädchen. »Und vielleicht haben diese beiden es auch gewusst. Zwölf Jahre sind eine lange Zeit, wenn man ein Geheimnis hütet.« Sie warf einen Blick auf ihre Uhr. »Ich muss mich in der Stadt umhören und versuchen, mehr über Lily in Erfahrung zu bringen. Irgendjemand muss doch wissen, wo sie zu finden ist.«

»Wenn Sie schon dabei sind«, bemerkte Sansone, »möchten Sie die Leute vielleicht auch *danach* fragen.« Er schob Jane eine weitere Kopie zu. Die Überschrift lautete: *Landjugend kürt strammen Burschen aus South Plymouth zum Sieger.*

»Äh … ich soll die Leute über Preisbullen befragen?«, meinte Jane verwirrt.

»Nein, es ist die Meldung in der Rubrik *Aus dem Polizeibericht*«, erwiderte Sansone. »Ich hätte sie selbst fast übersehen, wenn sie nicht zufällig auf derselben Seite gestanden hätte wie der Artikel über Teddy Sauls Tod durch Ertrinken.«

»Sie meinen das hier? *Stall verwüstet, Ziege vermisst?*«

»Sehen Sie sich die Meldung an.«

Jane las laut vor: »›Bei der örtlichen Polizei ging eine Anzeige von Eben Bongers aus Purity ein, der meldete, Vandalen seien vergangenen Samstag in seinen Viehstall eingebrochen. Vier Ziegen brachen aus, von denen drei wieder eingefangen werden konnten; eine wird jedoch weiterhin vermisst. Der Stall wurde zudem mit Schnitzereien von‹«, Jane hielt inne und sah Maura an, »›von Kreuzen verunstaltet.‹«

»Lesen Sie weiter«, sagte Sansone.

Jane schluckte und wandte sich wieder dem Artikel zu. »›Ähnliche Schnitzereien wurden in anderen Gebäuden in der Region gefunden. Sachdienliche Hinweise sollten an das Büro des Sheriffs von Chenango County gerichtet werden.‹«

»Der Mörder war hier«, sagte Sansone. »Vor zwölf Jahren hat er hier in diesem Bezirk gelebt. Und die Menschen ahnten nicht, womit sie es zu tun hatten. Sie wussten nicht, was da in ihrer Mitte weilte.«

Er spricht, als ob der Mörder kein Mensch wäre, dachte Maura. *Er sagt nicht ›wer‹, sondern ›was‹. Kein Jemand, sondern ein* Etwas.

»Vor zwei Wochen dann«, sagte Sansone, »kehrt der Mörder in das Haus zurück, in dem die Sauls einst wohnten. Er zeichnet die gleichen Symbole an die Wände, schlägt Nägel in den Boden. All das als Vorbereitung auf sein Opfer. Auf das, was er mit Sarah Parmley vorhat.« Sansone beugte sich vor und fixierte Jane. »Ich glaube nicht, dass Sarah Parmley sein erstes Opfer war. Es gab schon andere vor ihr. Sie haben gesehen, wie minutiös der Mord an Sarah geplant, wie aufwendig das ganze Zeremoniell war. Das war ein von langer Hand vorbereitetes Verbrechen, das Werk eines Täters, der Monate, wenn nicht Jahre damit zugebracht hat, seine Rituale zu verfeinern.«

»Wir haben eine VICAP-Suche eingeleitet. Wir wollten wissen, ob es in der Vergangenheit ähnliche Morde gab.«

»Mit welchen Suchparametern?«

»Zerstückelung. Satanische Symbole. Gewiss, wir sind auf ein paar Fälle in anderen Bundesstaaten gestoßen, aber nichts, was wirklich gepasst hätte.«

»Dann weiten Sie die Suche aus.«

»Wenn wir sie noch mehr ausweiten, wird es irgendwann sinnlos. Zu allgemein, zu weitmaschig.«

»Ich spreche von einer internationalen Suche.«

»Da braucht man allerdings ein ziemlich großes Netz.«

»Kein Netz ist zu groß für diesen Mörder. Sehen Sie sich nur die ganzen Hinweise an, die er hinterlassen hat. Lateinische Inschriften. Zeichnungen mit rotem Ocker aus Zypern. Eine Muschel aus dem Mittelmeer. Er hat Sie praktisch mit der Nase darauf gestoßen, dass er im Ausland gelebt hat. Und wahrscheinlich auch im Ausland Morde begangen hat. Ich garantiere Ihnen, wenn Sie die Datenbank von Interpol durchsuchen, werden Sie auf weitere seiner Opfer stoßen.«

»Wie können Sie da so …« Jane brach ab, und ihre Augen verengten sich plötzlich. »Sie wissen es schon. Sie haben es recherchiert.«

»Ich habe mir die Freiheit genommen. Der Mörder hat überall unverwechselbare Spuren hinterlassen. Er ist offenbar vollkommen von seiner Unsichtbarkeit überzeugt.« Er deutete auf die Fotokopien. »Vor zwölf Jahren lebte der Mörder hier in der Gegend. Und er hatte schon damals diese Fantasien, brachte schon damals überall seine Kreuze an.«

Jane sah Maura an. »Ich werde noch mindestens eine Nacht hier bleiben. Ich muss noch mit einer Reihe von Leuten sprechen.«

»Aber ich muss nach Hause«, erwiderte Maura. »Ich kann nicht so lange wegbleiben.«

»Dr. Bristol kann doch für dich einspringen, oder?«

»Ich muss mich auch noch um andere Dinge kümmern.« Der Blick, den Jane ihr plötzlich zuwarf, gefiel Maura gar nicht. *Diese anderen Dinge – das ist nicht zufällig Daniel Brophy?*

»Ich fahre heute Abend zurück nach Boston«, sagte Sansone. »Ich kann Sie gerne mitnehmen.«

29

»Detective Rizzoli wirkte nicht gerade begeistert, als Sie mein Angebot annahmen«, sagte Sansone.

»Es gibt in letzter Zeit vieles, von dem sie nicht gerade begeistert ist«, sagte Maura, während sie aus dem Fenster über die Felder blickte, die wie mit einer weißen Haut überzogen schienen. Die Sonne war längst untergegangen, doch das Mondlicht, das vom Schnee reflektiert wurde, war hell wie eine Laterne. »Mich eingeschlossen.«

»Ich habe die Anspannung zwischen Ihnen bemerkt.«

»Ist es so offensichtlich?«

»Sie hält mit ihrer Meinung nicht gerade hinterm Berg, nicht wahr?« Im Dunkel des Wageninneren sah er sie von der Seite an. »Sie beide könnten verschiedener nicht sein.«

»Das wird mir auch mehr und mehr klar.«

»Kennen Sie sich schon lange?«

»Ungefähr zwei Jahre. Seit ich die Stelle in Boston angetreten habe.«

»Und war Ihr Verhältnis immer so angespannt?«

»Nein. Es ist nur, weil ...« Sie verstummte. *Weil sie mein Verhalten missbilligt. Weil sie auf ihrem hohen moralischen Ross sitzt und mir nicht zugesteht, menschliche Gefühle zu haben. Weil sie mir verbieten will, mich zu verlieben.* »Wir haben ein paar sehr stressige Wochen hinter uns«, sagte sie.

»Ich bin froh, dass wir die Gelegenheit haben, uns unter vier Augen zu unterhalten«, sagte er. »Denn was ich Ihnen gleich sagen werde, wird sich für Sie absurd anhören. Und Detective Rizzoli hätte es ohne nachzudenken als Unsinn abgetan.« Wieder sah er zu ihr herüber. »Ich hoffe, Sie sind eher bereit, mich anzuhören.«

»Weil Sie glauben, dass ich weniger skeptisch bin als sie? Wenn Sie sich da mal nicht täuschen.«

»Was sagen Sie zu dem Tatort, den wir heute besichtigt haben? Was hat er Ihnen über den Täter verraten?«

»Für mich deutet er auf eine schwer gestörte Persönlichkeit hin.«

»Das ist eine Möglichkeit.«

»Was ist Ihre Interpretation?«

»Dass eine beträchtliche Intelligenz dahintersteckt. Nicht nur irgendein Spinner, der darauf abfährt, Frauen zu quälen. Das ist jemand mit einer sehr klaren und logischen Motivation.«

»Kommen Sie jetzt wieder mit Ihren mythischen Dämonen?«

»Ich weiß, dass Sie ihre Existenz nicht akzeptieren. Aber Sie haben diesen Zeitungsartikel gelesen, über den Stall, der vor zwölf Jahren verunstaltet wurde. Ist Ihnen an diesem Bericht irgendetwas Besonderes aufgefallen?«

»Sie meinen, abgesehen von den Kreuzen im Viehstall?«

»Die verschwundene Ziege. Vier Ziegen waren aus dem Stall entkommen, und der Bauer konnte nur drei wieder einfangen. Was wurde aus der vierten?«

»Vielleicht ist sie ihm entwischt und hat sich im Wald verirrt.«

»Im dritten Buch Mose, Kapitel 16, wird der ›Sündenbock‹ erwähnt, der auch der Bock des Azazel genannt wird. Derjenige, der alle Sünden, alles Böse der Menschheit auf sich nimmt. Der Brauch war, dass das ausgewählte Tier in die Wüste geführt wurde, beladen mit den Sünden der Menschen. Und dort ließ man es laufen.«

»Nun sind wir also wieder bei Ihrem Symbol von Azazel.«

»Eine Zeichnung seines Kopfes wurde an Ihrer Tür angebracht. Das können Sie nicht vergessen haben.«

Nein, das habe ich nicht vergessen. Wie könnte ich vergessen, dass ein Mörder sein Zeichen an meiner Tür hinterlassen hat?

»Ich weiß, Sie sind skeptisch«, sagte er. »Ich weiß, Sie glauben, dass dieser Fall so ausgehen wird wie so viele andere.

Dass die Ermittlungen Sie zu einem scheinbar gewöhnlichen, ja fast bemitleidenswerten Individuum führen werden, das allein und zurückgezogen lebt. Einem zweiten Jeffrey Dahmer, einem neuen Son of Sam. Vielleicht hört dieser Mörder Stimmen. Vielleicht hat er Anton LaVeys *Satanische Bibel* ein paar Mal zu oft gelesen und verinnerlicht. Aber bedenken Sie doch einmal eine andere Möglichkeit, die sehr viel erschreckender ist.« Er sah sie an. »Dass die Nephilim – die Wächter – tatsächlich existieren. Dass sie immer schon existiert haben, und dass sie immer noch unter uns weilen.«

»Die Kinder der gefallenen Engel?«

»Das ist lediglich die biblische Interpretation.«

»Das alles stammt aus der Bibel. Und Sie wissen, dass ich nicht daran glaube.«

»Das Alte Testament ist nicht die einzige Quelle, in der diese Wesen erwähnt werden. Sie tauchen auch in den Mythen älterer Kulturen auf.«

»Jede Kultur hat ihre mythischen bösen Geister.«

»Ich rede nicht von Geistern, sondern von Wesen aus Fleisch und Blut mit menschlichem Antlitz. Eine eigene Spezies von räuberischen Wesen, die sich parallel zu uns entwickelt hat. Sich mit uns vermischt hat.«

»Würden wir nicht inzwischen von ihrer Existenz wissen?«

»Wir sehen das Böse, das sie begehen. Aber wir erkennen sie nicht als das, was sie wirklich sind. Wir nennen sie Soziopathen oder Tyrannen. Oder Vlad den Pfähler. Mit ihrem Charme und ihren Verführungskünsten erschleichen sie sich Macht und Einfluss. In Zeiten von Krieg, von Revolution und sozialen Unruhen blühen sie auf. Und wir merken einfach nicht, dass sie anders sind als wir alle. Es ist eine grundlegende Andersartigkeit, die tief in unserem genetischen Code verankert ist. Sie sind geborene Beutejäger, und die ganze Welt ist ihr Jagdrevier.«

»Ist es das, womit die Mephisto-Stiftung sich beschäftigt? Die Suche nach diesen mythischen Wesen?« Sie lachte. »Da können Sie auch gleich Einhörner jagen.«

»Wir sind viele, die daran glauben.«

»Und was tun Sie, wenn Sie tatsächlich einen finden? Ihn erschießen und sich seinen Kopf als Trophäe an die Wand hängen?«

»Wir sind ein reiner Forschungskreis. Unsere Rolle ist es, zu identifizieren und zu analysieren. Und zu beraten.«

»Wen zu beraten?«

»Die Strafverfolgungsbehörden. Wir liefern ihnen Informationen und Analysen. Und sie arbeiten mit dem, was wir ihnen vorlegen.«

»Die Strafverfolgungsbehörden interessieren sich tatsächlich für das, was Sie zu sagen haben?«, fragte sie mit unverhohlen skeptischem Unterton.

»Ja. Man hört auf uns«, war seine ganze Antwort. Die ruhige Feststellung eines Mannes, der sich seiner Sache so sicher war, dass er es nicht für nötig hielt, sie zu verteidigen.

Sie dachte daran, wie mühelos er an vertrauliche Informationen über Details der Ermittlungen herangekommen war. Und wie Janes Erkundigungen über Sansone beim FBI, bei Interpol und beim Justizministerium auf eisernes Schweigen gestoßen waren. *Sie schützen ihn alle.*

»Unsere Arbeit ist nicht unbemerkt geblieben«, sagte er und fügte leise hinzu: »Bedauerlicherweise.«

»Ich dachte, darum ginge es Ihnen. Dass Ihre Arbeit wahrgenommen wird.«

»Aber nicht von den falschen Leuten. Irgendwie sind sie auf uns aufmerksam geworden. Sie wissen, wer wir sind und was wir tun.« Er machte eine Pause. »Und sie glauben, dass Sie eine von uns sind.«

»Ich glaube ja nicht einmal, dass *sie* existieren.«

»Sie haben ihr Zeichen an Ihrer Tür angebracht. Sie haben Sie identifiziert.«

Maura blickte hinaus auf den mondbeschienenen Schnee, der in der Nacht auffallend weiß schimmerte. Es war beinahe taghell. Keine Dunkelheit, keine Deckung. Jede Bewegung einer gejagten Kreatur wäre in dieser unbarmherzigen Landschaft weithin zu sehen. »Ich bin nicht Mitglied in Ihrem Club.«

»Aber Sie könnten es sein. Sie sind vor meinem Haus gesehen worden. Sie sind mit mir gesehen worden.«

»Ich war auch an allen drei Tatorten, wo ich lediglich meiner Arbeit nachgegangen bin. Der Mörder hätte mich an jedem dieser Abende bemerken können.«

»Das hatte ich zunächst auch geglaubt. Dass Sie rein zufällig in sein Visier geraten wären; ein Gelegenheitsopfer. Das hatte ich auch von Eve Kassowitz geglaubt – dass er sie vielleicht an dem ersten Tatort am Heiligabend gesehen und sie sein Interesse geweckt hätte.«

»Sie glauben nicht mehr, dass es so war?«

»Nein.«

»Warum nicht?«

»Die Muschel. Wenn ich eher davon gewusst hätte, dann hätten wir alle Vorsichtsmaßnahmen ergreifen können. Und Joyce wäre vielleicht noch am Leben.«

»Sie denken, diese Muschel war eine Botschaft für Sie?«

»Jahrhundertelang sind die Männer der Familie der Sansone unter dem Banner der Muschel in die Schlacht gezogen. Das war eine gezielte Provokation, eine Kampfansage an die Adresse der Stiftung. Eine Warnung vor dem, was uns erwartet.«

»Und was soll das sein?«

»Unsere Auslöschung.« Er sagte es leise, als könnte das bloße Aussprechen dieser zwei Worte das Schwert auf seinen Nacken niedersausen lassen. Aber sie hörte keine Furcht in seiner Stimme, nur das resignierte Eingeständnis, dass dies sein vorbestimmtes Schicksal war. Darauf wusste sie nichts zu erwidern. Das Gespräch war auf ein Gebiet abgedriftet, das ihr fremd war, und sie fühlte sich verloren, ohne Orientierung. Sein Universum war eine derart düstere und trostlose Albtraumlandschaft, dass allein seine Nähe, hier neben ihr im Wagen, ihre eigene Perspektive veränderte, sie in ein unbekanntes Land versetzte, das von Ungeheuern bevölkert war. *Daniel*, dachte sie, *ich brauche dich jetzt. Ich brauche deine Berührung, deine Hoffnung und deinen Glauben an die Welt. Dieser Mann ist die personifizierte Dunkelheit, und du bist das Licht.*

»Wissen Sie, wie mein Vater gestorben ist?«, fragte er unvermittelt.

Aufgeschreckt von seiner Frage, sah sie ihn stirnrunzelnd an. »Wie bitte?«

»Glauben Sie mir, es ist relevant. Meine ganze Familiengeschichte ist relevant. Ich habe versucht, ihr den Rücken zu kehren. Dreizehn Jahre habe ich am Boston College unterrichtet, habe geglaubt, ich könnte ein normales Leben führen, wie alle anderen. Ich war überzeugt, dass mein Vater bloß ein schrulliger Exzentriker war, dass all die grotesken Geschichten, die er mir erzählt hatte, als ich heranwuchs, nichts als wunderliche Familienlegenden waren.« Er warf ihr einen Blick zu. »Ich glaubte ebenso sehr daran, wie Sie es in diesem Moment tun, mit anderen Worten: überhaupt nicht.«

Er klingt so rational. Und doch ist er es nicht. Er kann es nicht sein.

»Ich habe Geschichte gelehrt und bin deshalb vertraut mit den alten Mythen«, sagte er. »Aber Sie werden mich nie davon überzeugen, dass es irgendwann einmal Satyrn oder Meerjungfrauen oder fliegende Pferde gegeben hat. Warum sollte ich den Geschichten meines Vaters über die Nephilim Glauben schenken?«

»Was hat Sie umgestimmt?«

»Oh, ich wusste, dass *manches* von dem, was er mir erzählte, der Wahrheit entsprach. Isabellas Tod zum Beispiel. In Venedig konnte ich in Kirchendokumenten Aufzeichnungen über ihre Gefangenschaft und ihren Tod finden. Sie brachte in der Tat einen Sohn zur Welt, kurz vor ihrer Hinrichtung. Nicht alles, was in der Familie Sansone von Generation zu Generation weitererzählt wurde, war reine Fantasie.«

»Und was ist mit der Überlieferung, Ihre Vorfahren seien Dämonenjäger gewesen?«

»Mein Vater hat es geglaubt.«

»Und Sie?«

»Ich glaube, dass es feindselige Mächte gibt, die die Mephisto-Stiftung zu Fall bringen wollen. Und jetzt haben sie uns gefunden. So, wie sie auch meinen Vater gefunden haben.«

Sie starrte ihn an, wartete auf seine Erklärung.

»Vor acht Jahren«, fuhr Sansone fort, »flog er nach Neapel, um einen alten Freund zu treffen, einen Mann, den er seit seinen College-Tagen in New Haven kannte. Sie waren beide verwitwet und teilten eine leidenschaftliche Begeisterung für alte Geschichte. Sie wollten gemeinsam das dortige Archäologische Nationalmuseum besuchen und ihre Bekanntschaft auffrischen. Mein Vater freute sich sehr auf den Besuch. Es war das erste Mal seit dem Tod meiner Mutter, dass sich seine Stimme wirklich lebendig anhörte. Doch als er in Neapel ankam, war sein Freund nicht am Flughafen. Und auch nicht im Hotel. Er rief mich an und sagte mir, dass irgendetwas Schlimmes passiert sein müsse; er werde schon am nächsten Tag nach Hause zurückfliegen. Ich konnte hören, dass er sehr aufgeregt war, doch er wollte nicht mehr darüber sagen. Ich vermute, dass er glaubte, unser Gespräch würde abgehört.«

»Er glaubte tatsächlich, das Telefon sei angezapft worden?«

»Sehen Sie? Sie reagieren genau so wie ich damals. Der gute alte exzentrische Papa fantasiert mal wieder von seinen Kobolden. Das Letzte, was er zu mir sagte, war: ›Sie haben mich gefunden, Anthony. Sie wissen, wer ich bin.‹«

»Sie?«

»Ich wusste genau, wovon er redete. Es war derselbe Unsinn, den ich mir hatte anhören müssen, seit ich ein Kind war. Finstere Mächte in der Regierung. Eine weltweite Verschwörung der Nephilim, die sich gegenseitig in einflussreiche Positionen brachten. Und wenn sie einmal die politische Macht erobert hätten, würden sie nach Herzenslust jagen können, ohne Furcht vor Strafe. So, wie sie im Kosovo gejagt haben. Und in Kambodscha. Und in Ruanda. In Zeiten von Krieg, Chaos und Blutvergießen blühen sie erst richtig auf. Das ist ihr Lebenselixier. Armageddon, das ist für sie die Vision eines Paradieses für Jäger. Deshalb können sie es nicht erwarten, es Wirklichkeit werden zu lassen, deshalb sehnen sie es herbei.«

»Das klingt wie die ultimative paranoide Wahnvorstellung.«

»Es kann aber auch eine Erklärung für das Unerklärliche sein: warum Menschen einander so schreckliche Dinge antun.«

»Ihr Vater hat das alles geglaubt?«

»Er wollte, dass *ich* es glaube. Aber erst sein Tod hat mich überzeugen können.«

»Was ist mit Ihrem Vater passiert?«

»Man hätte es leicht als einen Raubüberfall abtun können, der zufällig tödlich endete. Neapel ist ein gefährliches Pflaster, und als Tourist muss man dort immer auf der Hut sein. Aber mein Vater war auf der Via Partenope unterwegs, der Promenade am Ufer des Golfs von Neapel, einer Straße, auf der es immer von Touristen wimmelt. Dennoch ging alles so schnell, dass er keine Zeit hatte, um Hilfe zu rufen. Er brach einfach auf der Stelle zusammen. Niemand hatte seinen Angreifer gesehen. Niemand hatte gesehen, was passiert war. Aber da lag mein Vater plötzlich auf der Straße und verblutete. Die Klinge war direkt unterhalb des Brustbeins eingedrungen, hatte den Herzbeutel durchstoßen und die rechte Herzkammer verletzt.«

»So ist auch Eve Kassowitz gestorben«, sagte sie leise. Eine Tötungsmethode von brutaler Effizienz.

»Wissen Sie, was für mich das Schlimmste daran war?«, fragte er. »Er starb in der Überzeugung, dass ich ihm niemals glauben würde. Nach unserem letzten Telefonat hatte ich aufgelegt und zu einem Kollegen gesagt: ›Jetzt ist der Alte wirklich reif für die Nervenklinik.‹«

»Aber heute glauben Sie ihm.«

»Als ich ein paar Tage später nach Neapel flog, dachte ich immer noch, es sei eine willkürliche Gewalttat gewesen. Dass er ein Tourist war, der das Pech hatte, zur falschen Zeit am falschen Ort zu sein. Aber als ich dann auf dem Polizeirevier auf meine Kopie des Berichts wartete, trat ein älterer Herr ins Zimmer und stellte sich mir vor. Ich hatte seinen Namen schon von meinem Vater gehört. Was ich nicht wusste, war, dass Gottfried Baum für Interpol arbeitete.«

»Woher kenne ich den Namen?«

»Er war einer meiner Dinnergäste an dem Abend, als Eve Kassowitz ermordet wurde.«

»Der Mann, der dann zum Flughafen fuhr?«

»Sein Flug nach Brüssel ging noch am selben Abend.«

»Und er ist Mitglied der Mephisto-Stiftung?«

Sansone nickte. »Er war es, der mich damals zwang, ihm zuzuhören, und der mich letztlich überzeugte. All die Geschichten, die mein Vater mir erzählt hatte, all seine verrückten Theorien über die Nephilim – ich hörte sie alle noch einmal von Baum.«

»Eine *folie à deux*«, sagte Maura. »Eine gemeinsam ausgelebte Wahnvorstellung.«

»Ich wünschte, es wäre eine Wahnvorstellung. Ich wünschte, ich könnte es ebenso leichthin abtun wie Sie. Aber Sie haben nicht die Dinge gesehen und gehört, die ich, Gottfried und andere gesehen und gehört haben. Mephisto kämpft ums Überleben. Nach vier Jahrhunderten sind wir die Letzten, die übrig sind.« Er machte eine Pause. »Und ich bin der Letzte von Isabellas Nachfahren.«

»Der letzte Dämonenjäger«, sagte sie trocken.

»Ich bin keinen Millimeter weitergekommen bei Ihnen, nicht wahr?«

»Eine Sache verstehe ich wirklich nicht. Es ist doch nicht so schwer, jemanden zu töten. Wenn diese Wesen es auf Sie abgesehen haben, wieso schalten sie Sie dann nicht einfach aus? Sie verstecken sich ja nicht. Es genügt ein Schuss durch Ihr Wohnzimmerfenster, eine Bombe in Ihrem Wagen. Wozu dann diese albernen Spielchen mit Muscheln? Wozu warnt man Sie, wenn man Sie ohnehin schon im Visier hat?«

»Ich weiß es nicht.«

»Sie sehen aber doch, wie unlogisch das ist.«

»Ja.«

»Und doch glauben Sie immer noch, dass es bei diesen Morden um Mephisto geht.«

Er seufzte. »Ich werde gar nicht erst versuchen, Sie zu überzeugen. Ich will nur, dass Sie überhaupt die *Möglichkeit* in Betracht ziehen, dass das, was ich Ihnen erzählt haben, wahr ist.«

»Dass es eine weltweite Bruderschaft der Nephilim gibt? Dass nur die Mephisto-Stiftung und niemand sonst etwas von dieser riesigen Verschwörung ahnt?«

»Unsere Stimme wird inzwischen gehört.«

»Was werden Sie tun, um sich zu schützen? Ihr Gewehr mit Silberkugeln laden?«

»Ich werde Lily Saul finden.«

Sie sah ihn stirnrunzelnd an. »Die Tochter?«

»Finden Sie es nicht merkwürdig, dass niemand weiß, wo sie ist? Dass niemand sie ausfindig machen kann?« Er sah Maura an. »Lily weiß etwas.«

»Wieso glauben Sie das?«

»Weil sie nicht gefunden werden will.«

»Ich denke, ich sollte mit Ihnen hineingehen«, sagte er, »nur um mich zu vergewissern, dass alles in Ordnung ist.«

Sie parkten vor Mauras Haus, und durch die Wohnzimmervorhänge konnte sie sehen, dass das Licht brannte – die automatische Zeitschaltuhr hatte die Lampen eingeschaltet. Sie hatte die Zeichnung an der Tür abgewischt, bevor sie gestern das Haus verlassen hatte. Als sie nun in die Dunkelheit hinausstarrte, fragte sie sich, ob in der Zwischenzeit neue Symbole angebracht worden waren, die sie nicht sehen konnte, neue Drohungen, die im Schatten auf sie lauerten.

»Ich glaube, ich würde mich auch sicherer fühlen, wenn Sie noch mitkämen«, gestand sie.

Er nahm eine Taschenlampe aus dem Handschuhfach, und sie stiegen aus. Keiner sprach ein Wort, beide konzentrierten sich ganz auf ihre Umgebung – die dunkle Straße, das ferne Rauschen des Verkehrs. Sansone blieb auf dem Gehsteig stehen, als versuchte er, den Geruch von etwas zu wittern, das er nicht sehen konnte. Sie stiegen die Verandastufen hinauf, und er schaltete die Taschenlampe ein, um die Tür zu inspizieren.

Sie war sauber.

Im Haus klingelte das Telefon. *Daniel?* Maura schloss die Haustür auf und trat ein. Sie brauchte nur wenige Sekunden, um ihren Code in das Tastenfeld einzutippen und die Alarmanlage zu deaktivieren, doch bis sie das Telefon erreicht hatte, war es schon wieder verstummt. Sie ließ sich die Anrufliste anzeigen und erkannte die Nummer auf dem Display. Die Versuchung war groß, zum Hörer zu greifen und ihn sofort zurückzurufen, doch Sansone stand direkt hinter ihr im Wohnzimmer.

»Haben Sie den Eindruck, dass alles in Ordnung ist?«

Sie nickte knapp. »Alles bestens.«

»Möchten Sie sich nicht noch rasch im Haus umschauen, ehe ich fahre?«

»Natürlich«, antwortete sie und trat hinaus in den Flur. Als er ihr folgte, konnte sie seinen Blick im Nacken spüren. Sah er es ihr am Gesicht an? Erkannte er den Blick einer liebeskranken Frau? Sie ging von Zimmer zu Zimmer, überprüfte die Fenster, rüttelte an den Türen. Alles war gesichert. Es wäre eine selbstverständliche Geste der Gastfreundschaft gewesen, ihm eine Tasse Kaffee anzubieten und ihn zu bitten, noch eine Weile zu bleiben, nachdem er so freundlich gewesen war, sie nach Hause zu fahren. Doch sie war nicht in Gastgeberlaune.

Zu ihrer Erleichterung verlor er keine Zeit und wandte sich gleich zum Gehen. »Ich werde morgen früh noch einmal nach Ihnen sehen«, sagte er.

»Ich komme schon zurecht.«

»Sie müssen vorsichtig sein, Maura. Das müssen wir alle.«

Aber ich gehöre nicht zu euch, dachte sie. *Ich wollte nie dazugehören.*

Es läutete an der Tür. Sie wechselten einen Blick.

Leise sagte er: »Wollen Sie nicht nachsehen, wer es ist?«

Sie atmete durch und ging in die Diele. Nachdem sie einen Blick durch das Fenster geworfen hatte, öffnete sie sofort die Tür. Selbst der eisige Luftstoß konnte die Hitze nicht vertreiben, die ihr in die Wangen stieg, als Daniel eintrat und bereits die Arme ausbreitete, um sie an sich zu drücken. Dann sah er den anderen Mann im Flur stehen und erstarrte in der Bewegung.

Sansone beendete souverän das peinliche Schweigen, indem er vortrat und die Hand ausstreckte. »Sie müssen Pater Brophy sein«, sagte er. »Ich bin Anthony Sansone. Ich habe Sie neulich abends vor Dr. O'Donnells Haus gesehen, als Sie kamen, um Maura abzuholen.«

Daniel nickte. »Ich habe von Ihnen gehört.«

Die beiden Männer gaben sich die Hand, eine steife, argwöhnische Begrüßung. Dann war Sansone so vernünftig, zügig das Feld zu räumen. »Schalten Sie Ihre Alarmanlage ein«, mahnte er Maura.

»Das werde ich.«

Bevor er zur Haustür hinaustrat, musterte er Brophy mit einem letzten abwägenden Blick. Sansone war weder blind noch auf den Kopf gefallen; er ahnte vermutlich, was dieser Priester in ihrem Haus tat. »Gute Nacht«, sagte er und ging.

Maura schloss die Tür ab. »Du hast mir gefehlt«, sagte sie und sank in Daniels Arme.

»Der Tag kam mir so endlos vor«, murmelte er.

»Ich konnte an nichts anderes denken als daran, wann ich dich wiedersehen würde.«

»Mir ging es genauso. Entschuldige, dass ich einfach so unangemeldet aufkreuze. Aber ich musste einfach vorbeischauen.«

»Solche Überraschungen liebe ich.«

»Ich dachte, du würdest viel früher zurück sein.«

»Wir haben unterwegs eine Pause gemacht und etwas gegessen.«

»Weißt du, ich habe mir Sorgen gemacht, als ich gehört habe, dass du mit ihm zurückfährst.«

»Das war vollkommen unnötig.« Sie trat einen Schritt zurück und lächelte. »Komm, gib mir deinen Mantel.«

Aber er machte keine Anstalten, ihn auszuziehen. »Was hast du über ihn in Erfahrung gebracht, nachdem du den ganzen Tag mit ihm zusammen warst?«

»Ich glaube, er ist bloß ein exzentrischer Mann mit einem Haufen Geld. Und einem sehr merkwürdigen Hobby.«

»Immer auf den Spuren Satans und seiner Jünger? Das geht ein wenig über das hinaus, was ich als ›merkwürdig‹ bezeichnen würde.«

»Das wirklich Merkwürdige ist, dass es ihm gelungen ist, einen Kreis von Freunden um sich zu scharen, die alle an dieselbe Sache glauben.«

»Beunruhigt dich das nicht? Dass er so vollkommen auf die dunkle Seite fixiert ist? Dass er regelrecht nach dem Teufel *sucht*? Du kennst den Spruch: ›Wenn du lange in einen Abgrund blickst …‹«

»›… blickt der Abgrund auch in dich hinein.‹ Ja, ich kenne das Zitat.«

»Es ist wert, dass man sich daran erinnert, Maura. Wie leicht die Finsternis uns in ihren Bann ziehen kann.«

Sie lachte. »Das klingt wie etwas aus einer deiner Sonntagspredigten.«

»Ich meine es ernst. Du weißt nicht genug über diesen Mann.«

Ich weiß, dass er dich beunruhigt. Ich weiß, dass er dich eifersüchtig macht.

Sie berührte seine Wange. »Reden wir nicht mehr von ihm. Er ist nicht wichtig. Komm, lass mich deinen Mantel nehmen.«

Immer noch machte er keine Anstalten, ihn aufzuknöpfen. Da erst begriff sie.

»Du bleibst heute Nacht nicht bei mir«, sagte sie.

Er seufzte. »Ich kann nicht. Es tut mir leid.«

»Warum bist du dann gekommen?«

»Ich sagte dir doch, ich habe mir Sorgen gemacht. Ich wollte mich vergewissern, dass er dich sicher nach Hause gebracht hat.«

»Und du kannst nicht bleiben, auch nicht für ein paar Stunden?«

»Ich wünschte, ich könnte es. Aber sie haben mich in letzter Minute gebeten, an einer Konferenz in Providence teilzunehmen. Ich muss heute Abend noch hinfahren.«

Sie. Maura hatte keinen Anspruch auf ihn. Die Kirche bestimmte über sein Leben – natürlich. Er gehörte *ihr.*

Er schlang die Arme um sie, und sie spürte seinen warmen Atem in den Haaren. »Lass uns mal zusammen irgendwo hinfahren«, murmelte er. »Ein bisschen raus aus der Stadt.«

Wo niemand uns kennt.

Während er zu seinem Wagen ging, stand sie in der offenen Tür und ließ die eisige Luft an sich vorbei ins Haus strömen. Auch nachdem er gefahren war, blieb sie noch auf der Schwelle stehen, ohne auf den bitterkalten Wind zu achten. Es war die gerechte Strafe dafür, dass sie ihn begehrte. Das war es, was seine Kirche von ihnen verlangte. Getrennte Betten, getrennte Leben. Konnte der Teufel selbst grausamer sein?

Wenn ich Satan meine Seele verkaufen könnte, um deine Liebe zu gewinnen, ich glaube, ich würde es tun.

30

Cora Bongers lehnte sich mit ihrem ganzen nicht unbeträchtlichen Gewicht gegen die Stalltür, worauf diese mit einem gequälten Quietschen aufglitt. Aus dem dunklen Inneren drang das nervöse Meckern von Ziegen, und ein schwerer Geruch nach feuchtem Stroh und dicht zusammengedrängten Tieren stieg Jane in die Nase.

»Ich weiß nicht, wie viel Sie bei dem Licht erkennen können«, sagte Mrs. Bongers und leuchtete mit ihrer Taschenlampe in den Stall. »Schade, dass ich Ihre Nachricht nicht früher gekriegt habe, dann hätten wir's uns bei Tageslicht anschauen können.«

Jane schaltete ihre eigene Taschenlampe ein. »Das dürfte schon reichen. Ich will nur die Schnitzereien sehen, falls sie noch da sind.«

»O ja, sie sind noch da. Mein Mann, der hat sich ja jedes Mal furchtbar aufgeregt, wenn er hier reinkam und sie gesehen hat. Ich hab ihm immer gesagt, er soll sie doch einfach übermalen, weil ich wollte, dass die Schimpferei endlich aufhört. Aber er hat gemeint, das würde ihn nur noch wütender machen, wenn er einen Stall von innen streichen müsste. Das wäre ja wie *Schöner Wohnen* für die Ziegen.« Mrs. Bongers trat ein und stapfte mit ihren schweren Stiefeln über den strohbedeckten Lehmboden. Schon die paar Schritte vom Haus hierher hatten sie außer Atem gebracht, und sie schnaufte vernehmlich, als sie stehen blieb, um ihre Taschenlampe auf einen hölzernen Verschlag zu richten. Ein Dutzend Ziegen drängte sich darin zu einem unruhigen Pulk zusammen. »Sie vermissen ihn immer noch, die Viecher. Sicher, Eben hat sich alle naselang beklagt, wie viel Arbeit das ist, sie jeden Morgen zu melken. Aber er hat seine Mädels wirklich geliebt. Sechs Monate ist er jetzt tot, und sie haben sich noch immer nicht dran gewöhnt, von jemand anders gemolken zu werden.« Sie klinkte die Tür des Verschlags auf und blickte sich zu Jane um, die zurückgeblieben war. »Sie haben doch keine Angst vor Ziegen, oder?«

»Müssen wir unbedingt da reingehen?«

»Ach, die tun Ihnen nichts. Passen Sie nur auf Ihren Mantel auf. Sie knabbern gerne an allem herum.«

Schön brav sein, ihr Ziegen, dachte Jane, als sie in den Verschlag trat und das Gatter hinter sich schloss. *Nicht an der Polizistin rumkauen.* Vorsichtig bahnte sie sich einen Weg durch das Stroh und versuchte, ihre Schuhe dabei nicht zu ruinieren. Die Tiere beobachteten sie mit kalten, seelenlosen Blicken. Das letzte Mal, dass sie einer Ziege so nahe gekommen war, musste dieser Schulausflug zum Streichelzoo gewesen sein, als sie in der zweiten Klasse war. Sie hatte die Ziege angestarrt, die Ziege hatte sie angestarrt, und im nächsten Moment hatte sie flach auf dem Rücken gelegen, und ihre Klassenkameraden hatten schallend gelacht. Sie traute den Viechern nicht, und das beruhte offenbar auf Gegenseitigkeit – die Tiere hielten gehörigen Abstand, als sie ihren Verschlag durchquerte.

»Hier«, sagte Mrs. Bongers und richtete ihre Taschenlampe auf die Wand. »Da sind ein paar davon.«

Jane trat näher, den Blick auf die Symbole gerichtet, die tief in die Bretterwand geritzt worden waren. Die drei Kreuze von Golgatha. Aber das hier war eine pervertierte Version – die Kreuze standen auf dem Kopf.

»Da oben sind auch noch welche«, sagte Mrs. Bongers und leuchtete auf eine Stelle weiter oben an der Wand, wo noch mehr Kreuze ins Holz geritzt waren. »Er musste auf einen Stapel Strohballen klettern, um die zu schnitzen. So ein Aufwand – man sollte meinen, dass diese verzogenen Jugendlichen anderes zu tun hätten.«

»Wie kommen Sie darauf, dass das Jugendliche waren?«

»Wer soll es denn sonst gewesen sein? Es war Sommer, da langweilen die sich doch alle zu Tode. Haben nichts Besseres zu tun, als rumzustreunen und Sachen in die Wände zu schnitzen. Und solche komischen Talismane in die Bäume zu hängen.«

Jane sah sie erstaunt an. »Was für Talismane?«

»Na, solche Figürchen aus Zweigen und so 'n Zeug. Unheimliche kleine Dinger. Die Leute vom Sheriffbüro haben bloß drüber gelacht, aber mir hat das gar nicht gefallen, wie ich sie da an den Zweigen hab baumeln sehen.« Sie hielt bei einem der Symbole inne. »Da, so wie das da.«

Es war eine Art Strichmännchen, das ein Schwert in der Hand zu halten schien. Darunter stand ins Holz eingeritzt: *RXX–VII.*

»Was immer das zu bedeuten hat«, meinte Mrs. Bongers.

Jane wandte sich zu ihr um. »Ich habe in der Zeitung gelesen, in derselben Nacht sei auch eine Ihrer Ziegen verschwunden. Haben Sie die irgendwann wieder eingefangen?«

»Nein, wir konnten sie nicht mehr finden.«

»Sie ist einfach spurlos verschwunden?«

»Na ja, hier in der Gegend streunen Rudel von wilden Hunden herum. Wenn die über was herfallen, bleibt kein Fetzen übrig.«

Aber das war kein Hund, dachte Jane, deren Blick wieder zu den Schnitzereien ging. Da klingelte plötzlich ihr Handy, und sofort liefen die Ziegen in Panik in die andere Ecke des Verschlags, wo sie sich meckernd zusammendrängten. »Entschuldigung«, murmelte Jane. Sie zog das Telefon aus der Tasche, überrascht, dass sie hier draußen überhaupt Empfang hatte. »Rizzoli.«

Es war Frost. »Ich hab mein Bestes getan«, sagte er.

»Wieso hört sich das wie der Auftakt zu einer Entschuldigung an?«

»Weil ich bei der Suche nach Lily Saul bis jetzt nicht viel Glück hatte. Sie scheint ziemlich viel in der Weltgeschichte herumzureisen. Wir wissen, dass sie sich die letzten acht Monate in Italien aufgehalten hat. Aus dieser Zeit haben wir Belege über Abhebungen an Geldautomaten in Rom, Florenz und Sorrent. Aber ihre Kreditkarte benutzt sie nur selten.«

»Acht Monate als Touristin unterwegs? Wie kann sie sich das leisten?«

»Sie reist auf die billige Tour. Und ich meine richtig billig. Nur viertklassige Hotels. Außerdem kann es sein, dass sie da drüben illegal jobbt. Ich weiß, dass sie in Florenz kurze Zeit als Assistentin eines Museumsdirektors gearbeitet hat.«

»Hat sie denn eine entsprechende Ausbildung?«

»Sie hat einen Collegeabschluss in Klassischer Altertumswissenschaft. Und als Studentin hat sie bei einer Ausgrabung in Italien mitgearbeitet. Paestum, so hieß der Ort.«

»Wieso schaffen wir es nicht, sie zu finden?«

»Mir scheint, sie will nicht gefunden werden.«

»Okay. Was ist mit ihrem Cousin, Dominic Saul?«

»Oh. Der ist ein echtes Problem.«

»Du hast nicht zufällig auch ein paar gute Nachrichten für mich?«

»Ich habe mir eine Kopie seiner Schulpapiere von der Putnam Academy besorgt. Das ist ein Internat in Connecticut. Im zehnten Schuljahr war er dort für ungefähr sechs Monate eingeschrieben.«

»Da war er also wie alt – fünfzehn oder sechzehn?«

»Fünfzehn. Er hat das Schuljahr normal beendet und sollte im folgenden Herbst wiederkommen. Was er aber nicht tat.«

»Das war der Sommer, als er bei den Sauls wohnte. In Purity.«

»Richtig. Der Vater des Jungen war gerade gestorben, also hat Dr. Saul ihn für den Sommer zu sich genommen. Als der Junge im September nicht ins Internat zurückkam, hat die Putnam Academy versucht, ihn ausfindig zu machen. Schließlich erhielten sie einen Brief von seiner Mutter, mit dem sie ihn von der Schule nahm.«

»Und auf welche Schule ist er dann gegangen?«

»Das wissen wir nicht. Die Putnam Academy sagt, sie sei

nie aufgefordert worden, die Unterlagen des Jungen weiterzuleiten. Und das ist die letzte Spur, die ich von ihm finden konnte.«

»Was ist mit seiner Mutter? Wo ist sie?«

»Ich habe keine Ahnung. Ich kann nicht das Geringste über die Frau finden. Niemand in der Schule hat sie je persönlich kennengelernt. Alles, was sie haben, ist ein Brief, unterschrieben von einer Margaret Saul.«

»Es ist, als wären diese Leute allesamt Geister. Seine Cousine. Seine Mutter.«

»Was ich habe, ist Dominics Schulfoto. Ich weiß nicht, ob es uns jetzt noch viel nützt; schließlich war er damals erst fünfzehn.«

»Wie sieht er aus?«

»Ganz hübscher Bursche. Blond. Blaue Augen. Und die Schule sagt, seine Testergebnisse waren im Genie-Bereich. Offenbar ein ganz schlaues Kerlchen. Aber in der Akte ist auch eine Notiz, in der es heißt, der Junge habe anscheinend überhaupt keine Freunde.«

Jane sah zu, wie Mrs. Bongers die Ziegen beruhigte. Sie beugte sich zu ihnen herab und redete mit sanfter Stimme auf sie ein, in demselben düsteren Stall, wo vor zwölf Jahren jemand seltsame Symbole in die Wände geritzt hatte – jemand, der seither möglicherweise dazu übergegangen war, diese Symbole in die Haut von Frauen zu ritzen.

»Okay, jetzt kommt das Interessante«, sagte Frost. »Ich habe hier gerade die Zulassungsunterlagen des Jungen für das Internat vor mir.«

»Und?«

»Da ist dieser Abschnitt, den sein Vater ausgefüllt hat, wo nach eventuellen Problemen oder Schwierigkeiten gefragt wird. Und der Vater schreibt, dass dies Dominics erste Erfahrung mit einer amerikanischen Schule sei, weil er bisher überwiegend im Ausland gelebt habe.«

»Im Ausland?« Sie spürte, wie ihr Puls einen Gang hochschaltete. »Wo?«

»Ägypten, Türkei.« Frost machte eine Pause und fügte in bedeutungsvollem Ton hinzu: »Und Zypern.«

Ihr Blick ging wieder zu der Stallwand, zu den eingeritzten Lettern: *RXX–VII.* »Wo bist du gerade?«, fragte sie.

»Zu Hause.«

»Hast du eine Bibel da?«

»Wieso?«

»Ich will, dass du etwas für mich nachschlägst.«

»Moment, ich frag mal Alice, wo sie ist.« Sie hörte ihn nach seiner Frau rufen, dann Schritte, schließlich wieder Frosts Stimme. »Ist die King-James-Version okay?«

»Wenn du sonst keine da hast. Jetzt schlag mal das Inhaltsverzeichnis auf und sag mir, welche Teile mit dem Buchstaben *R* anfangen.«

»Altes oder Neues Testament?«

»Beides.«

Sie hörte ihn blättern. »Also, da wäre das Buch Ruth. Der Römerbrief. Und dann *Revelation* – die Offenbarung.«

»Und jetzt lies mir aus jedem der drei Bücher Kapitel 20, Vers 7 vor.«

»Okay, mal sehen. Das Buch Ruth hat kein zwanzigstes Kapitel. Es geht nur bis vier.«

»Der Römerbrief?«

»Endet mit Kapitel 16.«

»Was ist mit der Offenbarung?«

»Sekunde.« Wieder das Rascheln von Papier. »Da haben wir es. Offenbarung, Kapitel 20, Vers 7. ›Und wenn tausend Jahre vollendet sind, wird der Satan …‹« Frost hielt inne, und seine Stimme wurde zu einem Flüstern. »›… wird der Satan los werden aus seinem Gefängnis.‹«

Jane konnte das Pochen ihres eigenen Herzens spüren. Sie starrte die Stallwand an, die eingeritzte Strichfigur, die ein Schwert schwenkte. Es ist kein Schwert. *Es ist eine Sense.*

»Rizzoli?«, sagte Frost.

Sie antwortete: »Ich glaube, wir kennen den Namen unseres Killers.«

31

Unter der Basilica di San Clemente hallte das Dunkel vom Rauschen des Wassers wider. Lily leuchtete mit ihrer Taschenlampe durch das Eisengitter, das den Einstieg in den Tunnel verschloss. Im Lichtstrahl waren antike Ziegelmauern zu erkennen, und weiter unten das schwache Schimmern des fließenden Wassers.

»Unter dieser Basilika befindet sich ein versunkener See«, erklärte sie. »Und hier können Sie den unterirdischen Wasserlauf erkennen, der nie versiegt. Unter dem heutigen Rom liegt eine zweite, verborgene Stadt, eine weitläufige Unterwelt aus Tunneln und Katakomben.« Sie blickte in die faszinierten Gesichter, die sie aus dem Halbdunkel anstarrten. »Wenn Sie nachher an die Oberfläche zurückkehren, wenn Sie durch die Straßen der Stadt spazieren, denken Sie daran – denken Sie an all die dunklen, geheimen Orte, die direkt unter Ihren Füßen liegen.«

»Kann ich mir den Fluss noch mal aus der Nähe ansehen?«, fragte eine der Frauen.

»Ja, natürlich. Kommen Sie, ich halte die Taschenlampe, dann können Sie alle mal einen Blick durch das Gitter werfen.«

Einer nach dem anderen zwängten die Teilnehmer der Führung sich neben Lily, um in den Tunnel zu spähen. Eigentlich war da nicht sehr viel zu sehen. Aber wenn man schon die weite Reise nach Rom macht, vielleicht das einzige Mal im Leben, dann ist es Touristenpflicht, sich alles anzusehen. Lilys Gruppe bestand nur aus sechs Personen, zwei Amerikanern, zwei Briten und einem deutschen Paar. Heute würde sie nicht viel Trinkgeld mit nach Hause nehmen. Aber was konnte man an einem kühlen Donnerstag im Januar schon erwarten? Die Touristen von Lilys Gruppe waren im Moment die einzigen Besucher im Labyrinth, und sie ließ ihnen so viel Zeit, wie sie wollten, als sie sich an das Metallgitter drückten und sie mit ihren raschelnden Regenmänteln streiften. Feuchte Luft wehte aus dem Tunnel herauf, der modrige Geruch von Schimmel und nassem Stein, ein Echo längst vergangener Epochen.

»Was waren diese Mauern ursprünglich?«, fragte der Deutsche. Lily hatte ihn gleich in die Schublade »Geschäftsmann« gesteckt. Er war in den Sechzigern, sprach ausgezeichnet Englisch und trug einen teuren Burberry-Regenmantel. Das Englisch seiner Frau war wohl nicht so gut, vermutete Lily; die Frau hatte den ganzen Morgen kaum ein Wort gesagt.

»Das waren die Grundmauern von Wohnhäusern aus der Zeit Kaiser Neros«, antwortete Lily. »Die große Feuersbrunst von 64 nach Christus legte dieses ganze Viertel in Schutt und Asche.«

»War das dieses Feuer, wo Nero Geige spielte, während Rom brannte?«, fragte der Amerikaner.

Lily lächelte. Sie hatte diese Frage schon Dutzende Male gehört und konnte fast immer vorhersagen, wer von den Teilnehmern sie stellen würde. »Nero kann überhaupt nicht gegeigt haben, denn die Violine war damals noch nicht erfunden. Es heißt, während Rom brannte, habe er die Leier geschlagen und dazu gesungen.«

»Und dann schob er die Schuld an dem Brand den Christen in die Schuhe«, fügte die Frau des Amerikaners hinzu.

Lily schaltete die Taschenlampe aus. »Kommen Sie, gehen wir weiter. Es gibt noch viel mehr zu sehen.«

Sie ging voran durch das düstere Labyrinth. Oben donnerte der Verkehr über die belebten Straßen, und die fliegenden Händler verkauften Ansichtskarten und Souvenirs an die Touristen, die durch die Ruinen des Kolosseums spazierten. Aber hier, unter der Basilika, hörte man nur das Rauschen des endlos fließenden Wassers, und das Rascheln der Mäntel im Dunkel des Tunnels.

»Diese Bauweise wird *opus reticulatum* genannt«, erklärte

Lily und deutete auf die Wände. »Dabei werden abwechselnd Ziegel und Tuffstein verwendet.«

»Tuffstein?« Es war schon wieder der Amerikaner. Er war in dieser Gruppe für die dummen Fragen zuständig. »Kommt das von *tough* – weil es ein besonders harter Stein ist?« Nur seine Frau lachte – ein hohes, unterdrücktes Wiehern.

»Tuff«, sagte der Engländer, »ist nichts anderes als komprimierte Vulkanasche.«

»Ja, genau«, pflichtete Lily ihm bei. »Solche Steine wurden sehr häufig beim Bau römischer Wohnhäuser verwendet.«

»Wieso haben wir noch nie' was von diesem Tuff-Zeugs gehört?«, fragte die Amerikanerin ihren Mann, als wollte sie andeuten, dass etwas, was sie nicht kannten, auch nicht existieren könne.

Trotz des schwachen Lichts konnte Lily sehen, wie der Engländer die Augen verdrehte. Sie reagierte mit einem amüsierten Schulterzucken.

»Sie sind doch Amerikanerin, oder?«, fragte die Frau Lily. »Miss?«

Lily zögerte. Diese persönliche Frage gefiel ihr gar nicht. »Nicht direkt, ich komme aus Kanada«, log sie.

»Haben *Sie* gewusst, was Tuffstein ist, bevor Sie Fremdenführerin wurden? Oder ist das vielleicht bloß so ein europäisches Wort?«

»Viele Amerikaner kennen dieses Wort nicht«, sagte Lily.

»Na, dann. Ist also doch eher was Europäisches«, meinte die Frau befriedigt. Wenn die Amerikaner es nicht kannten, konnte es unmöglich wichtig sein.

»Was Sie hier sehen«, fuhr Lily eilig mit ihren Erklärungen fort, »sind die Reste der Villa des Titus Flavius Clemens. Im ersten Jahrhundert nach Christus war dies ein geheimer Treffpunkt von Christen, die damals ihre Religion noch nicht offen praktizieren konnten. Das Christentum war zu jener Zeit noch eine sehr junge Sekte, die gerade erst bei den Frauen der Adligen Anklang zu finden begann.« Sie schaltete ihre Taschenlampe wieder ein und benutzte den Lichtstrahl, um die

Aufmerksamkeit der Gruppe zu steuern. »Wir kommen jetzt zum interessantesten Teil dieser Ruinen. Dieser Abschnitt wurde erst 1870 entdeckt. Hier können wir einen geheimen Tempel für heidnische Rituale besichtigen.«

Sie durchquerten einen Gang und sahen vor sich in der Dunkelheit korinthische Säulen aufragen. Es war der Vorraum des Tempels, mit Steinbänken an den Wänden, dekoriert mit alten Fresken und Stuckarbeiten. Sie drangen tiefer ein, in den Altarraum, vorbei an zwei dunklen Nischen, in denen Initiationsriten stattgefunden hatten. In der Welt über ihnen hatte sich das Bild der Stadt im Lauf der Jahrhunderte stetig verändert, doch in dieser antiken Grotte war die Zeit stehen geblieben. Hier war immer noch das Relief zu sehen, das den Gott Mithras beim Schlachten des Stiers zeigte. Hier hörte man noch immer das sanfte Rauschen des verborgenen Wasserlaufs.

»Als Christus geboren wurde«, erklärte Lily, »war der Mithraskult bereits alt; Mithras wurde von den Persern schon seit Jahrhunderten verehrt. Und nun betrachten wir einmal die Lebensgeschichte des Mithras, wie sie sich im Glauben der Perser darstellte. Er war der Gottesbote der Wahrheit. Seine Mutter Anahita war eine Jungfrau, und bei seiner Geburt brachten Hirten ihm Gaben dar. Er hatte zwölf Jünger, die ihn bei seinen Reisen begleiteten. Er wurde in einem Grab beigesetzt und stand später von den Toten auf. Und jedes Jahr wird seine Auferstehung als eine Wiedergeburt gefeiert.« Sie machte eine Kunstpause, um die Wirkung ihrer Worte zu steigern, und blickte in die Gesichter ihrer Zuhörer. »Kommt Ihnen irgendetwas davon bekannt vor?«

»Das ist das christliche Evangelium«, sagte die Amerikanerin.

»Und doch war es schon viele Jahrhunderte vor Christus Teil der persischen Überlieferung.«

»Nie davon gehört.« Die Touristin sah ihren Mann an. »Du vielleicht?«

»Nee.«

»Dann sollten Sie vielleicht einmal die Tempel von Ostia besuchen«, sagte der Engländer. »Oder den Louvre. Oder das Archäologische Museum in Frankfurt. *Könnte* ganz lehrreich sein.«

Die Amerikanerin drehte sich zu ihm um. »Sie müssen gar nicht so herablassend tun.«

»Glauben Sie mir, Madam, nichts von dem, was unsere reizende Führerin hier erzählt hat, ist in irgendeiner Weise schockierend oder unwahr.«

»Hören Sie, Sie wissen genauso gut wie ich, dass Jesus Christus *nicht* irgendein alter Perser mit einem komischen Hut war, der Stiere abgeschlachtet hat.«

Lily schaltete sich ein. »Ich wollte nur auf einige interessante Parallelen in der Ikonographie hinweisen.«

»Was?«

»Ach, es ist auch nicht weiter wichtig«, sagte Lily und hoffte inständig, dass die Frau nun endlich Ruhe geben würde. Gleichzeitig wurde ihr klar, dass sie jede Hoffnung auf ein großzügiges Trinkgeld von dem amerikanischen Paar längst begraben konnte. »Es ist ja alles nur Mythologie.«

»Die Bibel ist keine Mythologie.«

»So habe ich das nicht gemeint.«

»Was weiß man denn schon über diese Perser? Ich meine, was ist denn *deren* Heilige Schrift?« Die anderen Touristen standen nur in betretenem Schweigen da.

Lass es gut sein. Es ist lohnt sich nicht, darüber zu streiten.

Doch die Frau war noch nicht fertig. Seit sie am Morgen in den Tourbus gestiegen war, hatte sie ununterbrochen über alles gemeckert, was mit Italien und den Italienern zu tun hatte. Der Verkehr in Rom war chaotisch, ganz anders als in Amerika. Die Hotels waren zu teuer, ganz anders als in Amerika. Die Badezimmer waren so klein, ganz anders als in Amerika. Und jetzt noch dieses letzte Ärgernis. Sie hatte die Basilica di San Clemente betreten, um einen der ältesten christlichen Versammlungsorte zu besichtigen, und stattdessen musste sie eine Flut von heidnischer Propaganda über sich ergehen lassen.

»Woher wissen wir denn, was diese Mithraner wirklich geglaubt haben?«, fragte sie. »Wo sind sie denn heute?«

»Ausgelöscht«, sagte der Engländer. »Ihre Tempel wurden schon vor langer Zeit zerstört. Was glauben Sie denn, was passiert ist, nachdem die Kirche die Behauptung aufstellte, Mithras sei die Ausgeburt Satans?«

»Das klingt für mich, als wollte jemand die Geschichte neu schreiben.«

»Und was glauben Sie, wer hinter dieser Geschichtsklitterung steckt?«

»Damit wären wir am Ende unserer Führung angelangt«, ging Lily dazwischen. »Ich danke Ihnen allen ganz herzlich für Ihre Aufmerksamkeit. Schauen Sie sich gerne noch ein wenig um, wenn Sie möchten. Der Fahrer wartet dann abfahrbereit im Bus auf Sie. Sobald Sie fertig sind, bringt er Sie zurück in Ihre Hotels. Wenn Sie noch Fragen haben, bin ich gerne bereit, sie zu beantworten.«

»Ich finde, Sie sollten die Touristen vorher informieren«, sagte die Amerikanerin.

»Worüber?«

»Diese Führung nennt sich ›Die Anfänge des Christentums‹. Aber das hat mit Geschichte nichts zu tun. Es ist reine Mythologie.«

»Es ist tatsächlich Geschichte«, seufzte Lily. »Aber die Geschichte ist nicht immer das, was man uns in der Schule erzählt hat.«

»Und Sie sind Expertin?«

»Ich habe einen Abschluss in …« Lily unterbrach sich. *Pass auf, was du sagst.* »Ich habe Geschichte studiert.«

»Und das ist alles?«

»Ich habe außerdem in Museen auf der ganzen Welt gearbeitet«, erwiderte Lily, deren Unmut sie nun alle Vorsicht vergessen ließ. »In Florenz, in Paris.«

»Und jetzt sind Sie Reiseleiterin.«

Trotz der Kühle des unterirdischen Raums spürte Lily, wie ihr Gesicht zu glühen begann. »Ja«, sagte sie nach einer langen Pause. »Ich bin nur eine einfache Reiseleiterin. Mehr nicht. Wenn Sie mich jetzt entschuldigen würden – ich muss nach dem Fahrer sehen.« Sie machte kehrt und tauchte in das Labyrinth von Tunneln ein. Heute würde sie mit Sicherheit kein Trinkgeld bekommen – also sollten sie gefälligst zusehen, wie sie allein den Weg nach oben fanden.

Sie stieg die Stufen vom Mithräum hinauf zu den byzantinischen Grundmauern, und mit jedem Schritt rückte sie in der Zeit vor. Hier, unter der gegenwärtigen Basilica di San Clemente, lagen die verfallenen Gänge einer Kirche aus dem vierten Jahrhundert. Acht Jahrhunderte lang hatte sie vergessen unter den Fundamenten der mittelalterlichen Kirche gelegen, die sie ersetzt hatte. Sie hörte Stimmen, die sich näherten; sie sprachen Französisch. Es war eine andere Reisegruppe, auf dem Weg hinunter ins Mithräum. Sie kamen ihr in dem engen Gang entgegen, und Lily trat zur Seite, um die drei Touristen mit ihrem Führer vorbeizulassen. Während ihre Stimmen verhallten, blieb sie unter den bröckelnden Fresken stehen. Plötzlich hatte sie ein schlechtes Gewissen, weil sie ihre eigene Gruppe einfach hatte stehen lassen. Warum hatte sie sich auch von den Bemerkungen dieser einen ungebildeten Touristin so aus der Fassung bringen lassen? Was hatte sie sich dabei gedacht?

Sie machte kehrt und erstarrte, als sie am anderen Ende des Gangs die Silhouette eines Mannes erblickte.

»Ich hoffe, Sie haben sich nicht zu sehr über sie geärgert«, sagte er. Sie erkannte die Stimme des deutschen Touristen und ließ die angehaltene Luft entweichen, als die Anspannung schlagartig von ihr abfiel.

»Ach, ich habe schon Schlimmeres zu hören bekommen.«

»Das haben Sie nicht verdient. Sie haben doch nur die geschichtlichen Zusammenhänge erläutert.«

»Manche Leute bevorzugen ihre eigene Version der Geschichte.«

»Wer keine Herausforderungen mag, darf eben nicht nach Rom kommen.«

Sie lächelte – ein Lächeln, das er vom anderen Ende des schummrigen Tunnels vermutlich nicht sehen konnte. »Ja. Rom schafft es irgendwie, uns alle herauszufordern.«

Er kam auf sie zu, mit langsamen Schritten, als ob er sich einem scheuen Reh näherte. »Dürfte ich Ihnen einen Vorschlag machen?«

Ihr Mut sank. Er hatte also auch etwas zu kritisieren. Und was war es wohl diesmal? Konnte sie es denn heute keinem recht machen?

»Es ist nur eine Idee«, fuhr er fort, »für eine andere Art von Führung; etwas, was mit Sicherheit einen ganz anderen Typ von Besuchern anziehen würde.«

»Was wäre denn das Thema?«

»Sie kennen sich doch in der biblischen Geschichte aus.«

»Ich bin keine Expertin, aber ich habe einiges darüber gelesen.«

»Jedes Reisebüro bietet Führungen zu den heiligen Stätten an, für Touristen wie unsere amerikanischen Freunde – Menschen, die in den Fußstapfen der Heiligen wandeln wollen. Aber es gibt auch Menschen wie uns, die sich weder für Heilige noch für heilige Stätten interessieren.« Er war an ihre Seite getreten und stand nun so dicht neben ihr in dem dunklen Tunnel, dass sie den Geruch von Pfeifentabak in seinen Kleidern riechen konnte. »Manche von uns«, sagte er leise, »suchen gerade das Unheilige.«

Sie verharrte vollkommen reglos.

»Sie haben die Geheime Offenbarung gelesen?«

»Ja«, flüsterte sie.

»Sie wissen, dass dort von dem Tier die Rede ist.«

Sie schluckte. *Ja.*

»Und wer ist das Tier?«

Langsam wich sie zurück. »Nicht, wer, sondern *was.* Es … es steht für Rom.«

»Ah. Sie kennen die gelehrte Auslegung.«

»Das Tier war das römische Imperium«, sagte sie, während sie weiter zurückwich. »Die Zahl 666 war ein Symbol für Kaiser Nero.«

»Glauben Sie das wirklich?«

Sie blickte sich zum Ausgang um und sah niemanden, der ihr den Fluchtweg versperrte.

»Oder glauben Sie, dass es wirklich existiert?«, fuhr er eindringlich fort. »Als Wesen aus Fleisch und Blut? Manche sagen, das Tier liege hier auf der Lauer, in dieser Stadt. Wo es geduldig wartet, bis seine Zeit gekommen ist.«

»Das … das müssen die Philosophen entscheiden.«

»Sagen *Sie* es mir, Lily Saul. Woran glauben Sie?«

Er kennt meinen Namen.

Sie fuhr herum und wollte die Flucht ergreifen, doch auf unerklärliche Weise war hinter ihr im Tunnel plötzlich noch jemand aufgetaucht. Es war die Nonne, die Lilys Gruppe in die unterirdischen Gänge eingelassen hatte. Die Frau stand regungslos da und sah sie an. Versperrte ihr den Weg.

Seine Dämonen haben mich gefunden.

Lily fasste ihren Entschluss in Sekundenschnelle. Sie senkte den Kopf und rammte ihn der Frau mit voller Wucht in die Brust, sodass sie mit flatterndem schwarzem Habit zu Boden ging. Die Hand der Nonne fasste nach ihrem Fußknöchel, Lily strauchelte, riss sich los.

Raus! Auf die Straße!

Sie war mindestens drei Jahrzehnte jünger als der Deutsche. Wenn sie einmal draußen wäre, könnte sie ihn leicht abhängen. Ihn abschütteln, indem sie in die Menschenmassen vor dem Kolosseum eintauchte. Sie hastete die Stufen hinauf, stürzte durch eine Tür in die blendende Helligkeit der oberen Basilika und rannte auf das Mittelschiff zu. Richtung Ausgang. Sie hatte erst wenige Schritte auf dem glänzenden Mosaikboden zurückgelegt, als ihre Augen sich vor Entsetzen weiteten und sie schlitternd zum Stehen kam.

Hinter den Marmorsäulen waren drei Männer hervorgetreten. Sie sprachen kein Wort, als sie den Kreis um sie immer enger zogen, die Falle zuschnappen ließen. Hinter sich hörte sie eine Tür knallen und Schritte, die näher kamen: der Deutsche und die Nonne.

Warum sind hier keine anderen Touristen? Niemand, der meine Schreie hören könnte?

»Lily Saul«, sagte der Deutsche.

Sie wandte sich zu ihm um. Und während sie es tat, wusste sie, dass die drei Männer hinter ihr noch näher heranrückten und ihr den Fluchtweg abschnitten. *So endet es also*, dachte sie. *Hier an dieser heiligen Stätte, unter den Augen des gekreuzigten Christus.* Sie wäre nie auf die Idee gekommen, dass es in einer Kirche passieren könnte. In einer dunklen Gasse vielleicht, so hatte sie gedacht, oder in einem tristen Hotelzimmer. Aber nicht hier, wo so viele schon den Blick zum Licht gehoben hatten.

»Endlich haben wir Sie gefunden«, sagte er.

Sie richtete sich auf, reckte das Kinn empor. Wenn sie schon dem Teufel ins Auge schauen musste, würde sie es wenigstens erhobenen Hauptes tun.

»Also, wo ist er?«, fragte der Deutsche.

»Wer?«

»Dominic.«

Sie starrte ihn an. Mit dieser Frage hatte sie nicht gerechnet.

»Wo ist Ihr Cousin?«, fragte er.

Sie schüttelte verwirrt den Kopf. »Hat er Sie denn nicht geschickt?«, fragte sie. »Um mich zu töten?«

Jetzt war es der Deutsche, der sie verblüfft anstarrte. Er nickte einem der Männer zu, die hinter Lily standen. Erschrocken zuckte sie zusammen, als ihre Arme mit einem Ruck nach hinten gerissen wurden und Handschellen sich um ihre Handgelenke schlossen.

»Sie werden mit uns kommen«, sagte der Deutsche.

»Wohin?«

»An einen sicheren Ort.«

»Sie meinen … Sie werden mich nicht …«

»Töten? Nein.« Er ging zum Altar und öffnete eine verborgene Tür in der Täfelung. Dahinter lag ein Tunnel, von dessen Existenz sie nichts gewusst hatte. »Wir nicht – aber ein anderer vielleicht.«

32

Lily starrte durch die getönten Scheiben der Limousine in die vorbeiziehende toskanische Landschaft hinaus. Vor fünf Monaten war sie auf ebendieser Straße in südlicher Richtung gefahren, allerdings unter ganz anderen Umständen – in einem rumpelnden Lkw, gesteuert von einem unrasierten Mann, dessen einziges Ziel es war, sie in sein Bett zu bekommen. Damals war sie hungrig und erschöpft gewesen, und ihre Füße hatten geschmerzt, nachdem sie fast die halbe Nacht marschiert war. Jetzt war sie wieder auf derselben Straße unterwegs, auf dem Weg zurück nach Florenz, aber diesmal nicht als todmüde Anhalterin, sondern als Fahrgast in einer Nobelkarosse. Sie saß im Fond der Limousine, und wohin sie schaute, sah sie Luxus. Die Polster waren mit schwarzem Leder bezogen, geschmeidig wie menschliche Haut. In der Sitztasche vor ihr steckte eine erstaunliche Auswahl von Zeitungen: die aktuellen Ausgaben der *International Herald Tribune*, der Londoner *Times*, des *Figaro* und des *Corriere della Sera*. Warme Luft säuselte aus dem Gebläse, und in einem Kühlfach standen Flaschen mit Mineralwasser und Wein, dazu eine Auswahl von frischem Obst sowie Käse und Cracker. Aber so komfortabel es auch sein mochte, für sie war es immer noch ein Gefängnis, denn sie konnte die Tür nicht öffnen. Splitterfreies Glas trennte sie vom Fahrer und dessen Begleiter auf den Vordersitzen. In den vergangenen zwei Stunden hatte keiner der beiden Männer sich auch nur ein Mal zu ihr umgedreht. Sie konnte sich noch nicht mal sicher sein, dass es überhaupt Menschen aus Fleisch und Blut waren. Vielleicht waren es nur Roboter. Ihre Hinterköpfe waren alles, was sie von ihnen zu sehen bekommen hatte.

Sie drehte sich um und warf einen Blick durch das Heckfenster auf den Mercedes, der ihnen folgte. Hinter der Windschutzscheibe erkannte sie den Deutschen, der sie anstarrte. Sie wurde von drei Männern in zwei sehr teuren Autos Richtung Norden eskortiert. Diese Leute verfügten über beträchtliche Mittel, und sie wussten, was sie taten. Welche Chancen hatte sie gegen sie?

Ich weiß nicht einmal, wer sie sind.

Aber sie wussten, wer sie war. So vorsichtig sie all die Monate über gewesen sein mochte, irgendwie hatten diese Leute es geschafft, sie aufzuspüren.

Die Limousine bog von der Schnellstraße ab. Offenbar war ihr Ziel doch nicht Florenz. Stattdessen fuhren sie nun durch eine ländliche Gegend, auf einer Straße, die sich in die sanften Hügel der Toskana hinaufwand. Es war schon fast dunkel, und in der heraufziehenden Dämmerung sah sie kahle Rebstöcke, die sich an windgepeitschte Hänge duckten, und zerfallende, längst verlassene Steinhäuser. Warum nahmen sie diese Strecke? Hier gab es nichts außer ein paar Gehöften mit brachliegenden Feldern.

Vielleicht war genau das der Grund. Hier gab es keine Zeugen.

Sie hätte dem Deutschen gerne geglaubt, als er gesagt hatte, sie würden sie an einen sicheren Ort bringen; so sehr hatte sie daran glauben wollen, dass sie sich vorübergehend von dem bisschen Luxus und Komfort hatte einlullen lassen. Jetzt, als die Limousine ihre Fahrt verlangsamte und in einen ungeteerten Privatweg einbog, spürte sie, wie ihr Herz gegen ihre Rippen schlug, und ihre Hände waren so feucht von Schweiß, dass sie sie an der Jeans abwischen musste. Es war jetzt dunkel genug. Sie würden mit ihr ein Stück aufs Feld hinausgehen und ihr eine Kugel in den Kopf jagen. Sie waren zu dritt, da würde alles schnell erledigt sein – eine Grube geschaufelt, die Leiche hineingerollt …

Die Erde würde kalt sein, jetzt im Januar.

Der Weg stieg an, wand sich zwischen Bäumen hindurch, und die Scheinwerfer der Limousine huschten über knorriges Gestrüpp. Einmal sah sie die Augen eines Kaninchens rot aufblitzen. Dann lichtete sich der Wald, und sie hielten vor einem eisernen Tor. Über einer Gegensprechanlage glomm das Auge einer Überwachungskamera. Der Fahrer ließ sein Fenster herunter und sagte auf Italienisch: »Wir haben das Paket.«

Grelles Flutlicht erfasste sie, und nach einer Pause, in der die Kamera einen Schwenk über die Insassen des Wagens machte, öffnete sich quietschend das Tor.

Sie fuhren hindurch, und der Mercedes, der ihnen von Rom bis hierher gefolgt war, blieb dicht dahinter. Erst jetzt, nachdem Lilys Augen sich wieder an die Dunkelheit gewöhnt hatten, konnte sie die Silhouetten von Statuen und gestutzten Hecken ausmachen, die die Auffahrt säumten. Und vor ihnen, am Ende des kiesbedeckten Wegs, erhob sich eine Villa mit hell erleuchteten Fenstern. Staunend beugte sie sich vor und betrachtete die Steinterrassen mit den riesigen Urnen, die Reihe hoher Zypressen, die sich wie Speere zu den Sternen emporreckten. Die Limousine hielt neben einem Marmorbrunnen, der trocken und still in seinem Winterschlaf lag. Der Mercedes parkte hinter ihnen, und der Deutsche stieg aus, um ihr die Wagentür zu öffnen.

»Ms. Saul, gehen wir hinein?«

Sie blickte zu den beiden Männern auf, die ihn flankierten. Diese Leute ließen es nicht darauf ankommen, dass sie einen Fluchtversuch wagte. Es blieb ihr keine andere Wahl, sie musste mit ihnen gehen. Die Beine steif von der langen Fahrt, stieg sie aus und folgte dem Deutschen, als er die Steinstufen zur Terrasse hinaufstieg. Ein kalter Wind fegte totes Laub vor ihre Füße, zerstreute es wie Asche. Noch ehe sie den Eingang erreichten, ging die Tür auf, und ein älterer Mann blickte ihnen von der Schwelle entgegen. Er sah Lily nur flüchtig an, um seine Aufmerksamkeit sodann dem Deutschen zuzuwenden.

»Das Zimmer ist schon für sie hergerichtet«, sagte er auf Englisch mit italienischem Akzent.

»Ich werde auch hier übernachten, wenn es recht ist. Er kommt morgen?«

Der ältere Mann nickte. »Ein Nachtflug.«

Wer sollte morgen kommen?, fragte sich Lily. Über eine Treppe mit prächtiger Balustrade gelangten sie in den ersten Stock. Die Gobelins an den Steinwänden regten sich im Luftzug, als sie vorübergingen, doch sie hatte keine Zeit, die kunstvolle Arbeit zu bewundern. Die Männer trieben sie zur Eile und führten sie durch einen langen Flur, vorbei an Porträts, deren Augen ihr auf Schritt und Tritt zu folgen schienen.

Der ältere Mann schloss eine schwere Eichentür auf und bedeutete ihr einzutreten. Sie fand sich in einem Schlafzimmer wieder, das mit schweren dunklen Möbeln und dicken Samtvorhängen eingerichtet war.

»Das ist nur für heute Nacht«, sagte der Deutsche.

Sie fuhr herum, als ihr plötzlich klar wurde, dass niemand ihr ins Zimmer gefolgt war. »Was passiert morgen?«, fragte sie.

Die Tür fiel ins Schloss, und sie hörte, wie der Schlüssel umgedreht wurde. Sie war eingesperrt.

Warum will mir niemand auch nur eine einzige verdammte Frage beantworten?

Sie war allein. Sofort lief sie zu den schweren Vorhängen und riss sie zur Seite. Dahinter kam ein vergittertes Fenster zum Vorschein. Sie versuchte mit aller Kraft, die Stäbe auseinanderzustemmen, doch sie waren aus Gusseisen, fest verschweißt mit dem Mauerwerk, und sie war nur ein Mensch aus Fleisch und Blut. Frustriert wandte sie sich ab und sah sich in ihrem samtenen Gefängnis um. Sie erblickte ein riesiges Bett aus geschnitztem Eichenholz mit einem weinroten Himmel darüber. Dann wanderten ihre Augen hinauf zu den Deckenfriesen aus dunklem Holz, den geschnitzten Cherubinen und Weinranken, mit denen die hohe Decke geschmückt war. *Es mag ein Gefängnis sein*, dachte sie, *aber es ist auch mit Abstand das prächtigste Schlafzimmer, in dem ich je übernachten werde. Ein Zimmer, das einem Medici angemessen wäre.*

Auf einem Tisch mit kostbaren Intarsien standen ein abgedecktes Silbertablett, ein Weinglas und eine bereits geöffnete Flasche Chianti. Sie hob den Deckel an und erblickte kalte Aufschnittscheiben, einen Tomaten-Mozzarella-Salat und ungesalzenes toskanisches Brot. Sie goss sich ein Glas Wein ein, hob es an die Lippen und hielt inne.

Warum sollten sie mich vergiften, wenn sie mir ebenso leicht eine Kugel durch den Kopf jagen könnten?

Sie leerte das Glas in einem Zug und schenkte sich nach. Dann setzte sie sich an den Tisch und machte sich über das Essen auf dem Tablett her, riss große Stücke von dem Brot ab und stopfte sie sich in den Mund, spülte alles mit Chianti hinunter. Das Rindfleisch war so zart und so dünn geschnitten, dass es auf der Zunge zerging. Sie vertilgte alles bis auf den letzten Krümel und trank fast die ganze Flasche Wein. Als sie sich endlich von ihrem Stuhl erhob, waren ihre Bewegungen so schwerfällig, dass sie Mühe hatte, die paar Schritte zum Bett zu wanken. *Nicht vergiftet*, dachte sie, *sondern schlicht und einfach betrunken.* So betrunken, dass es ihr schon vollkommen gleichgültig war, was morgen passierte. Sie machte sich nicht einmal die Mühe, sich auszuziehen, sondern ließ sich einfach mit allen Kleidern auf die Damast-Tagesdecke fallen.

Eine Stimme weckte sie, eine tiefe, unbekannte Männerstimme, die ihren Namen rief. Sie schlug ein schmerzendes Auge auf und blinzelte in das grelle Licht, das durch das vergitterte Fenster fiel. Prompt kniff sie das Auge wieder zu. Wer zum Teufel hatte die Vorhänge aufgezogen? Und wann war eigentlich die Sonne aufgegangen?

»Ms. Saul, wachen Sie auf.«

»Später«, brummte sie.

»Ich bin nicht die ganze Nacht geflogen, um Ihnen beim Schlafen zuzusehen. Wir müssen reden.«

Sie stöhnte und drehte sich um. »Ich rede nicht mit Männern, die mir ihren Namen nicht sagen.«

»Mein Name ist Anthony Sansone.«

»Sollte ich Sie kennen?«

»Das hier ist mein Haus.«

Nun schlug sie doch die Augen auf. Sie blinzelte den Schlaf weg und drehte den Kopf, um einen Mann mit silbernem Haar zu erblicken, der sie ansah. Selbst in ihrem verkaterten Zustand konnte sie erkennen, dass es sich um einen verflucht gut aussehenden Kerl handelte, trotz der dunklen Ringe um die Augen, die verrieten, dass er offenbar übernächtigt war. Er hatte gesagt, er sei die ganze Nacht geflogen, und sie bezweifelte es nicht, wenn sie sich sein verknittertes Hemd und die dunklen Stoppeln in seinem Gesicht ansah. Sansone war nicht allein ins Zimmer gekommen; auch der Deutsche war da und hatte sich neben der Tür aufgestellt.

Sie setzte sich im Bett auf und rieb sich die pochenden Schläfen. »Diese Villa gehört tatsächlich Ihnen?«

»Sie ist seit Generationen im Besitz meiner Familie.«

»Sie Glückspilz.« Sie hielt einen Moment inne. »Sie klingen aber wie ein Amerikaner.«

»Das bin ich auch.«

»Und der da drüben?« Sie hob den Kopf und schielte zu dem Deutschen hinüber. »Arbeitet der für Sie?«

»Nein. Mr. Baum ist ein Freund von mir. Er arbeitet für Interpol.«

Sie erstarrte. Dann senkte sie den Blick wieder auf die Bettdecke, sodass sie ihr Gesicht nicht sehen konnten.

»Ms. Saul«, sagte er ruhig, »wieso gewinne ich den Eindruck, dass Sie Angst vor der Polizei haben?«

»Habe ich nicht.«

»Ich glaube, Sie lügen.«

»Und ich glaube, Sie sind kein besonders guter Gastgeber. Sperren mich hier in Ihrem Haus ein und platzen dann herein, ohne anzuklopfen.«

»Wir haben geklopft. Aber Sie sind nicht aufgewacht.«

»Wenn Sie vorhaben, mich zu verhaften, verraten Sie mir dann vielleicht auch, wieso?«, fragte sie. Denn nun dämmerte ihr allmählich, was hinter dem Ganzen steckte. Irgendwie hatten sie herausgefunden, was sie vor zwölf Jahren getan hatte, und sie hatten sie aufgespürt. Sie hatte sich oft ausgemalt, wie es enden würde, aber diese Variante war nicht dabei gewesen. Ein kaltes, namenloses Grab draußen auf dem Feld, ja – aber die Polizei? Sie hätte am liebsten laut gelacht. *Oh, bitte, verhaften Sie mich doch. Ich habe schon weit schlimmeren Schrecken ins Auge geblickt als einer drohenden Gefängnisstrafe.*

»Gibt es einen Grund, weshalb wir Sie verhaften sollten?«, fragte Mr. Baum.

Was erwartete er denn – dass sie auf der Stelle mit einem Geständnis herausplatzte? Da mussten sie sich schon ein bisschen mehr Mühe geben.

»Lily«, sagte Sansone und setzte sich aufs Bett, eine Überschreitung ihrer persönlichen Grenzen, die sofort ihren Argwohn weckte. »Ist Ihnen bekannt, was sich vor einigen Wochen in Boston zugetragen hat?«

»In Boston? Ich weiß nicht, wovon Sie reden.«

»Sagt Ihnen der Name Lori-Ann Tucker irgendetwas?«

Lily schwieg einen Moment, aufgeschreckt durch die Frage. Hatte Lori-Ann mit der Polizei geredet? Hatten sie es so herausgefunden? *Du hast es mir versprochen, Lori-Ann. Du hast gesagt, du würdest es niemandem verraten.*

»Sie war eine Freundin von Ihnen, ist das richtig?«, fragte er.

»Ja«, gab sie zu.

»Und Sarah Parmley? War sie auch eine Freundin von Ihnen?«

In diesem Moment registrierte sie, dass er das Wort *war* benutzt hatte. Nicht *ist*. Ihre Kehle war plötzlich staubtrocken. Das hörte sich gar nicht gut an.

»Sie haben beide Frauen gekannt?«, bedrängte er sie.

»Wir – wir sind zusammen aufgewachsen. Wir drei. Wieso fragen Sie nach ihnen?«

»Dann haben Sie es noch nicht gehört.«

»Ich bin nicht auf dem Laufenden. Es ist Monate her, dass ich zuletzt mit irgendjemandem in den Staaten gesprochen habe.«

»Und es hat auch niemand Sie angerufen?«

»Nein.« *Wie denn auch? Ich habe ja schließlich alles darangesetzt, mich unsichtbar zu machen.*

Er sah Baum an, dann wieder sie. »Es tut mir sehr leid, Ihnen das sagen zu müssen. Ihre Freundinnen sind tot – alle beide.«

Sie schüttelte den Kopf. »Das verstehe ich nicht. War es ein Unfall? Wie können sie beide …?«

»Kein Unfall. Sie wurden ermordet.«

»Zusammen?«

»Nein, einzeln. Es passierte um Weihnachten herum. Lori-Ann wurde in Boston ermordet, Sarah in Purity, New York. Sarahs Leiche wurde im Haus Ihrer Eltern gefunden, Lily – dem Haus, das Sie zu verkaufen versucht haben. Deswegen hat die Polizei nach Ihnen gesucht.«

»Entschuldigen Sie mich«, stieß sie hervor. »Ich glaube, mir wird schlecht.« Sie stieg hastig aus dem Bett, stürzte in das angrenzende Bad, schlug die Tür hinter sich zu und sank vor der Toilettenschüssel auf die Knie. Der Wein, den sie am Abend getrunken hatte, kam wieder hoch und brannte in ihrer Kehle wie Feuer. Sie klammerte sich an der Schüssel fest und würgte, bis ihr Magen leer war, bis nichts mehr übrig war, was sie hätte erbrechen können. Dann spülte sie und wankte zum Waschbecken, wo sie sich Wasser in den Mund spritzte, ins Gesicht. Ihr Blick fiel auf ihr eigenes tropfnasses Gesicht im Spiegel, und sie erkannte die Frau kaum wieder, die sie da sah. Wie lange war es her, dass sie sich zuletzt so richtig im Spiegel betrachtet hatte? Wann hatte sie sich in diese verwahrloste Kreatur verwandelt? Die ständige Flucht hatte ihren Tribut gefordert. Wenn du lange genug davonläufst, lässt du am Ende deine Seele zurück.

Sie trocknete sich mit einem dicken Baumwollhandtuch ab, kämmte mit den Fingern das Haar zurück und band ihren

Pferdeschwanz neu. Dieser reiche Schönling wartete darauf, sie zu vernehmen, und sie musste auf Draht sein. Ihm gerade so viel erzählen, dass er sich zufriedengab. Wenn er nicht weiß, was ich getan habe, dann werde *ich* es ihm ganz bestimmt nicht erzählen.

Die Farbe kehrte in ihr Gesicht zurück. Sie hob das Kinn und sah das alte kriegerische Blitzen in ihren Augen. Ihre Freundinnen waren beide tot. Sie war die Einzige, die noch übrig war. *Helft mir, Mädels. Helft mir, das hier durchzustehen*. Sie holte tief Luft und verließ das Bad.

Die beiden Männer musterten sie mit besorgten Mienen. »Es tut mir leid, dass ich Sie mit der Nachricht so überfallen habe«, sagte Sansone.

»Ich will die Details wissen«, entgegnete Lily schroff. »Was hat die Polizei vorgefunden?«

Ihre kühle Direktheit schien ihn aus dem Konzept zu bringen. »Die Details sind nicht sehr angenehm.«

»Das hatte ich auch nicht erwartet.« Sie setzte sich aufs Bett. »Ich muss es einfach wissen«, sagte sie. »Ich muss wissen, wie sie gestorben sind.«

»Dürfte ich Sie zunächst etwas fragen?«, meldete sich der Deutsche zu Wort. Er trat näher. Beide Männer standen jetzt direkt vor ihr und beobachteten ihre Miene. »Ist Ihnen die Bedeutung des umgedrehten Kreuzes bekannt?«

Ein paar Sekunden lang vergaß sie das Atmen. Dann fand sie ihre Stimme wieder. »Das auf dem Kopf stehende Kreuz ist… Es ist ein Symbol, das die christliche Religion verhöhnen soll. Manche betrachten es als satanisches Symbol.«

Sie bemerkte, wie Baum und Sansone überraschte Blicke wechselten.

»Und was ist mit diesem Symbol?« Baum griff in seine Jackentasche und holte einen Stift und einen Zettel hervor. Rasch zeichnete er etwas darauf und zeigte es ihr. »Es wird manchmal das allsehende Auge genannt. Kennen Sie seine Bedeutung?«

»Das ist Udjat«, sagte sie. »Das Auge Luzifers.«

Wieder gingen Blicke zwischen Baum und Sansone hin und her.

»Und wenn ich nun einen Ziegenkopf mit Hörnern zeichnete?«, fragte Baum. »Würde Ihnen das etwas sagen?«

Sie fing seinen sanftmütigen Blick auf. »Ich nehme an, Sie meinen das Symbol des Baphomet? Oder des Azazel?«

»Alle diese Symbole sind Ihnen vertraut.«

»Ja.«

»Wie kommt das? Sind Sie eine Satanistin, Ms. Saul?«

Sie hatte Mühe, nicht zu lachen. »Wohl kaum. Ich kenne mich nur zufällig aus auf diesem Gebiet. Es ist sozusagen mein Steckenpferd.«

»Ist Ihr Cousin Dominic ein Satanist?«

Lily verharrte vollkommen reglos, die Hände in den Schoß gelegt.

»Ms. Saul?«

»Da müssten Sie ihn schon selbst fragen«, flüsterte sie.

»Das würden wir gerne«, entgegnete Sansone. »Wo können wir ihn finden?«

Sie blickte auf ihre krampfhaft ineinander verschränkten Hände hinunter. »Ich weiß es nicht.«

Er seufzte. »Wir haben viel Zeit und Personal aufgewendet, um Sie ausfindig zu machen. Es hat uns volle zehn Tage gekostet.«

Nur zehn Tage! Mein Gott, ich bin ganz schön unvorsichtig geworden.

»Wenn Sie uns also einfach nur sagen würden, wo Dominic ist, würden Sie uns eine Menge Mühen sparen.«

»Ich sagte Ihnen doch, ich weiß es nicht.«

»Warum schützen Sie ihn?«, fragte Sansone.

Bei dieser Frage hob sie ruckartig den Kopf. »Warum um alles in der Welt sollte ich ihn schützen?«

»Er ist Ihr einziger lebender Blutsverwandter. Und Sie wissen nicht, wo er ist?«

»Ich habe ihn seit zwölf Jahren nicht mehr gesehen«, gab sie zurück.

Sansones Augen verengten sich. »Sie wissen so genau, wie lange es her ist?«

Sie schluckte. *Das war ein Fehler. Ich muss besser aufpassen.*

»Was Lori-Ann und Sarah angetan wurde – das war Dominics Werk, Lily.«

»Woher wissen Sie das?«

»Soll ich Ihnen sagen, was er mit Sarah gemacht hat? Wie viele Stunden sie geschrien haben muss, während er ihr Kreuze in die Haut schnitt? Und raten Sie mal, was er an die Wand von Lori-Anns Schlafzimmer gemalt hat, dort, wo er auch ihre Leiche zerstückelte? Umgedrehte Kreuze. Das gleiche Symbol, das er in diese Stallwände geschnitzt hatte, als er fünfzehn Jahre alt war, in dem Sommer, als er bei Ihnen in Purity wohnte.« Sansone trat noch dichter an sie heran, und sie empfand seine Nähe plötzlich als bedrohlich. »Ist er es, vor dem Sie auf der Flucht sind? Ihr eigener Cousin, Dominic?«

Sie schwieg.

»Offensichtlich sind Sie vor *irgendetwas* auf der Flucht. Seit Sie aus Paris abgereist sind, haben Sie sich nirgendwo länger als sechs Monate aufgehalten. Und in Purity waren Sie schon seit Jahren nicht mehr. Was ist in jenem Sommer passiert, Lily – in dem Sommer, als Sie Ihre Familie verloren?«

Lily schlang die Arme um die Brust, als wollte sie sich zu einem Knäuel zusammenrollen. Sie zitterte plötzlich am ganzen Leib, und das in einem Moment, wo es wichtiger war als je zuvor, dass sie sich zusammennahm.

»Zuerst ertrinkt Ihr Bruder Teddy. Dann fällt Ihre Mutter die Treppe hinunter. Und schließlich erschießt sich Ihr Vater. Alles innerhalb weniger Wochen. Ein bisschen viel Unglück auf einmal für ein sechzehnjähriges Mädchen.«

Sie schlang die Arme noch enger um den Leib; so heftig schüttelte es sie, dass sie fürchtete, es würde sie zerreißen.

»*Waren* es nur Unglücksfälle, Lily?«

»Was soll es denn sonst gewesen sein?«, presste sie hervor.

»Oder hat sich damals in jenem Sommer noch etwas anderes abgespielt – zwischen Ihnen und Dominic?«

Ihr Kopf schnellte hoch. »Was wollen Sie damit andeuten?«

»Sie wollen uns nicht helfen, ihn zu finden. Daraus kann ich nur schließen, dass Sie ihn schützen.«

»Sie – Sie denken, wir hatten ein *Verhältnis*?« Ihre Stimme wurde schrill, beinahe hysterisch. »Sie denken, ich hätte *gewollt*, dass meine Familie stirbt? Mein Bruder war erst elf!« Sie hielt inne und wiederholte tonlos: »Er war erst elf.«

»Vielleicht war Ihnen nicht klar, wie gefährlich das alles war«, sagte Sansone. »Vielleicht haben Sie nur ein paar Beschwörungsformeln mit ihm gesprochen. Bei ein paar harmlosen Ritualen mitgemacht. Das tun schließlich viele Jugendliche, aus reiner Neugier. Vielleicht, um zu zeigen, dass sie anders sind als alle anderen, dass sie einmalig sind. Vielleicht auch, um ihre Eltern zu schocken. Waren Ihre Eltern geschockt?«

»Sie haben ihn nicht verstanden«, flüsterte sie. »Es war ihnen nicht klar …«

»Und die anderen Mädchen – Ihre Freundinnen Lori-Ann und Sarah? Haben sie bei seinen Ritualen mitgemacht? Wann wurde aus dem Spiel schrecklicher Ernst? Wann wurde Ihnen klar, dass es Kräfte gibt, die man besser nie aufwecken sollte? Das ist es, was damals passiert ist, nicht wahr? Dominic hat Sie dazu verleitet.«

»Nein, so war es ganz und gar nicht.«

»Und dann bekamen Sie es mit der Angst zu tun. Sie versuchten, einen Rückzieher zu machen, aber es war zu spät, denn Sie waren schon in das Visier jener Mächte geraten. Sie und Ihre Familie. Wenn Sie einmal die Finsternis in Ihr Leben eingelassen haben, werden Sie sie nicht so leicht wieder los. Sie gräbt sich ein, wird ein Teil von Ihnen. So, wie Sie ein Teil von *ihr* werden.«

»Das stimmt nicht.« Sie sah ihn an. »Ich wollte nie etwas mit diesen Dingen zu tun haben!«

»Und warum suchen Sie dann immer wieder ihre Nähe?«

»Wie meinen Sie das?«

Sansone warf Baum einen Blick zu, worauf dieser seine Aktentasche aufklappte und einen Stoß Papiere herausnahm. »Das ist das Dossier, das wir über Ihre Aufenthaltsorte in den letzten paar Jahren zusammengestellt haben«, erklärte Baum. »Vernehmungen von Personen, für die Sie gearbeitet haben. Museumsdirektoren in Florenz und Paris. Die Reiseveranstalterin in Rom. Ein Antiquitätenhändler in Neapel. Wie es scheint, haben Sie auf alle diese Leute großen Eindruck gemacht, Ms. Saul, mit Ihrem obskuren Spezialgebiet. Mit Ihrem Fachwissen über Dämonologie.« Er warf die Vernehmungsprotokolle auf den Tisch. »Sie wissen eine Menge über das Thema.«

»Das habe ich mir selbst beigebracht«, sagte sie.

»Warum?«, fragte Sansone.

»Ich wollte ihn verstehen.«

»Dominic?«

»Ja.«

»Und verstehen Sie ihn jetzt?«

»Nein. Mir ist jetzt klar, dass das unmöglich ist.« Sie erwiderte seinen Blick. »Wie können wir etwas verstehen, was überhaupt nichts Menschliches hat?«

Mit ruhiger Stimme entgegnete er: »Das können wir nicht, Lily. Aber wir können unser Bestes tun, um ihn zu besiegen. Also helfen Sie uns.«

»Sie sind seine Cousine«, fügte Baum hinzu. »Sie haben in jenem Sommer mit ihm in einem Haus gewohnt. Sie kennen ihn vielleicht besser als irgendjemand sonst.«

»Es ist zwölf Jahre her.«

»Und er hat Sie nicht vergessen«, erwiderte Sansone. »Deswegen mussten Ihre Freundinnen sterben. Er hat die beiden benutzt, um *Sie* zu finden.«

»Dann hat er sie umsonst getötet«, sagte sie. »Sie wussten nicht, wo ich war. Sie können ihm nichts verraten haben.«

»Und das ist vielleicht der einzige Grund, weshalb Sie noch am Leben sind«, meinte Baum.

»Helfen Sie uns, ihn zu finden«, sagte Sansone. »Kommen Sie mit mir nach Boston.«

Lange saß sie stumm auf dem Bett, unter den Blicken der beiden Männer. *Ich habe keine Wahl. Ich muss mitspielen.*

Sie atmete tief durch und sah Sansone an. »Wann fliegen wir?«

33

Lily Saul sah aus wie irgendeine junge Drogensüchtige, die man gerade auf der Straße aufgelesen hatte. Ihre Augen waren blutunterlaufen, ihr fettiges dunkles Haar nachlässig zu einem Pferdeschwanz gebunden. Ihrer Bluse sah man deutlich an, dass sie darin geschlafen hatte, und ihre Jeans war so zerfranst, dass sie sich bei einer der nächsten Wäschen ganz in Wohlgefallen auflösen würde. Oder war das einfach nur angesagt bei den Jugendlichen von heute? Doch dann erinnerte sich Jane daran, dass es keineswegs ein Teenager war, den sie da vor sich hatte. Lily Saul war achtundzwanzig, zweifellos eine erwachsene Frau, auch wenn sie im Moment wesentlich jünger und sehr verletzlich aussah. Sie wirkte schmerzlich deplatziert hier in Anthony Sansones prunkvollem Speisezimmer, wo ihr magerer Körper in dem wuchtigen Stuhl fast unterging, und sie wusste es. Ihre Blicke zuckten nervös zwischen Jane und Sansone hin und her, als versuchte sie herauszufinden, von welcher Seite die Attacke kommen würde.

Jane schlug eine Mappe auf und entnahm ihr eine vergrößerte Fotografie, kopiert aus dem Jahrbuch der Putnam Academy. »Können Sie bestätigen, dass dieses Foto Ihren Cousin Dominic Saul zeigt?«, fragte sie.

Lilys Augen senkten sich auf das Foto und verweilten dort. Es war allerdings ein faszinierendes Porträt, das ihr entgegenblickte: ein fein geschnittenes Gesicht, goldblondes Haar und blaue Augen – wie ein Engel von Raffael.

»Ja«, sagte Lily. »Das ist mein Cousin.«

»Dieses Foto ist über zwölf Jahre alt. Ein aktuelleres besitzen wir nicht. Wissen Sie, wo wir eines finden können?«

»Nein.«

»Sie scheinen sich da sehr sicher zu sein.«

»Ich hatte die ganze Zeit keinen Kontakt mit Dominic. Ich habe ihn seit Jahren nicht mehr gesehen.«

»Und wann war das letzte Mal?«

»In dem Sommer. Er reiste in der Woche nach der Beerdigung meines Vaters ab. Ich war zu Sarah gezogen, und er kam noch nicht einmal vorbei, um sich von mir zu verabschieden. Er hat mir nur einen Zettel hinterlassen und ist verschwunden. Er schrieb, seine Mutter sei gekommen, um ihn abzuholen, und sie würden sofort abreisen.«

»Und seitdem haben Sie ihn nicht mehr gesehen und auch nichts von ihm gehört?«

Lily zögerte. Die Pause war nicht länger als ein Herzschlag, doch sie genügte, um Janes Aufmerksamkeit zu wecken. Sie beugte sich vor. »Sie haben von ihm gehört, stimmt's?«

»Ich bin mir nicht sicher.«

»Was soll das heißen?«

»Letztes Jahr, als ich in Paris lebte, bekam ich einen Brief von Sarah. Sie hatte eine Postkarte in ihrem Briefkasten gefunden, die sie in helle Aufregung versetzte. Sie hat sie an mich weitergeschickt.«

»Von wem kam die Postkarte?«

»Es stand kein Absender drauf, keine Unterschrift. Es war eine Ansichtskarte aus dem Königlichen Museum in Brüssel. Ein Porträt von Antoine Wiertz. *Der Engel des Bösen*.«

»Stand etwas darauf?«

»Keine Worte. Nur Symbole. Symbole, die Sarah und ich wiedererkannten, weil wir gesehen hatten, wie er sie damals im Sommer in die Bäume geritzt hatte.«

Jane schob Lily einen Stift und einen Notizblock hin. »Zeichnen Sie sie mir auf.«

Lily nahm den Stift zur Hand. Sie zögerte einen Moment, als widerstrebte es ihr wiederzugeben, was sie gesehen hatte. Schließlich drückte sie die Spitze des Stifts auf das Papier. Was sie dann zeichnete, jagte Jane einen eisigen Blitz durch alle Glieder: drei umgedrehte Kreuze, dazu das Kürzel *R17:16*.

»Bezieht sich das auf eine Bibelstelle?«

»Es ist aus der Offenbarung.«

Jane sah zu Sansone hinüber. »Könnten Sie die Stelle bitte nachschlagen?«

»Ich kann sie zitieren«, sagte Lily leise. »›Und die zehn Hörner, die du gesehen hast, und das Tier, die werden die Hure hassen und werden sie einsam machen und bloß und werden ihr Fleisch essen und werden sie mit Feuer verbrennen.‹«

»Sie kennen das Zitat auswendig.«

»Ja.«

Jane schlug eine leere Seite auf und schob Lily den Notizblock wieder hin. »Könnten Sie es mir aufschreiben?«

Einen Moment lang starrte Lily nur das weiße Blatt an. Dann begann sie mit sichtlichem Widerstreben zu schreiben. Langsam, als sei jedes Wort eine Qual. Als sie Jane schließlich den Block zurückgab, tat sie es mit einem erleichterten Seufzer.

Jane blickte auf die Worte hinab, und wieder spürte sie diesen eisigen Schauer im Rücken.

Und werden ihr Fleisch essen und werden sie mit Feuer verbrennen.

»Es scheint mir eine Warnung zu sein; eine Drohung«, meinte Jane.

»Das ist es auch. Ich bin sicher, dass sie für mich bestimmt war.«

»Und wieso hat Sarah sie dann bekommen?«

»Weil ich zu schwer zu finden war. Ich war so oft umgezogen, von einer Stadt zur nächsten.«

»Also hat er die Karte an Sarah geschickt. Und sie wusste, wo Sie zu finden waren.« Jane machte eine Pause. »Sie kam von ihm, nicht wahr?«

Lily schüttelte den Kopf. »Ich weiß es nicht.«

»Kommen Sie, Lily. Wer kann es denn sonst gewesen sein, wenn nicht Dominic? Das ist fast genau das Gleiche, was er vor zwölf Jahren in diese Stallwand geritzt hat. Warum sucht er nach Ihnen? Warum bedroht er Sie?«

Lily ließ den Kopf sinken. Leise antwortete sie: »Weil ich weiß, was er damals im Sommer getan hat.«

»Sie sprechen von Ihrer Familie?«

Lily blickte auf, und in ihren Augen schimmerten Tränen. »Ich konnte es nicht beweisen. Aber ich wusste es.«

»Woher?«

»Mein Vater hätte sich *niemals* das Leben genommen! Er wusste, wie sehr ich ihn brauchte. Aber niemand wollte auf mich hören. Niemand hört auf ein sechzehnjähriges Mädchen.«

»Was wurde aus der Postkarte? Mit den Symbolen?«

Sie hob das Kinn. »Ich habe sie verbrannt. Und bin aus Paris weggegangen.«

»Warum?«

»Was würden Sie denn tun, wenn Sie eine Morddrohung bekämen? Abwarten und Tee trinken?«

»Sie hätten sich an die Polizei wenden können. Warum haben Sie das nicht getan?«

»Was hätte ich denen denn erzählen sollen? Dass jemand mir ein Bibelzitat geschickt hat?«

»Sie sind nie auf den Gedanken gekommen, die Sache zu melden? Sie waren im Innersten überzeugt davon, dass Ihr Cousin ein Mörder war. Und doch haben Sie sich nie an die Polizei gewandt? Das ist es, was ich nicht begreife, Lily. Er hat Sie bedroht. Er hat Ihnen solche Angst eingejagt, dass Sie aus Paris geflohen sind. Aber Sie haben niemanden um Hilfe gebeten. Sie sind einfach davongelaufen.«

Lily schlug die Augen nieder. Es war lange Zeit still. Irgendwo nebenan tickte laut eine Uhr.

Jane suchte Blickkontakt zu Sansone. Er schien ebenso ratlos wie sie. Sie wandte sich wieder Lily zu, die sich standhaft weigerte, ihren Blick zu erwidern. »Okay«, sagte Jane schließlich, »was verschweigen Sie uns?«

Lily gab keine Antwort.

Jane riss der Geduldsfaden. »Warum um alles in der Welt wollen Sie uns denn nicht helfen, ihn zu fangen?«

»Sie können ihn nicht fangen«, sagte Lily.

»Warum nicht?«

»Weil er kein Mensch ist.«

In der langen Stille, die folgte, hörte Jane das Schlagen der Uhr, das durch die Zimmer hallte. Der kalte Schauer, den sie gespürt hatte, wurde plötzlich zu einer eisigen Bö, die durch den Raum zu fegen schien.

Kein Mensch. *Und die Hörner, die du gesehen hast, und das Tier…*

Sansone beugte sich vor und fragte mit leiser Stimme: »Was ist er dann, Lily?«

Die junge Frau schüttelte sich und schlang die Arme um die Brust. »Ich kann ihn nicht abschütteln. Er wird mich immer finden. Er wird mich auch hier finden.«

»Okay«, sagte Jane, die ihre Nerven jetzt wieder unter Kontrolle hatte. Diese Vernehmung hatte eine so absurde Wendung genommen, dass sie an allem, was die Frau vorher gesagt hatte, zu zweifeln begann. Entweder log Lily Saul, oder sie litt unter Wahnvorstellungen, und Sansone stürzte sich nicht nur begierig auf jedes bizarre Detail, er schürte auch noch ihren Wahn mit seinem eigenen. »Schluss mit dem Hokuspokus. Ich suche nicht nach dem Teufel, sondern nach einem Menschen.«

»Dann werden Sie ihn nie fangen. Und ich kann Ihnen nicht helfen.« Lily sah Sansone an. »Ich muss mal auf die Toilette.«

»*Können* Sie uns nicht helfen?«, fragte Jane. »Oder *wollen* Sie nicht?«

»Hören Sie, ich bin müde«, fuhr Lily sie an. »Ich bin gerade erst aus dem Flugzeug gestiegen, ich leide unter Jetlag, und ich habe seit zwei Tagen nicht mehr geduscht. Ich beantworte ab sofort keine Fragen mehr.« Und damit verließ sie das Zimmer.

»Sie hat uns nicht *eine* brauchbare Information geliefert«, stellte Jane fest.

Sansone starrte auf die Tür, durch die Lily soeben verschwunden war. »Da irren Sie sich«, sagte er. »Das hat sie sehr wohl, wie ich finde.«

»Sie hat etwas zu verbergen …« Jane brach ab, als ihr Handy klingelte. »Entschuldigen Sie mich«, murmelte sie und fischte das Gerät aus ihrer Handtasche.

Vince Korsak hielt sich nicht lange mit Vorreden auf. »Du musst sofort herkommen!«, blaffte er. Im Hintergrund hörte sie Musik und laute Stimmen. *O Gott*, dachte sie. *Seine blöde Party – die hatte ich völlig vergessen.*

»Vince, es tut mir wirklich leid«, sagte sie, »aber ich schaffe es heute Abend leider nicht. Ich bin mitten in einer Vernehmung.«

»Aber du bist die Einzige, die damit fertig werden kann!«

»Vince, ich muss jetzt Schluss machen.«

»Es sind *deine* Eltern. Was soll ich denn mit ihnen machen?«

Jane stutzte. »Was?«

»Sie schreien sich hier vor allen Leuten an.« Eine Pause. »Oje, sie sind gerade in die Küche gegangen. Ich muss schnell die Messer verstecken.«

»Mein *Dad* ist auf deiner Party?«

»Er ist gerade eben aufgekreuzt. Ich habe ihn nicht eingeladen! Er kam gleich nach deiner Mutter, und seit zwanzig Minuten fliegen hier die Fetzen. Kommst du jetzt vielleicht? Wenn sie sich nicht von selbst beruhigen, muss ich noch die Polizei rufen.«

»Nein! Um Himmels willen, tu das nicht!« *Meine Mom und mein Dad, in Handschellen abgeführt? Das würde mir ewig anhängen.* »Okay, ich komme sofort.« Sie legte auf und sah Sansone an. »Ich muss gehen.«

Er folgte ihr in die Diele, wo sie ihren Mantel anzog. »Kommen Sie später noch einmal vorbei?«

»Im Moment ist sie nicht sehr kooperativ. Ich versuche es morgen noch mal.«

Er nickte. »Ich passe inzwischen auf, dass ihr nichts zustößt.«

»Dass ihr nichts zustößt?« Sie schnaubte verächtlich. »Wie wär's, wenn Sie einfach nur aufpassen, dass sie nicht abhaut?«

Die Nacht war kalt und klar. Jane überquerte die Straße und wollte gerade ihren Subaru aufschließen, als sie eine Autotür schlagen hörte. Sie spähte die Straße hinauf und sah Maura auf sich zukommen.

»Was tust du denn hier in der Gegend?«, fragte Jane.

»Ich habe gehört, dass er Lily Saul gefunden hat.«

»Ja, die Frage ist nur, was es uns bringt.«

»Du hast sie schon vernommen?«

»Und sie verrät nichts. So kommen wir keinen Schritt weiter.« Jane blickte die Straße hinunter, wo Oliver Starks Kleinbus gerade am Bordstein einparkte. »Was ist denn heute Abend hier los?«

»Wir kommen alle, um Lily Saul zu sehen.«

»*Wir?* Sag bloß, du bist jetzt doch diesem Spinnerverein beigetreten?«

»Ich bin nirgendwo beigetreten. Aber mein Haus wurde mit satanischen Symbolen beschmiert, und ich will wissen, warum. Ich will hören, was diese Frau zu sagen hat.« Maura wandte sich ab und ging auf Sansones Haus zu.

»He, Doc!«, rief Jane.

»Ja?«

»Nimm dich in Acht vor Lily Saul.«

»Wieso?«

»Weil sie entweder verrückt ist oder etwas zu verbergen hat.« Jane schwieg einen Moment. »Oder beides.«

Schon durch Korsaks geschlossene Wohnungstür hindurch konnte Jane die stampfende Discomusik hören, wie einen Herzschlag, der die Wände erzittern ließ. Der Mann war fünfundfünfzig und hatte einen Herzinfarkt hinter sich – da bekam ein Titel wie »Stayin' Alive« gleich eine ganz andere Bedeutung. Sie klopfte und machte sich innerlich auf den Anblick von Vince Korsak in Freizeitklamotten gefasst.

Er öffnete die Tür, und sie starrte auf sein schillerndes Hemd mit den dunklen Schweißflecken unter den Armen. Er hatte es so weit aufgeknöpft, dass man seinen Gorillapelz von Brustbehaarung sehen konnte. Das Einzige, was noch fehlte, war das Goldkettchen um den Hals.

»Na, Gott sei Dank!«, seufzte er.

»Wo sind sie?«

»Immer noch in der Küche.«

»Und noch am Leben, nehme ich an.«

»Das Geschrei war kaum zu überhören. Meine Güte, was deine Mutter für Ausdrücke in den Mund nimmt – da kann ich nur noch staunen!«

Jane trat in die Wohnung und tauchte in die psychedelische Lightshow einer rotierenden Discokugel ein. Im flimmernden Halbdunkel konnte sie ungefähr ein Dutzend gelangweilte Partygäste erkennen, die herumstanden und an ihren Drinks nippten oder sich auf einem Sofa fläzten und mechanisch Kartoffelchips in Schüsseln mit Dips tunkten. Es war das erste Mal, dass Jane einen Fuß in Korsaks neue Junggesellenwohnung setzte, und sie musste einen Moment innehalten, überwältigt von dem Anblick. Sie sah einen Couchtisch aus Rauchglas und Chrom auf einem weißen Velourssteppich, dazu einen Großbildfernseher und Lautsprecherboxen, in denen man zur Not eine Kleinfamilie hätte unterbringen können. Und schwarzes Leder – Unmengen von schwarzem Leder. Fast konnte sie das Testosteron von den Wänden triefen sehen.

Und dann drangen aus der Küche, untermalt durch den peitschenden Rhythmus von »Stayin' Alive«, zwei sich überschlagende Stimmen.

»Du bleibst *nicht* hier, nicht in diesem Aufzug. Was ist denn in dich gefahren – bildest du dir ein, dass du plötzlich wieder siebzehn bist?«

»Du hast kein Recht, mir vorzuschreiben, was ich zu tun und zu lassen habe, Frank.«

Jane platzte in die Küche, doch ihre Eltern bemerkten sie

überhaupt nicht, so sehr waren sie in ihre hitzige Auseinandersetzung vertieft. *Was hat Mom bloß mit sich angestellt?*, fragte sich Jane, als sie Angelas enges rotes Kleid sah. Wann hatte sie Stilettos und grünen Lidschatten entdeckt?

»Mein Gott, du bist seit ein paar Monaten Großmutter!«, rief Frank. »Wie kannst du da in so einem Fummel vor die Tür gehen? Schau dich doch nur an!«

»Immerhin *schaut* mich jemand an. Das hast du ja nie gemacht.«

»Bei dem Kleid hängen dir ja die halben Möpse raus.«

»Ich sag mir eben, man muss zeigen, was man hat.«

»Was willst du denn damit beweisen? Hast du etwa mit diesem Detective Korsak …«

»Vince behandelt mich sehr gut, danke der Nachfrage.«

»Mom«, sagte Jane. »Dad?«

»Vince? Jetzt nennst du ihn also schon Vince, oder wie?«

»Hey!«, rief Jane.

Ihre Eltern sahen sie an.

»Oh, Janie«, sagte Angela. »Du hast es ja doch noch geschafft!«

»Hast du davon gewusst?«, fragte Frank und funkelte seine Tochter finster an. »Hast du *gewusst*, wo deine Mom sich so rumtreibt?«

»Ha!« Angela lachte. »*Du* musst gerade reden!«

»Du lässt deine Mom in *so* einem Fummel ausgehen?«

»Sie ist siebenundfünfzig«, entgegnete Jane. »Soll ich vielleicht ihre Rocklänge nachmessen?«

»Das – das *gehört* sich nicht.«

»Ich sag dir, was sich nicht gehört«, konterte Angela. »Dass *du* mir meine Jugend und Schönheit raubst und mich aufs Abstellgleis schiebst. Dass *du* gleich deinen Schwanz auspacken musst, wenn irgendein hergelaufenes Weibsstück mal eben mit dem Arsch wackelt – *das* gehört sich nicht.«

Hat meine Mom das wirklich gesagt?

»Dass *du* die Frechheit besitzt, *mir* zu sagen, was sich nicht gehört! Na los, geh doch zurück zu ihr! Ich bleibe jedenfalls hier. Zum ersten Mal in meinem Leben werde ich mich so richtig amüsieren. Ich mach heut einen *drauf*!« Angela machte kehrt und stakste auf klappernden Stilettos zur Küchentür hinaus.

»Angela! Komm sofort zurück!«

»Dad.« Jane packte Franks Arm. »Lass das.«

»Irgendjemand muss ihr doch Einhalt gebieten, bevor sie sich zum Gespött macht!«

»Bevor sie *dich* zum Gespött macht, meinst du.«

Frank riss sich von seiner Tochter los. »Sie ist deine Mutter. Du solltest ihr ins Gewissen reden.«

»Sie ist auf einer Party, na und? Es ist ja nicht so, als würde sie ein Verbrechen begehen.«

»Dieses Kleid *ist* ein Verbrechen. Ich bin heilfroh, dass ich gekommen bin, bevor sie etwas anstellen konnte, was ihr hinterher leidtun wird.«

»Was *tust* du überhaupt hier? Woher wusstest du eigentlich, dass sie hier ist?«

»Sie hat es mir gesagt.«

»Wer – *Mom*?«

»Ruft an, um mir zu sagen, dass sie mir verziehen hat. Ich soll mich ruhig amüsieren, weil sie sich nämlich auch amüsiert. Weil sie nämlich heute Abend auf eine Party geht. Und dann sagt sie noch, von mir verlassen zu werden wäre das Beste, was ihr je passiert ist. Ich frag dich, was zum *Teufel* geht im Kopf von der Frau vor?«

Das kann ich dir sagen, dachte Jane. *Mom rächt sich auf die perfideste Weise, die man sich vorstellen kann. Nämlich indem sie dir demonstriert, dass du ihr kein bisschen fehlst.*

»Und dieser Korsak«, sagte Frank, »der ist doch jünger als sie!«

»Nur ein paar Jährchen.«

»Hältst du jetzt etwa zu ihr?«

»Ich halte zu niemandem. Ich finde nur, dass ihr beide eine Auszeit braucht. Ein bisschen Abstand voneinander. Am besten, du gehst jetzt, okay?«

»Ich will aber nicht gehen. Nicht, solange ich das nicht mit ihr geklärt habe.«

»Du hast wirklich nicht das Recht, ihr irgendetwas vorzuschreiben. Das weißt du.«

»Sie ist meine Frau.«

»Was wird denn deine Freundin dazu sagen, hm?«

»Nenn sie nicht so.«

»Wie soll ich sie denn nennen? Die blonde Tussi?«

»Du verstehst das nicht.«

»Ich verstehe, dass Mom endlich mal ein bisschen Spaß hat. Das hat ihr gefehlt.«

Er gestikulierte in die Richtung, aus der die Musik kam. »Das nennst du Spaß? Diese Orgie hier?«

»Wie nennst du denn das, was *du* hast?«

Frank stieß einen tiefen Seufzer aus, ließ sich auf einen Küchenstuhl sinken und stützte den Kopf in die Hände. »Was für ein Schlamassel! Was war ich nur für ein beschissener Idiot!«

Sie starrte ihn an. Seine unflätige Ausdrucksweise schockierte sie mehr als sein Eingeständnis des Bedauerns.

»Ich weiß nicht, was ich tun soll«, sagte er.

»Was *willst* du denn tun, Dad?«

Er hob den Kopf und richtete einen gequälten Blick auf sie. »Ich kann mich nicht entscheiden.«

»Na toll. Da wird sich Mom echt freuen, wenn sie das hört.«

»Ich kenne sie gar nicht mehr! Mit diesem Push-up-Teil kommt sie mir vor wie eine wildfremde Frau. Wahrscheinlich gucken ihr diese Kerle die ganze Zeit in den Ausschnitt.« Abrupt stand er auf. »Es reicht. Ich werde jetzt ein Machtwort sprechen.«

»Nein, das wirst du nicht. Du wirst gehen. Und zwar auf der Stelle.«

»Nicht, solange sie noch hier ist.«

»Du machst alles nur noch schlimmer.« Jane fasste ihn am Arm und führte ihn aus der Küche. »*Geh* jetzt bitte, Dad.«

Als sie durchs Wohnzimmer gingen, sah er Angela an. Sie hatte einen Drink in der Hand, und die Discokugel warf vielfarbige Pailletten aus Licht auf ihr Kleid. »Ich will, dass du um elf zu Hause bist!«, brüllte er seine Frau an. Dann stürmte er aus der Wohnung und knallte die Tür hinter sich zu.

»Ha!«, rief Angela. »Vergiss es!«

Jane saß an ihrem Küchentisch und hatte einen Stoß Papiere vor sich ausgebreitet. Ihr Blick ging zur Wanduhr, als der Minutenzeiger gerade auf Viertel vor elf sprang.

»Du kannst nicht einfach hingehen und sie nach Hause schleifen«, sagte Gabriel. »Sie ist eine erwachsene Frau. Wenn sie die ganze Nacht dort verbringen will, hat sie jedes Recht dazu.«

»Das mag ich mir gar nicht erst ausmalen!« Jane drückte die Handflächen gegen die Schläfen und versuchte krampfhaft, die Vorstellung zu verdrängen, wie ihre Mutter bei Korsak auf der Couch schlief. Aber Gabriel hatte die Schleusentore schon geöffnet, und die Flut von Bildern füllte ihren Kopf. »Ich fahre am besten gleich noch mal hin, bevor was Schlimmes passiert. Bevor …«

»Was? Bevor sie sich zu gut amüsiert?«

Er trat hinter sie und legte ihr die Hände auf die Schultern, um die angespannten Muskeln zu massieren. »Komm, Schatz, nimm doch nicht alles so schwer. Was willst du denn tun – deiner Mom ein Ausgehverbot erteilen?«

»Ich denke darüber nach.«

Im Kinderzimmer heulte Regina plötzlich auf.

»Heute Abend ist keine der Frauen in meinem Leben so richtig glücklich.« Gabriel seufzte und verließ die Küche.

Jane sah wieder nach der Uhr. Punkt elf. Korsak hatte versprochen, Angela in ein Taxi zu verfrachten. Vielleicht hatte er es ja schon getan. *Vielleicht sollte ich anrufen und fragen, ob sie schon unterwegs ist.*

Stattdessen konzentrierte sie sich wieder auf die Papiere auf dem Küchentisch. Es war ihre Akte über den untergetauchten Dominic Saul. Dies waren die wenigen, bereits verblassenden Spuren eines jungen Mannes, der vor zwölf Jahren scheinbar vom Erdboden verschluckt worden war. Wieder studierte sie das Schulfoto des Jungen, blickte in ein Gesicht von beinahe engelhafter Schönheit. Goldenes Haar, ausdrucksvolle blaue Augen, aristokratische Nase. *Ein gefallener Engel.*

Sie nahm sich den handgeschriebenen Brief vor, mit dem die Mutter des Jungen, Margaret Saul, ihn von der Putnam Academy genommen hatte.

Dominic wird zum Schuljahresbeginn im Herbst nicht wiederkommen. Ich nehme ihn mit nach Kairo…

Wo sie dann beide spurlos verschwunden waren. Interpol hatte keinen Beleg für ihre Ankunft dort finden können, keine Dokumente, aus denen hervorging, dass Margaret und Dominic Saul je nach Ägypten zurückgekehrt waren.

Sie rieb sich die Augen; die plötzliche Müdigkeit machte es ihr unmöglich, sich aufs Lesen zu konzentrieren, und so begann sie, die Papiere zusammenzuraffen und in die Mappe zurückzustecken. Als sie nach ihrem Notizbuch griff, hielt sie inne und starrte die aufgeschlagene Seite an. Es war das Zitat aus der Offenbarung, das Lily Saul aufgeschrieben hatte:

Und die zehn Hörner, die du gesehen hast, und das Tier, die werden die Hure hassen und werden sie einsam machen und bloß und werden ihr Fleisch essen und werden sie mit Feuer verbrennen.

Aber es waren nicht die Worte selbst, die Janes Herz plötzlich heftiger schlagen ließen. Es war die Handschrift.

Sie kramte in der Mappe und suchte noch einmal Margaret Sauls Brief an die Putnam Academy heraus. Dann legte sie den Brief neben ihr Notizbuch. Ungläubig blickte sie zwischen dem Bibelzitat und Margaret Sauls Brief hin und her.

Dann sprang sie auf und rief: »Gabriel! Ich muss noch mal weg.«

Er kam mit Regina auf dem Arm aus dem Kinderzimmer. »Sie wird es dir nicht danken, das sage ich dir. Warum lässt du sie nicht noch ein bisschen feiern?«

»Es geht nicht um meine Mom.« Jane ging ins Wohnzimmer. Er sah ihr stirnrunzelnd zu, wie sie eine Schublade aufschloss, ihr Holster herausnahm und es sich umschnallte. »Es geht um Lily Saul.«

»Was ist mit ihr?«

»Sie hat gelogen. Sie weiß genau, wo ihr Cousin sich versteckt.«

34

»Ich habe Ihnen alles gesagt, was ich weiß«, beharrte Lily.

Jane stand in Sansones Esszimmer, wo die Dessertschüsseln noch nicht abgeräumt waren. Jeremy stellte unauffällig eine Tasse Kaffee vor Jane auf den Tisch, doch sie rührte sie nicht an. Und auch die übrigen Gäste ignorierte sie; ihr Blick war nur auf Lily gerichtet.

»Wie wär's, wenn wir beide nach nebenan gehen, Lily, wo wir uns in Ruhe unterhalten können?«

»Ich habe Ihnen nichts weiter zu sagen.«

»Ich glaube, Sie haben mir eine ganze Menge zu sagen.«

»Dann stellen Sie Ihre Fragen hier, Detective«, schaltete sich Edwina Felway ein. »Wir würden sie alle gerne hören.«

Jane musterte Sansone und seine Gäste. Den sogenannten Mephisto-Club. Auch wenn Maura behauptete, nicht zu ihnen zu gehören, saß sie dennoch hier, in ihrer Mitte. Diese Leute glaubten vielleicht, das Böse zu verstehen, aber sie erkannten es nicht, auch wenn es mit ihnen hier am Tisch saß. Janes Blick wanderte zurück zu Lily Saul, die trotzig auf ihrem Stuhl sitzen blieb und sich weigerte aufzustehen. *Okay*, dachte Jane. *Das sind also die Regeln, nach denen du spielen willst? Dann spielen wir nach deinen Regeln, und zwar hier vor Publikum.*

Jane schlug die Mappe auf, die sie mitgebracht hatte, und knallte das Blatt vor Lily auf den Tisch, was ein melodisches Klirren von Weingläsern und Porzellan auslöste. Lily betrachtete den handgeschriebenen Brief.

»Dominics Mutter hat das nicht geschrieben«, sagte Jane.

»Was ist das?«, fragte Edwina.

»Es ist ein Brief, mit dem der fünfzehnjährige Dominic von der Putnam Academy genommen wurde, dem Internat in Connecticut, das er besuchte. Angeblich geschrieben von seiner Mutter, Margaret Saul.«

»Angeblich?«

»Margaret Saul hat diesen Brief nicht geschrieben.« Jane sah Lily an. »Das waren Sie.«

Lily lachte auf. »Sehe ich alt genug aus, um seine Mutter zu sein?«

Nun legte Jane das Notizbuch auf den Tisch, aufgeschlagen auf der Seite mit dem Zitat aus der Offenbarung. »Sie haben heute Abend diese Bibelstelle für mich aufgeschrieben, Lily. Wir wissen, dass das Ihre Handschrift ist.« Dann deutete sie wieder auf den Brief. »Genau wie das hier.«

Schweigen. Lilys Mund hatte sich zu einem dünnen Strich verengt.

»In dem Sommer, als Sie sechzehn Jahre alt waren, wollte Ihr Cousin Dominic untertauchen«, sagte Jane. »Nach dem, was er in Purity getan hatte, *musste* er vermutlich untertauchen.« Sie fixierte Lily mit zusammengekniffenen Augen. »Und Sie haben ihm geholfen. Sie haben allen, die es hören wollten, eine glaubwürdige Geschichte aufgetischt: dass seine Mutter überraschend in der Stadt aufgetaucht sei und ihn mitgenommen habe. Dass sie zusammen das Land verlassen hätten. Aber das war eine Lüge, nicht wahr? Margaret Saul ist nicht gekommen, um ihren Sohn abzuholen. Sie ist überhaupt nie aufgetaucht. War es nicht so?«

»Ich muss Ihnen nicht antworten«, entgegnete Lily. »Ich kenne meine Rechte.«

»Wo ist er? Wo ist Dominic?«

»Wenn Sie ihn finden, sagen Sie mir Bescheid.« Lily schob ihren Stuhl zurück und stand auf.

»Was hat sich in diesem Sommer zwischen Ihnen beiden abgespielt?«

»Ich gehe jetzt ins Bett.« Lily wandte sich ab und steuerte die Tür an.

»Hat er die ganze Drecksarbeit für Sie gemacht? Schützen Sie ihn deswegen?«

Lily blieb stehen. Langsam drehte sie sich um, und ihre Augen funkelten gefährlich.

»Als Ihre Eltern starben, erbten Sie ein hübsches Vermögen«, sagte Jane.

»Ich habe ein Haus geerbt, das niemand haben will. Und ein Bankkonto, das mir mein Collegestudium finanziert hat, aber nicht viel mehr.«

»Haben Sie sich gut mit Ihren Eltern verstanden, Lily? Oder gab es oft Krach?«

»Wenn Sie glauben, ich könnte je …«

»Alle Teenager haben Krach mit ihren Eltern. Aber bei Ihnen ging der Krach vielleicht ein bisschen weiter. Vielleicht konnten Sie es ja nicht erwarten, aus diesem öden Kaff rauszukommen und Ihr wahres Leben zu beginnen. Dann zieht Ihr Cousin für den Sommer zu Ihnen, und er bringt Sie auf Ideen, wie Sie Ihren Ausbruch vielleicht ein bisschen beschleunigen, Ihrem Neuanfang auf die Sprünge helfen könnten.«

»Sie haben doch keine Ahnung, was damals passiert ist!«

»Dann sagen Sie es mir. Sagen Sie mir, warum *Sie* es waren, die Teddys Leiche im See fand, warum *Sie* es waren, die Ihre Mutter am Fuß der Treppe fand.«

»Ich hätte ihnen nie etwas zuleide getan. Wenn ich gewusst hätte …«

»Waren Sie ein Paar? Sie und Dominic?«

Lilys Gesicht wurde kreidebleich vor Wut. Einen brenzligen Moment lang dachte Jane tatsächlich, die Frau würde sich auf sie stürzen.

Plötzlich zerriss ein lautes Klingeln die Stille. Alle Blicke richteten sich auf Sansone.

»Das ist unsere Alarmanlage«, sagte er und sprang auf, um zu einem in die Wand eingelassenen Bedienfeld zu gehen. »Sie meldet eine Einbruchstelle am Gartenfenster.«

»Es ist jemand im Haus?«, fragte Jane.

»Das ist *er*«, hauchte Lily.

Jeremy kam ins Esszimmer. »Ich habe eben nachgesehen, Mr. Sansone. Das Fenster ist verschlossen.«

»Dann ist es vielleicht nur eine Funktionsstörung.« Sansone sah die anderen an. »Ich glaube, es ist das Beste, wenn

Sie alle erst einmal hierbleiben, während ich das System überprüfe.«

»Nein«, rief Lily. Ihr Blick zuckte von einer Tür zur anderen, als rechnete sie damit, dass jeden Moment ein Angreifer hereinstürzen würde. »Ich bleibe nicht hier. Nicht in diesem Haus.«

»Sie haben absolut nichts zu befürchten. Wir beschützen Sie.«

»Und wer wird *Sie* beschützen?« Sie sah nacheinander Maura, Edwina und Oliver an. »Jemand von Ihnen vielleicht? Sie wissen ja gar nicht, womit Sie es zu tun haben!«

»Sie bleiben jetzt alle da, wo Sie sind, okay?«, sagte Jane. »Ich gehe raus und sehe nach.«

»Ich komme mit Ihnen«, sagte Sansone.

Jane zögerte, im Begriff, das Angebot abzulehnen. Doch dann dachte sie an Eve Kassowitz, wie sie blutend über den vereisten Gartenweg geschleppt worden war, die Waffe noch im Holster an ihrer Hüfte. »Na schön«, sagte sie zu Sansone. »Gehen wir.«

Sie zogen ihre Mäntel an und traten vor die Tür. In den Lichtinseln unter den Straßenlaternen glitzerte das Eis. Es war eine gefrorene Welt; alle Oberflächen glänzten wie poliertes Glas. Selbst wenn ein Eindringling heute Abend hier entlanggekommen wäre, würden sie keine Fußspuren finden. Der Strahl von Janes Stablampe glitt über den diamanten glitzernden Asphalt. Zusammen mit Sansone ging sie an der Hausfront entlang zu dem eisernen Tor, öffnete es und trat in den schmalen Durchgang an der Seite des Grundstücks. Hier hatte der Mörder Eve Kassowitz überwältigt. Über diesen Weg hatte er ihre Leiche geschleppt, und das Blut aus der Wunde an ihrem Kopf hatte die Granitplatten beschmiert und war dort in roten Bahnen gefroren.

Jane hatte ihre Waffe schon aus dem Holster gezogen; von einer Sekunde auf die andere lag sie plötzlich in ihrer Hand, wie eine Verlängerung ihres eigenen Körpers. Sie ging weiter in Richtung Garten; der Strahl der Taschenlampe durchschnitt die Dunkelheit, während ihre Sohlen über die vereisten Platten rutschten. Vertrocknete Efeuzweige schienen im Lichtkegel auf. Sie wusste, dass Sansone direkt hinter ihr war, doch er bewegte sich so lautlos, dass sie innehalten und einen Blick über die Schulter werfen musste, um sich zu vergewissern, dass er tatsächlich da war, dass er ihr Rückendeckung gab.

Vorsichtig schob sie sich um die Hausecke und schwenkte den Strahl der Stablampe durch den ummauerten Garten, wo erst vor wenigen Wochen Eve gelegen hatte, wo ihre Muskeln allmählich starr geworden waren, während ihr Blut auf dem kalten Stein gefror. Jane sah keine Bewegung, keine Gestalten, die im Dunkeln lauerten, keinen Dämon im schwarzen Cape.

»Ist das hier das Fenster?«, fragte sie. Sie richtete die Lampe darauf und sah, wie der Lichtstrahl von der Scheibe gespiegelt wurde. »Wo Ihre Alarmanlage einen Einbruch gemeldet hat?«

»Ja.«

Sie durchquerte den Garten, um sich das Fenster aus der Nähe anzusehen. »Kein Fliegengitter?«

»Jeremy nimmt sie immer für den Winter ab.«

»Und das Fenster ist immer von innen verriegelt?«

»Immer. Wir legen allergrößten Wert auf Sicherheit.«

Sie ließ den Lichtstrahl über das Sims gleiten und entdeckte die verräterische Kerbe im Holz. *Frisch.*

»Wir haben hier ein Problem«, sagte sie leise. »Jemand hat versucht, es aufzuhebeln.«

Er starrte das Sims an. »Das kann den Alarm nicht ausgelöst haben. Das geht nur, wenn das Fenster tatsächlich geöffnet wird.«

»Aber Ihr Butler sagt, dass es von innen verschlossen ist.«

»Das bedeutet …« Sansone hielt inne. »Mein Gott.«

»Was?«

»Er ist eingestiegen und hat es wieder verriegelt. Er ist bereits *im Haus*!« Sansone machte kehrt und rannte zurück zur Vorderseite des Hauses, so schnell, dass seine Schuhe über die Platten schlitterten. Beinahe wäre er gestürzt, doch er fing sich wieder und lief weiter. Als Jane die Haustür erreichte, war er schon im Esszimmer und scheuchte alle von ihren Stühlen hoch.

»Bitte holen Sie Ihre Mäntel«, drängte er. »Sie müssen alle das Haus verlassen. Jeremy, ich helfe Oliver die Treppe hinunter, wenn Sie inzwischen den Rollstuhl holen.«

»Du liebe Güte, was ist denn passiert?«, fragte Edwina.

»Tun Sie einfach, was er sagt«, befahl Jane. »Schnappen Sie sich Ihre Mäntel und gehen Sie zur Haustür raus.«

Es war Janes Waffe, die sie alle aufmerken ließ – die Tatsache, dass sie nicht mehr im Holster steckte, sondern in ihrer Hand lag, war ein unmissverständliches Signal: *Das ist kein Spiel mehr, sondern blutiger Ernst.*

Lily sprang als Erste auf. Sie rannte sofort zur Tür, führte den Exodus in die Diele an, das Gerangel um die Mäntel. Während alle zur Haustür hinaus in die Kälte eilten, war Jane dicht hinter ihnen und hatte das Handy schon am Ohr, um Verstärkung zu rufen. Sie war zwar bewaffnet, aber sie war nicht tollkühn – sie hatte nicht die Absicht, dieses Haus ganz allein zu durchsuchen.

Wenige Augenblicke später traf der erste Streifenwagen ein, mit flackerndem Blaulicht, aber ohne Sirene. Er kam schlitternd zum Stehen, und zwei Streifenbeamte sprangen heraus.

»Ich brauche eine Absperrung«, wies Jane sie an. »Niemand verlässt dieses Gebäude.«

»Wer ist da drin?«

»Das wollen wir gerade rausfinden.« Sie blickte auf, als die Scheinwerfer eines zweiten Streifenwagens sich näherten. Zwei weitere Cops verstärkten das Team. »Sie«, sagte Jane und deutete auf einen der jüngeren Polizisten. Sie brauchte jetzt jemanden mit guten Reflexen und scharfen Augen. »Sie kommen mit mir.«

Jane betrat als Erste das Haus, der Streifenpolizist folgte ihr mit gezogener Waffe. Er stutzte einen Moment, als sie in den Salon traten und er die eleganten Möbel und das Ölgemälde über dem Kamin erblickte. Sie wusste genau, was er dachte: *Dies ist das Haus eines reichen Mannes.*

Sie schob die Tapetentür auf und warf einen kurzen Blick in die Garderobe, um sich zu vergewissern, dass sich dort niemand versteckte. Dann gingen sie weiter und gelangten durch das Esszimmer und die Küche in eine riesige Bibliothek. Keine Zeit, die vom Boden bis zur Decke reichenden Bücherregale zu bewundern – sie waren auf Monsterjagd.

Sie stiegen die geschwungene Treppe zum ersten Stock hinauf. Von den Ölgemälden blickten Augen auf sie herab. Sie kamen an einem nachdenklich wirkenden Mann vorbei, einer rehäugigen Frau, zwei engelsgesichtigen Mädchen, die an einem Cembalo saßen. Im Obergeschoss angelangt, sahen sie vor sich einen langen, mit Teppich ausgelegten Flur, von dem mehrere Türen abgingen. Jane kannte weder den Grundriss des Hauses, noch wusste sie, was sie erwartete. Obwohl sie den Streifenpolizisten als Verstärkung dabeihatte, obwohl drei weitere Beamte gleich vor dem Haus Wache hielten, schwitzten ihre Hände, und das Herz schlug ihr bis zum Hals hinauf. Von Zimmer zu Zimmer rückten sie vor, spähten in Wandschränke, schoben sich vorsichtig um Türpfosten herum. Vier Schlafzimmer, drei Bäder.

Sie kamen zu einer schmalen Treppe.

Jane blieb stehen und starrte zu einer Bodenluke hinauf. *O Mann,* dachte sie. *Ich will da nicht raufgehen.*

Dennoch packte sie den Handlauf und stieg auf die erste Stufe. Sie hörte das Holz unter ihrem Gewicht knarren und wusste, dass jemand, der sich auf dem Dachboden verbarg, es ebenfalls hören musste und damit vorgewarnt war. Der Atem des Cops hinter ihr begann schneller zu gehen.

Er spürt sie auch. Die Gegenwart des Bösen.

Jane stieg die knarrenden Stufen zur Luke empor. Mit feuchter Hand packte sie den Knauf. Sie drehte sich zu ihrer Verstärkung um und sah ein knappes, angespanntes Nicken.

Sie stieß die Luke auf und kletterte rasch durch die Öffnung, um sofort mit dem Strahl ihrer Taschenlampe eine Schneise durch die Dunkelheit zu schlagen. Schemenhafte Formen tauchten auf. Sie sah Messing aufblitzen, bedrohliche Silhouetten, bereit zur Attacke.

Dann hatte der Cop hinter ihr endlich den Lichtschalter gefunden und drückte drauf. Jane blinzelte, als es plötzlich taghell wurde. In Sekundenschnelle verwandelten die lauernden Angreifer sich in Möbel, Lampen und zusammengerollte Teppiche. Sie waren auf eine Schatzkammer voller kostbarer Antiquitäten gestoßen. Sansone war so verdammt reich, dass selbst seine ausrangierten Möbel wahrscheinlich noch ein Vermögen wert waren. Als sie den Dachboden abschritt, begann ihr Puls sich zu verlangsamen, und ihre Angst löste sich in Erleichterung auf. Hier oben gab es keine Monster.

Sie steckte die Waffe ein und stand ein wenig betreten inmitten all dieser Kostbarkeiten. Die Anlage musste wohl einen Fehlalarm ausgelöst haben. *Aber woher stammt dann die Kerbe in diesem Fenstersims?*

Da meldete sich plötzlich das Funkgerät des Cops. »Graffam, wie sieht's aus bei Ihnen?«

»Sieht aus, als wäre hier alles sauber.«

»Ist Rizzoli bei Ihnen?«

»Ja, steht direkt neben mir.«

»Wir haben hier ein Problem.«

Jane warf dem Cop einen fragenden Blick zu.

»Was gibt's?«, sprach er ins Funkgerät.

»Dr. Isles will, dass sie sofort zu ihr rauskommt.«

»Sind schon unterwegs.«

Jane blickte sich ein letztes Mal auf dem Dachboden um und stieg dann die Treppe hinunter, lief den Flur entlang, vorbei an den Schlafzimmern, die sie bereits durchsucht hatten, an den Porträts, die erst vor wenigen Minuten auf sie herabgestarrt hatten. Wieder vollführte ihr Herz einen Trommelwirbel, als sie aus der Haustür trat und die Nacht von grellen Lichtern erhellt fand. Zwei weitere Streifenwagen waren inzwischen eingetroffen, und sie blieb stehen, vorübergehend geblendet von dem kaleidoskopischen Geflimmer.

»Jane, sie ist durchgebrannt!«

Sie sah Maura an, die im Gegenlicht der Dachscheinwerfer stand. »Was?«

»Lily Saul ist weg. Wir standen dort drüben auf dem Gehsteig. Und als wir uns umdrehten, war sie plötzlich verschwunden.«

»Mist.« Jane suchte die Straße ab, ließ den Blick über die schemenhaften Umrisse von Cops gleiten, von neugierigen Anwohnern, die sich aus ihren Häusern in die Kälte hinausgewagt hatten, um das aufregende Schauspiel zu beobachten.

»Es ist erst ein paar Minuten her«, sagte Maura. »Weit kann sie nicht sein.«

35

Lily Saul rannte eine Seitenstraße hinunter, dann die nächste, drang tiefer und tiefer in das Labyrinth dieses unbekannten Viertels ein. Sie kannte Boston nicht, hatte keine Ahnung, wohin sie lief. Sie konnte die Sirenen von Streifenwagen hören, die sie wie ein Schwarm Haie umkreisten. Scheinwerfer flammten auf, und sie tauchte blitzschnell in eine Gasse ab, duckte sich hinter ein paar Mülltonnen, während ein Streifenwagen langsam die Straße hinauffuhr. Kaum war er um die Ecke verschwunden, war sie schon wieder auf den Beinen und rannte in die andere Richtung weiter. Sie lief jetzt bergab und rutschte immer wieder auf den vereisten Pflastersteinen aus, während der Rucksack ihr rhythmisch gegen die Schulterblätter schlug. Sie war viel zu dünn angezogen für dieses frostige Wetter; schon jetzt schmerzten ihre Füße von der Kälte, und ihre bloßen Hände waren taub. Plötzlich glitten ihre Tennisschuhe unter ihr weg, und sie landete auf dem Hintern. Beim Aufprall schoss der Schmerz ihr wie ein Pfeil ins Rückgrat. Ein paar Sekunden lang saß sie benommen und mit dröhnendem Schädel da. Als der Nebel vor ihren Augen sich endlich verzog, sah sie, dass sie am Fuß des Hügels angelangt war. Auf der anderen Straßenseite war ein Park, gesäumt von Büschen, mit kahlen Bäumen, deren dürres Geäst geisterhafte Schatten auf den vereisten Schnee warf. Ein leuchtendes Symbol fiel ihr ins Auge.

Es war ein U-Bahn-Schild.

Sie würde einfach auf einen Zug springen, und binnen Minuten könnte sie an jedem beliebigen Ort in der Stadt sein. Und sie wäre im Warmen. Sie rappelte sich auf. Ihr Steißbein schmerzte von dem Sturz, und die aufgeschürften Handflächen brannten. Sie humpelte über die Straße, ging ein paar Schritte den Gehsteig entlang und erstarrte.

Ein Streifenwagen war soeben um die Ecke gebogen.

Mit einem Satz war sie im Park und tauchte hinter den Büschen ab. Dort wartete sie. Das Herz schlug ihr bis zum Hals, doch der Streifenwagen kam nicht vorbei. Sie spähte durch die Zweige und sah, dass er mit laufendem Motor vor dem U-Bahn-Eingang hielt. Verdammt. Zeit für einen neuen Plan.

Sie blickte sich um und entdeckte am anderen Ende des Parks ein weiteres U-Bahn-Schild. Sofort stand sie auf und lief, immer im Schatten der Bäume, quer über die Grünfläche. Eine Eisschicht überzog den Schnee, und bei jedem Schritt knirschte es laut, wenn ihr Fuß durch die Kruste brach und in den tiefen Schnee darunter sank. Sie kämpfte sich mühsam weiter, verlor beinahe einen Schuh und keuchte vor übermenschlicher Anstrengung. Da vernahm sie, fast übertönt vom Brausen ihres eigenen Atems, ein anderes Geräusch hinter sich – ein Knirschen, ein Knarren. Sie blieb stehen, fuhr herum – und spürte, wie ihr Herz zu Eis erstarrte.

Die Gestalt stand unter einem Baum – gesichtslos, eine schwarze Silhouette, halb verschmolzen mit der Dunkelheit. *Das ist er.*

Mit einem erstickten Schluchzen ergriff Lily die Flucht, stolperte durch den Schnee, sank immer wieder durch die Eiskruste ein. Ihre eigenen Atemgeräusche und das Hämmern ihres Herzens machten es ihr unmöglich, ihren Verfolger zu hören, doch sie wusste, dass er direkt hinter ihr war. Er war immer direkt hinter ihr gewesen, jede Minute, jeden Atemzug, war ihr auf Schritt und Tritt gefolgt, das Verhängnis in ihrem Nacken. Aber noch nie so nahe, nie so nahe! Sie drehte sich nicht um, wollte nicht sehen, wie die Kreatur aus ihren Albträumen näher und näher kam. Sie rannte blindlings weiter, nur noch mit einem Schuh jetzt, die Socke mit eisigem Wasser getränkt.

Und dann taumelte sie plötzlich aus einer Schneewehe hinaus und fand sich auf dem Gehsteig. Der U-Bahn-Eingang war direkt vor ihr. Sie flog die Treppe hinunter und rechnete halb damit, das Rauschen von Schwingen hinter sich zu hören, die scharfen Klauen zu spüren, die sich in ihren Nacken bohrten. Doch alles, was sie fühlte, war der warme Luftzug des U-Bahn-Tunnels in ihrem Gesicht. Scharen von Pendlern strömten vom Bahnsteig auf die Treppe zu.

Keine Zeit, nach Münzen zu kramen. Spring über das Drehkreuz!

Sie kletterte unbeholfen hinüber, und der Fuß mit der nassen Socke landete klatschend auf den Fliesen. Zwei Schritte – und sie kam schlitternd zum Stehen.

Jane Rizzoli stand direkt vor ihr.

Lily wirbelte herum, zu dem Drehkreuz, über das sie gerade gestiegen war. Da stand ein Cop und versperrte ihr den Weg.

Panisch blickte sie sich in der Station um, auf der Suche nach der Kreatur, die sie verfolgt hatte, doch sie sah nur verdutzte Pendler, die sie anstarrten.

Da schloss sich ein Metallreif um ihr Handgelenk.

Sie saß in Janes parkendem Wagen, zu erschöpft, um an einen Fluchtversuch zu denken. Ihr Fuß steckte in der nassen Socke wie in einem Eisblock, und obwohl die Heizung auf vollen Touren lief, wollte ihr einfach nicht warm werden, und sie konnte nicht aufhören zu zittern.

»Okay, Lily«, sagte Jane. »Jetzt werden Sie mir die Wahrheit sagen.«

»Sie werden mir die Wahrheit nicht glauben.«

»Wollen wir wetten?«

Lily saß regungslos da; das Haar fiel ihr wirr ins Gesicht. Es spielte keine Rolle mehr. Sie war des Davonlaufens müde. *Ich gebe auf.*

»Wo ist Dominic?«, fragte Jane.

»Er ist tot«, sagte Lily.

Einige Sekunden verstrichen, während die Polizistin die Information verarbeitete, während sie zu ihren eigenen Schlussfolgerungen gelangte. Durch das geschlossene Fenster drang das Sirenengeheul eines vorbeifahrenden Löschfahrzeugs, aber hier im Wagen war das einzige Geräusch das Zischen des Gebläses.

»Haben Sie ihn getötet?«, fragte Jane.

Lily schluckte. »Ja.«

»Seine Mutter hat ihn also nie abgeholt, nicht wahr? Sie ist nie mit ihm ins Ausland gefahren. Deswegen haben Sie diesen Brief an die Schule geschrieben.«

Lily ließ den Kopf noch tiefer sinken. Es hatte keinen Sinn, irgendetwas zu leugnen. Diese Frau hatte schon die Zusammenhänge erfasst. »Die Schule rief an. Immer wieder haben sie angerufen und wollten wissen, ob er wiederkäme. Ich musste den Brief schreiben, damit sie aufhörten, mich zu fragen, wo er war.«

»Wie haben Sie ihn getötet?«

Lily schöpfte zitternd Atem. »Es war die Woche nach der Beerdigung meines Vaters. Dominic war in unserer Garage und sah sich den Wagen meiner Mutter an. Er sagte, sie würde ihn ja nicht mehr brauchen, also könnte er ihn doch haben.« Lily senkte die Stimme zu einem angespannten Flüstern. »Da habe ich ihm gesagt, dass ich Bescheid wusste. Ich wusste, dass er sie alle getötet hatte.«

»Woher wussten Sie das?«

»Weil ich sein Notizbuch gefunden hatte. Er bewahrte es unter seiner Matratze auf.«

»Was stand in diesem Notizbuch?«

»Alles Mögliche über uns. Seitenweise Aufzeichnungen über die langweiligen Sauls. Was wir jeden Tag machten, was wir miteinander redeten. Er hatte sich notiert, welchen Weg Teddy immer nahm, wenn er zum See hinunterging. Was für Tabletten wir im Badschrank aufbewahrten. Was wir zum Frühstück aßen, wie wir uns gute Nacht sagten.« Sie hielt inne. Schluckte. »Und er wusste, wo mein Vater den Schlüssel zu seinem Waffenschrank aufbewahrte.« Sie sah Jane an. »Er war wie ein Forscher, der uns studierte. Und wir waren nur seine Laborratten.«

»Hat er in dem Notizbuch ausdrücklich geschrieben, dass er Ihre Familie getötet hatte?«

Sie zögerte. »Nein. Sein letzter Eintrag war vom achten August, dem Tag, an dem Teddy …« Sie brach ab. »Er war klug genug, nichts darüber zu schreiben.«

»Wo ist das Notizbuch jetzt? Haben Sie es noch?«

»Ich habe es verbrannt. Zusammen mit all seinen anderen Büchern. Ich konnte ihren Anblick nicht mehr ertragen.«

Lily wusste, was Janes Blick zu bedeuten hatte. *Du hast die Beweise vernichtet. Wieso sollte ich dir glauben?*

»Okay«, sagte Jane. »Sie sagten, Sie hätten Dominic in der Garage gefunden und ihn dort zur Rede gestellt.«

»Ich war so außer mir, dass ich nicht darüber nachgedacht habe, was passieren könnte.«

»Und was *ist* passiert?«

»Als ich ihm sagte, ich wüsste, was er getan hatte, starrte er mich einfach nur an. Keine Spur von Angst oder Schuldbewusstsein. ›Du kannst es nicht beweisen‹, sagte er.« Sie holte Luft und atmete langsam aus. »Und selbst wenn ich es hätte beweisen können – er war erst fünfzehn. Er wäre nicht ins Gefängnis gekommen. Oder wenn, dann nur für ein paar Jahre. Dann wäre er ein freier Mann gewesen, aber meine Familie wäre immer noch tot gewesen.«

»Und was ist dann passiert?«

»Ich habe ihn gefragt, warum er so etwas Furchtbares getan habe. Und wissen Sie, was er geantwortet hat?«

»Was?«

»›Du hättest netter zu mir sein sollen.‹ Das war seine Antwort. Mehr hatte er dazu nicht zu sagen. Dann hat er gelächelt und ist aus der Garage spaziert, als wäre nichts geschehen.« Sie machte eine Pause. »Und da habe ich es getan.«

»Wie?«

»Plötzlich hatte ich eine Schaufel in der Hand. Sie hatte dort an der Wand gelehnt. Ich erinnere mich nicht einmal mehr, nach ihr gegriffen zu haben. Ich spürte kaum das Gewicht. Es war – es war, als ob meine Arme jemand anderem gehörten. Er fiel hin, aber er war noch bei Bewusstsein, und er versuchte wegzukriechen.« Sie seufzte tief und fügte leise hinzu: »Also habe ich noch mal zugeschlagen.«

Draußen war es still geworden. Das bitterkalte Wetter hatte die Fußgänger von den Straßen vertrieben, und nur dann und wann glitt ein Auto vorüber.

»Und dann?«, fragte Jane.

»Mein einziger Gedanke war, wie ich die Leiche loswerden könnte. Da habe ich ihn in das Auto meiner Mutter geschafft. Ich dachte mir, vielleicht könnte ich es wie einen Unfall aussehen lassen. Es war Nacht, da würde niemand etwas sehen. Ich fuhr mit dem Wagen zu diesem Steinbruch, ein paar Meilen außerhalb des Ortes. Dort habe ich ihn dann über den Rand ins Wasser geschoben. Ich rechnete damit, dass irgendjemand ihn früher oder später entdecken würde. Irgendjemand würde melden, dass da unten ein Auto lag.« Lily lachte ungläubig. »Aber es wurde nie gefunden. Können Sie sich das vorstellen?« Sie sah Jane an. »Niemand hat es je gefunden.«

»Und danach haben Sie versucht, Ihr Leben in den Griff zu bekommen?«

»Ich habe die High School abgeschlossen. Und dann bin ich aus Purity weggegangen, für immer. Ich wollte nicht da sein, wenn sie irgendwann seine Leiche fanden.«

Einen Moment lang starrten sie einander nur an. Dann sagte Jane: »Ihnen ist bewusst, dass Sie gerade gestanden haben, Dominic Saul ermordet zu haben. Ich werde Sie in Haft nehmen müssen.«

Lily verzog keine Miene. »Ich würde es wieder tun. Er hatte es verdient.«

»Wer wusste davon? Wer wusste, dass Sie ihn getötet hatten?«

Lily schwieg. Draußen ging ein Pärchen vorbei, die Köpfe im Wind gesenkt, die Schultern unter ihren Wintermänteln hochgezogen.

»Wussten Sarah und Lori-Ann es?«

»Sie waren meine besten Freundinnen. Ich musste es ihnen

sagen. Sie verstanden, warum ich es getan hatte. Sie schworen, es für sich zu behalten.«

»Und jetzt sind Ihre Freundinnen tot.«

»Ja.« Lily schüttelte sich und schlang die Arme um die Brust. »Es ist meine Schuld.«

»Wer weiß es sonst noch?«

»Ich habe es nie irgendeinem anderen Menschen erzählt. Ich dachte, es wäre vorbei und vergessen.« Sie holte Luft. »Dann bekam Sarah diese Postkarte.«

»Mit dem Hinweis auf die Offenbarung?«

»Ja.«

»Es muss noch jemand wissen, was Sie getan haben. Jemand, der Sie in jener Nacht gesehen hat oder davon gehört hat. Jemand, der sich jetzt einen Spaß daraus macht, Sie zu quälen.«

Lily schüttelte den Kopf. »Nur Dominic kann diese Postkarte geschickt haben.«

»Aber er ist tot. Wie soll das möglich sein?«

Lily schwieg einen Moment. Sie wusste, dass ihre Antwort in den Ohren dieser Frau mit ihrer kühlen Logik absurd klingen würde. »Glauben Sie an ein Leben nach dem Tod, Detective?«, fragte sie.

Wie Lily geahnt hatte, reagierte Jane mit einem verächtlichen Schnauben. »Ich glaube, wir bekommen genau ein Mal die Chance, etwas aus unserem Leben zu machen. Deshalb können wir es uns nicht leisten, es zu vermasseln.«

»Die alten Ägypter glaubten an ein Leben nach dem Tod. Sie glaubten, dass jeder Mensch einen *Ba* hat, den sie als Vogel mit menschlichem Antlitz darstellten. Der Ba ist so etwas wie die Seele. Wenn man stirbt, wird er freigesetzt und kann in die Welt der Lebenden zurückfliegen.«

»Was hat dieser ägyptische Kram mit Ihrem Cousin zu tun?«

»Er ist in Ägypten zur Welt gekommen. Von seiner Mutter hatte er Berge von Büchern, manche davon sehr alt, mit Beschwörungen aus ägyptischen Sargtexten. Diese Zaubersprüche konnten angeblich den Ba ins Leben zurückführen. Ich glaube, es ist ihm gelungen.«

»Sprechen Sie von Wiederauferstehung?«

»Nein. Von Besessenheit.«

Die Stille schien sich endlos zu dehnen.

»Sie meinen Besessenheit durch Dämonen?«, fragte Jane schließlich.

»Ja«, antwortete Lily leise. »Der Ba findet eine neue Heimat.«

»Er übernimmt den Körper eines anderen? Und bringt ihn dazu, die Morde zu begehen?«

»Die Seele hat keine physische Gestalt. Sie braucht einen Körper aus Fleisch und Blut, den sie beherrschen kann. Das Konzept der dämonischen Besessenheit ist nicht neu. Die katholische Kirche hat es schon immer gekannt, und sie hat solche Fälle dokumentiert. Sie hat ihre Riten zur Austreibung von Dämonen.«

»Sie behaupten also, der Ba Ihres Cousins hätte sich irgendeinen Körper geschnappt und es auf diese Weise geschafft, Sie über die ganze Welt zu jagen und Ihre beiden Freundinnen zu ermorden?«

Lily hörte die Skepsis in Janes Stimme und seufzte. »Es hat keinen Sinn, dass wir darüber reden. Sie glauben ja doch kein Wort davon.«

»Glauben *Sie* es? Ernsthaft, meine ich?«

»Vor zwölf Jahren habe ich es nicht geglaubt«, sagte Lily leise. Sie sah Jane an. »Aber jetzt glaube ich es.«

Zwölf Jahre unter Wasser, dachte Jane. Sie stand fröstelnd am Rand des Steinbruchs, wo die Luft erfüllt war vom Dröhnen des Motors und dem Ächzen des straff gespannten Seils, an dem das Gewicht des vor langer Zeit versunkenen Wagens zerrte. Was passiert mit Fleisch, das zwölf Jahre lang in Wasser eingeweicht war, Sommer um Sommer der Algenblüte ausgesetzt, Winter um Winter dem Wechsel von Frost und Tauwetter? Die anderen, die neben ihr standen, warteten in grimmigem Schweigen; zweifellos graute ihnen ebenso wie Jane vor dem ersten Anblick von Dominic Sauls Leiche. Dr. Kibbie, der Bezirksleichenbeschauer, klappte seinen Kragen hoch und zog sich den Schal ins Gesicht, als wollte er ganz in seinem Mantel verschwinden, als wäre er überall lieber als hier an diesem Ort. In den Baumkronen über ihnen krächzte ein Trio von Krähen, die schon nach dem ersten Bissen Aas zu gieren schienen. *Hoffentlich ist kein Fleisch mehr übrig*, dachte Jane. Mit sauberen Knochen hatte sie kein Problem. Ein Skelett, das war auch nichts anderes als diese klappernden Plastikgerippe an Halloween. Es hatte nichts Menschliches.

Sie warf Lily, die neben ihr stand, einen kurzen Blick zu. *Für dich muss es noch viel schlimmer sein. Du hast ihn gekannt. Du hast ihn getötet.* Doch Lily wandte sich nicht ab, sie blieb an Janes Seite stehen, den Blick starr auf die Grube zu ihren Füßen gerichtet.

Das Seil spannte sich noch stärker und hievte seine Last aus den schwarzen Fluten, in denen Brocken der zerbrochenen Eisdecke schwammen. Ein Taucher war schon unten gewesen und hatte sich vergewissert, dass das Wrack tatsächlich da war, doch das Wasser war zu trüb gewesen, das aufgewirbelte Sediment zu dicht, als dass er im Inneren etwas hätte erkennen können. Jetzt schien der See plötzlich zu kochen, und im nächsten Moment tauchte der Wagen auf. Durch die Luft in den Reifen hatte er sich im Hinabsinken aufs Dach gedreht, und so kam nun die Unterseite zuerst zum Vorschein. Das Wasser strömte von dem verrosteten Metall herab. Wie ein auftauchender Wal durchbrach die hintere Stoßstange die Oberfläche. Das Nummernschild war nach einem Jahrzehnt im Wasser von einer dicken Schicht aus Algen und Ablagerungen überzogen. Der Motor des Krans drehte noch höher, und sein durchdringendes Heulen bohrte sich in Janes Schädel. Sie spürte, wie Lily sich ängstlich an sie drückte, und sie dachte, dass die junge Frau sich nun sicher abwenden und in ihrem Wagen Zuflucht suchen würde. Doch Lily blieb standhaft, als der Kran seine Last über die Kante des Steinbruchs schwang und sie sanft auf dem Schnee absetzte.

Ein Arbeiter hängte das Seil aus. Wieder jagte der Kranführer den Motor hoch und versetzte dem Wrack einen leichten Stoß, sodass es auf die Räder kippte. Wasser strömte aus der Karosserie und färbte den Schnee schmutzig braun.

Im ersten Moment ging niemand darauf zu. Sie warteten alle in sicherem Abstand, während das Wrack leer lief. Dann zog Dr. Kibbie sich Handschuhe an und stapfte durch den nunmehr matschigen Schnee auf die Fahrertür zu. Er zog daran, doch sie ließ sich nicht öffnen. Kibbie ging um den Wagen herum, riss am Türgriff der Beifahrerseite und machte einen Satz nach hinten, als die Tür aufflog und ein Wasserschwall hervorbrach, der seine Stiefel und seine Hose durchnässte.

Er sah sich kurz zu den anderen um und richtete den Blick dann wieder auf die offene Tür, aus der es immer noch tropfte. Dann holte er tief Luft, als müsse er noch einmal seinen ganzen Mut zusammennehmen, ehe er sich dem Anblick aussetzte, und beugte sich ins Wageninnere. Eine ganze Weile verharrte er so mit gebücktem Oberkörper, während die anderen nur sein Hinterteil aus der Tür ragen sahen. Dann richtete er sich abrupt auf und drehte sich zu ihnen um.

»Da drin ist nichts«, sagte er.

»Was?«, fragte Jane.

»Es ist leer.«

»Kein Skelett, gar nichts?«

Dr. Kibbie schüttelte den Kopf. »In dem Wagen ist keine Leiche.«

»Die Taucher haben nichts gefunden, Lily. Keine Leiche, kein Skelett. Nicht eine Spur, die darauf hindeutet, dass Ihr Cousin je dort im Wasser gelegen hat.«

Sie saßen in Janes parkendem Wagen. Es hatte zu schneien begonnen, und die Flocken überzogen die Windschutzscheibe mit einem immer dichter werdenden Spitzenschleier.

»Ich habe es doch nicht geträumt«, entgegnete Lily. »Ich weiß, dass es passiert ist.« Sie blickte Jane aus ruhelosen Augen an. »Warum sollte ich so etwas erfinden? Warum sollte ich gestehen, ihn getötet zu haben, wenn es gar nicht wahr wäre?«

»Wir haben uns davon überzeugt, dass es der Wagen Ihrer Mutter ist. Die Zulassung ist seit zwölf Jahren nicht erneuert worden. Der Schlüssel steckt noch im Zündschloss.«

»Ich habe Ihnen gesagt, dass es so sein würde. Ich habe Ihnen genau beschrieben, wo Sie den Wagen finden würden.«

»Ja, alles, was Sie uns gesagt haben, hat sich bestätigt, bis auf dieses kleine Detail. Es gibt keine Leiche.«

»Sie könnte inzwischen vermodert sein.«

»Dann müsste wenigstens das Skelett noch übrig sein. Da ist aber nichts. Keine Kleidungsstücke, keine Knochen.« Jane machte eine Pause. »Sie wissen, was das bedeutet.«

Lily schluckte und starrte auf die Windschutzscheibe, die jetzt ganz mit Schnee bedeckt war. »Er lebt.«

»Sie sind nicht vor einem Gespenst oder einem bösen Geist davongelaufen. Er ist immer noch ein Mensch aus Fleisch und Blut, und ich könnte mir vorstellen, dass er ziemlich sauer auf Sie ist, weil Sie versucht haben, ihn zu töten. Das steckt hinter alldem, Lily: Rache. Vor zwölf Jahren war er fast noch ein Kind. Aber jetzt ist er ein Mann, und er kann es Ihnen endlich heimzahlen. Letzten August hatte er Ihre Spur in Italien verloren und wusste nicht, wie er Sie finden sollte. Also versuchte er, die Information aus Sarah und Lori-Ann herauszupressen. Aber die beiden wussten auch nicht, wo Sie waren; sie waren nutzlos für ihn. Er musste sich eine andere Möglichkeit ausdenken, an Sie heranzukommen.«

»Die Mephisto-Stiftung«, murmelte Lily.

»Wenn diese Einrichtung so angesehen ist, wie Sansone behauptet, dann ist sein Ruf vermutlich über die Kreise der Verbrechensbekämpfung hinausgedrungen. Offensichtlich hat Dominic auch davon gehört. Jedenfalls wusste er genau, wie er diese Leute ködern konnte. Dieser Anruf bei Joyce O'Donnell. Die lateinischen Sprüche, die Muschel, die satanischen Symbole – das alles verleitete die Mitglieder von Mephisto zu der Annahme, sie seien endlich Satan selbst auf der Spur. Aber ich glaube, dass sie nur manipuliert wurden.«

»Dominic hat sie benutzt, um mich zu finden.«

»Und sie haben gute Arbeit geleistet, oder? Mephisto hat nur zehn Tage gebraucht, um Sie zu finden.«

Lily dachte einen Moment lang darüber nach. Dann sagte sie: »Es gibt keine Leiche. Sie können mir jetzt kein Verbrechen mehr zur Last legen. Sie dürfen mich nicht länger festhalten.«

Jane starrte in ihre Augen, in denen die Angst aufblitzte, und dachte: *Sie will davonlaufen.*

»Es steht mir doch frei zu gehen, nicht wahr?«

»Frei?« Jane lachte. »Nennen Sie das Freiheit – immer auf der Flucht, wie ein verschrecktes Kaninchen?«

»Ich habe überlebt, oder nicht?«

»Und wann werden Sie sich zur Wehr setzen? Wann werden Sie sich ihm stellen? Es ist nicht der Teufel, von dem wir hier reden, sondern ein Mensch. Er ist nicht unverwundbar.«

»Sie haben leicht reden. Er ist schließlich nicht hinter Ihnen her!«

»Nein, aber *ich* bin hinter *ihm* her, und ich brauche Ihre Hilfe. Arbeiten Sie mit mir zusammen, Lily. Sie kennen ihn besser als irgendjemand sonst.«

»Genau deswegen kann er es sich nicht erlauben, mich am Leben zu lassen.«

»Ich verspreche Ihnen, es wird Ihnen nichts passieren.«

»Das Versprechen können Sie nicht einhalten. Glauben Sie, er weiß nicht längst, wo ich bin? Sie wissen ja nicht, wie akribisch er ist. Ihm entgeht kein Detail, er lässt keine Gelegenheit aus. Mag sein, dass er lebt und atmet wie wir. Aber Sie werden mich nie davon überzeugen, dass er ein *Mensch* ist.«

Sie zuckten beide zusammen, als Janes Handy klingelte. Während sie den Anruf annahm, fühlte sie Lilys Blick auf sich ruhen, angespannt und fragend. *Sie rechnet mit dem Schlimmsten.*

Es war Barry Frost. »Wo bist du gerade?«

»Wir sind noch in Norwich. Es ist schon so spät, da werden wir wahrscheinlich im Motel übernachten und morgen nach Boston zurückfahren.«

»Ich glaube, es ist besser, wenn du sie nicht hierher zurückbringst.«

»Warum nicht?«

»Weil wir hier ein Riesenproblem haben. Oliver Stark ist tot.«

»Was?«

»Jemand hat von Starks Telefon aus die Notrufnummer angerufen und dann den Hörer danebengelegt. So haben wir davon erfahren. Ich bin jetzt gerade im Haus. Mein Gott, das ist das reinste Schlachtfeld hier. Er ist noch an seinen Rollstuhl gefesselt, aber er ist nicht wiederzuerkennen. Der arme Kerl hatte nicht die geringste Chance.« Es war eine Weile still, während er auf ihre Antwort wartete. »Rizzoli?«

»Wir müssen die anderen warnen. Sansone und Mrs. Felway.«

»Ich habe sie schon angerufen, und auch Dr. Isles. Mephisto hat auch Mitglieder in Europa, und sie treffen alle Vorsichtsmaßnahmen.«

Jane dachte an das, was Lily gerade gesagt hatte. *Sie werden mich nie davon überzeugen, dass er ein Mensch ist.* Welche Vorsichtsmaßnahmen konnte man gegen einen Killer ergreifen, der scheinbar durch Wände gehen konnte?

Sie sagte: »Er bringt sie alle zur Strecke.«

»Danach sieht es aus. Der Fall hat eine Dimension angenommen, mit der wir nicht gerechnet hatten. Es geht nicht nur um Lily Saul. Es geht um die gesamte Stiftung.«

»Warum tut er das bloß? Warum will er sie alle auslöschen?«

»Wissen Sie, wie Sansone es genannt hat?«, fragte Frost.

»Einen Vernichtungsfeldzug. Vielleicht liegen wir falsch, was Lily Saul betrifft. Vielleicht ist sie nicht das wahre Ziel.«

»So oder so, ich kann sie jetzt nicht einfach nach Boston zurückbringen.«

»Lieutenant Marquette denkt, dass sie außerhalb der Stadt sicherer wäre, und ich stimme ihm zu. Wir arbeiten an einer langfristigen Lösung, aber es wird noch ein, zwei Tage dauern.«

»Und was soll ich bis dahin mit ihr machen?«

»Sansone hat New Hampshire vorgeschlagen. Ein Haus oben in den White Mountains. Er sagt, es ist sicher.«

»Wem gehört das Haus?«

»Einem Freund von Mrs. Felway.«

»Und wir sollen einfach auf Sansones Urteil vertrauen?«

»Marquette hat sein Okay gegeben. Er sagt, die oberste Führungsebene hat keinerlei Zweifel an seiner Integrität.«

Dann wissen sie mehr über Sansone als ich.

»Okay«, sagte sie. »Wie finde ich dieses Haus?«

»Mrs. Felway wird dich anrufen und dir den Weg beschreiben.«

»Was ist mit Sansone und Maura? Was werden sie tun?«

»Sie sind schon unterwegs und treffen dort mit euch zusammen.«

36

Es war ein Uhr mittags, als sie die Staatsgrenze zwischen Massachusetts und New Hampshire überquerten. Lily hatte kaum ein Wort gesprochen, seit sie am Morgen aus dem Motel in Oneonta ausgecheckt hatten. Jetzt, als sie Richtung Norden fuhren, in die White Mountains hinein, war das einzige Geräusch das Quietschen der Wischerblätter, die Schneeflocken von der Frontscheibe kratzten. *Sie ist zu nervös für einen lockeren Plausch*, dachte Jane, als sie zu ihrem stummen Fahrgast hinüberschielte. Letzte Nacht, in ihrem gemeinsamen Motelzimmer, hatte Jane gehört, wie Lily sich schlaflos in ihrem Bett hin und her gewälzt hatte. Heute hatte sie dunkle Schatten um die Augen, und ihr Gesicht war so eingefallen, dass man glaubte, durch die bleiche Haut das Weiß der Knochen schimmern zu sehen. Mit ein paar Pfund mehr auf den Rippen wäre Lily Saul eine attraktive Frau gewesen. Aber was Jane jetzt sah, wenn sie sie betrachtete, war ein wandelnder Leichnam.

Und vielleicht ist sie ja genau das.

»Bleiben Sie heute Nacht bei mir?« Die Frage kam so leise, dass sie fast im Geräusch der Wischer unterging.

»Ich werde erst mal die Lage checken«, sagte Jane. »Mal sehen, was ich für einen Eindruck habe.«

»Dann bleiben Sie vielleicht nicht da.«

»Sie werden da oben nicht allein sein.«

»Sie wollen sicher nach Hause.« Lily seufzte. »Haben Sie einen Mann?«

»Ja, ich bin verheiratet.«

»Und Kinder?«

Jane zögerte. »Ich habe eine Tochter.«

»Sie wollen mir nichts über sich erzählen. Sie vertrauen mir nicht wirklich.«

»Ich kenne Sie nicht gut genug.«

Lily sah aus dem Fenster. »Alle, die mich wirklich gekannt haben, sind tot«, sie zögerte einen Moment, »bis auf Dominic.«

Draußen bildeten die Schneeflocken einen immer dichter werdenden weißen Vorhang. Sie fuhren bergan durch einen dichten Kiefernwald, und zum ersten Mal kamen Jane Bedenken, ob ihr Subaru diese Straße bewältigen könnte, wenn es weiter so heftig schneite.

»Warum sollten Sie mir vertrauen?«, meinte Lily mit einem sarkastischen Lachen. »Ich meine, alles, was Sie von mir wissen, ist, dass ich versucht habe, meinen Cousin umzubringen. Und mich dabei nicht sonderlich geschickt angestellt habe.«

»Diese Botschaft an Lori-Anns Schlafzimmerwand«, sagte Jane, »die war für Sie bestimmt, nicht wahr? *Ich habe gesündigt.*«

»Denn das habe ich«, murmelte Lily. »Und ich werde bis an mein Lebensende dafür bezahlen.«

»Und die vier Gedecke auf ihrem Esstisch. Die sollten die Sauls symbolisieren, nicht wahr? Eine vierköpfige Familie.«

Lily fuhr sich mit der Hand über die Augen und blickte aus dem Fenster. »Und ich bin die Letzte. Der vierte Platz am Tisch.«

»Wissen Sie was?«, sagte Jane. »Ich hätte den Dreckskerl auch umgebracht.«

»Sie hätten bessere Arbeit geleistet.«

Die Straße stieg jetzt steiler an. Der Subaru kämpfte sich den Berg hinauf, die Reifen wühlten den tiefer und tiefer werdenden frischen Pulverschnee auf. Jane warf einen Blick auf ihr Handy und sah nicht einen Balken. Seit fünf Meilen waren sie an keinem Haus mehr vorbeigekommen. *Vielleicht sollten wir umkehren*, dachte sie. *Ich soll dafür sorgen, dass diese Frau am Leben bleibt, und nicht mit ihr in den Bergen liegen bleiben, wo sie mir am Ende noch erfrieren wird.*

War das überhaupt die richtige Straße?

Sie spähte durch die Windschutzscheibe und versuchte, den Gipfel des Berges auszumachen. Und da entdeckte sie die Hütte, die wie ein Adlernest oben auf dem Felsen thronte. In der näheren Umgebung gab es keine anderen Häuser, und nur diese eine Zufahrtsstraße führte zum Gipfel. Von oben würde man sicher einen fantastischen Blick über das Tal haben. Sie fuhren durch ein Tor, das bereits für sie offen stand.

»Viel sicherer kann man es sich nicht wünschen«, meinte Jane. »Wenn das Tor da erst verschlossen ist, dann ist dieses Grundstück vollkommen unzugänglich. Er müsste schon Flügel haben, wenn er Ihnen hierher folgen wollte.«

Lily starrte zu dem Felsen auf. »Und wir können nicht entkommen«, sagte sie leise.

Zwei Fahrzeuge parkten vor der Hütte. Jane stellte ihren Wagen hinter Sansones Mercedes ab, und sie stiegen aus. In der Einfahrt blieb Jane stehen und blickte an der Fassade aus grob behauenen Holzstämmen empor zu einem spitzen Dach, das sich durch die wirbelnden Schneeflocken hoch in den Himmel reckte. Dann ging sie nach hinten, um ihre Taschen zu holen, und hatte gerade den Kofferraumdeckel zugeschlagen, als sie direkt hinter sich ein Knurren vernahm.

Die zwei Dobermänner waren wie schwarze Gespenster aus dem Wald aufgetaucht und hatten sich lautlos herangeschlichen. Beide Frauen erstarrten, als die Hunde mit gefletschten Zähnen näher kamen.

»Nicht weglaufen«, zischte Jane Lily zu. »Einfach ganz still stehen bleiben.« Sie zog ihre Waffe.

»Balan! Bakou! Zurück!«

Die Hunde blieben stehen und blickten zu ihrer Herrin hinüber, die soeben aus der Hütte getreten war und auf der Veranda stand.

»Tut mir leid, wenn sie Ihnen einen Schrecken eingejagt haben«, sagte Edwina Felway. »Ich musste sie rauslassen; sie brauchen nun mal ihren Auslauf.«

Jane steckte ihre Waffe nicht ins Holster zurück. Sie traute diesen Bestien nicht über den Weg, und die beiden trauten ihr offenbar auch nicht. Sie blieben wie angewurzelt vor ihr stehen und fixierten sie mit ihren schwarzen, schlangengleichen Augen.

»Sie haben ein sehr ausgeprägtes Revierverhalten, aber sie begreifen auch schnell, wer Freund und wer Feind ist. Jetzt müssten sie Sie eigentlich in Ruhe lassen. Stecken Sie einfach die Pistole ein und kommen Sie auf mich zu. Aber nicht zu schnell.«

Widerstrebend schob Jane ihre Waffe ins Holster. Sie und Lily drückten sich vorsichtig an den Hunden vorbei und stiegen die Stufen zur Veranda hinauf. Die Dobermänner beobachteten sie dabei auf Schritt und Tritt. Edwina führte die Neuankömmlinge ins Haus, und sie fanden sich in einem riesigen, saalartigen Raum wieder, in dem es nach Holzrauch roch. Über ihnen spannten sich mächtige Deckenbalken, und an den Wänden aus knorrigen Fichtenbohlen hingen Elch- und Hirschgeweihe. In einem gemauerten Kamin knisterten Birkenscheite in den Flammen.

Maura erhob sich vom Sofa, um sie zu begrüßen.

»Endlich habt ihr es geschafft«, sagte sie. »Bei dem Schneesturm da draußen haben wir uns allmählich schon Sorgen gemacht.«

»Die Straße hier rauf war eine ziemliche Katastrophe«, erwiderte Jane. »Wann seid ihr angekommen?«

»Wir sind schon gestern Abend gefahren, nachdem wir den Anruf von Frost bekommen hatten.«

Jane trat an ein Fenster, das auf das Tal hinausging. Durch den dichten Vorhang aus Schneeflocken konnte sie die Gipfel in der Ferne nur erahnen. »Haben Sie hier genug Vorräte?«, fragte sie. »Essen, Heizmaterial?«

»Genug für viele Wochen«, antwortete Edwina. »Mein Bekannter sorgt dafür, dass die Hüte immer reichlich bestückt ist. Einschließlich des Weinkellers. Wir haben Berge von Brennholz. Und einen Generator, falls der Strom ausfällt.«

»Und ich bin bewaffnet«, ergänzte Sansone.

Jane hatte ihn nicht eintreten hören. Sie blickte sich um

und war überrascht, wie schlecht er aussah. Er und seine Freunde befanden sich jetzt im Belagerungszustand, und die Belastung war seinem eingefallenen Gesicht deutlich anzusehen.

»Ich bin froh, dass Sie bei uns bleiben werden«, sagte er.

»Nun ja«, Jane sah auf ihre Uhr, »ich finde, hier oben sind Sie wirklich vor allen Angriffen sicher.«

»Du hast doch nicht vor, heute Abend schon wieder zu fahren?«, sagte Maura.

»Ich hatte es gehofft.«

»In einer Stunde wird es dunkel sein. Die Straßen werden vor morgen früh nicht mehr geräumt.«

Sansone sagte: »Sie sollten wirklich bleiben. Bei diesen Straßenverhältnissen.«

Jane blickte wieder zum Fenster hinaus in das dichte Schneetreiben. Sie dachte an rutschende Reifen, an einsame Bergstraßen. »Ist wohl am vernünftigsten«, sagte sie.

»Wir sind also vollzählig versammelt?«, fragte Edwina. »Gut, dann gehe ich das Tor abschließen.«

»Wir sollten auf Oliver trinken«, sagte Edwina. »Einen Toast zu seinem Gedächtnis.«

Sie saßen alle in dem großen Salon, wo sie sich um den mächtigen gemauerten Kamin versammelt hatten. Sansone legte noch ein Birkenscheit nach. Die papierdünne Borke zischte, und Funken sprühten. Draußen war die Dunkelheit hereingebrochen. Der Wind pfiff ums Haus, die Fenster ratterten, und ein plötzlicher Luftzug ließ eine Rauchwolke aus dem Kamin hervorquellen. *Als ob Luzifer seinen Auftritt ankündigt,* dachte Jane. Die zwei Dobermänner, die neben Edwinas Sessel lagen, hoben die Köpfe, als witterten sie einen Eindringling.

Lily stand vom Sofa auf und trat näher an den Kamin. Den lodernden Flammen zum Trotz war es kühl im Zimmer, und sie zog sich eine Decke um die Schultern, während sie in die Flammen starrte, deren orangefarbener Schein sich in ihrem

Gesicht spiegelte. Sie saßen alle hier fest, aber Lily war die wahre Gefangene. Die eine Person, die von Dunkelheit umfangen schien, wohin sie auch ging. Lily hatte den ganzen Abend wenig gesprochen. Sie hatte ihr Essen kaum angerührt, und auch jetzt griff sie nicht nach ihrem Weinglas, als alle anderen Edwinas Aufforderung Folge leisteten.

»Auf Oliver«, murmelte Sansone.

Sie hoben ihre Gläser zu einem stummen letzten Gruß. Jane nahm nur einen kleinen Schluck. Ihr wäre ein Bier jetzt wesentlich lieber gewesen, und so schob sie Maura ihr Glas hin.

»Wir brauchen frisches Blut, Anthony«, sagte Edwina. »Ich habe über geeignete Kandidaten nachgedacht.«

»Ich kann niemanden bitten, uns beizutreten. Nicht jetzt.« Er sah Maura an. »Es tut mir nur leid, dass Sie in diese Sache hineingezogen wurden. Sie wollten nie etwas damit zu tun haben.«

»Ich kenne einen Mann in London«, fuhr Edwina fort. »Ich bin sicher, dass er bereit wäre. Ich habe seinen Namen bereits Gottfried vorgeschlagen.«

»Das ist jetzt nicht der richtige Zeitpunkt, Winnie.«

»Aber wann sonst? Dieser Mann hat vor Jahren mit meinem verstorbenen Mann zusammengearbeitet. Er ist Ägyptologe, und er kann wahrscheinlich alles interpretieren, was Oliver …«

»*Niemand* kann Oliver ersetzen.«

Sansones schroffe Entgegnung schien Edwina zu verblüffen. »Selbstverständlich nicht«, sagte sie schließlich. »So habe ich das auch nicht gemeint.«

»Hat er in Boston bei Ihnen studiert?«, fragte Jane.

Sansone nickte. »Er war erst sechzehn; der jüngste Studienanfänger am ganzen College. Von dem Tag an, als er das erste Mal in meiner Vorlesung erschien, wusste ich, dass er hochbegabt war. Er stellte mehr Fragen als irgendjemand sonst. Die Tatsache, dass er im Hauptfach Mathematik studierte, war, wie sich zeigte, einer der Gründe, weshalb er auf seinem Gebiet so herausragend war. Er musste nur einen Blick auf irgendeinen obskuren antiken Code werfen und erkannte sofort die verborgenen Muster.« Sansone stellte sein Weinglas ab. »Ich habe nie jemanden wie ihn kennengelernt. Man sah sofort, dass er ein Genie war.«

»Anders als der Rest von uns«, kommentierte Edwina und lachte trocken. »Ich gehöre zu jenen wenig genialen Mitgliedern, die erst von jemandem empfohlen werden mussten.« Sie sah Maura an. »Sie wissen doch, dass Sie von Joyce O'Donnell vorgeschlagen wurden?«

»Maura hat in diesem Punkt gemischte Gefühle«, bemerkte Sansone.

»Sie haben Joyce nicht sonderlich gemocht, nicht wahr?«

Maura trank Janes Wein aus. »Ich ziehe es vor, über Tote nichts Schlechtes zu sagen.«

»Meine Meinung darf jeder gern hören«, meldete Jane sich zu Wort. »In einer Einrichtung, die eine Joyce O'Donnell aufnimmt, möchte ich lieber nicht Mitglied sein.«

»Ich denke, Sie würden uns ohnehin nicht beitreten«, meinte Edwina, die schon die nächste Flasche öffnete. »Denn Sie glauben ja nicht an ihn.«

»An Satan?« Jane lachte. »Den gibt's nicht, basta.«

»Wie können Sie das sagen, nach all den Gräueltaten, die Sie in Ihrem Beruf erlebt haben?«, fragte Sansone.

»Begangen von ganz gewöhnlichen Menschen. Und an satanische Besessenheit glaube ich übrigens auch nicht.«

Sansone beugte sich zu ihr vor, und der Schein der Flammen fiel auf sein Gesicht. »Haben Sie vom Fall des Teetassen-Giftmörders gehört?«

»Nein.«

»Das war ein junger Engländer namens Graham Young. Mit vierzehn begann er, Mitglieder seiner eigenen Familie zu vergiften. Seine Mutter, seinen Vater, seine Schwester. Schließlich wurde er wegen des Mordes an seiner Mutter zu einer Gefängnisstrafe verurteilt. Nachdem er Jahre später wieder auf freien Fuß kam, fing er sofort wieder an, Menschen zu vergiften. Als man ihn nach seinen Motiven fragte, antwortete er, er tue das alles aus Spaß. Und um berühmt zu werden. Er war kein ›ganz gewöhnlicher Mensch‹.«

»Nein, eher ein Soziopath«, erwiderte Jane.

»Das ist eine Bezeichnung, die sehr gelehrt und beruhigend klingt. Man hängt dem Täter irgendeine psychiatrische Diagnose an und erklärt damit das Unerklärliche. Aber es gibt Taten, die sind so furchtbar, dass man sie nicht erklären *kann*. Man kann sie nicht einmal begreifen.« Er machte eine Pause. »Graham Young inspirierte eine andere jugendliche Mörderin. Ein sechzehnjähriges japanisches Mädchen, das ich letztes Jahr befragt habe. Sie hatte Graham Youngs veröffentlichtes Tagebuch gelesen und war von seinen Verbrechen so inspiriert, dass sie beschloss, ihm nachzueifern. Zunächst tötete sie nur Tiere. Zerlegte sie und spielte mit den Körperteilen. Sie führte ein Weblog, in dem sie detailliert beschrieb, was es für ein Gefühl war, ein Messer in lebendiges Fleisch zu senken. Die Wärme des Blutes zu spüren, das letzte Zittern der sterbenden Kreatur. Dann ging sie dazu über, Menschen zu töten. Sie vergiftete ihre Mutter mit Thallium und notierte in ihrem Tagebuch all die qualvollen Symptome, an denen die Mutter litt.« Er lehnte sich zurück, jedoch ohne den Blick von Jane zu wenden. »Würden Sie dieses Mädchen auch schlicht als Soziopathin bezeichnen?«

»Und Sie würden sie als Dämonin bezeichnen?«

»Es gibt kein anderes Wort für das, was sie ist. Oder ein Mann wie Dominic Saul. Wir wissen, dass sie existieren.« Er wandte sich ab und starrte ins Feuer. »Das Problem ist«, sagte er leise, »dass *sie* auch von *unserer* Existenz zu wissen scheinen.«

»Haben Sie je vom *Buch Henoch* gehört, Detective?«, fragte Edwina, während sie ihnen nachschenkte.

»Sie haben es schon einmal erwähnt.«

»Es fand sich unter den Schriftrollen von Qumran. Das *Buch Henoch* ist ein sehr alter Text, aus vorchristlicher Zeit; ein Teil der apokryphen Literatur. Darin wird die Zerstörung der Welt vorhergesagt. Es wird berichtet, dass die Erde von einer fremdartigen Rasse heimgesucht wird, den sogenannten Wächtern, die uns Menschen die Herstellung von Schwertern, Messern und Schilden gelehrt haben. Sie haben uns die Instrumente unserer eigenen Vernichtung an die Hand gegeben. Schon in ältester Zeit wussten die Menschen offenbar von diesen Wesen und erkannten, dass sie anders waren als wir.«

»Die Söhne des Seth«, sagte Lily leise. »Die Abkömmlinge von Adams drittem Sohn.«

Edwina sah sie erstaunt an. »Sie wissen davon?«

»Ich weiß, dass sie viele Namen haben.«

»Ich habe nie gehört, dass Adam einen dritten Sohn hatte«, sagte Jane.

»Er wird sogar in der Genesis erwähnt, aber die Kirche kehrt so vieles unter den Teppich, was ihr nicht passt«, sagte Edwina. »So viele historische Fakten sind lange unterdrückt und zensiert worden. Erst jetzt, nach zweitausend Jahren, können wir endlich das Judasevangelium lesen.«

»Und diese Abkömmlinge des Seth – das sind die Wächter?«

»Man hat ihnen so viele Namen gegeben im Lauf der Jahrhunderte. Die Elohim, die Nephilim. In Ägypten die Shemsu Hor. Was wir wissen, ist, dass ihr Stammbaum sehr weit zurückreicht und dass sie ursprünglich von der Levante stammen.«

»Die Levante?«

»Das Heilige Land. Das *Buch Henoch* sagt uns, dass wir irgendwann den Kampf gegen sie aufnehmen müssen, wenn wir selbst überleben wollen. Und wir werden schreckliche Not leiden, während sie morden, unterdrücken und zerstören.« Edwina unterbrach sich, um Janes Glas aufzufüllen. »Am Ende wird sich dann alles entscheiden. Es wird zur letzten Schlacht kommen. Der Apokalypse.« Sie sah Jane an. »Ob Sie es glauben oder nicht, der Sturm braut sich schon zusammen.«

Die Flammen schienen vor Janes müden Augen zu verschwimmen. Und für einen kurzen Moment glaubte sie ein loderndes Inferno vor sich zu sehen, das alles verschlang. *Das ist also die Welt, in der ihr lebt*, dachte sie. *Eine Welt, die mir fremd ist.*

Sie wandte sich an Maura. »Bitte sag mir, dass du das nicht glaubst, Doc.«

Aber Maura trank nur ihr Glas aus und stand auf. »Ich bin todmüde«, sagte sie. »Ich gehe ins Bett.«

37

Irgendjemand klopfte an die Pforte von Lilys Bewusstsein, forderte Einlass in die geheime Landschaft ihrer Träume. Sie erwachte im Dunkeln und geriet für einen Moment in Panik, da nichts ihr vertraut schien. Dann sah sie das Mondlicht, das ins Zimmer fiel, und sie wusste wieder, wo sie war. Sie blickte zum Fenster hinaus auf eine verblüffend helle Schneedecke. Der Sturm hatte sich verzogen, und der Mond schien jetzt auf eine reine weiße Welt, still und voller Magie. Zum ersten Mal seit Monaten fühlte sie sich sicher. *Ich bin nicht mehr allein*, dachte sie. Ich bin bei Menschen, die meine Ängste verstehen; Menschen, die mich beschützen werden.

Sie hörte ein klickendes Geräusch auf dem Flur vor ihrer Tür, das sich allmählich entfernte und schließlich erstarb. Nur einer der Dobermänner, dachte sie. Bakou und Balan. Was für scheußliche Namen. Sie lag im Bett und lauschte auf das Tappen der Pfoten, wartete darauf, dass es wieder an ihrer Tür vorbeikam, doch der Hund kam nicht mehr zurück.

Gut. Sie musste nämlich auf die Toilette und hatte keine Lust, einem der beiden Ungetüme im Flur über den Weg zu laufen.

Sie stieg aus dem Bett und ging zur Tür. Vorsichtig streckte sie den Kopf in den Flur hinaus und sah sich nach den Hunden um, konnte sie aber nirgends entdecken und vernahm auch kein Klicken von Krallen. Ein schwacher Lichtschein kam vom Treppenhaus, genug, um sie den Weg über den Flur zur Toilette finden zu lassen. Als sie auf der Schwelle stand, spürte sie plötzlich etwas Nasses an ihrem nackten Fuß. Sie sah nach unten, erblickte die schimmernde Oberfläche einer Pfütze und zog angewidert den Fuß zurück. Die Hunde natürlich. Lagen hier vielleicht noch mehr von ihren Hinterlassenschaften herum? Sie hatte keine Lust, in etwas noch Ekligeres zu treten.

Sie tastete nach dem Wandschalter, knipste das Licht an und besah sich den Boden etwas genauer. Sogleich entdeckte sie noch weitere Lachen, aber schnell wurde ihr klar, dass sie nicht von den Hunden stammten. Es war geschmolzener Schnee, in der Form von Schuhabdrücken. Jemand war von draußen hereingekommen und hatte Schneespuren im Haus hinterlassen. Sie hob den Blick zum Spiegel, wo sie in ihre eigenen verschlafenen Augen starrte. Und dann sah sie noch etwas anderes – ein Anblick, bei dem sämtliche Haare in ihrem Nacken sich aufrichteten: das Spiegelbild dessen, was hinter ihr in Rot an die Wand gemalt war.

Drei umgedrehte Kreuze.

Einen stummen Schrei auf den Lippen, prallte sie zurück und flüchtete aus der Toilette. Von Panik getrieben hetzte sie über den Flur, kam mit den nackten Sohlen auf dem nassen Boden ins Rutschen und blieb vor der nächsten Tür stehen. Es war Mauras Schlafzimmer.

»Wachen Sie auf!«, flüsterte sie. »Sie müssen aufwachen!« Sie schüttelte die schlafende Frau so fest, dass das Kopfbrett klapperte und die Federn ächzend protestierten. Maura seufzte nur, rührte sich aber nicht.

Was ist los mit dir? Warum kriege ich dich nicht wach?

Draußen auf dem Flur knarrte etwas. Lily riss ihren Kopf herum. Ihr Herz hämmerte so wild, dass sie glaubte, es müsse ihre Rippen sprengen, als sie zur Tür zurückschlich. Dort blieb sie stehen und lauschte, versuchte durch das Pochen ihres Herzens hindurch etwas zu hören.

Nichts.

Vorsichtig lugte sie um den Türpfosten und spähte in den Flur. Er war leer.

Weck die anderen. Sie müssen wissen, dass er im Haus ist!

Sie glitt hinaus auf den Flur und lief barfuß zu dem Zimmer, in dem sie Jane vermutete. Sie packte den Knauf und schluchzte frustriert auf, als sie das Zimmer verschlossen fand. *Soll ich an die Tür hämmern, um sie zu wecken? Kann ich es wagen, so viel Lärm zu machen?* Da hörte sie das Winseln eines Hundes, das leise Klicken von Krallen unten im großen Salon. Lautlos schlich sie die Treppe hinunter, spähte über das Geländer – und hätte vor Erleichterung fast laut aufgelacht.

Unten im Kamin brannte ein Feuer. Und auf dem Sofa, mit dem Gesicht zu den Flammen, saß Edwina Felway.

Als Lily die Stufen hinuntereilte, blickten die zwei Dobermänner auf, und einer von ihnen knurrte warnend. Lily verharrte reglos am Fuß der Treppe.

»Ruhig, Balan, ruhig«, sagte Edwina. »Was hast du denn nun schon wieder?«

»Edwina!«, flüsterte Lily.

Edwina drehte sich zu ihr um. »Oh. Sie sind wach. Ich wollte gerade noch ein paar Scheite nachlegen.«

Lily blickte zum Kamin, wo das Feuer bereits munter prasselte und die Flammen einen bedenklich hohen Stapel Brennholz umzüngelten. »Hören Sie mich an«, flüsterte Lily und trat einen Schritt vor, nur um gleich wieder innezuhalten, als einer der Hunde aufsprang und die Zähne fletschte. »Er ist im Haus! Wir müssen alle aufwecken!«

Edwina nahm seelenruhig zwei Scheite und warf sie in das ohnehin schon hell lodernde Feuer, um es noch weiter anzufachen. »Mir ist aufgefallen, dass Sie Ihren Wein heute Abend kaum angerührt haben, Lily.«

»Dominic ist *hier*!«

»Sie hätten die ganze Sache verschlafen können, genau wie alle anderen. Aber so ist es eigentlich viel besser. Wenn Sie dabei wach sind.«

»Was?«

Der Hund knurrte wieder, und Lily sah seine Zähne im Schein der Flammen orange schimmern. *Die Hunde,* dachte sie plötzlich. Sie hatten nicht gebellt, die ganze Nacht nicht ein einziges Mal. Ein Eindringling hatte sich ins Haus geschlichen. Er hatte nasse Schuhabdrücke auf dem Boden hinterlassen. Und die Hunde hatten nicht angeschlagen.

Weil sie ihn kennen.

Als Edwina sich zu ihr umdrehte, machte Lily einen Satz nach vorn und schnappte sich den Schürhaken vom Kamin. »*Sie* haben ihn hierhergeführt«, sagte sie, während sie langsam zurückwich, den Schürhaken zur Abwehr erhoben. »Sie haben es ihm verraten.«

»Oh, das war gar nicht nötig. Er war schon hier auf dem Berg und hat auf uns gewartet.«

»Wo ist er?«

»Dominic wird sich zeigen, wenn er es will.«

»Zur Hölle mit Ihnen«, schrie Lily und packte den Schürhaken fester. *»Wo versteckt er sich?«*

Zu spät sah sie den Angriff kommen. Sie hörte das Knurren, das Klappern der Krallen auf dem Holz, und dann sah sie auch schon aus dem Augenwinkel zwei schwarze Pfeile auf sich zufliegen. Die Wucht des Aufpralls warf sie nieder, der Schürhaken fiel ihr aus der Hand und landete mit lautem Krachen auf dem Boden. Starke Kiefer schlossen sich um ihren Arm. Sie schrie auf, als die Zähne sich in ihr Fleisch bohrten.

»Balan! Bakou! Aus!«

Es war nicht Edwinas Stimme, die den Befehl gab, sondern eine andere – die Stimme aus Lilys Albträumen. Die Hunde ließen von ihr ab und wichen zurück, ließen sie benommen und blutend liegen. Sie versuchte, sich aufzurichten, doch ihre linke Hand war schlaff und gehorchte ihr nicht – der Biss hatte die Sehnen zerrissen. Stöhnend wälzte sie sich auf die Seite und sah die Lache, die ihr eigenes Blut auf dem Boden bildete … und hinter dieser Blutlache die Schuhe eines Mannes, der auf sie zukam. Ihr ganzer Körper wurde von panischen Schluchzern geschüttelt, als sie sich in eine sitzende Position hievte. Er blieb vor dem Kamin stehen, und mit den lodernden Flammen im Rücken erschien er wie eine dunkle Gestalt, die aus dem Inferno hervortritt. Er blickte auf sie herab.

»Irgendwie schaffst du es immer wieder, Lily«, sagte er. »Immer bist du es, die mir Ärger bereitet.«

Sie kroch zurück, stieß aber mit den Schultern gegen einen Sessel und kam nicht weiter. Reglos verharrte sie und starrte zu Dominic auf, zu dem Mann, der er geworden war. Er hatte immer noch das gleiche goldene Haar, die gleichen auffallend blauen Augen. Aber er war größer geworden, seine Schultern breiter, und sein einst so engelgleiches Gesicht hatte kantige, grausame Züge bekommen.

»Vor zwölf Jahren«, sagte er, »hast du mich getötet. Jetzt werde ich mich revanchieren.«

»Du musst dich vor ihr in Acht nehmen«, sagte Edwina. »Sie ist sehr gewitzt.«

»Hab ich dir das nicht gesagt, Mutter?«

Lilys Blick zuckte zu Edwina und dann zurück zu Dominic. *Die gleiche hochgewachsene Gestalt. Die gleichen Augen.*

Dominic bemerkte ihre schockierte Miene und sagte: »An wen soll sich ein Fünfzehnjähriger denn sonst wenden, wenn er in Schwierigkeiten steckt? Wenn er gerade aus einem abgesoffenen Auto geklettert ist, mit nichts als den Kleidern, die er am Leib trägt? Ich musste tot und verschollen bleiben, sonst hättest du mir die Polizei auf den Hals gehetzt. Du hast mir keine Möglichkeit gelassen, Lily – bis auf die eine.«

Seine Mutter.

»Es vergingen Monate, ehe mein Brief sie erreichte. Habe ich nicht immer gesagt, dass sie kommen würde, um mich zu holen? Und deine Eltern haben mir nie geglaubt.«

Edwina streckte die Hand aus, um ihrem Sohn zärtlich über die Wange zu streichen. »Aber du hast gewusst, dass ich kommen würde.«

Er lächelte. »Du hast deine Versprechen immer gehalten.«

»Und auch dieses hier, nicht wahr? Ich habe sie dir gebracht. Du musstest dich nur in Geduld üben und deine Ausbildung abschließen.«

Lily starrte Edwina an. »Aber Sie sind doch Mitglied der Mephisto-Stiftung.«

»Und ich habe es verstanden, sie zu benutzen«, erwiderte Edwina. »Ich wusste genau, wie ich sie dazu verleiten konnte, das Spiel mitzuspielen. Du denkst, es geht hier nur um dich, Lily, aber eigentlich geht es um *sie*. Um den Schaden, den sie uns über Jahre zugefügt haben. Wir werden sie vernichten.« Sie sah zum Kamin. »Wir werden noch mehr Holz brauchen. Ich gehe und hole welches von draußen.«

»Ich denke, das wird nicht nötig sein«, erwiderte Dominic. »Das ganze Haus ist trocken wie Zunder. Da genügt ein Funke.«

Lily schüttelte fassungslos den Kopf. »Du willst sie alle umbringen …«

»Das war von Anfang an der Plan«, sagte Edwina. »Sie werden ihr eigenes Ende verschlafen.«

»Wird nicht halb so viel Spaß machen wie bei Joyce O'Donnell«, meinte Dominic. »Aber wenigstens du wirst es bei wachem Bewusstsein genießen können, Lily.« Er hob den Schürhaken auf und stieß die Spitze tief in die Flammen. »Das ist das Praktische am Feuer. Dass es das Fleisch so restlos verzehrt und nichts als verkohlte Knochen übrig lässt. Niemand wird je erfahren, wie du wirklich gestorben bist, denn sie werden die Schnitte nicht sehen können. Die versengte Haut. Sie werden glauben, dass du wie alle anderen im Schlaf umgekommen bist. Ein tragisches Unglück, mit meiner Mutter als einziger Überlebender. Sie werden nie erfahren, dass du noch stundenlang vor Schmerzen geschrien hast, bevor der Tod eintrat.« Er zog das Schüreisen aus dem Feuer.

Lily stand wankend auf. Das Blut strömte an ihrer Hand herab. Sie machte einen Satz in Richtung Tür, doch ehe sie sie erreichte, stellten die zwei Dobermänner sich ihr in den Weg. Sie erstarrte und blickte auf die gefletschten Zähne.

Von hinten packten zwei Hände sie an den Armen, und Edwina zerrte Lily rückwärts zum Kamin. Lily schrie auf und schlug blind um sich. Befriedigt spürte sie, wie ihre Faust in Edwinas Wange krachte.

Es waren die Hunde, die sie erneut zu Fall brachten. Zu zweit sprangen sie ihr in den Rücken und warfen sie der Länge nach zu Boden.

»Aus!«, befahl Dominic.

Die Hunde wichen zurück. Edwina, die sich das schmerzende Gesicht hielt, trat Lily mit aller Kraft in die Rippen. Lily wälzte sich zur Seite und rang qualvoll nach Luft. Benommen vor Schmerzen sah sie Dominics Schuhe näher kommen. Sie spürte, wie Edwina ihre Handgelenke umfasste und sie auf den Boden drückte. Dann blickte sie auf, in Dominics Gesicht, in diese Augen, die im Schein des Feuers loderten wie glühende Kohlen.

»Willkommen in der Hölle«, sagte er. In der Hand hielt er den rot glühenden Schürhaken.

Lily wand sich und schrie, versuchte sich mit aller Kraft zu befreien, doch Edwinas Griff war wie Eisen. Als Dominic den Schürhaken herabsenkte, wandte sie das Gesicht ab, presste die Wange an den Boden und schloss die Augen in Erwartung der höllischen Schmerzen.

Eine Explosion zerriss die Luft – und im gleichen Moment spritzte ihr etwas Warmes ins Gesicht. Sie hörte Edwina nach Luft schnappen, hörte den Schürhaken polternd zu Boden fallen. Und plötzlich waren ihre Hände frei.

Sie schlug die Augen auf und sah die beiden Dobermänner durch das Zimmer auf Jane Rizzoli zusprinten. Jane hob die Waffe und feuerte erneut. Einer der Hunde stürzte, doch der andere war bereits in der Luft und schoss wie eine schwarze Rakete auf sie zu. Jane konnte noch einen letzten Schuss abgeben, im gleichen Moment, als der Hundeleib gegen sie krachte. Die Waffe fiel ihr aus der Hand und schlitterte weg, während Jane im Clinch mit dem verletzten Dobermann zu Boden ging.

»Nein«, stöhnte Edwina. Sie kniete neben ihrem zusammengebrochenen Sohn, hielt sein Gesicht in den Händen und strich ihm das Haar aus der Stirn. »Du kannst nicht sterben! Du bist der *Auserwählte*!«

Lily setzte sich mühsam auf, und das Zimmer drehte sich um sie. Im Schein der gierigen Flammen sah sie Edwina, die sich, einem Racheengel gleich, erhob. Sie sah, wie die Frau sich bückte und Janes Pistole vom Boden aufhob.

Das Zimmer wirbelte noch wilder im Kreis, als Lily sich wankend aufrichtete. Das Karussell der Bilder wollte einfach nicht still stehen. Die Flammen. Edwina. Die Lache von Dominics Blut, die im Feuerschein glitzerte und sich immer weiter ausbreitete.

Und der Schürhaken.

Der Hund zuckte noch einmal krampfhaft, und Jane schob ihn zur Seite. Mit heraushängender Zunge glitt das tote Tier schlaff zu Boden. Erst jetzt fiel Janes Blick auf Edwina, die direkt vor ihr stand. In ihrer Hand funkelte die Waffe.

»Alles endet hier. Heute Nacht«, sagte Edwina. »Sie. Und Mephisto.« Edwina hob die Pistole, die Muskeln in ihrem Arm spannten sich, als sie den Griff umklammerte. So vollkommen war ihre Aufmerksamkeit auf Jane fixiert, dass sie ihren eigenen Tod nicht kommen sah, der von oben auf ihren Kopf herabsauste.

Der Schürhaken landete krachend auf Edwinas Schädel. Lily spürte das Splittern der brechenden Knochen, das sich durch das Eisen direkt auf ihre Hand übertrug. Edwina stürzte ohne einen Laut zu Boden. Der Schürhaken glitt Lily aus der Hand und landete scheppernd auf den Holzdielen. Betroffen sah sie, was sie soeben getan hatte. Sie sah Edwinas Kopf, den eingeschlagenen Schädel. Das Blut, das wie ein dunkler Fluss hervorströmte. Plötzlich wurde es schwarz um sie herum, und ihre Beine gaben nach. Sie sank zu Boden und blieb benommen sitzen. Und dann fiel ihr das Kinn auf die Brust. Sie fühlte nichts: keinen Schmerz, keinerlei Empfindung in Armen und Beinen. Wie von ihrem Körper gelöst, schwebte sie am Rand der Bewusstlosigkeit.

»Lily.« Jane berührte ihre Schulter. »Lily, Sie bluten. Lassen Sie mich Ihren Arm ansehen.«

Sie atmete keuchend. Das Zimmer wurde wieder heller.

Langsam hob sie den Kopf und richtete den Blick auf Janes Gesicht. »Ich habe sie getötet«, murmelte sie.

»Schauen Sie einfach nicht hin, okay? Kommen Sie, legen Sie sich aufs Sofa.« Jane bückte sich, um Lily aufzuhelfen. Und erstarrte in der Bewegung, während ihre Finger sich plötzlich fester um Lilys Arm schlossen.

Auch Lily hörte das Flüstern, und das Blut in ihren Adern gefror zu Eis. Sie starrte Dominic an und sah, dass seine Augen offen und wach waren. Seine Lippen bewegten sich, doch die Worte waren so leise, dass sie kaum verstehen konnte, was er sagte.

»Nicht… nicht…«

Jane beugte sich über ihn, um zu lauschen. Lily wagte es nicht, näher heranzugehen, aus Furcht, Dominic könne plötzlich hochschnellen und sie anfallen wie eine Kobra. Sie konnten ihn ein ums andere Mal töten, doch er kam immer wieder. Er würde nie sterben.

Das Böse stirbt nie.

In der schillernden Blutlache spiegelte sich der Schein des Feuers, als wären es die Flammen selbst, die über den Boden krochen, ein loderndes Inferno, dessen Ausgangspunkt Dominic war.

Wieder bewegten sich seine Lippen. »Wir sind nicht…«

»Sprechen Sie«, forderte Jane ihn auf. »Sagen Sie es mir.«

»Wir sind nicht… die… Einzigen.«

»Was?« Jane kniete sich hin, packte Dominic an den Schultern und schüttelte ihn heftig. »Wer noch?«

Ein letzter Atemzug entströmte Dominics Lungen. Langsam sackte sein Unterkiefer herab, und die harten Linien in seinem Gesicht glätteten sich wie schmelzendes Wachs. Jane ließ den Leichnam los und richtete sich auf. Dann sah sie Lily an. »Was hat er damit gemeint?«

Lily starrte in Dominics blicklose Augen, seine erschlafften, leblosen Züge. »Er hat uns gerade gesagt«, antwortete sie, »dass es noch nicht vorbei ist.«

38

Ein Schneepflug schob sich die Bergstraße hinauf; das Dröhnen seines Motors erfüllte schon das Tal. Jane stand auf der schneebedeckten Terrasse der Hütte und beugte sich über das Geländer, um ein Stück von der Straße sehen zu können. Sie beobachtete, wie der Schneepflug sich langsam, Kurve um Kurve, zu ihnen heraufarbeitete und eine Schneise durch den frischen Pulverschnee schlug. Sie sog die kalte, klare Luft in ihre Lungen und hielt das Gesicht in die Sonne, um die letzten Nebelschwaden aus ihrem Hirn zu vertreiben. Sobald die Straße frei wäre, würde eine Armada von Einsatzfahrzeugen auf dem Berg eintreffen: die Staatspolizei, die Rechtsmedizin, die Spurensicherung. Dann musste sie hellwach sein und bereit, sich ihren Fragen zu stellen.

Auch wenn sie nicht alle Antworten wusste.

Sie stampfte sich den Schnee von den Stiefeln, schob die Glastür auf und ging wieder hinein.

Die anderen Überlebenden saßen um den Küchentisch herum. Obwohl es in dem großen, vom Kamin beheizten Salon wärmer war, wollte niemand die Küche verlassen. Niemand wollte mit den Leichen in einem Zimmer sein.

Maura hatte gerade den Verband an Lilys Arm erneuert. »Ihre Beugesehnen sind verletzt. Ich fürchte, Sie kommen um eine Operation nicht herum. Auf jeden Fall brauchen Sie Antibiotika.« Sie wandte sich an Jane. »Sobald die Straße frei ist, müssen wir sie in ein Krankenhaus bringen.«

»Es wird nicht mehr lange dauern«, sagte Jane. »Der Schneepflug ist schon auf halbem Weg hier herauf.« Sie setzte sich und sah Lily an. »Ihnen ist sicher klar, dass die Polizei Ihnen Fragen stellen wird. Eine Menge Fragen.«

»Das kann doch warten«, wandte Maura ein. »Zuerst sollte sie ärztlich versorgt werden.«

»Ja, natürlich. Aber, Lily, Sie wissen, dass man Sie fragen wird, was letzte Nacht hier eigentlich passiert ist.«

»Kannst du denn nicht alles bestätigen, was sie sagt?«, fragte Maura.

»Ich habe nicht alles gesehen«, erwiderte Jane. »Ich habe ja die Hälfte verschlafen.«

»Gott sei Dank hast du deinen Wein nicht ausgetrunken. Sonst wären wir jetzt alle nur noch ein Haufen Asche.«

»Ich mache mir Vorwürfe«, sagte Sansone. »Ich hätte nicht einschlafen dürfen. Das war mein Fehler – mir von Edwina Wein einschenken zu lassen.«

Jane sah Sansone stirnrunzelnd an. »Sie hatten vor, die ganze Nacht aufzubleiben?«

»Ich dachte, wenigstens einer sollte wach sein. Für alle Fälle.«

»Dann hatten Sie Edwina bereits im Verdacht?«

»Nein – wie ich zu meiner Schande gestehen muss. Sie müssen wissen, dass wir bei der Aufnahme eines neuen Mitglieds größte Vorsicht walten lassen. Zu uns kommt man nur mit einer Empfehlung von jemandem, den wir kennen. Und dann ziehen wir Erkundigungen über den Kandidaten ein, stellen Nachforschungen über seine Vergangenheit an. Es war nicht Edwina, an der ich zweifelte.« Er sah Lily an. »Sie waren es, der ich nicht traute.«

»Warum Lily?«, fragte Jane.

»Es war an dem Abend, als mein Gartenfenster aufgebrochen wurde. Sie erinnern sich, wie ich Ihnen sagte, dass es stets verriegelt ist?«

»Ja.«

»Und das heißt, dass jemand es von innen entriegelt haben muss – jemand, der an diesem Abend im Haus war. Ich nahm an, dass es Lily war.«

»Ich verstehe immer noch nicht«, sagte Maura. »Wenn Sie so sorgfältig darauf achten, wen Sie in Ihre Stiftung aufnehmen, wie konnten Sie sich dann in Edwina so täuschen?«

»Das ist es, was Gottfried und ich herausfinden müssen.

Wie sie sich bei uns eingeschlichen hat. Wie alles geplant und durchgeführt wurde. Sie ist ja nicht aus dem Nichts bei uns aufgekreuzt; sie hatte Unterstützung, und zwar von jemandem in den Reihen von Mephisto – von jemandem, der in dem Dossier über ihre Vergangenheit sämtliche verdächtigen Details gelöscht hat.«

»Das waren Dominics letzte Worte an uns«, sagte Lily. »*Wir sind nicht die Einzigen.*«

»Ich bin sicher, dass es noch mehr gibt.« Sansone sah Jane an. »Ob es Ihnen bewusst ist oder nicht, Detective, wir befinden uns im Krieg. Er tobt schon seit Jahrhunderten, und letzte Nacht wurde nur eine weitere Schlacht geschlagen. Das Schlimmste steht uns noch bevor.«

Jane schüttelte den Kopf und lachte müde. »Ich merke schon, wir reden wieder von Ihren Dämonen.«

»Ich glaube an sie«, erklärte Lily im Brustton der Überzeugung. »Ich weiß, dass es sie wirklich gibt.«

Sie hörten das Kratzen des Schneepflugs auf dem Asphalt, das anschwellende Dröhnen eines Dieselmotors. Endlich war die Straße frei, und sie konnten diesen Berg verlassen, konnten nach Hause, in ihre gewohnte Umgebung zurückkehren. Maura in die Arme von Daniel Brophy, der ihr entweder das Herz brechen oder neue Hoffnung geben konnte. Jane zu ihrer Rolle als Friedensstifterin zwischen ihren verfeindeten Eltern.

Und ich kehre heim zu Gabriel. Er wartet auf mich.

Jane stand auf und ging zum Fenster. Draußen funkelte der reine weiße Schnee in der Sonne. Der Himmel war wolkenlos, die Straße nach unten inzwischen geräumt und gestreut. Es war ein wunderbarer Tag für die Heimfahrt. Um ihren Mann zu umarmen und ihr Baby zu küssen. *Ich kann es nicht erwarten, euch beide wiederzusehen.*

»Sie glauben mir immer noch nicht, oder, Detective?«, fragte Sansone. »Sie glauben nicht an diesen Krieg.«

Jane blickte zum Himmel auf und lächelte. »Heute«, sagte sie, »will ich einfach nicht daran glauben.«

39

Tief hängende Wolken verdunkelten den Himmel, und Lily witterte den scharfen Geruch von Schnee in der Luft, als sie zu dem Haus aufblickte, in dem sie aufgewachsen war. Sie sah es nicht, wie es heute war – ein baufälliges Gemäuer, die Veranda abgesackt, die Schindeln grau und verwittert. Nein, sie sah es, wie es früher im Sommer gewesen war, mit der blühenden Clematis, die sich um das Spalier rankte, und den roten Geranien in den Blumentöpfen, die an der Dachtraufe hingen. Sie sah ihren Bruder Teddy aus dem Haus kommen, hörte die Fliegentür hinter ihm quietschend zufallen und sah ihn grinsend die Verandastufen herunterkommen. Sie sah ihre Mutter am Fenster und hörte sie rufen: »Teddy, komm nicht zu spät zum Essen!« Und sie sah ihren Vater, sonnengebräunt und pfeifend, wie er mit der Hacke über der Schulter über den Hof zu seinem geliebten Gemüsebeet ging. Hier war sie einst glücklich gewesen. Das waren die Tage, die sie im Gedächtnis bewahren wollte, die Erinnerungen, die ihr für immer bleiben würden.

Alles andere, alles, was seither passiert ist, werde ich den Flammen übergeben.

»Sind Sie sich auch ganz sicher, Ms. Saul?«, fragte der Feuerwehrhauptmann.

Seine Mannschaft stand in voller Montur bereit und wartete nur auf seinen Befehl. Ein Stück weiter unten am Hang hatte sich eine kleine Schar von Schaulustigen aus dem Ort versammelt. Aber es waren Anthony Sansone und Gottfried Baum, denen Lilys Augenmerk galt. Sie vertraute ihnen, und nun standen sie hier mit ihr, um mit anzusehen, wie sie ihre Dämonen austrieb.

Sie wandte sich wieder zum Haus um. Die Möbel waren alle ausgeräumt und der örtlichen Wohlfahrt gespendet worden. Bis auf die Strohballen, die die Feuerwehrleute in einem der Schlafzimmer im Obergeschoss gestapelt hatten, war das Haus vor ihr nur noch eine leere Hülse.

»Ms. Saul?«, wiederholte der Feuerwehrhauptmann.

»Verbrennen Sie es«, sagte sie.

Er gab das Signal, und seine Mannschaft rückte an, mit ihren Schläuchen und den Kanistern, die eine Mischung aus Kerosin und Diesel enthielten. Es kam nicht oft vor, dass ein so großes Haus für eine Feuerwehrübung geopfert wurde, und die Männer machten sich mit Begeisterung an ihre Aufgabe. Offenbar konnten sie es kaum erwarten, das Feuer zu entfachen. Zu Übungszwecken würden sie es zunächst löschen, um es dann wieder anzuzünden, und so fort, bis es Zeit war, die Flammen endgültig triumphieren zu lassen.

Als der schwarze Rauch in den Himmel aufwirbelte, trat Lily ein Stück zurück und stellte sich zwischen die zwei Männer, die sie inzwischen als Mentoren, ja Vaterfiguren betrachtete. Sansone und Baum sagten nichts, doch Lily hörte, wie Baum scharf die Luft einsog, als die ersten Flammen aus einem der oberen Fenster schlugen, und sie spürte, wie Sansone ihr beruhigend die Hand auf die Schulter legte. Doch sie brauchte keine Stütze; sie stand kerzengerade da, den Blick unverwandt auf das Feuer gerichtet. Drinnen verzehrten die Flammen jetzt die Dielen, die noch mit Peter Sauls Blut getränkt waren, und züngelten an Wänden empor, die mit satanischen Kreuzen beschmiert worden waren. Solch ein Ort durfte nicht weiter bestehen. Von solchem Übel kann ein Haus niemals reingewaschen werden, es muss zerstört werden.

Jetzt zogen sich die Feuerwehrleute vom Haus zurück, um zuzusehen, wie der Brand ungehindert wütete. Die Flammen prasselten im Dachstuhl, und zischend verdampfte der schmelzende Schnee. Orangefarbene Tentakel reckten sich durch Fenster und tasteten sich an den pulvertrockenen Schindeln empor. Die Hitze trieb die Feuerwehrleute weiter zurück, während die Flammen gierig wüteten, wie ein Ungetüm, das seinen Triumph hinausbrüllt.

Lily blickte ins Herz dieses Feuers, das nun die letzten Überreste ihrer Kindheit verschlang, und sah, umrahmt vom Schein der Flammen, eine Szene aus der Vergangenheit, einen Augenblick, herausgehoben aus der Zeit. Ein Sommerabend. Ihre Mutter und ihr Vater stehen mit Teddy auf der Veranda und sehen ihr zu, wie sie über den Rasen tollt und dabei ein Schmetterlingsnetz schwenkt. Und Glühwürmchen – so viele Glühwürmchen, wie funkelnde Sterne in der Nacht. »Schau mal, deine Schwester hat noch eins gefangen!«, sagt ihre Mutter, und Teddy lacht und hält das Glas hoch, um die Beute in Empfang zu nehmen. Sie lächeln ihr zu, über die Kluft der Jahre hinweg, von einem Ort, dem kein Feuer je etwas anhaben kann, weil er geborgen in ihrem eigenen Herzen ruht.

Und jetzt stürzte das Dach ein, Funken stoben in den Himmel auf. Lily hörte das »Ooh« der Zuschauer, im Bann des primitiven Zaubers, den ein Winterfeuer seit jeher ausübt. Als die Flammen allmählich erstarben, begannen die Schaulustigen aus dem Ort, den Hang zu räumen und gingen zu ihren Autos zurück. Der aufregende Höhepunkt ihres Tages war vorüber. Lily blieb mit ihren beiden Freunden zurück und sah zu, wie die letzten Flammen gelöscht wurden und der Rauch aus der schwarzen Asche aufstieg. Wenn der Schutt abtransportiert wäre, würde sie hier Bäume pflanzen. Blühende Kirschen und Holzäpfel. *Aber auf diesem Hügel wird nie wieder ein Haus stehen.*

Etwas Kaltes berührte leicht ihre Nase, und als sie aufblickte, sah sie dicke Flocken vom Himmel herabsinken. Es war, als spende der reine weiße Schnee den letzten Segen.

»Können wir gehen, Lily?«, fragte Baum.

»Ja.« Sie lächelte. »Ich bin bereit.« Dann wandte sie sich ab, um ihnen zu folgen, und die drei Dämonenjäger stiegen zusammen den Hügel hinunter.

Nachwort

Als Anthropologiestudentin an der Stanford University war ich fasziniert von den Mythen der Antike. Ich neige zu der Annahme, dass in diesen Geschichten, die uns aus unvordenklichen Zeiten überliefert wurden, immer ein Körnchen Wahrheit steckt. Im Lauf der Zeit mögen Einzelheiten verfälscht worden sein, aber selbst die unwahrscheinlichste Geschichte könnte sehr wohl auf realen Personen und Ereignissen basieren.

Als ich vor ein paar Jahren in Oxford in einem Buchladen stöberte, stieß ich auf eine Ausgabe von R. H. Charles' Übersetzung des *Buches Henoch* und konnte der Versuchung nicht widerstehen, es zu kaufen. Das *Buch Henoch* ist ein sehr alter Text, entstanden rund zwei Jahrhunderte vor Christi Geburt. Obgleich es die Geschichte eines der Patriarchen des Alten Testaments enthält, nämlich die von Noahs Urgroßvater Henoch, wurde es von den frühen Kirchenvätern als unecht verworfen und aus dem hebräischen Kanon gestrichen. Es verschwand aus den Annalen der Geschichte, und viele Jahrhunderte lang galt der Text als für immer verloren.

Doch er war nicht ganz verloren. Das *Buch Henoch* überlebte, versteckt an verschiedenen geheimen Orten. Im achtzehnten Jahrhundert wurden unversehrte Abschriften des Textes, übersetzt aus dem Griechischen, in Äthiopien gefunden. Und 1947 machte ein Beduinenhirte in einer Höhle am nordwestlichen Ufer des Toten Meeres eine großartige Entdeckung: Tonkrüge, in denen antike Schriftrollen steckten. In diesem Höhlenkomplex kamen sieben Fragmente des *Buches Henoch* zum Vorschein, verfasst in Aramäisch.

In diesen lange verloren geglaubten Schriften verbirgt sich ein Rätsel, das die Gelehrten noch immer nicht befriedigend gelöst haben. Es ist die Geschichte der Wächter, eines Geschlechts gefallener Engel, die mit Menschenfrauen verkehrten und eine unheilige Rasse hervorbrachten, welche die Menschheit bis ans Ende der Zeiten plagen sollte:

Böse Geister gingen aus ihrem Leibe hervor, weil sie von Menschen geschaffen wurden, und von den heiligen Wächtern ihr Ursprung und erste Grundlage herrührt; böse Geister werden sie auf Erden sein und böse Geister genannt werden.

Diese Mischwesen, auch als Nephilim bekannt, tauchen noch in einem anderen alten Text auf, dem *Buch der Jubiläen*. Auch hier werden sie als bösartig und heimtückisch geschildert. Laut *Jubiläen* wurden die meisten der Nephilim zur Zeit Noahs vernichtet, doch Gott ließ ein Zehntel von ihnen als Untertanen Satans überleben. Durch ihre Nachkommen würde das Böse die Erde weiterhin heimsuchen.

Engel und Frauen, aus deren Verbindung dämonische Zwitterwesen hervorgehen? Das ist allerdings eine fantastische Geschichte, und manche Bibelforscher neigen zu der durchaus vernünftigen Erklärung, dass es sich dabei schlicht um verbotene Ehen zwischen Angehörigen verschiedener Stämme gehandelt haben könnte. Dass diese »Engel« Männer aus der vornehmen Nachkommenschaft des Seth waren und die Frauen einer viel unbedeutenderen Sippe angehörten, die auf Kain zurückging.

Dennoch, als Romanschriftstellerin konnte ich mich des Gedankens nicht erwehren: Was, wenn die Geschichte der Wächter nicht bloß eine Allegorie, sondern historische Realität wäre? Was, wenn die Nephilim wirklich existierten, wenn ihre Nachfahren noch immer unter uns lebten, noch immer Unheil anrichteten?

In der Geschichte der Menschheit haben immer wieder gewisse Individuen Taten von so abscheulicher Grausamkeit verübt, dass man sich fragen muss, ob sie wirklich dem Menschengeschlecht angehörten oder nicht vielmehr einer gewalttätigen Subspezies, getrieben von anderen Bedürfnissen, anderen Instinkten. Glaubt man das, was im *Buch Henoch* und im *Buch der Jubiläen* überliefert ist, dann gibt es eine Erklärung für die Taten von real existierenden Monstern, von Massenmördern wie Pol Pot oder Vlad dem Pfähler. Die Nephilim haben stets Seite an Seite mit uns existiert, unsichtbare Jäger, die sich inmitten ihrer Opfer bewegen. Und wenn sich die Gelegenheit ergibt, wenn in Zeiten des Krieges oder innerer Unruhen die gesellschaftliche Ordnung zusammenbricht, kommen diese Jäger aus ihren Verstecken, um ihr grausames Spiel zu treiben.

Dann erst erkennen wir, wer sie wirklich sind.

Es gibt keine einfache Erklärung für das Böse. Heute, über zweitausend Jahre nach der Niederschrift des *Buches Henoch*, sind wir der Antwort auf die Frage, warum das Böse existiert, noch keinen Schritt näher gekommen. Wir wissen nur, *dass* es existiert.

Danksagung

Ein Buch zu schreiben ist stets aufs Neue eine Herausforderung; ein Berg, den zu erklimmen zunächst unmöglich scheint. Doch ganz gleich, wie schwierig es sein mag, ich habe immer den Trost, ganz wunderbare Kolleginnen und Freunde an meiner Seite zu wissen. Ein herzlicher Dank geht an meine unvergleichliche Agentin Meg Ruley und das Team der Jane Rotrosen Agency. Euer guter Rat war mir stets ein Leitstern, an dem ich mich orientieren konnte. Ich danke auch meiner fantastischen Lektorin Linda Marrow, die aus jeder Autorin das Beste herausholt, Gina Centrello für ihren enthusiastischen Einsatz über all die Jahre, und Gilly Hailparn für ihre freundliche Zuwendung. Und auf der anderen Seite des Teichs ist Selima Walker bei Transworld meine unermüdliche Cheerleaderin gewesen.

Schließlich muss ich auch dem Menschen danken, der mich schon länger begleitet als alle anderen. Mein Mann Jacob weiß sehr gut, wie schwierig es ist, mit einer Schriftstellerin verheiratet zu sein. Und doch ist er immer noch da.